IRAJ PEZESHKZAD
Mein Onkel Napoleon

Buch

»Der liebe Onkel Napoleon« wird er nur hinter vorgehaltener Hand genannt – von den drei Familien, die im Teheran der vierziger Jahre unter der Tyrannei dieses listig-chaotischen Patriarchen leben. Onkel Napoleon ist der älteste Bruder, er ist reich, eigenwillig und hat zusammen mit seinem treuen Diener schon so manche Schlacht – militärische, imaginäre und andere – geschlagen. Ganz wie der große Napoleon, der sein ganz persönliches historisches Vorbild ist. Unter Onkel Napoleons exzentrischem, hilflos-liebevollem Regime wird mit unentrinnbarer Vehemenz das Leben aller Familienmitglieder durcheinander gewirbelt. Geht etwas nicht nach seinem Kopf, besonders wenn es seinen Schwager betrifft, der manch lautstarke Kritik übt, dann ist auch gleich der Sündenbock ausgemacht: die Briten – mag der tatsächliche Übeltäter noch so nahe sein, denn: »Die Briten waren schon immer die Feinde Napoleons!« Als sich eines Tages sein Neffe in Leili, Onkel Napoleons kluge und schöne Tochter, verliebt, hat der Onkel ab diesem schicksalhaften 13. August 1940 einen heimlichen Chronisten: Denn der Dreizehnjährige möchte in dieser weit verzweigten Familie dem Sinn der Liebe und des Lebens auf den Grund gehen. Und im Mittelpunkt aller Fragen und Beobachtungen steht »der liebe Onkel Napoleon« wie eine dräuende, unberechenbare, aber faszinierende Wetterfront...

Autor

Iraj Pezeshkzad wurde 1928 in Teheran geboren und studierte in Iran und in Frankreich. Er war Richter und später Außenminister des Iran. In den frühen fünfziger Jahren begann er Kurzgeschichten zu schreiben, übersetzte Werke von Voltaire und Molière ins Persische und lebt heute als Journalist in Paris. *Mein Onkel Napoleon [Dā'i-i Jan Nāpuli'un]* erschien in Persien Anfang der siebziger Jahre und wurde dort später zu einer sehr erfolgreichen TV-Serie. Längst ist es ein viel gelesener Klassiker der modernen Literatur des Iran.

IRAJ PEZESHKZAD

Mein Onkel Napoleon

Roman

Deutsch von
Maria Lutze und Kristian Lutze

BLANVALET

Der Roman »Dā'i-i Jan Nāpuli'un«
erschien in einer Übersetzung von
Dick Davis unter dem Titel »My Uncle Napoleon«
bei Mage Publishers, Inc., Washington, D.C.

Die deutschen Übersetzer danken Hussein Amini
für seine Hilfe und Unterstützung.

Umwelthinweis:
Alle bedruckten Materialien dieses Taschenbuches
sind chlorfrei und umweltschonend.

Blanvalet Taschenbücher erscheinen im
Goldmann Verlag, einem Unternehmen der
Verlagsgruppe Random House GmbH.

Deutsche Erstveröffentlichung Oktober 2001
Copyright © der Originalausgabe 1993, 1996, 2000
by Mage Publishers, Washington, D.C.
Copyright © der deutschsprachigen Ausgabe 2001
by Wilhelm Goldmann Verlag, München,
in der Verlagsgruppe Random House GmbH
Umschlaggestaltung: Design Team München
Umschlagfoto: Photonica/Johner
Satz: Uhl+Massopust, Aalen
Druck: Elsnerdruck, Berlin
Verlagsnummer: 35466
Lektorat: Maria Dürig
Redaktion: Irmi Perkounigg
Herstellung: Heidrun Nawrot
Made in Germany
ISBN 3-442-35466-8
www.blanvalet-verlag.de

Die wichtigsten Personen

Lieber Onkel Napoleons Haushalt

Lieber Onkel Napoleon — Der Patriarch der Familie
Leili — Lieber Onkel Napoleons Tochter
Masch Qasem — Lieber Onkel Napoleons treuer Diener
Naneh Bilqis — Lieber Onkel Napoleons uralte Dienerin

Lieber Onkel Napoleons enge Verwandte

Erzähler — Lieber Onkel Napoleons namenloser Neffe
Der Vater des Erzählers — Lieber Onkel Napoleons Schwager
Die Mutter des Erzählers — Lieber Onkel Napoleons Schwester
Onkel Oberst — Lieber Onkel Napoleons Bruder
Schapur alias Puri — Onkel Obersts Sohn

Lieber Onkel Napoleons entfernte Verwandte

Asadollah Mirsa — Ein Beamter im Außenministerium und Halbbruder (durch

	die Tochter des Gärtners seines Vaters) von Schamsali Mirsa. Das »Mirsa« in seinem sowie in seines Bruders Namen ist eine Ehrenbezeichnung, die auf eine entfernte Beziehung zur königlichen Kadjaren-Familie hinweist.
Schamsali Mirsa	Asadollahs Halbbruder, ein pensionierter Ermittlungsrichter
Dustali Khan	Ein Liebling von Lieber Onkel Napoleon, zweiter Mann von Aziz al-Saltaneh und Qamars Stiefvater
Khanum Aziz al-Saltaneh	Dustali Khans Frau und Qamars Mutter, eine Cousine von Asadollah und Schamsali Mirsa
Qamar	Aziz al-Saltanehs einfältige Tochter aus einer früheren Ehe
Khanum Farrokh Laqa	Eine aufdringliche Klatschbase

Nachbarn, Händler, Beamte und ihre Verwandten

Dr. Naser al-Hokama	Der Arzt der Familie
Seyed Abolqasem	Ein lokaler Prediger
Schir Ali	Der lokale Fleischer, das »Schir« in seinem Namen bedeutet »Löwe«
Tahereh	Schir Alis schöne Frau

Kommissar Teymur Khan	Ein lokaler Ermittlungsbeamter
Polizeikadett Ghiasabadi	Kommissar Teymurs Assistent
Naneh Radjab	Polizeikadett Ghiasabadis Mutter
Akhtar	Polizeikadett Ghiasabadis Schwester und Nachtclubsängerin
Asghar, der Diesel	Akhtars Freund und Beschützer
Huschang	Ein Schuster und Schuhputzer
Sardar Maharat Khan	Ein indischer Geschäftsmann und Sikh; obwohl er kein Militär ist, bedeutet sein persischer Ehrentitel *Sardar* in etwa so viel wie »Kommandant«
Lady Maharat Khan	Die blonde englische Frau des Brigadiers

Erster Teil

Erster Teil

Inhalt

Kapitel 1 In dem der Erzähler sich verliebt und ein dubioses Geräusch eine von Lieber Onkel Napoleons Kriegsgeschichten stört 13

Kapitel 2 In dem Lieber Onkel Napoleon die Wasserversorgung kappt und ein Familienrat zur Erörterung des dubiosen Geräuschs abgehalten wird 41

Kapitel 3 In dem ein Dieb in Lieber Onkel Napoleons Haus einbricht und Lieber Onkel Napoleon ein religiöses Ritual zelebriert 62

Kapitel 4 In dem Dustali Khan vor seiner Frau flieht und in Lieber Onkel Napoleons Haus Asyl findet   90

Kapitel 5 In dem sich die Beziehungen zwischen dem Vater des Erzählers und Lieber Onkel Napoleon weiter verschlechtern und Dustali Khan verschwindet 113

Kapitel 6 In dem Kommissar Teymur Khan seine international anerkannte Methode anwendet, um in einem Mordfall zu ermitteln 134

Kapitel 7 In dem Asadollah Mirsa seine Liebe erklärt und es weitere Diskussionen über das dubiose Geräusch gibt 162

Kapitel 8 In dem Dustali Khan gefunden wird und
Asadollah Mirsa zwei Gelegenheiten bekommt,
San Francisco zu besuchen 180

Kapitel 9 In dem diverse Versuche unternommen
werden, Asadollah Mirsa dazu zu bewegen,
Schir Alis Haus zu verlassen 204

Kapitel 10 In dem der Vater des Erzählers sich bei
Lieber Onkel Napoleon entschuldigt und Onkel
Oberst eine Party gibt 228

1

An einem heißen Sommertag, einem Freitag, den 13. August, gegen Viertel vor drei, um genau zu sein, habe ich mich verliebt. Die Bitterkeit und die Sehnsucht, die ich seither durchlebt habe, haben mich oft fragen lassen, ob die Dinge sich anders entwickelt hätten, wenn es der Zwölfte oder der Vierzehnte gewesen wäre.

An jenem Tag hatte man uns – das heißt, mich und meine Schwester – wie jeden Tag mittels Drohungen, Gewalt und ein paar goldenen Versprechungen für den Abend gezwungen, in den Keller zu gehen, um zu schlafen. In der brütenden Hitze eines Teheraner Nachmittags war eine Siesta für alle Kinder Pflicht. Aber an jenem Nachmittag warteten wir wie jeden Nachmittag nur darauf, dass mein Vater einschlief, damit wir zum Spielen in den Hof gehen konnten. Als das Schnarchen meines Vaters vernehmlich wurde, streckte ich den Kopf unter meiner Decke hervor und blickte auf die Uhr an der Wand. Es war halb drei. Beim Warten darauf, dass mein Vater einnickte, war meine arme Schwester selbst eingeschlafen, so dass ich keine Wahl hatte, als sie zurückzulassen und mich allein nach draußen zu schleichen.

Leili, die Tochter meines Onkels, und ihr kleiner Bruder hatten schon eine halbe Stunde im Hauptgarten auf uns gewartet. Unsere beiden Häuser waren auf einem großen Grundstück gebaut und nicht durch eine Mauer voneinander getrennt. Wie jeden Tag zogen wir uns zum Spielen und Reden leise in den Schatten eines großen Walnussbaums zurück. Und dann traf mein Blick zufällig auf Leilis. Ein Paar große, schwarze Augen sahen mich an, und ich konnte meinen Blick nicht mehr losreißen. Ich habe keine Ahnung, wie lange wir uns so angestarrt hatten, als plötzlich meine Mutter mit einer kleinen mehrschwänzigen Peitsche in der Hand auftauchte. Leili und ihr Bruder rannten eilends zu ihrem Haus, und meine Mutter trieb mich unter Drohungen in den Keller und unter meine Bettdecke zurück. Bevor mein Kopf ganz unter der Decke verschwunden war, blickte ich erneut auf die Uhr an der Wand, es war zehn vor drei. Bevor sie ihrerseits den Kopf unter die Decke steckte, sagte meine Mutter: »Allah sei Dank, dass dein Onkel nicht aufgewacht ist, sonst hätte er dich in Stücke gerissen.«

Meine Mutter hatte Recht. Lieber Onkel (wie wir ihn nannten) war sehr eigen, was seine Befehle anging. Und er hatte angeordnet, dass wir Kinder vor fünf Uhr nachmittags praktisch nicht atmen durften. Innerhalb der vier Mauern jenes Gartens hatten nicht nur die Kinder gelernt, was es bedeutete, wenn man nachmittags nicht schlief und während Lieber Onkels Siesta einen Laut von sich gab; Krähen und Tauben tauchten deutlich seltener im Garten auf, seit Lieber Onkel sie mehrmals mit einem Jagdgewehr empfangen und ein Gemetzel angerichtet hatte. Die Straßenhändler der Gegend kamen vor fünf nicht durch unsere Straße, die im Übrigen nach Lieber Onkel benannt war, weil der Mann, der auf seinem Esel vorbeiritt und Melonen und Zwiebeln verkaufte, drei- oder viermal von Lieber Onkel geohrfeigt worden war.

Doch an jenem Nachmittag arbeitete mein Gehirn auf Hochtouren, und die Erwähnung von Lieber Onkel erinnerte mich nicht an seine Wutanfälle und Übellaunigkeit. Ich konnte mich keinen Moment von der Erinnerung an Leilis Augen und ihren Blick losreißen, und wie sehr ich mich auch im Bett hin und her wälzte und versuchte, an etwas anderes zu denken, ich sah ihre schwarzen Augen, leuchtender, als wenn sie wirklich vor mir gestanden hätte.

In jener Nacht kamen Leilis Augen erneut unter mein Moskitonetz. Ich hatte sie am Abend zwar nicht wieder gesehen, doch ihre Augen und ihr betörender Blick waren da.

Ich weiß nicht, wie viel Zeit verstrichen war, als mir plötzlich ein seltsamer Gedanke in den Sinn kam: »Allah behüte, ich habe mich in Leili verliebt!«

Ich versuchte, über diese absurde Idee zu lachen, doch das Lachen blieb mir im Halse stecken. Vielleicht lacht man nicht über eine dumme Idee, aber das heißt noch lange nicht, dass sie nicht dumm ist. Aber ist es möglich, sich zu verlieben, einfach so, ohne Vorwarnung?

Ich versuchte, mich an alles zu erinnern, was ich über die Liebe wusste, was leider nicht allzu viel war. Obwohl bereits dreizehn Jahre meines Lebens vorüber waren, hatte ich bis zu diesem Moment noch nie einen Verliebten zu Gesicht bekommen. Zu jener Zeit waren auch noch kaum Bücher über die Liebe oder Beschreibungen des Zustands von Verliebten erschienen, und wenn, durften wir sie sowieso nicht lesen. Meine Mutter, mein Vater und meine Verwandten, vor allem Lieber Onkel, dessen Existenz, Gedanken und Ideen jedes Mitglied der Familie wie ein Schatten begleiteten, hatten jeden Ausflug außerhalb des Grundstücks ohne Begleitung verboten, und wir wagten es nicht, uns den anderen Kindern zu nähern, die in unserer Straße wohnten. Auch das Radio, das seinen Sendebetrieb erst kürzlich aufgenommen hatte, brachte in seinem täglich zwei- bis dreistündigen Programm nichts Erhellendes.

Als ich die Informationen durchging, die mir über die Liebe zur Verfügung standen, fielen mir als Erstes Leili und Majnun ein, deren Geschichte ich viele Male gehört hatte. Doch sosehr ich die Winkel meines Gehirns auch absuchte, so wenig konnte ich mich daran erinnern, gehört zu haben, wie Majnun sich in Leili verliebt hatte; die Leute sagten einfach, Majnun hätte sich eben in Leili verliebt.

Vielleicht wäre es besser gewesen, wenn ich bei meinen Forschungen Leili und Majnun unerwähnt gelassen hätte, da die Namensgleichheit zwischen Leili und Lieber Onkels Tochter einen Einfluss auf das hatte, was mir später widerfahren sollte, wahrscheinlich ohne dass es mir bewusst gewesen ist. Aber ich konnte nicht anders. Die bedeutendsten Liebenden, von denen ich je gehört hatte, waren Leili und Majnun. Außer ihnen gab es noch Schirin und Farhad, aber darüber, wie sie sich verliebt hatten, wusste ich ebenfalls nichts Bestimmtes. In der Zeitung wurde eine Liebesgeschichte in Fortsetzungen gedruckt. Ich hatte sie gelesen, jedoch die ersten Episoden verpasst, so dass ich sie mir von einem Klassenkameraden erzählen lassen musste. Logischerweise war mir also nichts über den Anfang der Sache bekannt.

Ich hörte die Uhr an der Kellerwand zwölf schlagen. O Allah, die halbe Nacht war vorüber, und ich hatte immer noch nicht geschlafen. Diese Uhr hing schon so lange in unserem Haus, wie ich mich erinnern konnte, und nun hatte ich sie zum ersten Mal zwölf schlagen hören. Vielleicht war diese Schlaflosigkeit ein Indiz meiner Verliebtheit. Die seltsamen Silhouetten der Schatten der Sträucher und Bäume, die ich jenseits des Moskitonetzes im Halbdunkel des Hofs ausmachen konnte, ängstigten mich – denn noch bevor ich zu einer Entscheidung darüber gekommen war, ob ich nun verliebt war oder nicht, erschreckte mich das Los der Liebenden, die mir eingefallen waren. Praktisch alle hatten ein trauriges Schicksal erlitten, das in Tod und Katastrophe endete.

Leila und Majnun, Tod und Katastrophe. Schirin und Farhad, Tod und Katastrophe. Romeo und Julia, Tod und Katastrophe. Paul und Virginie, Tod und Katastrophe. Diese Liebesgeschichte aus der Zeitung, Tod und Katastrophe.

Allah behüte, ich hatte mich wirklich verliebt und würde ebenfalls sterben! Vor allem weil der Tod zu jener Zeit unter präpubeszenten Kindern ziemlich verbreitet war. Manchmal hatte ich auf Familientreffen gehört, wie die Zahl der Kinder aufgelistet wurde, die die Frauen geboren hatten, um sie mit der Zahl derer zu vergleichen, die überlebt hatten. Doch dann erfüllte ein leuchtender Blitz meine Gedanken mit Hoffnung: Die Geschichte des berühmten Amir Arsalan hatten wir oft gehört und gelesen; nur Amir Arsalans Sehnen hatte seine Erfüllung gefunden. Seine Geschichte und ihr glückliches Ende linderten meine Angst vor romantischen Abenteuern ein wenig, sorgten allerdings auch dafür, dass die Waagschale in meinem Kopf sich zugunsten einer positiven Antwort senkte: Ja, ich war tatsächlich verliebt. Denn wie hatte sich Amir Arsalan verliebt? Er hatte ein Bild von Farrokh Laqa gesehen und ihr im selben Moment sein Herz geschenkt. War es also möglich, dass auch ich mich auf einen Blick verliebt hatte?

Ich versuchte zu schlafen. Ich kniff die Augen zusammen, damit der Schlaf kommen und ich von diesen beunruhigenden Gedanken befreit würde. Glücklicherweise erlaubt der Schlaf nicht, dass ein Kind die ganze Nacht wach liegt, selbst wenn es verliebt ist. Solche Probleme sind offenbar verliebten Erwachsenen vorbehalten.

Der Morgen kam. Ich hatte keine Gelegenheit, weiter nachzudenken, weil ich länger als gewöhnlich geschlafen hatte. Ich sprang abrupt aus dem Bett, als ich die Stimme meiner Mutter hörte: »Aufstehen! Aufstehen! Dein Onkel will dich sehen.«

Mein ganzer Körper zitterte, als wäre er an eine Steckdose angeschlossen worden. Ich wollte fragen, welcher Onkel, doch meine Stimme versagte, und die Worte blieben mir im Hals stecken.

»Steh auf! Er hat gesagt, du sollst zu ihm rüberkommen!«

Ich konnte nicht denken. Obwohl es aller Logik und Vernunft widersprach, sogar der Logik eines Kindes, war ich sicher, dass Lieber Onkel mein Geheimnis kannte, und zitterte vor Angst. Das Erste, was mir einfiel, um meine Qualen ein wenig aufzuschieben, war der Einwand, ich hätte noch nicht gefrühstückt.

»Steh auf, iss rasch was, und dann geh!«

»Du weißt nicht, was Lieber Onkel von mir will, oder?«

Die Antwort meiner Mutter beruhigte mich ein wenig.

»Er sagt, alle Kinder sollen rüberkommen!«

Ich traute mich, wieder zu atmen. Lieber Onkels Sitzungen mit Ermahnungen und moralischen Ratschlägen waren mir vertraut. Hin und wieder versammelte er alle Kinder der Familie um sich und hielt ihnen einen kleinen Vortrag, danach gab er jedem eine Süßigkeit. Ich nahm mich also zusammen und mutmaßte, dass Lieber Onkel mein Geheimnis unmöglich entdeckt haben konnte.

Ich aß mein Frühstück vergleichsweise ruhig, und zum ersten Mal seit dem Aufwachen sah ich im Dampf aus dem Samowar wieder Leilis schwarze Augen, doch ich versuchte mit aller Macht, nicht an sie zu denken.

Als ich zu Lieber Onkels Haus ging, entdeckte ich im Hof Masch Qasem, den Diener von Lieber Onkel, der mit hochgekrempelten Hosen die Blumen goss.

»Masch Qasem, weißt du, was Lieber Onkel von uns will?«

»Nun ja, mein Junge, warum sollte ich lügen? Der Herr hat gesagt, ich soll alle Kinder zusammenrufen. Um ehrlich zu sein, weiß ich nicht, was er von euch will.«

Nur wir durften Lieber Onkel ausnahmsweise »Lieber Onkel« nennen, ansonsten sprachen ihn alle unsere Freunde und Bekannten sowie die Bewohner des Viertels mit Djenab oder Herr an. Lieber Onkel Napoleon (wie wir ihn hinter seinem Rücken nannten) war einer jener langen achtsilbigen

Spitznamen. Lieber Onkels Vater, der seinerseits einen sechssilbigen Spitznamen hatte, war einfach nur der Djenab gewesen, bis die Leute seinen richtigen Namen nach und nach vergessen hatten. Damit nach seinem Ableben kein Zwist den Familienfrieden unter seinen Söhnen und Töchtern störte, hatte Lieber Onkels Vater in seinem riesigen Garten schon zu seinen Lebzeiten und auf eigene Initiative sieben Häuser errichten lassen und sie unter seinen Kindern aufgeteilt. Lieber Onkel war das älteste dieser Kinder und hatte den Titel Djenab von seinem Vater geerbt. Außerdem hielt er sich als Ältester oder wegen seines Charakters und seiner natürlichen Neigung seit dem Tod seines Vaters für das Familienoberhaupt und hatte ein solches Gewese darum gemacht, dass niemand in der recht umfangreichen Verwandtschaft es wagte, ohne seine Erlaubnis auch nur ein Glas Wasser zu trinken. Lieber Onkel hatte sich so nachhaltig in die privaten und öffentlichen Angelegenheiten seiner Brüder und Schwestern eingemischt, dass die meisten von ihnen Zuflucht in juristischen Maßnahmen gesucht hatten, um ihren Besitz von dem seinen abzugrenzen, und entweder Mauern errichtet oder alles verkauft hatten und weggezogen waren.

In dem verbliebenen Teil des Gartens gab es uns, Lieber Onkel und einen weiteren Bruder von Lieber Onkel, dessen Haus durch einen Zaun von unserem getrennt war.

Lieber Onkel saß im Wohnzimmer an der Terrassentür, und die Kinder spielten leise im Innenhof seines Hauses.

Leili blickte auf und kam herüber, um mich zu begrüßen. Wieder klebten unsere Blicke aneinander, und ich spürte, wie mein Herz eigenartig pochte. Doch ich hatte kaum Gelegenheit, darüber nachzudenken und Schlüsse zu ziehen. Lieber Onkels große, hagere Gestalt kam in engen langen Hosen aus dem Zimmer, während er noch den dünnen Umhang aus Nainsukh über seiner Schulter zurechtzupfte. Er runzelte die Stirn. Alle Kinder, auch die ganz kleinen, spürten, dass nicht Ermahnungen und moralische Ratschläge auf dem Programm standen, sondern etwas ganz und gar nicht stimmte.

Lieber Onkels hoch aufragende Gestalt stand vor uns, er blickte hinter seiner üblichen dicken Sonnenbrille auf und sagte mit Furcht erregender Stimme: »Wer von euch hat mit Kreide an die Hoftür geschmiert?«

Und mit einem langen knochigen Finger wies er auf die Tür zu den Wohnräumen hinter uns, neben der sein Diener Masch Qasem Aufstellung genommen hatte. Auf die Tür, genau genommen auf die Rückseite der Tür, die in den Hof führte, hatte jemand mit Kreide gekritzelt: »Napoleon ist ein Esel.«

Die Blicke der meisten von uns, das heißt, von uns neun oder zehn Kindern, huschten unwillkürlich zu Siamak, doch bevor Lieber Onkel den Kopf senkte, hatten wir unseren Fehler erkannt und starrten zu Boden. Für uns stand außer Zweifel, dass Siamak es gewesen war, weil wir oft über Lieber Onkels Liebe zu und Interesse für Napoleon geredet hatten, und Siamak, der frecher war als wir anderen, geschworen hatte, dass er sich eines Tages auf Lieber Onkels Tür über die eselartigen Qualitäten Napoleons verbreiten würde. Aber ein Gefühl von Mitleid hielt uns davon ab, ihn zu verraten.

Lieber Onkel, der vor unserer Reihe stand wie der Kommandant eines Gefängnisses oder Kriegsgefangenenlagers, fing an zu sprechen, doch seine kraftvolle, beängstigende, bedrohliche Rede erwähnte die Beleidigung Napoleons mit keinem Wort; vorgeblich ging es nur darum, dass die Tür mit Kreide beschmiert worden war.

Nach einem schrecklichen Moment der Stille brüllte Lieber Onkel unvermittelt und mit einer Stimme, die in keinem Verhältnis zu seinem mageren Körper stand: »Ich habe gefragt, wer das gewesen ist!«

Wieder flogen verstohlene Blicke zu Siamak. Diesmal bekam Lieber Onkel sie nicht nur mit, sondern richtete auch seinen eigenen wütenden und drohenden Blick auf Siamaks Gesicht. Und dann geschah etwas. (Es ist mir peinlich, darüber zu schreiben, doch ich hoffe, um der Ehrlichkeit willen sei mir diese Offenheit verziehen.) Siamak hatte solche Angst, dass er sich in die Hose machte und Entschuldigungen zu stammeln begann.

Nachdem die Bestrafung für das Verbrechen selbst sowie für das Vergehen während der Suche nach dem Schuldigen vollzogen war, wurde der heulende Siamak nach Hause geschickt, und wir anderen Kinder folgten ihm schweigend, zum Teil aus Furcht vor Lieber Onkel, zum Teil aus Respekt und Mitleid für Siamaks schmerzhafte Tortur, die wir entscheidend mit verursacht hatten.

Als der weinende Siamak sich bei seiner Mutter über Lieber Onkel beschwerte, fragte sie, obwohl sie es vermutete, sich eigentlich sogar sicher war, von welchem Onkel er sprach: »Welcher liebe Onkel?«

Und der schmerzgeplagte Junge antwortete, ohne nachzudenken: »Lieber Onkel Napoleon.«

Wir waren alle fassungslos und blieben wie angewurzelt stehen. Denn dies war das erste Mal, dass der Spitzname, den wir Lieber Onkel unter uns gegeben hatten, laut vor einem Erwachsenen ausgesprochen wurde.

Das führte natürlich dazu, dass Siamak von seinen Eltern noch einmal bestraft wurde. Doch wir atmeten erleichtert auf. Wir hatten den Spitznamen schon so oft flüsternd wiederholt, dass wir das Gefühl hatten, daran zu ersticken.

Lieber Onkel war seit seiner Jugend ein glühender Verehrer Napoleons. Später erfuhren wir, dass er in seiner Bibliothek sämtliche Bücher über Napoleon auf Persisch und Französisch (Lieber Onkel sprach ein wenig Französisch) zusammengetragen hatte, die im Iran überhaupt aufzutreiben waren. Einige seiner Bücherschränke enthielten ausschließlich Werke über Napoleon. Es gab keine naturwissenschaftliche, literarische, historische, juristische oder philosophische Debatte, die Lieber Onkel nicht mit einem Napoleon-Aphorismus gewürzt hätte. Es war schon so weit gekommen, dass die meisten Familienmitglieder unter dem Einfluss von Lieber Onkels Fürsprache Napoleon Bonaparte für den größten Philosophen, Mathematiker, Staatsmann, Schriftgelehrten und sogar Dichter schlechthin hielten.

Nun verhielt es sich offenbar so, dass Lieber Onkel unter der Herrschaft von Schah Mohammed Ali im Rang eines dritten Leutnants in der Gendarmerie gedient hatte, und jeder von uns hatte die Geschichte seiner Schlachten und Zusammenstöße mit Banditen und Aufständischen schon vierzig- oder fünfzigmal gehört.

Unter uns Kindern war jede dieser Anekdoten durch einen bestimmten Namen gekennzeichnet: etwa die Geschichte der Schlacht von Kazerun, die der Schlacht von Mamasani und so weiter. In früheren Jahren war die Grundlage jener Geschichten die Beschreibung eines Scharmützels gewesen, das Lieber Onkel sich, unterstützt von fünf oder sechs anderen Gendarmen, in der Stadt Kazerun oder Mamasani mit einer Gruppe Rebellen oder fahrender Diebe geliefert hatte. Doch im Lauf der Zeit nahm sowohl die Anzahl der Feinde als auch die Blutigkeit der Zusammenstöße zu. War beispielsweise die Schlacht von Kazerun anfangs ein Geplänkel zwischen einer Gruppe Aufständischer und Lieber Onkel samt fünf weiteren Gendarmen gewesen, denen von zehn oder zwölf weiteren Rebellen der Rückzug versperrt wurde, so hatte sie sich zwei oder drei Jahre später zu einer blutigen Feldschlacht mit etwa einhundertfünfzig Gendarmen ausgewachsen, die von viertausend, natürlich von den Briten aufgehetzten Aufständischen eingekesselt worden waren.

Was wir damals jedoch noch nicht verstanden und erst

später nach einem kursorischen Studium der Geschichte begriffen, war die Tatsache, dass Lieber Onkels Schlachten in dem Maß, in dem sein Interesse an Napoleon zunahm, nicht nur immer astronomischere Ausmaße annahmen, sondern auch den Schlachten Napoleons zu ähneln begannen. Wenn er von der Schlacht von Kazerun sprach, schilderte er gleichzeitig Napoleons Schlacht von Austerlitz, und er schreckte nicht einmal davor zurück, Infanterie und Artillerie einzuführen. Ebenfalls erst später erfuhren wir, dass Lieber Onkel nach der Reform der iranischen Polizei, bei der den Beamten Ränge nach Fähigkeit und Wissen zugeteilt wurden, wegen nicht ausreichender Befähigung degradiert und ausgemustert worden war, obwohl er laut eigenem Bekunden ein geradezu genialer Stratege gewesen sein musste.

Die zweite lange Nacht begann. Wieder Leilis schwarze Augen, wieder Leilis betörender Blick, wieder die aufgeregten Gedanken eines dreizehnjährigen Jungen, dieselben Probleme plus einer neuen Frage: Vielleicht hatte Leili sich auch in mich verliebt. O Allah sei mir gnädig! Wenn ich allein verliebt gewesen wäre, hätte es vielleicht noch Hoffnung auf Erlösung gegeben, aber wenn sie auch …

Während der ganzen Zeit, in der wir wie aufgereiht vor Lieber Onkel gestanden hatten, besorgt, ängstlich, verschreckt und ohne jede Zuversicht, dass Lieber Onkel die Wahrheit herausfinden und Gerechtigkeit walten lassen würde, spürte ich Leilis Blick auf meinem Gesicht.

Das war ein weiteres Problem, auf das ich eine Antwort finden musste. War es besser, wenn die Liebe einseitig oder wenn sie gegenseitig war?

Wen konnte ich fragen? Wen sollte ich konsultieren? Wenn nur Leili hier wäre. Nein, ich hatte mich zweifelsohne verliebt, warum sollte ich sonst wünschen, dass Leili hier wäre? Vielleicht konnte ich jemanden fragen, aber wen?

Wie wäre es, wenn ich Leili selbst fragte? Nein, das war vollkommen lächerlich. Ich konnte Leili nicht fragen: »Bin ich verliebt in dich, oder nicht?« Aber vielleicht konnte ich Leili fragen... was? Sie fragen, ob sie in mich verliebt war, oder nicht? Das war auch lächerlich. Außerdem war es unmöglich, weil ich nie den Mut aufgebracht hätte.

Ich dachte an die Kinder in meinem Alter. Nein, das war ebenfalls unmöglich... Leilis Bruder war jünger als ich und nicht besonders schlau. Wie also konnte ich Ali fragen? Außerdem war er eine Petze und würde es Lieber Onkel erzählen. Gab es denn niemanden, den ich fragen konnte, ob ich verliebt war, oder nicht?

Plötzlich leuchtete in all meinen Qualen und wirren Gedanken ein Hoffnungsschimmer auf: Masch Qasem.

Was, wenn ich Masch Qasem fragte? Masch Qasem stammte aus einem Dorf und war dann Diener meines Onkels geworden. Die ganze Familie sprach ständig von Masch Qasems Güte und Frömmigkeit. Außerdem hatte er sie mir gegenüber einmal bewiesen, als er beobachtet hatte, wie ich mit einem Ball ein Fenster meines Onkels zerbrochen hatte; er hat niemandem ein Wort gesagt.

Masch Qasem war prinzipiell immer auf unserer Seite, und er erzählte uns Kindern seltsame und merkwürdige Geschichten. Das Beste an ihm war, dass er keine Frage unbeantwortet ließ, und jedes Mal, wenn wir ihn etwas fragten, erwiderte er zunächst: »Warum sollte ich lügen? Mit einem Bein... ja, ja...!«

Und dabei hob er einen Finger, und später begriffen wir, dass er meinte, mit einem Bein stünde man schon im Grab, weshalb man nicht lügen durfte. Obwohl wir manchmal sicher waren oder ahnten, dass auch Masch Qasem log, ließ er trotzdem nie eine Frage unbeantwortet; selbst wenn es um sehr tiefsinnige oder äußerst merkwürdige Dinge ging, wusste er etwas zu erwidern. Das war für uns wunderbar.

Wenn wir ihn fragten, ob es wirklich Drachen gab oder nicht, antwortete er sofort: »Nun, Kinder, warum sollte ich lügen? Mit einem Bein... ja, ja... Ich habe einmal selbst mit eigenen Augen einen Drachen gesehen, auf dem Weg von Ghiasabad nach Qom; ich kam um eine Ecke, und er sprang aus seinem Versteck und stand direkt vor mir. Es war ein Tier – Allah möge euch vor einem solchen Anblick bewahren – irgendwo zwischen einem Leoparden und einem Büffel, einem Ochsen, einem Oktopus und einer Eule. Aus dem Schlitz seines Mundes loderten drei Meter hohe Flammen. Ich ließ alle Vorsicht fahren, schlug ihm mit meinem Spaten auf den Schlitzmund und raubte ihm den Atem. Er schnaubte so laut, dass die ganze Stadt aufwachte... Aber was hat es mir genutzt, meine Lieben? Keine Menschenseele hat zu mir gesagt: ›Danke für die Mühe, Masch Qasem.‹«

Masch Qasem hatte eine Erklärung für jedes historische Ereignis und jede Neuerung, und wenn die Atombombe damals schon erfunden gewesen wäre, hätte er einem bestimmt in allen Einzelheiten erklären können, wie eine Nuklearexplosion abläuft. In jener Nacht jedenfalls fiel Masch Qasems Name wie ein Hoffnungsschimmer in die Dunkelheit meiner Gedanken, und ich schlief einigermaßen beruhigt ein.

Am nächsten Morgen wachte ich früh auf. Zum Glück war auch Masch Qasem ein Frühaufsteher. Sobald er aufstand, begann er die Blumen zu gießen und den Garten zu pflegen. Als ich zu ihm ging, stand er auf einem Hocker und ordnete die Ranken der Kletterrose, die sich um die Laube von Lieber Onkel wand.

»Kannst du nicht schlafen, mein Junge? Wie kommt es, dass du heute so früh wach bist?«

»Ich bin gestern Abend früh schlafen gegangen. Deshalb war ich heute Morgen nicht mehr müde.«

»Na, dann geh und spiel noch ein bisschen, bald fängt die Schule an.«

Ich zögerte einen Moment, doch dann dachte ich an das Grauen einer dritten Nacht, vergaß alle Bedenken und sagte: »Masch Qasem, ich möchte dich etwas fragen.«

»Nur zu, mein Junge!«

»Einer meiner Klassenkameraden glaubt, er hätte sich verliebt... aber, wie soll ich es sagen... er ist sich nicht sicher, und er traut sich nicht, jemanden zu fragen... Weißt du, woran ein Mensch erkennen kann, ob er verliebt ist?«

Masch Qasem fiel fast von seinem Hocker. Erstaunt fragte er: »Was? Wie? Verliebt? Du meinst, er hätte sich in jemanden verguckt? Ein Klassenkamerad von dir?«

Überaus ängstlich sagte ich: »Aber, Masch Qasem, ist es so gefährlich?«

Masch Qasem starrte konzentriert auf seine Gartenschere und meinte ruhig: »Nun, mein Junge, warum sollte ich lügen? Mit einem Bein... ja, ja... ich selbst bin nie verliebt gewesen... na ja, vielleicht doch. Aber langer Rede kurzer Sinn, ich weiß, was für eine Katastrophe das ist. Etwas, was Allah keinem armen Teufel wünschen möge! So Allah und alle Heiligen es wollen, möge niemand mit den Leiden und der Krankheit der Verliebten geschlagen werden! Übersteht ja schon ein erwachsener Mann kaum das Verliebtsein... um wie viel schlimmer muss es da für ein Kind sein, mein Lieber!«

Meine Beine hatten nicht mehr die Kraft, meinen Körper zu tragen. Ich hatte wirklich Angst. Ich war gekommen, um Masch Qasem nach Symptomen von Verliebtsein zu fragen, doch stattdessen beschrieb er mir die beängstigenden Folgen der Liebe. Aber ich durfte nicht aufgeben! Weil Masch Qasem die einzige erfahrene Person war, die mir die benötigten Informationen über die Liebe und die Anzeichen des Verliebtseins geben konnte, musste ich stark bleiben.

»Aber, Masch Qasem, dieser Klassenkamerad von mir,

der glaubt, dass er sich verliebt hat, will wissen, ob er sich wirklich verliebt hat oder nicht. Und wenn er sich verliebt hat, möchte er die Schmerzen irgendwie lindern.«

»Nicht doch, mein Junge, so leicht lässt sich die Liebe nicht kurieren. Sie ist schlimmer als jeder Schmerz und jedes Unglück. Allah behüte, sie ist sogar schlimmer als Typhus und Magenkrämpfe.«

»Masch Qasem«, fuhr ich tapfer fort, »das ist alles schön und gut, aber woher weiß man, ob man verliebt ist?«

»Nun, mein Junge... warum sollte ich lügen? Nach allem, was ich beobachtet habe, ist es so, wenn man verliebt ist: Wenn du sie nicht siehst, glaubst du, dein Herz gefriert. Und wenn du sie siehst, beginnt es in deinem Herzen zu brennen, als ob dort jemand ein Feuer entzündet hätte. Du willst alles auf der Welt, allen Reichtum, nur für sie, du glaubst, du wärst der großzügigste Mann der Welt... langer Rede kurzer Sinn, das Einzige, was dich zufrieden machen würde, ist eine Verlobungsfeier, aber es kommt auch vor, Allah behüte, dass sie das Mädchen einem anderen Mann geben... In unserer Stadt gab es einen Mann, der verliebt war, und eines Abends wurde die Verlobungsfeier für das Mädchen und einen anderen Mann abgehalten; am nächsten Morgen ging dieser Nachbar von mir in die Wüste. Das ist jetzt zwanzig Jahre her, und noch immer weiß niemand, was geschehen ist. Man könnte meinen, er habe sich in Rauch aufgelöst und sei zum Himmel aufgestiegen.«

Masch Qasem war nicht in der Stimmung aufzuhören, und er erzählte eine Geschichte nach der anderen, über einen anderen Nachbarn und über Freunde aus der Armee, während ich das Gespräch schleunigst beenden wollte, weil ich Angst hatte, dass jemand hinzukommen könnte.

»Masch Qasem«, sagte ich, »ich möchte nicht, dass Lieber Onkel erfährt, dass ich dich was gefragt habe, weil er sonst wissen wollen würde, wer diese Person ist...«

»Würde ich dem Herrn etwas sagen? Meinst du, ich bin lebensmüde? Wenn der Herr hört, dass irgendwer verliebt ist oder mit irgendwem turtelt, schwingt er den Stock... er könnte durchaus jemanden umbringen.«

Masch Qasem nickte ernst und fügte noch hinzu: »Allah verhüte, dass jemand sich in Duschizeh Leili verliebt. Weil der Herr seine gesamte Familie vom Antlitz der Erde tilgen würde.«

Scheinbar gleichgültig erwiderte ich: »Aber warum denn das, Masch Qasem?«

»Nun, ich erinnere mich, dass sich vor einigen Jahren ein Junge in die Tochter eines Freundes des Herrn verliebt hat...«

»Und wie ging es aus, Masch Qasem?«

»Nun, warum sollte ich lügen... mit einem Bein... ja, ja... Ich habe es nicht mit eigenen Augen gesehen, aber der Junge ist plötzlich verschwunden. Als ob er sich in Rauch aufgelöst hätte. Es gab viele, die behauptet haben, der Herr hätte ihm eine Kugel ins Herz gejagt und ihn in einen Brunnen geworfen... das war zur Zeit der Schlacht von Kazerun...« Und dann fing Masch Qasem an, Lieber Onkels Schlacht von Kazerun zu schildern.

Wir wussten nicht genau, wie Masch Qasem Lieber Onkels Diener geworden war, doch so viel wir mitbekommen hatten, war er in die Dienste von Lieber Onkel getreten, nachdem der aus der Provinz nach Teheran zurückgekehrt war. Außerdem war Masch Qasems Charakter eine Miniaturausgabe von dem des Lieber Onkel. Seine Einbildungskraft funktionierte ganz ähnlich wie die von Lieber Onkel. Als er anfangs Lieber Onkels Geschichten und Schlachtberichte bestätigte, brüllte Lieber Onkel ihn noch an: »Wovon redest du? Du warst doch gar nicht dabei!« Doch Masch Qasem nahm keinerlei Notiz davon, und da niemand seinen Tagträumen zuhören und sie auch noch glauben mochte, konzentrierte er all seine Anstrengungen darauf, Lieber Onkels Nebenfigur zu werden. Als Lieber Onkel nach und nach spürte, dass sein Publikum ihm nicht mehr mit der nötigen Aufmerksamkeit zuhörte, vor allem seinen diversen Schlachtberichten nicht, begann er – vielleicht weil er einen Zeugen brauchte, vielleicht auch, weil er seinen Diener unter dem Einfluss von dessen Einflüsterungen tatsächlich dort draußen auf dem Schlachtfeld vor sich sah –, Masch Qasems Bindung an seine Person und seine Anwesenheit in den Schlachten zu akzeptieren. Das war umso mehr der Fall, als Masch Qasem die imaginären Einzelheiten der Schlachten von Kazerun, Mamasani und so weiter schon so oft gehört hatte und sich so gut daran erinnerte, dass er Lieber Onkel manchmal beim Erzählen einer bestimmten Geschichte aushelfen konnte.

Doch an einem Tag vor zwei oder drei Jahren wurde diese Akzeptanz gleichsam offiziell.

An jenem Tag war Lieber Onkel fürchterlich wütend. Beim Reparieren eines Bewässerungskanals hatte Masch Qasem mit einer Spitzhacke achtlos die Wurzeln von Lieber Onkels großem Rosenbusch beschädigt. Lieber Onkel war fast außer sich vor Wut, und nachdem er Masch Qasem ein paarmal in den Nacken geschlagen hatte, kreischte er: »Verschwinde. Für dich ist in diesem Haus kein Platz mehr.«

Und Masch Qasem hatte mit gesenktem Kopf erwidert: »Herr, Sie müssen mich von der Polizei aus diesem Haus schaffen oder meine Leiche hinaustragen lassen. Denn Sie haben mein Leben gerettet, und solange noch ein Hauch Atem in meinem Körper ist, muss ich in diesem Haus bleiben und Ihnen dienen. Wann war es, dass Sie die gütige Tat vollbracht haben?«

Daraufhin wandte sich Masch Qasem an Lieber Onkels Brüder und Schwestern sowie an die Kinder, die sich sämtlich versammelt hatten, ohne es zu wagen, zu seinen Gunsten einzugreifen, und sagte mit bewegter Stimme: »In der Schlacht von Kazerun war ich durch einen Schuss verwundet worden, ich war zwischen zwei Felsen zu Boden gegangen, und die Kugeln pfiffen mir um die Ohren. Ich hatte mein letztes Gebet gesprochen, am Himmel kreisten die Geier und beäugten mich… Doch dann kämpfte sich der Herr, Allah segne ihn, plötzlich durch den Kugelhagel zu mir vor. Wie ein Löwe warf er mich über seine Schulter und trug mich einfach so, weiß der Himmel wie weit, bis wir sicher in Deckung waren. Glaubt ihr, ein Mann würde so etwas vergessen?«

Wir alle hatten der Geschichte tief bewegt gelauscht und bemerkten erst jetzt, dass alle Anzeichen von Wut aus Lieber Onkels Antlitz gewichen waren. Stattdessen starrte er versonnen in die Ferne, als ob er dort tatsächlich das Schlachtfeld sähe. Sanft breitete sich ein Lächeln auf seinem Gesicht aus.

Masch Qasem hatte die Veränderung ebenfalls bemerkt. »Wenn der Herr nicht gewesen wäre, wäre ich längst tot und verfault wie der arme Soltanali Khan.«

An dieser Stelle wiederholte mein Onkel flüsternd: »Armer Soltanali Khan… für ihn wollte ich auch etwas tun, aber es sollte nicht sein… Allah sei ihm gnädig.«

Mit diesen wenigen Worten hatte Lieber Onkel von jenem Tag an akzeptiert, dass Masch Qasem im Krieg unter seinem Kommando dabei gewesen war. Derselbe Mann, der zuvor unter keinen Umständen bereit gewesen war anzuerkennen, dass er Masch Qasem zu der Zeit überhaupt gekannt hatte, bezeichnete seinen Diener fortan als seinen ehemaligen Burschen, den er beim Erzählen seiner Kriegsgeschichten bisweilen nach Namen bestimmter Menschen oder Orte fragte. Ein Jahr später ließ er Masch Qasem bei einer Zusammenkunft von Freunden sogar die Geschichte erzählen, wie er, Lieber Onkel, sein Leben gerettet hatte.

Auf diese Weise wurde Masch Qasem – obwohl das aufregendste und erzählenswerteste Erlebnis seines Lebens bisher ein Kampf mit ein paar streunenden Hunden in Qom gewesen war – als einer der tapfersten Helden der Schlachten von Kazerun und Mamasani rekrutiert.

Wie üblich setzte Masch Qasem auch an jenem Tag zu seiner Schilderung der Schlacht von Kazerun an, während ich mich leise wieder ins Haus schlich.

Die Schlussfolgerung aus den Gedanken, die in meinem Kopf herumschwirrten, war, dass ich mich wirklich in Leili verliebt hatte; vor allem am Abend jenes Tages, als der umherziehende Eisverkäufer vorbeigekommen war und ich Leili freudig die Hälfte meiner Portion gegeben hatte, kamen mir die weisen Worte Masch Qasems wieder in den Sinn: »Du willst alles auf der Welt, allen Reichtum, nur für sie, du glaubst, du wärst der großzügigste Mann der Welt.« Es war noch nie passiert, dass ich jemandem etwas von meinem Eis angeboten hatte.

Nach und nach erkannte ich all die Zeichen und Signale, die Masch Qasem erwähnt hatte. Wenn Leili nicht da war, hatte ich tatsächlich das Gefühl, mein Herz würde gefrieren, und wenn ich sie sah, breitete sich das Brennen in meinem Herzen sogar bis zu den Wangen und Ohren aus. Wenn sie bei mir war, verschwendete ich nie einen Gedanken an die schrecklichen Folgen der Liebe. Nur nachts, wenn sie nach Hause gegangen und ich allein war, erfasste mich wieder der furchtbare Strudel der Liebe. Doch nach ein paar Nächten ließen Furcht und Entsetzen langsam nach, und irgendwann hatte ich gar keine Angst mehr, selbst wenn ich nachts allein war, weil meine Nächte mit Erinnerungen an sie angefüllt waren. Einer unserer Verwandten, der im Außenministerium arbeitete, hatte Lieber Onkel ein paar Flaschen russisches Eau de Cologne aus Baku mitgebracht. Manchmal haftete Leilis Duft nach jenem russischen Eau de

Cologne an meinen Händen, so dass ich sie nicht waschen wollte, damit er nicht verflog. Ich spürte mehr und mehr, dass ich es genoss, verliebt zu sein. Nach den Leiden der ersten Tage war ich ein glücklicher Mensch geworden, auch wenn mich nach wie vor eine große Sorge quälte. Ich wollte wissen, ob Leili auch in mich verliebt war oder nicht. Ich fühlte, dass sie es war, aber ich wollte sicher sein.

Trotz dieser Ungewissheit verstrichen die Tage erneut in vollkommener Glückseligkeit. Meine gute Laune wurde nur dann getrübt, wenn ich befürchtete, dass Lieber Onkel mein Geheimnis entdeckt hatte. Manchmal träumte ich, dass er mit einer Pistole über mir stand und mich mit wütendem Blick anstarrte. In meiner Angst schreckte ich schweißgebadet aus dem Schlaf hoch. Obwohl ich versuchte, nicht an den Ausgang meiner Liebe zu denken, war es mir mehr oder weniger klar, dass Lieber Onkel sie nie akzeptieren würde. Die Geschichte des Zerwürfnisses zwischen Lieber Onkel und meinem Vater war sehr alt. Lieber Onkel war von Anfang an gegen die Heirat seiner Schwester mit meinem Vater gewesen, weil er seine eigene Sippe für adelig hielt und deshalb eine Verbindung zwischen einer Aristokratin, wie er sich ausdrückte, und einer gewöhnlichen Person, noch dazu aus der Provinz, nie als standesgemäß anerkennen würde. Wenn die Hochzeit meines Vaters mit Lieber Onkels Schwester nicht schon zu Lebzeiten von Lieber Onkels Vater gefeiert worden wäre, wäre sie vielleicht nie zu Stande gekommen.

Zu allem Überfluss bekundete mein Vater auch nicht den gehörigen Respekt für Napoleon und nannte ihn bei Zusammenkünften, Familientreffen und manchmal sogar in Gegenwart meines Onkels einen Abenteurer, der Leid und Unglück über die französische Nation gebracht hatte. Ich glaube, das war die größte Sünde meines Vaters und der Hauptgrund für ihr Zerwürfnis.

Gewiss, die glimmende Glut dieser Meinungsverschiedenheiten blieb für gewöhnlich unter der Asche unsichtbar. Nur gelegentlich flammte sie aus diversen Gründen, vor allem jedoch beim Backgammon wieder auf, bevor die Dinge nach ein paar Tagen dank der Vermittlung eines anderen Familienmitglieds wieder ihren gewohnten Lauf nahmen. Diese Scharmützel zwischen Lieber Onkel und meinem Vater waren für uns Kinder ohne Bedeutung, weil wir, wann immer sie sich ereigneten, mit unseren eigenen Spielen beschäftigt waren. Doch nachdem ich wusste, dass ich in Leili verliebt war, galt meine größte Sorge einem erneuten Aufflackern der Streitigkeiten zwischen den beiden, und wie das Unglück es wollte, stand eines der größten Scharmützel, die je mein Leben erschüttert haben, unmittelbar bevor.

Ausgangspunkt der neuen Feindseligkeiten war eine Feier im Haus unseres Onkels Oberst. Schapur war Onkel Obersts Sohn und wurde, dem Beispiel seiner Mutter folgend, von der ganzen Familie »Puri« genannt. Er hatte seinen Abschluss an der Universität gemacht, und den ganzen Sommer über war die Rede von einem Fest, das Onkel Oberst zur Feier des Examens seines Sohns geben wollte.

Puri war der Typ des fleißigen Büfflers und das einzige Mitglied unserer großen Familie, dessen Bildung über das Niveau eines normalen Schulabschlusses hinausging. In Lieber Onkels »aristokratischer« Familie hatten die Kinder ihre Ausbildung meist nach der dritten oder vierten Klasse der höheren Schule beendet, so dass Puris Universitätsabschluss tatsächlich ein größeres Ereignis war. Jeder in der Familie sprach von seiner Genialität. Obwohl erst einundzwanzig, sah der Junge wegen seiner Größe und einem kleinen Buckel viel älter aus, und meines Erachtens war er auch nicht besonders intelligent, sondern verfügte lediglich über ein gutes Gedächtnis. Er lernte seine Lektionen auswendig und bekam gute Noten. Bis zu seinem achtzehnten Lebensjahr führte ihn seine Mutter an der Hand über die Straße. Alles in allem sah er nicht schlecht aus, stotterte jedoch ein wenig. Die ganze Familie – und vor allem Lieber Onkel – hatte so oft von seiner Genialität gesprochen, dass wir ihn mit dem Spitznamen »Puri das Genie« bedachten. Außerdem hatte es so viel Gerede über das rauschende Fest gegeben, das Onkel Oberst veranstalten wollte, dass sich das Gespräch von uns Kindern in den Ferien fast nur darum drehte.

Schließlich erfuhren wir, dass am Abend von Puris Geburtstag auch das Fest zur Feier seines Examens stattfinden sollte. Es war das erste Mal, dass ich mich von Mittag an darauf vorbereitete, auf eine Party zu gehen. Baden, Haare schneiden, Hemd und Anzug bügeln, Schuhe polieren, all das Putzen und Schmücken nahmen den Großteil des Nachmittags in Anspruch. Ich wollte für Leili besser denn je aussehen. Ich tupfte sogar ein wenig »Souvenir de Paris« aus der Parfümflasche meiner Mutter, einen schweren, femininen Duft, auf Kopf und Gesicht.

Onkel Obersts Haus stand ebenfalls in dem großen Garten, doch er hatte es durch einen Holzzaun von unserem getrennt. In Wirklichkeit war Onkel Oberst gar kein Oberst, sondern nur Major, ein »Yavar«, wie das damals hieß. Doch vor einigen Jahren hatte er das Gefühl, eine Beförderung verdient zu haben, und da Lieber Onkel zufällig zur gleichen Zeit begonnen hatte, seinen Bruder als »Oberst« zu bezeichnen, hatte ihn die Familie fortan für einen solchen gehalten und auch so angeredet.

Als wir den Hof hinter Onkel Obersts Haus betraten, sah ich mich unter den bereits eingetroffenen Gästen sofort nach Leili um. Sie war noch nicht da. Doch bevor ich die anderen Gäste unter die Lupe nahm, fiel mein Blick auf das große Genie Puri. Er hatte sich einen steifen, gestreiften Kragen an sein weißes Hemd geknöpft und trug eine geschmacklose bunte Krawatte um den Hals.

Nach Kragen und Krawatte des Genies wurde meine Aufmerksamkeit von einer zweiköpfigen Kapelle in Beschlag genommen, die auf Stühlen neben ihren Instrumenten, einer Tar und einer Zarb, saß; vor ihnen stand ein kleines Tischchen mit Obst und Kuchen. Der Tar-Spieler kam mir bekannt vor, und kurz darauf fiel es mir auch wieder ein, woher ich ihn kannte. Es war der Mathematiklehrer unserer Grundschule. Später fand ich heraus, dass er zur Aufbesserung seines mageren Lehrergehalts auf Festen und Feiern Tar spielte. Der Zarb-Spieler war ein fetter Blinder, der auch sang. Um acht Uhr war die Feier richtig in Gang gekommen, und die Kapelle spielte in regelmäßigen Abständen ein paar muntere Lieder. In einer Ecke stand eine Gruppe um einen Tisch mit alkoholischen Getränken. Hin und wieder streckte ich die Hand nach den Obst- und Gebäcktellern aus und nahm mir von allem immer zwei, eins für Leili und eins für mich.

Das bedauernswerte Ereignis begab sich um halb elf. Onkel Oberst zeigte sein neues Jagdgewehr herum, das Asadollah Mirsa, der Beamte im Außenministerium, ihm aus Baku mitgebracht hatte, pries wieder und wieder seine Vorteile und wartete darauf, dass Lieber Onkel Napoleon eine Meinung äußerte.

Lieber Onkel nahm das Gewehr ein paarmal in die Hand, hielt es in diese und jene Richtung und betrachtete es eingehend. Die Frauen ermahnten ihn mehrmals, nicht mit Waffen zu spielen, worauf er lächelnd erwiderte, er sei ein Fachmann und wüsste schon, was er täte.

Mit dem Gewehr in der Hand begann er nach und nach sich der tapferen Schlachten seiner Vergangenheit zu erinnern. »Ja, ich hatte genau so eine Waffe... ich weiß noch, einmal in der Schlacht von Mamasani...«

Da er die Waffe in der Hand meines Onkels gesehen und möglicherweise vermutet hatte, dass vom Krieg die Rede sein würde, hatte Masch Qasem hinter Lieber Onkel Aufstellung genommen und unterbrach in diesem Moment das Gespräch mit dem Ausruf: »Herr, es war die Schlacht von Kazerun.«

Lieber Onkel warf ihm einen wütenden Blick zu. »Was redest du für einen Unsinn? Es war die Schlacht von Mamasani.«

»Nun, warum sollte ich lügen, Herr? Soweit ich mich erinnere, war es die Schlacht von Kazerun.« In diesem Moment begriff Lieber Onkel, was alle anderen schon längst erkannt hatten, dass nämlich Masch Qasem eine Meinung über Schauplatz und Namen der Schlacht kundgetan hatte, bevor er wusste, was Lieber Onkel sagen würde, was ein schlechtes Licht auf die Originalität jener Geschichte warf, die zu erzählen er möglicherweise angehoben hatte. Leise, aber voller Zorn, zischelte er: »Mein guter Mann, ich habe noch gar nicht gesagt…«

»Nun, das weiß ich nicht, Herr, aber es war die Schlacht von Kazerun.«

Und dann verstummte er. Lieber Onkel hob erneut an. »Also, es war bestimmt im Getümmel der Schlacht von Mamasani. Wir standen in der Mitte eines Tals. Beide Hänge waren von bewaffneten Banditen eingenommen…«

Während Lieber Onkel mit seiner Geschichte fortfuhr, erhob er sich manchmal von seinem Platz und sank wieder darauf zurück, wobei er, das Gewehr unter den rechten Arm geklemmt, mit der Linken erklärend gestikulierte. »Man stelle sich vor, ein Tal etwa drei- bis viermal so groß wie dieser Hof. Ich stehe also dort mit vierzig oder fünfzig Infanteristen…«

In das umfassende Schweigen der Gäste hinein ließ Masch Qasem erneut seine Stimme vernehmen: »Mit Ihrem treuen Diener Qasem!«

»Ja, Qasem war, was man heutzutage meinen Burschen nennen…«

»Habe ich nicht gesagt, dass es die Schlacht von Kazerun war, Herr?«

»Ich sage, red keinen Unsinn, es war die Schlacht von Mamasani, du wirst langsam alt, dein Gedächtnis löst sich in Einzelteile auf, du wirst gaga...«

»Ich habe kein Wort gesagt, Herr!«

»Gut! Schweig, dann ist es noch besser! Also da stand ich, wie gesagt, mit vierzig oder fünfzig Infanteristen – und die Männer waren in einem erbärmlichen Zustand... Wie schon Napoleon sagt, mit fünfzig gut genährten Soldaten kann ein General weit mehr ausrichten als mit tausend hungrigen Männern... Plötzlich ging der Kugelhagel los. Ich ließ mich natürlich sofort von meinem Pferd fallen. Qasem hier und ein weiterer Bursche waren neben mir, und ich packte ihn mit einer Hand und riss ihn ebenfalls von seinem Pferd...«

Wieder unterbrach Masch Qasem: »Ich war es und niemand anders, Herr.« Schüchtern und ängstlich fügte er hinzu: »Ich will nicht aufdringlich sein, Herr, aber ich möchte noch einmal feststellen, dass es die Schlacht von Kazerun war.«

In diesem Moment bedauerte es Lieber Onkel vielleicht zum ersten Mal, dass er Masch Qasem in der Arena seiner Schlachten zugelassen hatte.

»Hölle und Verdammnis, wo immer es auch war! Willst du mich jetzt ausreden lassen?«

»Ich bin vollkommen dumm, Herr, ich weiß gar nichts.«

Rasend vor Wut über Masch Qasems Impertinenz, fuhr Lieber Onkel fort – und wenn die Leute sich seiner religiösen Prinzipien nicht absolut sicher gewesen wären, hätten sie glauben können, dass er betrunken war. »Ja, fürwahr, ich habe diesen Schwachkopf – obwohl ich wünschte, meine Hand wäre zerschmettert worden, und ich hätte ihn nicht gerettet – von seinem Pferd gezogen und mich hinter einem Felsen verschanzt, einem Felsen etwa von der Größe des Wohnzimmers... Wie also war die Lage? Zwei oder drei Männer hatten Schussverletzungen, die anderen hatten Deckung hinter anderen Felsen gefunden. An der Art ihres Angriffs und des Kugelhagels erkannte ich sofort, dass ich es mit Khodadad Khans Bande zu tun hatte, dem berühmten Khodadad Khan, einem der ältesten Lakaien der Engländer.«

Unter dem Eindruck von Lieber Onkels aufregender Schilderung schien Masch Qasem den Verstand verloren zu haben, denn er schaltete sich erneut in die Erzählung ein: »Habe ich nicht gesagt, es war die Schlacht von Kazerun?«

»Halt's Maul! Nun denn, fürwahr, als Erstes, habe ich mir gesagt, musst du diesen Khodadad Khan überlisten. Diese Rebellen sind meist nur so lange gefährlich, wie ihr Anführer lebt, doch sobald der tot ist, ergreifen sie die Flucht. Ich robbte also an dem Felsen entlang. Ich besaß eine Pelzkappe, die ich auf einem Stock hoch hielt...«

Wieder konnte Masch Qasem nicht mehr an sich halten. »Herr, ich erinnere mich, als ob es gestern gewesen wäre. Ich kann Ihre Pelzkappe vor meinen Augen sehen, und wenn Sie sich erinnern wollen, haben Sie Ihre Pelzmütze in der Schlacht von Kazerun verloren, ich meine, dort wurde sie durchlöchert. In der Schlacht von Mamasani hatten Sie gar keine Pelzmütze auf.«

Wir warteten alle darauf, dass Lieber Onkel Masch Qasem mit dem Kolben der Waffe den Schädel einschlug. Doch wider Erwarten zeigte er sich sogar ein wenig nachgiebig. Entweder er wollte Masch Qasem zum Schweigen und seine Geschichte zu Ende bringen, oder er verlegte in der Welt seiner Phantasie schlicht den Schauplatz der Episode. Milde sagte er: »Offenbar hat Masch Qasem Recht, offenbar war es tatsächlich die Schlacht von Kazerun... so ist es, es war zu Beginn der Schlacht von Kazerun...«

Masch Qasems Augen leuchteten freudig auf. »Habe ich es nicht gesagt, Herr? Warum sollte ich lügen, mit einem Bein... ja, ja... es ist, als ob es gestern gewesen wäre.«

»Ja, ich hatte also nur einen Gedanken. Und zwar Khodadad Khan zu erwischen. Als ich meine Pelzmütze auf den Stock hängte, streckte Khodadad Khan, der ein ausgezeichneter Schütze war, seinen Kopf hinter einem Felsen hervor. Nun galt es: er oder ich. Ich rief den Namen des heiligen Ali an und zielte...«

Lieber Onkels schlaksiger Körper erhob sich. Er legte das Gewehr an seine linke Schulter, als würde er ein Ziel anvisieren, und kniff sogar das linke Auge zu.

»Ich sah nichts außer Khodadads Stirn, und ich hatte ihn schon oft gesehen, die buschigen Augenbrauen, die Narbe über seiner rechten Braue. Ich zielte auf die Stelle zwischen den Augenbrauen und...«

In diesem Moment, als Lieber Onkel unter dem atemlosen Schweigen seines Publikums das Gewehr anlegte und direkt zwischen die Augen seines Feindes zielte, geschah etwas Unerwartetes. In seiner unmittelbaren Umgebung vernahm man ein Geräusch. Es war ein dubioses Geräusch, wie das Schrammen eines Stuhlbeins über einen Steinfußboden oder das unerwartete Ächzen eines durchgesessenen Stuhls oder... erst später wurde mir klar, dass die meisten Gäste tatsächlich einen Stuhl für die Quelle des Lautes gehalten hatten, ohne dass ihnen schlimmere Gedanken gekommen wären.

Einen Moment lang stand Lieber Onkel wie angewurzelt da. Alle Gäste waren wie zu Stein erstarrt; niemand rührte sich. Nach einer Weile schien Lieber Onkels Blick wieder zum Leben zu erwachen und wurde zu einem wütenden Starren. Er wandte sich in die Richtung, aus der das Geräusch gekommen war.

Dort hielten sich nur zwei Personen auf: mein Vater und

Qamar, ein dickes, schwerfälliges Mädchen, eine Verwandte von uns, die als ein wenig einfältig galt.

Eine Weile herrschte angespannte Stille. Plötzlich begann Qamar idiotisch zu kichern. Daraufhin fingen die Kinder, einige wenige Erwachsene und sogar mein Vater ebenfalls an zu lachen. Obwohl ich nicht wirklich begriff, was vor sich ging, spürte ich den Sturm, der jeden Moment losbrechen würde, und ergriff Leilis Hand. Lieber Onkel richtete den Lauf des Gewehrs auf die Brust meines Vaters. Alle verstummten. Mein Vater blickte verwirrt von einer Seite zur anderen. Plötzlich warf Lieber Onkel das Gewehr auf das Sofa neben sich und sagte mit erstickter Stimme: »Wie schon Firdausi gesagt hat:

Wer zu Rang und Ehre erhebt den Geringen,
weil er hofft, seine Läuterung möge gelingen,
Der könnte auch sterben von eigener Hand
oder nähren die Schlange in seinem Gewand.«

Schon auf dem Weg zur Tür brüllte er: »Wir gehen!«

Lieber Onkels Frau folgte ihm auf dem Fuße. Obwohl sie nicht richtig verstand, was eigentlich passiert war, spürte auch Leili den Ernst der Lage und entwand ihre Finger meinem festen Griff. Mit einem kurzen Blick verabschiedete sie sich von mir und folgte ihren Eltern.

2

Es hatte den Anschein, als stünde mir eine weitere schlaflose Nacht bevor. Ich wälzte mich unter dem Moskitonetz von einer Seite auf die andere, doch der Schlaf wollte nicht kommen. Vor mehr als einer Stunde waren wir von der Feier in Onkel Oberts Haus heimgekehrt. Nachdem mein Vater sich unmittelbar nach Lieber Onkels wütendem Abgang ebenfalls verabschiedet hatte, war das Fest mehr oder weniger zu Ende. Vielleicht befanden sich noch ein paar Gäste dort, doch sie sprachen so leise, dass ihre Stimmen nicht über Onkel Oberts Hof hinausdrangen, und ich war mir sicher, dass sie den unseligen Zwischenfall erörterten.

Ich ging die Ereignisse der letzten Tage noch einmal durch: Ich hatte mich plötzlich in Leili, Lieber Onkel Napoleons Tochter, verliebt. Nach den ersten angsterfüllten Tagen dieser Liebe hatte ich mich nach und nach glücklich gewähnt und war froh gewesen, mich verliebt zu haben, doch dann hatte der unselige Zwischenfall meinen und jedermanns Seelenfrieden gestört. Wegen der geradezu wütenden Proteste, mit denen mein Vater auf Lieber Onkels zornige Vorwürfe reagiert hatte, vermutete ich, dass mein Vater an der Erzeugung des dubiosen Geräuschs nicht beteiligt war. Ich konnte noch immer die gedämpfte Unterhaltung meiner Eltern unter ihrem Moskitonetz hören. Manchmal erhob mein Vater drohend seine Stimme, doch es war offensichtlich, dass meine Mutter ihm dann jedes Mal den Mund zuhielt. Bisweilen hörte ich sie sagen: »Um Himmels willen, nicht so laut, mein Lieber, die Kinder könnten dich hören ... was immer auch geschieht, er ist mein älterer Bruder ... du weißt, dass ich alles für dich tun würde ... lass es einfach gut sein!« Kurz vor dem Einschlafen hörte ich erneut deutlich die zornige Stimme meines Vaters: »Ich werde ihm eine Schlacht von Kazerun bereiten, die er nicht so schnell vergisst, mir dieses Gedicht ins Gesicht zu schleudern!«

Am nächsten Morgen kroch ich voller Sorge über die Ereignisse, die logischerweise folgen würden, unter meinem Moskitonetz hervor. Meine Eltern sagten kein Wort, während ich mein Frühstück einnahm, und auch im Garten war es vollkommen still. Scheinbar wartete alles, sogar die Bäume und Blumen, darauf, was Lieber Onkel tun würde. Nicht einmal Onkel Obersts Diener hob den Kopf, als er die Stühle und Teller zurückbrachte, die wir für das Fest ausgeliehen hatten. Bis zehn lief ich auf und ab und wartete, dass Leili aus dem Haus kommen würde. Schließlich hielt ich es nicht mehr aus und ging zu Masch Qasem. »Masch Qasem, warum sind die anderen Kinder heute nicht in den Garten gekommen?«

Masch Qasem drehte sich gerade eine Zigarette; er schüttelte den Kopf und sagte: »Nun, mein Junge, warum sollte ich lügen? Um ehrlich zu sein, weiß ich gar nichts... aber es ist durchaus möglich, dass der Herr ihnen verboten hat, das Haus zu verlassen. Du warst doch gestern Abend auch im Haus des Obersts, oder? Du hast gesehen, was passiert ist, nicht wahr?«

»Ist Lieber Onkel sehr wütend?«

»Warum sollte ich lügen? Ich habe den Herrn heute Morgen noch nicht gesehen. Aber die alte Naneh Bilqis hat gesagt, als sie ihm den Tee gebracht hat, hätte er sich aufgeführt wie ein verwundeter Löwe. Und mein Junge, dazu hat er auch jedes Recht. Dass so etwas mitten in seiner Geschichte über die Schlacht von Kazerun passiert ist... also, wenn es die Schlacht von Mamasani gewesen wäre, wäre das etwas anderes, aber die Schlacht von Kazerun ist nicht zum Lachen. Ich habe selbst mit diesen meinen Augen gesehen, was der Herr dort geleistet hat. Wenn diese Region heute so sicher ist wie ein Haus, dann ist das allein das Verdienst des Herrn. Allah schütze ihn, sage ich. Wie er so auf seinem rotbraunen Pferd das Schwert auf dem Schlachtfeld geschwungen hat, hätte man glauben können, ein Löwe naht. Sogar ich, der ich einer von uns war, war zu Tode erschreckt, vom Feind ganz zu schweigen.«

»Aber, Masch Qasem, glaubst du... dieses Geräusch gestern Abend...«

»Gewiss, mein Junge, das war es. Natürlich habe ich es, warum sollte ich lügen, nicht richtig mitbekommen, ich meine, ich habe dem Herrn zugehört. Aber der Herr selbst hat es gehört, und als wir mit dem Herrn zu seinem Haus zurückgegangen sind, hat der junge Herr Puri auch noch Öl ins Feuer gegossen.«

»Du meinst, er ist mit euch zum Haus von Lieber Onkel gegangen?«

»Gewiss, mein Junge, er hat es bis zur Tür geschafft, genau genommen, ist er sogar direkt mit reingekommen. Er hat dem Herrn ständig ins Ohr geflüstert, was für eine große Beleidigung es gewesen ist.«

»Aber warum, Masch Qasem? Was hat Puri davon, wenn sich mein Vater und Lieber Onkel gegenseitig an die Gurgel gehen?«

Ich erstarrte, als ich Masch Qasems Antwort hörte, deren tieferer Sinn mir erst später aufging.

»Nun, mein Junge, wenn du mich fragst, dann hat sich der junge Herr Puri in Leili verguckt. Seine Mutter hat Naneh Bilqis schon erzählt, dass sie um Duschizeh Leilis Hand bitten will. Als ihr beide, du und Duschizeh Leili, gestern Abend zusammen gehockt und euren Spaß gehabt habt, nun ja, da sah es so aus, als wäre er eifersüchtig. Aber er hat wohl nicht daran gedacht, dass Duschizeh Leili dreizehn oder vierzehn Jahre alt ist und schon verheiratet werden kann, während du, mein Junge, mit dreizehn oder vierzehn noch nicht heiraten kannst.«

Den Rest von Masch Qasems Erklärung hörte ich nicht mehr. Ich hatte im Zusammenhang mit der Liebe und dem Verliebtsein an alles gedacht außer an die Möglichkeit eines Rivalen. Und daran hätte ich als Allererstes denken sollen. In jeder Liebesgeschichte, die ich je gelesen hatte, gab es eine Person, die verliebt war, die Person, die geliebt wurde, und einen Rivalen.

Aber was sollte ich gegen diesen speziellen Widersacher unternehmen? Wenn ich so stark gewesen wäre wie er, hätte ich ihm ein paar saftige Ohrfeigen verpasst. Ich sah das längliche, lächelnde Gesicht Schapurs, des großen Genies, vor meinem geistigen Auge und fand es hässlicher denn je.

Der erste Strohhalm, an den zu klammern mir in dieser stürmischen See einfiel, war erneut Masch Qasem; scheinbar völlig ruhig fragte ich: »Masch Qasem, hältst du es für möglich, dass Leili Puris Frau werden könnte?«

»Nun, mein Junge, warum sollte ich lügen? Leili ist jetzt ein großes Mädchen im heiratsfähigen Alter. Und der Herr Puri hat seine Ausbildung abgeschlossen. Du weißt ja, dass man sagt: Eine Ehe zwischen Vetter und Base wird im Himmel geschlossen! Gut, er ist ein ziemliches Muttersöhnchen und stellt sich reichlich dumm an, aber er ist auch gerissen.«

Wieder wurde ich vom Schrecken der Liebe überwältigt. Ich suchte nach einem Weg, mich zu befreien. Ich hatte Recht gehabt, mich von Anfang an davor zu fürchten. Jetzt war ich bereit, sie zu vergessen, wenn das möglich gewesen wäre. Doch dafür war es ein bisschen zu spät.

Nachdem die Qualen meines gemarterten Herzens mich fast den ganzen Vormittag geplagt hatten, machte ich mich erneut auf die Suche nach Masch Qasem. »Masch Qasem, darf ich dich um einen Gefallen bitten?«

»Schieß los, mein Junge.«

»Ich muss Leili etwas wegen ein paar Schulbüchern sagen. Könntest du ihr vielleicht ausrichten, dass sie heute Nachmittag, wenn Lieber Onkel schläft, in den Garten kommen soll, nur für eine Minute?«

Masch Qasem schwieg einen Moment, bevor er die Augenbrauen hob, mich von oben bis unten musterte und lächelnd erwiderte: »Gewiss, mein Junge, das kriegen wir schon irgendwie hin.«

»Danke, Masch Qasem, danke.«

Sobald ich an diesem Nachmittag das Gefühl hatte, dass mein Vater schlief, schlich ich in den Garten. Ich wartete fast eine halbe Stunde. Behutsam und ängstlich öffnete Leili die Wohnungstür und trat in den Garten. Ich saß ihr von Angesicht zu Angesicht unter dem Baum gegenüber, an dem ich mich an einem Freitag, den 13. August, gegen Viertel vor drei in sie verliebt hatte.

Das Erste, was sie sagte, war, dass sie nicht lange bleiben könnte, weil Lieber Onkel ihr erklärt hatte, dass er, wenn sie ihren Fuß in den Garten setzen und auch nur ein Wort mit mir oder meiner Schwester wechseln würde, das ganze Haus niederbrennen würde.

Ich wusste eigentlich nicht, was ich ihr sagen wollte. Warum hatte ich sie gebeten herauszukommen? Man sollte meinen, dass ich ihr an diesem Tag etwas Wichtiges mitzuteilen hatte. Aber was?

»Leili... Leili... weißt du, was Masch Qasem sagt? Er sagt, Puri mag dich und möchte...«

An Leilis Gesichtsausdruck erkannte ich, dass sie nichts davon wusste. Mit einem Mal wurde mir klar, in welch dumme Situation ich geraten war. Bevor der Liebende der Geliebten seine Liebe gestehen kann, wird er zum Verkünder der Liebe seines Rivalen.

Leili antwortete nicht. Genau wie ich wusste sie nicht, was sie sagen sollte. Wir waren beide so groß wie Erwachsene, aber immer noch Kinder. Nach einem längeren Schweigen, in dem Leili möglicherweise nach Worten suchte, sagte ich: »Puri möchte, dass seine Familie um deine Hand anhält.«

Leili starrte mich weiter vollkommen perplex an. Schließlich wurde sie rot und fragte: »Was wirst du tun, wenn sie das machen?«

Was ich tun würde, wenn sie das machen? Ich wusste nicht einmal, was ich jetzt tun sollte, von einer solch dramatischen Entwicklung ganz zu schweigen! Bei Allah, was war es schwer, verliebt zu sein! Schwerer als Rechnen und Geometrie. Ich hatte keine Ahnung, was ich antworten sollte. Also sagte ich: »Na ja, nichts... ich meine...«

Leili blickte mir kurz in die Augen, brach unvermittelt in Tränen aus und rannte schluchzend davon. Bevor ich irgendwie reagieren konnte, betrat sie das Haus und schlug die Tür hinter sich zu.

Was sollte ich tun? Ich wünschte, ich könnte ebenfalls weinen. Aber nein, das durfte ich nicht. Vom ersten Schrei an, noch bevor wir unser erstes Wort sprechen konnten oder wussten, was es bedeutete, hatte man uns eingetrichtert: »Du bist ein Junge, du darfst nicht weinen! Ha, du weinst ja wie ein Mädchen! Hey, Barbier, komm und schneid seinen Schniedel ab!« Als ich wieder in unserem Keller und unter meiner Decke lag, wurde mir klar, was ich hätte sagen sollen: »Ich werde diesen Hund von Puri umbringen! Ich werde sein Herz mit einem Dolch herausschneiden!« Ich wurde immer aufgeregter, bis mich der Klang meiner eigenen Stimme erschreckte: »Wenn ich diesen Dummkopf an dich heranlassen würde, müsste ich ja tot sein. Du gehörst mir! Du bist meine Geliebte, niemand auf der Welt kann uns trennen.«

Die wütende Stimme meines Vaters holte mich in die Realität zurück: »Was schreist du hier rum, du verdammter

Idiot? Merkst du nicht, dass alle anderen versuchen zu schlafen?«

Die folgende Nacht war ebenfalls schwer zu überstehen. Am nächsten Morgen machte ich mich erneut auf die Suche nach Masch Qasem. Doch der sah sehr wütend aus. Mit einem ernsten, fast melancholischen Gesichtsausdruck stand er mit einem Spaten in der Hand auf der Grenze zu unserem Teil des Gartens neben dem Wasserkanal.

Unsere Häuser waren so angelegt, dass der Wasserkanal von der Straße zu dem Teil des Gartens abzweigte, der Lieber Onkel gehörte, und von dort in den Teil des Gartens weiter geleitet wurde, der unser Besitz war, und von unserem Haus weiter zu Onkel Oberst, so dass das Wasser, um zu Onkel Obersts Haus am Ende des Gartens zu gelangen, erst durch Lieber Onkels und dann durch unser Haus fließen musste.

Ich suchte noch nach einer Möglichkeit, mich unauffällig nach Leilis Befinden zu erkundigen, als Onkel Oberst auftauchte, eine Jacke über die Schultern geworfen, seine langen Hosen in die Socken gestopft. Mit überraschter Stimme stellte er Masch Qasem zur Rede: »Masch Qasem, unser Diener sagt, dass du dich gestern Abend geweigert hast, das Wasser in unseren Vorratstank fließen zu lassen.«

Masch Qasem stand, den Spaten in der Hand, unbeweglich da, ohne Onkel Oberst anzusehen, und sagte mit ausdrucksloser Stimme: »Nun, Herr, so ist es.«

»Was soll das heißen, so ist es? Was meinst du damit?«

»Warum sollte ich lügen? Ich weiß gar nichts.«

»Wie, du weißt gar nichts? Du hast die Wasserversorgung zu unserem Haus unterbrochen und weißt nichts davon?«

»Fragen Sie den Herrn! Das hat er mir gesagt.«

»Du willst sagen, der Djenab hätte dir befohlen, die Wasserversorgung für unser Haus zu unterbrechen?«

»Fragen Sie den Herrn, ich weiß gar nichts.«

Onkel Oberst, der immer noch nicht glauben konnte, dass sein älterer Bruder einen derartigen Befehl gegeben haben könnte, ging auf Masch Qasem zu, um ihm den Spaten zu entreißen, doch an dem überaus ernsten Gesicht Masch Qasems, der seine Stellung hielt wie ein pflichtbewusster Wachposten, erkannte er, dass die Angelegenheit ernster war, als er gedacht hatte. Er hielt unvermittelt inne und steuerte dann schnurstracks Lieber Onkels Gemächer an. Masch Qasem sagte ruhig: »Sie müssen wissen, dass Sie für die Sünden eines anderen bezahlen.«

Was immer sich zwischen Onkel Oberst und Lieber Onkel Napoleon abspielte, es blieb uns verborgen. Doch wir begriffen bald, dass die unterbrochene Wasserversorgung Teil der Rache von Lieber Onkel Napoleon an meinem Vater war.

Und es war die schlimmste Rache, die Lieber Onkel Napoleon an uns hätte nehmen können. Damals gab es noch keine Wasserleitungen. Der Mann, der das Wasser verteilte, ließ es einmal pro Woche in unsere Straße fließen, und damit mussten wir unsere Vorratstanks füllen. Wenn wir das in den vierundzwanzig Stunden, in denen das Wasser floss, nicht taten, hatten wir eine Woche lang kein Wasser.

Zwei volle Tage verstrichen, ohne dass ich Leili sah; ich weinte sogar bei der Erinnerung an ihr tränenüberströmtes Gesicht, doch es herrschte ein derart reges Kommen und Gehen, und die diplomatischen Missionen zur friedlichen Lösung des Wasserproblems nahmen so viel Raum ein, dass ich meine eigenen Sorgen mehr oder weniger vergaß. Im Vorratstank in Onkel Obersts Haus war kein Tropfen Wasser mehr übrig. Blumen und Bäume waren komplett verdorrt. Mein Vater verhielt sich stur und erhob nicht den leisesten Einwand, weil wir noch einen Rest Wasser im Tank hatten, so dass er einfach wartete und auf Onkel Obersts Bemühungen vertraute, da dessen Schicksal unlösbar mit dem unseren verbunden war. Hin und wieder hörte ich, wie diverse Familienmitglieder meinem Vater hinter verschlossenen Türen vorschlugen, sich bei Lieber Onkel Napoleon zu entschuldigen, doch mein Vater wurde jedes Mal laut und wand sich heraus, ja, er deutete sogar an, dass er, wenn Lieber Onkel Napoleon sich nicht bei ihm entschuldigte und weiterhin darauf bestand, die Wasserversorgung zu unterbrechen, sein Recht mit Hilfe der Polizei und der Gerichte durchsetzen wollte. Die Worte »Polizei« und »Gerichte« ließen jedes Mitglied der Familie erzittern, alle lamentierten, was für ein Elend es wäre, wenn die jahrhundertealte Ehre einer adeligen Familie derart in den Schmutz gezogen würde. Doch mein Vater fühlte sich stark in seiner Position und weigerte sich nicht nur, sich bei Lieber Onkel Napoleon zu entschuldigen, er erwartete vielmehr, dass sich Onkel Napoleon in Anwesenheit der gesamten Familie bei ihm entschuldigte. Und ich Armer steckte in der Mitte von all dem! Und die arme Leili! Und der arme, unglückliche Onkel Oberst.

Am Freitag bemerkte ich ein emsiges Kommen und Gehen in Onkel Obersts Haus und begab mich, in der Hoffnung, Leili zu treffen, dorthin. Leili war nicht da, und die Kinder durften nicht ins Wohnzimmer, aber angesichts der Menschen, die eintrafen, wurde offensichtlich, dass dies kein gewöhnlicher Verwandtschaftsbesuch, sondern der tagende Familienrat war. Lieber Onkels beide anderen Brüder kamen. Asadollah Mirsa, ein Beamter im Außenministerium, kam. Lieber Onkels Schwester kam. Aziz al-Saltaneh kam. Kurzum, zehn oder zwölf bedeutende Mitglieder der Familie versammelten sich in Onkel Obersts Wohnzimmer. Wir Kinder lungerten im Flur herum und versteckten uns in irgendwelchen Nischen.

Als wir mitbekamen, dass man bereits mehrmals nach Schamsali Mirsa geschickt hatte, wussten wir, dass die Angelegenheit ernster war, als wir gedacht hatten. Schamsali Mirsa, ein Ermittlungsrichter, war aus einem uns nicht bekannten Grund von seinen Dienstpflichten befreit worden und lebte in Teheran.

Eine Stunde nach dem Eintreffen aller anderen Familienmitglieder erkannten wir an Onkel Obersts überschwänglich unterwürfigen Begrüßungsfloskeln, dass schließlich auch Schamsali Mirsa angekommen sein musste.

»Eure Exzellenz, bitte... würden Eure Exzellenz so gütig sein, hier entlang, bitte...«

Obwohl sie uns immer erklärten, dass Lauschen hinter Türen und sonst wo etwas Abscheuliches sei, war ich ganz Ohr; ich hockte im Flur und klebte förmlich an der Wohnzimmertür. In Wahrheit hatte ich mehr Recht zu erfahren, was da drinnen vor sich ging, als diejenigen, die dort versammelt saßen, weil sie lediglich ihre Blumen und Bäume und vielleicht auch noch ihre unantastbare Familieneinheit verloren, während ich meine Liebe und vielleicht mein gesamtes Leben gefährdet sah.

Onkel Obersts erregte Rede über die Vorteile der heiligen Familieneinigkeit und die schädlichen Folgen des Fehlens einer solchen dauerte nicht lange und endete mit folgenden Worten: »Unser verstorbener Vater würde sich im Grabe umdrehen. Ich habe alles in meiner Macht Stehende getan, die Einheit dieser uralten Familie zu bewahren, ich bin auf Knien zu beiden gegangen, aber weder mein älterer Bruder noch der Mann meiner Schwester wollen von ihrem hohen Ross herabsteigen und ihre Halsstarrigkeit aufgeben. Nun flehe ich Euch an, etwas zu unternehmen, um die heilige jahrhundertealte Einheit dieser Familie zu wahren und Polizei und Gerichte von diesem Haus fern zu halten.«

Ich konnte Onkel Obersts Gesicht nicht sehen, doch der erregte verbitterte Ton seiner Stimme zeugte deutlich von seiner Liebe zu seinen Blumen und Obstbäumen.

Nach Onkel Oberst ergriff Schamsali Mirsa das Wort. Nach der Justizreform war er als Ermittlungsrichter eingesetzt worden und hielt Vernehmungen samt Kreuzverhör für den Schlüssel zur Lösung aller Probleme – seien sie gesellschaftlicher, familiärer oder sonstiger Art. In einer kraftvollen und logischen Rede schlug er vor, dass zunächst ermittelt werden müsste, ob das dubiose Geräusch, das den Streit verursacht hatte, menschlicher oder nicht menschlicher Natur gewesen war; zweitens müsste für den Fall, dass Ersteres zutreffend wäre, festgestellt werden, ob es aus der Gegend gekommen war, in der mein Vater gestanden hatte, oder nicht; und drittens müsse man, falls auch das der Fall war, herausfinden, ob es absichtlich oder unabsichtlich gewesen war.

Als Schamsali Mirsa feststellte, dass die Mehrheit der Anwesenden es ablehnte, so ins Detail zu gehen, tat er, was er für gewöhnlich tat, er setzte seinen Hut auf und sagte: »Dann, meine Lieben, wird sich euer bescheidener Diener mit eurer Erlaubnis verabschieden.«

Wenn er andeuten wollte, dass jemand über etwas noch einmal in Ruhe nachdenken und nichts überstürzen sollte, pflegte Asadollah Mirsa, der Beamte des Außenministeriums, zu sagen, »Moment« wobei er das Wort mit einer zackigen Betonung auf der zweiten Silbe aussprach. Und auch an jenem Tag rief er, als er sah, dass sein Bruder Schamsali Mirsa seinen Mantel anlegte: »Moment, Moment!«

Und da die Runde, bei ihren Bemühungen, das Problem zu lösen, in eine Sackgasse geraten war, stimmten alle mit ein, bis Schamsali Mirsa wieder Platz nahm und mit seinem Verhör begann.

Schon Schamsali Mirsas erste Frage, ob das dubiose Geräusch menschlichen oder nicht menschlichen Ursprungs gewesen war, blieb ohne befriedigende Antwort. Denn alle Anwesenden waren ja auf Onkel Obersts Feier gewesen, und einige schrieben das Geräusch einem Stuhl zu, während eine Minderheit menschlichen Ursprung für wahrscheinlich hielt. Es gab auch ein oder zwei Leute, die sich nicht entscheiden konnten.

Daraufhin wurde eine Frage gestellt, die sich aus der ersten grundlegenden Frage ableitete: Wer hatte sich in der Nähe der Stelle befunden, von wo aus das dubiose Geräusch gekommen war? Mein Vater, Lieber Onkel Napoleon, Qamar, das einfältige Mädchen, und Masch Qasem. Ein Verhör der beiden Erstgenannten war unmöglich, und Qamar würde in Anbetracht ihrer Gesundheit und ihres allgemeinen Zustands keine gute Zeugin abgeben. Masch Qasem war der Schlüssel zur Lösung des Rätsels.

Auf Befehl von Schamsali Mirsa wurde Masch Qasem herbeizitiert, und Schamsali Mirsa ließ ihn wie beim Verhör eines Beschuldigten zunächst schwören, die Wahrheit, die ganze Wahrheit und nichts als die Wahrheit zu sagen. Dann wies er ihn darauf hin, dass seine Zeugenaussage entscheidend für die Wahrung der heiligen Einheit einer adeligen Familie sei, weswegen er so gewissenhaft wie möglich aussagen müsse. Anschließend fragte er ihn: »Masch Qasem, hast du mit eigenen Ohren ein dubioses Geräusch gehört, das ertönte, als der Djenab gesprochen hat?«

Nach einer kurzen Pause antwortete Masch Qasem: »Nun, Herr, warum sollte ich lügen? Mit einem Bein... ja, ja... In unserer Stadt gab es einen Mann – Allah schenke seiner Seele Frieden –, der immer sagte...«

»Masch Qasem, du stehst vor einem Richter. Schweife nicht ab, und beantworte meine Fragen präzise.«

»Ja, Herr, Sie sind der Meister, was sagten Sie noch über dieses duviose Geräusch...«

»Dubios!«

»Wie meinen?«

»Du sagtest ›duvios‹, ich sagte, es heißt ›dubios‹!«

»Nun, Herr, warum sollte ich lügen? Ich bin ein ungebildeter Mann, aber ich wüsste gern den Unterschied.«

»Welchen Unterschied?«

»Den Unterschied, zwischen dem, was ich gesagt habe, und dem, was Sie gesagt haben.«

Schamsali Mirsa verlor jegliche Geduld und brüllte: »Ich sagte ›dubios‹, und du sagtest ›duvios‹; und da habe ich gesagt, es heißt ›dubios‹!«

»Und was bedeutet das jetzt, dieses dubios und duvios?«

Die unangemessene Unterbrechung Asadollah Mirsas, dem Beamten des Außenministeriums, der ständig aus allem einen Witz machte und Masch Qasem das »dubiose Geräusch« erklärte, in dem er es unverblümt beim Namen nannte, erzürnte Schamsali Mirsa noch mehr, denn mit der Gerechtigkeit war nicht zu scherzen; ein weiteres Mal setzte er seinen Hut auf, um zu gehen. Wieder sprangen alle auf, und schließlich nahm er erneut Platz.

»Nun gut, Masch Qasem, nachdem du nun die Bedeutung begriffen hast, erklär uns, ob du das dubiose Geräusch mit eigenen Ohren gehört hast oder nicht.«

»Nun, mein Herr, warum sollte ich lügen…«

»Ja, ja, das wissen wir«, unterbrach Schamsali Mirsa ihn wütend. »Mit einem Bein… ja, ja… steht man schon im Grab. Und jetzt beantworte meine Frage!«

»Gut, und ich werde Ihnen die Wahrheit sagen, denn warum sollte ich lügen… mit einem Bein… ja, ja… Also ich habe ein Geräusch gehört, aber ob es ein dubioses oder ein nicht dubioses Geräusch war…«

»Stammte es deiner Ansicht nach von einem Stuhlbein oder…«

»Oder was?«

»Meine Geduld ist am Ende… oder das, was mein Bruder gerade erklärt hat.«

Als er hörte, dass von ihm die Rede war, schaltete sich

Asadollah sofort wieder in das Gespräch ein, das heißt er unterbrach es mit lautem Gelächter, bevor er zu einer Geschichte über einen Mann aus Qazwin und einen Tuchhändler ausholte, die so ging: »Als der Mann aus Qazwin gerade Stoff kaufte, entfuhr ihm ein lauter Furz, woraufhin er verschiedene Stoffstücke zu zerreißen begann, damit der Händler denken sollte, das wäre das Geräusch gewesen. Doch der Stoffhändler packte seine Hand und sagte: ›Es ist zwecklos, den Stoff zu verschwenden; nach vierzig Jahren in diesem Beruf kann ich den Unterschied hören.‹«

Wieder bewegten die Anwesenden den erneut aufbruchbereiten Schamsali zum Bleiben, und das Verhör wurde fortgesetzt.

»Nun, Masch Qasem, wir warten auf deine Antwort.«

Mit einem Mal herrschte absolute Stille, und alle Augen hingen an Masch Qasems Lippen.

»Nun, Herr, warum sollte ich lügen? Es war, als ob es... eben das war, Herr.«

Schamsali Mirsa tat einen befriedigten Seufzer, und auf seinem Gesicht breitete sich ein wohlgefälliges Lächeln aus, als hätte er nach stundenlangem Verhör einem gefährlichen Verbrecher ein Geständnis entlockt. Er blickte triumphierend nach rechts und sagte: »Die Antwort auf die erste Frage ist gefunden. Wir wollen mit der zweiten Frage fortfahren.«

Bei der Antwort auf die zweite Frage, von welcher Person das Geräusch ausgegangen war, zögerte Masch Qasem eine Weile, bevor er sagte: »Nun, Herr, warum sollte ich lügen... mit einem Bein... ja, ja... Ich habe zugehört, wie der Herr die Schlacht von Kazerun geschildert hat. Er hatte gerade gesagt, dass er auf Khodadad Khans Stirn gezielt und den Abzug gedrückt hatte, die Kugel hatte ihr Ziel jedoch verfehlt und war an Khodadads Ohr vorbeigesaust...«

»So weit war mein Bruder noch gar nicht gekommen,

Masch Qasem«, unterbrach Onkel Oberst ihn, »er war erst an der Stelle angelangt, wo er auf Khodadad Khans Kopf zielte.«

»Ja, Herr, gewiss, aber ich habe es mit eigenen Augen gesehen und wollte den Rest für Sie beschreiben.«

»Das ist nicht nötig. Beantworte einfach die Fragen Seiner Exzellenz.«

»Nun, Herr, warum sollte ich lügen? Als das Geräusch ertönte, habe ich auf den Herrn geachtet. Ich habe mich umgedreht und gesehen, dass dort ein Herr stand und auch Duschizeh Qamar. Nun, war er es oder sie? Warum sollte ich lügen... mit einem Bein...«

An dieser Stelle unterbrach Onkel Oberst Masch Qasem erneut: »Mir ist etwas eingefallen. Wenn Aziz al-Saltaneh damit einverstanden ist, das heißt, wenn sie ein kleines Opfer für die heilige Familieneinheit bringen würde...«

»Was muss ich tun?«

»Sei so gut und sage meinem älteren Bruder, dass diese unbedeutende Unterbrechung von Qamar ausging.«

»Ich fürchte, ich kann nicht folgen. Was ist mit Qamar?«

»Ich wollte bloß vorschlagen, dass die Angelegenheit sich, wenn wir meinem älteren Bruder erzählen, dass Qamar sich an jenem Abend nicht besonders wohl gefühlt hat...«

Schließlich dämmerte Aziz al-Saltaneh, was Onkel Oberst anregen wollte. Eine Weile schürzte sie schweigend die Lippen, bevor plötzlich ein Sturm von Schreien und Verwünschungen gegen Onkel Oberst und den Rest der Familie ausbrach: »Schämst du dich nicht? Schämst du dich nicht, mir einen solchen Vorschlag zu machen? Meine Tochter? Meine Tochter soll so etwas getan haben?«

Sie schrie dermaßen, dass sich alle aufgeregt bemühten, sie zu beruhigen. Langsam ebbte ihre Wut ab, doch nun fing sie zu weinen an. »Ich habe dieses Mädchen behütet wie eine Blume, und nun hat sich ein Verehrer gefunden. Wir stehen kurz vor einer Einigung, und jetzt will die eigene Familie Sand ins Getriebe streuen, sie will ihren Namen in den Schmutz ziehen! Dass ich das noch erleben muss... zum Teufel mit der verdammten Familieneinheit.«

Einen Moment lang waren alle vollkommen still, mehr aus Mitleid für das Pech von Qamars zukünftigem Gatten und Aziz al-Saltanehs Schwiegersohn in spe, denn aus Bedauern über das nach wie vor ungelöste Problem. Den ersten Laut ließ Farrokh Laqa vernehmen, eine der verleumderischen, aufdringlichen Klatschbasen der Familie, die sich in jedermanns Angelegenheiten mischte und mit ihren Deutungen der unbedeutendsten Kleinigkeiten Unfrieden und Streit stiftete. Alle waren überrascht, dass sie bisher noch nichts gesagt hatte. In dem Schweigen, das auf Aziz al-Saltanehs Klagen und Flüche folgte, machte sie plötzlich den Mund auf und sagte: »Du hast vollkommen Recht, meine Liebe. Diese Leute kümmern sich keinen Deut um den Ruf eines Mädchens oder ihre Zukunft.«

Aziz al-Saltaneh ließ ihr keine Zeit, den Gedanken zu Ende zu führen; sie wischte sich mit einem Taschentuch über die Stirn und sagte: »Danke, danke, meine Liebe. Sie verstehen einfach nicht, wie viel Mühe es bereitet, ein Mädchen großzuziehen und einen Mann für es zu finden.«

Farrokh Laqa, die immer Schwarz trug und normalerweise nur zu religiösen Zusammenkünften erschien, fuhr mit ihrer gewohnt ruhigen und trockenen Stimme fort: »Übrigens, meine Liebe, wie kam es, dass es mit Qamars erstem Mann nicht geklappt hat? Offenbar wurde die Ehe nie...«

»Nun, meine Liebe, auch das habe ich der Familie zu verdanken. Sie haben einen Fluch über ihren Mann ausgesprochen. Sie haben ihn unter Verschluss genommen. Mein armes, kleines Waisenmädchen hat ein Jahr lang gewartet, und ihr Mann wollte sie unbedingt haben. Aber da hast du es, meine Liebe, einen Mann unter Verschluss zu nehmen, wie schrecklich...«

Schapur, Onkel Oberst' Sohn, der still in einer Ecke saß, fing an zu stottern und fragte: »Was heißt, jemanden unter Verschluss nehmen?«

Es war eine dumme Frage. Selbst wir Kinder hatten den Ausdruck von Aziz al-Saltaneh oft gehört, und die Frauen der Familie hatten so oft darüber getratscht, dass wir begriffen hatten, was es bedeuten musste. Doch bevor irgendeiner der direkt Betroffenen etwas antworten konnte, sagte Asadollah Mirsa: »Moment! Du weißt in deinem Alter nicht, was jemanden unter Verschluss nehmen bedeutet?«

Schapur alias Puri antwortete in all seiner Genialität: »Woher sollte ich das wissen?«

Asadollah Mirsa zwinkerte und sagte lachend: »Es bedeutet, dass er San Francisco nicht geschafft hat!«

Nach dieser Erklärung wussten selbst die Kinder, die sich hinter der Tür drängten, wovon die Rede war. Wenn er selbst oder irgendwer sonst eine anzügliche Geschichte erzählt hatte, bei der der Junge und das Mädchen am Ende zusammenkamen, hatte Asadollah Mirsa die Angewohnheit, laut zu rufen: »Und dann war es Zeit für San Francisco!« Oder: »Und dann ging's ab nach San Francisco.«

Nach dieser Erklärung ließ er sein lautes Lachen ertönen und sagte: »Wenn mir das jemand vorher gesagt hätte, hätte ich etwas für ihn tun können. Was auch geschieht, ich habe einen prima Schlüsselsatz, mit dem man jedes Schloss knacken kann... und wenn es um die Familie geht, bin ich zu jedem Opfer bereit!«

Alle brachen in lautes Gelächter aus, sogar der mürrische Schamsali Mirsa. Aziz al-Saltaneh biss kurz die Zähne aufeinander, warf dann plötzlich einen Teller mit Wassermelonen quer durch das Zimmer und kreischte: »Hast du denn gar keinen Anstand? Schämst du dich nicht vor mir mit meinen weißen Haaren... verflucht seist du und dein Schlüsselsatz!«

Woraufhin sie sich ohne weiteres Zögern erhob und auf die Tür zusteuerte, die im nächsten Moment aufgerissen wurde, so dass wir ganz deutlich sehen konnten, was drinnen vor sich ging. Onkel Oberst wollte ihr den Weg versperren, doch Aziz al-Saltaneh schlug ihm mit der flachen Hand auf die Brust und stürmte aufgebracht aus dem Zimmer.

Nach ihrem Abgang gab jeder mittels Blicken oder scharfen Worten zu verstehen, dass er Asadollah die Schuld zuschob, doch der wehrte sich und sagte: »Moment, Moment... Ihr greift mich zu Unrecht an, ich habe das bloß aus purem Gemeinsinn gesagt, damit sie wissen, dass sie sich, sollte ein neuer Verehrer zufälligerweise ebenfalls unter Verschluss geraten, jederzeit Hilfe suchend an ihre Bekannten und Verwandten wenden können, ich stehe zu Diensten.«

Und wieder brüllten alle vor Lachen.

Onkel Oberst brachte ihn mit einem wütenden Blick zum Schweigen und sagte: »Dies ist nicht die Zeit für Scherze. Kannst du auch einen Vorschlag machen, was wir tun sollen, damit mein älterer Bruder von seinem hohen Ross herabsteigt? Dieser Zustand innerfamiliärer Feindschaft und Streitigkeiten kann jedenfalls nicht so bleiben.«

Um seine Frivolität wettzumachen, sagte Asadollah ungemein ernst: »Lass uns zu dem dubiosen Geräusch zurückkehren. Ich möchte nur wissen, warum jeder offensichtlich davon ausgeht, dass das dubiose Geräusch nicht von Qamar stammte. Bei einem großen, dicken Mädchen, das – Allah möge sie schützen und erhalten und ihr noch mehr Kraft geben – dreimal so viel isst wie ich. Es ist doch möglich, dass sie ausnahmsweise einmal...«

Schamsali Mirsa ereiferte sich erneut und sagte wütend: »Da dieser Fall nun ein Anlass zu Albernheiten und Blödeleien geworden ist, wird euer bescheidener Diener sich mit Erlaubnis seines Freundes...«

»Moment, Moment... mein lieber Bruder, ich bitte dich, deine Wut zu zügeln. Ich suche ganz ernsthaft nach einer Lösung. Ich möchte den Oberst fragen, warum es überhaupt Khanum Aziz al-Saltanehs Zustimmung bedarf? Du kannst dem Djenab doch selbst sagen, dass es Qamar gewesen ist.«

Der Vorschlag brachte alle ins Grübeln. Nun ja, welchen Grund gab es wahrhaftig, Khanum Aziz al-Saltaneh überhaupt davon zu unterrichten?

Nach einer Weile meldete sich Onkel Oberst zu Wort: »Aber er wird mir nicht glauben, weil ich mich so nachdrücklich für einen Frieden zwischen meinem Bruder und dem Mann meiner Schwester eingesetzt habe. Wie wäre es, wenn wir Naser al-Hokama bitten, es zu tun?«

Die Idee gefiel allen, und Masch Qasem wurde losgeschickt, Dr. Nasar al-Hokama zu suchen, der gegenüber wohnte und schon seit Jahren der Arzt der Familie war. Es dauerte nicht lange, bis Nasar al-Hokama mit seinen Glupschaugen und dem vielschichtigen Doppelkinn, seinen Standardsatz auf den Lippen, auftauchte.

»Wünsche Gesundheit«, begrüßte er alle Anwesenden mit einer Verbeugung, »wünsche Gesundheit.«

Als Onkel Oberst ihm die Situation erläuterte, akzeptierte er den Vorschlag praktisch ohne jeden Einwand und ging – um seines eigenen Gewissens willen – ohne Zögern davon aus, dass das arme Mädchen tatsächlich die Täterin war.

»Ja, Herr, ja, ich habe Khanum Aziz al-Saltaneh schon so oft gesagt, dass Duschizeh Qamar untersucht werden müsste. Das Mädchen ist zu dick, sie isst zu viel, Dinge, die Flatulenz verursachen können. Und sie ist wirklich nicht ganz dicht. Und da sie sie nicht alle beieinander hat, ist es nur natürlich, dass es bei einer festgestellten Neigung zu Flatulenz zu derlei unglücklichen Zwischenfällen kommt.«

Und so machte sich Dr. Naser al-Hokama, ermutigt durch die dankbaren Mienen Onkel Obersts und aller anderen und unter zahlreichen Wiederholungen von »Wünsche Gesundheit« auf den Weg zu Lieber Onkel Napoleons Haus.

Eine halbe Stunde verstrich, angefüllt mit Asadollahs Anekdoten und Zoten, bis Dr. Naser al-Hokama seinen Kopf wieder zur Tür hereinstreckte. Er sah sehr zufrieden und fröhlich aus.

»Wünsche Gesundheit! Das Missverständnis ist, Allah sei Dank, aufgeklärt. Dem Djenab tut es Leid, so vorschnell geurteilt zu haben. Er hat versprochen, es morgen wieder gutzumachen. Es war natürlich ein hartes Stück Arbeit, ich musste sogar bei der Seele meines verstorbenen Vaters schwören, dass ich das Geräusch an jenem Abend mit eigenen Ohren gehört und seine Ursache korrekt diagnostiziert habe.«

Alle, vor allem Onkel Oberst, waren unbeschreiblich zufrieden, doch ich hatte mehr als alle anderen das Gefühl, vor Freude zu platzen. Am liebsten hätte ich die Hand des Arztes geküsst. Asadollah begann mit den Fingern zu schnippen und versprach unter großer Heiterkeit, dass er den Arzt als Ehrenmitglied des Völkerbundes vorschlagen wollte, und ich lachte lauthals über seine Albernheiten.

Während sich die Anwesenden von Onkel Oberst verabschiedeten, fiel mein Blick auf das traurige, zerknirschte Gesicht Puris, des großen Genies. Ich spürte, wie wütend er darüber war, dass die Krise überstanden war. Aber ich fühlte mich so glücklich, dass ich seiner Lage gar keine Beachtung schenkte, sondern stattdessen zu unserem Haus lief, um meinem Vater die gute Nachricht zu überbringen. Dieser zeigte aber keine große Befriedigung oder Freude, sondern murmelte nur leise: »Die Seligkeit liegt fürwahr in der Unwissenheit.«

Meine Mutter fing wieder an, zu betteln und zu flehen. »Nachdem er sich nun beruhigt hat, kannst du dich auch wieder abregen. Allah weiß, ich würde mein Leben für dich geben, Liebster, aber um deines toten Vaters willen lass es gut sein.«

Es war Abend, und ich würde Leili an diesem Tag wohl nicht mehr zu sehen bekommen, doch mit den Gedanken bei ihr und in der Hoffnung, sie in meinen Träumen zu treffen, ging ich beruhigt schlafen.

3

Ich weiß nicht, wie viel Zeit verstrichen war, als ich plötzlich von erstickten, abgerissenen Schreien aufwachte, als würde jemandem der Mund zugehalten: »Dieb... Die... Die... Dieb.«

Ich sprang auf. Meine Mutter und mein Vater waren ebenfalls aufgewacht. Es bestand kein Zweifel, dass es Lieber Onkel Napoleons Stimme war, die vom Balkon in den Garten drang. Plötzlich brach das Geschrei ab, und man hörte ein allgemeines Gerenne und Getöse. Meine Mutter, mein Vater, meine Schwester und ich sprangen unter den Moskitonetzen hervor. Unser Diener ergriff eine Stange, wie sie zum Halten der Netze benutzt wurde, und rannte zu Lieber Onkels Garten. Wir folgten ihm in unseren Schlafanzügen.

Masch Qasem, der gerade aufgewacht war, öffnete uns die Tür zu Lieber Onkels Gemächern. Leili stand zitternd neben ihrem Bruder in einer der offenen Türen.

»Was ist geschehen, Masch Qasem?«

»Nun, Herr, warum sollte ich lügen... ich...«

»War das die Stimme des Djenab?«

»So klang es jedenfalls.«

Wir rannten durch diverse Zimmer hinauf zu dem Balkon, auf dem Lieber Onkel nachts in einem großen Holzbett schlief. Doch die Tür zu Lieber Onkels Zimmer war abgeschlossen. Wie heftig wir auch dagegen hämmerten, wir bekamen keine Antwort.

Masch Qasem schlug sich an den Kopf. »Allah sei bei uns, sie haben den Herrn entführt.«

Leilis Mutter, eine relativ junge Frau, rief: »Mann...

Mann, wo bist du? Allah steh uns bei, sie haben ihn entführt!«

Mein Vater versuchte, sie zu beruhigen.

Leilis Mutter war Lieber Onkels zweite Frau. Er hatte sich nach dreizehnjähriger Ehe von seiner ersten Frau scheiden lassen, weil sie keine Kinder bekommen konnte. Diese Scheidung hatte grundlegende Auswirkungen auf Lieber Onkels Leben, weil sich auch Napoleon Bonaparte und Josephine nach dreizehn Jahren Ehe getrennt hatten. Später begriffen wir, dass Lieber Onkel die Ähnlichkeit seines Schicksals mit dem des französischen Kaisers vor allem auf Grund dieser Analogie erkannt hatte.

Auf Anweisung meines Vaters holte Masch Qasem eine Leiter, die er eilig erklomm, gefolgt von meinem Vater, Onkel Oberst, der in Hemd und langen weißen Unterhosen mit einem Gewehr in der Hand erschienen war, Puri und zuletzt mir. Die Schnur, die das Moskitonetz hielt, war auf einer Seite gerissen und halb heruntergefallen. Doch von Lieber Onkel keine Spur. Mit zitternder Stimme rief Leilis Mutter von unten: »Was ist geschehen? Ist der Djenab dort? Macht die Tür auf!«

»Nun, gnädige Frau, warum sollte ich lügen... Der Herr hat sich scheinbar in Rauch oder Luft aufgelöst...«

In diesem Moment vernahm man ein leises Stöhnen. Alle sahen sich um. Das Stöhnen kam unter dem Bett hervor. Mein Vater bückte sich als Erster, um nachzusehen.

»Nun, ich... was machst du da unten, Djenab?«

Wieder vernahm man eine Stimme, doch die Worte blieben unverständlich, als ob Lieber Onkel geknebelt wäre. Mein Vater und Masch Qasem schoben das Bett ein Stück zur Seite, fassten Lieber Onkel an den Armen, zerrten ihn unter dem Bett hervor und legten ihn darauf.

Masch Qasem massierte Lieber Onkels Hände. Die anderen öffneten die Zimmertür, und die Frauen und Kinder stürzten auf den Balkon. Als sie ihren Vater in diesem Zustand sah, fing Leili an zu weinen, während ihre Mutter sich auf Brust und Kopf schlug.

»Sieht aus wie ein Schlangenbiss, Herr«, murmelte Masch Qasem.

»Was steht ihr da rum!«, rief Leilis Mutter. »Tut etwas!«

»Masch Qasem, lauf und hol Dr. Naser al-Hokama. Sag ihm, er soll sofort herkommen.«

Dr. Naser al-Hokama traf wenig später, die Arzttasche in der Hand, im Nachtgewand ein und begann Lieber Onkel zu untersuchen. »Wünsche Gesundheit... wünsche Gesundheit... Es ist nichts Gravierendes. Er hat einen leichten Schock erlitten.« Woraufhin er ein paar Tröpfchen aus einem Medizinfläschchen in ein Glas Wasser gab, das er Lieber Onkel einflößte.

Nach einigen Minuten schlug Lieber Onkel die Augen auf. Eine Weile blickte er verwirrt von einer Seite zur anderen, bis sein erstaunter Blick an Dr. Naser al-Hokama hängen blieb; unvermittelt stieß er wütend die Hand des Arztes von seiner Brust und sagte mit zornerstickter Stimme: »Lieber würde ich sterben, als meinen Blick auf einen verlogenen, verräterischen Doktor zu richten.«

»Wünsche Gesundheit... wünsche Gesundheit... Wie meinen, Djenab? Wir belieben zu scherzen?«

»Keineswegs, es ist mir vollkommen ernst.«

»Ich verstehe nicht, Djenab, was ist geschehen?«

Lieber Onkel richtete sich im Bett auf, wies mit dem Finger zur Tür und brüllte: »Sie können jetzt gehen. Glauben Sie, dass die Nachricht von der Verschwörung im Haus meines Bruders nicht an mein Ohr gedrungen ist? Ein Arzt, der sein Gewissen verkauft, ist nicht länger mein Arzt.«

»Nicht aufregen, das ist nicht gut für Ihr Herz.«

»Mein Herz geht Sie gar nichts an, genauso wie Qamars Flatulenz Sie nichts angeht!«

Jeder begriff mehr oder weniger, was geschehen war, und auf der Suche nach dem Plappermaul musterten wir einander mit misstrauischen Blicken. Ich bemerkte, dass Masch Qasem Puri fixierte, der recht verlegen von einer Seite zur anderen sah, um den Blicken der anderen auszuweichen.

»Mir geht es absolut bestens«, erklärte Lieber Onkel mit lauterer Stimme. »Ich brauche keinen Arzt. Sie können jetzt gehen. Gehen Sie, und denken Sie sich eine neue Intrige aus, um Ihre Lügen zu erklären!«

»Was ist passiert, Bruder?«, fragte Onkel Oberst, um das Thema zu wechseln. »War ein Dieb hier?«

Lieber Onkel Napoleon, der die ganze Angelegenheit offenbar vergessen hatte, als er des Arztes angesichtig wurde, sah sich entsetzt um und sagte: »Ja, ein Dieb – ich habe seine Schritte gehört und seinen Schatten gesehen. Ihr da, schließt die Türen.«

In diesem Moment schien er meinen Vater zum ersten Mal richtig wahrzunehmen. Er presste wütend die Lippen aufeinander, starrte ins Leere und brüllte: »Was soll dieser Menschenauflauf? Ist mein Haus ein Gasthof, oder was?«

Und dann wies er mit seinem langen knochigen Finger zur Tür und befahl: »Raus!«

Mein Vater warf ihm einen wütenden Blick zu und murmelte beim Hinausgehen: »Unsere eigene Schuld, wenn wir Schlaf verloren haben. Der Held der Schlacht von Kazerun hatte aus lauter Angst vor einem Dieb einen Herzanfall unter dem Bett!«

Lieber Onkel erhob sich mit einer heftigen Bewegung und wollte Onkel Oberst die Waffe entreißen, doch der hielt das Gewehr hinter seinen Rücken außerhalb Lieber Onkels Reichweite.

Der verängstigte Arzt packte seine Tasche und ergriff die Flucht, und ich folgte meiner Mutter, die ebenfalls im Begriff war zu gehen. Im letzten Moment riskierte ich einen

Blick zu Leili hinüber und verließ mit der Erinnerung an ihre verweinten Augen den Balkon.

Auf dem Rückweg zu unserem Haus verbreitete sich Onkel Oberst über die geeignete Strategie bei der Suche nach dem Dieb, die jedoch ergebnislos verlief; keine Spur von einem Dieb wurde gefunden, und eine halbe Stunde später waren der Lärm und das Getöse wieder verebbt.

Ich war so aufgeregt, dass ich nicht schlafen konnte.

Es gab absolut keinen Zweifel daran, dass Puri die Bemühungen der gesamten Familie vereitelt hatte, den Streit zwischen Lieber Onkel und meinem Vater zu schlichten. Seine Reaktion auf Lieber Onkels Balkon legte nahe, dass er es gewesen war, der Lieber Onkel von der Vereinbarung mit Dr. Naser al-Hokama erzählt hatte. Ich wünschte, ich könnte ihm die Zähne einschlagen, dem elenden Wurm! Ich konnte nur hoffen, dass Onkel Oberst den Verrat seines Sohnes erkennen würde. Wenn nicht, musste ich es ihm sagen.

Obwohl ich die halbe Nacht nicht geschlafen hatte, wachte ich am nächsten Morgen früher auf als gewöhnlich. Alle anderen lagen noch in ihren Betten. Lautlos schlich ich mich in den Garten.

Als ich Masch Qasem entdeckte, der die Blumen goss, blieb ich wie angewurzelt stehen. Er hatte seine Hosenbeine bis zu den Knien aufgekrempelt, über seiner Schulter hing Lieber Onkels doppelläufiges Gewehr; er arbeitete versonnen vor sich hin.

»Masch Qasem, wofür ist denn das Gewehr?«

Masch Qasem sah sich vorsichtig um und sagte: »Lauf schnell zurück zu eurem Haus, mein Junge!«

»Warum, Masch Qasem? Was ist passiert?«

»Heute ist ein schlechter Tag. Heute ist der Tag des Gerichts. Sag deinem Vater und deiner Mutter, sie sollen lieber auch nicht vorbeikommen.«

»Aber wieso nicht? Ist irgendwas passiert, Masch Qasem?«

»Nun ja, warum sollte ich lügen... Also heute mach ich mir wirklich Sorgen. Der Herr hat Befehl gegeben, jeden, der sich jenseits dieses Walnussbaums auf unsere Seite herüberwagt, zu erschießen.«

Wenn Masch Qasem dabei nicht ein so ernstes Gesicht gemacht hätte, hätte ich gedacht, er macht Witze. Er schob die Waffe über seiner Schulter zurecht und sagte: »Heute am frühen Morgen hat Abbas – der Taubenzüchter – den Dieb von gestern Nacht hergebracht. Er hat ihn erwischt, als er vom Dach unseres Hauses gesprungen ist.«

»Was habt ihr mit ihm gemacht?«

»Nun ja, warum sollte ich lügen? Der Herr wollte ihn an Ort und Stelle töten, aber ich habe ein gutes Wort für ihn eingelegt. Jetzt haben wir ihn mit einem Strick gefesselt und in den Keller gesperrt; ich muss ihn bewachen.«

»In den Keller? Warum habt ihr ihn nicht der Polizei übergeben?«

»Du kennst den Rest ja noch nicht. Der Herr will ihn heute an einem Galgen in seinem Garten aufknüpfen!«

Einen Moment stand ich stumm vor Entsetzen da. Masch Qasem sah sich wieder in alle Richtungen um, bevor er hinzufügte: »Und du darfst auch nicht so viel mit mir reden. Wenn der Herr erfährt, dass ich mit dir geredet habe, bringt er mich vielleicht auch um.«

»Aber was hat das Ergreifen des Diebes denn mit uns zu tun, Masch Qasem? Warum ist Lieber Onkel so böse auf uns?«

»Was das mit euch zu tun hat, mein Junge?« Masch Qasem nickte und fuhr fort: »Wenn du wüsstest, wer der Dieb ist, wüsstest du, wie weit es schon gekommen ist. Oje, oje, oje, Allah steh uns bei, dann wird vielleicht alles gut ausgehen.«

»Wer ist denn der Dieb?«, fragte ich äußerst besorgt. »Und was hat er gestohlen?«

»Nun, warum sollte ich lügen... mit einem Bein... ja, ja... Achtung, der Herr kommt, schnell weg hier, weg mit dir! Du bist noch zu jung zum Sterben, los weg, oder versteck dich hinter diesem Buchsbaum!«

Als Masch Qasem erkannte, dass ich keine Möglichkeit mehr hatte zu fliehen, schubste er mich in Richtung des riesigen Buchsbaums, während er sich wieder scheinbar emsig den Blumen widmete. Als Lieber Onkel Masch Qasem erreicht hatte, war ich entsetzt über sein ernstes Gesicht. Als er den Mund aufmachte, erkannte ich am Ton seiner Stimme, wie wütend er war.

»Qasem, solltest du nicht den Dieb bewachen? Hast du da noch Zeit, dich um die Blumen zu kümmern?«

»Keine Sorge, Herr, ich kann ihn von hier aus im Auge behalten.«

»Wie kannst du den Dieb von hier aus im Auge behalten, wenn er im Keller eingesperrt ist?«

»Alle paar Minuten gehe ich rüber und gucke hinein. Und was wollen Sie jetzt mit ihm machen, Herr? Wie wär's, wenn wir ihn der Polizei übergeben würden? Dann wären wir ihn los.«

»Ihn der Polizei übergeben? Ich werde ihn nicht gehen lassen, bis ich ihm ein Geständnis entlockt habe. Vor allem, was meine Vermutung betrifft, dass dieser Kerl ihn dazu angestiftet hat!«

Als er »dieser Kerl« sagte, zeigte Lieber Onkel auf unser Haus.

In diesem Moment spürte ich, wie verlegen Masch Qasem war, und sah, wie er einen Blick zu dem Buchsbaum riskierte, hinter dessen Blättern ich mich versteckte. »Dieser Hamdullah war zwei oder drei Jahre lang sein Diener«, fuhr Lieber Onkel fort. »Und er war auch kein Dieb, sondern ein sehr aufrichtiger, frommer Mann. Und nun kommt derselbe Mann als Dieb in mein Haus! Er wurde fraglos dazu angestiftet. Und es handelt sich zweifelsohne um eine Verschwörung.«

»Nun, Herr, warum sollte ich lügen... mit einem Bein... ja, ja... Ich sage, er ist arbeitslos, abgebrannt, und da ist er gekommen, um zu sehen, ob er seine Aussichten nicht ein wenig verbessern könnte...«

Eine Weile stand Lieber Onkel schweigend in Gedanken versunken da. Masch Qasem beschäftigte sich mit seiner Arbeit, blickte jedoch hin und wieder verstohlen zu mir herüber.

Plötzlich sagte Lieber Onkel mit heiserer Stimme zu Masch Qasem: »Weißt du, Qasem, ich mache mir nur Sorgen wegen des bösartigen Schandmauls dieses Kerls.«

»Wessen Schandmaul, Herr?«

Lieber Onkel zeigte auf unser Haus.

»Er hat schon mehr als genug unehrenhafte Dinge für einen Menschen getan – was kümmert ihn die Ehre der anderen. Ich fürchte, er wird rumgehen und erzählen, was immer ihm gerade einfällt.«

Masch Qasem nickte und sagte: »Nun, Herr, ein Streit ist kein fröhliches Picknick.«

Und dann fuhr er, wie um das Thema zu wechseln, bevor das Gespräch vor dem zwar versteckten, aber dennoch anwesenden Zeugen einen heiklen Punkt erreichte, fort: »Wie wäre es, wenn Sie all diese Bemerkungen vergessen... wenn Sie sich versöhnen und sich alles für alle zum Besten wenden würde?«

»Ich soll mich mit dem Kerl versöhnen?«

In Lieber Onkels Frage schwang ein so gewaltiger Zorn mit, dass Masch Qasem furchtsam erwiderte: »Ich habe kein Wort gesagt, Herr, ausgeschlossen, dass Sie sich... er hat sich wirklich schändlich benommen, Herr.«

»Aber ich fürchte, er wird trotzdem herumrennen und den Leuten den erstbesten Mist erzählen, der ihm in den Sinn kommt.«

»Nun, Herr, soweit ich weiß, haben Sie sich gegenseitig schon gesagt, was Sie sich sagen wollten.«

»Begreifst du denn nicht?«, fuhr Lieber Onkel ihn ungeduldig an. »Du weißt doch noch, was gestern Nacht passiert ist. Ich war ein wenig indisponiert, ich hatte eine Art Anfall... Du erinnerst dich, was er beim Gehen gesagt hat?«

»Nun, Herr, warum sollte ich lügen? Mit einem Bein... ja, ja... Ich erinnere mich an gar nichts.«

»Wie kannst du das vergessen haben? Er sagte etwas in dem Sinn, ich hätte Angst vor dem Dieb gehabt.«

»Allah behüte! Angst? Sie?«

»Eben! Selbst wenn es sonst keiner wüsste, musst du, der du mich in jeder Schlacht und auf allen meinen Reisen und Abenteuern begleitet hast, besser als jeder andere wissen, dass das Wort ›Angst‹ in meinem Wortschatz gar nicht vorkommt.«

»Nun, Herr, warum sollte ich lügen... mit einem Bein... ja, ja... Allah ist mein Zeuge, das kann Ihnen niemand vorwerfen, Herr. Ich erinnere mich noch, wie Soltanali Khan, Allah schenke seiner Seele Frieden, vor der Schlacht gesagt hat, dass er Probleme bekommen würde, weil der Herr so furchtlos und entschlossen sei. Sie erinnern sich doch gewiss noch an die Nacht, in der unser Zelt von Dieben angegriffen wurde. Mir ist, als wäre es gestern gewesen. Mit einer Kugel haben Sie drei Mann von denen ins Gras beißen lassen...«

»Und das waren die wilden, gnadenlosen Diebe jener Tage. Verglichen mit denen sind die Diebe von heute Grünschnäbel, die noch feucht hinter den Ohren sind!«

»Und selbst ich«, fuhr Masch Qasem aufgeregt fort, »der ich sonst so verwegen und furchtlos bin – nun, es ist kein

Geheimnis vor Allah, warum also sollten Sie es nicht wissen –, hatte in jener Nacht wirklich Angst. Wie der Anführer der Diebe hinterher flehend zu Ihren Füßen gekniet hat... Als wäre es gestern gewesen... War sein Name nicht Seyed Morad?«

»O ja, ich habe den Seyed Morads dieser Welt fürwahr in die Augen gesehen.«

»Möge er in der Hölle verfaulen, der gemeine, schmutzige Dreckskerl.«

Masch Qasem war inzwischen so aufgeregt, dass er meine Anwesenheit vergessen zu haben schien. Auch Lieber Onkels Gesicht strahlte. Nach ihren gebannten Mienen zu urteilen, hatten beide offenbar nicht den leisesten Zweifel am Wahrheitsgehalt ihrer Geschichten; es war, als würden sie Schauplätze und Personen vollkommen deutlich vor sich sehen.

Eine Weile blickten beide mit leuchtenden Augen lächelnd und schweigend in die Ferne. Plötzlich kam Lieber Onkel wieder zu sich. »Ja, Masch Qasem, du und ich, wir wissen diese Dinge, aber wenn dieses Schandmaul und dieser einfältige Arzt herumgehen und erzählen, Soundso sei in Ohnmacht gefallen, weil er Angst vor einem Dieb hatte, was wird dann aus meiner Ehre und meinem Ansehen?«

»Wer würde ihnen denn glauben, Herr? Wer in diesem Kaiserreich kennt Ihren Mut und Ihre Entschlossenheit nicht?«

»Die Leute glauben, was sie hören und sehen, und ich bin sicher, dieser Kerl wird vor nichts zurückschrecken, um meinen Ruf zu zerstören.«

Offenbar erinnerte sich Masch Qasem erneut meiner Anwesenheit in meinem Versteck im Buchsbaum, denn er warf einen verstohlenen Blick in die Richtung und sagte: »Wir können später darüber sprechen. Bis jetzt ist ja noch nichts passiert.«

»Warum redest du solchen Unsinn? Heute werden sie überall ein großes Theater darum machen.«

»Ich werde es bestreiten. Ich werde sagen, dem Herrn ging es nicht gut.«

»Ja, aber...«

Lieber Onkel war tief in Gedanken versunken. »Ich könnte sagen, dass der Herr von einer Schlange gebissen worden ist«, fuhr Masch Qasem fort.

»Was redest du nur für einen Blödsinn? Wenn jemand von einer Schlange gebissen wurde, ist er nicht am nächsten Tag wieder munter!«

»Was soll das heißen, er ist am nächsten Tag nicht munter? In meinem Dorf gab es einen Mann, der...«

»Schon gut, schon gut, in deinem Dorf gab es einen Mann! Wie dem auch sei, vergiss die Schlange.«

Nun wirkte auch Masch Qasem in Gedanken versunken. »Ah, ich hab's, Herr. Ich werde sagen, der Herr hätte eine Wassermelone zusammen mit Honig gegessen und einen Magenkrampf bekommen.«

Lieber Onkel antwortete nicht, doch an seiner Reaktion wurde deutlich, dass er auch diesem Vorschlag keinerlei Beachtung schenkte.

Nach einer Weile sagte Masch Qasem plötzlich: »Herr, wissen Sie...«

»Was weiß ich?«

»Wenn Sie mich fragen, scheint es mir das Beste, den Dieb einfach freizulassen.«

»Wir sollen den Dieb freilassen? Den Dieb?«

»Wenn sich die Nachricht verbreitet, dass wir einen Dieb gefangen haben, wird jeder über den Dieb reden, und dann werden sie auch darüber reden, was gestern Nacht geschehen ist...«

»Du redest Unsinn!«

»Nun, mich geht es nichts an, aber meiner Ansicht nach

wäre es besser, wenn Sie den Dieb laufen lassen, weil dann diese andere üble Geschichte auch verschwinden würde. Bis jetzt weiß niemand außer dem Taubenzüchter, dass wir einen Dieb gefangen haben. Das heißt, kein Fremder weiß davon, und der Taubenzüchter wird nicht hinter unserem Rücken reden.«

Lieber Onkel war tief in Gedanken versunken. Nach langem Schweigen sagte er: »Du hast Recht, Qasem. Vergebung und Großzügigkeit haben in unserer Familie eine lange Tradition, und wahrscheinlich hat der arme Teufel seine Tat aus drückender Armut begangen. Zum Wohle seiner Kinder ist es besser, wenn wir seine Verfehlung übersehen.«

Lieber Onkel schwieg erneut, bevor er fortfuhr: »Und nun öffne die Tore – Allah wird dich für deine uneigennützige Tat belohnen. Rasch, Qasem, binde seine Arme und Beine los und sag ihm, er soll um sein Leben rennen. Und sage ihm auch, dass du es aus eigenem Antrieb tust und der Djenab dich, wenn er es herausfinden würde, bei lebendigem Leibe häuten würde.«

Masch Qasem beeilte sich, den Befehl seines Herrn auszuführen, während Lieber Onkel in Gedanken vertieft auf und ab zu gehen begann.

Ein paar Minuten später kehrte Masch Qasem mit einem zufriedenen Lächeln, noch immer die Flinte über der Schulter, zu Lieber Onkel zurück, der auf einer Bank in seiner rosenumrankten Laube saß. »Allah beschütze Sie und Ihre Großzügigkeit! Sie ahnen ja nicht, wie dankbar er war! Als ob Ihr Blut aus reiner Großherzigkeit bestehen würde. Genau wie damals, wenn Sie sich erinnern, als Sie, nachdem Seyed Morad eine Weile gefleht und gebettelt hatte, ihn laufen ließen und ihm sogar noch genug Kleingeld für den Heimweg gegeben haben.«

Lieber Onkel starrte auf die Zweige des Walnussbaums und sagte wehmütig: »Aber wer kennt schon den Wert solcher Dinge, Qasem? Vielleicht wäre es besser gewesen, wenn ich grausam und gnadenlos gewesen wäre wie die anderen. Vielleicht ist dies der Grund, warum ich es im Leben zu nichts Großem gebracht habe.«

»Sagen Sie so etwas nicht, Herr! Ich weiß, was jeder weiß, dass es nämlich an den Ausländern lag. Noch vor ein paar Tagen habe ich die Leute im Basar über Sie sprechen hören, und ich habe gesagt, wenn die Engländer nicht gewesen wären, gäbe es nichts, was Sie nicht hätten erreichen können.«

»Ja, wenn die Macht der Engländer nicht gewesen wäre, hätte ich viel bewegen können.«

Masch Qasem, der die Geschichte, wie die Engländer Lieber Onkel hassten, schon so oft aus dessen eigenem Mund gehört hatte, dass er sie auswendig kannte, fragte nichtsdestotrotz: »Aber warum, Herr, warum hassen diese Engländer Sie so sehr?«

»Der verlogene Wolf namens England hasst jeden, der den Boden und die Gewässer seines eigenen Landes liebt. Welche Sünde hatte Napoleon begangen, dass sie ihn derart verfolgt haben? Dass sie seinen Willen gebrochen haben, so dass er vor Kummer starb? Nur die Sünde, sein Land zu lieben. Denn das ist für sie das schlimmste Verbrechen!«

Lieber Onkel sprach mit vehementer Leidenschaft, während Masch Qasem eifrig nickte und Flüche murmelte: »Im Namen des heiligen Ali, möge nie wieder süßes Wasser durch ihre Kehlen rinnen...«

»Ihre Feindschaft gegen mich begann, als sie meine Liebe für mein eigenes Land erkannten. Ich bin ein Freiheitskämpfer, ein Anhänger der Verfassung...«

Mittlerweile war ich in meinem Versteck wirklich müde geworden. Meine Füße waren eingeschlafen. Ich versuchte, möglichst geräuschlos meine Position zu verändern, doch eine unerwartete Entwicklung ließ mich innehalten.

Offenbar hatte auch mein Vater das Gespräch zwischen Lieber Onkel und Masch Qasem gehört und sich langsam an die Laube herangeschlichen. Das Herz rutschte mir in die Hose. Aus meinem Versteck konnte ich meinen Vater deutlich sehen, doch für Lieber Onkel und Masch Qasem blieb er hinter den Rosenzweigen verborgen. Es konnte keinen Zweifel daran geben, dass mein Vater sich angeschlichen hatte, um ihr Gespräch zu belauschen.

Lieber Onkel sprach über das persönliche Opfer, das er während der Verfassungsrevolution gebracht hatte. »Heute ist jeder ein Anhänger der Verfassung. Jeder gibt vor, dafür gekämpft zu haben. Ich hingegen sage nichts und werde vergessen.«

In diesem Moment drang ein ohrenbetäubendes Wiehern aus dem Mund meines Vaters, und unter zwanghaftem Gelächter stieß er hervor: »Oberst Liakhoffs Kosaken sind also jetzt Helden der Verfassungsrevolution geworden!«

Sie waren nur durch eine Wand aus Rosenzweigen getrennt. Entsetzt reckte ich den Hals, um Lieber Onkels Reaktion zu beobachten. Er war dunkelrot angelaufen, sein Gesicht war verzerrt. Einen Moment wirkte er wie erstarrt, dann sprang er auf und stürzte auf Masch Qasem zu. Mit vor Wut erstickter Stimme rief er: »Das Gewehr... Qasem, das Gewehr!«

Und er streckte den Arm aus, um Masch Qasem die Waffe zu entreißen.

Masch Qasem zuckte die Schultern, so dass der Riemen, an dem das Gewehr hing, herunter rutschte. Mit einer Hand hielt er die Waffe nun hoch über den Kopf, die andere legte er auf Lieber Onkels Brust, so dass dieser nicht näher kommen konnte.

Offenbar hatte mein Vater an Lieber Onkels beängstigendem Ton erkannt, woher der Wind wehte, und sich eilig verkrümelt. Lieber Onkel brüllte erneut: »Idiot, Verräter, ich sagte, gib mir das Gewehr!«

Mit einer raschen Bewegung befreite Masch Qasem sich aus Lieber Onkels Griff und rannte, das Gewehr in der Hand, davon. Wie ein Besessener setzte Lieber Onkel ihm durch den Garten nach.

Im Laufen rief Masch Qasem: »Im Namen des heiligen Ali, vergeben Sie ihm! Herr, bei der Seele Ihrer Kinder, er hat sich geirrt, er wusste nicht, was er tat!«

Der Garten war ziemlich groß, so dass es reichlich Platz zum Herumrennen gab. Masch Qasem lief seltsam zögerlich, und Lieber Onkel stampfte keuchend hinter ihm her. Plötzlich verfing sich Masch Qasems Fuß in einem trockenen Zweig, er stürzte, und ein Schuss löste sich.

»Aggghhh, ich bin tot... aggghhh, Allah hilf.«

Masch Qasems Stimme riss mich aus meiner Verwirrung, und ich hastete eilig zu ihm. Lieber Onkel stand über Masch Qasems reglosem Körper, der in das Gewehr gefallen war.

»Djenab, o Djenab, Sie haben Masch Qasem getötet!«

Lieber Onkel beugte sich über ihn, um ihn aufzuheben, aber Masch Qasem protestierte mit einem herzzerreißenden Schrei: »Nein, nein, rühren Sie mich nicht an, Herr! Ich möchte an Ort und Stelle sterben.«

Lieber Onkel zog seine Hand zurück. Als er mich in der Nähe stehen sah, brüllte er: »Junge, lauf und hol Dr. Naser al-Hokama... lauf!«

Mit einem Kloß im Hals rannte ich, so schnell ich konnte, zu Dr. Naser al-Hokamas Haus. Glücklicherweise trat er, die Arzttasche in der Hand, gerade aus der Tür, als ob er einen Hausbesuch machen wollte.

»Doktor, kommen Sie schnell! Masch Qasem ist angeschossen worden!«

An der Gartentür stand Onkel Obersts Diener und erklärte neugierigen Passanten, die den Schuss gehört hatten, dass es nur ein Feuerwerkskörper war, den die Kinder gezündet hätten. Wir betraten den Garten und schlossen die Tür.

Die Bewohner des Hauses standen im Kreis um Masch Qasem versammelt und trösteten ihn, während der verletzte Diener leise stöhnte: »Aggghhh! Es tut so weh... aggghhh... dieses Brennen. Jetzt werde ich nie mehr nach Mekka kommen, diese Hoffnung nehme ich mit ins Grab.«

Als ich dem Arzt in den Kreis der Umstehenden folgte, sah ich Leili. Sie weinte und tupfte Masch Qasem mit einem Taschentuch die Stirn ab.

»Herr, versprechen Sie mir, mich im Hof der heiligen Moschee der Fatimah Masumeh zu begraben...«

Der Doktor hockte sich neben Masch Qasem, doch als er ihn umdrehen wollte, rief Masch Qasem: »Rühren Sie mich nicht an!«

»Masch Qasem, ich bin's, der Arzt!«

Masch Qasem wandte ein wenig den Kopf. Als er den Arzt sah, sagte er stöhnend: »Einen guten Tag, Herr. Nach Allah sind Sie meine einzige Hoffnung, Herr!«

»Wünsche Gesundheit, wünsche Gesundheit. Was ist passiert, Masch Qasem? Wo ist die Wunde? Wer hat auf dich geschossen?«

In diesem Moment zeigte mein Vater, der in der Nähe stand, auf Lieber Onkel und sagte mit lauter Stimme: »Dieser Mann! Dieser Mörder! So Allah will, werde ich selbst die Schlinge um seinen Hals legen.«

Doch bevor Lieber Onkel etwas erwidern konnte, zog meine Mutter meinen Vater flehend und bettelnd weg.

»Wünsche Gesundheit... ganz langsam... laaangsam... ja...«

»All die Kriege und Schlachten habe ich überlebt, und nun sterbe ich im Garten des Herrn. Herr Doktor, bitte, sagen Sie mir ehrlich, wenn es keine Hoffnung mehr gibt, und ich werde meine Gebete sprechen.«

Als der Arzt Masch Qasems Hemd öffnete, fiel allen Umstehenden vor Überraschung das Kinn herunter, denn sein Körper wies nicht die geringste Spur einer Wunde auf. »Und wo hat die Kugel dich nun getroffen?«

»Nun, warum sollte ich lügen«, erwiderte Masch Qasem, ohne hinzusehen, »ich weiß nicht genau... können Sie sie nicht sehen?«

»Wünsche Gesundheit, wünsche Gesundheit, du bist gesünder als ich.«

Die Anspannung der Umstehenden löste sich in befreitem Gelächter.

Lieber Onkel versetzte Masch Qasem einen Tritt in den Hintern. »Aufstehen und raus mit dir! Jetzt belügst sogar du mich, du schmutziger Teufel?«

»Sie meinen, ich wurde nicht getroffen... woher kamen dann der Schmerz und das Brennen? Wo ist die Kugel dann eingeschlagen?«

»Ich wünschte, in deinem Kopf!«

Als Dr. Naser al-Hokama sah, dass ein Gespräch mit Lieber Onkel drohte, schloss er seine Tasche, sagte, anstatt sich zu verabschieden, einfach nur »wünsche Gesundheit«, und wandte sich zum Gehen. Lieber Onkel Napoleon rannte ihm nach und flüsterte ihm eine Weile etwas ins Ohr. Offenbar entschuldigte er sich wegen der Vorfälle in der Nacht zuvor bei dem Arzt. Schließlich umarmte er den Doktor, und die beiden gaben sich einen förmlichen Wangenkuss, bevor Lieber Onkel und der Arzt zu der Gruppe zurückkehrten.

Während dieser vergleichsweise ungefährlichen Augenblicke hatte ich mich zu Leili geschlichen. Sie nach den schmerzlichen Erlebnissen der beiden vergangenen Tage zu sehen, bereitete mir solche Freude, dass ich den Mund nicht aufbekam und sie einfach nur anstarrte, und sie starrte mit ihren riesigen schwarzen Augen zurück.

Bevor einer von uns ein Wort herausbrachte, bemerkte Lieber Onkel Leili und mich. Er kam auf uns zu, gab Leili eine Ohrfeige, zeigte auf ihre Tür und befahl mit eisiger Stimme: »Ab ins Haus mit dir!«

Dann wies er auf unser Haus und sagte noch grimmiger, ohne mich anzusehen: »Du verschwindest auch besser nach Hause, und ich will dich hier nie wieder sehen!«

Laute Geräusche auf dem Hof weckten mich; es war gegen Mittag. Nach den aufregenden Ereignissen des Vormittags war ich auf dem Sofa eingeschlafen. Leise verließ ich das Zimmer, bemerkte ungewöhnliche Betriebsamkeit und suchte meine Mutter. »Was ist denn los? Was hat der ganze Lärm und das Kommen und Gehen zu bedeuten?«

»Woher soll ich das wissen? Dein Vater hat heute Morgen aus heiterem Himmel entschieden, die ganze Familie zum Essen einzuladen.«

»Aber warum?«

»Woher soll ich das wissen?«, schrie meine Mutter wütend. »Woher soll ich das wissen? Geh und frag ihn selbst. Als Nächstes wird er auf meinem Grab tanzen...«

In diesem Moment betrat mein Vater das Haus, und ich rannte auf ihn zu. »Vater, was passiert heute Abend?«

»Heute haben deine Mutter und ich Hochzeitstag«, erwiderte mein Vater mit einem listigen Lächeln. »Wir feiern ein Fest. Ich feiere den Tag, an dem ich Teil dieser gütigen und einigen Familie geworden bin!«

Mir wurde bewusst, dass mein Vater lauter als gewöhnlich und in Richtung Garten sprach. Ich blickte an ihm vorbei und erkannte in der Ferne Puris Schatten – er war scheinbar in ein Buch vertieft, aber höchstwahrscheinlich unser Haus belauschte.

»Ja, ich habe auch einige Musiker eingeladen. Alle werden kommen.«

Dann wandte er sich an meine Mutter und fragte mit derselben lauten Stimme: »Hast du übrigens Schamsali Mirsa und Asadollah Mirsa Bescheid gesagt? Und was ist mit Khanum Aziz al-Saltaneh?«

Lautstark zählte mein Vater sämtliche Gäste auf, bevor er hinzufügte: »Es wird ein großer Abend werden! Ich möchte unseren Gästen ein paar wunderschöne Geschichten erzählen. Musik, Gesang und wunderschöne Geschichten...«

Ich begriff, was er vorhatte. Mein Vater wollte allen die Geschichte erzählen, wie Lieber Onkel vor Angst in Ohnmacht gefallen war. Die Schilderung, die er mir gegeben hatte, war eigentlich für Puri bestimmt, der sie seinem Onkel übermitteln würde. Gemächlich begab sich Puri zu Lieber Onkels Haus. Kurz darauf ließ ich alle Vorsicht außer Acht und folgte ihm. Die Tür zu Lieber Onkels Privatgemächern war verschlossen, und aus dem Haus hörte man keinen Ton.

Ich war wirklich neugierig auf Lieber Onkels Reaktion. Ich lauschte an der Tür und hörte entfernte Stimmen, ohne jedoch die Worte zu verstehen.

Schließlich kam mir eine Idee. Das Flachdach des Hauses einer meiner Tanten verlief direkt parallel zu Lieber Onkels Haus. Mit Hilfe meines Vetters Siamak gelangte ich auf dieses Dach und robbte mich vorsichtig an den Rand.

Als ich meinen Platz eingenommen hatte, verließ Puri gerade Lieber Onkels Hof, nachdem er seine Aufgabe als Klatschbase erledigt hatte. Lieber Onkel lief erregt in seinem Hof auf und ab, während Masch Qasem mit nachdenklicher Miene daneben stand.

»Wir können im Grunde nur die Feier dieses Kerls sprengen, um die Dinge irgendwie richtig zu stellen. Ich weiß, was er plant. Er wird meinen und deinen Ruf ruinieren! Mir ist schon seit Jahren klar, was für ein gemeiner Dreckskerl er ist.«

»Es wäre gut, wenn wir den Gästen sagen könnten, dass sich heute der Tod Ihres verstorbenen Onkels jährt, dann würden sie nicht hingehen.«

»Was für einen Unsinn redest du da! Bis zum Jahrestag des Todes meines Onkels ist es noch fast einen Monat hin...« In diesem Moment schien Lieber Onkel ein Gedanke gekommen zu sein, denn er stand einen Augenblick völlig still, und seine Miene hellte sich auf. Er geleitete Masch Qasem bis zur Haustür und sagte etwas zu ihm, wovon ich nur den Namen Seyed Abolqasem verstand. Masch Qasem ging weg, und Lieber Onkel schlenderte, in Selbstgespräche vertieft, in seinem Hof auf und ab. Ich wartete eine Weile, doch Masch Qasem kehrte nicht zurück. Mir blieb keine andere Wahl, als das Dach zu verlassen und Masch Qasem im Garten das Geheimnis zu entlocken. Doch ich konnte ihn nirgends entdecken und ging entmutigt nach Hause. Unser Diener trug mit Hilfe eines Tagelöhners dicke Teppiche in den Garten.

Gegen fünf Uhr am Nachmittag war die Kulisse für den Plan meines Vaters bereitet. Zahlreiche Kissen waren an Bäume gelehnt und auf Teppiche gelegt worden. In einer Ecke kühlten Flaschen mit alkoholischen Getränken in einer mit Sackleinen abgedeckten Wanne voller Eis.

Ich behielt die ganze Zeit Lieber Onkels geschlossene Tür im Auge. Was heute Morgen geschehen war, bereitete mir Sorgen, weil ich wusste, dass Lieber Onkel den Angriff meines Vaters nicht tatenlos über sich ergehen lassen würde, und am Horizont schon Unheil aufziehen sah.

Nach einer Weile öffnete sich plötzlich die Tür zu Lieber Onkels Gemächern. Unterstützt von Lieber Onkels Dienerin und Puri begann Masch Qasem zahlreiche Teppiche aus dem Haus in den Garten zu tragen und sie in etwa zwanzig Meter Entfernung vom Platz der geplanten Feier auszubreiten.

Ich schlich mich zu Masch Qasem, bekam als Antwort

auf meine Frage jedoch nur zu hören: »Aus dem Weg, mein Junge, stör uns nicht bei der Arbeit.«

Sobald die Teppiche vor Lieber Onkels Haus ausgebreitet waren, machten sich Masch Qasem und Naneh Bilqis, beide mit einer Leiter unter dem Arm, auf den Weg zum Gartentor. Masch Qasem stieg auf seine Leiter und hing über dem Gartentor seelenruhig die schwarze dreieckige Fahne auf, die Lieber Onkel immer aufhängen ließ, wenn religiöse Trauerzeremonien anstanden. Auf dem entrollten Banner prangten die Worte »Gelobt sei Obeidallah Hossein«.

»Was machst du da, Masch Qasem?«, fragte ich erstaunt. »Warum hast du das schwarze Banner aufgehängt?«

»Nun, warum sollte ich lügen, mein Junge? Heute Abend begehen wir eine Trauerzeremonie. Und zwar mit allem Drum und Dran. Sieben oder acht Prediger werden erwartet, dazu eine Gruppe Trauernder, die sich an die Brust schlagen und klagen.«

»Aber was ist denn heute Abend?«

»Willst du etwa sagen, das wüsstest du nicht, mein Junge? Heute ist der Abend des Martyriums des heiligen Moslem Ibn Aghil, und wenn du mir nicht glaubst, geh und frag Seyed Abolqasem.«

Hinter mir vernahm ich ein ersticktes Geräusch. Ich drehte mich um und sah meinen Vater, sein Gesicht kalkweiß. Mit verzerrter Miene und vor Wut hervortretenden Augen starrte er Masch Qasem und das schwarze Banner an.

Mein erregter Blick schoss ein paar Mal zwischen Masch Qasem und meinem Vater hin und her. Masch Qasem hatte erkannt, wie wütend mein Vater war, und war aus Angst oben auf der Leiter stehen geblieben. Ich fürchtete, mein Vater könnte so zornig sein, dass er die Leiter umwerfen würde. Schließlich sagte er mit brüchiger Stimme: »Ist heute der Todestag deines Vaters, dass du das schwarze Banner aufgehängt hast?«

»Ich wünschte, mein lieber alter Vater, Allah schenke seiner Seele Frieden, wäre an einem derartig heiligen Tag gestorben«, erklärte Masch Qasem auf der obersten Sprosse der Leiter in seiner gewohnt ruhigen Art. »Heute ist der Feiertag des Martyriums des heiligen Moslem Ibn Aghil.«

»Möge der heilige Moslem Ibn Aghil dich, deinen Herrn und jeden anderen verdammten Lügner verfluchen! Vermutlich ist dem Djenab, als er vor Angst vor einem Dieb in Ohnmacht gefallen ist, der Erzengel Gabriel erschienen und hat ihm erzählt, dass heute der Jahrestag eines Märtyrers ist.«

»Nun, warum sollte ich lügen? Mit einem Bein ... ja, ja ... Davon weiß ich nichts, aber ich weiß, dass heute der Feiertag des heiligen Moslem Ibn Aghil ist, und Seyed Abolqasem weiß das auch. Sie können ihn fragen, wenn Sie wollen.«

Mein Vater, der vor Wut zitterte, brüllte: »Ich werde dich, deinen Herrn und Seyed Abolqasem auf eine Art und Weise zerstören, dass die beiden leiblichen Kinder Moslems um euch weinen werden ...«

Und mit diesen Worten begann er an der Leiter zu rütteln. Masch Qasems Schreie stiegen gen Himmel. »Eh, Vorsicht! Hilfe, o gesegneter Moslem Ibn Aghil, hilf!«

Verängstigt klammerte ich mich an den Arm meines Vaters und rief: »Vater, lass ihn in Ruhe! Es ist doch nicht seine Schuld.«

Daraufhin beruhigte sich mein Vater wieder ein wenig, warf Masch Qasem einen wütenden Blick zu und eilte zurück zu unserem Haus.

Masch Qasem hatte einen wirklich großen Schreck bekommen; schwer atmend, stieg er die Leiter herunter, sah mich dankbar an und sagte: »Mögest du dich eines langen

Lebens erfreuen, mein Junge, du hast mir das Leben gerettet.«

Als ich nach Hause kam, schrie mein Vater meine arme Mutter an: »Wenn ich in eine Sippe aus Sodom und Gomorrha eingeheiratet hätte, wäre ich besser dran als mit dieser Familie. Nun, wir werden ja sehen, ob meine Feier oder Napoleon Bonapartes Trauerfeier ein Erfolg wird!«

Das war das erste Mal, dass ich den Spitznamen Napoleon für Lieber Onkel aus Vaters Mund hörte. Ihre Feindschaft war so weit gediehen, dass keiner von beiden vor irgendetwas zurückschrecken würde, um dem anderen zu schaden. Ein einziger quietschender Stuhl oder schlimmstenfalls ein dubioses Geräusch drohte nicht nur, die Einheit unserer Familie zu zerstören, um es mit den Worten von Onkel Oberst zu sagen, sondern auch das Fundament unseres gesamten Familienlebens zu erschüttern.

Meine Mutter ergriff den Arm meines Vaters und sagte flehend: »Allah ist mein Zeuge, ich würde alles für dich tun, aber lass es gut sein! Wie kannst du heute Abend ein Fest feiern? Auf der einen Seite des Gartens schlagen sich Trauernde klagend an die Brust, und auf dieser Seite gibt es Musik, Tanz und Trunkenheit. Wer würde es denn noch wagen zu feiern? Die Schläger, die vom Basar zu den Trauerfeiern kommen, würden euch alle in Stücke reißen.«

»Aber ich weiß genau, dass diese Geschichte des Martyriums des seligen Moslem Ibn Aghil nur eine Erfindung ist! Ich weiß es…!«

»Du weißt es, aber die Leute wissen es nicht! Die Männer, die sich an die Brust schlagen, wissen es nicht. Unser guter Name wird in der gesamten Nachbarschaft ruiniert sein. Sie werden dich und die Kinder in Stücke reißen.«

Mein Vater wurde immer nachdenklicher. Meine Mutter hatte Recht. Es war unmöglich, dass irgendjemand es wagen würde, sich auf einer Seite des Gartens zu amüsieren, während auf der anderen eine Trauerzeremonie stattfand. Mein Vater hätte gleichzeitig Gastgeber und sein einziger Gast sein müssen, außerdem war das Ganze gefährlich.

In diesem Moment kam Masch Qasem, der zusammen mit Naneh Bilqis eine Leiter trug, an der Tür zu unserem Garten vorüber und bekam unser Gespräch mit. »Wenn Sie die Wahrheit hören wollen, Ihre Frau hat Recht«, sagte er sanft, »verschieben Sie das Fest auf einen anderen Abend.«

Mein Vater warf ihm einen wütenden Blick zu, doch mit einem Mal veränderte sich seine Miene. »Ja, ja, du hast Recht«, meinte er, um einen normalen Tonfall bemüht, »es ist ein heiliger Tag. Das Martyrium des seligen Moslem Ibn Aghil, sagtest du?«

»Allah schenke seiner Seele Frieden, was er durchgemacht hat... Allah hab ihn selig, ich würde mein Leben für ihn hingeben, wenn ich könnte, so unschuldig, wie er war, als diese Schweine ihm den Kopf abgeschlagen haben...«

»Sag deinem Herrn, dass man Moslem Ibn Aghil von einem Turm geworfen hat. Und eines Tages wird eine andere Person ebenfalls von einem Turm geworfen werden, auf dass ihr alle Knochen brechen! Aber wie dem auch sei«, fügte er mit gespielter Frömmigkeit hinzu, »es ist ein heiliger Tag, und obwohl ich geplant hatte, Gäste zu empfangen, habe ich die Feier abgesagt, damit ich zur Zeremonie des Djenab kommen kann. An einem derart heiligen Tag kann ich doch nicht fernbleiben! Ich werde ganz bestimmt da sein.«

Ohne nachzudenken, sagte Masch Qasem: »O ja, Herr, tun Sie das, es wird Ihrer Seele gut tun.«

Doch als ob ihm plötzlich die Hintergedanken meines Vaters aufgegangen wären, eilte er besorgt in Richtung von Lieber Onkels Gemächern davon.

Ich wartete eine Weile und machte mich dann auf die Suche nach Masch Qasem, der die Leiter in einem Pavillon im Garten verstaute. »Masch Qasem, dir ist doch klar, was mein Vater vorhat, oder?«

Masch Qasem sah sich besorgt um. »Geh spielen, mein Junge, wenn der Herr erfährt, dass ich mit dir gesprochen habe, wird er mich bei lebendigem Leib häuten.«

»Oh, Masch Qasem, wir müssen irgendwas unternehmen, um diesen Streit zu beenden. Es wird jeden Tag schlimmer. Ich habe Angst, wie das alles enden soll.«

»Nun, warum sollte ich lügen? Mit einem Bein... ja, ja... Ich mache mir auch wirklich große Sorgen, und das ist noch gar nichts verglichen damit, dass ich jeden Tag hundert Eimer Wasser zum Haus des Obersts schleppen muss, um die Blumen zu gießen.«

»Trotzdem, wir müssen etwas unternehmen, damit mein Vater nicht zu der Trauerzeremonie heute Abend erscheint oder zumindest den Dieb von gestern Nacht nicht erwähnt. Denn ich weiß, dass das einen weiteren Streit auslösen würde, der Allah weiß wann endet.«

»Mach dir wegen heute Abend keine Sorgen, mein Junge. Der Herr hat eine Absprache mit Seyed Abolqasem getroffen, deinen Vater nicht zu Wort kommen zu lassen, wenn er auftaucht.«

Masch Qasem hatte anscheinend das Gefühl, dass ich einer derjenigen war, die den Streit wirklich schlichten wollten; offen erklärte er mir: »Und du sieh zu, dass du deinen Vater davon abhältst, zu viel zu reden, mein Junge!«

In diesem Moment tauchte Puris Kopf auf. »Vorsicht, mein Junge«, murmelte Masch Qasem, »Herr Puri ist gekommen. Er hat ein Mundwerk wie ein Waschweib und wird dem Herrn erzählen, dass ich mit dir geredet habe; hau ab, mein Junge, lauf nach Hause.«

Meine Mutter schickte eilig mehrere Boten los, um den Gästen mitzuteilen, dass die Feier am Abend abgesagt war, da sie auf denselben Tag wie eine Trauerzeremonie fiel. Lieber Onkels Trauerfeier begann nach Sonnenuntergang. Lieber Onkel saß in einem schwarzen Umhang auf einem Kissen in der Nähe des Eingangs. Auf der anderen Seite des Gartens war ein Teppich für die Frauen ausgebreitet worden. Als sich mein Vater zum Gehen anschickte, hatte ich ein seltsames Gefühl. Einerseits machte ich mir wirklich Sorgen um eine Auseinandersetzung zwischen ihm und Lieber Onkel, andererseits war mein Herz voller Freude und Glück bei dem Gedanken, Leili wiederzusehen.

Als mein Vater zu der Trauerfeier erschien, rührte sich Lieber Onkel, der sich ansonsten zur Begrüßung jedes Gastes erhob, nicht vom Fleck und tat so, als hätte er ihn nicht gesehen. Die meisten in der Nähe wohnenden Verwandten waren bereits versammelt, lediglich die Abwesenheit von Aziz al-Saltaneh und ihrem Mann fiel auf.

Mein Vater setzte sich neben Asadollah Mirsa, der sich den Platz ausgesucht hatte, der den Frauen am nächsten war. Aus Angst vor Lieber Onkel wagte ich es nicht, mich zu weit von meinem Vater zu entfernen. Sobald er Platz genommen hatte, versuchte mein Vater Asadollah Mirsa von dem Dieb und den weiteren Ereignissen der vergangenen Nacht zu erzählen, doch Asadollah Mirsa war damit beschäftigt, leise durch den Rosenstrauch mit einer der Frauen zu scherzen und zu lachen.

»Also, wirklich, du hast hier gestern Abend richtig was verpasst, wir hatten ein echtes Abenteuer...«

Unwillkürlich blickte ich zu Lieber Onkel Napoleon hinüber. Er konzentrierte seine ganze Aufmerksamkeit auf die Lippenbewegungen meines Vaters, und die Sorge war aus jeder Falte seines Gesichts abzulesen. Im selben Moment warf er Seyed Abolquasem einen Blick zu, der seinerseits zu meinem Vater und Asadollah Mirsa hinüberrief: »Meine Herren, dies ist ein heiliger Abend, konzentrieren Sie sich auf die Zeremonie!«

Mein Vater versuchte noch einige Male, seine Geschichte loszuwerden, doch Seyed Abolqasem unterbrach ihn jedes Mal.

Der letzte Sprecher war Seyed Abolqasem selbst. Von den ersten Worten seiner Ansprache an ließ er meinen Vater nicht aus den Augen, und sobald er erkannte, dass mein Vater im Begriff war, etwas zu sagen, zitierte er die bei derlei Zeremonien typischen Worte über das Leiden an sich, die unweigerlich ein lautes Wehklagen der anwesenden Frauen nach sich zogen, so dass mein Vater ihm nur wütende Blicke zuwerfen konnte.

Seyed Abolqasems Predigt dauerte etwa eine halbe Stunde, und am Ende konnte der arme alte Mann nur noch mit Mühe einen Laut hervorbringen. Schließlich schwieg er ein paar Sekunden, um zu Atem zu kommen. Mein Vater, der nur darauf gewartet hatte, dass der Prediger Ermüdungserscheinungen zeigen würde, sagte mit ziemlich lauter Stimme, die alle Umsitzenden deutlich vernehmen konnten: »Ist hier übrigens gestern Abend etwas passiert?«

Lieber Onkel war zu Seyed Abolqasems Platz gegangen; es war, als hätte er ihm mit einem Fleischspieß in den Rücken gestochen, denn dieser sprang unvermittelt auf und machte der Gruppe von Männern, die bereitstanden, sich in ritueller Trauer an die Brust zu schlagen, ein Zeichen; es waren etwa zwölf, und sie hatten die Brust schon entblößt und warteten nur auf ihr Stichwort. Mit letzter Kraft stimmte der Seyed den Trauergesang an und eröffnete das Ritual. »Seine beiden armen Kinder... seine beiden armen Kinder...«

Lieber Onkel Napoleon stimmte in den Gesang des Seyed mit ein, schlug sich mit einer Hand an die Brust und feuerte mit der anderen die Gruppe der rituell Trauernden an.

Diese schlugen sich ihrerseits heftig und rhythmisch an die nackte Brust und sangen mit großer Inbrunst. Die Gäste waren an derlei Trauerbekundungen nicht gewohnt, weil es nicht üblich war, bei einer Trauerzeremonie, bei der auch Predigten gehalten wurden, Leute zu haben, die sich an die Brust schlugen. Sie blickten einander verwundert an, doch als sie sahen, dass sich auch Lieber Onkel erhoben hatte, standen sie ebenfalls auf und begannen, es ihm gleichzutun.

Mein Vater zitterte vor Wut und rührte sich nicht von der Stelle. Daraufhin ging Seyed Abolqasem – ob aus Eigeninitiative oder auf ein Zeichen von Lieber Onkel – zu ihm und rief: »Mein Herr, wenn Sie nicht an dem Trauerzeremoniell teilnehmen, wenn Sie andersgläubig sind, wenn Sie irgendeinen Hader mit den Getreuen haben, gehen Sie nach Hause, und frönen Sie Ihrer eigenen Religion.«

Mein Vater war außer sich vor Zorn, doch als er die wütenden Blicke der Männer sah, die sich an die Brust schlugen, stand er auf und schlug sich ebenfalls an die Brust, um sich dergestalt langsam in Richtung unseres Hauses zu bewegen. Kurz darauf schlug er die Tür seines Zimmers mit solcher Wucht zu, dass ich sie trotz der Entfernung und des lauten Gesangs hören konnte.

4

Die Veranstaltung neigte sich dem Ende zu. Die Frauen kamen herüber und gesellten sich zu den Männern. Die Leute hatten den Anlass der Zusammenkunft mehr oder weniger vergessen und tranken munter Tee und Limonade, aßen kleine Küchlein, plauderten und lachten. Als Farrokh Laqa gerade fragte, warum Aziz al-Saltaneh sowie ihr Mann und ihre Tochter nicht gekommen waren, und offensichtlich auf irgendetwas hinauswollte, hörte man von dem flachen Dach mit Blick auf den Garten plötzlich eine männliche Stimme rufen: »Hilf mir doch jemand... schnell... kommt und rettet mich... Hilfe!«

Alle drehten sich instinktiv in die Richtung um, aus der der Schrei gekommen war, und wir sahen die Umrisse eines Mannes in einem Hemd und weißen, langen Hosen, der hektisch auf dem Dach hin und her lief. Geblendet vom hellen Licht der Lampen konnten wir nicht erkennen, wem die Stimme gehörte.

»Das hört sich an wie Dustali Khans Stimme... ja, das ist er«, sagte Onkel Oberst schließlich.

Es war tatsächlich Dustali Khan, Aziz al-Saltanehs Mann. Sein Haus grenzte an den Garten. Entsetzen und panische Angst schwangen in seiner Stimme mit, während er immer wieder rief: »Bitte, um Allahs willen... bringt eine Leiter... helft mir!«

Das Flehen und Klagen in seiner Stimme war so eindringlich, dass niemand weitere Fragen stellte. »Qasem, eine Leiter!«, brüllte Lieber Onkel.

Masch Qasem hatte die Leiter schon geholt, bevor Lieber Onkel den Befehl dazu erteilt hatte. Die Anwesenden wandten den Blick nicht von der Gestalt Dustali Khans ab, der zitternd wie ein Geist auf dem Dach stand. Masch Qasem lehnte die Leiter an die Mauer und stieg ein paar Sprossen hinauf, um Dustali Khan herunterzuhelfen.

Kurz darauf setzte dieser seine Füße auf festen Boden und sank ohnmächtig in Masch Qasems Arme. Er wurde mehr oder weniger zu den Teppichen geschleift und auf dieselben gebettet. Eine erregte Debatte darüber, was passiert war, entspann sich, diverse Theorien über die Bedeutung des Geschehnisses wurden geäußert.

Lieber Onkel gab dem Ohnmächtigen die ganze Zeit leichte Ohrfeigen und fragte: »Dustali Khan, was ist los? Was ist passiert?«

Doch Dustali Khan lag mit wirrem Haar, in Hemd und schlammbespritzter langer weißer Hose reglos in unserer Mitte, nur seine Lippen bebten.

Masch Qasem massierte Dustali Khans Füße und sagte: »Als ob er von einer Schlange gebissen worden wäre.«

Lieber Onkel warf ihm einen wütenden Blick zu. »Du redest wieder Unsinn!«

»Nun, Herr, warum sollte ich lügen? In unserer Stadt gab es einmal einen Mann, der ...«

»Zum Teufel mit dir und dem Mann aus deiner Stadt. Lass mich lieber sehen, was ihm fehlt.« Und er gab Dustali erneut eine sanfte Ohrfeige.

Dustali Khan schien langsam wieder zu sich zu kommen und sah sich um. Nervös griff er sich mit beiden Händen in den Schritt und rief: »Abgeschnitten ... abgeschnitten ...«

»Wer hat was abgeschnitten?«

Doch Dustali Khan beantwortete Lieber Onkels Frage nicht, sondern wiederholte in demselben entsetzten Tonfall: »Abschneiden ... sie wollte ihn abschneiden ... mit einem Messer ... einem Küchenmesser ... sie wollte ihn abschneiden ...«

»Wer? Wer wollte ihn abschneiden?«

»Aziz... meine Frau, diese widernatürliche Hexe, diese Mörderin...«

Asadollah Mirsa hatte die Ohren gespitzt und trat jetzt, sein Lachen nur mühsam unterdrückend, vor. »Moment... Moment... warte, warte... Allah behüte, Khanum Aziz al-Saltaneh wollte doch nicht etwa deinen...«

»Doch, doch! Die alte Hexe... Wenn ich nur eine Sekunde später aufgesprungen wäre, hätte sie ihn abgeschnitten.«

Asadollah prustete laut los und sagte: »Direkt an der Wurzel?«

In dem allgemeinen Gelächter erinnerte Lieber Onkel Napoleon sich plötzlich daran, dass Frauen und Kinder anwesend waren. Er stand auf, breitete beide Arme aus, bildete so mit seinem Umhang einen Vorhang zwischen Dustali Khan und den Kindern und rief: »Frauen und Kinder hier rüber!«

Die Frauen und Kinder wichen ein paar Schritte zurück. Puri, Onkel Obersts Sohn, fragte mit einem dämlichen Gesichtsausdruck: »Was wollte Khanum Aziz al-Saltaneh abschneiden?«

Onkel Oberst sah ihn wütend an und sagte: »Was für eine blöde Frage ist denn das, du Esel?«

Masch Qasem antwortete ruhig: »Sie wollte ihm die Geschlechtsteile abschneiden.«

Asadollah Mirsa lachte und sagte: »Nun, das hat er sich selbst zuzuschreiben...«

»Das reicht!«, blaffte Lieber Onkel Napoleon, bevor er, seinen Umhang weiter als Vorhang zwischen Dustali Khan und den Frauen haltend, hinzufügte: »Sprich vernünftig, Dustali! Wie kommt es, dass sie ihn abschneiden wollte? Warum redest du solchen Unsinn?«

Dustali, der sich noch immer bedeckt hielt, klagte: »Ich

habe es mit eigenen Augen gesehen. Sie hat ein Küchenmesser mit ins Bett genommen. Dann hat sie ihn gepackt, um ihn abzuschneiden. Ich habe schon den kalten Stahl des Messers gespürt!«

»Aber warum? Ist sie verrückt geworden? Ist sie...?«

»Sie hatte mir schon den ganzen Abend zugesetzt. Deshalb ist sie auch nicht zu deiner Trauerfeier gekommen. Sie hat gesagt, sie hätte von Verwandten gehört, dass ich etwas mit einer jungen Frau hätte. Allah verfluche solche Verwandten, alles Mörder! Wenn ich nur einen Moment später aufgesprungen wäre, hätte sie ihn abgeschnitten.«

»Aha!«, sagte Lieber Onkel Napoleon mit gedämpfter Stimme. »Ich verstehe!«

Alle Blicke wandten sich ihm zu. Er knirschte wütend mit den Zähnen. Mit vor Zorn bebender Stimme fügte er hinzu: »Ich weiß, welcher erbärmliche Schurke das gewesen ist! Es war dieser Kerl, der die Ehre unserer Familie zerstören will.«

Es war nur zu deutlich, dass er mit »diesem Kerl« meinen Vater meinte.

Asadollah bemühte sich, ernst zu bleiben, und fragte mit scheinbarer Sorge: »Und wurde etwas abgeschnitten?«

Lieber Onkel Napoleon beachtete das allgemeine Gelächter gar nicht, sondern presste mit zusammengebissenen Zähnen hervor: »Ich mache ihn fertig! Die Ehre unserer Familie ist schließlich kein Witz.«

In diesem Moment setzte Schamsali Mirsa ein todernstes Gesicht auf, hob die Hände und sagte: »Wir wollen kein vorschnelles Urteil fällen. Erst die Ermittlung, dann das Urteil. Agha Dustali Khan, bitte beantworten Sie meine Fragen gewissenhaft und aufrichtig.«

Das vermeintliche Opfer des Angriffs lag nach wie vor hilflos am Boden, beide Hände schützend vor dem Unterleib. Schamsali Mirsa zog sich einen Stuhl heran und setzte sich, um sein Kreuzverhör zu beginnen, doch Onkel Oberst ging dazwischen: »Euer Ehren, wartet bis morgen, der arme Teufel ist so verängstigt, dass er kaum die Kraft hat zu sprechen.«

Schamsali Mirsa sah ihn wütend an und erwiderte: »Der optimale Zeitpunkt für eine Ermittlung samt Kreuzverhör ist der Moment unmittelbar nach dem Verbrechen. Bis morgen wird die Basis für eine einigermaßen unvoreingenommene Einschätzung dahin sein.«

Masch Qasem, der die Szene interessiert verfolgt hatte, bestätigte das. »O ja, so ist es, Herr, wer weiß, wer morgen noch lebt und wer schon tot ist? In meiner Stadt gab es einen Mann, der...«

Schamsali unterbrach ihn mit einem grimmigen Blick und wandte sich wieder Dustali Khan zu. »Wie gesagt, beantworten Sie meine Fragen gewissenhaft und absolut ehrlich.«

Lieber Onkel Napoleon starrte gedankenverloren ins Nichts und sagte: »Es gibt keinen Zweifel, dass dies das Werk dieses gemeinen Kerls ist. Er benutzt Napoleons ureigenste Strategie – die er von mir gehört hat – gegen mich. Napoleon hat gesagt, im Krieg soll man den Feind an seinem schwächsten Punkt angreifen. Dieser Mann hat erkannt, dass mein Schwachpunkt Dustali Khan ist. Er weiß, dass ich ihn aufgezogen habe wie meinen eigenen Sohn. Er gehört zur Familie, seine Frau gehört zur Familie...«

Lieber Onkel sprach noch eine Weile länger über seine besonderen Bande zu Dustali Khan. Er hatte schon oft erzählt, wie er Dustali Khan aufgezogen hatte, und obwohl dieser schon über fünfzig war, betrachtete er ihn nach wie vor als Kind. Schließlich wandte er sich an Dustali Khan und sagte: »Nun möchte ich, dass du deinen Dank für meine lebenslange Fürsorge zeigst, indem du Schamsali Mirsas Fragen gewissenhaft beantwortest, denn wir müssen noch heute Abend die Wahrheit herausfinden. Jeder hier muss so deutlich erkennen wie ich, wer Aziz al-Saltaneh all diese Dinge zugetragen hat. Dies ist eine Angelegenheit von größter Wichtigkeit, dies ist ein äußerst heikler Punkt im Leben unserer Familie. Wir stehen am Rande des Ruins. Insbesondere müssen wir meiner Schwester klar machen, mit was für einem Menschen sie zusammenlebt, und dann muss sie sich zwischen ihm und unserer Familie entscheiden.«

Dustali Khan hatte die Augen fest geschlossen und schien Lieber Onkels Rede gar nicht zu hören, sondern in seiner eigenen Welt aus Furcht und Schrecken zu verharren, denn als er unvermittelt die Augen aufschlug, drückte er seine Hände erneut an den Unterleib und rief mit verängstigter Stimme: »Aaaah, sie hat ihn abgeschnitten... Helft mir, sie hat ihn mit einem Küchenmesser abgeschnitten! Es war scharf wie ein Diamant.«

Lieber Onkel Napoleon warf Dustali Khan einen verächtlichen Blick zu. »In was für Zeiten leben wir! Ich habe mich tausendmal Gewehren, Lanzen, Schwertern und Geschossen gegenübergesehen und der Angst und Feigheit nicht für eine Sekunde Raum in meinem Herzen gegeben, und du zitterst vor einem Küchenmesser.«

Masch Qasem griff das Motiv auf. »Allah segne ihn, der Herr hat das Herz eines Löwen! Erinnern Sie sich noch, wie dieser Jan M'amad Baqameh sich in der Schlacht von Kahkiloyeh auf Sie gestürzt hat? Ich sehe es vor mir, als ob es gestern gewesen wäre. Allah segne Sie, mit einem Hieb Ihres Schwertes haben Sie ihn vom Kopf bis zum Bauchnabel gespalten! Und dieser Bursche hier sieht ein kleines Gemüsemesser und will schon den Geist aufgeben. Dabei hat niemand was abgeschnitten. Was hätte er wohl getan, wenn ihm jemand wirklich etwas abgeschnitten hätte...?«

Asadollah Mirsa, der seine Erheiterung aus Rücksicht auf Lieber Onkel und Schamsali Mirsa bisher unterdrückt hatte, meinte: »Nun, schauen wir nach, vielleicht hat sie ihn wirklich abgeschnitten!«

Schamsali Mirsa sah ihn wütend an. »Bruder!«

Derweil hatte Masch Qasem auf ein Zeichen meines Onkels ein Glas Pfefferminzlikör geholt, das er Dustali Khan an die Lippen führte, um ihm ein paar Schlucke einzuflößen. Schamsali Mirsa wollte sein Kreuzverhör beginnen, doch Lieber Onkel Napoleon hob die Hand: »Mit Eurer Erlaubnis, Euer Ehren... Frauen und Kinder zurück ins Haus, nur meine Schwester bleibt hier.«

Lieber Onkel nahm meine Mutter am Arm und zog sie beiseite. Er wollte, dass allein sie an dem Kreuzverhör teilnahm. Widerspruchslos entfernten sich die Frauen. Mein sehnsuchtsvoller Blick folgte Leili, die mir unter ihrem schwarzen Spitzenschleier noch tausendmal schöner erschien. Auch ich machte mich auf den Heimweg, doch das Stimmengewirr, das sich plötzlich in meinem Rücken erhob, weckte meine Neugier, und ich schlich mich hinter den Rosenbusch und versteckte mich. Den Lärm machte Farrokh Laqa, die unter keinen Umständen dem Befehl meines Onkels Folge leisten wollte. »Dies ist kein Ort für dich«, fuhr Lieber Onkel Napoleon sie barsch an, »es wird Zeit zu gehen.«

»Und wieso ist es ein Ort für diese Frau, aber nicht für mich?«

»Meine Schwester ist eine betroffene Partei in der Angelegenheit.«

Offenbar hatte Lieber Onkel Khanum Farrokh Laqas Schandmaul vergessen. »Ach, so ist das? Aziz al-Saltaneh wollte ein Stück von Dustali Khans Körper abschneiden, und deine Schwester ist eine betroffene Partei?«

Asadollah Mirsa konnte sich nicht länger zurückhalten. »Alle Frauen sind betroffene Parteien«, sagte er leise. »Es ist eine gefährliche Angelegenheit für die gesamte Frauenschaft.«

Lieber Onkel brachte ihn mit einem strafenden Blick zum Schweigen und fuhr fort, als wäre Farrokh Laqa gar nicht da. »Euer Ehren, bitte.«

»Sind Sie Dustali Khan, wohnhaft...«, setzte Schamsali Mirsa an wie ein vorsitzender Richter, »ich meine, bitte erläutere uns die Einzelheiten des Falls.«

»Welche Einzelheiten?«, stöhnte Dustali Khan mit halb geschlossenen Augen. »Sie wollte ihn abschneiden... einfach abschneiden!«

»Bitte sag uns, wann genau das geschah.«

»Woher soll ich das wissen, es war heute Abend. Allmächtiger Allah, was für Fragen sind das denn!«

»Was ich meinte, Agha Dustali Khan, war, um welche Uhrzeit genau hat sich all das ereignet?«

»Lass mich in Ruhe, fass mich nicht an!«

»Du erinnerst dich nicht einmal mehr an die ungefähre Uhrzeit?«

»Woher soll ich das wissen?«, rief Dustali Khan. »Sie wollte ihn abschneiden!«

Auch Schamsali Mirsa wurde jetzt wütend. »Mein lieber Mann, man hat einen Anschlag gegen dich versucht, die Angeklagte hatte die Absicht, dir ein nobles Körperteil abzutrennen, und du weißt nicht, um welche Uhrzeit das geschehen ist?«

»Allmächtiger Allah«, platzte Dustali Khan los, »ich habe schließlich keine Uhr an meinem noblen Glied getragen!«

Asadollah Mirsa brach in schallendes Gelächter aus. Er lachte so heftig, dass ihm die Tränen über die Wangen kullerten, und als man ihn mit gebieterischer Geste zum Schweigen bringen wollte, stotterte er unter weiteren Lachsalven: »Moment... Moment...«

Sein Gelächter steckte Onkel Oberst und Masch Qasem an. Schließlich setzte Schamsali Mirsa wütend seinen Hut auf. »Dann wird sich euer bescheidener Diener mit eurer Erlaubnis von diesem fröhlichen und belustigenden Ereignis verabschieden.«

Unter einigen Schwierigkeiten gelang es den anderen, ihn zum Bleiben zu bewegen. Ebenso langsam beruhigte sich auch Asadollah Mirsa wieder, und das Kreuzverhör konnte fortgesetzt werden.

»Wir werden diese Frage auf sich beruhen lassen, Agha Dustali Khan ... bitte sag uns, ob das Messer lediglich eine scharfe Klinge hatte, oder auch spitz war wie ein Dolch?«

Dustali Khan stand kurz vor einem weiteren Zornesausbruch, doch die anderen hielten ihm den Mund zu und unterdrückten seinen Schrei. Nachdem er rasch nach Luft geschnappt hatte, erwiderte er: »Es war ein Küchenmesser.«

Alle Anwesenden hatten ihre Stühle in einem Kreis um Dustali Khan aufgestellt und lauschten höchst gespannt.

»In welcher Hand hielt sie das Messer?«

»Woher soll ich das wissen? Darauf habe ich nicht geachtet.«

Masch Qasem beantwortete die Frage für ihn. »Nun, mein Herr, warum sollte ich lügen? Die Schlachtergesellen, die ich kenne, halten das Messer in der rechten Hand, wenn sie ihr Fleisch zerlegen.«

Schamsali Mirsa drehte sich um, um etwas zu Masch Qasem zu sagen, doch erneut schrie Dustali Khan: »Fleischer! Hast du gerade Fleischer gesagt? Fleischer?«

Wieder hielt Onkel Oberst ihm den Mund zu, und Schamsali Mirsa fuhr fort: »Offenbar hielt sie das Messer also in der rechten Hand. Hatte sie irgendwas in der linken Hand?«

»Woher soll ich das wissen ... woher soll ich das wissen?«

Asadollah Mirsa schaffte es einfach nicht, den Mund zu halten. »Mit der linken Hand hatte sie doch gewiss dein nobles Glied gepackt!«

Khanum Farrokh Laqa wirkte äußerst empört und stürmte beleidigt aus dem Garten, obwohl sie an sich sehr gern geblieben wäre, um mehr über das verleumderische Thema zu hören, das einen guten Klatsch abgegeben hätte. Doch sie glaubte im Verlauf des Gesprächs eine Beleidigung gegen ihren Schwiegersohn ausgemacht zu haben, der zufällig Agha Nobel hieß.

»Agha Dustali Khan«, fuhr Schamsali Mirsa fort, »überlege sorgfältig, was du sagst, denn dies ist eine Frage von großer Wichtigkeit, zum Zeitpunkt des Angriffs auf dein...«

Schamsali Mirsa zögerte kurz und erklärte dann sehr förmlich: »Um diese Frage zu stellen, bleibt mir keine andere Wahl, als den Ausschluss der Öffentlichkeit zu verlangen.«

»Was soll das heißen, den Ausschluss der Öffentlichkeit?«, protestierte Lieber Onkel Napoleon. »Wir sind schließlich keine Fremden. Ich kann meiner Schwester sagen, dass sie sich ein paar Schritte entfernen soll... Schwester, geh kurz da rüber, und komm dann wieder zurück.«

Meine arme Mutter hatte nicht die Kraft, sich ihm zu widersetzen, und tat, wie ihr geheißen. Schamsali Mirsa schwieg einen Moment und stand dann auf. Er hielt seinen Kopf dicht an Dustali Khans Ohr und fragte ihn etwas, worauf dieser wieder zu jammern und zu klagen begann. »O bitte... lasst mich in Ruhe! Mit der alten Schachtel? Hast du vergessen, wie sie aussieht?«

Wieder konnte sich Asadollah Mirsa eine Bemerkung nicht verkneifen: »Das war bestimmt eine Frage über San Francisco.«

Und dann wieherte er los, bis Lieber Onkel ihn wütend zurechtwies: »Du solltest dich schämen!«

Dann wandte er sich an Schamsali Mirsa. »Das Problem liegt woanders. Ich möchte, dass du diesen Mann dazu bringst zu gestehen, wer seiner Frau überhaupt davon erzählt hat, dass er eine Affäre mit einer jüngeren Frau hat. Du fragst dauernd nach weit hergeholten, unwichtigen...«

Schamsali Mirsa erhob sich und setzte seinen Hut auf. »Wärst du dann wohl so freundlich, das Kreuzverhör selbst durchzuführen? Ich verabschiede mich demütigst. Ein Richter sollte nicht länger in einem Haus verweilen, in dem es keinen Respekt vor seiner richterlichen Autorität gibt!«

Alle waren noch eifrig damit beschäftigt, Schamsali Mirsa zum Bleiben zu bewegen, als vom Dach von Dustali Khans Haus ein Schrei ertönte. »Da unten ist die kleine Ratte also, was? Ich flämm dem Mistkerl den Bart ab...«

Alle blickten auf. Offenbar war Khanum Aziz al-Saltaneh, die bisher selbstgefällig angenommen hatte, dass ihr Mann irgendwo auf dem Dach Zuflucht gesucht hatte und auch irgendwann wieder herunterkommen würde, selbst hinaufgestiegen, um nach ihm zu suchen.

»Verehrteste«, rief Lieber Onkel ihr zu, »schrei hier nicht so rum! Was glaubst du, was du hier machst?«

»Frag doch die schamlose kleine Ratte. Ich weiß es, und er...«

Mit diesen Worten verschwand sie wieder in ihr Haus. Der vor Angst zitternde Dustali Khan presste sich die Hände an den Unterleib und kreischte: »Jetzt kommt sie hierher, helft mir... versteckt mich irgendwo.« Dabei versuchte er aufzustehen, doch die anderen hielten ihn fest.

»Beruhige dich, wir sind alle bei dir. Wir müssen die Angelegenheit jetzt klären...«

Doch Dustali Khan wehrte sich weiter heftig und versuchte zu fliehen. Auf ein Zeichen Lieber Onkels hatte Masch Qasem ihn fest bei den Schultern gepackt. »Setzen Sie sich, so ist es brav... der Herr ist hier... diese Kleinigkeiten sind nicht so wichtig.«

»Du hast gut reden! Sie wollte mich umbringen, ist das vielleicht eine Kleinigkeit?«

»Masch Qasem meinte das Ding, das sie abschneiden wollte«, sagte Asadollah Mirsa. »Und das ist nun wirklich nicht gelogen. So groß kann es schließlich nicht sein.«

Masch Qasem fuhr ungerührt fort: »Nun, warum sollte ich lügen? Mit einem Bein... ja, ja...«

Lieber Onkel wollte gerade beide zusammenstauchen, bekam jedoch keine Gelegenheit mehr dazu, weil man plötzlich ein heftiges Klopfen an der Haustür hörte.

Dustali Khan krallte sich an den Saum von Lieber Onkels Umhang. »Bitte, bei der Seele Eures Vaters, öffnet nicht! Ich habe eine Todesangst vor der Hexe...«

Sein flehender Ton ließ alle erstarren, doch das Gehämmer an der Tür ging unvermindert weiter. Schließlich sagte Lieber Onkel: »Masch Qasem, geh und öffne die Tür, sie macht uns zum Gespött der Leute.«

Als die Tür aufging, war der verängstigte und zitternde Dustali Khan fast unter den Umhang von Lieber Onkel gekrochen; Khanum Aziz al-Saltaneh stürzte in ihrem Hausmantel und mit einem Besen in der Hand in den Garten wie ein Löwe, der unvermittelt feststellt, dass seine Käfigtür offen steht.

»Die kleine Ratte, dieser vaterlose Hurensohn! Ich werde es ihm zeigen! Ich zerreiß ihn in Stücke...«

Lieber Onkel stellte sich schützend vor Dustali Khan und sagte im Befehlston: »Schweig!«

»Und ich werde auch nicht schweigen! Was zum Teufel hat das mit dir zu tun? Ist er mein Mann oder der deine?«

Alle versuchten sie zu beruhigen, bis Lieber Onkel Napoleon die Hand hob und sagte: »Die Ehre und das Ansehen unserer Familie sind zu wichtig, um sie durch derlei alberne Fehden besudeln zu lassen. Bitte erklär uns, was geschehen ist.«

»Frag die dreckige Ratte doch selbst und schau dabei in seine schmutzigen, lüsternen Augen!«

»Ist es möglich, dass du uns sagst, wer dir überhaupt von seiner Beziehung zu einer gewissen jungen Frau erzählt hat?«

»Wer immer es war, er hat die Wahrheit gesagt. Das schamlose, dreckige Schwein. Seit einem Jahr höre ich nun, ›ich bin, ich bin krank‹, ich bin alles Mögliche, und gleichzeitig ist er mit der Frau von Schir Ali, dem Fleischer, zusammen! Ich werd es ihm zeigen!«

In diesem Moment drang ein erstickter Laut aus Dustali Khans Kehle, und mit letzter Kraft stöhnte er: »Heiliger Morteza Ali, rette mich…«

Onkel Oberst hatte unwillkürlich eine Hand auf Aziz al-Saltanehs Mund gelegt. Der Name von Schir Ali, dem Fleischer, hatte alle wie ein Donnerschlag erschüttert.

Schir Ali, der Fleischer unseres Viertels, ein Furcht einflößender Mann, war gut einen Meter achtzig groß, mit zahlreichen Narben im Gesicht und von Kopf bis Fuß tätowiert. Sein Charakter und sein Temperament passten perfekt zu seiner Erscheinung. Man sagte, dass er mit einem Hackbeil den Kopf eines Mannes abgeschlagen hatte, der eine Affäre mit seiner Frau gehabt hatte, jedoch wegen der offensichtlich kompromittierenden Weise, in der das Opfer und seine Frau sich verhalten hatten, nur zu einem halben Jahr Haft verurteilt worden war. Wir konnten uns nicht persönlich an den Zwischenfall erinnern, aber wir hatten die Leute schon oft darüber reden hören. Auch jetzt blieb Schir Alis Laden bisweilen drei oder vier Monate geschlossen, und die Leute sagten, er sei im Gefängnis. Er war kein bösartiger Mensch, jedoch extrem eifersüchtig und besitzergreifend, wenn es um seine Frau ging. Doch Schir Alis Frau (die, wie jeder, ob Groß oder Klein, Jung oder Alt beschwören konnte, eine der schönsten Frauen in der ganzen Stadt war) machte trotz der Gewalttätigkeit ihres Mannes munter weiter mit ihrem schändlichen Treiben.

Ich hatte Masch Qasem einmal nach Schir Alis Händeln gefragt, und er hatte geantwortet: »Nun, mein Junge, warum sollte ich lügen? Mit einem Bein... ja, ja... dieser Schir Ali ist ein bisschen taub und hört nicht so genau, was die Leute reden. Er versteht nur, wenn er mit eigenen Augen sieht, wie seine kleine Frau mit jemandem herumscharwenzelt. Dann wird er furchtbar wütend und zieht mit seinem Beil los, um aus irgendwem Hackfleisch zu machen.

Man sagt, er sei schon sehr viel ruhiger geworden. Als er noch in seinem Dorf gelebt hat, soll er mit seinem Beil vier Freunde seiner Frau in Stücke gehackt haben.«

So konnte ich an jenem Abend in meinem Versteck Dustali Khans Grauen und das allgemeine Entsetzen ob der Erwähnung von Schir Alis Namen gut verstehen. Auf dem Basar hatte ich einmal mit eigenen Augen beobachtet, wie er sein Beil nach einem Bäckergesellen geworfen hatte. Hätte er ihn getroffen, so wäre sein Kopf in zwei Hälften gespalten gewesen, doch zum Glück bohrte es sich nur in die Tür der Bäckerei, allerdings so tief, dass nur Schir Ali selbst es wieder herausziehen konnte.

Asadollah Mirsas Stimme brachte die entsetzte Versammlung wieder auf den Boden der Realität zurück. »Moment... also, wirklich, Moment... dieser Dustali Khan mit seinem mickrigen Körper war mit Schir Alis Frau in San Francisco? Wunder über Wunder! Meinen Glückwunsch!«

»Meine Gute«, fuhr er, an Aziz al-Saltaneh gewandt, fort, »es wäre wirklich und wahrhaftig eine große Schande gewesen, wenn du ihn abgeschnitten hättest. Du solltest den Saum von Dustalis Mantel küssen. Seit den Zeiten des großen Dichters Sa'di haben Fleischer stets böse Intrigen gegen jedermann einschließlich des armen alten Sa'di selbst gesponnen. Denk an seine Verse: ›Besser stirbt man am Verlangen nach Fleisch als an der Heimtücke eines Fleischers...‹ Und nun hat sich Dustali Khan im Namen des armen, alten

Sa'di an einem Fleischer gerächt, und du machst ihm Vorwürfe? Ich an deiner Stelle würde eine teure Armbanduhr für sein nobles Glied kaufen.«

Doch Aziz al-Saltaneh war nicht zu Spott und Scherzen aufgelegt, sondern keifte: »Halt's Maul, du verdorbener Lümmel!«

Sie schlug mit ihrem Besen auch nach Asadollah Mirsa, doch der duckte sich und verzog sich aus der Gefahrenzone. Erst als er außer Reichweite war, sagte er: »Moment... Moment... Warum gehst du auf mich los? Dieser Esel zieht mit Schir Alis Frau nach San Francisco, und ich muss dafür leiden. Er weiß es und Schir Ali und du...«

Er wandte sich zu Schir Alis Haus um und rief: »He, Schir Ali... Schir Ali, kommen Sie her...«

Dustali Khan stürzte sich auf ihn und hielt ihm den Mund zu. »Bitte, hab Mitleid mit mir! Wenn dieser Bär dich hört, wird er mich mit seinem Beil in Stücke hacken...«

Erneut entbrannte eine allgemeine Debatte, bei der Aziz al-Saltaneh lauter schrie als alle anderen. In diesem Moment bemerkte ich, dass unser Diener ein paar Meter entfernt hinter einer Baumgruppe kauerte und wie ich dem Gespräch der Versammlung lauschte. Er war von Natur aus kein besonders neugieriger Mensch, und so vermutete ich mit einigem Recht, dass mein Vater ihn geschickt hatte, als er den Tumult nebenan vernahm, um sich von ihm Bericht erstatten zu lassen, wie er es schon ein paar Mal getan hatte, um zu erfahren, was in Lieber Onkels Haus vor sich ging.

Die Entdeckung des Spions meines Vaters beunruhigte mich sehr, aber ich konnte nichts dagegen tun. Lieber Onkel Napoleon erhob seine Stimme über die anderen: »Aziz al-Saltaneh, ich bitte dich beim heiligen Namen unserer Familie, mir zu sagen, wer dir erzählt hat, dass Dustali Khan eine Affäre mit der Frau von Schir Ali, dem Fleischer, hat.«

Dustali Khan unterbrach ihn mit flehender Stimme:

»Gnade, bitte erwähnt den Namen des Mannes nicht zu oft, mein Leben ist in Gefahr.«

Lieber Onkel korrigierte seine Wortwahl: »Bitte sage mir, wer dir erzählt hat, dass dieser Idiot eine Affäre mit der Frau dieses Ungeheuers in Menschengestalt hat.«

Aziz al-Saltaneh hatte sich mittlerweile ein wenig beruhigt. »Das kann ich dir nicht sagen«, antwortete sie.

»Bitte! Sag es uns!«

»Das kann ich nicht.«

»Ich weiß, welches bösartige Individuum das ganze Drama ins Rollen gebracht hat, aber ich möchte es aus deinem Mund hören. Im Namen des guten Rufs und Ansehens einer großen Familie, im Namen der Ehre deines Mannes, fordere ich dich auf ...«

Aziz al-Saltanehs Zorn flammte erneut auf; sie warf mit dem Besen nach ihrem neben Lieber Onkel sitzenden Mann und schrie: »Zur Hölle mit der Ehre meines Mannes! Morgen werde ich Schir Ali die ganze Geschichte haarklein erzählen, und dann werden wir ja sehen, ob ich hinterher noch einen Mann habe, der mir so übel mitspielen kann!«

»Genau das darfst du nicht tun«, erwiderte Lieber Onkel Napoleon ruhig. »Wenn Schir Ali ... ich meine, wenn dieser Mensch sein Unglück immer als Letzter begreift, liegt das daran, dass niemand es wagt, ihm zu sagen, was los ist. Im vergangenen Jahr hat mein eigener Diener Masch Qasem ihm nur geraten, ›achten Sie auf Ihre Frau‹, und Schir Ali hat eine Woche lang sein Geschäft vergessen und mit einem Beil vor unserem Haus gehockt, während wir Qasem versteckt hielten. Am Ende mussten wir ihn anflehen, dass er wieder zu seinen Schafskadavern zurückkehrt ... war es nicht so, Qasem?«

Masch Qasem fand eine Gelegenheit zu sprechen. »Nun, warum sollte ich lügen! Mit einem Bein ... ja, ja ... steht man schon... Ich hatte bloß zu ihm gesagt: ›Lassen Sie Ihre Frau nicht zu viel ausgehen‹, weil ein Dieb ihren Teppich gestohlen hatte. ›Sagen Sie Ihrer Frau, sie soll zu Hause bleiben, damit keine Diebe kommen‹, hatte ich gemeint, doch der unfromme Ihr-wisst-wen-ich-meine rannte mir mit einem Beil nach, Allah ist mein Zeuge, vom Basar bis zur Tür unseres Hauses. Ich schlug die Tür hinter mir zu und fiel in Ohnmacht. Der Herr, Allah beschütze ihn, hat zehn oder zwanzig Tage mit einem Gewehr über mich gewacht.«

Asadollah Mirsa gelang es, eine Bemerkung unterzubringen. »Allah sei mein Zeuge, aber selbst wenn ich Dustali mit eigenen Augen fremdgehen sehen würde, würde ich es nicht glauben. Der arme Wurm hat ja kaum genug Kraft zu atmen, eine Maus könnte ihm seine Weizenkörner wegessen, wie soll es möglich sein, dass er...«

Plötzlich verlor Aziz al-Saltaneh komplett die Kontrolle und brüllte: »Was? Was sagst du? Dustali ist also alt und schwach, was? Dustali kann kaum atmen? Wenn du genug Atem hättest, hätte sich deine Frau wohl kaum von dir scheiden lassen!«

Mit einiger Mühe gelang es Lieber Onkel Napoleon und Onkel Oberst den neuen Streit zu schlichten. »Mit der Erlaubnis des Djenab«, sagte Schamsali Mirsa, »werde ich Khanum Aziz al-Saltaneh eine Frage stellen, die alle Zweideutigkeiten des Falls aufklären wird.«

Doch bevor Schamsali Mirsa seine Frage stellen konnte, klopfte es am Gartentor. Alle sahen sich an.

»Wer kann das um diese Zeit sein? Qasem, geh und mach auf.«

Alle starrten zum Tor und hörten, wie es quietschend geöffnet wurde, gefolgt von Qasems Aufschrei: »Allah schütze uns alle, es ist Schir Ali...«

Nach einem kurzen Schweigen ertönte Dustalis ge-

dämpfte Stimme: »Schir Ali... Schir Ali... Schir... Sch...«
Und er sank mehr oder weniger ohnmächtig auf das Kissen, auf das er sich gestützt hatte.

Schir Ali nahte mit schweren Schritten; sein Kopf war vollkommen kahl rasiert, und die alten Narben glänzten. Er begrüßte die Anwesenden und wandte sich dann an Lieber Onkel Napoleon: »Ich habe gesehen, dass noch Licht brennt, und mir gesagt, geh und mach deine Aufwartung. Ich bitte um Verzeihung, Herr, aber ich konnte nicht zu der Trauerfeier kommen. Ich war auf dem Weg zum Heiligtum von Scha'abdolazim.«

»Mögen Ihre Gebete erhört werden.«

»Sehr gütig von Ihnen, Herr, bestimmt... eigentlich bin ich nicht zu dem Heiligtum selbst gegangen, ich wollte nur eine Rechnung mit Kol Asghar, dem Schafhändler, begleichen. Bitte um Verzeihung, aber der Mistkerl hatte mir ein paar kranke Schafe angedreht.«

»So Allah es wollte, wurde die Rechnung beglichen, und Sie haben Ihr Geld zurückbekommen?«, fragte Lieber Onkel laut.

»Darauf können Sie Gift nehmen, Herr. Niemand betrügt mich. Zunächst war er natürlich ein bisschen widerspenstig, aber als ich ihm den Schafskadaver, den er mir verkauft hatte, ein paarmal um die Ohren gehauen habe, hat er mir nicht nur das Geld für die Schafe zurückgegeben, sondern auch das Geld für die Reise nach Scha'abdolazim.«

»Und was für eine Krankheit hatten die Schafe, Schir Ali?«

»Ich weiß es nicht, aber das Fleisch war wirklich verdorben. Ich hatte Angst, die Leute aus dem Viertel zu vergiften. Außerdem war sein, Verzeihung, sein Organ geschwollen. Ich hab es erst gar nicht gemerkt und zwei oder drei Filets verkauft. Langer Rede kurzer Sinn, als ich heute Abend nach Hause kam, hat meine Frau mir erzählt, dass Sie eine

Trauerfeier hatten, und es tut mir wirklich Leid, dass ich nicht da war. Unterwegs hab ich mir gesagt, wenn Sie noch wach sind, schaue ich vorbei und sage, dass ich nicht aus Unhöflichkeit nicht gekommen bin. Es tut mir wirklich Leid, und ich hoffe, Sie können mir verzeihen.«

Asadollah Mirsa konnte sich eine spitze Bemerkung nicht verkneifen. »Ach, übrigens, Schir Ali, Sie sagten, das Organ des Schafs sei angeschwollen gewesen, haben Sie es mit einem Messer oder einem Beil abgeschnitten?«

Zum Glück verstand Schir Ali die Frage nicht richtig, doch Dustali Khan fasste sich an den Unterleib, seine blassen Lippen begannen zu zittern, und ein Stöhnen entrang sich seiner Kehle.

Lieber Onkel warf Asadollah Mirsa einen wütenden Blick zu und schimpfte: »Du solltest dich schämen.«

Dann wandte er sich mit lauter Stimme an Schir Ali und sagte: »Ich bin Ihnen auf jeden Fall sehr dankbar. Wenn Allah es will, kommen Sie beim nächsten Mal.«

»Stets zu Diensten, Herr. Möge Allah Ihre Gebete erhören.«

Zum Glück blieb Schir Ali nicht länger; nachdem er sich von jedem persönlich verabschiedet hatte, machte er sich auf den Heimweg.

Nachdem Masch Qasem das Tor hinter ihm geschlossen hatte und zu der Versammlung zurückgekehrt war, tat er einen Seufzer der Erleichterung. »Allah sei Dank, dass er keinen Wind von der Sache mit Dustali Khan bekommen hat. Ich meine, ich hatte wirklich Angst, dass...«

Schir Alis Erscheinen hatte Lieber Onkel sichtlich erschüttert, und er schnitt Masch Qasem das Wort ab: »Halt hier keine Volksreden. Soweit ich erkennen kann, ist es besser, wenn wir den Rest dieser Diskussion auf morgen verschieben; denn ich werde die Sache natürlich nicht ruhen lassen, bis ich ihr auf den Grund gegangen bin.«

An Aziz al-Saltaneh gewandt, sagte er: »Bitte, geh jetzt nach Hause und bleib bis morgen dort.«

»Steh auf, lass uns nach Hause gehen«, sagte Aziz al-Saltaneh zu ihrem Mann.

Dustali Khan, der sich gerade wieder ein wenig erholt hatte, sah sie mit großen, verängstigten Augen an und sagte: »Was? Wir gehen nach Hause? Ich soll mit dir in dieses Haus zurückkehren?«

»Ich habe vor Schir Ali den Mund gehalten, weil ich die Sache mit dir allein ausmachen werde. Aber heute Nacht lasse ich dich in Ruhe. Steh auf, du Nichtsnutz, und komm schlafen.«

»Ich würde mich tausendmal lieber unter Schir Alis Beil begeben, als mit dir nach Hause gehen.«

»Bitte«, unterbrach Lieber Onkel Napoleon ihn, »lass Dustali heute Nacht in meinem Haus schlafen, und morgen können wir reden.«

Aziz al-Saltaneh wollte widersprechen, doch es klopfte erneut am Außentor. Nachdem Qasem geöffnet hatte, hörte man Qamar – Aziz al-Saltanehs dicke, einfältige Tochter – fragen: »Ist meine Mami hier?«

Sie kam auf die Versammlung zu und brach, als sie ihre Mutter und Dustali Khan sah, in ein irres Gekicher aus. »Hat Mami also endlich Papa Dustalis Schniedel abgeschnitten?«

»Qamar!«, sagte Aziz al-Saltaneh verärgert. »Wie redest du denn?«

Als er seine Stieftochter sah, wurde Dustali Khan wütend und rief: »Als die Frau mir mit dem Messer nachgelaufen ist, hat das Mädchen die ganze Zeit gerufen: ›Schneid ihn ab, Mami! Schneid ihn ab, Mami!‹ Die sollte man auch ins Gefängnis stecken!«

Dann begannen wieder alle durcheinander zu reden und sich einzumischen, bis Qamar erneut ein lautes Lachen ausstieß und wissen wollte: »Hast du ihn wirklich abgeschnitten?«

Asadollah fragte, sich schier ausschüttend vor Lachen, mit einer Stimme, mit der man normalerweise mit Kleinkindern redet: »Gut gemacht, meine Kleine ... wenn dein Mann böse ist, schneidest du ihn dann auch ab?«

»Na klar.«

»Direkt an der Wurzel?«

»Direkt an der Wurzel!«

»Und du lässt nicht mal ein kleines Stückchen übrig?«

Qamar fing an dämlich zu kichern. Aziz al-Saltaneh schrie bebend vor Wut: »Es ist eine Schande, dass ich mich mit solchem Abschaum abgeben muss! Kennst du denn gar keine Scham? Komm, wir gehen, Kind!«

Sie packte ihre Tochter am Arm und stapfte in Richtung des Gartentors davon. Während sie ihrer Mutter folgte, sagte Qamar lachend: »Es ist trotzdem schade, dass du ihn nicht abgeschnitten hast, Mami, dann hätten wir was zu lachen gehabt!«

Masch Qasem schüttelte den Kopf und sagte: »Warum sollte ich lügen? Ich würde diese Duschizeh Qamar nicht nehmen, wenn man mir allen Tee in China dafür bieten würde ... Allah schütze ihren Mann!«

Schamsali Mirsa, der die ganze Zeit geschwiegen hatte, sagte: »Nun, wie dem auch sei, das Ganze war reine Zeitverschwendung, und wir sind zu keinem Schluss gekommen. In einer solchen Atmosphäre kann eine richterliche Ermittlung samt Kreuzverhör zu keinem Ergebnis führen; mit Ihrer Erlaubnis wird sich euer bescheidener Diener verabschieden. Asadollah, wir gehen!«

Asadollah tat es augenscheinlich Leid, die Runde zu verlassen. Er erhob sich und sagte: »Wir gehen! Möge Allah die Gebete Ihrer Trauerzeremonie erhören, möge Allah Dustali Khan friedlich und ohne Träume von Löwen und wilden

Tieren schlafen lassen, und möge er mit Allahs Willen mit sämtlichen Gliedmaßen intakt und am Platz wieder aufwachen.«

Schamsali Mirsa und Asadollah Mirsa brachen auf, und auch Lieber Onkel wandte sich dem Haus zu. »Steh auf, Dustali! Heute Nacht kannst du hier schlafen, und morgen werden wir uns etwas einfallen lassen.«

Meine Mutter war schon vor den anderen nach Hause gegangen, und es hatte den Anschein, als wäre sie direkt zum Schlafen unter ihr Moskitonetz gekrochen. Auf Zehenspitzen schlich ich mich zurück zu unserem Haus. Mein Vater, der davon überzeugt war, dass alle längst friedlich schliefen, redete in einer Ecke leise mit unserem Diener.

Als mein Vater zum Schlafen unter das Moskitonetz schlüpfte, erregte das leise Gemurmel von ihm und meiner Mutter meine Neugier. In der Stimme meines Vaters klangen Wut und furchtbare Rachegelüste mit, in der meiner Mutter Sorge und Trauer.

»Mein Lieber, ich würde mein Leben für dich geben, aber lass die Vergangenheit um meinetwillen ruhen! Lass ab von diesem Streit! Hab einfach Mitleid mit mir, es ist ja schon so schlimm geworden, dass mein Bruder nichts mehr mit mir zu tun haben will...«

»Also wirklich! Was für ein edler Mensch und großmütiger Gentleman dein Bruder doch ist. Über welchen Bruder sprichst du eigentlich... über den Helden der Schlacht von Kazerun? Den Napoleon unserer Tage? Den Heiligen? Denn ein Heiliger ist er natürlich auch. Heute Abend hat er ein Trauerzeremoniell für Moslem Ibn Aghil abgehalten! Wundervoll! Das ist die Sorte Mensch, die die Leute heilig nennen! Und furchtlos und tapfer! Er schneidet der Schwester seiner Familie die Wasserversorgung ab, genau wie Schemr bei Karbela in der Wüste, und dann hält er eine Trauerzeremonie für Moslem Ibn Aghil ab. Und warte nur, morgen werden sich neue Dinge ereignen. Übrigens, mach morgen Abend bitte Kräuterreis mit Fisch, es ist schon eine ganze Weile her, dass ich dem armen Schir Ali, dem Fleischer, versprochen habe, ihn dazu einzuladen.«

Alle Bitten meiner Mutter, mein Vater möge sich doch beruhigen, blieben wirkungslos, und das Gespräch endete mit ihren Tränen.

5

Ich war verwirrt und ratlos. Ich hatte die Hoffnung aufgegeben, dass der Streit zwischen Lieber Onkel Napoleon und meinem Vater irgendwie zu Ende gehen würde. O Allah, warum hatte ich nie zu schätzen gewusst, wie ungetrübt meine Tage und welch glückliche Zeiten es gewesen waren, als Lieber Onkel und mein Vater auf Kissen unter dem Rosenbusch saßen, Backgammon spielten und Wasserpfeife schmauchten, während wir irgendwo im Garten spielten. Leili und ich sahen den beiden auch gern zu. Wahrscheinlich war es nicht ihr Spiel, das wir spannend fanden, sondern ihre Angewohnheit, Gedichte und Verse aus Epen zu zitieren. Wenn Lieber Onkel auf der Gewinnerstraße war, pflegte er die Würfel in seiner Hand für einen Moment zu betrachten, bevor er im Tonfall eines Heldenepos deklamierte:

»Backgammon ist ein Spiel für Helden
und nicht für dich und jedermann,
der Spaten eines Bauers, dünkt mich,
ist passender für deinesgleichen Hand!«

Und mein Vater rief ungeduldig: »Würfle, Mann! Und verteil die Felle nicht, bevor die Beute erlegt ist!« Wenn mein Vater gewann, fragte er mit vollkommen ernster Stimme: »Leili, mein Schatz, kannst du mir einen Gefallen tun?« Und Leili antwortete unschuldig »ja«, und mein Vater sagte: »Kannst du deine Mutter bitten, ein paar Walnüsse zu bringen, damit dein Vater damit Murmeln spielen kann?« Und Leili und ich platzten laut los vor Lachen.

Ich kann mich noch daran erinnern, wie sie uns manchmal in ein Restaurant mitgenommen haben. Von unserem Haus bis zu dem Lokal war es eine ziemliche Reise – eine Entfernung, die man heute mit dem Auto in einer Viertelstunde oder zwanzig Minuten zurücklegen würde, dauerte mit der Kutsche fast eine Stunde. Masch Qasem saß normalerweise neben dem Kutscher, weil er auf der Rückfahrt eine Laterne vor Lieber Onkel hochhalten musste. Das Licht der Straßenlaternen war so fahl, dass man kaum etwas sehen konnte, und die Wege waren voller Furchen und Schlaglöcher. Ein Eis in dem Restaurant und manchmal sogar eine Bootsfahrt auf dem angrenzenden Teich, das waren süße Erinnerungen. Damals hatte ich das Glück, mit Leili zusammen zu sein, noch nicht richtig zu schätzen gewusst, doch in jener Nacht erinnerte ich mich wehmütig an unsere gemeinsamen Ausflüge.

Die Reisen nach Scha'abdolazim, die Zugfahrten, die Besuche des Heiligtums von Davud... Ich hatte so viele Erinnerungen an mein Zusammensein mit meiner Cousine Leili, dass ich den Rest meines Lebens damit hätte ausfüllen können, doch ich besaß nicht eine einzige Stunde an Erinnerungen an die Leili, in die ich verliebt war. Ungefähr zu der Zeit, als ich mich in sie verguckt hatte, hatten die familiären Unstimmigkeiten begonnen. Dieses verdammte dubiose Geräusch mitten in einer von Lieber Onkels Kriegsgeschichten, dieser verdammte Dieb, der in Lieber Onkels Haus eingestiegen war, Lieber Onkels verdammte Unterstützung der Verfassungsrevolution, die verdammte Erwähnung von Oberst Liakhoff durch meinen Vater und, um allem die Krone aufzusetzen, das verdammte Benehmen von Aziz al-Saltaneh. Die Dinge hatten sich auf eine Weise entwickelt, dass all diese Personen und Ereignisse in unsere unschuldige Liebe verwickelt waren, so dass meine Gedanken, wenn ich an Leili dachte, unweigerlich zu Dustali Khan und

Aziz al-Saltanehs Plan, sein nobles Glied abzuschneiden, und schließlich zu Schir Ali, dem Fleischer, führten. Mein größtes Unheil war, dass ich Leili nicht mehr sehen konnte und mich damit zufrieden geben musste, an sie zu denken, und in jüngster Zeit endeten Gedanken an Leili immer mit Schir Ali, dem Fleischer.

Ein Klopfen an unserer Haustür ließ mich aus dem Schlaf hochschrecken. Jemand fragte nach meinem Vater. Ich lauschte gespannt.

»Tut mir Leid, Sie um diese Zeit zu stören, mein Herr. Ich wollte nur fragen, ob der Wasserverteiler, um den Sie gebeten hatten, seine Arbeit erledigt hat.«

»Ich kann Ihnen gar nicht genug danken, Agha Razavi. Solange Sie hier sind, müssen wir nichts befürchten. Wir haben den Trinkwassertank, den Tank im Garten und das Becken gefüllt.«

»Es war nicht leicht, denn Wasser einen Abend vor der planmäßigen Zuteilung für das entsprechende Viertel zu bekommen, ist sehr kompliziert. Der Wasserverteiler musste es aus einem anderen Distrikt holen, um es Ihnen liefern zu können, aber einen Auftrag von Ihnen konnten wir natürlich nicht abweisen.«

»Ich kann Ihnen gar nicht sagen, wie dankbar ich bin, Agha Razavi. Seien Sie versichert, dass die Geschichte Ihrer Versetzung bis Ende der Woche vom Tisch ist; ich werde noch heute Abend mit dem Ingenieur sprechen.«

Sobald Agha Razavi wieder gegangen war, kamen alle aus ihren Betten. Das große Becken in der Mitte des Hofs war bis zum Rand mit Wasser gefüllt, und mein Vater lief auf und ab und betrachtete es mit Befriedigung. Unsere Augen klebten an seinen Lippen; schließlich sagte er mit selbstzufriedenem Lächeln: »Der böse Krieger Schemr ist vernichtet, und das Wasser fließt wieder reichlich in der

Wüste von Karbela. Nur jenseits der Wüste gibt es immer noch kein Wasser. Jetzt muss der Oberst sein Wasser in Schläuchen bei uns holen.«

Ich stand wie versteinert da; das Problem unseres Wassermangels war gelöst, doch ich wusste, dass Onkel Napoleon dieser Niederlage nicht tatenlos zusehen würde. Besorgt blickte ich zu seiner Seite des Gartens, doch bisher hörte man von dort keinen Laut.

Nach einem schweigend eingenommenen Frühstück schlich ich mich zu Lieber Onkels Haus und im Schutz der Bäume bis an seine Tür. Plötzlich hörte ich von dem Balkon mit Aussicht auf den Garten, wo Lieber Onkel im Sommer schlief, eine Stimme und versteckte mich hinter einem Baum.

Es war Lieber Onkels Stimme, erstickt und zitternd vor Zorn. Ich kletterte auf einen Ast und schaute zu seinem Balkon hinauf. Der Riemen von Lieber Onkels Feldstecher baumelte um seinen Hals, während er durch das Fernglas auf unser Becken starrte und Masch Qasem beschimpfte: »Idiot, Verräter, du bist eingeschlafen, während das Wasser geliefert wurde. Marschall Grouchny hat Napoleon in der Schlacht von Waterloo verraten, und nun hast du mich im Kampf gegen diesen Satan verraten.«

Masch Qasem stand mit hängendem Kopf hinter Lieber Onkel und begann zu jammern und zu flehen: »Herr, Allah ist mein Zeuge, es ist nicht meine Schuld. Warum sollte ich lügen ... mit einem Bein ...«

»Wenn ich an jenem Tag, an dem ich mein Leben riskiert habe, um dich in der Schlacht von Kazerun vor dem sicheren Tod zu retten, gewusst hätte, dass du mich einmal so verraten würdest, hätte ich mir die Hand abgehackt und bestimmt nicht die Mühe gemacht, deinen dreckigen Körper auf meinen Schultern zu tragen ...«

»Bei Allah, Herr, wenn es meine Schuld war, hoffe ich nie

wieder in Ihrem Haus zu essen, Herr. Warum sollte ich lügen, Herr. Mit einem Bein ... ja, ja ... Dieser Mann, von dem Sie reden, Herr, dieser Guchi, ich weiß nicht, was für ein Mensch er war, aber ich habe Ihr Brot und Ihr Salz gegessen, Herr. Und wenn es noch hundert Kriege gibt, solange ich noch einen Tropfen Blut im Leib habe, werde ich für Sie da sein, Herr. Doch diesmal haben sie uns im Schlaf überrascht, Herr, die Lieferung des Wassers war gestern noch gar nicht dran. Sie müssen den Wassermann bestochen haben, dass er früher kommt. Das Wasser sollte eigentlich erst heute gebracht werden. Aber sie haben den Zufluss geöffnet, während ich geschlafen habe...«

Unter weiteren wüsten Beschimpfungen Masch Qasems als Verräter, Spion, dreckiger Hund, Lakai der Briten und so weiter zog sich Lieber Onkel in seine Gemächer zurück, gefolgt von dem um Verzeihung winselnden Masch Qasem. Als ich zu unserem Haus zurückkehrte, sah ich, dass die Dienerin damit beschäftigt war, geräucherten Fisch zu säubern, und dachte, dass Schir Ali möglicherweise wirklich zum Essen kommen würde.

Derweil redete meine Mutter im Keller auf meinen Vater ein: »Also gut, du willst diesem fetten Schwein Schir Ali Kräuterreis bereiten lassen, meinetwegen, aber erwähne um Allahs Willen diese Geschichte mit keinem Wort. Der Mann ist stets auf der Suche nach einer Messerstecherei, er ist verrückt. Wenn er jemanden umbringt, ist es deine Schuld. Du hast es Aziz al-Saltaneh erzählt, und das reicht. Die Frau ist schlimm genug für sieben arme Teufel wie Dustali Khan.«

»Ich habe kein Wort zu Aziz al-Saltaneh gesagt, aber wenn ich es gewusst hätte, hätte ich es ihr bestimmt erzählt. Es ist eine Schande, dass die großen Taten einer Familie von so herausragendem Adel verborgen bleiben. Die iranische Aristokratie schämt sich, das Haupt zu erheben. Eines ihrer vornehmsten Mitglieder hat mit einer Frau aus der Unterschicht herumgetändelt und muss für das Verbrechen, den guten Ruf des Adels befleckt zu haben, bestraft werden.«

»Hab ein wenig Mitleid mit dir selbst, mein liebster Mann. Wenn du diesem Verrückten Schir Ali etwas sagst, wirst du der Erste sein, den er mit seinem Beil in Stücke hackt.«

»Es ist überhaupt noch nicht klar, ob ich mit Schir Ali reden werde. Erstens gibt es, wenn ich ihm etwas sagen will, andere Methoden. Zweitens bin ich kein unmündiges Kind, das nicht weiß, was es tut. Drittens habe ich keine Geduld für weitere Erklärungen. Viertens...«

Mein Vater brach das Gespräch ab und kümmerte sich um seine Angelegenheiten, und ich ging in ein ruhiges Zimmer, um einen Liebesbrief zu schreiben, an dem ich schon zwanzig Stunden saß und der noch immer nicht absendebereit war.

Gegen Mittag erregten ein Kommen und Gehen und diverse andere Geräusche aus der Richtung von Lieber Onkel Napoleons Haus meine Aufmerksamkeit.

Als ich in den Garten kam, wurde mir klar, dass sich etwas Unerwartetes ereignet hatte. Dustali Khan war während der Nacht verschwunden. Man hatte ihm am Vorabend zum Schlafen ein Zimmer in Lieber Onkels Haus hergerichtet, doch als man ihn am Morgen zum Frühstück rief, war er nirgends zu finden.

Auf Anweisung von Lieber Onkel waren alle Verwandten angerufen oder persönlich aufgesucht worden, ohne dass man die geringste Spur von Dustali Khan entdeckte.

Die Suche zog sich ergebnislos bis in den Abend hin. Gegen Sonnenuntergang hörte ich Aziz al-Saltaneh kreischen und ging zu Lieber Onkels Haus. Der hatte sich offenbar aus Furcht vor Aziz al-Saltaneh versteckt, und da jene lediglich Masch Qasem antraf, machte sie ihn zum Ziel ihrer wütenden Angriffe. »Ihr habt meinen Mann vernichtet. Ihr habt ihn vom Antlitz der Erde getilgt. Ich werde an euch allen Rache nehmen. Mein armer Mann, vielleicht habt ihr ihn getötet, vielleicht habt ihr ihn in einen Brunnen geworfen. Dustali war nicht der Typ Mann, der einfach verschwand. O Allah, wo ist er?«

»Tja, nun, warum sollte ich lügen? Mit einem Bein ... ja, ja ... Ich habe mit eigenen Augen gesehen, wie Ihr Mann zum Schlafen in sein Zimmer gegangen ist. Vielleicht ist er ein bisschen frische Luft schnappen. Ich schwöre bei Allah, dass der Herr noch beunruhigter ist als Sie!«

»Red doch keinen Blödsinn, Mann, wo soll er denn in seinem Nachthemd frische Luft schnappen gehen?« Sie hob drohend den Finger und fügte hinzu: »Sag deinem Herrn, dass ihr meinen Mann gestern Abend mit Gewalt hier behalten habt; wo immer er sich aufhält, ihr müsst ihn finden und mir unversehrt zurückgeben, sonst werde ich morgen zum Richter gehen und Anzeige erstatten. Wenn es sein muss, werfe ich mich vor den Wagen des Justizministers.«

Mit diesen Worten schlug sie die Haustür hinter sich zu und stapfte in den Garten. Als sie das Gartentor fast erreicht hatte, tauchte mein Vater von wer weiß woher auf. »Verehrteste, bitte beruhige dich doch. Dustali Khan ist nicht der Typ Mensch, der sich weit von zu Hause entfernt. Komm rein und trink einen Tee. Nein, eine Ablehnung werde ich nicht akzeptieren. Komm und trink eine Tasse Tee mit mir.«

Aziz al-Saltaneh brach unvermittelt in Tränen aus. Neben meinem Vater zu unserem Haus gehend, schluchzte sie: »Ich weiß, dass sie ihn irgendwo versteckt haben. Sie waren von Anfang an gegen unser Zusammenleben ...«

Vater führte sie in den Empfangsraum und sagte mit scheinbar tiefem Mitgefühl: »Du Arme! Und der arme Dustali Khan. Reg dich nicht auf, er kommt bestimmt zurück!«

Mein Vater und Aziz al-Saltaneh schlossen die Tür hinter

sich. Ich wartete eine Weile, dass sie wieder herauskamen. Als das nicht geschah, schlich ich mich an die Tür und spitzte die Ohren. »Da hast du absolut Recht«, erwiderte Aziz al-Saltaneh gerade, »ich muss behaupten, sie hätten Dustali getötet. Sie hatten ernsthafte Meinungsverschiedenheiten über Grundstücksangelegenheiten. Wenn man sie nicht dazu zwingt, werden sie nie verraten, wo sie ihn versteckt haben. Gleich morgen früh gehe ich hin. Nach wem muss ich fragen, sagst du?«

Mein Vater nannte leise einen Namen und fügte ein wenig lauter hinzu: »Im selben Gebäude wie das Büro des Bürgermeisters. Wenn du reinkommst, frag gleich rechts nach dem Büro der Kriminalpolizei.«

Nachdem Aziz al-Saltaneh gegangen war, wollte mein Vater den Diener losschicken, um Schir Ali zum Abendessen einzuladen, doch meine Mutter bat ihn flehentlich, es nicht zu tun, bis mein Vater schließlich nachgab und ihm stattdessen den Topf mit Kräuterreis und Fisch bringen ließ.

Wenig später tauchte Onkel Oberst auf. Er war in dieser ganzen Affäre der Unschuldigste, den es gleichzeitig am härtesten getroffen hatte, da die Bäume und Blumen vor seinem Haus vertrockneten. Bisher hatte er die Hoffnung gehegt, dass der Wassermangel meinen Vater zum Einlenken bewegen würde, doch dieser hatte nun Becken und Vorratstanks gefüllt, während mein Onkel mindestens eine weitere Woche auf dem Trockenen saß. Als ich Onkel Oberst sah, regte sich ein wenig Hoffnung in mir. Die Beendigung des Streits war in unser beider Interesse – er hatte seine vielen Blumen, ich meine eine, Leili.

Doch Onkel Obersts Bitten und Flehen führten zu nichts, mein Vater erklärte nur immer wieder: »Solange er sich nicht vor der gesamten Familie bei mir entschuldigt, bin ich nicht bereit, auch nur ein Jota nachzugeben.«

Und Onkel Oberst wusste nur zu gut, dass sein Bruder

nicht der Typ war, der sich entschuldigte, um keinen Preis. Nur auf die Bitte, einen Teil von unserem Wasservorrat zu ihm weiterzuleiten, wurde mein Onkel mit einer mehr oder weniger günstigen Antwort beschieden. »Wenn sie uns mit Wasser beliefern, zweigen wir dir vielleicht etwas ab.«

Und diese Fast-Zusage beruhigte Onkel Oberst – der immer wieder beteuerte: »Was bedeuten meine Blumen im Vergleich zu deinem Seelenfrieden? Es ist die Einheit der Familie, um die ich mir Sorgen mache!« – so weit, dass er glücklich lächelnd nach Hause gehen konnte.

Vor seinem Aufbruch gelang es ihm jedoch, von meinem Vater die Zusicherung zu erhalten, dass dieser die Angelegenheit von Onkel Napoleons panischer Angst beim Anblick des Diebs bis auf weiteres nicht erwähnen würde, bis Onkel Oberst versucht hatte, Lieber Onkel zu einer Entschuldigung zu bewegen.

Als mein Vater ihm dieses Versprechen gab, spürte ich ganz deutlich, dass er es trotz all der Feindseligkeiten vermisste, mit Lieber Onkel Napoleon Backgammon zu spielen. Jeder in der Familie beherrschte das Spiel, doch nur mein Vater und Lieber Onkel spielten miteinander, und seit Ausbruch des Streits hatte niemand weder aus unserem noch aus Lieber Onkels Haus das Klicken von Backgammonsteinen vernommen. Ich kam sogar zu der Ansicht, dass die beiden sich im Grunde ihres Herzens mochten, ohne es zu ahnen, doch dann verwarf ich diesen verrückten Gedanken gleich wieder.

Am frühen Abend ging mein Vater zu Dr. Naser al-Hokama. Meine Mutter wirkte zerstreut und sehr besorgt. Ich ging zu ihr, doch kaum hatte ich die jüngsten Ereignisse erwähnt, brach die arme Frau in lautes Schluchzen aus. Tränen kullerten über ihre Wangen, als sie sagte: »Ich schwöre bei Allah, ich wünschte, ich wäre tot und von diesem Leben erlöst.«

Die Tränen meiner Mutter bewegten mich tief. Als ich sah, wie groß ihr Kummer und ihre Sorgen waren, vergaß ich beinahe meinen eigenen Schmerz.

»Ich hatte mir gewünscht, dass du, wenn du alt genug bist«, sagte meine Mutter noch immer schluchzend, »vielleicht Leili heiraten würdest.« Ich lief tiefrot an und konnte selbst nur mit Mühe die Tränen zurückhalten.

In Gedanken versunken, ging ich auf mein Zimmer. Ich liebte Leili. Zwischen ihrem und meinem Vater war es zu einer ernsten Krise gekommen, und ich hatte nichts unternommen, sie zu verhindern. Es stimmt, ein Kind von dreizehn Jahren hat keine Macht, aber wenn man sich verliebt wie ein Erwachsener, muss man auch wie ein Erwachsener für seine Liebe kämpfen. Ich dachte lange nach, welche Möglichkeiten ich hatte. Ich konnte meinem Vater und Lieber Onkel nicht befehlen, ihren Streit zu begraben. O Allah, ich wünschte mir, ich wäre schon so alt wie Onkel Obersts Sohn Puri, dann hätte ich Leili geheiratet, und wir wären gemeinsam fortgegangen, doch nach den Lebensjahren war ich immer noch ein Kind. Aber wenn ich mich wirklich anstrengte, konnte ich vielleicht einen Weg finden, den Zwist zwischen meinem Vater und Lieber Onkel zu beenden... und auf einmal war mir klar, ich brauchte einen Helfer, einen Verbündeten!

Wie immer ich die Sache auch betrachtete, außer Masch Qasem fiel mir niemand ein. Was hinderte mich daran, Masch Qasem – der ein wirklich guter Mensch war – alles zu erzählen und ihn um Hilfe zu bitten? Doch würde er mir die auch gewähren?

Ich stahl eine kleine Münze aus der Tasche meiner Mutter und machte mich unter dem Vorwand, ein Notizbuch kaufen zu wollen, auf den Weg zum gedeckten Basar. Ich erstand eine Kerze und zündete sie beim Trinkbrunnen an. »O Allah, vergib mir als Erstes, dass ich eine Kerze entzünde, die ich mit gestohlenem Geld gekauft habe, und hilf mir dann, entweder den Streit zwischen meinem Vater und Lieber Onkel zu schlichten, oder löse du das Problem.«

Ich war mir sicher, dass Allah, wenn er überhaupt helfen wollte, die zweite Möglichkeit wählen würde, und sagte das Erste nur aus Höflichkeit. Außerdem bat ich Allah noch, vor allem anderen den verschwundenen Dustali wieder auftauchen zu lassen.

Früh am Morgen klopfte es so laut an unserer Tür, dass ich aus dem Schlaf schreckte. Ich spitzte die Ohren und hörte die Stimme des Apothekers, der meinen Vater begrüßte und sich nach seinem Befinden erkundigte.

Mein Vater besaß eine Apotheke im gedeckten Basar, die der Apotheker gegen einen bescheidenen Lohn und einen Anteil an dem Erlös des Geschäfts führte. Deshalb hatte mein Vater selbst mit dem Geschäft so gut wie nichts zu tun, sondern kassierte am Monatsende nur die Einnahmen. Heute klang die Stimme des Apothekers besorgt und sehr aufgeregt. »Gestern Abend hat Seyed Abolqasem von der Kanzel der Moschee herab behauptet, dass alle Medikamente und Rezepturen in unserer Apotheke mit Alkohol hergestellt würden, weshalb ihre Einnahme einen Verstoß gegen die religiösen Gebote darstellen würde. Ich weiß nicht, welcher Drecksskerl hinter dieser Verleumdung steckt. Ich bitte Sie, noch heute etwas zu unternehmen. Seyed Abolqasem ist ein Mieter Ihres Schwagers, bitte veranlassen Sie ihn, in der Sache etwas zu unternehmen, weil sonst garantiert kein Mensch mehr einen Fuß in unsere Apotheke setzt.«

Als mein Vater schwieg, fügte der Apotheker hinzu: »Nicht nur, dass sie keine Medikamente bei uns kaufen, es ist durchaus möglich, dass die Leute aus der Gegend die Apotheke anzünden und mich in Stücke reißen!«

Als mein Vater antwortete, war ich entsetzt über seinen wütenden und bösen Tonfall. »Ich weiß, wer das ausgeheckt hat, der schamlose Schurke! Ich werde mich so an ihm rächen, dass man es die nächsten fünf Generationen nicht vergisst. Sie machen ganz normal weiter, bis ich ihn ein für alle Mal erledigt habe.«

»Aber ich wage es nicht, die Apotheke heute zu öffnen.«

Die Rede meines Vaters über die Vorzüge von Mut und Standhaftigkeit fruchtete wenig, so dass mein Vater schließlich einlenkte und erklärte: »Nun gut, dann lassen Sie die Apotheke heute geschlossen, mal sehen, was morgen ist. Aber hängen Sie ein Schild an die Tür!«

»Was soll darauf stehen?«

»Ich weiß es nicht, aber es sollte auf jeden Fall etwas Religiöses sein. Schreiben Sie zum Beispiel: ›Wegen einer Pilgerfahrt zum Heiligtum in Qom...‹ und so weiter, denn wenn Sie das nicht tun, werden die sich eine neue List ausdenken.«

»Wie Sie wünschen, aber vergessen Sie nicht, dem Bruder Ihrer Frau zu sagen, dass er mit dem Imam reden soll.«

»Ich werde dem Bruder meiner Frau ganz bestimmt was sagen«, schnaubte mein Vater, »und zwar so, dass ihm Hören und Sehen vergeht.«

Der Apotheker, der offensichtlich nichts von dem verstand, was mein Vater redete, verabschiedete sich, und mein Vater begann im Hof auf und ab zu laufen.

Auf der anderen Seite herrschte eine tödliche Stille, als ob sie sich nach der erfolgreichen Attacke durch Seyed Abolqasem von der Kanzel ausruhten. Nicht einmal Masch Qasem war zu sehen. Offenbar hatte er die Blumen am frühen Morgen gegossen und sich dann wieder ins Haus zurückgezogen. Die Stille beunruhigte mich. Ein paar Mal schlich ich mich bis zur Tür von Lieber Onkels Haus, hörte jedoch nichts. Schließlich entdeckte ich Masch Qasem in der Gasse; er hatte Fleisch gekauft und war auf dem Heimweg.

»Gibt es irgendwelche Neuigkeiten über Dustali Khan?«

»Nun, mein Junge, warum sollte ich lügen? Es ist, als ob der kleine Bursche sich in Rauch aufgelöst hätte. Wir sind überall gewesen, doch niemand hat ihn auch nur aus der Ferne gesehen.«

»Masch Qasem, wir müssen uns was einfallen lassen. Heute will Khanum Aziz al-Saltaneh Anzeige erstatten. Sie glauben, Dustali Khan wäre in eurem Haus ermordet worden.«

»Was du nicht sagst! Das heißt, dass die Polizei hier auftauchen wird, und was weiß ich...« Und damit eilte er nach Hause, ohne mich meinen Gedanken ausführen zu lassen.

Eine Stunde später lief ich ihm erneut über den Weg. Als er mich sah, sagte er: »Ich weiß, dass du dir auch wünschst, dieses ganze Zerwürfnis hätte ein Ende, Junge. Der Herr hat jedenfalls allen gesagt, dass sie, wenn die Polizei kommt, kein Wort über die Bekanntschaft von Dustali Khan mit der Frau von Schir Ali, dem Fleischer, verlieren sollen und auch nicht darüber, dass seine Frau ihm – Allah behüte – die Geschlechtsteile abschneiden wollte. Halt du also auch den Mund!«

»Du kannst dich darauf verlassen, dass ich nichts sage, Masch Qasem, aber...« Doch wieder eilte er nach Hause, ohne mich ausreden zu lassen.

Gegen Mittag hörte ich Aziz al-Saltaneh in unserem Hof ein großes Spektakel veranstalten und rannte nach draußen. »Jetzt werden sie sehen, mit wem sie es zu tun haben. Der Leiter des Kommissariats war zufällig ein Freund des Verstorbenen. Er hat gesagt, er würde noch vor Mittag Kommissar Teymur vorbeischicken, der Mann, der Asghar, den Mörder, gefunden und verhaftet hat. Und er war so zuvorkommend, ein echter Gentleman. ›Seien Sie versichert‹, hat er gesagt, ›dass Kommissar Teymur Ihren Mann binnen eines Tages tot oder lebendig finden wird.‹ Er meinte, Kommissar Teymurs Methode des Überraschungsangriffs ist sogar in Europa berühmt!«

Mein Vater führte Aziz al-Saltaneh ins Wohnzimmer und schloss die Tür. Meine Neugier ließ es nicht zu, dass ich einfach so dasaß, also schlich ich mich an die Tür und lauschte.

»Verehrteste, glaub mir, du musst darauf beharren, dass sie Dustali Khan getötet haben, und sogar behaupten, sie hätten ihn unter dem großen Rosenbusch begraben; wenn die Beamten sich auch nur auf diesen Rosenbusch zubewegen, werden die Übeltäter gestehen, wo Dustali sich befindet, denn für diesen Rosenbusch würde dieser Mann sterben. Er liebt ihn mehr als seine eigenen Kinder.«

»Doch um jemanden von der Größe Dustalis zu begraben, müssten sie eine Grube ausgehoben haben. Niemand wird mir glauben, wenn die Erde unter dem Busch unberührt ist.«

»Mach dir deswegen keine Sorgen; aus Hochachtung vor dir und aus Sorge um den armen Dustali Khan werde ich mich persönlich darum kümmern. Er muss unbedingt bald gefunden werden, denn sie wollen, wie du gewiss besser weißt als ich, dass du und Dustali Khan sich trennen. Es geht um ihre Schwester, die alte Jungfer, die schon seit Jahren mit Dustali Khan verheiratet werden soll – jetzt wollen sie es wieder versuchen.«

»Ach ja! Davon träumen sie wohl! Nicht einmal der Todesengel würde ihre Schwester, die alte Jungfer, nehmen. Ich werde es ihnen so gründlich zeigen, dass sie sich ein Leben lang daran erinnern! Zuerst werde ich meine Rechnung mit dem Djenab begleichen und dann mit den anderen, vor allem mit diesem verdorbenen ›Moment, Moment‹-Rotzlöffel.«

Wenig später führte Qamar, Aziz al-Saltanehs Tochter, Kommissar Teymur in den Garten.

Mein Vater eilte ihm entgegen, um ihn zu begrüßen. »Guten Tag, mein Herr ... hier entlang, bitte ... he, Junge, bring Tee.«

»Besten Dank, aber kein Tee im Dienst!«

Kommissar Teymur wies das Angebot meines Vaters in trockenem Ton zurück. Der Mann sah fürwahr seltsam aus. Er hatte grobschlächtige Gesichtszüge und Hände, als würde er an Elefantiasis leiden; sein Kneifer wirkte winzig in seinem monströsen Gesicht, und er sprach Persisch mit einem indischen Akzent. Er stützte sich auf einen Stock und sah sich unentwegt auf dem Hof um. »Wenn ich mir die Bemerkung erlauben darf«, sagte er, »sollten wir uns lieber an die Arbeit machen. Meine Dame, ich muss Sie bitten, mich zum Ort des Verbrechens zu führen.«

»Wie Sie wünschen, hier entlang.«

Mein Vater wollte den Kommissar nicht so leicht ziehen lassen. »Mein Herr, mit Ihrer Erlaubnis, ich kann einige Einzelheiten des Falls klarstellen.«

»Wenn ich mir die Bemerkung erlauben darf«, schnitt ihm Kommissar Teymur das Wort ab, »ist im Moment keine Klarstellung nötig. Falls sie doch noch erforderlich werden sollte, werde ich Sie später befragen.«

Und damit folgte er Aziz al-Saltaneh zu Lieber Onkels Haus. Qamar und ich trotteten hinterher. Ich schrieb alle Vorsicht in den Wind. Ich musste wissen, was geschah, selbst auf die Gefahr hin, Lieber Onkel zu erzürnen. Außerdem hoffte ich, auf diese Weise Leili zumindest für einen Moment zu Gesicht zu bekommen.

Masch Qasem öffnete die Tür der inneren Gemächer einen Spalt weit. Aziz al-Saltaneh stieß mit den Händen gegen seine Brust. »Aus dem Weg. Es ist der Polizeikommissar.«

Masch Qasem leistete keinerlei Widerstand, sondern trat sofort zur Seite, und Kommissar Teymur, Aziz al-Saltaneh,

Qamar und ich betraten Lieber Onkels Haus. Lieber Onkel schien schon auf das Erscheinen des Kommissars gewartet zu haben. Er trug eine Uniformjacke über seiner napoleonischen langen Hose für kalte Wintertage, die weitgehend von dem Umhang verdeckt wurde, den er sich über die Schultern geworfen hatte. Schamsali Mirsa war ebenfalls anwesend. Ich nahm an, dass Lieber Onkel sofort nach dem Ermittlungsrichter geschickt hatte, als er von dem drohenden Besuch des Kommissars erfuhr. Der Kommissar war kaum über die Schwelle getreten, als Lieber Onkel seinen Gast als Untersuchungsrichter aus Hamadan vorstellte. Der Kommissar begrüßte ihn, ohne jedoch besondere Hochachtung erkennen zu lassen.

Sobald Lieber Onkel mich entdeckte, brüllte er: »Raus mit dir!«

Doch bevor ich mich rühren konnte, rief der Kommissar: »Nein, nein, der Junge bleibt hier!«

Und dann stürzte er sich unverzüglich in seine Ermittlung. »Wenn ich mir die Bemerkung erlauben darf, also, lassen Sie uns sehen, in welchem Zimmer hat das Mordopfer seine letzte Nacht verbracht?«

Lieber Onkel und Schamsali Mirsa protestierten buchstäblich im Chor: »Mordopfer? Dustali Khan?«

Im Tonfall eines Mannes, der einen Dieb auf frischer Tat ertappt hatte, rief der Kommissar: »Woher wussten Sie, das ich Dustali Khan meinte, als ich ›Mordopfer‹ gesagt habe? Lassen Sie uns fortfahren.« Er wandte sich übergangslos an Aziz al-Saltaneh und sagte: »Zeigen Sie mir das Zimmer des Mordopfers.«

Lieber Onkel wollte erneut widersprechen. »Mein Herr...«

Doch der Kommissar ließ ihn nicht zu Wort kommen. »Ruhe! Jede Form der Störung während der Ermittlung ist verboten!«

Mit übertriebener Trauer sagte Aziz al-Saltaneh: »Allah segne Sie, Herr, woher soll eine arme Frau wie ich wissen, in welchem Zimmer sie meinen Mann umgebracht haben. Hätte ich das gewusst, wäre ich jetzt nicht in dieser furchtbaren Lage. Vielleicht kann Masch Qasem...«

»Wer ist Masch Qasem?«, fragte der Kommissar.

Masch Qasem sagte mit gesenktem Kopf: »Nun, warum sollte ich lügen? Mit einem Bein... ja, ja... Ich bin Masch Qasem, Euer bescheidener Diener.«

Der Kommissar musterte ihn argwöhnisch.

»Wenn ich mir die Bemerkung erlauben darf, wer hat Ihnen Lügen erzählt? Sie wollen also nicht lügen? Antworten Sie! Reden Sie! Man hat Ihnen also aufgetragen zu lügen, ja? Los, schnell, zack, zack!«

»Tja nun, warum sollte ich lügen? Sie haben mich ja noch gar nichts gefragt!«

»Und warum reden Sie dann vom Lügen?«

»Warum sollte ich lügen? Mit einem Bein... ja, ja... steht man schon im Grab. Wann habe ich gelogen?«

»Herr Kommissar«, ging Aziz al-Saltaneh dazwischen, »Sie müssen entschuldigen, es ist eine Angewohnheit von ihm, jeden Satz mit ›Warum sollte ich lügen?‹ zu beginnen.«

»Nun, Herr Masch Qasem, wo hat das Mordopfer in der vergangenen Nacht geschlafen?«

»Tja nun, warum sollte ich lügen? In diesem Zimmer hat das Mordopfer...«

Der Kommissar starrte Masch Qasem über den Rand seines Kneifers hinweg an und rief: »Dann geben Sie also zu, dass es einen Mord gegeben hat?«

»Mein Herr«, schaltete Onkel Napoleon sich wütend ein, »Sie legen meinem Diener Worte in den Mund!«

»Sie sind still! Selbst wenn dieser Mann unter normalen Umständen Ihr Diener ist, jetzt ist er mein Zeuge!«

»Aber Sie bringen den armen Teufel ja...«

»Ruhe! Masch Qasem, führen Sie mich in das Zimmer des Mordopfers!«

Masch Qasem warf Lieber Onkel einen hilflosen Blick zu und marschierte zu einem der Zimmer. Der Kommissar, Aziz al-Saltaneh, Lieber Onkel, Schamsali Mirsa, der wie auf glühenden Kohlen saß, Qamar und ich folgten ihnen. Sobald wir den Raum betreten hatten, hob Kommissar Teymur die Arme, bedeutete allen, stehen zu bleiben und den Mund zu halten. »Wenn ich mir die Bemerkung erlauben darf, lassen Sie mich sehen! Wo sind die Betttücher des Mordopfers?«

»Tja nun, warum sollte ich lügen?«, antwortete Masch Qasem. »Als ich an dem Morgen gesehen habe, dass Dustali Khan weg war, habe ich sie entfernt.«

Der Kommissar schwieg einen Moment, bevor er plötzlich mit zwei Fingern Masch Qasems Kinn fasste und brüllte: »Wer hat Ihnen befohlen, die Laken des Mordopfers zu entfernen? Eh? Wer? Antworten Sie! Schnell, schnell!«

Der vollkommen verwirrte Masch Qasem erwiderte: »Tja nun, warum sollte ich lügen? Mit einem Bein ...«

»Schon wieder Lügen, wie? Wer hat Ihnen aufgetragen zu lügen? Antworten Sie, schnell, zack, zack, los!«

Mit hochrotem Kopf sagte Schamsali Mirsa: »Herr Kommissar, das ist eine völlig neue Ermittlungsmethode. Sie versuchen den Leuten irgendwelche Dinge in den Mund zu legen, indem Sie sie verwirren.«

»Wenn ich mir die Bemerkung erlauben darf, bitte unterbrechen Sie mich nicht. Erkundigen Sie sich einfach, was für ein Mann Kommissar Teymur ist! Kein Mörder hat es bisher geschafft, meiner international anerkannten Methode des Überraschungsangriffs zu widerstehen. Nun, Masch Qasem, Sie haben meine Frage nicht beantwortet! Wer hat Ihnen befohlen, die Laken des Mordopfers zu entfernen?«

»Tja, nun, warum sollte ich lügen? Mit einem Bein... ja, ja... Morgens entfernen die alte Naneh Bilqis und ich immer alle Betttücher. Gestern haben wir auch Dustali Khans Laken entfernt.«

»Die Laken des Mordopfers?«

»Ja, genau...«

»Aha! Wenn ich mir die Bemerkung erlauben darf, Sie haben jetzt schon zum zweiten Mal zugegeben, dass Dustali Khan das Opfer eines Mordes geworden ist. Wenn ich mir die Bemerkung erlauben darf, wir haben große Fortschritte erzielt, große Fortschritte: Die Tatsache, dass es einen Mord gegeben hat, ist erwiesen, aber der Mörder...«

»Herr Kommissar, das ist sinnloses Gebrabbel«, widersprach Lieber Onkel.

»Wenn ich mir die Bemerkung erlauben darf, Sie sind still! Masch Qasem, Sie sagten, dass Sie morgens immer alle Laken entfernen. Wer hat Ihnen den Befehl dazu erteilt? Ihr Herr? Seine Frau? Dieser Mann hier? Jener Mann dort? Wer? Ruhe! Sie müssen die Frage nicht beantworten! Wer war der Letzte, der das Mordopfer gesehen hat? Sie, Masch Qasem? Antworten Sie! Schnell, schnell! Haben Sie Dustali Khan vor seiner Ermordung gesehen? Sie müssen nicht antworten. Wenn ich mir die Bemerkung erlauben darf, warum hat Dustali Khan überhaupt hier geschlafen?«

»Tja, nun, warum sollte ich lügen? Mit einem Bein...«

»Vorgestern Abend«, schaltete Lieber Onkel Napoleon sich ein, »hat Dustali Khan bis spät abends...«

»Sie sind still! Masch Qasem, beantworten Sie meine Frage!«

Masch Qasem war nun vollends verwirrt. »Was haben Sie gefragt?«

»Ich habe gefragt, warum das Mordopfer hier geschlafen hat, anstatt nach Hause zu gehen. Antworten Sie! Schnell, schnell! Eh? Warum?«

»Warum sollte ich lügen? Alle waren hier. Asadollah Mirsa war hier, Sham...«

»Und wer ist dieser Asadollah Mirsa, bitte sehr? Antworten Sie! Schnell, schnell!«

»Asadollah Mirsa ist ein Verwandter des Herrn...«

»Ist er auch mit dem Mordopfer verwandt?«

»Ja, er ist auch mit dem Mordopfer verwandt.«

Onkel Napoleon knirschte vor Wut mit den Zähnen. »Allah verfluche dich und dein Mordopfer! Idiot! Trottel! Weißt du überhaupt, was du da redest?«

»Es ist nicht meine Schuld, Herr«, erwiderte Masch Qasem kläglich. »Der Kommissar hat mich ganz durcheinander gebracht. Ich wollte sagen, dass Asadollah Mirsa...«

Der Kommissar sah ihn scharf an und unterbrach ihn: »Erzählen Sie mir ein wenig über Asadollah Mirsa!«

»Nun, Herr, Allah ist mein Zeuge, der arme Asadollah Mirsa hat nichts Böses getan!«

»Wenn ich mir die Bemerkung erlauben darf, wenn ein Mord passiert, verdächtige ich die ganze Welt. Jeder könnte der Mörder sein. Der Herr, dieser Herr dort, der Junge, sogar Sie! Es ist möglich, dass Sie Dustali Khan getötet haben! Ja, Sie! Gestehen Sie! Erleichtern Sie Ihr Gewissen! Ich verspreche, mich für eine milde Bestrafung einzusetzen! Schnell, schnell!«

Masch Qasem war gleichzeitig wütend und verängstigt und rief: »Ich, ein Mörder? Allah im Himmel, warum ich und nicht sie?«

Kommissar Teymur kam mit seinem großen Gesicht ganz nah an Masch Qasem heran und brüllte: »Aha! ›Sie‹, sagen Sie. Und wer ist ›sie‹? Reden Sie!«

»Tja, nun, Herr, warum sollte ich lügen? Mit einem Bein... ja, ja... Ich... ich wollte sagen, dass ich... ich es einfach nur so gesagt habe! Sie haben von Asadollah Mirsa gesprochen, wie kommen Sie plötzlich...«

Wieder unterbrach der Kommissar ihn. »Ja, ja, Asadollah Mirsa. Was für ein Mensch ist er?«

Schamsali Mirsa sagte mit vor Wut erstickter Stimme: »Wenn Sie mir liebenswürdigerweise Gehör schenken wollten – Asadollah Mirsa ist mein Bruder.«

»Wenn ich mir die Bemerkung erlauben darf, er ist also Ihr Bruder, mein Herr! Und kann Ihr Bruder kein Mörder sein? Könnte dieser Asadollah Mirsa Dustali Khan nicht getötet haben? Und warum behindern Sie meine Ermittlungen? Eh? Antworten Sie! Schnell! Schnell!«

Schamsali Mirsa war dermaßen außer sich, dass er kurz vor einer Ohnmacht stand. Er öffnete den Mund, um etwas zu sagen, doch das Quietschen des Gartentors und Asadollah Mirsas dröhnende Stimme ließen ihm keine Gelegenheit dazu.

»Moment, Moment, was ist denn hier los? Reden wir schon wieder über Dustali Khans nobles Glied?«

Alle Anwesenden hauchten gleichsam im Chor: »Asadollah Mirsa.«

Kommissar Teymur zuckte sichtlich zusammen, bevor er wieder stocksteif dastand. Er hob die Arme und bedeutete allen zu schweigen. »Also, also, also, also! Der Mörder kehrt stets an den Ort seines Verbrechens zurück. Ruhe! Absolute Ruhe! Atmen verboten!«

6

Als auf Asadollah Mirsas Frage keine Antwort aus dem Haus gekommen war, hatte er ein paar Sekunden wartend auf der Schwelle der Haustür verharrt und dann gerufen: »Hallo? Ist jemand zu Hause? Ist mein Bruder Schamsali hier?«

Kommissar Teymur hielt weiter die Hände erhoben, um absolute Ruhe zu gebieten, ging zur Tür und sagte mit lauter Stimme: »Ja, er ist hier. Alle sind hier. Bitte, kommen Sie, mein Herr.«

Lieber Onkel Napoleon hatte alle von dem bevorstehenden Besuch des Kommissars unterrichtet, doch Asadollah Mirsa war ins Büro gegangen und wusste deshalb von nichts. Als er in ein unbekanntes Gesicht blickte, fragte er, während er sich mit beiden Händen die Fliege zurechtrückte: »Moment, bist du der neue Diener des Djenab?«

Und ohne eine Antwort abzuwarten, fuhr er fort: »Der arme Masch Qasem, er war ein guter Mensch. Ich vermute, auch er ist Dustali Khans edlem Glied geopfert worden!«

Kommissar Teymur biss empört die Zähne zusammen und sagte: »Bitte, kommen Sie herein, hier entlang.«

Leicht überrascht, betrat Asadollah Mirsa den Raum. »Nun, hallo, alle miteinander. Habt ihr einen weiteren Familienrat einberufen? Warum steht ihr denn so herum? Lasst uns nach nebenan gehen und Platz nehmen.« An Teymur gewandt, fügte er hinzu: »Und du lauf und sag, dass sie Tee machen sollen.«

»Der Herr ist kein Diener«, sagte Schamsali Mirsa mit gepresster Stimme. »Es ist Kommissar Teymur von der Polizei.«

Asadollah Mirsa, der schon auf dem Weg ins Nebenzimmer war, blieb stehen und sagte: »Ich bitte um Verzeihung! Ist er vielleicht wegen Dustalis Verschwinden hier? Ist der arme Kerl inzwischen wieder aufgetaucht? Wo kann er bloß stecken?«

Bevor Aziz al-Saltaneh Gelegenheit zum Antworten fand, begann Kommissar Teymur seine Attacke. »Ja, mein Herr, das genau ist die Frage: Wo kann er sein? Sie haben nicht zufällig irgendwelche Neuigkeiten, mein Herr? Sie wissen nicht, wo er sein könnte?«

»Moment, Moment... jetzt fällt es mir wieder ein, ja, ja. An eine Sache erinnere ich mich.«

Lieber Onkel Napoleon und Schamsali Mirsa versuchten ihm hinter dem Rücken des Kommissars zu signalisieren, er solle schweigen, doch Asadollah Mirsa schien sie überhaupt nicht zu bemerken. Mit geheimnisvoller Miene fragte er: »Gibt es eine Belohnung?«

»Schon möglich, schon möglich, schnell jetzt, antworten Sie, zack, zack! Reden Sie, schnell!«

»Wenn Sie mir eine Belohnung für das Auffinden von Dustali Khan versprechen, kann ich, glaube ich, sagen, dass er ganz in der Nähe ist...«

Er begann seine Taschen zu durchsuchen. »Das ist seltsam! Moment, Moment, ich dachte, ich hätte ihn in diese Tasche gesteckt, aber vielleicht verbirgt er sich in der Innentasche!«

Kommissar Teymur war vor Zorn puterrot angelaufen. Wütend sagte er: »So ist das also! Ich verstehe... Mord, Verstecken der Leiche, Beleidigung eines Staatsbeamten bei der Ausübung seiner Dienstpflichten, Behinderung einer polizeilichen Ermittlung... Statt dieser Fliege werde ich schon sehr bald den Strick eines Henkers um Ihren Hals sehen!«

Asadollah Mirsa wirkte ein wenig bestürzt und blickte erstaunt in Kommissar Teymurs großes Gesicht. Derweil machten ihm Lieber Onkel Napoleon und Schamsali Mirsa heimlich weiter Zeichen. Sie deuteten mit der rechten Hand einen Schlag auf das linke Handgelenk an und hoben dann beide Hände. Sogar ich begriff, dass sie meinten, dass Asadollah Mirsa weder ein Wort über Aziz al-Saltanehs Anschlag auf ihren Gatten noch über den Rest der Affäre verlieren sollte, doch Asadollah Mirsa beachtete sie gar nicht. Teymur, der sich der Wirkung seiner Drohung sehr wohl bewusst war, fügte hinzu: »Je früher Sie gestehen, umso besser für Sie! Antworten Sie, los, schnell, zack, zack, wie ist es geschehen?«

»Moment, Moment, also wirklich, Moment mal. Ich soll gestehen? Was soll ich gestehen? Fragen Sie seine Frau, sie ist schließlich diejenige, die ihn abschneiden wollte!«

Kommissar Teymur zuckte erneut zusammen, bevor er die Hände hob und brüllte: »Was? Wie? Abschneiden? Was wurde abgeschnitten? Meine Dame, was haben Sie abgeschnitten? Schnell, schnell, los, zack, zack, antworten Sie!«

Alle waren wie vom Donner gerührt und starrten einander an. In diesem Moment stieß Qamar, Aziz al-Saltanehs einfältige Tochter, ohne den Blick von der Puppe zu wenden, ein idiotisches Kichern aus und sagte: »Papa Dustalis kleine Blume.«

Kommissar Teymur machte einen Satz auf Qamar zu und fasste sie am Kinn. »Rede! Schnell, los, zack, zack, antworte!«

»Vorsicht«, unterbrach Schamsali Mirsa ihn, »das Mädchen ist von schlichtem Gemüt.«

Er hatte seinen Satz noch nicht beendet, als Aziz al-Saltaneh loskreischte: »Du bist selbst von schlichtem Gemüt! Und dein Bruder auch! Und dein Vater! Mit deinen losen Reden wirst du irgendwann noch die Aussichten dieses armen Waisenkindes, einen Mann zu finden, zunichte machen.«

Aber der Kommissar beachtete ihren Einwurf überhaupt nicht. Er hielt weiter Qamars Kinn gepackt und brüllte: »Antworte, welche Blume? Wo ist die Blume? Hat jemand die Blume gepflückt? Schnell, los, zack, zack, wird's bald. Wenn du sofort antwortest, werde ich mich für eine milde...«

Doch er konnte seinen Satz nicht beenden, weil sich seiner Kehle ein Schmerzensschrei entrang. Qamar hatte mit aller Kraft auf seinen Finger gebissen und hielt ihn weiter zwischen den Zähnen. Nur mit Mühe gelang es, ihre Kiefer zu öffnen, und als der Kommissar schließlich befreit war, quoll Blut aus der Wunde.

Aziz al-Saltaneh begann sich an den Kopf zu schlagen und stöhnte: »Allah, hilf mir!«

»Tollwütige Hexe! Mörderin! Schnell, los, zack, zack, ein Stück Stoff, Jod, heißes Wasser, schnell. Eine Verschwörung... Behinderung der Justiz! Verletzung eines Beamten in Ausübung seiner Dienstpflichten! Drei Jahre Besserungshaft!«

Inmitten all der Verwirrung, dem Geschrei und demütigster Entschuldigungen wurde dem Kommissar die Hand verbunden und die Ordnung einigermaßen wiederhergestellt. Alle Augen starrten wie gebannt auf Teymur, der aufgestanden war und im Zimmer hin und her lief. Schließlich öffnete er den Mund, und man konnte hören, wie wütend er war. »Beihilfe zum Mord, Verstecken der Leiche, Beleidigung eines Staatsbeamten bei der Ausübung seiner Dienstpflichten, Behinderung einer polizeilichen Ermittlung, Verletzung eines Vertreters des Gesetzes... auch Ihre Tochter sehe ich mit einem Strick um den Hals. Sie stehen ab sofort unter Arrest wegen Beihilfe zu einer Straftat, aber lassen Sie uns zu dem Hauptverbrecher zurückkehren!«

Mit diesen Worten blieb er plötzlich vor Asadollah Mirsa stehen: »Wenn ich mir die Bemerkung erlauben darf, Sie fragten, wer hat ihn denn abgeschnitten, mein Herr. Was wurde abgeschnitten? Wer wurde abgeschnitten? Und wann wurde abgeschnitten?«

»Herr Kommissar«, unterbrach Onkel Napoleon ihn, »mit Ihrer Erlaubnis sollten die Kinder vielleicht besser den Raum verlassen. Ich meine, dieses Kind«, fügte er hinzu und zeigte auf mich.

»Warum sollte das Kind den Raum verlassen«, fuhr ihm der Kommissar über den Mund. »Außerdem ist diese Person kein Kind mehr, er ist größer als ich. Warum soll er hinausgehen, eh? Nun? Antworten Sie, schnell, los, zack, zack! Vielleicht irritiert seine Gegenwart Sie! Vielleicht haben Sie Angst, dass er reden wird? Nun? Antworten Sie, los, schnell. Sie brauchen nicht zu antworten. Wenn es in diesem Haus ein weiteres Kind gibt, soll es ebenfalls kommen! Wir dürfen das, was Kleinkinder und Kinder sagen, nie außer Acht lassen! Gibt es noch ein Kind in diesem Haus? Nun? Antworten Sie, los, schnell, zack, zack!«

Lieber Onkel kochte innerlich vor Wut, bemühte sich jedoch, sich nichts anmerken zu lassen. Er zuckte die Achseln und sagte: »Nein, Herr Kommissar... keine weiteren Kinder!«

Ohne nachzudenken, rief ich: »Doch! Leili!«

Der Kommissar fuhr zu mir herum und attackierte mich: »Wo ist sie? Wer ist Leili? Antworte, los, schnell, zack, zack.«

»Leili ist die Tochter meines Onkels«, antwortete ich in meiner Verwirrung.

Ich blickte kurz zu Lieber Onkel und war entsetzt über den Zorn in seinen Augen. Er wäre den Spion aus dem feindlichen Lager gern losgeworden, stattdessen wurde ich noch weiter in die Sache verwickelt.

»Ruft Leili!«, befahl der Kommissar ruhig.

»Es lässt sich mit keinem ethischen oder juristischen Prinzip vereinbaren, dass ein Kind von zehn Jahren...«

Ohne zu wissen, was ich sagte, und ohne zu erkennen, dass ich den Graben zwischen mir und Lieber Onkel noch vertiefte, einfach aus dem Bedürfnis, Leili zu sehen, rief ich: »Leili ist vierzehn Jahre alt!«

Diesmal wagte ich es nicht, Lieber Onkel noch einmal anzusehen. Ich hörte nur seine Stimme: »Er redet Unsinn, Herr Kommissar! Meine Tochter ist zwölf, dreizehn Jahre alt, und ich werde nicht erlauben...«

Doch der Kommissar unterbrach ihn erneut. »Mord, Verstecken der Leiche, Beleidigung eines Staatsbeamten bei der Ausübung seiner Dienstpflichten, Behinderung einer polizeilichen Ermittlung, Verletzung eines Vertreters des Staates sowie die Weigerung, seinen Anweisungen Folge zu leisten... Ihre Lage scheint mir auch nicht besonders rosig, mein Herr!«

Das Gesicht vor Wut verzerrt, rief Lieber Onkel: »Leili, Leili, komm her!«

Wie die warme Sonne an einem kühlen Herbsttag wärmte Leilis Erscheinen mein Herz. Mir war, als wäre eine Ewigkeit vergangen, seit ich sie zuletzt gesehen hatte. Endlich erwiderten ihre dunklen Augen meinen sehnsüchtigen Blick. Doch ich hatte nicht viel Gelegenheit, ihre Anwesenheit zu genießen. Das Geschrei des Kommissars riss mich aus meinen Träumen. »Agha Asadollah Mirsa, seien Sie bloß nicht zu selbstzufrieden, ich habe meine Frage nicht vergessen! Wer hat geschnitten, und was wurde abgeschnitten?«

»Moment, Herr Kommissar! Soll ich der Hüter von Dustali Khans Gliedern sein? Warum fragen Sie mich? Fragen Sie seine Frau!«

»Ich möchte aber Sie fragen. Antworten Sie, los, schnell, zack, zack.«

Ich glaube, in der Verwirrung, nachdem Qamar dem Kommissar in den Finger gebissen hatte, hatte entweder Lieber Onkel oder Schamsali Mirsa Asadollah Mirsa vermitteln können, dass er Aziz al-Saltanehs Anschlag auf Dustali Khan mit keinem Wort erwähnen sollte, denn er antwortete gleichmütig: »Nun, ich weiß, ehrlich gesagt, überhaupt nichts!«

»Sehr seltsam! Sie wissen nichts? Erst wussten Sie, dass Sie nicht wussten, dass Sie gesagt haben, Sie wüssten, oder wussten Sie nicht, dass Sie wussten? Nun? Antworten Sie! Los, schnell, zack, zack! Sie wissen nichts. Mord, Verstecken der Leiche, Beleidigung eines Staatsbeamten in Ausübung...«

»...seiner Dienstpflichten«, setzte Asadollah Mirsa die Liste fort. »Behinderung einer polizeilichen Ermittlung...«

»Verspottung und Verhöhnung eines Beamten in Ausübung seiner Dienstpflicht«, unterbrach der Kommissar ihn mit drohendem Unterton.

»Moment, Moment, jetzt kommen Sie mir nicht mit Ihrer Liste! Die Wahrheit ist...«

»Die Wahrheit ist...? Nun? Antworten Sie, los, schnell, zack, zack.«

»Nun, die Wahrheit ist, los, schnell, zack, zack, dass Dustali Khan noch nicht beschnitten war, so dass seine Frau beschlossen hat, es zu tun!«

»Seltsam, sehr seltsam! Und wie alt war der verstorbene Dustali Khan?«

»Der verstorbene Dustali Khan war ungefähr...«

»Aha! Sie gestehen also, dass er nun der verstorbene Dustali Khan ist... ein weiteres Geständnis! Reden Sie! Antworten Sie, los, schnell, zack, zack, wie alt war er?«

»Moment, Herr Kommissar, ich habe nicht mitgezählt... aber dem Gesicht nach zu urteilen, etwa sechzig.«

Jetzt verlor Aziz al-Saltaneh die Kontrolle. »Selber sechzig... Schande über dich. Der arme Dustali Khan war fünfzig, mein Herr.«

Ohne Aziz al-Saltaneh zu beachten, setzte der Kommissar seine Befragung Asadollah Mirsas fort: »Nun, Sie sagten gerade... Man hat doch gewiss einen Barbier für die Beschneidung von Dustali Khan gerufen. Wie war sein Name. Los, schnell, antworten Sie, zack, zack!«

»Der Name des Barbiers war... Aziz al-Saltaneh!«

Aziz al-Saltaneh öffnete den Mund zu einem Schrei, doch der Kommissar verhinderte ihn. »Sie sind ruhig, meine Dame. Wie, sagten Sie, war der Name des Barbiers? Los, schnell, zack, zack! Nein, antworten Sie nicht. Sie, Masch Qasem... sagen Sie es mir! Los, schnell, zack, zack! Wo ist der Barbier Aziz al-Saltaneh?«

Masch Qasem senkte den Kopf und sagte: »Tja nun, warum sollte ich lügen? Mit einem Bein... ja, ja... Aziz al-Saltaneh ist die anwesende Dame.«

»Aha! Sehr seltsam! Die Angelegenheit wird langsam sehr *intéresstant.*«

»*Intéressant* meint er natürlich«, unterbrach Asadollah Mirsa ihn.

»Sie sind still! Es steht Ihnen nicht zu, mir Lektionen zu erteilen. Ich spreche fließend Russisch und Istanbul-Türkisch!«

Dann beugte er sich erneut über Asadollah Mirsas Stuhl. »Dann war es also Ihrer Meinung nach die Dame selbst? Ruhe! Wollen Sie sich über mich lustig machen? Man will einen Mann von fünfzig Jahren beschneiden. Und seine Frau geht mit einem Beschneidungsmesser hin und...«

»Es war kein Beschneidungsmesser, mein Herr«, unterbrach Masch Qasem ihn. »Die Dame hatte...«

»Ruhe! Wenn nicht mit einem Messer, womit dann? Antworten Sie, los, schnell, zack, zack!«

»Tja, nun, warum sollte ich lügen? Mit einem Bein... ja, ja... Es war ein Küchenmesser, eines dieser spitzen Messer, mit denen man Fleisch schneidet.«

»Die Angelegenheit wird sogar noch *interésstanter*«, sagte

Kommissar Teymur mit einem spöttischen Lachen. »Ein sechzigjähriger Mann soll beschnitten werden, und zwar von seiner Frau, und dann noch mit einem Küchenmesser...«

»Sie sollten wissen, dass es sehr sparsame Leute sind«, schaltete sich Asadollah Mirsa wieder ein. »Damit sie keinen Barbier bezahlen mussten, hat seine Frau eingewilligt, die Sache selbst in die Hand zu nehmen... außerdem ist sie eine Expertin darin. Ihren verstorbenen ersten Mann hat sie auch beschnitten, und man muss zugeben, es war ein sauberer Schnitt. Einmal habe ich in der Badeanstalt...«

Aziz al-Saltaneh stürzte sich mit solcher Wut auf Asadollah Mirsa, dass sie den Armen gewiss in Stücke gerissen hätte, wenn der Kommissar nicht dazwischen gegangen wäre. »Ruhe!«, schrie er. »Nehmen Sie wieder auf Ihrem Stuhl Platz, meine Dame! Los, schnell, zack, zack, wird's bald?«

An Asadollah Mirsa gewandt, sagte er: »Fahren Sie fort, mein Herr! Die Angelegenheit ist fürwahr außerordentlich *interésstant* geworden.«

Asadollah wirkte ein wenig verblüfft. Er sah sich Hilfe suchend zu Lieber Onkel und Schamsali Mirsa um, doch beide starrten stur zu Boden. Ihm blieb keine Wahl, als fortzufahren: »Aber was ich sagen wollte, ist dies... die Dame war nicht in der Lage, die Aufgabe auszuführen. Denn bevor sie seine kleine Blume abschneiden konnte, hat der Knabe die Flucht ergriffen...«

Kommissar Teymur lief im Raum auf und ab und blieb dann plötzlich wie ein Lehrer, der ein ungezogenes Kind überraschen will, vor dem ein wenig abseits stehenden Masch Qasem stehen und brüllte: »Sagen Sie mir, warum ist er weggelaufen? Warum ist der verstorbene Dustali Khan geflohen? Los, schnell, zack, zack, Ruhe!«

»Tja nun, warum sollte ich lügen? Mit einem Bein...«

»Ruhe! Reden Sie! Schnell! Warum ist er geflohen?«

Asadollah Mirsa antwortete für Masch Qasem: »Moment, Moment; wenn Sie an seiner Stelle gewesen wären und eine Frau wie diese hätte Ihre Blume mit einem Küchenmesser abschneiden wollen, wären Sie da nicht auch weggelaufen?«

Kommissar Teymur drehte sich wütend zu Asadollah Mirsa um. »Wer hat Ihnen erlaubt zu sprechen? Nun gut, dann lassen Sie mal hören... Sie sind ja offensichtlich sehr gut über die Angelegenheit informiert. Sagen Sie mir einfach, warum die Dame den verstorbenen Dustali Khan noch in so hohem Alter beschneiden wollte.«

»Nun, da sollten Sie die Dame am besten selbst fragen...«

»Ruhe! Der Gedanke ist mir auch schon gekommen, aber ich frage Sie. Warum wollte sie ihn beschneiden? Antworten Sie, los, schnell, zack, zack, wird's bald.«

»Nun, da bin ich wirklich überfragt... Ich vermute, es hat irgendwelche Probleme mit dem Verkehr auf der Straße nach San Francisco gegeben.«

Kommissar Teymur sprang aus der Mitte des Raums unvermittelt auf Asadollah Mirsa zu und brüllte: »Aha! In San Francisco gibt es also auch ein Geheimnis! Also, also... San... Fran...cisco! Antworten Sie, schnell! Was ist in San Francisco passiert? Los, schnell, zack, zack, wird's bald!«

Lieber Onkel Napoleon, der fast vor Wut platzte, sprang von seinem Stuhl auf und rief: »Das reicht! Lassen Sie die Kinder gehen, Herr Kommissar. Es ist schändlich, ich kann nicht zulassen, dass in Gegenwart der Kinder...«

»Ruhe! Ruhe!«, schrie Kommissar Teymur.

Er kniff die Augen zusammen, starrte in Lieber Onkels Sonnenbrille und sagte, jedes Wort betonend: »Nachdem Sie nun festgestellt haben, dass meine wissenschaftliche Methode des Überraschungsangriffs zu einer heißen Spur geführt hat, die ich weiterverfolgen kann, werden Sie unverschämt? Wie kann ich mir überhaupt sicher sein, dass Sie kein Komplize des Täters sind?«

Schamsali Mirsa fasste Lieber Onkel am Arm. »Setz dich... lass diese Scharade, diesen Zirkus von selbst zu Ende gehen, dann werden ich und dieser Herr dort wissen...«

Kommissar Teymur, der schon wieder auf dem Weg zu Asadollah Mirsa gewesen war, blieb abrupt stehen, richtete sich zu voller Größe auf und legte, ohne sich umzudrehen, allen Beteiligten noch einmal ihre verzweifelte Lage dar: »Mord, Verstecken der Leiche, Beleidigung eines Beamten in Ausübung seiner Dienstpflicht, Behinderung einer polizeilichen Ermittlung, Verletzung eines Staatsvertreters und schließlich die Bedrohung eines Abgesandten der Justiz!«

Asadollah Mirsa hob beschwichtigend die Hände. »Moment, Moment, Sie müssen verzeihen, Herr Kommissar, mein Bruder ist ein wenig wütend...«

Kommissar Teymur ging auf ihn los. »Prima, dann können Sie, der Sie nicht wütend sind, mir ja das Geheimnis von San Francisco verraten! Los, schnell, zack, zack, wird's bald! Mein sechster Sinn sagt mir, dass der Schlüssel zu diesem verwickelten kriminalistischen Rätsel ebendort liegt! Antworten Sie!«

»Da haben Sie zufälligerweise vollkommen Recht. Darf ich es Ihnen ins Ohr flüstern?«

»Ruhe! Flüstern ist verboten!«

Asadollah Mirsa konnte sich ein Lachen nur mit Mühe verkneifen. Er kratzte sich am Hinterkopf und sagte: »Nun, also, wie soll ich es ausdrücken... San Francisco ist eine Stadt, eine große Stadt, die...«

»Ruhe, bitte erteilen Sie mir keinen Erdkundeunterricht. San Francisco ist eine große Stadt in Europa. Das weiß ich selbst... und was weiter? Antworten Sie!«

»Moment, ob San Francisco nun in Europa oder in Amerika liegt, entscheidend ist, dass es eine Hafenstadt ist. Und weil Dustali Khan nicht in diesem Hafen anlegen konnte, weil sein Schiff ein Wrack ist oder die Docks verfallen...«

Aziz al-Saltanehs Kreischen unterbrach ihn. »Halt's Maul, du verdorbener Rotzlöffel! Ich hau dir auf dein vorlautes Mundwerk, dass dir die Zähne rausfallen!«

Und dann tat sie so, als würde sie in Tränen ausbrechen.

Kommissar Teymur trat neben sie und sagte: »Ich verstehe Ihren Schmerz und Ihr Leiden, meine Dame, aber Sie müssen geduldig sein. Der Mörder kann mir nicht entkommen!«

»Oh, mein Herr, ich kann Ihnen gar nicht genug danken, aber ich... ich habe so ein Gefühl. Ich bin sicher, der Mörder meines armen Mannes ist dieser Kerl. Es ist eine alte Geschichte; seit er sich in mich verguckt hat, konnte er die Gegenwart meines Mannes nicht mehr ertragen.«

Asadollah Mirsa sprang von seinem Stuhl auf. »Moment, also wirklich, Moment mal, von wem redest du? Ich mich in dich verguckt?«

»Ganz offensichtlich, ständig hast du mich mit deinen lüsternen Schlafzimmeraugen angestarrt, leugne nicht!«

»Bei Allah, möge das Küchenmesser, mit dem du Dustali Khans nobles Glied abschneiden wolltest, mir beide Augen ausstechen!«

»Ich spucke in dein schamloses Gesicht. Als mein erster Mann noch gelebt hat, hast du auch ständig mit mir geschäkert; hast du mich damals, als er beim Gebet war, etwa nicht im Flur geküsst?«

»Bei Allah, mögen meine Lippen an einem glühend heißen Samowar kleben bleiben!«

Aziz al-Saltaneh wollte sich auf Asadollah Mirsa stürzen, doch Kommissar Teymur und Lieber Onkel Napoleon gingen dazwischen. Sofort brach wieder ein allgemeiner Tumult aus, doch Aziz al-Saltanehs Stimme übertönte alle anderen: »Herr Kommissar, dies ist der Mann, der meinen Gatten getötet hat. Ich bin absolut sicher. Ich habe Beweise, dass dieser Rotzlümmel ein gefährlicher Mörder ist, auch wenn er nicht so aussieht. Er ist ein gnadenloser Mörder, und ich habe Informationen darüber, wo er die Leiche meines Mannes versteckt hat...«

Kommissar Teymurs Schrei ließ alle verstummen: »Ruhe!«

Dann brachte er sein Gesicht ganz nah an das von Aziz al-Saltaneh und sagte leise: »Dies ist ein entscheidender Moment, meine Dame! Sie haben gesagt, dass Sie wissen, wo der Mörder die Leiche versteckt hat?«

»Ja, das weiß ich.«

»Und warum haben Sie das nicht früher gesagt?«

»Damit Sie den Mörder fassen konnten. Damit dieser Verbrecher Ihnen nicht entkommen würde!«

»Ruhe! Wo ist die Leiche? Antworten Sie! Los schnell, wird's bald!«

»Sie haben ihn im Garten begraben.«

»Das ist schändlich!«, rief Onkel Napoleon. »Was für einen Unsinn redest du da?«

»Sie halten den Mund! Auf in den Garten!«

Kommissar Teymur klopfte Asadollah Mirsas Taschen ab, um sich zu vergewissern, dass er keine Waffe bei sich trug. »Sie sind verhaftet! Sie dürfen ohne meine Erlaubnis nirgendwohin gehen! Ruhe!«

Alle folgten Aziz al-Saltaneh zu dem großen, prachtvollen Rosenbusch im Garten, der mehr als alles andere und vielleicht sogar mehr als jedes Mitglied der Familie Lieber Onkel Napoleons ganzer Stolz und Freude war.

Wenn ich mich anstrengte, konnte ich jenseits der Zweige die Umrisse meines Vaters erkennen; mit boshaftem Lächeln verfolgte er die von ihm vorhergesehenen Ereignisse. Ich stand ein wenig abseits und hatte Leilis Hand gefasst, so dass mir alles andere egal war.

Aziz al-Saltaneh stampfte mit dem Fuß auf und sagte: »Sie haben Dustali Khan unter diesem Rosenbusch begraben.«

Mit ruhiger Stimme befahl Kommissar Teymur Masch Qasem: »Einen Spaten und eine Hacke.«

Entsetzt und wie vom Donner gerührt, blickte Masch Qasem zu Lieber Onkel. Der packte wutschäumend den Kragen des Kommissars und brüllte: »Was haben Sie vor? Wollen Sie an der Wurzel meines Rosenbusches graben?«

Kommissar Teymur befreite sich ruhig aus Lieber Onkels Griff und rief: »Ruhe! Genau, wie ich gesagt habe, schneller kann man ein Geständnis nicht bekommen ... einen Spaten und eine Hacke! Los, schnell, zack, zack, wird's bald! Der Boden ist offensichtlich erst vor kurzem umgegraben worden!«

Zitternd vor Wut, kreischte Lieber Onkel: »Wenn Sie die Wurzeln dieses Rosenbusches verletzen, schlage ich Ihnen mit der Spitzhacke den Schädel ein!«

»Also, also! Wunder über Wunder! Mord, Verstecken der Leiche, Behinderung der Ermittlung, Beleidigung und Verletzung eines Staatsbeamten in Ausübung seiner Dienstpflicht und nun die angedrohte Ermordung eines Justizvertreters. Ruhe! Sie stehen ab sofort ebenfalls unter Arrest! Ruhe!«

Kommissar Teymur hatte allen Anwesenden einen großen Schrecken eingejagt. Schamsali nahm zornesbleich Lieber Onkels Arm und führte ihn zu der steinernen Bank. In der Stille baute Kommissar Teymur sich vor Masch Qasem auf und brüllte: »Ruhe! Was ist mit der Spitzhacke passiert?«

»Tja nun, warum sollte ich lügen? Mit einem Bein ... ja, ja ... Mein Herr muss mir den Befehl erteilen, die Spitzhacke zu holen ...«

Die Stimme des Kommissars überschlug sich. »Was?

Mein Befehl reicht nicht? Mord, Verstecken der Leiche, Befehlsverweigerung gegenüber einem Vertreter...«

Er wurde von einem Klopfen am Gartentor unterbrochen. Der Kommissar legte einen Finger auf die Lippen. »Ruhe! Atmen verboten! Öffnen Sie ganz vorsichtig die Tür. Und wenn Sie das kleinste Zeichen machen, dann gnade Ihnen Allah!«

Er schlich auf Zehenspitzen hinter Masch Qasem zum Haupttor des Gartens und verbarg sich auf einer Seite. Als Masch Qasem das Tor öffnete, wollte sich der Kommissar auf den Neuankömmling stürzen, blieb jedoch, als er ihn erkannte, wie angewurzelt stehen. »Idiot, Schwachkopf, Kretin, wo sind Sie so lange gewesen?«

Der neue Gast trug abgetragene Zivilkleidung, schlug jedoch seine Hacken zusammen und riss zur Begrüßung die Hand an die Hutkrempe. »Zu Ihren Diensten, Sahib!«

Kommissar Teymur flüsterte dem Neuankömmling kurz etwas ins Ohr und ging dann mit ihm zu der versammelten Gruppe. Obwohl alle schwiegen und an seinen Lippen hingen, brüllte er: »Ruhe! Die Anweisungen meines Assistenten, Polizeikadett Ghiasabadi, genießen die gleiche Autorität wie meine eigenen!«

Masch Qasem ging aufgeregt auf den Neuankömmling zu. »Sind Sie aus Ghiasabad? Aus welchem? Dem bei Qom?«

»Ja. Und?«

»Nun, es freut mich, Sie zu sehen. Ich freue mich über jeden aus der Gegend von Qom. Ich stamme nämlich auch aus Ghiasabad in der Nähe von Qom. Wie geht es Ihnen? Gut, hoffe ich. Sie sind doch nicht krank, oder? Alles in Ordnung? Von wo in Ghiasabad?«

Mit vor Wut zitternder Stimme unterbrach Kommissar Teymur ihn. »Ruhe! Anstatt hier rumzuschwatzen, holen Sie lieber eine Spitzhacke für Ihren Landsmann!«

»Tja nun, warum sollte ich lügen? Mit einem Bein... ja, ja... Unsere Spitzhacke ist kaputt, wir haben sie zur Reparatur gegeben.«

»So, so, Ihre Spitzhacke ist also kaputt?«, höhnte Kommissar Teymur. »Wahrscheinlich eine Sicherung durchgebrannt, was? Antworten Sie, los, schnell, zack, zack, wird's bald! Oder ist vielleicht das Pendel abgebrochen?«

»Tja nun, warum sollte ich lügen... Ich bin ungebildet und kenne mich mit diesen Sachen nicht so aus. Also sie ist in der Mitte... an der Seite, meine ich... Also wenn Sie sich die Spitzhacke vorstellen, der Teil, wo das Eisen auf das Holz trifft...«

»Ruhe! Ich hoffe, das Holz spaltet Ihnen den Schädel! Wollen Sie sich über mich lustig machen?«

Lieber Onkel wollte dazwischen gehen, doch bevor er etwas sagen konnte, brüllte Kommissar Teymur: »Sie sind still! Polizeikadett Ghiasabadi, die Spitzhacke ist bestimmt im Schuppen, laufen Sie, und holen Sie sie!«

»Herr Kommissar«, protestierte Schamsali Mirsa, »das ist eine Verletzung der Privatsphäre und Hausfriedensbruch! Wissen Sie überhaupt, was Sie tun?«

»Ruhe! Warum hat Ihr Bruder nicht daran gedacht, als er die Privatsphäre des armen Mordopfers verletzt hat?«

»Moment, Moment!«, rief Asadollah Mirsa. »Wollen Sie mir wirklich die Ermordung dieses Esels anhängen? Allah verfluche ihn und die Privatsphäre seiner Seele!«

»Ruhe!«, ließ der Kommissar erneut seine Stimme ertönen.

Polizeikadett Ghiasabadi hatte alle Einwände ignoriert und sich auf die Suche nach der Spitzhacke gemacht. Jetzt kehrte er zurück, schlug die Hacken zusammen und sagte: »Die Tür zum Schuppen ist abgeschlossen!«

Der Kommissar streckte die Hand in Masch Qasems Richtung aus und sagte: »Den Schlüssel.«

»Tja nun, warum sollte ich lügen? Mit einem Bein... ja, ja... Also, der Schlüssel zum Schuppen...«

»Wahrscheinlich ist der Schlüssel auch wegen einer durchgebrannten Sicherung in Reparatur.«

»Nein, warum sollte ich lügen? Bei allem gebotenen Respekt, ich wollte sagen, dass der Schlüssel in den Teich gefallen ist. Wir haben versucht, ihn wieder herauszufischen, aber wir konnten ihn nicht...«

Mit vor Wut verzerrtem Gesicht starrte Kommissar Teymur in Masch Qasems Augen, doch dieser fuhr ungerührt fort: »Es ist ein sehr kleiner Schlüssel, und wir haben es einfach nicht geschafft, ihn auf den Haken zu nehmen. Wenn Sie wollen, hole ich ein Handtuch, und dann kann Agha Ghiasabadi in den Teich steigen und ihn herausfischen. Ich glaube allerdings, dass das Wasser ziemlich kalt ist, er könnte sich also erkälten.«

»Ruhe! Mord, Verstecken der Leiche, Beleidigung und Verletzung eines Beamten in Ausübung...«

Kommissar Teymur machte unvermittelt eine Pause, bevor er, auf den Buchsbaum zuschreitend, fortfuhr: »...seiner Dienstpflicht, Verhöhnung und Verspottung eines Vertreters des Gesetzes... Aha! Was machen Sie da?«, überraschte er meinen Vater, der hinter dem Baum gestanden und gelauscht hatte. »Ruhe! Antworten Sie, los, schnell, zack, zack, wird's bald!«

Lieber Onkel machte zwei Schritte nach vorn und starrte mit vor Entsetzen aufgerissenen Augen auf die beiden. Ich ließ unwillkürlich Leilis Hand los und ging zu meinem Vater.

Der Kommissar marschierte um den Buchsbaum und baute sich vor meinem Vater auf. »Was machen Sie hier? Warum sind Sie nicht auf die andere Seite gekommen? Antworten Sie! Los, schnell, zack, zack, wird's bald!«

»Weil ich mich auf dieser Seite des Buchsbaums auf meinem Grund und Boden befinde, während auf der anderen

Seite Menschen leben, die einen armen, unschuldigen Mann wegen einem Streit in Grundstücksangelegenheiten brutal ermorden und seinen Körper dann in Stücke hacken und vergraben!«

Lieber Onkel brachte vor Wut keinen Ton heraus, doch ich konnte ihn keuchen hören.

Aziz al-Saltaneh stieß unvermittelt einen künstlich klingenden Schrei aus. »Oh, du armer, kleiner, zerhackter, unschuldiger Körper, den man in dieser kalten Erde begraben hat!«

Asadollah parodierte ihr falsches Schluchzen. »Oh, dein armer, fetter Schmerbauch, dem sein besonderes Beschneidungsmahl vorenthalten wurde.«

»Ruhe!«, brachte Kommissar Teymur alle zum Schweigen. »Was für Spielchen glauben Sie mit mir zu spielen?«

Mein Vater nutzte die momentane Stille. »Wie bereits gesagt, Herr Kommissar, ich verfüge über detaillierte Informationen über die Ereignisse. Wenn ich Sie kurz unter vier Augen sprechen könnte…«

»Ruhe! Vertrauliche Gespräche sind verboten!«

»Aber, mein Herr, Sie, dessen Methode des Überraschungsangriffs in der ganzen Stadt bekannt ist, müssen doch verstehen, dass es die Enthüllung der Wahrheit behindern würde, wenn ich die Angelegenheit in Anwesenheit der Mörder und ihrer Komplizen erörterte.«

Vaters Schmeicheleien verfehlten ihre Wirkung nicht. Der Kommissar warf einen Blick auf die Gruppe, die neben dem Rosenbusch gespannt seiner Entscheidung harrte, und befahl: »Bis zu meiner Rückkehr verlässt niemand das Gelände. Ruhe! Polizeikadett Ghiasabadi, behalten Sie die Leute im Auge, bis ich zurück bin.«

Lieber Onkel, der nur mit Mühe seine Fassung wahrte, sagte: »Ich hoffe, Sie werden zumindest meiner Tochter erlauben, ihr Mittagsmahl einzunehmen.«

»Sie kann gehen! Aber sie darf das Haus nicht verlassen. Vielleicht müssen wir sie später noch befragen.«

Lieber Onkel machte Leili ein Zeichen, und sie lief zurück ins Haus.

Asadollah lief auf meinen Vater zu und rief: »Bruder, selbst im Scherz, jetzt reicht's! Dieser Trottel Dustali macht irgendwo eine Sause, und als eine Art makabren Witz will man mich als seinen Mörder hinstellen. Seine Frau ist verrückt, seine Stieftochter mehr als das. So sag doch was! Was schert es mich, wenn du – oder ein anderer – mitten in einer seiner Geschichten ein Geräusch machst? Was schert es mich, wenn diese Frau ihren Mann kastrieren will? Du weißt ganz genau, dass das nicht meine Schuld ist!«

Ohne ihn anzublicken, schüttelte mein Vater den Kopf und sagte: »Ich weiß gar nichts. Ich weiß nicht, wo Dustali ist oder wann sie ihn getötet haben. Ich biete dem Kommissar nur meine Informationen an. Er ist der Experte und wird zu den Schlüssen kommen, die er für richtig hält. Der Gerechtigkeit muss Genüge getan werden. Ist es nicht so, Kommissar Teymur?« Und mit diesen Worten verzog er sich mit dem Kommissar.

Um die ganze Sache noch anzuheizen, hockte sich Aziz al-Saltaneh neben den Rosenbusch, wo angeblich ihr Mann begraben war, legte einen Finger auf die Erde und begann das erste Kapitel des Koran zu zitieren. »Meine Dame, Sie kommen mit uns«, forderte der Kommissar sie auf.

Ich folgte ihnen, doch an der Tür des Empfangszimmers wies mich der Kommissar zurück. Als ich zu den anderen zurückgehen wollte, sah ich, dass sich Lieber Onkel und Asadollah Mirsa leise redend unter den Rosenbusch zurückgezogen hatten; Masch Qasem stand in einer Ecke und schwatzte mit dem Assistenten des Kommissars, während Schamsali Mirsa wütend vor der Tür zu den inneren Gemächern auf und ab lief.

Lieber Onkel und Asadollah Mirsa taten vertraulich, so dass ich mich neugierig anschlich und hinter dem Rosenbusch versteckte.

»Hast du eine Ahnung, was du da sagst? Wie soll ich...«

»Du hörst mir nicht zu, Asadollah! Ich bin mir fast sicher, wo sich Dustali versteckt. Dieser bösartige Soundso hat Aziz al-Saltaneh dazu angestachelt, darauf zu bestehen, dass sie den Boden um meinen Rosenbusch umgraben. Er weiß, wie sehr ich diesen Strauch liebe. Wenn sie die Wurzeln in dieser Jahreszeit verletzen, wird er garantiert verwelken. Wie man sieht, hat schon jemand den Boden mit einer Schaufel leicht umgegraben...«

»Moment, Moment, weil irgendjemand die Wurzel deines Rosenstrauches verletzen könnte, soll ich gestehen, dass ich Dustali Khan getötet habe?

»Ich brauche nur zwei oder drei Stunden, um Dustali wohlbehalten wiederzufinden. Es reicht, wenn du gestehst und diesen Idioten von einem Kommissar unter dem Vorwand, du wolltest ihm zeigen, wo die Leiche ist, von hier weglockst, derweil ich Dustali suche. Die Lage hat sich derart zugespitzt, dass ich Dustali als Erster aufstöbern und mit ihm reden muss!«

»Und wenn er nicht gefunden wird, oder wenn der Kommissar mich wegen Irreführung der Justiz verhaftet? Ist dir schon mal der Gedanke gekommen, wie das in meinem Amt aufgenommen werden würde?«

»Du wirst doch sowieso schon beschuldigt, Asadollah! Möglicherweise verhaftet man dich ohnehin.«

»Moment, Moment, die können mich doch nicht nur auf das Wort dieser Verrückten hin festnehmen. Das sollten sie lieber nicht versuchen!«

»Aber wenn sie es tun, kannst du nichts dagegen machen! Du bleibst bis zur Gerichtsverhandlung in Haft... Ich verspreche dir, dass ich Dustali noch vor heute Abend finden werde, und um den Rest mach dir keine Sorgen. Ich habe viele Freunde bei der Polizei. Sie werden dich auf keinen Fall über Nacht dabehalten.«

»Es ist mir unbegreiflich, wie du mir mit deiner Intelligenz und in deinem Alter mit einem derartigen Vorschlag kommen kannst! Ich wünschte, ich hätte mir ein Bein gebrochen und wäre nie hergekommen.«

»Asadollah, ich flehe dich an. Es ist ganz einfach; wenn der Kommissar zurückkommt, tust du so, als ob dein Gewissen gesiegt hätte, und gestehst geradeheraus, dass du Dustali getötet und unter dem Boden deines Hauses vergraben hast. Ich werde Dustali finden, denn ich bin mir so gut wie sicher, wo er ist. Dann schicke ich Masch Qasem, um dir die Nachricht zu übermitteln, dass Dustali gefunden worden ist, und ich verspreche dir, du bekommst deswegen hinterher keinen Ärger!«

»Es tut mir wirklich Leid, aber da muss ich leider passen. Selbst wenn Kommissar Teymur mich verhaften sollte... Ein unschuldiger Mann mag ja zu Fuß zum Galgen gehen, aber er wird nicht auch noch hinaufsteigen und sich selbst die Schlinge um den Hals legen. Bloß um der Wurzeln deines Rosenbusches willen kann ich nicht zum Mörder werden!«

Damit stand er auf und wollte gehen, doch Lieber Onkel sagte wütend: »Setz dich, Asadollah! Ich bin noch nicht fertig. Dustali hat mir eine Nachricht hinterlassen.«

»Eine Nachricht? Warum hast du dann nichts gesagt, sondern mich stattdessen leiden lassen...«

»Hör zu, in der Nacht, als er hier geschlafen hat, bin ich früh am nächsten Morgen zu ihm gegangen, habe jedoch nur noch einen Brief mit meinem Namen vorgefunden. Dustali hat geschrieben, dass er sich für eine Weile verstecken wollte und dass wir, seine Verwandten, die Wogen in der Angelegenheit mit seiner Frau und Schir Ali, dem Fleischer, glätten sollten...«

»Moment, Moment, dieser Oberesel macht eine Sause, während seine hilflosen Verwandten die Konsequenzen seines schmutzigen Handelns ausbaden müssen?«

»Geduld, Asadollah! Seine Verwandten sind schließlich so hilflos nun auch wieder nicht. Wenn er in Schwierigkeiten gerät, betrifft uns das alle.«

»Was kümmert es mich! Ich bin nicht der Hüter der Familie...«

»Ich denke, es wäre besser, du würdest den Brief selbst lesen...«

Lieber Onkel griff unter seinen Umhang und zog ein zusammengefaltetes Papier hervor, das offenbar aus dem Heft eines Schulkindes gerissen worden war.

»Wunderbar, Dustali hat eine wirklich makellose Handschrift.«

Lieber Onkel zog seine Hand zurück und hielt sich das Blatt so vor Augen, dass Asadollah Mirsa es nicht lesen konnte, und sagte langsam: »Spitz die Ohren, und hör gut zu. Er hat geschrieben: ›Wenn der Aufruhr sich in den nächsten beiden Tagen nicht legt, werde ich die Namen der Leute veröffentlichen, die ein Verhältnis mit Tahereh hatten...‹«

Asadollah Mirsa zuckte zusammen. »Tahereh, die Frau des Fleischers?«

Lieber Onkel warf ihm einen viel sagenden Blick zu und sagte: »Ja, die Frau von Schir Ali, dem Fleischer. Hör zu, Dustali hat eine Liste von Personen zusammengestellt, von denen er aus dem Mund der Frau selbst gehört hat...«

Asadollah schlug sich die Hand vor den Mund und schüttelte sich vor Lachen. »Moment, das ist wirklich köstlich!«

»In der Tat köstlich! Vor allem, weil auch dein Name auf der Liste steht.«

»Was? Wie das? Das verstehe ich nicht. Mein Name? Ich schwöre bei unserer Freundschaft, bei meinem Leben, bei unserer...«

»Und vermutlich auch beim Leben deines Vaters, du schamlose Ratte! Der Achatring deines verstorbenen Vaters, aus dem du dir einen Siegelring hast fertigen lassen und den du dann angeblich verloren hast – Dustali hat ihn im Besitz dieser Frau gesehen. Lies selbst, wenn du nicht blind bist.«

Asadollah wusste nicht, wie ihm geschah. »Ich... ich meine... Allah ist mein Zeuge... ich meine, denk doch nur selbst...«

Und dann verstummte er mit offenem Mund. Angesichts der erschreckenden Vision von Schir Ali, dem Fleischer, sank sein Mut. Lieber Onkel starrte ihn weiter an. Mit bleicher Miene und zitternder Stimme sagte Asadollah Mirsa: »Du weißt doch selbst, dass derartige Beziehungen nicht meine Sache sind.«

»Wenn es auf dieser Liste einen Mann gibt, dessen Sache derartige Beziehungen sind, dann bist du das, du unverschämter Lüstling.«

Asadollah Mirsa schwieg eine Weile und fragte dann aufgeregt: »Wer steht denn noch auf der Liste?«

Lieber Onkel riss ihm das Papier aus der Hand und erwiderte: »Das geht dich nichts an.«

»Moment, wie kommt es, dass mich das nichts angeht?« Irgendwie schien Asadollah Mirsa seine Gelassenheit wieder gefunden zu haben und erklärte mit entschiedener Stimme: »Ich muss diesen Brief lesen. Wenn nicht, werde ich unter keinen Umständen mit dir kooperieren.«

Nach kurzem Zögern gab Lieber Onkel Asadollah den Brief. Asadollah Mirsa begann sorgfältig zu lesen. Manchmal legte er erstaunt die Finger an die Lippen, manchmal schlug er sich aufs Knie, und manchmal lachte er. »Was? Wunderbar! Der Oberst... Allah segne dich, Oberst, wer hätte das gedacht... unglaublich! Also, wirklich unglaublich! Madhossein Khan auch...«

Plötzlich schlug sich Asadollah Mirsa eine Hand vor den Mund, um ein Lachen zu unterdrücken, das noch fünf Straßen weiter zu hören gewesen wäre. Tränen kullerten über seine Wangen, als er mit glucksender Stimme sagte: »Das... das... das ist unmöglich. Mein Bruder Schamsali... Moment, Moment.«

Lieber Onkel legte ihm eine Hand auf den Mund und riss ihm mit der anderen den Zettel aus der Hand. »Leise! Wenn Schamsali davon erfährt, macht er einen riesigen Aufstand. Verstehst du jetzt, warum ich den Brief nicht dem Kommissar gezeigt habe? Verstehst du jetzt, dass es um mehr geht als um meinen Rosenstrauch? Stell dir nur vor, dies würde in die Hände des gemeinen Kerls fallen. Meinst du, er würde dich oder die anderen, aber vor allem meinen Bruder verschonen?«

Asadollah, der sein Lachen nur mühsam unterdrücken konnte, fragte: »Wo ist übrigens der Oberst?«

»Ich habe ihn von der Sache unterrichtet, und er ist zu verlegen, sich heute hier blicken zu lassen.«

Asadollah Mirsa schrieb alle Vorsicht in den Wind und sagte: »Nun, wie auch immer, wir sitzen alle im selben Boot!«

Lieber Onkel packte seinen Arm und sagte: »Asadollah, denk nach! Es ist durchaus möglich, dass Schir Ali, der Fleischer, das mit den anderen nicht glauben wird. Aber du bist ein Casanova, lüstern, geil und verdammt gut aussehend. Dir wird er als Erstem mit seinem Beil auflauern, also überleg's dir!«

Asadollah Mirsa wurde plötzlich sehr nachdenklich und meinte nach einer Weile: »Was immer du sagst... ich willige ein! Von diesem Augenblick an bin ich ein Mörder. Ich habe Dustalis Kehle von Ohr zu Ohr aufgeschlitzt. Und er war sofort tot! Ich wünschte, ehrlich gesagt, der Idiot wäre hier, damit ich ihm an Ort und Stelle den Kopf abschlagen könnte. Es ist wirklich eine Schande, dass die schöne Tahereh sich mit diesem alten Aasgeier abgegeben hat... mit einer ganzen Schar Aasgeier...«

»Ich verspreche dir, es wird überhaupt keine Schwierigkeiten geben. Doch der gemeine Kerl darf diese Geschichte nicht auch noch gegen uns benutzen. Wenn alles vorbei ist und meine Schwester den hinterlistigen Hund nicht verlässt, werde ich ihren Namen nicht mehr in den Mund nehmen, solange ich lebe. Wie schon Napoleon sagte, manchmal ist Rückzug die beste Strategie. Aber was geht da vor sich? Der Kerl redet jetzt schon ziemlich lange mit dem Kommissar. Ich fürchte, er kocht einen neuen Plan aus. Wie dem auch sei, Asadollah, meine ganze Strategie und all meine Hoffnungen auf ein glückliches Ende in diesem Konflikt ruhen auf dir!«

»Sei versichert, dass ich meine Rolle gut spielen werde. Wenn ich nicht so ängstlich wäre, würde ich außer Dustali auch noch Aziz al-Saltaneh, die alte Hexe, mit bloßen Händen erwürgen. Aber was soll ich sagen, wenn der Kommissar fragt, warum ich ihn getötet habe?«

»Das ist egal; zunächst einmal bin ich mir ziemlich sicher, dass der gemeine Kerl dem Kommissar von dem Grundstück in Ali Abad erzählt hat, das Dustali Khan zu drei Vierteln gekauft hat und dessentwegen es vor einigen Jahren dieses Theater gab. Deshalb bist du in Verdacht geraten, und dann kannst du ja einfach wiederholen, was Aziz al-Saltaneh gesagt hat.«

»Moment, du meinst, ich soll zugeben, dass ich an dieser nörgelnden Hexe interessiert bin?«

Lieber Onkel konnte nicht mehr antworten, weil es am Tor klopfte und Seyed Abolqasem den Garten betrat. Mit besorgter und verwirrter Miene kam er keuchend auf Lieber Onkel zu und stammelte: »Djenab, Sie müssen mir helfen. Nachdem ich die Angelegenheit der Medikamente in der Apotheke Ihres Schwagers angesprochen habe, hat sein Geschäftsführer den Laden geschlossen. Doch dann ist er heute Morgen zu mir gekommen und hat gedroht, wenn ich die Sache nicht bis heute Abend richtig gestellt hätte, würde er morgen jedem in der Nachbarschaft erzählen, dass mein Sohn eine ungesetzliche Beziehung mit der Frau von Schir Ali, dem Fleischer, hatte...«

Asadollah Mirsa sprang auf. »Moment, Moment, der Sohn vom Geistlichen... ja, fürwahr... Allah segne... ich meine Allah segne Tahereh, was für eine Frau!«

»Aber Allah behüte, es ist vollkommen unwahr, komplett erlogen, Verleumdung, üble Nachrede, das Verbreiten falscher Gerüchte, reine Bosheit...«

Asadollah trat ganz nah vor den Prediger und brüllte in der Art von Kommissar Teymur: »Die Wahrheit wird Sie befreien! Gestehen Sie! Machen Sie reinen Tisch! Die ungeschminkte Wahrheit, los, schnell, zack, zack, wird's bald!«

Der völlig verschreckte Seyed Abolqasem wich zurück und stammelte: »Es ist eine Lüge, die Unwahrheit... nun, wenn man jung und unwissend ist, kann vielleicht...«

Wieder bediente sich Asadollah der Methode des Überraschungsangriffs und drängte weiter: »Wenn man jung und unwissend ist, passiert was? Los, schnell, zack, zack, wird's bald! Ist es zu San Francisco gekommen? Los, schnell, zack, zack.«

»Asadollah, darf ich bitte hören, was dieser Herr zu sagen hat?«

Doch Asadollah Mirsa schnitt Lieber Onkel das Wort ab: »Moment, los, schnell, antworten Sie, zack, zack!«

Der reichlich bestürzte Seyed Abolqasem sagte: »Ich habe meinen verdorbenen Sohn gründlich befragt, und er hat gesagt, dass ihn gelegentlich das Gefühl überkommt, Schir Alis Frau, sollte sich Schir Ali eines Tages von ihr scheiden lassen, gern heiraten zu wollen, doch eine ungesetzliche Beziehung, Allah behüte!«

Asadollah Mirsa hob triumphierend den Kopf und meinte lachend: »Diese Überraschungsangriffsmethode des Kommissars ist gar nicht so schlecht. Meinen Glückwunsch, mein Herr, ermutigen Sie ihn nach Kräften. Es ist wirklich eine Schande, dass eine Frau mit ihrem Ruf, eine tüchtige Hausfrau und so hübsch, mit diesem Fleischer, diesem Ungeheuer in Menschengestalt, verheiratet ist.«

»Asadollah, willst du wohl den Mund halten?«, brüllte Lieber Onkel. »Bitte, mein Herr, gehen Sie jetzt nach Hause; heute Abend besuche ich Sie, und wir können über alles reden. Seien Sie versichert, dass wir einen Ausweg finden werden, doch bitte gehen Sie jetzt unverzüglich. Wir haben hier selbst ein Problem, das wir zunächst lösen müssen. Bitte, hier entlang...«

Lieber Onkel hatte solche Angst, dass der Kommissar wieder auftauchen könnte, solange Seyed Abolqasem noch hier war, dass er den Prediger beinahe hinauswarf. Er konnte jedoch keine Meinung mehr über die neue Unbill äußern, denn als er zu Asadollah Mirsa zurückkehrte, brüllte der Kommissar schon vernehmlich: »Wo ist dieser Schwachkopf? Polizeikadett Ghiasabadi! Idiot! Anstatt den Beschuldigten zu bewachen, tauschen Sie Tratschgeschichten aus, was?«

Der Assistent rannte, so schnell seine dürren Beine ihn trugen, zu dem Kommissar, schlug die Hacken zusammen und meldete, als würde es sich dabei um eine echte Neuigkeit handeln: »Alle Verdächtigen sind anwesend!«

Der Kommissar und Aziz al-Saltaneh kamen zu Lieber Onkel und Asadollah Mirsa, Letztere in Krokodilstränen aufgelöst. Plötzlich hielt der Kommissar Asadollah Mirsa seinen ausgestreckten Zeigefinger unter die Nase und brüllte: »Agha Asadollah Mirsa, die Beweislast gegen Sie ist dermaßen erdrückend, dass ich an Ihrer Stelle sofort gestehen würde. Los, schnell, zack, zack, wird's bald!«

Asadollah Mirsa senkte den Kopf und sagte mit gedämpfter Stimme: »Ja, Herr Kommissar, vielleicht haben Sie Recht. Ich gestehe, dass ich Dustali getötet habe.«

7

Asadollah Mirsas unvermitteltes Geständnis machte Kommissar Teymur eine Weile sprachlos. Schließlich begann er mit geschlossenem Mund zu lachen. »Ruhe! Ein weiterer Erfolg der international anerkannten Methode des Überraschungsangriffs! Ein weiterer Mörder in den Fängen des Gesetzes! Polizeikadett Ghiasabadi, die Handschellen!«

Alle standen wie angewurzelt da. Ich gesellte mich leise zu der Gruppe. Wie aus der Tiefe eines Brunnens kommend, brach Schamsali Mirsas Stimme das Schweigen: »Asadollah, Asadollah, was höre ich da?«

Lieber Onkel hatte keine Gelegenheit gehabt, Schamsali Mirsa von seiner Absprache mit Asadollah Mirsa in Kenntnis zu setzen, und das bereitete ihm möglicherweise Unbehagen. »Keine Sorge, Euer Exzellenz, das Ganze ist bestimmt ein Missverständnis.«

Plötzlich stürzten alle los. Nur mit Mühe konnten sie Aziz al-Saltaneh davon abbringen, sich auf Asadollah Mirsa zu stürzen. »Dann hast du meinen Dustali also tatsächlich getötet? Du Schwein! Du Mörder!«

Schamsali Mirsa ließ sich einer Ohnmacht nahe auf eine Bank sinken, während Lieber Onkel Asadollah Mirsa, um glaubwürdig zu wirken, aufs Schärfste anfuhr. Schließlich übertönte Kommissar Teymurs Stimme alle anderen: »Ruhe, hab ich gesagt!«

Doch Aziz al-Saltaneh ließ keineswegs von ihrem Bemühen ab, den mit gesenktem Kopf dastehenden Asadollah Mirsa zu attackieren. »Ich kratz dir die Augen aus! Ich will nicht die Tochter meines Vaters sein, wenn ich dich nicht mit eigenen Händen töte! Was hat der arme, unschuldige Junge dir denn getan?«

Auf ein Zeichen des Kommissars hin packte Polizeikadett Ghiasabadi Aziz al-Saltaneh mit beiden Händen von hinten, doch es dauerte eine Weile, bis sie sich beruhigt hatte. Kommissar Teymur wischte sich den Schweiß von der Stirn und verkündete: »Meine Dame! Man darf das Gesetz nicht in die eigenen Hände nehmen! Der Engel der Gerechtigkeit wacht über uns allen. Dieser Mörder wird die gerechte Strafe für sein gemeines Verbrechen erhalten. Ich verspreche Ihnen, dass ich ihn binnen eines Monats an den Galgen geliefert habe. Polizeikadett«, fuhr er an seinen Assistenten gewandt fort, »was ist jetzt mit den Handschellen?«

»Ich bin ins Büro gekommen, und dort hat man mir gesagt, dass Sie Befehl gegeben hätten, sofort zu dieser Adresse zu kommen. Ich wollte sie unterwegs abholen, hatte jedoch keine Gelegenheit dazu. Das Schloss war kaputt, und wir hatten sie zur Reparatur gegeben, wenn Sie sich erinnern.«

»Idiot! Volltrottel!«

»Soll ich eine Wäscheleine holen und seine Hände fesseln?«, schaltete Masch Qasem sich ein.

»Herr Kommissar«, ging Lieber Onkel dazwischen, »ich kann es immer noch nicht glauben. Aber ich bitte Sie, vergessen Sie Handschellen und Fesseln. Ich garantiere Ihnen, dass Asadollah nicht fliehen wird. Überlegen Sie doch, würde ein derart gewissensgeplagter Mann, der so freimütig gestanden hat, zu fliehen versuchen? Schauen Sie ihm doch nur ins Gesicht!«

Asadollah Mirsa hatte eine derart beschämte und reumütige Miene aufgesetzt, dass ich in Unkenntnis der Wahrheit bestimmt geglaubt hätte, dass er der Mörder von Dustali war.

Der Kommissar gab sich damit scheinbar zufrieden, er

hatte ohnehin keine andere Wahl, und Asadollah Mirsa gab ihm sein Ehrenwort, sein Schicksal mannhaft zu tragen und keine Fluchtversuche zu unternehmen.

Masch Qasem schlug vor, Wasser zu holen, um damit Schamsali Mirsas Gesicht zu benetzen, doch der Kommissar hielt ihn zurück. »Ruhe! Dieser Herr ist sehr leicht erregbar. Es ist besser, wenn er in diesem Zustand verharrt, bis wir unsere Untersuchung beendet haben.«

Dann baute er sich vor Asadollah Mirsa auf, putzte seinen Kneifer mit einem zusammengefalteten Taschentuch und erklärte triumphierend: »Bei der Methode des Überraschungsangriffs bleibt einem Verbrecher gar nichts anderes übrig, als zu gestehen, aber Ihre rasche Einsicht zeigt deutlich, dass Sie kein dummer Mensch sind. Ich möchte, dass Sie meine weiteren Fragen gewissenhaft beantworten, und Ihre Aufrichtigkeit wird natürlich nicht ohne Einfluss auf Ihr endgültiges Schicksal bleiben.«

Wieder wollte Aziz al-Saltaneh auf Asadollah Mirsa losgehen, doch Polizeikadett Ghiasabadi konnte sie rechtzeitig zurückhalten und auf Anweisung des Kommissars zu der steinernen Bank führen, wo er sein ganzes Körpergewicht einsetzte, um die üppige Dame vorübergehend bewegungsunfähig zu machen. Der Kommissar setzte sein Verhör fort. »Ruhe! Ich habe gefragt, wann Sie den armen Kerl getötet haben.«

Ohne den Kopf zu heben, erwiderte Asadollah Mirsa: »In derselben Nacht, in der er von zu Hause weggelaufen ist...«

»Augenblick mal! Warum war das Opfer von zu Hause weggelaufen? Antworten Sie, los, schnell, zack, zack, wird's bald.«

»Moment, erstens habe ich doch gestanden, wofür also brauchen wir noch das ganze ›Los, schnell, zack, zack, wird's bald‹? Und zweitens, wie oft muss ich Ihnen noch erklären, dass seine Frau ihn beschneiden wollte?«

»Ja, und dann?«

»Als er herkam hatte er Angst, nach Hause zurückzukehren.«

»Aber sie hatte ihn doch schon beschnitten?«

»Nein, er hatte Angst, dass sie ihn beschneiden würde. Er sagte: ›Ich gehe nicht nach Hause.‹ Der Djenab bestand darauf, dass er an jenem Abend hier übernachtete. Als ich bemerkte, dass ihm auch das nicht zusagte, habe ich ihm heimlich vorgeschlagen, zu mir zu kommen, wenn alle schlafen gegangen wären.«

»Und ist er gekommen?«

»Augenblick, Herr Kommissar! Was für eine Frage? Wenn er nicht gekommen wäre, wäre das Ganze nicht passiert.«

»Nun, was dann? Er ist gekommen, und was geschah dann?«

»Nichts... er kam um drei Uhr morgens. Mein Bruder hat schon geschlafen, und ich erkannte, dass dies der beste Zeitpunkt war. Also habe ich ihm den Kopf abgeschnitten...«

Mit einer abrupten Bewegung schüttelte Aziz al-Saltaneh Polizeikadett Ghiasabadi ab und ging auf Asadollah Mirsa los. »Ich stech dir die Augen aus! Du sollst in der Hölle verfaulen!«

Wieder gelang es nur mit Mühe, sie ruhig zu stellen.

»Sie haben also seinen Kopf abgehackt?«

»Ja, ich habe ihn abgehackt.«

»Und was haben Sie dann gemacht? Los, schnell, zack, zack, wird's bald!«

»Dann habe ich seinen Kopf zack, zack, wird's bald, weggeworfen!«

Masch Qasem schlug sich auf den Schenkel. »Oh, Allah im Himmel. Klar, dass einer, der Wein und Whisky trinkt, so endet.«

»Halt die Klappe, Qasem!«, herrschte Lieber Onkel ihn ungeduldig an.

»Ruhe! Alle hier machen sich über mich lustig! Sie haben also den Kopf weggeworfen? Den Kopf einer Gurke, oder was?«

»Ich meinte, dass ich den Kopf vom Körper getrennt habe.«

»Womit? Mit einem Messer? Einem Beil? Einem Dolch? Ruhe! Und aus welchem Grund? Warum haben Sie das Opfer getötet?«

»Nun ja, ich ...«

»Antworten Sie, los, schnell, zack, zack, wird's bald!«

Asadollah Mirsa senkte erneut den Kopf. »Ich habe alles gesagt, aber das kann ich Ihnen nicht sagen.«

Der Kommissar kniff die Augen zusammen und kam ganz nah an Asadollah Mirsa heran. »Aha, das können Sie also nicht sagen! Also, also! Diese eine Sache kann der Herr nicht sagen ...«

Als man Aziz al-Saltaneh, deren Augen weit aufgerissen waren, wieder zum Sitzen genötigt hatte, fuhr der Kommissar fort: »Sie können mir also den Grund nicht nennen? Mal sehen! Vielleicht verschweigen Sie mir weitere Verbrechen, wie? Ja? Antworten Sie, los, schnell, zack, zack, wird's bald!«

»Moment! Wollen Sie mich vielleicht mit Asghar, dem Mörder, vergleichen?«

»Ruhe! Sie sind noch gefährlicher als Asghar, der Mörder! Asghar, der Mörder, hat nicht einem ausgewachsenen Mann den Kopf abgehackt! Warum haben Sie ihn getötet? Antworten Sie, los, schnell, zack, zack, wird's bald!«

»Es tut mir sehr Leid, Herr Kommissar, aber ich kann diese Frage nicht beantworten.«

»Ruhe! So, so! Sie können sie nicht beantworten? Das werden wir ja sehen ... Polizeikadett Ghiasabadi!«

»Moment, Moment! Also gut, bevor Sie anfangen, Druck auszuüben, werde ich reden. Ich habe... ich habe... ich habe Dustali getötet, weil...«

»Weil? Los, schnell, zack, zack!«

Asadollah senkte den Kopf noch tiefer und flüsterte wie ein schüchterner kleiner Junge: »Weil ich in seine Frau verliebt war. Weil Dustali mir meine Liebe gestohlen hat! Weil er meinem Herzen eine schreckliche Wunde zugefügt hatte.«

Alle schwiegen. Der Mund des Kommissars stand vor Verblüffung weit offen. Ich blickte unwillkürlich zu Aziz al-Saltaneh. Sie stand stocksteif da, Mund und Augen weit aufgerissen. »Diese Dame dort?«, fragte der Kommissar leise. »Sie haben diese Dame dort geliebt?«

Asadollah Mirsa seufzte und sagte: »Ja, Herr Kommissar! Da mein Leben sich nun dem Ende zuneigt, sollen es ruhig alle wissen.«

Aziz al-Saltaneh starrte Asadollah Mirsa weiterhin mit offenem Mund an. Schließlich klappte sie ihn zu, schluckte und klagte stöhnend: »Asadollah! Asadollah!«

Asadollah, der sich vielleicht ein wenig mehr als nötig in seine Rolle hineinsteigerte, sagte mit trauriger und sehnsuchtsvoller Stimme: »Wie oft haben die großen Dichter das Verborgene verborgen gelassen wie eine eingesponnene Raupe. Doch diesmal ist der Schleier des Geheimnisses gelüftet worden...«

Alle schwiegen tief bewegt. Aziz sagte gleichzeitig kummervoll und kokett: »Nun, der Schlag soll mich treffen! Asadollah! O Asadollah! Was hast du getan? Warum hast du nichts gesagt? Warum hast du es mir nicht gestanden?«

»Schür nicht noch einmal das Feuer, Verehrteste«, erwiderte Asadollah in liebeskrankem Tremolo. »Dreh nicht den Dolch in der Wunde meines Herzens!«

»O Asadollah, ich wäre lieber tot, als dich in diesem erbarmungswürdigen Zustand zu sehen. Warum hast du nichts gesagt? Warum hast du seinen Kopf abgehackt?«

»Genug, Liebste! Brich mir nicht das Herz!«

»Keine Angst, ich muss die Vergangenheit vergessen, und das werde ich auch. So was passiert eben!«

Der Kommissar wollte sich das Ganze nicht länger anhören. »Ruhe!«, brüllte er. »Der Mörder muss seiner gerechten Strafe zugeführt werden. Ihr nachsichtiger Umgang mit der Vergangenheit hat damit nichts zu tun!«

»Selber Ruhe, und zur Hölle mit Ihnen!«, fauchte Aziz al-Saltaneh den Kommissar plötzlich wütend an. »Hat er meinen Mann umgebracht oder Ihren? Er war mein Mann, und wenn ich nicht auf einer weiteren Strafverfolgung bestehe...«

»Ruhe! Wie können Sie nicht darauf bestehen?«

»Es ist meine Entscheidung! Er hat sein Leben gehabt, Allah sei seiner Seele gnädig. Er hat immer behauptet, er sei fünfzig, aber in Wirklichkeit war er sechzig...«

Kommissar Teymur brachte sein riesiges Gesicht ganz dicht vor ihres und brüllte: »Ruhe! Wenn das so ist, haben Sie beide sich womöglich verschworen, um diesen unschuldigen Mann zu beseitigen! Ruhe! Wie lange ist es her, dass Sie... Autsch!«

Der Kommissar konnte seine Frage nicht zu Ende bringen, weil Aziz al-Saltaneh ihre Fingernägel in seinen Hals gegraben hatte. »Ich bringe Sie auch gleich um, also denken Sie schnell!«

»Mord! Totschlag! Halten Sie mich für ein weiteres wehrloses Opfer?«

»Selber Mörder!«, kreischte Aziz al-Saltaneh. »Allah schenke seiner Seele Frieden, er war genauso unschuldig wie Sie. Mit der Frau von Schir Ali, dem Fleischer...«

Lieber Onkel und Asadollah Mirsa begannen gleichzeitig, ein Riesenspektakel zu veranstalten, damit der Kommissar nichts von Schir Ali mitbekam. Teymur schien es auch tatsächlich nicht gehört zu haben und schwieg, doch als der Lärm sich wieder gelegt hatte, sprang er plötzlich auf Asadollah Mirsa zu und fragte: »Und wer ist Schir Ali, der Fleischer? Antworten Sie, los, schnell, zack, zack, wird's bald!«

Praktisch im Chor setzten Lieber Onkel und Asadollah Mirsa zu einer Antwort an, bis Lieber Onkel sich schließlich durchsetzte und erklärte: »Das ist vollkommen unwichtig, Herr Kommissar. Schir Ali war der Fleischer dieses Viertels, er ist vor einigen Jahren verstorben.«

»Allah schenke seiner Seele Frieden«, fügte Asadollah Mirsa mit trauriger Miene hinzu. »Er war ein guter Mensch, Schir Ali hat sich vor zwei Jahren mit Typhus angesteckt und ist gestorben.«

»Ruhe! Und woher soll ich wissen, dass Sie den armen Kerl nicht auch umgebracht haben?«

»Moment, Moment, warum verkünden Sie nicht gleich, dass ich keine andere Profession und Leidenschaft als das Ermorden anderer Menschen habe? Als ich Dustali getötet habe, hat mir das für ein Leben und mehr gereicht!«

»Tatsächlich? Nun, Sie haben uns noch nicht verraten, wo Sie die Leiche versteckt haben.«

»Ich habe sie in den Garten meines Hauses geschleppt und vergraben.«

Wieder machte der Kommissar einen Satz auf ihn zu. »Wer hat Ihnen geholfen? Los, antworten Sie, schnell, zack, zack, wird's bald!«

»Niemand, Herr Kommissar. Ich habe ihn selbst in den Garten getragen...« Asadollah Mirsa legte eine Hand auf den Rücken und runzelte die Stirn. »Mein Rücken tut immer noch weh. Sie haben ja keine Ahnung, wie schwer seine Leiche war!«

Aziz al-Saltaneh zog die Brauen hoch und meinte: »Nun, er hat so viel gegessen!«

»Das reicht!«, fiel Lieber Onkel ihr ins Wort. »Das ist wirklich schändlich!«

»Ruhe!«, rief der Kommissar. »Sie sind auch ruhig! Alle sind ruhig! Ich werde mich zum Versteck der Leiche begeben! Bis zu unserer Rückkehr darf niemand diesen Garten verlassen! Meine Dame, Sie bleiben auch hier, bis wir zurück sind!«

»Das könnte Ihnen so passen! Ich komme mit!«

»Meine Dame, der Anblick einer kopflosen Leiche wird nicht sehr angenehm sein. Es ist besser, wenn Sie...«

»Soll ich Sie diesen jungen Mann wie ein Lamm zur Schlachtbank führen lassen?«, unterbrach Aziz al-Saltaneh ihn entschieden und wies dabei auf Asadollah Mirsa. »Kommt nicht in Frage. Ich gehe mit. Los! Außerdem ist es schließlich der Kopf meines Mannes!«

Als Asadollah Mirsa sich zusammen mit den beiden auf den Weg machte, hörte ich ihn leise sagen: »Allah und alle Heiligen, steht mir bei, darauf war ich nicht vorbereitet!«

Sobald der Kommissar, Asadollah Mirsa und Aziz al-Saltaneh gegangen waren, erzählte Lieber Onkel Schamsali Mirsa von dem Plan, und die fieberhafte Suche nach Dustali Khan begann. Lieber Onkel schickte Leute an zwei oder drei Orte, an denen er Dustali Khans Versteck vermutete. Zur selben Zeit kam Onkel Oberst, der sich die ganze Zeit nicht hatte blicken lassen, aus seinem Haus und richtete, nachdem er begriffen hatte, was vor sich ging, all seine Anstrengungen darauf, die Meinungsverschiedenheit zwischen Lieber Onkel und meinem Vater beizulegen. Als ersten Schritt bereitete er den Boden für eine Lösung. In entschiedenem Tonfall erklärte er Lieber Onkel Napoleon, dass er, wenn bis zum Abend kein Frieden eingekehrt sei, das väterliche Haus ohne Zögern verlassen und es an einen dahergelaufenen Lumpen aus der Nachbarschaft vermieten würde.

Aufgestachelt von Onkel Oberst, drohte meine Mutter meinem Vater damit, sich durch die Einnahme von Opium selbst zu töten, wenn der Streit nicht beigelegt würde.

Während Lieber Onkel und seine Gesandten auf der Suche nach Dustali Khan geschäftig umherliefen und Asadollah Mirsa und Aziz al-Saltaneh mit dem Kommissar und seinem Assistenten zu Asadollah Mirsas Haus gegangen waren, um Dustali Khans Leiche zu suchen, arrangierte Onkel Oberst ein außerordentliches Treffen des Familienrats.

Die beiden Seiten nahmen Schlichtungsverhandlungen miteinander auf. Onkel Oberst und Schamsali Mirsa verschwanden immer wieder, um mit Lieber Onkel Napoleon oder meinem Vater zu sprechen.

Viele der Streitpunkte konnten ausgeräumt werden, keine der Parteien machte größere Schwierigkeiten. Lieber Onkel Napoleon hatte zugesagt, in Zukunft den freien Fluss des Wassers nicht mehr zu behindern. Mein Vater war bereit, sowohl Aziz al-Saltanehs Angriff auf Dustali Khan als auch die Frau von Schir Ali, dem Fleischer, zu vergessen. Lieber Onkel willigte ein, den Prediger Seyed Abolqasem zu bitten, die Angelegenheit mit dem Alkohol in den in der Apotheke meines Vaters hergestellten Medikamenten richtig zu stellen, während mein Vater zusagte, seinen Apotheker zu entlassen und einen neuen Geschäftsführer einzustellen, um dem Prediger die Aufgabe zu erleichtern. Mein Vater würde sich in Zukunft in der Öffentlichkeit verächtlicher Bemerkungen über Napoleon enthalten, weigerte sich jedoch, ihn zu rühmen oder ihm seine Hochachtung zu erweisen. Nach wiederholtem Kommen und Gehen erklärte er sich jedoch bereit, auf einem Familientreffen einzuräumen, dass Napoleon, auch wenn sein Land durch ihn zu Schaden gekommen war, Frankreich letztendlich geliebt hatte.

Doch trotz hartnäckigen Einwirkens der Verwandtschaft

weigerte sich mein Vater zuzugeben, dass Lieber Onkel die Verfassungsrevolution unterstützt hatte. Sein einziges Zugeständnis war das Versprechen, Lieber Onkels Tapferkeit bei der Niederschlagung der Aufständischen im Süden des Landes, vor allem in den Schlachten von Kazerun, Mamasani und so weiter, nicht zu leugnen.

Damit blieb das dubiose Geräusch als einziger Streitpunkt. Lieber Onkel erwartete, dass mein Vater vor allen anderen erklärte, das dubiose Geräusch sei in der Tat aus der Richtung gekommen, wenngleich unabsichtlich. Doch darauf wollte mein Vater sich nicht einlassen, sondern verlangte vielmehr, dass Lieber Onkel sich dafür entschuldigte, öffentlich die Verse »Wer zu Rang und Ehre erhebt…« in Anspielung auf seine Person zitiert zu haben. Schließlich fand die Idee, dass das dubiose Geräusch einem anderen zugeschrieben werden und diese Person unumwunden gestehen müsse, das Geräusch verursacht zu haben, immer mehr Zustimmung, bis sie schließlich einmütig unterstützt wurde.

Damit blieben drei Probleme. Erstens hatten weder Onkel Oberst noch Schamsali Mirsa noch einer der anderen, die bereit gewesen wären, dieses Opfer auf sich zu nehmen, am Abend der Feier auch nur in der Nähe von Lieber Onkel gestanden. Und Qamars Mutter war unter keinen Umständen gewillt, ihre Tochter für den Friedensschluss zu opfern. Kurzum, die erste Schwierigkeit war die, jemanden zu finden, der zum Zeitpunkt der Verlautbarung so nahe bei Lieber Onkel gestanden hatte, dass man ihm das Geräusch zuschreiben konnte. Die zweite Schwierigkeit bestand darin, diese Person zu dem Geständnis zu bewegen, dass das Geräusch von ihr ausgegangen war. Und die dritte Schwierigkeit lag drin, dass die an der Lösung des Konflikts Interessierten Lieber Onkel davon überzeugen mussten, dass diese Person auch die Wahrheit sagte.

Inmitten der allgemeinen Debatte rief Schamsali Mirsa

plötzlich: »Wartet! Außer den beiden stand an jenem Abend auch Masch Qasem in der Nähe des Djenab, wenn ihr euch erinnert.«

Zwei oder drei Verwandte protestierten: »Masch Qasem stand nicht neben dem Djenab, sondern hinter ihm.«

»Der Djenab hatte schließlich keinen Kompass dabei, mit dem er feststellen konnte, aus welcher Richtung das Geräusch gekommen ist«, erwiderte Schamsali Mirsa wütend und ungeduldig.

Einer nach dem anderen erinnerten sich alle Anwesenden, dass Lieber Onkel Napoleon die Schlacht von Kazerun geschildert hatte, insbesondere, wie er auf den Kopf des Anführers der Aufständischen zielte, und dass Masch Qasem – speziell in dem Moment, in dem das dubiose Geräusch vernommen worden war – hinter Lieber Onkel gestanden hatte.

»Macht euch aber keine allzu großen Hoffnungen«, meinte Onkel Oberst mit düsterer Miene. »Ich kenne diesen Masch Qasem sehr gut. Er lässt sich nicht unter Druck setzen, und er wird dieses Geräusch für eine höchst peinliche Angelegenheit halten.«

Auch Schamsali Mirsa wurde sehr nachdenklich und sagte nach einer Weile: »Das stimmt. Er hat schon ein paar Mal die Geschichte von seiner Nichte erzählt, die Selbstmord beging, weil sie während einer Hochzeitsfeier einen fliegen gelassen hat.«

»Vielleicht wenn wir ihm eine schöne Summe anbieten... obwohl er eigentlich nicht besonders geldgierig ist.«

Ich wollte den Hoffnungsschimmer am Horizont nicht gleich wieder verdunkelt sehen und sagte aufgeregt: »Weißt du, Onkel, vor einer Weile hat Masch Qasem gesagt, dass er nur einen einzigen Wunsch hat, nämlich in Ghiasabad eine Zisterne zu bauen und sie den Leuten dort zu spenden.«

Das bestätigten alle lautstark; Masch Qasem war vielleicht bereit, uns zu helfen, um seinem Dorf dieses Geschenk machen zu können.

Bevor man Masch Qasem rufen wollte, um die Angelegenheit zu erörtern, wurde noch die Frage aufgeworfen, wie man Lieber Onkel Napoleon überzeugen könnte. Nach längerem Hin und Her sagte einer der Anwesenden: »Verzeiht mir, ich hoffe, mein Vorschlag wird euch nicht zu sehr erzürnen, aber es kann nur gelingen, wenn alle auf der betreffenden Feier Anwesenden oder doch wenigstens einige bei der Seele unseres verstorbenen Großvaters schwören, dass das dubiose Geräusch von Masch Qasem gekommen ist.«

»Bei der Seele unseres verstorbenen Großvaters?«

Zwei Leute standen kurz vor einer Ohnmacht, und ein unbeschreiblicher Tumult brach los, bevor sich wenig später tiefes Schweigen über die Runde senkte. Alle starrten den Unglücklichen, der den Vorschlag gemacht hatte, mit wütenden Blicken an. Unser verstorbener Großvater war Lieber Onkel Napoleons Großvater, und keiner aus der Verwandtschaft wagte es, bei seinem Namen zu schwören, und wenn er an dem heißesten Sommertag nur behaupten wollte, es sei warm.

Zu einer Zeit, in der Lieber Onkel Napoleon in seinem Haus mit allen verfügbaren Mitteln darum kämpfte, die heilige Einheit der Familie zu wahren, und auch Asadollah Mirsa sich auf seine Weise für diese Sache opferte, wagte es jemand, den Namen unseres verstorbenen Großvaters, der das Symbol eben jener Einheit war, zu missbrauchen, und es war, als würde das traurige Stöhnen seiner Seele in unser aller Ohren widerhallen.

Der Verwandte, der den Vorschlag gemacht hatte, war so verwirrt und aufgewühlt, dass er nicht wusste, was er sagen sollte. Schließlich baute man ihm eine goldene Brücke, und er schwor, bei allem, was edel und heilig war, dass die Silbe »Groß-« nie über seine Lippen gekommen sei, sondern er vielmehr die Seele von Lieber Onkels verstorbenem Vater gemeint hatte.

Anschließend einigte man sich darauf, Masch Qasem rufen zu lassen und ihm die Angelegenheit darzulegen.

In knappen, bewegenden Worten erklärte Schamsali Mirsa Masch Qasem, dass er entscheidend dazu beitragen könne, eine große und adelige Familie vor Streit und Untergang zu bewahren, bevor er ihm in die Augen sah und sagte: »Wir möchten dich um einen Gefallen bitten, ein Opfer, Masch Qasem! Bist du bereit, uns um dieses heiligen Zweckes willen zu helfen?«

»Nun, Herr, warum sollte ich lügen? Mit einem Bein... ja, ja... steht man schon im Grab. Erstens habe ich das Salz und Brot dieser Familie gegessen; zweitens hat mich der Herr – Allah möge seinen Großmut bewahren – nicht einmal, auch nicht zweimal, sondern hundertmal aus den Fängen des Todes gerissen, und ich erinnere mich genau. Im größten Getümmel der Schlacht von Kazerun war einer unserer Männer...«

»Masch Qasem«, unterbrach Schamsali Mirsa ungeduldig, »bitte spar dir diese Geschichte für später auf und antworte! Bist du bereit, uns in dieser entscheidenden Sache zu helfen?«

Masch Qasem, der gehofft hatte, dass sie wenigstens dieses Mal seiner Geschichte lauschen würden, wurde ganz still und meinte nur: »Selbstverständlich, ich bin Euer bescheidener Diener.«

Seine Worte mit Bedacht wählend, sagte Schamsali Mirsa: »Wir haben den Boden für eine Lösung der Meinungsverschiedenheiten mehr oder weniger bereitet. Es gibt nur noch ein Problem, und das ist die Sache mit dem dubiosen Geräusch am Abend der Feier.«

Masch Qasem lachte laut. »Ist die Geschichte mit dem dubiosen Geräusch immer noch nicht zu Ende? Bei Allah, die hat ja inzwischen einen Bart von hier bis...« Als er die bedrückten Gesichter sah, dämpfte er sein Lachen und sagte: »Verflucht sei der Kerl, der das gemacht hat! Wenn er sich nur ein bisschen zusammengerissen hätte, wäre uns das ganze Theater erspart geblieben.«

»Masch Qasem, ich habe gehört, dass du in Ghiasabad bei Qom eine Zisterne bauen lassen willst. Stimmt das?«

»Warum sollte ich lügen? Seit ich ein kleiner Junge war, wollte ich das, doch Allah hat mir bisher keinen Weg gewiesen, an das nötige Geld zu kommen. Die armen Leute holen sich ihr Wasser immer noch aus dem Bach, und es ist ganz dreckig. Ich habe den Assistenten des Kommissars eben noch gefragt, ob es inzwischen eine Zisterne gibt, aber er sagt, nein...«

»Nun, Masch Qasem«, schnitt ihm Onkel Oberst das Wort ab, »wenn wir die Kosten für deine Zisterne tragen würden, würdest du uns dann helfen?«

»Warum sollte ich lügen? Wenn Sie mir auftragen würden, auf den höchsten Gipfel des Kaukasus zu klettern, würde ich es tun, um diese Zisterne...«

Schamsali Mirsa sprang auf und sagte: »Masch Qasem, die Hilfe, die wir von dir erbitten, ist dein Eingeständnis, dass das dubiose Geräusch auf der Feier aus deiner Richtung kam.«

»Sie meinen aus der Ecke, in der ich stand?«

»Nein, Sie haben mich nicht verstanden, ich meine, dass das Geräusch – natürlich unabsichtlich – von Ihnen...«

Masch Qasem lief rot an und sagte äußerst erregt: »Ich schwöre bei allen Heiligen im Himmel, ich war es nicht. Ich liebe den Herrn wie meinen eigenen Augapfel und will auf der Stelle tot umfallen, wenn ich es war. Glauben Sie, ich habe kein Schamgefühl...«

»Das reicht, Masch Qasem!«, brüllte Schamsali Mirsa. »Warum willst du denn nicht begreifen? Wir alle wissen, dass du es nicht warst, aber wir wollen, dass du uns einen großen Gefallen tust und behauptest, du wärst es gewesen, damit dieser Streit endgültig begraben wird.«

»Ich soll lügen? Ich soll ausgerechnet den Herrn anlügen? Allah bewahre! Wie weit vom Grab sind wir noch entfernt?«

»Denk doch mal darüber nach! Ein von dir gespendeter Trinkbrunnen, Masch Qasems Zisterne, die Antwort auf alle Gebete der braven Menschen von Ghiasabad, eine ewige Belohnung. Wie kannst du es da ausschlagen...«

Masch Qasem sprang mitten im Satz auf. »Ich soll meine Ehre beschmutzen, damit die Menschen in Ghiasabad Wasser trinken können? Es ist mir egal, wenn sie noch mal siebzig Jahre kein Wasser trinken! Und wenn die Leute aus Ghiasabad erfahren würden, dass ich mich für das Geld entehrt habe, würden sie in hundert Jahren keinen Tropfen von dem Wasser trinken, selbst wenn ihr schmutziger Bach austrocknen würde. Aber ich habe einen anderen Vorschlag, der alles wieder ins Lot bringen könnte.«

Alle hingen an Masch Qasems Lippen. »Wenn Sie sich erinnern, ist Miss Leilis Katze allen die ganze Zeit um die Beine gestrichen. Warum soll das dubiose Geräusch nicht von der Katze gekommen sein?«

»Mein verehrter Masch Qasem, es gibt für jeden Unsinn eine Grenze«, schallte Schamsali Mirsas Schrei himmelwärts. »Erwartest du, dass vernünftige Menschen wie wir zu dem Djenab gehen und ihm erklären, dass Miss Leilis Katze mitten in seiner Geschichte über die Schlacht von Kazerun, als er gerade an der Stelle war, wo er auf den Anführer der Banditen zielte, ein derartiges Geräusch von sich gegeben hat?«

Alle redeten durcheinander, einige hatten Einwände, andere lachten. Masch Qasem wollte etwas sagen, doch keiner hörte ihm zu. Ich war wütend; ich wollte Masch Qasem dafür schlagen, dass er schlecht über Leilis Katze gesprochen hatte. Jetzt konnte ich verstehen, warum die Verwandten sich bei der Erwähnung »unseres verstorbenen Großvaters« so aufgeregt hatten.

Schließlich gelang es Masch Qasem, die anderen zum Zuhören zu bewegen. »Lassen Sie mich reden... ich habe etwas zu sagen. Wie kommt es, dass es schlimm ist zu behaupten, es wäre die Katze gewesen, aber nicht schlimm zu behaupten, ich wäre es gewesen. Heißt das, dass der Ruf einer Katze wichtiger ist als der meine?«

»Himmel, denk doch mal vernünftig, mit Ruf und Ansehen hat das überhaupt nichts zu tun. Aber wie soll eine kleine Katze...«

»Das ist egal«, unterbrach Masch Qasem Onkel Oberst, »ich meine, das hat damit nichts zu tun. Erstens tun Tiere solche schamlosen Dinge; zweitens habe ich selbst, und warum sollte ich lügen, solche dubiosen Geräusche schon von Schwalben und Büffeln gehört, drittens kommt es nicht auf die Größe an. Damals im dicksten Getümmel der Schlacht von Kazerun habe ich eine schamlose Schlange gesehen. Sie hat ein so gewaltiges dubioses Geräusch gemacht, dass der Offizier Ghomali Khan aus seinem Schlaf hochgeschreckt ist, obwohl er ein bisschen taub war. Und einmal habe ich zwei Grünfinken gesehen, die...«

»Hör endlich auf!«, brüllte Onkel Oberst. »Wie viel Unsinn willst du noch reden? Ich möchte nie wieder ein Wort von dir hören! Verschwinde einfach!«

Masch Qasem zog sich schmollend zurück.

Nachdem er gegangen war, löste sich die Versammlung mehr oder weniger auf. Alle Teilnehmer des Familienrates verabschiedeten sich unter diesem und jenem Vorwand, bis zuletzt nur noch Onkel Oberst, sein Sohn und Schamsali

Mirsa übrig waren. Aufgewühlt und ohne Hoffnung lief ich im Flur auf und ab und wartete, ohne es zu wissen, darauf, dass entweder Onkel Oberst oder der Richter eine Eingebung hatten, doch auch sie waren offensichtlich ratlos.

8

Als ich in den Garten zurückkehrte, lief Lieber Onkel Napoleon in Gedanken versunken und mit tief besorgter Miene auf und ab, während Masch Qasem sich ruhig der Pflege der Blumen widmete.

Lieber Onkel sah mich. Sein Blick erschreckte mich. Offenbar hielt er mich für einen Komplizen meines Vaters. Ich wollte mich gerade in eine Ecke verziehen, in der mich seine wütenden Blicke nicht treffen konnten, als das unverriegelte Gartentor aufging und Aziz al-Saltaneh den Garten betrat. Als sie Lieber Onkel Napoleon gegenüberstand, runzelte sie die Stirn wie ein Kampfhahn und starrte ihn an, ohne ein Wort zu sagen. Schließlich fragte Lieber Onkel sie besorgt: »Was ist geschehen, Verehrteste?«

Ohne seine Frage zu beantworten, sagte Aziz al-Saltaneh: »Kann ich mal telefonieren?«

»Wen willst du denn anrufen?«

»Den Polizeipräsidenten.« Nach einer kurzen Pause fügte sie kreischend hinzu: »Seine Beamten foltern meinen jungen Mann! Egal, wie oft ich diesem dummen Kommissar auch erkläre, dass der Arme unschuldig ist, er hört mir einfach nicht zu. Jetzt will ich seinen Vorgesetzten anrufen und ihm erklären, dass Asadollah, das arme, hilflose Waisenkind, unschuldig ist. Ich werde ihm sagen, dass einer von euch Dustali getötet hat und Asadollah sich nur opfert, um euch alle zu retten. O Allah, ich wünschte, du hättest nur ein Fünkchen der Güte Asadollahs in dir. So ein Gentleman, so vornehm. Wie sollte ein derart sensibler Mensch jemanden töten?«

»Verehrteste, schrei hier nicht so rum…«

»Oh, ich werde schreien, ich werde kreischen! Glaubst du vielleicht, ich wüsste nicht, was hier gespielt wird. Entweder habt ihr Dustali getötet und das Verbrechen dem armen, unschuldigen Jungen in die Schuhe geschoben, oder ihr haltet ihn irgendwo versteckt, damit ihr ihn für eure vertrocknete Schwester bekommt...«

Mit großer Mühe gelang es Lieber Onkel, Aziz al-Saltaneh ein wenig zu besänftigen, und er sagte: »Ich habe keine Ahnung, welcher gemeine Schurke dir diese Flöhe ins Ohr gesetzt hat. Niemand hat Dustali getötet. Dustali ist gesünder als du und ich. Er hat sich irgendwo versteckt, weil er Angst vor dir hat...«

Aziz al-Saltaneh machte einen Satz auf Lieber Onkel zu und keifte: »Jetzt bin ich also so Furcht erregend, dass Dustali sich vor mir versteckt hat? Hast du eine Ahnung, was du da redest, alter Mann? Es ist eine Schande, dass der arme Asadollah zur selben Familie gehört wie du! Wirst du mich jetzt telefonieren lassen, oder muss ich zum Basar laufen?«

Da erklärte Lieber Onkel Aziz al-Saltaneh mit ganz sanfter Stimme: »Ich weiß, wo Dustali steckt, und ich verspreche dir bei meiner Ehre, er ist nicht weit. Bis morgen werde ich ihn dir sicher und wohlbehalten zurückbringen. Mit deiner Erlaubnis schicke ich dem Kommissar einen Boten. Wenn er kommt, sagst du ihm, dass du Dustali gefunden hast, das heißt, dass du weißt, wo er ist. Wenn du noch mehr Zeit verschwendest, werden sie den armen Asadollah ins Gefängnis werfen!«

»Möge der Schlag mich treffen, wenn sie einen so reizenden jungen Mann ins Gefängnis werfen. Ich werde dem Kommissar erklären, dass ich meine Anzeige zurückziehe.«

»Das wird nicht genügen, Verehrteste. Du musst sagen, dass Dustali lebt und du mit ihm gesprochen hast. Das heißt, er hat dich angerufen. Ich verspreche dir, dass Dustali bis morgen...«

»Es ist mir egal, ob ich ihn in den nächsten siebzig Jahren lebend wieder sehe oder nicht«, unterbrach Aziz al-Saltaneh ihn wütend. »Und was soll ich tun, wenn ich nicht mehr mit deinem Dustali leben will, eh?«

Sie schwieg einen Moment und rief dann: »He, Masch Qasem! Allah segne dich, lauf zu Asadollahs Haus und erkläre diesem Verrückten, dass er schnell herkommen soll, weil Dustali gefunden worden ist.«

Masch Qasem stellte seine Gießkanne ab und erwiderte: »Nun, das ist aber wirklich eine gute Nachricht, meine Dame, und vergessen Sie meine Belohnung nicht...«

»Warte nur, Bürschchen, warte nur, bis Dustali wieder da ist, dann schlägt er dir als Belohnung mit dem Beil den Schädel ein.«

Es war beinahe dunkel, als Kommissar Teymur Khan, gefolgt von Asadollah Mirsa, Polizeikadett Ghiasabadi und Masch Qasem den Garten betrat. »Ruhe!«, brüllte der Kommissar, kaum dass er eingetroffen war. »Wo ist das Mordopfer? Los, schnell, zack, zack, wird's bald! Ruhe!«

Lieber Onkel trat auf ihn zu, um ihn zu begrüßen: »Herr Kommissar, ich bin hocherfreut, Ihnen mitteilen zu können, dass das Missverständnis aufgeklärt wurde. Der Mann dieser Dame erfreut sich bester Gesundheit und hält sich wohlbehalten im Haus eines Verwandten auf...«

»Sie halten den Mund! Wo ist das Mordopfer? Los, schnell, zack, zack.«

Er kam ganz nah an Lieber Onkel heran und fragte argwöhnisch: »Sind Sie ganz sicher, dass das Mordopfer noch lebt?«

»Herr Kommissar«, ging Aziz al-Saltaneh dazwischen, »zum Glück ist offenkundig geworden, dass Dustali noch lebt. Die Katze hat neun Leben. Der Esel stirbt erst, wenn er mich vorher umgebracht hat!«

Asadollah Mirsa, der eifrig den Staub von seinen Kleidern klopfte, hatte offenkundig keine Lust mehr, das Gespräch fortzusetzen; er seufzte erleichtert auf und meinte: »Allah sei Dank, Mann und Frau sind wieder vereint.«

Der Kommissar wandte sich rasch zu ihm um. »Seien Sie nicht zu voreilig. Also, wenn das Mordopfer noch lebt, warum haben Sie dann gestanden, den Mann getötet zu haben? Los, antworten Sie!«

»Ich glaube, ich muss geträumt haben...«

»Ruhe! Wollten Sie sich über mich lustig machen? Jemand wird ermordet, und dann bezirzt der Mörder die Frau des Opfers, die Frau des Opfers behauptet, ihr Mann würde noch leben, und der für die Ermittlung verantwortliche Kommissar verabschiedet sich artig und geht brav nach Hause! Ruhe! Ich hoffe, dass ich Ihnen die Schlinge selbst um den Hals legen kann.«

Aziz al-Saltaneh sprang auf den Kommissar zu wie ein Panter. »Was? Die Schlinge des Henkers? Ich kratze Ihnen die Augen aus...«

»Verehrteste«, ging Lieber Onkel dazwischen, »ich flehe dich an, der Kommissar tut nur seine Pflicht und du...«

»Was mischst du dich ein? Für wen hältst du dich eigentlich? Mein idiotischer Ehemann macht eine seiner Sausen, ein beschränkter Kommissar tritt auf den Plan und beschuldigt einen unschuldigen jungen Mann, und ich sage ihm, dass er sich vom Acker machen soll, und was hat das alles mit dir zu tun?«

»Ruhe! Ruhe alle miteinander! Ruhe, habe ich gesagt!«

»Oh, halten Sie doch den Mund, Sie und Ihre verdammte Ruhe! Am liebsten würde ich Ihnen mit diesem Rechen eins überbraten und Ihre Brille zerschmettern!«

Mit diesen Worten hob Aziz al-Saltaneh drohend den Rechen. Asadollah Mirsa fasste sie am Arm. »Verehrteste, bitte beruhige dich.«

Das tat Aziz al-Saltaneh auch. Unerwartet sanft entgegnete sie: »Was immer du sagst, Asadollah...«

Der durch Aziz al-Saltanehs Attacke erschreckte Kommissar fasste neuen Mut. »Ruhe, meine Dame! Bis ich das Mordopfer nicht mit eigenen Augen gesehen habe, kann ich den Angeklagten nicht freilassen. Polizeikadett Ghiasabadi! Nehmen Sie den Angeklagten in Ihre Obhut!«

Ghiasabadi schlug die Hacken zusammen und packte Asadollah Mirsas Arm. »Zu Befehl!«

Doch bevor irgendjemand wusste, was geschehen war, begann Ghiasabadi gellend zu schreien, weil Aziz al-Saltaneh ihm mit dem Rechen in den Hintern gerammt hatte.

»Ruhe!«, brüllte der Kommissar mit vor Wut zitternder Stimme. »Körperverletzung eines Beamten in Ausübung seiner Dienstpflicht! Sie sind ebenfalls verhaftet, meine Dame! Polizeikadett Ghiasabadi, nehmen Sie diese Frau in Gewahrsam!«

Der Polizeikadett hielt sich mit schmerzverzerrtem Gesicht den Hintern und jammerte: »Bitte verhaften Sie die Dame selbst. Ich kümmere mich um den Mörder!«

In diesem Moment kreuzten auch Onkel Oberst und Schamsali Mirsa auf, blieben jedoch, als sie Aziz al-Saltanehs entschlossenes Gesicht sahen, wie angewurzelt stehen. »Asadollah«, drängte Lieber Onkel Napoleon ihn leise, »tu etwas!«

»Moment, Moment«, erwiderte Asadollah Mirsa flüsternd, »jetzt bin ich also auch noch zum Dompteur geworden!« Doch er ging trotzdem zu Aziz al-Saltaneh und sagte laut: »Aziz, meine Liebe, leg den Rechen weg. Gib uns Gelegenheit, Seiner Exzellenz, dem Kommissar Teymur Khan, die Angelegenheit zu erklären. Diese Streiterei führt doch zu nichts!«

»Nur um deinetwillen, du süßer Teufel!«

Als Aziz al-Saltaneh den Rechen weggelegt hatte, trat Polizeikadett Ghiasabadi, der nichts anderes als die Ausführung seiner Befehle im Kopf hatte, an die Seite Asadollah Mirsas und flüsterte: »Wir sollten jetzt besser gehen. Sie sind doch ein vernünftiger Mann...«

Asadollah Mirsa riss sich los und erwiderte: »Zurück, oder die Dame wird wieder wütend.«

»Herr Kommissar«, schaltete sich erneut Lieber Onkel ein, »in Anbetracht der Tatsache, dass Dustali Khan gefunden wurde und seiner Frau telefonisch versichert hat, dass er wohlauf ist, ist die ganze Anklage und Ermittlung und so weiter doch sinnlos geworden.«

»Sie scheinen der Älteste dieser Versammlung zu sein, kriegen Sie es nicht in Ihren Kopf, dass eine durch eine private Anzeige ausgelöste Strafverfolgung im Fall eines Mordes nicht endet, wenn die Anzeige zurückgezogen wird? Ich verhafte einen Mörder, und ich werde seine Freilassung erst veranlassen, wenn Sie morgen mit dem Mordopfer in meinem Büro erscheinen!«

Asadollah Mirsa konnte sich nicht länger beherrschen: »Moment, Moment, Herr Kommissar, was ist, wenn das Mordopfer nicht mitkommen will?«

»Ruhe!«, brüllte der Kommissar! »Ins Gefängnis mit Ihnen! Polizeikadett Ghiasabadi!«

»Und auf den Friedhof mit Ihnen beiden!«, schrie Aziz al-Saltaneh noch lauter.

Wieder machte sie einen Satz nach vorn und entriss Masch Qasem den Rechen, den dieser aufgehoben hatte. »Kommen Sie!«, sagte sie. »Ich werde Ihren Vorgesetzten anrufen, und dann werden wir ja sehen. Asadollah, du kommst mit mir!«

Sie packte Asadollah Mirsas Hand und zerrte ihn in Lieber Onkels Haus. Der Kommissar und Polizeikadett Ghiasabadi folgten ihr zusammen mit allen anderen in gemessenem Abstand.

Aziz al-Saltaneh stand, den Rechen in der Hand, im Flur von Lieber Onkels Haus und versuchte, den Vorgesetzten des Kommissars ans Telefon zu bekommen, während die anderen sich in sicherer Distanz um sie scharten. Nur Asadollah Mirsa befand sich neben ihr. Schließlich wurde sie verbunden:

»Hallo ... guten Tag, mein Herr ... sehr freundlich von Ihnen ... Ja, er ist gefunden worden. Er hat sich trotzig bei Verwandten verkrochen. Danke. Vielen Dank, aber sehen Sie, Ihr Kommissar Teymur Khan will einfach nicht aufgeben. Stellen Sie sich vor, er beharrt darauf, dass Dustali getötet wurde und will Asadollah Mirsa verhaften ... Ja? Ja, genau, den Enkel unseres Onkels Rokn al-Din Mirsa ... Sie erinnern sich nicht an ihn? Er war bei uns in dem Jahr, als Sie nach Damavand gekommen sind ... ja, ja ... genau ... Sie wissen ja nicht, was für ein Engel er ist, ein so prachtvoller junger Mann, ein echter Gentleman ... natürlich, ich reiche Sie an den Kommissar weiter ... «

Aziz al-Saltaneh hielt dem Kommissar den Hörer hin und sagte: »Für Sie!« Als sie sah, dass der Kommissar aus Angst vor ihrem Rechen nicht näher kommen wollte, meinte sie: »Kommen Sie. Ich werd Sie schon nicht beißen!«

Der Kommissar nahm den Hörer, schlug die Hacken zusammen und sagte: »Guten ... jawohl ... selbstverständlich, was immer Sie sagen ... aber Sie müssen verstehen, dass ich in meinem Bericht erwähnt habe, dass die Dame Anzeige wegen der Ermordung ihres Mannes erstattet hat, und solange ich das Opfer nicht mit eigenen Augen gesehen und seine Identität festgestellt habe ... Jawohl ... die Dame selbst? Wie soll die Dame selbst für den Angeklagten bürgen? Ja?«

Aziz al-Saltaneh schubste ihn energisch zur Seite und riss ihm den Hörer aus der Hand: »Hallo ... ja, ich werde persönlich für Asadollah Mirsa bürgen ... keine Frage ... ich werde Asadollah Mirsa für die Nacht in meinem Haus unterbringen, und Ihr Kommissar kann meinetwegen auch bei mir übernachten...«

Mit vor Erstaunen großen Augen unterbrach Asadollah Mirsa sie: »Moment, Moment, Verehrteste, was sagst du da? Was soll das heißen, du wirst mich für die Nacht in deinem Haus unterbringen?«

Aziz al-Saltaneh legte die Hand auf die Sprechmuschel und sagte leicht vorwurfsvoll: »Rede nicht so viel, Asadollah; lass mich hören, was der Polizeipräsident zu sagen hat. Das Zimmer oben ist leer, da kannst du schlafen. Herr Kommissar, Ihr Vorgesetzter möchte Sie noch einmal sprechen...«

»Hallo... jawohl... selbstverständlich, wird erledigt, genau... so dass alles den Vorschriften entspricht... wie Sie meinen... gewiss... sehr gut, Euer Exzellenz.«

Kommissar Teymur legte den Hörer auf, trat ganz dicht vor den ängstlichen und perplexen Asadollah Mirsa und sagte: »Ruhe! Für heute Abend entlasse ich Sie in die Obhut dieser Dame, die für Sie bürgt, aber Sie dürfen ihr Haus nicht verlassen. Ruhe! Polizeikadett Ghiasabadi, sperren Sie die Ohren auf, und hören Sie gut zu: Sie werden heute ebenfalls im Haus dieser Dame übernachten! Der Angeklagte darf keinen Fuß vor die Türe setzen, andernfalls wird man Sie dafür verantwortlich machen!«

»Asadollah«, seufzte Aziz al-Saltaneh halb triumphierend, halb mitleidsvoll, »eher würde ich sterben, als zuzulassen, dass sie dich ins Gefängnis werfen!«

Asadollah Mirsa wischte sich den Schweiß von der Stirn und sackte auf einer Bank im Flur in sich zusammen. »Moment, Moment«, sagte er entsetzt, »also, wirklich, Moment mal! Was ist, wenn dieser Oberesel Dustali zufällig nach Hause zurückkehrt? Und was sollen die Leute denken. Erlauben Sie mir, hier zu schlafen; der Polizeikadett kann mich meinetwegen auch die ganze Zeit im Auge behalten...«

»Ruhe! Ruhe, habe ich gesagt! Nur dank der Bürgschaft dieser Dame muss der Mörder nicht ins Gefängnis; er wird in ihrer Obhut bleiben! Ruhe!«

Mit vor Aufregung glühenden Wangen brüllte der pensionierte Untersuchungsrichter Schamsali Mirsa: »Meine Herren, das ist schändlich! Wie kann ein gesunder, erwachsener Mann die Nacht im Haus einer ehrbaren Dame verbringen, deren Gatte abwesend ist? Sie treten die Ehre der Familie mit Füßen!«

»Hör auf rumzubrüllen, Schamsali!«, unterbrach Lieber Onkel ihn. »Dieser ganze Streit muss ein Ende haben. Asadollah ist schließlich keine Maus, die Angst davor hat, von einer Katze gefressen zu werden!«

»Was redest du? Was spricht dagegen, dass Asadollah die Nacht in seinem eigenen Haus verbringt oder zumindest hier übernachtet?«

»Ruhe!«, brüllte Kommissar Teymur erneut. »Wer hat Ihnen erlaubt, sich in offizielle Angelegenheiten einzumischen? Antworten Sie, los, schnell, zack, zack, wird's bald!«

Schamsali Mirsa musste sich sehr beherrschen, um ruhig zu bleiben. »Herr Kommissar, auch ich verfüge über juristische Erfahrung. Ich frage Sie, welcher vernünftige Grund spricht dagegen, dass mein Bruder mit meiner Bürgschaft oder der dieses Herrn oder sogar dieser Dame die Nacht in seinem eigenen Haus verbringt?«

»Ruhe! Ihre Bürgschaft, die von diesem Herrn oder wem auch immer interessiert mich nicht. Die gesetzliche Bürgin für diesen Herrn ist Khanum Aziz al-Saltaneh. Wenn sie einverstanden ist, habe ich keine Einwände. Meine Dame?«

Bis zu diesem Moment hatte Aziz al-Saltaneh keinen Grund zum Eingreifen gesehen, doch jetzt platzte sie unvermittelt heraus: »Und woher soll ich wissen, dass sie diesen armen jungen Mann nicht zur Flucht verleiten, wie sie es bei meinem armen Dustali getan haben? Ich kann nur für ihn bürgen, wenn ich ihn keinen Moment aus den Augen lasse.«

Mit vor Wut hervortretender Halsschlagader wandte Schamsali Mirsa sich an seinen Bruder: »Asadollah, bist du mit Taubheit geschlagen? Sag etwas!«

Asadollah Mirsa senkte unschuldig den Kopf und entgegnete: »Was kann man gegen die Macht des Gesetzes tun, Bruder?«

Alle sahen ihn erstaunt an, nachdem sie sich bisher nach Kräften bemüht hatten, ihn aus Aziz al-Saltanehs Klauen zu befreien, und nun erkennen mussten, dass Asadollah Mirsa sich in sein Schicksal gefügt hatte und gar nicht so unglücklich wirkte.

Asadollah Mirsa war in der ganzen Verwandtschaft als Weiberheld verschrien, und über keinen anderen klatschten die Frauen so viel wie über ihn. Aber selbst wenn sie ihn tadelten und »schamlos« nannten, sprach die verräterische Koketterie in ihrer Stimme dafür, dass seine schönen Augen und schmeichlerischen Komplimente sie mehr oder weniger willfährig gemacht hatten. Seine Lüsternheit und Anzüglichkeit waren allgemein bekannt, doch niemand hatte sich vorstellen können, dass er selbst das Angebot einer Frau, die gut zwanzig Jahre älter war als er, nicht ausschlagen würde.

Kommissar Teymurs Stimme riss alle aus ihrem ungläubigen Staunen. »Ruhe! Meine Dame, nehmen Sie diesen Stift und diesen Bogen Papier, und schreiben Sie auf, was ich Ihnen diktiere.«

Aziz al-Saltaneh legte den Rechen beiseite und ergriff den Stift.

»Schreiben Sie: Ich ... die Unterzeichnende ... schreiben Sie Ihren Vor- und Nachnamen ... erkläre hiermit, dass ich Agha Asadollah ... schreiben Sie seinen Familiennamen und den Namen seines Vaters... gleich morgen früh... Haben Sie das?... in die Obhut der Strafverfolgungsbehörden überstellen werde...«

»Moment, Moment... sie sollte schreiben, dass sie mich unbeschädigt und bei guter Gesundheit übernommen und in diesem Zustand auch wieder abliefern...«

»Ruhe! Wer hat Ihnen erlaubt, sich einzumischen? Nun, wer? Los, zack, zack! Ruhe!«

»Was soll das heißen, Ruhe? Alle fünf Glieder meines Körpers, ob nobel oder nicht, sind intakt. Allah verhüte, dass Sie morgen früh das Fehlen von irgendetwas feststellen.«

Aziz al-Saltaneh knabberte kokett an ihrem Stift. »Aber, aber, der Schlag soll mich treffen, was redest du denn da, Asadollah!«

»Herr Kommissar, wenn dieses Verfahren rechtmäßig sein soll, muss es ein offizielles Protokoll der vorhandenen Glieder meines Körpers...«

Aziz al-Saltaneh kicherte mädchenhaft und sagte: »O Asadollah, du bist mir ein Schlingel!«

»Ruhe! Ich werde Sie persönlich bis zum Haus der Dame begleiten. Polizeikadett Ghiasabadi, ab Marsch!«

Asadollah Mirsa ließ sich auf einem Stuhl nieder, klammerte sich an beide Lehnen und sagte mit einem listigen Funkeln in den Augen: »Ich komme nur mit, wenn Sie mich mit Gewalt dorthin bringen!«

»Ruhe! Polizeikadett Ghiasabadi!«

Kommissar Teymur und sein Assistent packten den sich nur scheinbar wehrenden Asadollah unter den Armen, hoben ihn hoch und schleiften ihn mit sich.

Als Asadollah Mirsa, eskortiert von den zwei Beamten, das Haus verließ, drehte er sich noch einmal zu Lieber Onkel Napoleon um und drohte: »Augenblick, wenn – was Allah verhüten möge – etwas geschieht, bist du schuld, denn du hast mich zum Mörder gemacht. Polizeikadett Ghiasabadi, auf nach San Francisco!«

Schamsali stand kurz vor einer Ohnmacht. Mit krächzender Stimme rief er: »Asadollah, Allah verfluche deine Unverschämtheit!«

»Moment, Moment, das ist ja ein schönes Theater! Ich bin heute nur hergekommen, um einen Freundschaftsbesuch abzustatten. Ich bin zum Mörder geworden, man hat mich verflucht und meinen Garten umgegraben, und ausgerechnet jetzt, wo ich nur eine kleine Reise mache, höre ich Protest?«

Masch Qasem, der reglos in einer Ecke stand, sagte grinsend: »Viel Glück, mein Herr. Sie machen also eine Reise. Wo geht's denn hin?«

»Irgendwo in die Nähe von San Francisco.«

»Dann sei Allah mit Ihnen ... vergessen Sie nicht, ein Geschenk mitzubringen.«

»Mit Allahs Hilfe sollte das Geschenk in neun Monaten auftauchen.«

»Ruhe! Ruhe, habe ich gesagt! Einen guten Tag, meine Herren!«

Während Kommissar Teymur und Polizeikadett Ghiasabadi den Angeklagten hinter Aziz al-Saltaneh aus dem Haus führten, brachte sich Onkel Oberst für die Attacke gegen Lieber Onkel Napoleon in Stellung. »Und du stehst einfach schweigend da, als ob dir nie der Gedanke gekommen wäre, dass du das Familienoberhaupt bist! Wie viel schändliches Benehmen müssen wir noch ertragen? Wie viel Sturheit? Denk mal darüber nach! Nachdem er nun von seinem hohen Ross herabgestiegen ist, kannst du das auch tun! Er sagt, er ist bereit, die Schleusen zu öffnen, das Wasser bis zu uns weiterzuleiten und ... die ganze Sache zu vergessen ...«

Lieber Onkel Napoleons Geduld und Kraft waren bis

aufs Äußerste strapaziert; im Tonfall des Kommissars brüllte er: »Ruhe! Auch du stößt mir den Dolch in den Rücken! Das ist mehr, als ich ertragen kann! Auf der einen Seite dieser gemeine Kerl, auf der anderen ihr alle miteinander! Allah hilf mir, womit habe ich das verdient?«

»Bruder«, erwiderte Onkel Oberst sanfter, »nachdem der gemeine Kerl nun bereit ist, die Vergangenheit ruhen zu lassen, warum kannst du nicht...«

»Hast du den Verstand verloren?«, unterbrach Lieber Onkel Napoleon ihn. »Kennst du diesen gemeinen Kerl denn nicht? Weißt du nicht, dass er eine gefährliche Schlange ist? Wie Napoleon schon sagte, der Augenblick, in dem sich Ruhe über das Schlachtfeld senkt, ist der gefährlichste. Ich versichere dir, dass dieser Mann just in diesem Moment eine neue, finstere Intrige ersinnt.«

In diesem Moment war die Versammlung vor Lieber Onkels privaten Gemächern angekommen. Ich blickte unwillkürlich zu unserem Haus, und mir kam der Gedanke, dass Lieber Onkel mit seiner Vermutung durchaus richtig lag. Doch ich konnte keine Spur von meinem Vater oder seinem Diener entdecken, der normalerweise für ihn spionierte. Obwohl ich mich die ganze Zeit am Rand von Lieber Onkels Blickfeld aufgehalten hatte, befürchtete ich, dass er mich doch noch bemerkte. Ich schlich auf Zehenspitzen zurück zu unserem Haus, um herauszufinden, was mein Vater im Schilde führte.

Weder im Garten noch im Haus konnte ich ihn finden. Die Haustür stand offen, und ich spähte auf die Straße. Nachdem meine Augen sich an das Halbdunkel gewöhnt hatten, erkannte ich meinen Vater hinter einem dicken Baumstamm. Offenbar hatte er sich verborgen und wartete auf etwas oder jemanden.

Nach einer Weile beobachtete ich, wie mein Vater mit einem Mal erregt die Gasse hinunter spähte, und blickte in die gleiche Richtung. Kommissar Teymur Khan hatte Aziz al-Saltanehs Haus verlassen und einen Weg eingeschlagen, der ihn an unserem Haus vorbeiführen musste. Als er sich ein Stück genähert hatte, trat mein Vater hinter dem Baum hervor und tat so, als wäre er eben nach Hause gekommen.

»Hallo, Herr Kommissar. Ich hoffe, Ihre Ermittlungen waren erfolgreich!«

»Ruhe! O Verzeihung, Sie sind...? Wie geht es Ihnen?«

»Vielen Dank, Herr Kommissar. Sie haben mir noch nicht verraten, wie die Ermittlung ausgegangen ist... obwohl ich mir nicht vorstellen kann, dass jemand von Ihrem Rang Probleme bei der Lösung des Falls gehabt haben könnte. Eben habe ich zufällig einen Freund getroffen, und als ich Ihren Namen erwähnte, sagte er, es gäbe niemanden im ganzen Land, der Kommissar Teymur Khan das Wasser reichen könne! Und wie ist die Ermittlung nun verlaufen?«

»Also, die Dame, die Anzeige erstattet hat, behauptet, das Opfer würde noch leben, und ich...«

»Erstaunlich! Aber wie konnten Sie das glauben? Haben Sie Dustali Khan persönlich gesehen?«

»Nein, aber..., ich sollte natürlich darauf hinweisen, dass ich aus Prinzip jede Aussage und Handlung mit Argwohn betrachte... Ich habe das Opfer nicht persönlich gesehen, doch er hat seine Frau angerufen, so dass ich den Beschuldigten vorübergehend freigelassen habe.«

»Sie haben den Beschuldigten laufen lassen? Es ist äußerst ungewöhnlich, dass ein Mann wie Sie...«

»So ohne weiteres habe ich ihn natürlich nicht laufen lassen. Die Dame, die die Anzeige erstattet hat, hat schriftlich für ihn gebürgt, so dass ich ihn unter der Bewachung meines Assistenten bis morgen früh in ihre Obhut gegeben habe. Ich meine, mein Vorgesetzter wollte es so, sonst hätte ich den Beschuldigten bestimmt verhaftet.«

So erfuhr mein Vater, was vorgefallen war. Nachdem der

Kommissar sich verabschiedet hatte, kehrte er mit nachdenklich gerunzelter Stirn in den Garten zurück und lief dort ein paar Minuten auf und ab. An seinen von Sekunde zu Sekunde energischer werdenden Schritten erkannte ich, dass er sehr verärgert war und vermutlich auf etwas wartete.

In meinem Versteck hörte ich, wie eine Tür geöffnet und wieder zugeschlagen wurde. Es war unser Diener, der heimkam und sofort zu meinem Vater eilte. Als er ihn sah, sagte mein Vater wütend, aber bemüht, seine Stimme zu dämpfen: »Idiot! Wo bist du seit Mittag gewesen? Am liebsten würde ich dich ...«

»Was ist mit dem Bakschisch, das Sie mir gütigerweise versprochen haben, wenn ich herausfinde, wo Dustali Khan sich aufhält ...«

»Was? Wirklich? Schnell, erzähl. Wo ist er?«

»Ich habe geschworen, es keiner Menschenseele zu verraten.«

Mein Vater packte unseren Diener an einem seiner langen Ohren und sagte mit gepresster Stimme: »Wirst du jetzt reden, oder soll ich dir eins deiner Elefantenohren abreißen?«

»Schon gut, schon gut. Er versteckt sich im Haus des Doktors.«

»Was, in Dr. Naser al-Hokamas Haus?«

»Ja, Herr, aber ich musste Sadiqeh schwören, dass es niemand erfährt.«

Ohne unseren Diener weiter zu beachten, meinte mein Vater leise: »Direkt vor unserer Nase, wer hätte das gedacht. Hör zu, lauf sofort zu Dr. Naser al-Hokamas Haus und sag ihm, dass ich ihn in einer sehr dringenden Angelegenheit sprechen muss, verstanden?«

Wenig später betrat Dr. Naser al-Hokama unser Haus. Mein Vater ergriff seinen Arm und führte ihn in das Zimmer mit der Terrassentür. Als unser Diener sich wieder verzogen hatte, schlich ich mich an die Tür. Sie waren bereits ins Gespräch vertieft.

»...einverstanden, aber wie bringe ich ihn dazu, mein Haus zu verlassen? Ich kann ihm doch nicht sagen...«

»Hören Sie zu, Doktor, am schnellsten werden Sie die erwähnten Kopfschmerzen wegen Dustali Khan los, indem Sie ihm erzählen, dass alle glauben, er wäre ermordet worden. Der Kommissar verdächtigt Schir Ali, den Fleischer, und hat jemanden losgeschickt, um ihn zu verhaften. Sagen Sie ihm, dass man Schir Ali bei seiner Verhaftung mitteilen würde, er wäre in Verdacht geraten, weil Dustali Khan eine Affäre mit seiner Frau gehabt hätte. Sobald Sie den Namen von Schir Ali, dem Fleischer, erwähnen, wird Dustali freiwillig wieder auftauchen...«

Der arme Dr. Naser al-Hokama war äußerst erregt. An seinem besorgten Tonfall erkannte ich, dass mein Vater ihm die Konsequenzen einer weiteren Beherbergung Dustali Khans in den düstersten Farben ausgemalt hatte. Er verabschiedete sich mit ängstlicher Miene, und mein Vater legte sich hinter der halb geöffneten Tür auf die Lauer, um Dustali abzufangen.

Er wartete etwa eine halbe Stunde. Plötzlich sprang er auf, streckte den Kopf aus der Tür und rannte eilends auf die Straße. Ich überlegte, ob ich ihm nachlaufen sollte, doch bevor ich Gelegenheit dazu hatte, betrat Dustali Khan, gefolgt von meinem Vater, auch schon unseren Garten.

Mein Vater wimmelte Dr. Naser al-Hokama ab, der offenbar gern mitgekommen wäre, und führte Dustali Khan in denselben Raum, in dem er sich zuvor mit dem Arzt unterhalten hatte.

Es war wichtig, dass ich das ganze Gespräch mitbekam. Obwohl ich nicht wusste, was mein Vater plante, vermutete ich, dass die Sache keineswegs den von meinem Vater behaupteten guten Verlauf nahm.

Nachdem er Dustali eine Weile für seine Flucht gescholten hatte, meinte mein Vater mitfühlend: »Also wirklich, du hast dich sehr kindisch benommen; weißt du denn nicht, dass ein Mann seine Frau wegen eines kleinen Streits, wie er unter Ehepaaren ständig vorkommt, nicht einfach verlassen und wegrennen darf?«

»Ich hoffe, ich muss in meinem Leben nie wieder eine Frau haben. Du nennst diese Hexe eine Ehefrau?«

»Na, komm schon«, sagte mein Vater sanft, »wie viele Jahre lebt ihr schon zusammen, teilt Freuden und Leiden? Und natürlich müsst ihr auch weiter zusammenleben...«

Die Stimme meines Vaters klang so gütig, dass ich mich schämte, seine guten Absichten je in Zweifel gezogen zu haben. Im selben Tonfall fuhr er fort: »Wenn du allein bist und niemand zu dir hält außer ihr, und sie hat niemanden außer dir... Am Ende ist und bleibt sie deine Frau, deine bessere Hälfte. Und was ist mit deiner Ehre? Es ist dir offenbar egal, dass es, wenn du dich so aufführst und einfach verschwindest, heutzutage genug Geier gibt, die bereit sind, deine Abwesenheit auszunutzen.«

»Ich wünschte, diese Wölfe würden sie in Stücke reißen!«, unterbrach ihn Dustali Khan ungeduldig.

»Nun, das sagt sich so leicht daher, Dustali, aber überleg doch mal... Die Menschen sind böse, die Menschen haben kein Mitgefühl. Du bist für mich wie ein jüngerer Bruder. Ich möchte, dass du das weißt. Wenn es sich, was Allah verhüten möge, herausstellen sollte, dass irgendetwas vorgefallen ist, sollte dir klar sein, dass das nicht die Schuld deiner armen Frau ist.«

Dustali Khan spitzte die Ohren. »Ich verstehe nicht, wovon du redest. Was soll denn vorfallen?«

»Ich will dich nicht beunruhigen, aber deine Verwandten sind nicht gerade Unschuldslämmer. Der Mann, der von sich behauptet, das Familienoberhaupt zu sein...«

»Hört sich an, als wolltest du mir etwas mitteilen«, unterbrach Dustali Khan ihn aufgeregt. »Was ist passiert?«

»Du musst schwören, dass du es nicht von mir erfahren hast!«

»Bitte sag mir, was los ist, was ist passiert?«

»Ich erzähle es dir nur, weil ich für alle das Beste will. Nun, als du weg warst, haben sie es so dargestellt – und Allah soll mich mit Stummheit schlagen, wenn ich lüge –, als ob dir etwas Schreckliches zugestoßen wäre. Und dann hat das Familienoberhaupt diesem Asadollah Mirsa, diesem ewigen Schürzenjäger, gesagt, er soll heute bei Khanum Aziz al-Saltaneh übernachten, damit sie sich nicht fürchten muss. Aziz al-Saltaneh ist natürlich nicht die Frau, die eine derartige Beziehung eingehen würde, aber das Getratsche der Nachbarn...«

Dustali Khan schwieg eine Weile und fragte dann mit vor Wut zitternder Stimme: »Dieser Kerl verbringt die heutige Nacht zusammen mit meiner Frau in meinem Haus?«

»Reg dich nicht auf. Er ist nicht der Typ...«

»Was für ein Typ ist er nicht? Ich habe ja selbst schon Angst, mich im selben Zimmer wie dieser Ehrendieb aufzuhalten. Ich bring den Kerl um, ich... ich...«

Mein Vater drängte Dustali Khan, auf einem Stuhl Platz zu nehmen, um weiter auf ihn einzuwirken, während ich wie vom Donner gerührt dastand. In seiner Feindschaft gegen Lieber Onkel und seine Familie schien mein Vater vor nichts zurückzuschrecken. Ich beschloss, so schnell ich konnte, zu Dustali Khans Haus zu rennen.

Dort klopfte ich mit aller Kraft gegen die Tür. Nach einer Weile öffnete mir Aziz al-Saltaneh persönlich. Ich drängte mich in den Garten und schlug die Tür hinter mir zu. Aziz al-Saltaneh trug ein Spitzennachthemd, und Asadollah Mirsa streckte seinen Kopf aus einem Fenster im oberen Stockwerk, um zu sehen, wer gekommen war.

Ich rannte rasch nach oben, gefolgt von der keifenden Aziz al-Saltaneh. »Was willst du? Was ist passiert?«

Als ich Asadollah Mirsa erreicht hatte, keuchte ich: »Onkel Asadollah, du musst schnell hier verschwinden. Mein Vater hat Dustali Khan gefunden und ihm erzählt, dass du hier mit seiner Frau schläfst.«

Asadollah Mirsa sah mich einen Moment lang vollkommen verdattert an und stürzte dann zu dem Stuhl, über dessen Lehne er sein Jackett und seine Fliege geworfen hatte. Während er in sein Jackett schlüpfte, murmelte er: »Moment, Moment, jetzt muss ich mich gegenüber diesem Trottel rechtfertigen!«

Aziz al-Saltaneh ergriff seinen Arm. »Das werde ich erledigen. Keine Angst!«

»Bitte, lass ihn weglaufen«, sagte ich aufgeregt. »Dustali Khans Augen waren wie zwei Schüsseln voll Blut. Wo ist der Assistent des Kommissars? Du musst ihm sagen, er soll Dustali aufhalten, wenn er kommt.«

Asadollah Mirsa band sich eilig seine Fliege. »Allah segne und behüte dich, mein Junge. So er will, werde ich dich ein anderes Mal besuchen.« In diesem Moment hörte man ein Pochen an der Haustür.

»Der Schlag soll mich treffen, er ist da!«, sagte Aziz al-Saltaneh und sah sich hektisch um. Auch Asadollah blickte sich geistesabwesend nach einem Versteck um. Mir kam ein Gedanke: »Wie wäre es, wenn du über das Dach flüchtest?«

»Ja, Asadollah, lauf!«

Asadollah Mirsa rannte die Treppe hinauf zum Dach, in der Hand einen Schuh, dessen Schnürsenkel geknotet war. Ich folgte ihm. Aziz al-Saltaneh verriegelte die Tür hinter uns und ging dann zur Haustür, wo das Klopfen keinen Moment aufgehört hatte.

Kurz darauf vernahm man Dustali Khans wütende

Stimme aus dem Garten: »Wo ist das Schwein, der gemeine Ehrendieb?«

»Klingt ziemlich heiser«, meinte Asadollah Mirsa leise. »Dafür, dass du mich vor diesem wilden Bär gerettet hast, stehe ich in deiner Schuld. Mögest du ein erfülltes und langes Leben haben, mein Junge!«

Im Hof ertönten die Schreie von Dustali Khan und Aziz al-Saltaneh. Aziz al-Saltaneh schwor bei der Seele ihres toten Großvaters, dass alle Vorwürfe komplett erfunden seien, während Dustali Khan brüllend von Zimmer zu Zimmer stürmte. Gleichzeitig hörte man am Tor ein erneutes Klopfen. Aziz al-Saltaneh wollte nicht öffnen und meinte, dass es bestimmt nur ein unerwünschter, später Gast wäre, der sie vom Schlafen abhalten würde, doch der immer noch wütende Dustali Khan riss die Tür auf und stand unvermittelt Polizeikadett Ghiasabadi gegenüber.

»Den Wein, den Sie verlangt haben, gab es nicht, meine Dame. Ich habe stattdessen diesen hier mitgebracht. Nun, dann wollen wir mal sehen, wo Asadollah Mirsa steckt. Also? Wo ist er? Wohin ist er gegangen? Los, schnell, antworten Sie!«

Asadollah Mirsa, der am Rand des Dachs gelauscht hatte, sagte leise: »Bei allen lebendigen Heiligen, lass uns hier verschwinden, die Katze ist aus dem Sack.«

Während sich unten Dustali Khan, Aziz al-Saltaneh und Assistent Ghiasabadi anschrien, flüchteten wir gebückt über die Dächer. Wir waren gerade auf das angrenzende Dach gesprungen, als wir in Dustali Khans Haus auf der Treppe zum Dach Lärm hörten. »Der Schlüssel!«, schrie Dustali Khan. »Was hast du mit dem Schlüssel gemacht?«

Wir flüchteten eilends über zwei weitere Dächer, wo wir uns jedoch in einer Sackgasse wieder fanden, weil wir, um auf das nächste Dach zu gelangen, über eine schmale Mauer hätten balancieren müssen. Stattdessen zogen wir uns in eine dunkle Ecke des Dachs zurück und hielten nach einem Abstieg Ausschau, als eine raue Stimme uns erstarren ließ. »Willst du wieder stehlen kommen, du gemeiner Dieb?«

Ich drehte mich um und sah die Umrisse einer riesenhaften Gestalt, die Asadollah von hinten gepackt, hochgehoben und die Treppe hinuntergeschleift hatte, bevor er protestieren konnte.

Ich folgte den beiden. Im Licht der Lampe erkannte ich Schir Ali, den Fleischer, und Schir Ali erkannte Asadollah Mirsa. Er setzte ihn sanft ab und entschuldigte sich: »Das tut mir wirklich Leid, Agha Asadollah Mirsa, ich habe Sie nicht erkannt, aber was machen Sie auf meinem Dach?«

Asadollah Mirsa steckte der Schreck noch in allen Knochen, als er sagte: »Sie haben mir wirklich Angst eingejagt, Schir Ali Khan...«

»Schande über mich, Herr... zu Ihren Diensten. Ich habe den Gefallen, den Sie mir erwiesen haben, nie vergessen, aber was machen Sie hier oben?«

»Fragen Sie nicht, Schir Ali, fragen Sie nicht. Die Menschen sind schlecht, wirklich bösartig. Dieser Dustali Khan hatte mich in sein Haus eingeladen. Ich bin also zu ihm gegangen, doch der schamlose Sie-wissen-schon-wer war selbst gar nicht da. Also habe ich mit Khanum Aziz al-Saltaneh geplaudert, als er plötzlich hereinplatzt und mir unehrenhaftes Verhalten vorwirft...«

»Was Sie nicht sagen? Dieses Schwein...«

»Man bedenke, ein Mann, der bereit ist, seine Ehre zu beflecken, nur um anderen Menschen zu schaden.«

Schir Ali packte ein langes Messer, das neben dem Teich im Garten lag, und sagte mit Furcht einflößender Stimme: »Wenn Sie es befehlen, schlitze ich ihm den Bauch auf!«

»Moment, Moment, ich flehe Sie an, tun Sie nichts, was

Sie später bereuen würden. Ich werde mich heute Nacht irgendwo verstecken und hoffe, dass sich der ehrlose Mensch bis morgen beruhigt hat.«

»Es wäre mir eine Ehre, Sie für die Nacht zu beherbergen, Ihr bescheidener Diener, Herr. Ich werde Ihnen ein Lager im Keller bereiten, und denken Sie nicht weiter darüber nach. Eine derartige Anschuldigung gegen einen Mann wie Sie! Ich würde die Ehre meiner Mutter, meiner Schwester und des ganzen Hauses in Ihre Hände legen.«

»Mein lieber Schir Ali, Sie sind wie ein Bruder zu mir.«

An mich gewandt, sagte er: »Und du lauf nach Hause, mein Junge. Und du hast keine Ahnung, wo ich bin. Wenn der Junge nicht gewesen wäre«, erklärte er Schir Ali, »hätte mich der niederträchtige Mensch erledigt. Allein die Vorstellung, dass ein Mann wie ich mich auf eine derartige Beziehung einlassen würde! Und dann noch mit dieser Hexe von einer Frau...«

»Allah behüte, Agha Asadollah Mirsa...« Lachend fügte er hinzu: »Das sieht Ihnen und auch Khanum Aziz gar nicht ähnlich. Sie ist alt genug, um Ihre Mutter zu sein, Allah schütze sie. Eine Frau muss auch auf ihren Ruf achten. Sie sind für mich wie ein Bruder. Meine Frau ist jung, sie könnte Khanum Aziz' Enkelin sein... Der Nagel ihres kleinen Fingers ist mehr wert als hundert Khanum Aziz. Haben Sie sie im Basar oder auf der Straße schon einmal gesehen?«

»Allah bewahre, nein, wie kommen Sie darauf, Ihre Frau mit dieser Hexe zu vergleichen? Allah behüte!«

»Bei einer jungen Frau, Herr... egal, was passiert, die jungen Burschen scharwenzeln immer um sie herum, doch meine Frau verlässt das Haus nie. Und außerdem überlasse ich sie, wenn ich am Morgen zur Arbeit gehe, ruhigen Gewissens Allahs Obhut. Ich verfolge die besseren Hälften anderer Männer nicht mit Blicken, und Allah wacht über meine eigene bessere Hälfte.«

»Wunderbar, wunderbar... das ist *la mieux garantie*. Sehr klug! Geben Sie sie in Allahs Obhut, und seien Sie versichert, dass alles gut werden wird!«

Schir Ali ging nach oben, um ein paar Laken zu holen und seinem unerwarteten Gast ein Bett zu richten. Ich wollte gerade das Haus verlassen, als ich das Funkeln in Asadollah Mirsas Augen bemerkte. Ich sah in die Richtung, in die er schaute, und entdeckte in dem nur schwach beleuchteten Torbogen die glänzenden Augen von Tahereh, Schir Alis Frau. Sie beobachtete die Szene mit einem liebreizenden Lächeln und spähte hinter ihrem Schleier hervor.

»Auf Wiedersehen«, sagte ich. »Soll ich dir irgendetwas bringen, Onkel Asadollah?«

Ohne den Blick von Taherehs wunderschönem Gesicht zu wenden, sagte Asadollah: »Nein, mein Junge, ich habe hier alles, was ich brauche, geh schlafen und denk daran, dass du nicht weißt, wo ich mich aufhalte. Erzähl vor allem dieser Hexe nicht, dass ich hier bin...«

Seine lüsternen Blicke wanderten über den Körper von Schir Alis Frau, als er hinzufügte: »Die Wege Allahs sind unergründlich... Vergiss nicht, wenn du irgendwann einmal etwas brauchst oder in Schwierigkeiten steckst, wende dich an deinen Onkel. Du hast mir heute wirklich einen großen Gefallen getan. Ich wünsche dir ein langes gesegnetes Leben!«

In diesem Moment kam Schir Ali mit einem riesigen Bündel Laken und Teppichen zurück und betrat den Garten. Bevor ich durch das Tor schlüpfte, warf ich einen letzten Blick auf Asadollah Mirsa. Lächelnd starrte er auf Taherehs Brüste und sagte: »Am Ende werden sie mich doch töten... oh, ich wünschte, sie würden es bald tun, dann hätte ich es hinter mir!«

»Nur über meine Leiche«, hörte man Schir Alis schroffe Stimme. »Ihr bescheidener Diener, Herr. Jeden, der auch nur einen Blick auf dieses Tor wirft, werde ich mit meinem Beil in zwei Hälften spalten. Man nennt mich schließlich nicht umsonst Schir Ali. Zwei habe ich schon erschlagen, da kommt es auf einen mehr oder weniger auch nicht mehr an!«

9

Ich gelangte geräuschlos und unbehelligt von Schir Alis Haus zu unserem Hof. Die Haustür stand offen, und ich schlich leise hinein, um mich unvermittelt meinem Vater gegenüberzusehen, der hinter der Tür auf der Lauer gelegen hatte.

»Wo bist du gewesen?«
»In Tantes Haus.«
»Nun, du hättest nicht so lange draußen bleiben dürfen. Komm schnell zum Abendessen, und dann ab ins Bett.«
»Willst du nicht mit uns essen?«
»Nein, ich habe noch was zu erledigen.«

Mir dämmerte, dass er verzweifelt auf Ergebnisse des von ihm ausgeheckten Plans wartete. Ich aß mit meiner Schwester und meiner Mutter zu Abend und ging auf mein Zimmer, doch ich hatte keinerlei Hoffnung, dass die Geschichte dieses ereignisreichen Tages schon zu Ende war.

Zwar war ich mir Asadollah Mirsas Wohlergehen in Schir Alis Haus einigermaßen sicher, doch es gab immer noch vieles, was ich nicht wusste, weder, was in Lieber Onkel Napoleons Haus passiert war, noch – ungleich wichtiger – welchen neuen Plan mein Vater nun wieder aushecke. Leider war ich wirklich müde. Ich schlüpfte unter mein Moskitonetz und fiel sofort in tiefen Schlaf.

Als ich am Morgen erwachte, herrschte tiefe Stille und Frieden im Haus. Ich wollte unbedingt in Erfahrung bringen, was passiert war, während ich geschlafen hatte. Ich ging in den Garten und hoffte, dort Masch Qasem zu treffen, doch er war nirgends zu sehen. Ich öffnete das Tor zur Gasse, um nachzuschauen, ob er dort draußen war, als ich

Aziz al-Saltaneh entdeckte, die auf den Garten zueilte. »Was für ein Glück, dass ich dich hier treffe, mein Junge. Ich wollte dich fragen, wohin Asadollah gegangen ist.«

»Nun, Khanum Aziz, wir sind bis an den Kanal über die Dächer geklettert und dann von einer niedrigen Mauer auf die Straße gesprungen, und von dort ist Asadollah Mirsa seiner eigenen Wege gegangen.«

»Er ist von einer Mauer gesprungen? Allah behüte, was dieser Asadollah alles für Sachen macht! Du hast nicht gesehen, wohin er gegangen ist?«

»Nein. Vielleicht nach Hause.«

»Nein, er ist gestern Nacht nicht zu Hause gewesen. Ich mache mir wirklich Sorgen. Dustali, der Narr, hat sich alles Mögliche ausgemalt und geschworen, dass er den armen Asadollah töten wird. Nicht dass ich ihm das wirklich zutraue, aber man kann nie wissen. Ich wollte dich nur bitten, kein Sterbenswörtchen zu Dustali zu sagen, falls er dich fragt.«

»Nein, Khanum Aziz, keine Sorge. Ich habe nichts gesehen. Was haben Sie übrigens mit dem Assistenten des Kommissars gemacht?«

»Ich habe ihn vor die Tür gesetzt. Nachdem Dustali wieder aufgetaucht ist, hatte er in unserem Haus nichts mehr zu suchen. Jetzt werde ich noch einmal bei Asadollah vorbeischauen, und ihm, falls er zu Hause ist, sagen, dass er sich hier heute nicht blicken lassen soll. Ins Büro sollte er auch nicht gehen, weil dieser Idiot von Dustali eine Dummheit begehen könnte. Wie dem auch sei, denk dran, wenn Dustali fragt, kein Wort!«

»Keine Sorge!«

Aziz al-Saltaneh entfernte sich, und ich kehrte in den Garten zurück, wo Masch Qasem sich inzwischen wieder mit der Pflege der Blumen beschäftigte.

Von ihm erfuhr ich, was vorgefallen war, als ich geschlafen hatte. Dustali Khan war mit einer Schrotflinte zu Lieber Onkels Haus gekommen und hatte alle Zimmer nach Asadollah Mirsa durchsucht. Lieber Onkel war so wütend geworden, dass er ihn geohrfeigt hatte, aber Dustali hatte geschworen, er würde sich erst zufrieden geben, wenn er die Kugel in seiner Flinte in Asadollah Mirsas Bauch gejagt hätte.

Um mich zu vergewissern, dass Masch Qasem nicht wusste, wo Asadollah Mirsa sich verborgen hielt, fragte ich ihn: »Wo steckt Asadollah Mirsa denn jetzt, Masch Qasem?«

»Nun, mein Junge, warum sollte ich lügen? Mit einem... ja, ja... steht man schon im Grab. Heute Morgen hat mich der Herr bei Anbruch der Dämmerung zu seinem Haus geschickt, doch da ist er die ganze Nacht nicht gewesen. Schamsali Mirsa macht sich wirklich Sorgen, er sollte jede Minute hier eintreffen...«

»Und was ist mit Asadollah Mirsa passiert?«

»Nun, mein Junge, es ist, als hätte er sich in Luft aufgelöst, oder er hat solche Angst vor Dustali Khan, dass er sich irgendwo versteckt hält.«

»Das heißt, wir müssen jetzt eine Suche nach Asadollah Mirsa starten.«

»Wohl wahr, mein Junge. Und dein Vater ist verdammt gut darin, das Feuer weiter zu schüren, also wirklich. Gestern hat er mitten in der Nacht diesen Ghiasabadi in sein Haus geschleift. Ich habe gehört, wie er ihm erzählte, dass Dustali Khan Asadollah Mirsa getötet hätte. Zum Glück habe ich es mitbekommen und dem Burschen – er ist nämlich aus meiner Heimatstadt, weißt du – erklärt, dass sie alle miteinander verfeindet sind und nur Aufruhr stiften wollen. Ohne mich würde dieser Kommissar heute schon wieder überall seine Nase reinstecken.«

»Allah segne dich, Masch Qasem.«

Nach kurzem Zögern und mehrmaligem Wechsel der Gesichtsfarbe brachte ich es über mich, Masch Qasem zu bitten, Leili zu fragen, ob sie kurz in den Garten kommen könnte. Ich wusste nicht, was ich ihr sagen sollte, doch ich wollte sie unbedingt wieder sehen. Ich vermisste sie schrecklich.

Masch Qasem nickte und erwiderte lächelnd: »Nun, mein Junge, wenn ich mich nicht irre, hast du dich in Duschizeh Leili verguckt, was?«

Egal, wie heftig ich protestierte, Masch Qasem hatte an meinem Erröten bemerkt, was mit mir los war. Mit gütiger Stimme sagte er: »Also gut, mein Junge, ich hab bloß so vor mich hingeredet, ist ja nichts Verkehrtes...«

Als Leili im Garten erschien, sagte Masch Qasem leise zu mir: »Ich bleibe bei der Tür zu den Privatgemächern. Wenn der Herr auftaucht, huste ich laut, und dann nimm die Beine in die Hand, mein Junge.«

Offenbar wusste Masch Qasem bestens Bescheid über mein Geheimnis, doch der warme Ausdruck in Leilis Augen vertrieb alle Furcht aus meinem Herzen.

»Hallo, Leili.«

»Hallo, du wolltest mit mir reden.«

»Ja... ich meine, nein... Ich habe dich vermisst.«

»Warum?«

Leilis sanfter Blick schien mir die Dinge entlocken zu wollen, die ich nicht zu sagen wagte. Ich war durchaus entschlossen, ihr meine Liebe zu gestehen, doch ich konnte die rechten Worte nicht finden. Die Sätze der Liebenden aus den Büchern, die ich gelesen hatte, kamen mir in den Sinn: »Ich mag dich sehr«, »Ich habe mich in dich verliebt«, »Ich liebe dich«. Als ich spürte, dass ich knallrot anlief, platzte es schließlich aus mir heraus: »Leili, ich habe mich in dich verliebt.«

Und dann rannte ich schnell wie der Blitz zu unserem Haus und fand mich schon im nächsten Augenblick in meinem Zimmer wieder. O Allah, warum war ich weggelaufen? Ich verstand mich selbst nicht. Ich ging im Kopf die bekannten Geschichten durch, doch ich hatte noch nie von einem Liebenden gehört, der nach dem Geständnis seiner Liebe davongelaufen war.

Nach strengem Selbsttadel, beträchtlichem Zögern und innerem Zwiespalt beschloss ich erneut, dass es das Beste wäre, meinen Liebesbrief zu Ende zu schreiben und Leili persönlich zu überreichen.

Wieder verfasste ich mehrere Entwürfe, die ich alle zerriss. Ich weiß nicht, wie viele Stunden vergangen waren, als ich im Garten Lärm hörte. Fast alle meine Onkel und Tanten waren um den Rosenbusch versammelt. Auch Schamsali Mirsa war da. Als ich meine Mutter zwischen ihnen sitzen sah, lief ich schnell hinunter. Den Gesprächsfetzen, die ich aufschnappte, entnahm ich, dass Onkel Oberst die Verantwortung für eine konzertierte Aktion der Familie übernommen hatte, die unter seiner Führung bei Lieber Onkel Napoleon vorsprechen und erst wieder gehen wollte, wenn alle Familienstreitigkeiten beigelegt waren.

Onkel Oberst hatte gerade zu einer mitreißenden Rede angesetzt, als er von Lieber Onkel Napoleons Gebrüll unterbrochen wurde: »Konntest du dir keinen Schwächeren als mich aussuchen, um auf ihm herumzuhacken? Warum gehst du nicht zu dem gemeinen Kerl nebenan und machst dort Spektakel? Denkst du nie daran, welche bösartigen Intrigen er jetzt wieder aushekt? Begreifst du nicht, dass der Mistkerl Dustali gefunden und nach Hause geschickt hat, um Ärger zu stiften? Weißt du nicht, dass der arme Asadollah sich aus Angst vor Dustali seit gestern Abend versteckt hält?«

Lieber Onkel Napoleons Gesicht war tiefrot, und er brüllte so laut, dass niemand es wagte, den Mund aufzumachen.

Alle gingen davon aus, dass Asadollah Mirsa wegen Dustali Khans Heimkehr aus dessen Haus geflohen war, doch Aziz al-Saltaneh erklärte, Asadollah Mirsa habe das Haus schon verlassen, bevor Dustali heimgekommen sei. Die Flucht über das Dach ließ sie geflissentlich unerwähnt.

»Seht ihr«, sagte Lieber Onkel ruhiger. »Anstatt mir mit Klagen und einem Ultimatum zu kommen, solltet ihr lieber Asadollah aufspüren.«

Er schwieg eine Weile und fügte dann mit düsterer Miene an Masch Qasem gewandt hinzu: »Sag, was du weißt! Meine Damen und Herren, hört aufmerksam zu, dann werdet ihr sehen, mit welchen Schwierigkeiten ich zu kämpfen habe. Qasem, erzähl ihnen die Sache mit Asadollah!«

Masch Qasem kratzte sich am Kopf und begann: »Tja nun, warum sollte ich lügen? Mit einem Bein ... ja, ja ... Ich war im gedeckten Basar, als ich den Bäckerjungen sagen hörte, er habe heute Morgen bei Schir Ali, dem Fleischer, ein Brot angeliefert und durch einen Spalt in der Tür Asadollah Mirsa gesehen ...«

»Was?«

»Wie das?«

»Wirklich?« Alle Münder standen vor Erstaunen offen, bevor erneut ein allgemeiner Tumult ausbrach. Jeder fing an, Asadollah wüst zu beschimpfen, Wörter wie »Idiot«, »schamlos«, »unverfroren«, »empörend« und dergleichen schwirrten durch die Luft.

Schließlich brüllte der Oberst: »Ruhe, alle miteinander! Hab ich das richtig verstanden? Und dieser Bäckerjunge ist sicher, dass er sich nicht geirrt hat? Hast du herausgefunden, ob er die Wahrheit sagt?«

Masch Qasem nickte und antwortete: »Allah, steh mir bei, Herr, ich bin zur Tür von Schir Alis Laden gegangen und habe nachgefragt, ob es stimmt. Sobald der Hund den Namen Asadollah Mirsa hörte, hat er ein Theater gemacht wie ein brüllender Büffel. ›Wer hat dir das erzählt?‹, wollte er wissen und ist mit seinem Beil auf mich losgegangen. Ich hatte solche Angst, dass ich es ihm verraten habe und weggelaufen bin, so schnell meine Beine mich trugen.«

»Und jetzt ist er wahrscheinlich hinter dem armen Teufel von einem Bäckerjungen her!«

»Nein, ich habe den Jungen danach noch auf der Straße getroffen und ihm gesagt, er solle sich nicht in der Nähe von Schir Alis Laden blicken lassen.«

»Lass dir etwas einfallen, Bruder«, meinte Onkel Oberst mit gerunzelter Stirn. »Und ich werde jemanden vorbeischicken, um dem Idioten ausrichten zu lassen, dass er Schir Alis Haus sofort verlassen soll. Dieser Trottel Asadollah ruiniert den jahrhundertealten guten Ruf unserer Familie! Hast du daran schon gedacht? Ein ehrwürdiger Mann aus guter Familie, der im Haus dieses Fleischers verkehrt...«

In diesem Moment traf auch Dustali Khan ein. Äußerlich schien er sich ein wenig beruhigt zu haben, und auch die Tatsache, dass er Onkel Obersts Einladung gefolgt war, sich der Deputation anzuschließen, zeigte, dass er nicht länger auf Rache sann. Doch als er erfuhr, dass Asadollah Mirsa sich in Schir Alis Haus aufhielt, wurde er sehr wütend und verfluchte nicht nur Asadollah, sondern jeden Müßiggänger aus vornehmem Haus. Schließlich erklärte er mit vor Wut erstickter Stimme: »Ich... ich bin kein Mann, wenn ich diesen Kerl nicht töte, diesen schamlosen Ehrendieb...«

»Das reicht!«, unterbrach Onkel Napoleon ihn. »Deiner Ehre ist doch nichts passiert, oder? Weshalb echauffierst du dich über Schir Alis Ruf?«

»Es geht um den Ruf unserer Familie, um ihre Ehre. Bedenke nur: Ein Mann aus unserer Familie in Schir Alis Haus, jemand aus der Aristokratie im Haus eines Fleischers... mit einer jungen Frau. Wenn ich ihn gestern Abend gefunden hätte, wäre diese neue Schandtat nicht geschehen. Eine Schlange muss man töten, sonst beißt sie! Der schamlose Wüstling!«

Der Einzige, der mehr oder weniger die Fassung wahrte, war Lieber Onkel Napoleon; alle anderen, Frauen wie Männer, schrien wütend durcheinander, dass Asadollah Mirsa um jeden Preis dazu bewogen werden musste, Schir Alis Haus zu verlassen.

Nachdem Lieber Onkel dargelegt hatte, wie sich Napoleon in ähnlicher Lage taktisch verhalten hätte, schlug er vor, eine Delegation loszuschicken, die Asadollah Mirsas Befürchtungen zerstreuen und ihn unter allen Umständen davon überzeugen sollte, sein Asyl aufzugeben. Onkel Oberst und Schamsali Mirsa meldeten sich freiwillig, doch Lieber Onkel Napoleon erklärte gebieterisch: »Nein, ihr bleibt hier. Ich werde selbst gehen!«

Lautstarke Einwände wurden vorgebracht. »Es ist nicht richtig, dass du gehst, Djenab. Es ist unter deiner Würde, Schir Alis Haus zu betreten.«

Doch Lieber Onkel schnitt ihnen das Wort ab. »Es ist zufälligerweise absolut richtig. Denn es sollte jemand gehen, der unparteiisch und unvoreingenommen ist.«

Onkel Oberst wollte protestieren, doch Lieber Onkel Napoleon beschied ihn knapp: »Ich sagte, es muss jemand sein, der unparteiisch und unvoreingenommen ist«, wobei er die Worte »unparteiisch« und »unvoreingenommen« besonders betonte. Dann zupfte er den Umhang über seiner Schulter zurecht und rief: »Komm, Qasem, zeig mir, wo Schir Alis Haus ist. Beeil dich, ich muss mit dem Trottel reden, bevor Schir Ali nach Hause kommt.«

Lieber Onkel marschierte, offensichtlich bemüht, von den Nachbarn unbemerkt zu bleiben, mit Masch Qasem zu Schir Alis Haus, und ich folgte den beiden wie ein Schatten.

Sie klopften ein- oder zweimal; dann hörte man hinter

dem dicken Tor die zarte Stimme von Tahereh, Schir Alis Frau. »Wer ist da?«

Lieber Onkel hielt den Kopf dicht an das Tor und sagte, ohne die Stimme zu sehr zu heben: »Meine Dame, würden Sie bitte Asadollah Mirsa ausrichten, er möge zur Tür kommen.«

»Wem? Es gibt hier niemanden dieses Namens.«

»Meine Dame, bitte hören Sie mir zu. Wir wissen, dass Asadollah sich im Haus aufhält. Es ist eine Frage von entscheidender Wichtigkeit. Es wird ihm Leid tun, wenn er nicht zur Tür kommt. Es geht um Leben und Tod...«

Nach kurzem Schweigen vernahm man hinter der Tür Asadollah Mirsas Stimme. »Du hast nach mir gefragt, Djenab?«

»Asadollah, komm raus, ich möchte mit dir reden.«

»Moment, du bist das? Wie geht's?«

»Asadollah, mach das Tor auf!«

»Das wage ich nicht«, erwiderte Asadollah mit verängstigter Stimme. »Es ist nicht sicher. Mein Leben ist in Gefahr...«

»Asadollah, mach das Tor auf! Ich gebe dir mein Wort, dass die Angelegenheit geregelt ist. Es war ein Missverständnis. Dustali hat mir versprochen, dass er die Sache auf sich beruhen lassen wird.«

»Moment, Moment, selbst wenn du dem Wort dieses gemeingefährlichen Verrückten glaubst, ich tue es nicht.«

Obwohl seine Stimme vor Wut zitterte, versuchte Lieber Onkel, nicht laut zu werden. »Asadollah, ich bitte dich, ich befehle dir, mach die Tür auf!«

Asadollahs Stimme klang noch ängstlicher und besorgter, als er erklärte: »Ich möchte nicht ungehorsam sein, aber mein Leben ist in Gefahr. Ich weiß, dass ich diesem brutalen Henker nicht entkommen kann. Der Tod steht mir vor Augen, aber ich möchte noch eine Weile länger leben.«

»Halt den Mund, Asadollah, und mach das Tor auf!«

»Du kennst keine Gnade«, entgegnete Asadollah kummervoll. »Wenn du mein Gesicht sehen könntest, würdest du mich nicht wieder erkennen. Eine Nacht voller Sorgen und Todesangst hat mich um zwanzig Jahre altern lassen. Sag meinem Bruder, er möge mir vergeben. Ich habe gründlich über die Angelegenheit nachgedacht, Dustali wird sich keine weitere Mühe geben müssen.«

»Verflucht seist du und dein Gesicht! Verflucht seist du und dein Bruder!«

Und mit diesen Worten machte Lieber Onkel, das Gesicht zornrot, auf dem Absatz kehrt und marschierte zurück zu seinem Garten. Ich spähte durch einen Spalt im Tor auf Schir Alis Hof, weil ich gern Asadollah Mirsas gealtertes Gesicht gesehen hätte. Ich wollte ihm sagen, dass ich sein Versteck nicht verraten hatte und deshalb auch nicht für seinen Schmerz, sein Leiden und Altern verantwortlich war. Er trug nur ein Hemd und eine Hose. Das Hemd war ganz aufgeknöpft, sein Gesicht noch frischer und fröhlicher als sonst. In der Hand hielt er eine Schale gekühlte Limonade und rührte das Eis mit einem Finger um. Schir Alis Frau Tahereh stand ein wenig abseits und hielt sich die Hand vor ihre strahlend weißen Zähne, um nicht laut loszuprusten. Da hörte ich auf, mir Sorgen zu machen.

Als ich zu Lieber Onkels Haus zurückkehrte, berichtete dieser der versammelten Familie gerade von seiner erfolglosen Expedition.

Nachdem sich eine Weile alle gegenseitig angeschrien hatten, meinte Masch Qasem: »Wir müssen uns schnell etwas einfallen lassen, der arme unschuldige Herr, es hat ihn wirklich übel erwischt. Vielleicht tut er sich etwas Schreckliches an.«

»Er tut uns etwas Schreckliches an!«, schimpfte Onkel Oberst. »Er ruiniert unseren Ruf. Was ist bloß los mit ihm? Und welches bessere Versteck...?«

»Tja nun, warum sollte ich lügen? Mit einem Bein... ja, ja... Als ich seine Stimme hinter der Tür gehört habe, habe ich mir wirklich große Sorgen gemacht. Man hätte meinen können, er wäre dreißig Jahre älter. Als ob sein Kopf zwischen den Zähnen eines Leoparden...«

»Red nicht solchen Unsinn, Masch Qasem«, unterbrach Lieber Onkel Napoleon ihn ungeduldig. »Nachdem dieser Kerl offensichtlich keinerlei Rücksicht auf den Ruf seiner Familie nimmt, müssen wir uns wohl etwas anderes einfallen lassen.«

Wieder begann eine hitzige Debatte. Praktisch alle waren sich einig, dass man jemanden zu Schir Ali, dem Fleischer, schicken sollte, um ihm mitzuteilen, dass es nicht richtig sei, wenn Asadollah Mirsa in seinem Haus weilte, und dies Gegenstand von allerlei Tratsch werden könnte. Allerdings wollte niemand die schwierige Aufgabe übernehmen, und man war sich einig, dass der einzige Mann, der einer solchen Mission gewachsen wäre, Lieber Onkel Napoleon sei.

Doch als der nichts davon hören wollte, erklärte Dustali Khan in einem plötzlichen Anfall von Wagemut: »Lasst ihm ausrichten, dass er herkommen soll. Ich werde es ihm sagen.« Er war so begierig, sich an Asadollah zu rächen, dass er sich in einen tapferen und furchtlosen Mann verwandelt hatte.

Man schickte Masch Qasem, Schir Ali zu holen, doch er kehrte nach einer Weile allein zurück.

»Gelobt sei Allah... in dieser Welt bekommt jeder Übeltäter seine gerechte Strafe.«

»Was ist passiert, Masch Qasem? Wo ist Schir Ali?«

»Tja nun, warum sollte ich lügen? Sein Laden war geschlossen. Er hat wieder eine Schlägerei angefangen und man hat ihn verhaftet. Die Sache war so, der Bäckerjunge hat dem Teigkneter erzählt, dass Asadollah Mirsa in Schir Alis Haus war, und der Teigkneter hat sich deswegen über

Schir Ali lustig gemacht, und Schir Ali ist mit einer Hammelkeule auf ihn losgegangen. Der Teigkneter war bewusstlos und musste ins Krankenhaus gebracht werden. Und die Polizei hat Schir Ali verhaftet...«

»Schir Ali verhaftet?«

»Wie lange wollen sie ihn dabehalten?«

Nachdem der Lärm sich wieder gelegt hatte, stammelte Dustali Khan, dem offenbar erst jetzt bewusst wurde, was das bedeutete, mit verdatterter Miene: »Dann... dann... wenn sie Schir Ali ins Gefängnis gesteckt haben, heißt das... das heißt, dass er zehn... vielleicht zwanzig Tage, vielleicht sogar Monate in Haft bleibt. Djenab, du musst dir etwas einfallen lassen!«, schrie er Lieber Onkel an. »Was sollen wir bloß machen?«

»Was soll denn das Theater?«, brüllte Lieber Onkel zurück. »Was schreist du hier rum? Warum ist Schir Ali auf einmal so wichtig?«

Ihr Streit wurde unterbrochen, als das Gartentor aufging und Aziz al-Saltaneh den Garten betrat. Sie war offensichtlich bei der Polizei gewesen, um ihre Anzeige vom Vortag zurückzuziehen. Als er seine Frau erblickte, ging Dustali zu ihr und sagte mit bebender Stimme: »Wusstest du, dass man Schir Ali verhaftet hat?«

»Großartig... Er sei verflucht zusammen mit seinem verfaulten Fleisch.«

Doch Dustali Khan ergriff ihren Arm und erklärte erregt: »Aber dieser Ehrendieb hält sich in Schir Alis Haus auf. Dieser schamlose Herumtreiber...«

»Oh, dieser Asadollah«, sagte Aziz al-Saltaneh mit einem wissenden, koketten Lächeln, »was der alles anstellt, der Schlingel.«

Doch dann erstarb ihr Lächeln plötzlich, als hätte sie erst jetzt begriffen. Mit aufgerissenen Augen starrte sie auf das Tor und knurrte: »Was, Asadollah und... diese... diese kleine Schlampe, ist sie auch da?« Alle verstummten und blickten erstaunt auf Aziz al-Saltaneh.

Dustali schwieg ebenfalls, doch seine Oberlippe samt Schnurrbart zitterte, obwohl er sich bemühte, seinen Zorn zu zügeln: »Allah schenke Rokn al-Dins Seele Frieden, aber indem er im hohen Alter noch dieses Kind gezeugt hat, hat er den Ruf der ganzen Familie befleckt... und dann noch mit der Tochter des Gärtners!«

Schamsali Mirsa runzelte wütend die Stirn und sagte: »Agha Dustali Khan, ich bitte, die Toten ruhen zu lassen.«

»Die Toten ruhen in Frieden bei Allah«, gab Dustali Khan noch wütender zurück. »Sie hinterlassen den Lebenden nur so ein Durcheinander. Wäre es ein großer Verlust gewesen, wenn dein verstorbener Vater, Allah schenke seiner Seele Frieden, nicht so freimütig den Gürtel seiner Hose gelockert und diesen Asadollah gezeugt hätte? Wäre es das Ende der Welt gewesen, wenn er diesen Wolf nicht auf anderer Leute Frauen und Kinder losgelassen hätte?«

»Agha Dustali Khan, ich bitte, solche Reden über das freimütige Lösen von Gürteln zu unterlassen! Hat Khanum Aziz al-Saltaneh etwa meinetwegen ein Tranchiermesser mit ins Bett gebracht?«

Doch Dustali Khan war so fuchsteufelswild, dass er die Anwesenheit seiner Frau und die Ereignisse am Abend der Trauerzeremonie offenbar vergessen hatte. Ohne Schamsali Mirsas Bemerkung zu beachten, brüllte er: »Hör auf, diesen schamlosen Dieb zu verteidigen! Also gut, er ist dein Bruder. Aber er ist auch ein Dieb... ein Dieb anderer Leute Ehre. Jawohl, der große und mächtige Asadollah Mirsa ist ein Dieb anderer Leute Ehre!«

Aziz al-Saltaneh hingegen schien tief in Gedanken versunken und den Lärm um sich herum gar nicht wahrzunehmen. Doch als sie den Namen Asadollah hörte, kam sie wieder zu sich und herrschte ihren Mann mit Furcht einflößender Stimme an: »Halt's Maul, Dustali! Ich wünschte, du hättest ein Härchen von ihm an deinem Körper! Ich wünschte, alle Diebe wären wie er! Ich bin sicher«, fügte sie leiser hinzu, »dass diese kleine Schlampe den armen Mann verhext hat!«

Sie drehte sich zu Lieber Onkel Napoleon um und rief: »Und du sitzt bloß rum! Ein ehrbares Mitglied unserer Familie ist Gefangener im Haus von Schir Ali, dem Fleischer, und du unternimmst nichts? Was willst du machen, wenn diese Schlampe ihm einen Liebestrank eingeflößt hat?«

»Nicht wütend werden, Verehrteste«, entgegnete Lieber Onkel ruhig. »Ich komme soeben von Schir Alis Haus. Ich habe durch das geschlossene Tor mit Asadollah gesprochen, doch er wollte nicht herauskommen, und das war's. So sehr ich auch gefleht und gebrüllt habe, er wollte nicht nachgeben.«

»Warum? Was hat er gesagt?«

»Woher soll ich das wissen, Verehrteste, tausend Albernheiten, tausend Dummheiten, er sagt, er wagt es nicht herauszukommen, weil er Angst vor Dustali hat, aber...«

»Aus Angst vor Dustali? Und wessen Hund ist Dustali, dass er es wagt, eine Hand gegen den Sohn meines Onkels zu erheben? Ich werde hingehen und ihn selbst holen. Ich muss gehen, denn diese Schlampe mit der vulgären Figur kennt tausend Tricks, die Leute zu verhexen. So wie sie es jetzt mit Asadollah gemacht haben muss, sonst würde er bestimmt nicht dort bleiben wollen...«

»Verehrteste«, wandte Lieber Onkel Napoleon ein, »es könnte ja sein, dass er ganz glücklich ist...«

»Was redest du?«, unterbrach Aziz al-Saltaneh ihn. »Dem jungen Mann könnte etwas Schreckliches zustoßen.«

Endlich fand Masch Qasem die Gelegenheit, etwas zu sagen: »Die Dame hat Recht. Als ich Agha Asadollah Mirsas Stimme hinter der Tür gehört habe, hat sie gezittert wie die eines Kindes. Er war in einem wirklich üblen Zustand. Als ob er Typhus hätte. Er konnte kaum einen Ton herausbringen, als ob sein Kopf zwischen den Zähnen eines Leoparden gesteckt hätte.«

Aziz al-Saltaneh schlug die Hände vors Gesicht. »Oh, der Schlag soll mich treffen, der arme Junge. Wie es ihm wohl in diesem Moment ergeht? Und diese Versammlung hier schimpft sich seine Verwandtschaft.«

Damit machte sie sich auf den Weg. »Ich weiß, dass er sofort herauskommen wird, wenn ich mit ihm gesprochen habe. Von euch hat der Arme ja bisher noch kein freundliches Wort gehört!«

Dustali Khan stand ebenfalls auf. »Ich komme mit und erkläre ihm, dass ich ihm seine Sünden vergeben habe. Ich muss ihn davon überzeugen...«

»Bleib du schön sitzen! Wenn der arme Junge deine hässliche Stimme hört, wird sein Mut wieder sinken.«

Als Aziz al-Saltaneh davonstapfte, rief Lieber Onkel Napoleon ihr nach: »Erzähl ihm nicht, dass man Schir Ali ins Gefängnis geworfen hat, weil er sonst vielleicht überhaupt nicht mehr rauskommt...«

Ich folgte Aziz al-Saltaneh zu Schir Alis Haus. Die Gasse war ruhig, und ich konnte aus sicherem Abstand beobachten, wie sie ein paar Mal an das Tor klopfte, bevor man die Stimme von Tahereh, Schir Alis Frau, vernahm. Aziz al-Saltaneh verhandelte eine Weile mit ihr und drohte ihr schließlich, bis sie einwilligte, Asadollah an die Tür zu rufen.

Als er kam, säuselte Aziz al-Saltaneh mit bemüht sanfter Stimme: »Asadollah, mach die Tür auf, damit ich mit dir reden kann.«

»Du kannst mich um alles bitten, Verehrteste, nur nicht darum, dieses Haus zu verlassen. Ich fürchte um mein Leben.«

»Ich sage, du sollst die Tür aufmachen! Dustali würde es

nicht wagen, eine Hand gegen dich zu erheben. Ich habe ihm alles vergeben, und er hat uns alles vergeben...«

»Verehrteste«, unterbrach Asadollah sie mit zitternder Stimme, »ich fürchte... ich weiß, dass Dustali jetzt bei dir ist. Ich weiß, dass er ein Messer hinter seinem Rücken verbirgt, das er mir ins Herz stoßen will...«

»Öffne die Tür einen Spalt und sieh selbst, Dustali ist nicht hier, Asadollah. Denk doch nur, was die Leute sagen werden, du allein unter einem Dach mit dieser Frau...«

»Moment, Moment, gelobt sei Allah, aber solche Beziehungen sind gar nicht meine Sache. Schir Ali ist für mich wie ein Bruder, seine Frau und seine Kinder sind wie meine eigenen. Warte, bis Schir Ali nach Hause kommt, dann werde ich dieses Haus wieder in seine Obhut geben und stehe zu deinen Diensten.«

»Asadollah, du weißt doch, dass Schir Ali in ein Handgemenge verwickelt war und eingesperrt worden ist! Wie kannst du...«

»Was? Allmächtiger Allah, Schir Ali ist im Gefängnis? Nun, dann ist es mir vollkommen unmöglich, einen Fuß vor dieses Haus zu setzen. Mein Pflichtgefühl und mein Gewissen befehlen mir zu bleiben. Allmächtiger Allah, welch eine schwere Aufgabe!«

An seiner Stimme konnte man erkennen, dass er die Nachricht von Schir Alis Verhaftung schon erfahren hatte und nur Theater spielte.

Aziz al-Saltaneh hielt ihren Kopf noch dichter ans Tor und flüsterte: »Asadollah, bitte, tu es für mich. Komm raus. Blamier mich nicht vor den anderen.«

»Verehrteste«, erwiderte Asadollah Mirsa, »ich bin bereit, mein Leben für dich hinzugeben, aber ich habe eine Pflicht zu erfüllen, aus der mein Gewissen mich nicht entlassen wird. Du würdest doch auch nicht wollen, dass ich SchirAlis Frau und Kinder ohne Schutz lasse, wenn sie meiner Obhut anvertraut sind und er ins Gefängnis geworfen wurde.«

»Schir Ali hat gar keine Kinder, Asadollah!«

»Nun, da ist immer noch seine Frau, Verehrteste, und sie ist wie ein Kind. Das arme Ding weint wie eine Wolke im Frühling. Ich kann ihr Gesicht unter dem Schleier nicht sehen, aber ich höre ihr Schluchzen. Das arme, unschuldige Kind!«

Aziz al-Saltaneh versuchte es noch eine Weile weiter, jedoch ohne Erfolg. Deftige Flüche gegen Schir Ali und seine Frau ausstoßend, stapfte sie schließlich wie ein wandelnder Vulkan Richtung Lieber Onkels Garten davon.

Ich folgte ihr wie ein unsichtbarer Schatten, als ich plötzlich bemerkte, dass der Apotheker, der die Geschäfte meines Vaters führte, unser Haus betreten hatte. Das war eine Sache, die mir noch wichtiger war, und ich schlich an die Terrassentür. Bei all den Ereignissen der letzten Tage war ich ein geübter Lauscher geworden und hielt ganz selbstverständlich mein Ohr an die Scheibe.

Der Apotheker wischte sich den Schweiß von der Stirn und sagte: »Sie können ein Abschiedsgebet für die Apotheke sprechen, es ist alles vorbei. Die Tatsache, dass wir einen Tag geschlossen und dafür auf einem Schild eine Pilgerfahrt als Grund angegeben haben, hat nichts genutzt.«

»Aber hat der Seyed nicht gesagt, was wir ihm aufgetragen haben?«

»Das hat er. Der arme Seyed Abolqasem ist auf die Kanzel gestiegen, um die Dinge richtig zu stellen, aber offenbar hat ihm niemand zugehört. Wenn sich in dieser Leute Köpfe erst einmal etwas festgesetzt hat, ist es schwer, es ihnen wieder auszutreiben.«

»Aber was sagen die Leute? Was ist denn los mit ihnen?«

»Nichts, sie sagen gar nichts. Aber nicht ein einziger Kunde hat heute auch nur ein Gramm Glaubersalz gekauft.

Heute wollte ein Passant die Apotheke betreten, aber die Händler in der Nachbarschaft haben ihn derart verflucht, dass er es sich anders überlegt hat.«

Durch das Fenster sah ich, dass mein Vater kalkweiß geworden war und die Lippen zusammenkniff. Schließlich erklärte er mit gepresster Stimme: »Wir müssen eine Lösung finden.«

»Es gibt keine Lösung. Ich kenne die Leute aus diesem Viertel sehr gut. Selbst in akuter Todesgefahr würden sie keine Medikamente von uns kaufen, weil sie es sich in den Kopf gesetzt haben, dass wir unsere Arzneien mit Alkohol herstellen. Ich kann nicht mehr in der Gegend bleiben. Wo ich auch hinkomme, schimpft man mich einen gottlosen Heiden. Ich habe den Laden erst einmal geschlossen, bis uns etwas einfällt.«

Mein Vater lief eine Weile mit gerunzelter Stirn im Zimmer hin und her, blieb dann unvermittelt stehen und sagte mit einer Stimme, die vor Wut und Hass nicht wiederzuerkennen war: »Dieser dreckige, schamlose Hund hat mich um meinen Lebensunterhalt gebracht. Ich will kein Mann sein, wenn ich mich nicht räche, wenn ich ruhe, bevor ich an seinem Grab stehe. Dreist! Obszön! Er soll seinen Napoleon haben, dass ihm Hören und Sehen vergeht!«

»Was soll ich jetzt tun, Herr?«

»Nichts, Sie können… Sie können… Sie können den Strom abschalten und die Apotheke bis auf weiteres schließen.«

Der Apotheker verabschiedete sich mit besorgter Miene, und mein Vater fing wieder an, im Zimmer auf und ab zu marschieren. Er war in so schlechter Verfassung, dass ich blieb, weil ich Angst hatte, er könnte zusammenbrechen. Als ich an seinen Bewegungen erkannte, dass er sich ein wenig beruhigt hatte, ging ich zu Lieber Onkels Haus, um zu sehen, was dort vor sich ging. Es waren noch alle versammelt, und auch Aziz al-Saltanehs einfältige Tochter Qamar war eingetroffen, die man am Tag zuvor zu Verwandten geschickt hatte.

Die Debatte war noch immer im Gange. Vor allem Aziz al-Saltaneh und Dustali Khan waren hochgradig erregt und wütend. In meiner Abwesenheit hatte Dustali Khan das Polizeirevier angerufen, um die vorübergehende Freilassung von Schir Ali zu erwirken, doch man hatte ihm erklärt, dass man Schir Ali nicht auf freien Fuß setzen könnte, bis sich der Zustand des Opfers – gemeint war der Teigkneter – stabilisiert hätte.

Als ich ankam, erklärte Aziz al-Saltaneh gerade: »Ich weiß, dass dieses Flittchen den armen Asadollah verhext hat, sonst hätte er auf mich gehört. Warum schicken wir nicht nach Agha Khorasani, damit er eine Essigmischung gegen bösen Zauber an die Tür von Schir Alis Haus spritzt?«

»Was soll das heißen, böser Zauber? Was für einen Blödsinn redest du da? Der Lümmel ist dort geblieben, damit er mit SchirAlis Frau herumpoussieren kann.«

»Was? Du vorlauter Flegel! Ein Mann soll eine ehrbare Dame verlassen haben, um mit dieser hässlichen Schachtel herumzupoussieren! Noch dazu ein Mann wie Asadollah!«

Dustali konnte natürlich schlecht das Aussehen von Schir Alis Frau verteidigen, doch er flüchtete sich in eine Flut von üblen Flüchen gegen Asadollah, bis Aziz al-Saltaneh explodierte: »Dustali, ich geb dir gleich ein paar aufs Maul, dass dein Gebiss herausfällt! Wer den Enkel meines Großonkels beleidigt, beleidigt auch mich!«

Lieber Onkel musste dazwischen gehen. »Ruhe!«, brüllte er. »Warum geht ihr nicht und streitet zu Hause? Womit habe ich es verdient, mir euer Gewäsch anhören zu müssen? Asadollah kann meinethalben in Schir Alis Haus bleiben, bis das Gras unter seinen Füßen wieder grün wird! Was geht euch das an? Seid ihr Asadollahs oder Schir Alis Hüter oder Advokaten?«

»Bruder«, warf Onkel Oberst ein, »ich flehe dich an, werd nicht wieder wütend. Du solltest zumindest ruhig bleiben. Wir waren gekommen...«

»Weshalb seid ihr gekommen? Was wollt ihr von mir?«

»Werd doch nicht gleich zornig! Eigentlich sind wir hier, um die bestehenden Meinungsverschiedenheiten beizulegen, aber wie man sieht, ist etwas Wichtigeres dazwischen gekommen. Die Ehre und der gute Ruf der Familie sind in Gefahr. Wir müssen Asadollah unbedingt aus Schir Alis Haus locken. Ich schlage vor, dass wir den verwundeten Teigkneter besuchen. Vielleicht ist die Verletzung gar nicht so schlimm, vielleicht täuscht er sie nur vor, um sich an Schir Ali zu rächen. In diesem Fall könnten wir ihn vielleicht mit einem finanziellen Anreiz dazu bringen, seine Anzeige zurückzuziehen, und man wird Schir Ali noch heute auf freien Fuß setzen.«

»Und nun soll ich in meiner Lage auch noch einen Teigkneter besuchen und ihn überreden, seine Anzeige gegen einen Fleischer fallen zu lassen?«

»Ich meinte nicht unbedingt dich persönlich. Einer von uns. Wir könnten zum Beispiel Masch Qasem schicken.«

»Warum ist es überhaupt notwendig, dass Schir Ali freigelassen wird?«, brüllte Lieber Onkel Napoleon. »Es geschieht ihm recht, wenn er mit Lammkeulen auf andere Menschen einschlägt. Der Mann war eine Plage für die gesamte Nachbarschaft, und wo der Staat ihn nun endlich einmal bestrafen will, wollt ihr intervenieren!«

»Schir Ali ist uns egal. Es geschieht ihm recht. Er bekommt, was er verdient. Soll er im Gefängnis verfaulen. Aber wir machen uns Sorgen um die Ehre der Familie und um Asadollah. Asadollah in Schir Alis Haus! Wie sollen wir den Nachbarn morgen noch in die Augen blicken?«

»Meine Herren«, sagte Lieber Onkel Napoleon, bemüht, seine Wut zu unterdrücken, »ist dies wirklich das erste Mal, dass Asadollah Mirsa anderer Leute Häuser betreten hat? Also wirklich, tut, was ihr für richtig haltet. Schickt Masch Qasem meinethalben zum Teigkneter, Bäcker, Stoffhändler oder Gemüsehöker...«

Aziz al-Saltanehs Tochter Qamar, die bisher emsig an einer Gerstenzuckerstange geleckt hatte, fragte: »Mami? Dann hat man Asadollah Mirsa also ins Gefängnis geworfen?«

»Nein, mein Schatz, man hat Asadollah nicht ins Gefängnis geworfen, eine bösartige Person hält den armen Jungen gefangen.«

»Oh, der Schlag soll mich treffen, der arme Asadollah Mirsa. Ich hoffe, dass sie ihn bald freilassen, denn er will mich mit auf eine Reise nehmen.«

»Was? Eine Reise? Wohin denn?«

Noch immer an ihrer Zuckerstange leckend, verkündete Qamar: »Am Abend des Fests hat er zu mir gesagt: ›Wenn du ein braves Mädchen bist und es keinem erzählst, nehme ich dich mit auf eine Reise nach San Francisco.‹ Ist San Francisco schön, Mami?«

Aziz al-Saltaneh versuchte sie mit einem wütenden Blick zum Schweigen zu bringen, doch Qamar wollte sich nicht so leicht geschlagen geben. »Wirklich, Mami, ist es schön?«

»Nein, nicht für Kinder...« Sie seufzte. »Allah mach ihn zum Krüppel, was dieser Asadollah alles daherredet«, fügte sie hinzu, ohne wirklich wütend zu klingen.

»Seht ihr?«, sagte dafür Dustali Khan aufgebracht: »Wollt ihr diesen Ehrendieb immer noch verteidigen?«

»Halt einfach die Klappe!«, wies Aziz al-Saltaneh ihn zurecht, und warf ihrem Mann einen drohenden Blick zu. »Der arme Junge hat bloß einen Witz gemacht.«

»Nachdem der Djenab nun seine Erlaubnis erteilt hat«,

ging Onkel Oberst dazwischen, »sollten wir keine Zeit mehr verlieren. Lauf, Masch Qasem! Finde diesen Teigkneter! Hier hast du ein bisschen Geld. Du musst ihn auf jeden Fall davon überzeugen, seine Anzeige zurückzuziehen.«

»Da gibt es nur ein Problem«, meinte Masch Qasem, ohne den Kopf zu heben.

»Was für ein Problem?«

»Tja nun, warum sollte ich lügen? Mit einem Bein... ja, ja... Ich habe gesehen, wie sie den Teigkneter vor einer Stunde mit verbundenem Kopf nach Hause gebracht haben, und jetzt ist Dr. Naser al-Hokama bei ihm...«

»Dann kann er ja nicht schwer verletzt sein.«

»Nicht allzu schwer, nein, aber die Sache ist die, dass ich seit zehn oder zwölf Tagen nicht mehr mit dem Teigkneter rede. Erinnern Sie sich an den Tag, an dem in unserem Brot ein Stück Sackleinen war. Der Teigkneter und ich hatten eine kleine Auseinandersetzung deswegen, und der hinterhältige Lump hat mich mit einem Gewicht von seiner Waage direkt hier getroffen. Da bin ich wirklich zornig geworden und habe ihn mit einem Korb auf den Kopf gehauen, und dann hat man uns getrennt... und seither habe ich kein Wort mehr mit ihm gesprochen.«

»Was soll das heißen, du hast kein Wort mit ihm gesprochen? Ein Erwachsener läuft doch nicht rum und schmollt wie ein Kind.«

»Mit jemandem nicht zu reden, hat nichts damit zu tun, wie alt man ist. Der Herr spricht im Moment ja auch nicht mit dem Mann seiner Schwester.«

»Rede keinen Unsinn! Ab mit dir!«

»Tja nun, warum sollte ich lügen, Herr? Selbst wenn Sie mir die Halsschlagader aufschneiden, würde ich dem Teigkneter nicht mal ins Gesicht spucken. Wie kann ich da zu ihm gehen und ihm Honig ums Maul schmieren?«

Onkel Oberst, Dustali Khan, Aziz al-Saltaneh und sogar

Schamsali Mirsa bettelten noch eine Weile weiter, doch Masch Qasem beharrte auf seinem Standpunkt. »Wir Leute aus Ghiasabad tun solche schändlichen Dinge nicht. In meiner Stadt gab es einmal einen Mann... das heißt, er war nicht direkt aus Ghiasabad, sondern...«

»Also gut, du gehst nicht«, brüllte Onkel Oberst, »mach deswegen doch nicht so ein Gewese. Allah verfluche dich und den Mann aus deinem Dorf. Ich gehe selbst!«

Bei dieser Wendung der Ereignisse intervenierte Lieber Onkel Napoleon. Mit strenger Stimme verbat er sich, dass sein Bruder einen derart niederen Botengang selbst erledigte. Da er jedoch erkannte, dass alle anderen darauf bestanden, den Teigkneter um jeden Preis holen zu lassen, damit Schir Ali freigelassen werden konnte, wandte er sich an Masch Qasem: »Ich befehle dir, diesen Auftrag auszuführen, Masch Qasem. Genauso wie du meine Befehle auf dem Schlachtfeld ausgeführt hast! Stell dir vor, es wäre die Schlacht von Kazerun.«

Masch Qasem baute sich zu voller Größe auf. »Also gut, Herr, aber bedenken Sie die Macht Allahs und den Wandel der Zeiten. Damals haben Sie mir befohlen, gegen die Engländer zu kämpfen. Jetzt muss ich diesem Teigkneter hinterherlaufen. Ich weiß noch, einmal im dicksten Getümmel der Schlacht von Kazerun, ich hatte ein Gewehr in der Hand...«

»Das reicht, quatsch nicht, Qasem! Lauf! Dein befehlshabender Offizier hat dir einen Auftrag erteilt, den du unverzüglich auszuführen hast!«

Als Masch Qasem zurückkehrte, liefen alle im Zimmer auf und ab, ihre Geduld war fast erschöpft.

»Was ist passiert, Qasem?«, fragten sie und drängten sich um ihn.

»Tja nun, warum sollte ich lügen? Mit einem Bein... ja, ja... Ich habe nicht mit dem Teigkneter persönlich gesprochen. Ich habe seinen Bruder an die Tür rufen lassen, damit er ihm die Nachricht überbringt. Er ist ständig hin und her gelaufen, aber am Ende ist nichts dabei herausgekommen...«

»Wieso ist nichts dabei herausgekommen?«

»Nun, er sagt, Schir Ali muss zu ihm kommen und ihm vor allen Ladenbesitzern des Viertels die Hand küssen, bevor er ihm vergibt.«

Dustali Khan sank erschöpft auf das Sofa. »Nein, dieser schamlose Hund wird weiter in Schir Alis Haus bleiben!«

»Und dann habe ich gerade Esmail, den Schustermeister, getroffen«, fuhr Masch Qasem fort. »Er sagte, er hätte Schir Ali im Gefängnis besucht, und der hätte zu ihm gesagt: ›Lauf zu meinem Haus und sag meiner Frau, sie soll sich keine Sorgen machen und alles tun, damit unser Gast sich wohl fühlt, bis ich zurückkomme!‹«

Onkel Oberst schüttelte den Kopf und meinte: »Er muss fürwahr ein sehr großzügiger Gastgeber sein, um ihn derart willkommen zu heißen. Also wirklich, wie der Mann selbst sagen würde, also wirklich, Moment...«

10

Inmitten der hitzigen Debatte über Schir Alis Kampf mit dem Teigkneter geschah plötzlich etwas völlig Unerwartetes, das alle Anwesenden vor Staunen erstarren und den Atem anhalten ließ. Vermutlich traute niemand seinen Augen: Mein Vater war auf der Schwelle von Lieber Onkels Wohnzimmer aufgetaucht. Ich blickte zu Lieber Onkel Napoleon. Seine große Gestalt schien noch größer zu werden. Die Augen aufgerissen, stocksteif und mit offenem Mund starrte er den Neuankömmling an. Mein Vater streckte seine Hände aus und sagte mit bewegter Stimme: »Ich bin gekommen, deine Hände zu küssen und dich um Verzeihung zu bitten. Bitte, verzeih mir, Djenab.«

Er ging auf Lieber Onkel zu und blieb zwei Schritte vor ihm stehen. Lieber Onkel rührte sich nicht. Mein Herz pochte heftig. Ich wollte losschreien und Lieber Onkel auffordern, die Geste meines Vaters nicht unerwidert zu lassen; vielleicht wollte das jeder im Raum. Eine, wie mir schien, schier unendliche Zeit verstrich. Plötzlich breitete Lieber Onkel die Arme aus, und die beiden umarmten sich innig.

Von allen Seiten erhoben sich glückliche Stimmen. Meine Mutter stürzte sich auf die beiden und küsste ihre Gesichter.

Ich lief zu Leilis Zimmer, wohin sie, wie ich wusste, verbannt worden war, und rief: »Leili, Leili, komm und sieh! Mein Vater und Lieber Onkel haben sich versöhnt.«

Leili setzte zögernd einen Fuß vor die Tür. Als sie meinen Vater neben Lieber Onkel stehen sah, nahm sie meine Hand und drückte sie fest. »Leili, ich bin sehr glücklich«, flüsterte ich ihr ins Ohr.

»Ich auch.«

»Ich liebe dich, Leili.«

Leili wurde rot und sagte mit kaum hörbarer Stimme: »Ich liebe dich auch.«

Ich zitterte am ganzen Leib, eine heiße Woge erfasste mich von den Zehen bis zu den Haarspitzen. Ohne nachzudenken, breitete ich die Arme aus, um sie an meine Brust zu drücken, doch dann kam ich zur Vernunft und führte sie ins Wohnzimmer. Mein Vater hatte Lieber Onkels beide Hände ergriffen und war dabei, sich für alles, was er gesagt und getan hatte, zu entschuldigen, während Lieber Onkel immer wieder gerührt den Kopf schüttelte und meinte, das wäre belanglos und er hätte längst alles vergessen. Ich ließ Leilis Hand los, weil die Anwesenden sonst vielleicht etwas gemerkt hätten, und ging zu meinem Vater.

Als alle Platz genommen hatten, starrte mein Vater auf das Blumenmuster des Teppichs und begann mit seltsamer Stimme: »Heute ist etwas geschehen, was mein ganzes Leben verändert hat. Ich habe einen berühmten Mann getroffen, und als das Gespräch auf dich kam, sagte er etwas, was mich bewegte: ›Sie sollten stolz sein, einen solchen Mann in Ihrer Familie zu haben.‹ Ich wünschte, du hättest die Leidenschaft hören können, mit der er von dir gesprochen hat. Er sagte, Major Saxon, der während des Ersten Weltkriegs jahrelang hier stationiert war, hätte ihm erzählt, dass dieses Land ohne dich ganz anders aussehen würde. Ohne deinen heldenhaften Kampf und deine Vaterlandsliebe hätten die Engländer vieles anstellen können. Er sagte, während des Krieges im Süden wären sie bereit gewesen, tausend Pfund dafür zu zahlen, dich loszuwerden.«

Lieber Onkel blühte sichtlich auf, ein verzücktes Lächeln spielte um seine Lippen, während er meinen Vater keinen Moment aus den Augen ließ. »Derselbe Mann hat auch über deinen Kampf gegen den Despotismus gesprochen«, fuhr mein Vater im selben Tonfall fort. »Er meinte, ohne die Opfer, die du gebracht hast, hätten wir vielleicht keine Verfassung...«

»Wer ist dieser Mann?«, fragte Lieber Onkel mit geradezu kindlicher Begeisterung.

»Es tut mir Leid, aber ich kann seinen Namen nicht nennen. Das könnte äußerst gefährlich für ihn werden, weil er mir berichtet hat, was Major Saxon gesagt hat. Du weißt doch selbst am besten, dass die Engländer keine Gnade kennen, vor allem nachdem sie nun einen großen Krieg begonnen haben und Hitler täglich Bomben auf sie regnen lässt...«

Lieber Onkel war derart verwandelt, dass nicht viel gefehlt hätte, und er wäre meinem Vater um den Hals gefallen und hätte ihn auf den Mund geküsst.

»Wie heißt es so schön«, sagte Masch Qasem, der dem Gespräch aufmerksam folgte, »der Mond bleibt nicht immer hinter Wolken verborgen. Ich selbst weiß, wie der Herr es den Engländern gegeben hat. Und wenn man ihn lassen würde, würde er besser mit ihnen fertig werden als drei Hitlers!«

»Ich fühle mich stolz und geehrt«, fuhr mein Vater fort, »und ich bin beschämt, dass es dieses Missverständnis gegeben hat. Diese zufällige Begegnung hat mich wirklich einiges gelehrt.«

Wahrscheinlich vermuteten alle Anwesenden längst, dass mein Vater log. Doch sein Lobhudelei machte trotzdem alle sehr glücklich, weil sie glaubten, dass mein Vater es tat, um die Streitigkeiten beizulegen. Doch mein Mut sank von Sekunde zu Sekunde. Das unbestimmte Gefühl, das mich beschlichen hatte, als mein Vater loslegte, wurde zur erschreckenden Gewissheit, als mir das Gespräch mit dem Apotheker wieder einfiel. Mein Vertrauen in das Wohlwollen meines Vaters schwand vollends.

Doch der pries Lieber Onkels Heldentaten noch immer in den höchsten Tönen. »Derselbe Mann hat auch gesagt, dass die Engländer dich nie in Frieden lassen würden, wenn sie nicht mit dem Kampf gegen Hitler beschäftigt wären. Er meinte, im ganzen Nahen Osten hätte ihnen niemand so geschadet wie du. Major Saxon selbst soll wortwörtlich gesagt haben, dass es nur zwei Menschen gibt, die den Engländern das Leben wirklich schwer gemacht haben, zum einen der Djenab im Ersten Weltkrieg und zum anderen Hitler in diesem Krieg...«

Jemand der die Versammlung in Lieber Onkels Haus vor einer Stunde gesehen und nun erneut einen Blick auf sie geworfen hätte, hätte sie unmöglich wieder erkannt. Die traurigen, sorgenvoll gerunzelten Gesichter hatten sich entspannt. Alle waren glücklich und fröhlich. Nur Dustali Khan wirkte bekümmert; hin und wieder bedauerte er lautstark Asadollah Mirsas Abwesenheit, aber es war klar, dass ihn vielmehr der Gedanke an dessen Anwesenheit in Schir Alis Haus quälte. Im Grunde konnte Dustali Khan Asadollah Mirsa nicht leiden, vielleicht weil dieser bei Feiern und Zusammenkünften allzu viele Witze auf seine Kosten gemacht hatte und ihn in seiner Abwesenheit manchmal »Dustali, den Trottel«, nannte. Außerdem war Dustali Khan ein Lüstling und konnte es nicht ertragen, dass alle Frauen der Verwandtschaft samt ihren Freundinnen Asadollah Mirsas Gesellschaft genossen. Jedes Mal wenn der arme Dustali Khan eine deftige Klatschgeschichte erzählen wollte, sah er sich mit dem Tadel der Frauen konfrontiert. Und manch eine meinte: »Wenn schon ein Seitensprung, dann mit Asadollah, weil Frauen sich einen charmanten und witzigen Mann wünschen!«

Und immer wenn Dustali sich für eine Frau interessierte, musste er feststellen, dass Asadollah Mirsa ihm zuvorgekommen war. Das galt vor allem für Schir Alis Frau, bei der Dustali offenbar nicht hatte landen können.

Als mein Vater also Lieber Onkels Tapferkeit pries, konnte Dustali sich nicht länger zurückhalten und mischte sich erneut in das Gespräch ein: »Aber denkt doch an Asadollah! Wie lange wollt ihr ihn noch im Haus dieses erbärmlichen Fleischers bleiben lassen?«

»Dustali, wo bleiben deine Manieren«, schnitt ihm Lieber Onkel Napoleon wütend das Wort ab. »Siehst du nicht, dass der Herr hier spricht? Wie sagtest du gerade...«

»Mitten im Ersten Weltkrieg«, fuhr mein Vater fort, »haben sie dann Major Saxon geschickt...«

Masch Qasem, der aufmerksam zugehört hatte, fragte Lieber Onkel: »War das nicht der große Bursche, der Sie mit einem Schwert angegriffen hat?«

Lieber Onkel bedeutete ihm mit einer Handbewegung zu schweigen. »Moment mal, damit ich das richtig verstehe... Diese Person, von der du sprichst, hat Major Saxon in jüngster Zeit getroffen?«

»O ja, erst vor zwei oder drei Monaten in Istanbul. Ich habe das nicht so genau mitbekommen, aber offenbar war er aus Kairo auf dem Weg nach irgendwohin. So Allah will, werde ich ihn, wenn all diese Probleme gelöst sind, in mein Haus einladen, und du kannst aus seinem eigenen Mund hören, was Major Saxon über dich gesagt hat. Es tut mir Leid zu berichten, dass er viel geflucht und sogar angedeutet hat, dass du auch noch mit anderen politischen Entwicklungen in Verbindung zu bringen seist.«

Lieber Onkel war im siebten Himmel. Lächelnd erklärte er: »Das ist nur natürlich, alles andere hätte mich überrascht, obwohl ich mich nicht persönlich an diesen Major Saxon erinnere. Aber die Engländer schicken ihre eigenen Leute ja auch nicht gerade an die vorderste Front.«

»Wie können Sie sich nicht an ihn erinnern, Herr?«, unterbrach Masch Qasem ihn. »Es ist der große Bursche, dem wir vor drei oder vier Jahren in der Tscheragh-Bargh-Straße über den Weg gelaufen sind. Ich habe Sie noch gefragt: ›Warum sieht der Bursche Sie so finster an? Man könnte meinen...‹«

»Nein, Masch Qasem, red keinen Unsinn«, schnitt ihm Lieber Onkel ungeduldig das Wort ab. »Möglicherweise war es einer ihrer Lakaien, aber ich kann mich nicht mehr an das Gesicht des Fremden erinnern.«

»Wie ist das möglich? Und warum sollte ich lügen? Mit einem Bein... ja, ja... Ich sehe es direkt vor mir, ein Blick, dass sich mir der Magen umgedreht hat. ›Heiliger Morteza Ali‹, habe ich damals gedacht, ›schütze den Herrn vor den blöden Engländern!‹«

Lieber Onkel Napoleon schenkte Masch Qasems Gerede kaum Beachtung. Er starrte selbstvergessen vor sich hin und sagte: »Ja, ich habe meine Pflicht als Mensch und Patriot getan, und ich war mir der Konsequenzen bewusst. Glaubt ihr, ich wüsste nicht, was es bedeutet, gegen die Engländer zu kämpfen? Glaubt ihr, ich wüsste nicht, dass sie meine Karriere hintertrieben haben? Glaubt ihr, ich hätte nicht gewusst, dass sie ihren Hass und ihre Feindschaft gegen mich nie vergessen werden? Im Gegenteil, doch ich habe meinen Körper mit jeder Drangsal und Erniedrigung gestählt und gekämpft. Wie viele Agenten haben sie geschickt! Ich erinnere mich noch an mein letztes Kommando in Maschhad. Eines Tages ging ich gegen Sonnenuntergang nach Hause. Vielleicht war es Masch Qasem, der mir folgte.«

»Natürlich war ich es, Herr.«

»Nun, als ich so dahin marschierte, bemerkte ich, dass mir ein Inder folgte. Ich beachtete ihn gar nicht, doch als ich abends in meinem Quartier war, klopfte es an der Tür. Masch Qasem öffnete die Tür, kam zurück und sagte: ›Da ist ein Inder, der sagt, er wäre auf einer Pilgerreise, doch er habe ein Problem und möchte kurz mit dem Herrn sprechen.‹ Ich vermutete sofort, dass er einer ihrer Lakaien war. Ich schwöre bei Leilis Seele, dass ich nicht einmal zur Tür gegangen bin. Ich rief: ›Sag dem Herrn, er wird nur meine Leiche zu sehen bekommen.‹«

»Ich erinnere mich noch genau«, unterbrach Masch Qasem ihn. »Ich habe ihm die Tür so fest vor der Nase zugeschlagen, dass ihm sein Turban vom Kopf gefallen ist.«

»Ich habe ihm noch nachgerufen: ›Sag deinem Herrn, dass ich nicht käuflich bin!‹«, fuhr Lieber Onkel aufgeregt fort.

Masch Qasem nickte und ergänzte: »Dieser Inder hat dem Herrn einen Blick zugeworfen, dass es mir kalt den Rücken hinuntergelaufen ist. Ich habe leise gesagt: ›Heiliger Morteza Ali, bitte beschütze den Herrn vor dieser Meute.‹«

»Und heute gehst du munter und erhobenen Hauptes durch die Welt«, entgegnete mein Vater. »Deine Familie respektiert dich.«

Dustali Khan warf erregt ein: »Aber ihr dürft nicht zulassen, dass dieser einmal erworbene Ruf und Respekt von einem Schandfleck getrübt wird. In diesem Augenblick hält sich ein Mitglied dieser Familie im Haus eines stadtbekannten Rüpels von einem Fleischer auf, und niemand will auch nur...«

»Agha Dustali Khan«, wies Schamsali Mirsa ihn mit kraftvoller Stimme zurecht, »Schluss mit den beleidigenden Anspielungen auf meinen Bruder. Der arme Kerl hat bei dem Fleischer Zuflucht gesucht, weil er Angst vor deiner Gewalttätigkeit und deinem Schandmaul hatte. Wenn du dir hingegen Sorgen um die Frau des Fleischers machst, ist das etwas vollkommen anderes.«

Plötzlich sprang Aziz al-Saltaneh auf. »Allah verfluche ihn und seine Sorgen. Wenn er noch einmal hinter dem Rücken meines Vetters Unsinn redet, stopf ich ihm sein Gebiss in den Hals.« Sie setzte sich wieder und fügte ruhiger hinzu:

»Ich habe mit Asadollah gesprochen. Der arme Junge. Er möchte Schir Alis Frau und Kinder nicht ohne Beschützer lassen.«

»Verehrteste«, brüllte Dustali Khan, »Schir Ali hat gar keine Kinder!«

»Seine Frau ist fast noch ein Kind. Asadollah ist ein so feinfühliger Mensch...«

»Von wegen feinfühlig«, erwiderte Dustali mit verzerrtem Gesicht und zusammengebissenen Zähnen und stürmte wütend aus dem Zimmer. Aziz al-Saltaneh sah ihm böse nach und sagte: »Ich werde etwas unternehmen, damit Asadollahs Gewissen beruhigt ist und er trotzdem herauskommen kann. Das Haus von Schir Alis Schwiegermutter ist ganz in der Nähe. Ich werde dort vorbeigehen und sie zu ihrer Tochter schicken, damit die nicht allein ist, bis Schir Ali aus dem Gefängnis kommt.«

Onkel Obersts Gesicht hellte sich auf. Auch ihm gefiel die Vorstellung, dass Asadollah sich in Schir Alis Haus aufhielt, nicht, er zeigte es nur nicht so deutlich. »Das ist eine ausgezeichnete Idee«, stimmte er begeistert zu, »denn es wäre doch eine Schande, wenn er unser Glück und unsere Freude nicht teilen könnte.« An alle Anwesenden gewandt, fügte er laut hinzu: »Ich möchte euch alle heute Abend zum Essen in mein Haus einladen, um das Glück der Klärung dieses Missverständnisses zu feiern. Ich werde einen zwanzig Jahre alten Wein auftischen lassen, einen edlen Jahrgang.«

»Nein, das macht doch viel zu viele Umstände, Oberst. So Allah will, werden wir an einem anderen Abend...«

»Das macht überhaupt keine Umstände. Alles ist vorbereitet. Meine Frau hat einen köstlichen Kräuterreis bereitet; diejenigen, die für heute Abend schon etwas gekocht haben, können es mitbringen, und wir essen alle gemeinsam.«

Onkel Obersts Vorschlag wurde begeistert aufgenommen. Mein Vater setzte sein Gespräch mit Lieber Onkel fort, und nach einigen Minuten konnte man das lange nicht mehr gehörte Geräusch von klackenden Backgammonsteinen vernehmen.

Obwohl ich den Absichten meines Vaters misstraute und mir deshalb die größten Sorgen machte, platzte ich förmlich vor Glück, wieder mit Leili neben dem Spielbrett unserer Väter zu sitzen. Leilis wiederholte Blicke ließen eine Welle warmen Wohlbehagens in mir hochsteigen. Mein Vater forderte Lieber Onkel mit scheinbar alter Fröhlichkeit heraus: »Du magst gegen die Engländer gekämpft haben, aber vom Backgammonspielen hast du, ehrlich gesagt, keine Ahnung. Ich an deiner Stelle würde es aufgeben. Leili, mein Schatz, geh und hol ein paar Walnüsse, mit denen dein Vater spielen kann. Und jetzt bitte zwei Sechsen!«

Und Lieber Onkel knurrte nur: »Würfle...

Backgammon ist ein Spiel für Helden,
und nicht für dich und jedermann,
der Spaten eines Bauern, dünkt mich,
ist passender für deinesgleichen Hand!«

Leilis Mutter rief und trug ihrer Tochter eine Arbeit auf. Ich sah mich um, und es war, als hätten sich der Frieden und die Versöhnung zwischen den verfeindeten Parteien auch auf den Garten ausgewirkt. Mir schien, als würden die Blumen und Bäume leuchtender blühen. Doch durch die Büsche sah ich, wie Dustali Khan mit ernster Miene auf Masch Qasem einredete. An ihren Gesten erkannte ich, dass Dustali ihn bedrängte, während Masch Qasem ihn zurückwies. Schließlich hatte Dustali Masch Qasem scheinbar durch Logik, Drohungen oder Versprechungen überzeugt, denn Masch Qasem rollte seine Hosenbeine, die er zum Blumengießen hochgekrempelt hatte, wieder herunter und verließ den Garten. Ich vermutete, dass Dustali ihn losgeschickt hatte, den Teigkneter zu besänftigen und Schir Alis Freilassung zu bewirken.

Die Sonne begann schon unterzugehen, als Masch Qasem zurückkehrte und Dustali Khan beiseite nahm. Ich schlich heran und blieb lauschend hinter einigen Bäumen stehen.

»Sie haben mich in eine wirklich peinliche Situation gebracht, Herr. Obwohl ich nicht mit dem Teigkneter rede, bin ich zu ihm gegangen. Nachdem er das Geld genommen hatte, hat er mich noch eine Weile hingehalten, bis wir zusammen zum Gefängnis gegangen sind, damit er sagen konnte, dass Schir Ali...«

»Was ist passiert?«, fragte Dustali Khan ungeduldig. »Haben sie Schir Ali freigelassen?«

»Tja nun, warum sollte ich lügen. Mit einem Bein... ja, ja... Der Teigkneter hat seine Anzeige schriftlich zurückgezogen, aber der Vorgesetzte war nicht da, und ohne seine Zustimmung konnten sie Schir Ali nicht freilassen.«

»Und wann kommt der Vorgesetzte zurück?«

»Nun, er ist bis morgen weg... obwohl sie meinten, es wäre möglich, dass er vielleicht noch heute Abend hereinschaut.«

»Ich habe das ganze Geld ausgegeben, damit sie ihn erst morgen freilassen?«, flüsterte Dustali Khan mit vor Wut zitternder Stimme. »Das heißt, heute Nacht ist dieser schändliche, ehrlose...«

»Umso besser, Herr, das geschieht ihm recht. Vielleicht bedroht er die Leute in Zukunft nicht mehr mit seinem Beil!«

»Von ihm rede ich gar nicht«, brüllte Dustali Khan. »Benutze deinen Verstand, Mann!« Und damit fasste er Masch Qasems Arm und führte ihn aus dem Garten.

Als eine halbe Stunde später noch immer keine Spur von den beiden zu sehen war, ging ich zu Schir Alis Haus. Im

Dunkel des Abends sah ich Dustali Khan hinter einem Baum vor dem Haus des Fleischers lauern. Eine Weile beobachtete ich ihn von ferne, doch als er sich nicht vom Fleck rührte, blieb mir nichts anderes übrig, als in den Garten zurückzukehren.

Die Feier in Onkel Obersts Haus war bereits in vollem Gange. Praktisch unsere gesamte engere Verwandtschaft war anwesend. Lieber Onkel Napoleon und mein Vater saßen in einer Ecke nebeneinander und plauderten wie Braut und Bräutigam, während aus dem uralten Grammophon Onkel Obersts laute Musik plärrte. Einige Menschen klatschten im Rhythmus der Musik, und Onkel Oberst bestand darauf, dass jeder seinen Jahrgangswein probierte. Aziz al-Saltaneh sah besonders fröhlich aus, machte sich jedoch gelegentlich Sorgen, weil Dustali Khan noch nicht aufgetaucht war. Asadollah Mirsas Abwesenheit schien vollkommen vergessen zu sein; sogar sein Bruder Schamsali Mirsa erwähnte ihn mit keinem Wort. Das von Sorgenfalten durchfurchte Gesicht des ehemaligen Untersuchungsrichters hatte sich völlig gelöst, und er ermutigte die dicke, einfältige Qamar sogar zum Tanzen.

Ich suhlte mich in einem Meer von Glück und flüsterte trotz Puris wütender Blicke ständig in Leilis Ohr. Wir lachten laut. Onkel Oberst ließ ein Feuer schüren, um Fleisch auf Spießen zu grillen.

Kurz darauf platzte Asadollah in die Feier und rief: »Mein lieber Bruder, was ist geschehen?« Doch als er Schamsali Mirsas fröhliches Gesicht sah, blieb er wie angewurzelt stehen.

Als die glücklichen Begrüßungen verstummt waren, fragte Asadollah Mirsa: »Was soll das heißen, man hat mir gesagt, du wärst zusammengebrochen?«

Mit einem für ihn absolut untypischen, lauten Lachen erwiderte Schamsali Mirsa: »Ich habe mich in meinem ganzen Leben nicht so gut gefühlt.«

Asadollah Mirsa runzelte kurz die Stirn, setzte jedoch bald wieder seine gewohnt fröhliche Miene auf und sagte: »Moment, der kleine Mistkerl wollte mich nur herlocken!« Unvermittelt stimmte er ein Lied an:

»*Oh, wir sind gekommen, gekommen...*
mit Gitarren und Trommeln, sind wir gekommen...«

Aziz al-Saltaneh kniff ihm in die Wange und meinte: »Allah, segne dich und all deine Streiche. Wie hast du dich bloß losgerissen?«

»Moment, Moment... ich sage nur kurz hallo und gehe dann zurück.«

Aziz al-Saltaneh runzelte die Stirn. »Du willst ins Haus dieses Fleischers zurückkehren?«

»Denke nur, Aziz«, erwiderte Asadollah mit Unschuldsmiene, »man hat den Mann dieser armen hilflosen Frau ins Gefängnis geworfen, und sie ist ganz allein. Sie hat keinen Freund oder Beschützer. Dein Gewissen würde es nicht zulassen, dass ich sie auch noch allein lasse.«

Bei dem Durcheinander und all dem Aufstehen und Hinsetzen hatte Asadollah bisher noch gar nicht bemerkt, dass Lieber Onkel und mein Vater nebeneinander saßen, doch jetzt stutzte er, starrte die beiden an und rief: »Mit Allahs Hilfe ist endlich alles gut geworden!«

Sofort begann er mit den Fingern zu schnippen und zu singen: »Auf die Freundschaft, alles wird gut... eine strahlende Hochzeit, alles wird gut... eine rauschende Feier, alles wird gut...«

Asadollah Mirsa leerte ein Glas Wein und fuhr fingerschnippend fort: »Von Garten zu Garten bringen sie süße Früchte und San Francisco ist nicht mehr weit!«

Aziz al-Saltaneh stieß ein äußerst kokettes Kichern aus und sagte, den Blick liebevoll auf Asadollah gerichtet: »O Allah, die Sachen, die er anstellt, bringen mich noch mal ins Grab!«

Die Feier hatte ihren Höhepunkt erreicht, und alles drängte sich in dem kleinen Raum und tanzte zu Asadollahs Sprechgesang.

In diesem Moment geschah etwas Unerwartetes. Masch Qasem stürzte keuchend in den Flur und schrie: »Hilfe... er hat ihn getötet... er hat ihm den Kopf abgeschlagen. Heiliger Morteza Ali, hilf...«

Alle standen wie erstarrt da und hielten den Atem an.

»Lauft«, sagte Masch Qasem bleich und nach Luft ringend, »helft ihm. Schir Ali hat Dustali Khan getötet.«

»Was? Warum? Wie ist das passiert? Rede, Mann!«

In abgehackten Sätzen schilderte Masch Qasem, was vorgefallen war. »Offenbar ist Dustali Khan zu Schir Alis Haus geschlichen und wollte Schir Alis Frau gerade heimlich einen Kuss geben, als Schir Ali nach Hause kam. Er hat ihm wirklich eine verpasst...«

»Schir Ali war doch im Gefängnis!«

»Man hat ihn freigelassen, weil der Teigkneter gesagt hat, das wäre in Ordnung.«

»Wo ist Dustali jetzt?«

»Er ist weggelaufen und hat sich in den Garten geflüchtet. Ich habe das Tor verriegelt, aber Schir Ali steht mit einem Beil davor. Er reißt es aus den Angeln. Hören Sie denn nicht?«

Wir lauschten gespannt. Tatsächlich wurde derart heftig auf das Tor eingeschlagen, dass wir es bis ins Haus vernahmen. Die Männer rannten nach draußen, und die Frauen folgten ihnen. »Lauft«, rief Masch Qasem, »der arme Dustali Khan ist in Ohnmacht gefallen...«

Als wir an dem unter den Tritten und Schlägen bebenden

Gartentor ankamen, sahen wir Dustali Khan mit zerrissenen Kleidern und blutiger Nase zusammengesunken an der Mauer liegen. »Ruft die Polizei«, jammerte er mit schwacher Stimme. »Er wollte mich umbringen. Jetzt ist er mit seinem Beil hinter mir her. Hilfe, Hilfe, ruft die Polizei!«

Lieber Onkel packte ihn bei den Schultern und schüttelte ihn. »Was ist los? Was ist passiert? Warum bist du zu Schir Alis Haus gegangen?«

»Das können wir doch später besprechen. Ruft die Polizei! Dieser Bär wird jede Minute die Tür eintreten und mich umbringen!«

»Was redest du für einen Unsinn? Du willst, dass ich die Polizei rufe und ihnen erzähle, dass du der Frau eines anderen Mannes in dessen Haus nachgestiegen bist?«

Das Poltern und Treten gegen das Tor ging unvermindert weiter, und man konnte Schir Ali rufen hören: »Aufmachen, oder ich trete die Tür ein...«

In dem allgemeinen Trubel sagte Asadollah Mirsa: »Also wirklich, was für Menschen es gibt! Hast du denn gar kein Ehrgefühl, Dustali, deinen Nachbarn so zu beleidigen?«

Dustali Khan warf ihm einen wütenden Blick zu und rief: »Halt du deine Klappe!«

»Moment, Moment, dann werde ich mit deiner Erlaubnis dieses Tor öffnen und herausfinden, wen Schir Ali sucht.«

In diesem Moment verpasste Aziz al-Saltaneh ihrem Mann mit einem Schuh, den sie ausgezogen hatte, einen derartigen Schlag auf den Kopf, dass seiner Kehle ein Stöhnen entwich. »Allah verfluche dich und deine Lüsternheit, jetzt treibst du es also schon vor aller Augen?«

Asadollah Mirsa packte ihre Hand, die sie zu einem zweiten Schlag erhoben hatte. »Verehrteste, vergib ihm, er hat Unrecht getan, er ist ein Dummkopf, ein Trottel, aber verzeihe ihm aus der Größe deines Herzens!«

Aziz al-Saltaneh ließ die Hand sinken und erwiderte:

»Und warum sollte ich mir die Mühe machen. Soll der Bursche mit dem Beil hinter dem Tor für mich Rache nehmen.« Und mit diesen Worten ging sie zum Tor und schob, bevor irgendjemand einschreiten konnte, den Riegel beiseite.

Schir Ali, der Fleischer, platzte in den Garten, in seinem Schlepptau seine zierliche Frau Tahereh, die sich mit einer Hand an seinen massigen Arm, mit der anderen an ihren Schleier klammerte. Wäre jemand mit diesem Zweizentnerkoloss kollidiert, er wäre zu Hackfleisch zerquetscht worden, doch zum Glück krachte Schir Ali gegen den Stamm des Walnussbaums, so dass nur einige Nüsse zu Boden prasselten. Sein löwengleiches Brüllen hallte im Garten wider. »Wo ist das Schwein?«

Lieber Onkel, mein Vater und Schamsali Mirsa schrien aus Leibeskräften: »Schir Ali... Schir Ali...«

Asadollah Mirsa stand ein wenig abseits und starrte Tahereh an. »Bei Allah«, flüsterte er, »für dich würde ich sterben...«

Eine Weile ging alles drunter und drüber, doch dann packte Schir Ali mit einer raschen Bewegung Dustali Khan, der sich hinter Lieber Onkel versteckt hatte, und hielt ihn hoch wie ein Baby. Taherehs Flehen und Lieber Onkels wütende Drohungen stießen auf taube Ohren. Noch immer brüllend wie ein Löwe trug Schir Ali den mit Armen und Beinen rudernden Dustali Khan zum Gartentor. Dort stellte sich ihm unvermittelt Aziz al-Saltaneh in den Weg. »Lassen Sie ihn runter!«

»Aus dem Weg, meine Dame, sonst...«

»Unverschämtheit! Wollen Sie mich jetzt auch noch bedrohen? Lassen Sie ihn runter, sonst schlage ich Ihnen Ihre falschen Zähne ein!« Sie stürzte sich auf Schir Ali, doch der zeigte sich unbeeindruckt, zumal etliche Schläge und Tritte auf Dustali Khans Kopf landeten, der sich mit vor Angst klappernden Zähnen an seinen Entführer klammerte.

»Asadollah«, rief Aziz al-Saltaneh, »tu doch was!

Asadollah trat vor und sagte, ohne den Blick von Tahereh zu wenden: »Schir Ali Khan, ich flehe Sie an, verzeihen Sie ihm. Er ist ein Dummkopf, ein Trottel, ein Esel...«

Ohne Dustali Khan loszulassen, erwiderte Schir Ali: »Agha Asadollah Mirsa, Sie können mich um alles bitten, aber nicht darum. Ich habe mit diesem schamlosen Kerl hier noch ein Hühnchen zu rupfen.«

»Ich kenne diesen Mann besser als Sie, Schir Ali, er hat sich nichts dabei gedacht. Er ist ein Trottel, ein Esel...« An Dustali Khan gewandt, fuhr er streng fort: »Dustali, sag, dass du ein Trottel bist, nun sag es schon, Mann!«

Unter großen Mühen, mit zusammengebissenen Zähnen, sagte Dustali Khan kläglich: »Ich... ich bin ein Trottel...«

Asadollah Mirsa legte seine Hand auf Schir Alis Arm. »Sehen Sie! Und nun bitte ich Sie, verzeihen Sie ihm. Um Ihrer Tahereh willen, das arme Ding zittert am ganzen Leib wie ein Spatz. Vergeben Sie ihm!«

Schir Ali war weich geworden. »Aber überlegen Sie doch, Tahereh ist wie eine Schwester für Sie. Wenn ich ihm sein schändliches Tun nachsehe, so können Sie ihm doch gewiss nie verzeihen!«

»Selbstverständlich nicht. Ich werde ihm das Leben verdammt schwer machen. Aber lassen Sie ihn für heute Abend in Frieden, dann werde ich ihm schon Manieren beibringen!« Und mit diesen Worten schlug Asadollah Mirsa den in Schir Alis Armen gefangenen Dustali Khan forsch auf den Kopf.

Schir Ali setzte Dustali so heftig ab, dass der leise aufstöhnte. »Ich tue das nur für Sie, weil Sie ein echter Herr sind, ein Gentleman unter Herren. Auf der einen Seite gibt es Menschen wie Sie, die dem räudigen Hund von einem Teigkneter Geld geben, damit er seine Anzeige zurückzieht und ich aus dem Gefängnis freikomme. Und dann gibt es

Menschen wie diesen schamlosen Kerl, der meiner Frau nachstellt, sobald das Haus leer ist.«

»Oh, nicht der Rede wert, Agha Schir Ali, Sie sind wie ein Bruder für mich, und Ihre Frau ist wie eine Schwester. Sie ist das Licht meiner Augen. Und Sie werden schon sehen, ich werde diesem Dustali eine Lektion erteilen, die er so schnell nicht vergisst.«

»Sie sind wirklich ein Ehrenmann. Ich weiß nicht, wie ich Ihnen danken soll.«

Alle seufzten erleichtert auf. »Und nun«, fuhr Asadollah Mirsa fort, der immer wieder verstohlen zu Tahereh blickte, »erweisen Sie uns, wenn Sie uns alle glücklich machen wollen, die Ehre, heute Abend unser Gast im Haus des Obersts zu sein. Wir haben etwas zu feiern.«

Schir Ali verbeugte sich. »Das ist sehr freundlich von Ihnen, aber ich möchte Ihnen keine Umstände bereiten.«

Lieber Onkel Napoleon warf Asadollah Mirsa einen vernichtenden Blick zu und flüsterte: »Was redest du für einen Unsinn? Dieser Fleischerlümmel soll als Gast meines Bruders kommen?«

»Das werde ich dir mit deiner Erlaubnis später erklären«, erwiderte Asadollah Mirsa flüsternd.

Leise, aber erkennbar wütend sagte Lieber Onkel: »Es ist mir egal, wenn ich nie wieder eine deiner verdammten Erklärungen hören muss. Wie kann ein Fleischer Gast an unserer Tafel sein?«

Asadollah Mirsa schüttelte den Kopf und sagte: »Schon gut, dann können wir ihm Dustali ja ausliefern. Agha Schir Ali Khan...«

Lieber Onkel hielt Asadollah den Mund zu und zischte: »Also gut, er soll kommen, er soll kommen.«

»Agha Schir Ali Khan«, fuhr Asadollah Mirsa fort, »wenn Sie nicht kommen, bin ich wirklich böse. Machen Sie sich wegen Dustali keine Sorgen. Den schicke ich vorher ins Bett.«

Wenig später war das Fest des Obersts wieder in Schwung gekommen. Asadollah Mirsa nötigte den am Ende des Raums auf dem Boden knienden Schir Ali zwei, drei Gläser von Onkel Oberst Jahrgangswein auf.

Nachdem auf Asadollahs Beharren hin auch Lieber Onkel, der über die Anwesenheit eines Fleischers bei einem Familientreffen sehr verärgert war, ein Glas Wein getrunken hatte, vergaß er den ganzen hochehrwürdigen Ruf der Familie und entspannte sich sichtlich.

Auf Aziz al-Saltanehs inständiges Bitten hin durfte sogar Dustali Khan den Raum wieder betreten, drückte sich jedoch mürrisch und stumm in einer Ecke herum.

Asadollah füllte Schir Ali weiter mit Wein ab. Als das dröhnende Lachen des Fleischers immer lauter wurde, wusste Asadollah, dass der Wein seine Wirkung getan hatte, und schlug vor, dass Tahereh tanzen sollte. Zur allgemeinen Überraschung war Schir Ali einverstanden.

Eine Schallplatte wurde aufgelegt, und die wunderschöne Tahereh tanzte mit sanften, geschmeidigen Bewegungen. Asadollah klatschte in die Hände und sagte immer wieder: »Allah, ich... Allah, ich...« Und diejenigen, die noch nicht zu viel Wein getrunken hatten, verstanden, was er meinte. Selbst die Frauen ließen sich von Asadollahs Fröhlichkeit anstecken, und es war vielleicht das einzige Mal, dass man keine Bösartigkeit und keinen Neid auf Tahereh in ihren Blicken sah.

Nach dem Essen wirkte mein Vater besonders jovial und aufgekratzt; wieder nahm er neben Lieber Onkel Napoleon Platz und schlug nach einer Weile vor, dass er die Geschichte von der Schlacht von Kazerun, die wegen des dubiosen Geräusches am Abend der berüchtigten Feier in Onkel Obersts Haus unvollendet geblieben war, jetzt zu Ende erzählen sollte. Lieber Onkel protestierte milde, das wäre ein belangloses Thema, doch als mein Vater darauf bestand, willigte er schließlich ein. Sobald die Schlacht von Kazerun erwähnt worden war, hatte Masch Qasem sich in ihrer Nähe postiert.

Lieber Onkel zupfte seinen Umhang zurecht. »Ja, es war eine Schlacht, wie man sie damals gekämpft hat. Mit all den neuen Erfindungen wie Maschinengewehren, Panzern und Flugzeugen ist die Tapferkeit des Einzelnen ja heute zweitrangig geworden. Da waren wir also mit unseren vier altersschwachen Gewehren, keiner meiner Männer war vernünftig ausgestattet. Ihr Bauch war leer, sie bekamen nicht genug Essen und Sold. Das einzige Geheimnis unseres Erfolgs war unser Glaube an die Sache, doch die andere Seite war gut ausgerüstet. Khodadad Yaghi war nicht allein, müsst ihr wissen. Hinter ihm stand das gesamte britische Empire, und wenn wir über zwei oder drei gute Gewehre verfügten, dann hatten wir sie von ihnen erbeutet. Eines davon besaß ich, einige weitere hatte ich an meine Männer ausgegeben...«

»Sie waren so gütig, eins davon mir auszuhändigen«, unterbrach Masch Qasem ihn.

»Ja, eins hatte ich an Qasem ausgeteilt, nicht, weil er ein guter Schütze, sondern weil er mein Bursche war, der die Pflicht hatte, mich zu beschützen. Denn damals haben die Engländer des Öfteren geplant, mich umzubringen, vor allem, nachdem ich Khodadad Khan erledigt hatte.«

»Daran haben Sie gut getan, Herr; ich weiß nicht, was für Unruhen es in den Breiten noch gegeben hätte, wenn Sie den Mistkerl nicht getötet hätten.«

»Aber du hast uns noch nicht erzählt«, unterbrach mein Vater, »wie du Khodadad Khan letztendlich erwischt hast.«

»Das war im Grunde Allahs Werk, denn wir standen etwa einhundert Schritte voneinander entfernt. Ich zielte direkt auf seinen Hals...«

»Zwischen die Augenbrauen«, wandte Masch Qasem ein.

»Das meinte ich ja. Ich habe Allah meine Seele anvertraut und den Abzug gedrückt.«

Masch Qasem schlug sich auf die Schenkel. »Peng, peng... Allah sei mein Zeuge, als die Kugel seine Stirn traf, stieß er ein Heulen aus, dass Berge und Wüste erbebten.«

»An dem Geschrei und der Aufregung der Banditen erkannte ich, dass die Kugel ihr Ziel getroffen hatte. Sie rannten in alle Himmelsrichtungen davon, aber wir haben sie erwischt und etwa dreißig oder vierzig Gefangene gemacht.«

»Was sagen Sie da, Herr?«, protestierte Masch Qasem mit spöttischem Lächeln. »Vierzig? Allah schütze Sie, Herr, Sie haben so viele Schlachten gekämpft, dass Sie sich nicht mehr an jede Kleinigkeit erinnern. Ich habe sie persönlich gezählt, und es waren nur zehn weniger als dreihundert. Khodadads Bruder war einer von ihnen.«

Lieber Onkel blickte versonnen ins Leere und meinte: »Glaubt ihr, dass die Engländer das einfach vergessen hätten, nachdem sie sich jahrelang Mühe gegeben hatten, Khodadad Khan aufzubauen? Ein Jahr später verloren sie erneut einen ihrer Agenten und begannen, ein Dossier über mich anzulegen. Um ein Haar hätten sie mich und meine ganze Familie ausgelöscht.«

»Ja, das ist absolut richtig«, erwiderte mein Vater nickend. »Und haben sie sich nicht gegenüber Napoleon und tausend anderen Männern genauso verhalten? So schnell vergisst diese alte bigotte Nation die Schläge nicht, die sie einstecken musste.«

Lieber Onkels Miene verdüsterte sich. »Ihr Hass auf Napoleon war so groß, dass sie es ihm nicht erlaubt haben, vor der Abreise nach St. Helena noch einmal seinen Sohn zu sehen. An dem Tag, an dem ich meinen Kampf gegen die Engländer aufgenommen habe, stand mir Napoleons Schicksal vor Augen, doch das hat meinen Entschluss nicht geändert.«

Obwohl ich fast trunken vor Freude über das Zusammensein mit Leili war, konnte ich das Gespräch zwischen meinem Vater und Lieber Onkel nicht ignorieren. Mit jeder Sekunde wuchsen meine Zweifel an der Aufrichtigkeit meines Vaters. Er war sonst nicht der Mensch, der Lieber Onkels imaginäre Heldentaten kommentarlos hinnahm oder ihn gar ermutigte, darüber zu sprechen. Ich wünschte, ich hätte in seinen Kopf blicken können, um zu sehen, was er plante.

»Moment«, ertönte Asadollahs Stimme, »Moment, heute Abend sind die Engländer bisher zumindest noch nicht aufgetaucht. Soll sich Hitler darum kümmern. Ich möchte, dass ihr noch einmal diese Schallplatte auflegt, damit Tahereh tanzen kann.«

Die Frauen, die von den öden Geschichten von Lieber Onkels aufopferungsvollem Einsatz gelangweilt waren, stimmten ihm zu. Wenig später begann Tahereh wieder zu tanzen, während Schir Ali mehr oder weniger betrunken im Flur saß und Lieber Onkels Diener sowie ein oder zwei anderen Hausangestellten die Geschichten seiner Streitereien und Händel erzählte.

Asadollah nutzte Schir Alis Abwesenheit weidlich aus. Er tänzelte fingerschnippend um Tahereh herum, ließ seinen Blick über jede Rundung ihres wunderschönen Körpers gleiten und sang dazu: »Süßes Früchtchen, ich kreise um dich... süßes Früchtchen, so schlank und so zart... süßes Früchtchen, was für Lippen, was für Augen, du hast... süßes Früchtchen...«

Dabei ging er, weiter um sie herumtanzend, in die Knie und schwenkte die Hüften. Derweil starrte Dustali Khan ihn mürrisch und mit giftigen Blicken an, während Leili und ich klatschten und mit der Euphorie junger Verliebter lachten.

Zweiter Teil

Inhalt

Kapitel 11 In dem die Briten einfallen und
Lieber Onkel Napoleon beschließt, eine Reise
zu machen 253

Kapitel 12 In dem Lieber Onkel Napoleon einen
Brief an Hitler schreibt und Asadollah Mirsa
den Erzähler über das Leben aufklärt 280

Kapitel 13 In dem Lieber Onkel Napoleon einen
Fotografen loswird, Qamar eine überraschende
Erklärung abgibt und auf Dustali Khan geschossen
wird 308

Kapitel 14 In dem Dustali Khan sein Testament
macht, ein Schuhputzer seinen Stand aufbaut
und man besorgt um Onkel Obersts Sohn Puri ist 325

Kapitel 15 In dem sich ein Bräutigam für Qamar
findet und der Schuhputzer verhaftet wird 351

Kapitel 16 In dem die Verhandlungen über Qamars
Eheschließung Fortschritte machen und der
Schuhputzer freigelassen wird 374

Kapitel 17 In dem Mutter und Schwester des
Polizeikadetts Ghiasabadi einen offiziellen
Besuch abstatten 401

Kapitel 18 In dem Qamar verheiratet wird, der
Erzähler sich mit Puri prügelt und Lieber Onkels
Keller überschwemmt werden 420

Kapitel 19 In dem der Vater des Erzählers für
Qamar und ihren Gatten eine Party schmeißt 437

11

Der Samowar blubberte auf einem Holztisch neben der weinumrankten Pergola im Garten unseres Hauses vor sich hin. Meine Mutter hatte gerade den Frühstückstee bereitet, und mein Vater schnupperte an einem Löffel voll Jasminblüten, während er darauf wartete, bedient zu werden. Es war ein Freitag gegen Ende des Sommers 1941, und da es nicht mehr allzu heiß war, saßen wir in unseren Flanellpyjamas beim Frühstück.

Plötzlich erregte das Geräusch von Schritten auf dem Hof unsere Aufmerksamkeit. Es war sehr ungewöhnlich, dass Lieber Onkel Napoleon sich um diese Zeit blicken ließ, noch dazu mit gerunzelter Stirn und ausgesprochen ernster Miene. Seine rechte Hand ragte aus seinem Umhang hervor und lag auf seinem Bauch, während seine linke wütend mit den Perlen seiner Gebetskette spielte. Ich hatte Lieber Onkel noch nie so aufgelöst und bestürzt gesehen. Er wirkte, als wäre ihm soeben der Himmel auf den Kopf gefallen. Mit erstickter Stimme bat er meinen Vater um eine kurze Unterredung unter vier Augen. Auf die Einladung meiner Mutter, Platz zu nehmen und ein Glas Tee zu trinken, schüttelte er den Kopf und sagte: »Zum Teetrinken ist es für deinen Bruder schon viel zu spät, Schwester.«

Mit besorgtem Gesichtsausdruck führte mein Vater ihn in das Zimmer mit den Glastüren.

Was um Himmels willen konnte passiert sein? Warum war es für ihn zum Teetrinken schon viel zu spät? Er wirkte gerade so, als müsste er in ein paar Minuten das Schafott besteigen. Ich hatte keine Ahnung, was hier vorging, und konnte das alles nicht begreifen. Mehr als ein Jahr war seit jenem 13. August vergangen, an dem ich mich plötzlich in Lieber Onkels Tochter Leili verliebt hatte.

In dieser Zeit war nichts Außergewöhnliches geschehen, außer dass ich mich mit jedem Tag noch ein wenig mehr in Leili verliebte und ihr gelegentlich Liebesbriefe schrieb, die sie liebevoll beantwortete. Bei der Beförderung dieser Briefe waren wir äußerst vorsichtig vorgegangen. Alle paar Tage borgte Leili sich einen Roman von mir, zwischen dessen Seiten ich meinen Liebesbrief verbarg, und wenn sie mir das Buch zurückbrachte, steckte ihre Antwort an derselben Stelle. Wie alle Liebesbriefe jener Zeit waren auch unsere heillos romantisch. Ständig war von Tod und Verderben die Rede und von »jenem Moment, da mein hilfloser Körper in das dunkle Herz der Erde gebettet wird«. Offensichtlich hatte noch niemand unser Geheimnis entdeckt. Das größte Hindernis, das unserer Liebe im Wege stand, war die Existenz von Schapur, genannt Puri, Onkel Oberts Sohn, der auch ein Auge auf Leili geworfen hatte. Glücklicherweise war er zum Militärdienst eingezogen worden, so dass der offizielle Antrag und die Verlobungsfeier bis zu seiner Entlassung verschoben worden waren. In ihren Briefen an mich hatte Leili geschrieben, dass sie sich umbringen würde, sollte man sie je dazu zwingen, sich mit Puri zu verloben. Im Gegenzug hatte ich ihr hoch und heilig versprochen, sie diese Reise niemals allein antreten zu lassen. Im Leben der anderen Familienmitglieder hatte es auch keine wichtigen Veränderungen gegeben, außer dass dem Untersuchungsrichter Schamsali Mirsa, der vorübergehend von seinen Pflichten im Justizministerium entbunden worden war, diese Zeit irgendwann zu lang geworden war, so dass er sich vollständig aus dem Staatsdienst zurückgezogen und als Anwalt niedergelassen hatte.

Die Verhältnisse zwischen Dustali Khan und Aziz al-Saltaneh hatten sich wieder normalisiert, doch der Freier von

Aziz al-Saltanehs Tochter Qamar war, einer göttlichen Eingebung folgend, von seinem ritterlichen Antrag zurückgetreten und hatte sich aus dem Staub gemacht.

Die Beziehungen zwischen Lieber Onkel Napoleon und meinem Vater waren seltsam. Von außen betrachtet herrschte eitel Sonnenschein, und mein Vater schien Lieber Onkel sogar näher zu stehen als zuvor. Niemanden zog er so sehr ins Vertrauen wie ihn, doch meine Zweifel an den guten und ehrlichen Absichten meines Vaters wuchsen täglich, bis ich irgendwann fest davon überzeugt war, dass mein Vater tief in seinem Herzen entschlossen war, Lieber Onkel zu ruinieren. Die Gründe dafür lagen, soweit ein vierzehn- oder fünfzehnjähriger Junge sie durchschauen konnte, in den Rückschlägen, die mein Vater infolge der Ereignisse des vergangenen Jahres zu erdulden hatte. Seine Apotheke – die zuvor zu den wichtigsten und geschätztesten nicht nur in unserer unmittelbaren Nachbarschaft, sondern im ganzen Stadtviertel gehört hatte und immer überfüllt gewesen war – hatte aufgrund von Seyed Abolqasems Anschuldigungen gegen den Apotheker, der den Laden führte (zu denen er von Lieber Onkel angestiftet worden war), ihre komplette Kundschaft verloren. Niemand wollte mehr seine Medizin dort kaufen, nicht einmal, nachdem mein Vater den Apotheker durch einen anderen ersetzt hatte. Es war sogar so weit gekommen, dass mein Vater den Sohn des Predigers Seyed Abolqasem als Lehrling eingestellt hatte, um das Geschäft wieder anzukurbeln. Doch das von Seyed Abolqasem in die Welt gesetzte Gerücht, in der Apotheke würden die Medikamente mit Alkohol hergestellt, hatte sich so hartnäckig in den Köpfen der Leute festgesetzt, dass nicht einmal die Anwesenheit des Predigersohns etwas daran änderte.

Nachdem die Apotheke nach zwei oder drei Monaten vergeblichem Kampf endgültig bankrott war und die leeren Regale und übrig gebliebenen Flaschen mit Sodiumsulfat und Borsäure vor unserem Haus abgeladen worden waren, befand mein Vater sich in einem eigenartigen Zustand. Ich hörte die Verwünschungen und Flüche, die er in seinen Bart murmelte und erkannte, dass er denjenigen, die ihm das angetan hatten, schreckliche Rache schwor. Ich war mir ziemlich sicher, dass Lieber Onkel Napoleon das Opfer einer furchtbaren Katastrophe werden würde. Doch mein Vater ließ sich seinen Hass nicht im Mindesten anmerken. Er war sogar ausgesucht freundlich zu Lieber Onkel. Ich wusste nur, dass er ihm nun schon seit einem Jahr um den Bart ging und sein Loblied auf Lieber Onkels Mut, Glanz und Gloria täglich lauter wurde. Ich konnte mir nicht vorstellen, wohin das führen sollte. Derselbe Mann, der sich noch bis vor einem Jahr über Lieber Onkels Scharmützel mit den Aufständischen lustig gemacht hatte, erhob ihn nun in den Stand eines militärischen Führers wie Dschingis Khan und Hitler.

Solcherart ermutigt, stieg Lieber Onkel täglich höher auf die Leiter, die mein Vater ihm unter die Füße geschoben hatte. Die Zusammenstöße mit den Aufständischen im Süden des Landes (die vor den Ereignissen vor einem Jahr bereits so weit ausgeschmückt worden waren, dass die »Schlacht von Kazerun« und die »Schlacht von Mamasani« alle Merkmale von Austerlitz und Marengo aufwiesen) hatten sich unter den Einflüsterungen meines Vaters allmählich zu wahren Völkerschlachten ausgewachsen, in denen Lieber Onkel und seine Männer der militärischen Macht des gesamten Britischen Empires gegenübergestanden hatten.

Natürlich lachten alle Familienmitglieder hinter seinem Rücken über diese Phantasien, doch niemand wagte es, seine Zweifel laut auszusprechen. Denn wenn sich jemand getraut hätte, Lieber Onkel daran zu erinnern, dass die Schlacht von Kazerun früher einmal ein Scharmützel mit Khodadad Khan Yaghi gewesen war, hätte er Lieber Onkels wütenden Protest und seinen flammenden Zorn auf sich gezogen.

Auf einem Fest, das Dr. Naser al-Hokama anlässlich der Fertigstellung eines weiteren Anbaus an sein Haus ausgerichtet hatte, verursachte eine Zwischenbemerkung von Schamsali Mirsa beinahe eine Katastrophe.

Lieber Onkel war gerade mitten in seiner Schilderung der Schlacht von Kazerun: »Da stand ich nun mit etwa dreitausend erschöpften, hungrigen, schlecht bewaffneten Männern vier vollständig ausgerüsteten britischen Regimentern samt Infanterie, Kavallerie und Artillerie gegenüber. Das Einzige, was uns gerettet hat, war die berühmte Taktik Napoleons aus der Schlacht von Marengo. Ich unterstellte die rechte Flanke dem Kommando von Soltanali Khan, Allah sei seiner Seele gnädig, und die linke dem von Aliqoli Khan, Allah sei seiner Seele gnädig, und übernahm selbst die Verantwortung für die Kavallerie. Aber was für eine Kavallerie. Zu Schah Mohammed Alis Zeiten nannte man so etwas ›Kavallerie‹, aber das war bloß ein Wort für lahme, halb verhungerte alte Klepper...«

Masch Qasem unterbrach ihn: »Aber, Herr, Allah sei seiner Seele gnädig, Ihr Brauner war nun wirklich so viel wert wie vierzig gewöhnliche Gäule, man hätte meinen können, es wäre Rakhsch, das Pferd des großen Helden Rostam. Ein leichter Schenkeldruck, und es flog wie ein Adler den Berghang hinab ins Tal...«

»Richtig, dieses eine war ein anständiges Pferd. Erinnerst du dich an seinen Namen, Masch Qasem?«

»Nun ja, warum sollte ich lügen? Mit einem Bein... ja, ja... soweit ich mich erinnern kann, nannten Sie ihn Sohrab.«

»Ja, richtig. Dein Gedächtnis ist besser als meins. Sein Name war Sohrab.« In jenen Tagen war Lieber Onkels Verhalten gegenüber Masch Qasem deutlich freundlicher geworden. Denn abgesehen von meinem Vater, der seinen Geschichten demonstrativ interessiert und aufmerksam lauschte, schien ihm kein einziges weiteres Familienmitglied zu glauben, und Lieber Onkel hatte mehr denn je das Gefühl, einen Zeugen zu brauchen, der seine Behauptungen bestätigte. Und dieser Zeuge konnte niemand anderes sein als Masch Qasem, der ob seiner neuen Rolle im siebten Himmel der Glückseligkeit schwebte.

Lieber Onkel nahm den Faden wieder auf. »Die Sonne ging bereits unter, als wir einen Gewehrlauf mit einer weißen Fahne sahen, der hinter einem Hügel hervorragte. Ich gab Befehl, das Feuer einzustellen. Ein englischer Offizier ritt zu uns herüber, um über eine Waffenruhe zu verhandeln. Als Erstes fragte ich ihn nach seinem Rang. Als sich herausstellte, dass er ein Sergeant war, verwies ich ihn an einen meiner Männer, der seinem Rang entsprach, um mit ihm zu verhandeln. Ich weiß nicht mehr, wen ich damit beauftragte, mit ihm zu sprechen.«

»Wie können Sie das vergessen haben, Herr? Es ist wirklich seltsam, wie Sie, Allah behüte, alles vergessen. Ich war es, dem Sie den Befehl gaben.«

»Aber nein, nun rede keinen Unsinn, Qasem! Ich glaube, es war...«

»Warum sollte ich lügen? Mit einem Bein... ja, ja, es ist, als wäre es gestern gewesen. Sie marschierten mit dem Feldstecher vor dem Zelt auf und ab. Dann sagten Sie: ›Masch Qasem, ich werde nicht mit diesem Sergeant sprechen. Frag ihn, was er will.‹ Sie brachten diesen Mann zu mir, und er warf sich zu Boden. Gebettelt und gefleht hat er, und ich konnte sein Kauderwelsch nicht verstehen, aber da war dieser kleine indische Bursche, der für ihn übersetzte, und der sagte mir, dass ihre Armee geschlagen sei, wir großzügig sein und ihnen freies Geleit geben sollten. Also hab ich ihm ausrichten lassen: ›Warum ist sein kommandierender Offizier nicht gekommen? Es ist unter der Würde meines Herrn, mit einem Sergeant zu reden.‹ Er sagte in seinem Kauderwelsch etwas zu dem Inder. Und dieser teilte mit, er hätte gesagt, er würde bei Morteza Ali schwören, dass er verwundet wäre und sich nicht rühren könne...«

»Ich habe nicht alle Details mitbekommen«, unterbrach Lieber Onkel ihn ungeduldig. »Die Unterhaltung dauerte sehr lange. Als alles besprochen war und ich den Männern freies Geleit zugesichert hatte, ging ich persönlich zu dem verantwortlichen Oberst, der, wie gesagt, verwundet worden war. Ich nahm vor diesem zerschmetterten feindlichen Kommandanten Haltung an und grüßte. Armer Teufel, eine Kugel hatte seinen Kehlkopf durchschlagen, doch schwach, wie er war, sagte er: ›Monsieur, Sie sind von nobler Herkunft, Sie sind Aristokrat... ein großer Kommandant... wir Engländer nehmen diese Dinge sehr wichtig...‹«

In diesem Moment unterbrach Schamsali Mirsa, der möglicherweise ein paar Gläser Wein zu viel geleert hatte, den Bericht und meinte: »Allah segne diesen Mann, was für Lungen der hatte! Welch eine lange Rede für einen Mann, dessen Kehlkopf von einer Kugel zerfetzt worden ist!«

Lieber Onkel explodierte derart, dass alle Anwesenden den Atem anhielten. »Höflichkeit, Intelligenz und Anstand sind in dieser Familie Fremdwörter geworden, stattdessen findet sich nur noch Vulgarität, Schamlosigkeit und Respektlosigkeit gegenüber den Älteren und Besseren.«

Mit diesen Worten machte Lieber Onkel Anstalten zu gehen, doch die ganze Familie scharte sich um ihn. Mein Vater hielt mit all seiner Kompetenz als Apotheker eine eindrucksvolle, wissenschaftlich verbrämte Rede über die Möglichkeit, dass ein Mann mit durchschossenem Kehlkopf sprechen konnte, womit er Lieber Onkel schließlich dazu brachte, von seinem hohen Ross herabzusteigen.

Stets bestätigte mein Vater Lieber Onkels Fantastereien,

ohne auch nur den geringsten Zweifel erkennen zu lassen, und nach jedem neuen Abenteuer, das Lieber Onkel zum Besten gab, dachte er daran zu rufen.: »Es ist vollkommen ausgeschlossen, dass die Engländer das je vergessen!«

Er setzte Lieber Onkel mit seinen kruden Prophezeiungen über die rachsüchtigen Engländer derart zu, dass der nach und nach alles und jeden verdächtigte. Überall glaubte er sich von den Engländern verfolgt. Laut Masch Qasem fühlte er sich sogar derart bedroht, dass er jede Nacht seinen Revolver unter das Kopfkissen legte, und auch ich hatte ihn bereits öfter resigniert seufzen hören: »Ich weiß, dass sie mich am Ende erwischen werden. Ich werde keines natürlichen Todes sterben.«

Nach einiger Zeit zeigte diese Haltung auch bei Masch Qasem Wirkung. Immer öfter setzte er mir seine Befürchtungen über die Rache der Engländer auseinander. »Nun, mein Junge, warum sollte ich lügen? Mit einem Bein... ja, ja, natürlich habe ich nicht so viel ausrichten können wie der Herr, aber auf meine Weise hab ich den Engländern wirklich was für ihr Geld geboten. Und das werden sie in hundert Jahren nicht vergessen!«

Das Einzige, was die Freundschaft und Harmonie zwischen meinem Vater und Lieber Onkel in jenem Jahr ein wenig überschattete, war die Sache mit Sardar Maharat Khan.

Ich glaube, sein richtiger Name war Baharat oder Baharot, doch in unserer Gegend wurde er allgemein Sardar Maharat Khan genannt. Dieser indische Geschäftsmann hatte drei oder vier Monate zuvor ein kleines Haus gemietet, das meinem Vater gehörte und unserem Garten gegenüberlag.

An dem Tag, an dem Lieber Onkel herausfand, dass mein Vater sein Haus an einen Inder vermietet hatte, wirkte er noch verstörter als sonst, doch mein Vater schwor bei allen Heiligen im Himmel, nicht darüber informiert gewesen zu sein, dass sein neuer Mieter ein Inder war. Und das, obwohl ich dabei gewesen war, als mein Vater mit diesem Inder über den Mietvertrag verhandelt hatte und er deshalb bei Vertragsabschluss bestens über Nationalität und Hintergrund seines neuen Mieters Bescheid wusste.

Mit Lieber Onkels wütenden Anschuldigungen konfrontiert, brachte mein Vater – der immer versucht hatte, ihm weiszumachen, dass die Engländer hinter ihm her waren, sei es persönlich oder durch ihre indischen Agenten – tausend Gründe vor, die belegen sollten, dass Sardar Maharat Khan vollkommen unschuldig war und über jeden Verdacht erhaben. Lieber Onkel schien sich zu beruhigen, doch er war offensichtlich überzeugt, dass die Engländer diesen Inder beauftragt hatten, sich in seiner Nähe einzunisten, um ihn zu beobachten.

Später erkannte ich natürlich, dass mein Vater all das mit Absicht getan und dem Inder sogar einen beachtlichen Mietnachlass gewährt hatte. Eine Zeit lang bestand Lieber Onkel darauf, dass mein Vater den Sardar unter allen Umständen hinauswerfen sollte, doch dann bekam mein Vater von unerwarteter Seite Schützenhilfe, die dazu führte, dass der Sardar bleiben durfte. Diese Unterstützung kam von Asadollah Mirsa, der sich engagiert für den Inder einsetzte, weil Sardar Maharat Khan mit einer sehr attraktiven Engländerin verheiratet war, auf die Asadollah ein Auge geworfen hatte.

Asadollah Mirsa hatte sogar versucht, sich mit dem Inder anzufreunden und ihn zwei- oder dreimal mit seiner Frau, die er »Lady Maharat Khan« nannte, zu sich eingeladen. Darüber war Lieber Onkel ausgesprochen verärgert. Einmal hatte er Asadollah sogar vor der ganzen Familie gedroht, dass er, wenn er sich weiterhin mit dem Inder abgab, kein Recht mehr habe, auch nur noch einen Fuß über seine – Lieber Onkels – Schwelle zu setzen. Doch Asadollah Mirsa, ganz Unschuldslamm, verteidigte den Inder. »Moment, sind wir denn etwa keine Iraner? Und sind Iraner etwa nicht für ihre Gastfreundschaft berühmt? Dieser arme Mann ist unser Gast, er ist ein einsamer Fremder. Einmal habe ich ihm dieses Gedicht von Hafis über das Abendgebet des Fremden übersetzt, und glaubt es oder nicht, er brach in Tränen aus wie eine Wolke im Frühling. Du kannst mich umbringen, du kannst mich aus deinem Haus werfen, doch du kannst nicht von mir verlangen, einem Fremden, einem Gast, ein wenig Trost zu verwehren, ganz besonders jetzt nicht, wo Krieg herrscht. Der arme Mann hat seit Urzeiten nichts mehr von seiner Familie gehört, von seiner Mutter, seinem Vater...«

Schlussendlich fand Lieber Onkel sich widerstrebend mit der Nachbarschaft des Sardar Maharat Khan ab, ohne jedoch auch nur eine Sekunde von seinen Verdächtigungen gegen ihn abzulassen, und wenn er von Zeit zu Zeit über die Rachsucht der Engländer sprach, bezog er sich dabei ausdrücklich auf seinen indischen Nachbarn.

An dem Morgen, als Lieber Onkel mit meinem Vater in das Zimmer mit den Glastüren gegangen war, platzte ich vor Neugier, denn ich spürte, dass dort etwas im Gange war, das auch mich betreffen würde.

Ich beeilte mich mit dem Frühstück und schlenderte durch den Garten zu dem Fenster der Abstellkammer, die hinter dem Zimmer mit den Glastüren lag. Ich wollte um jeden Preis hören, worüber sie sprachen.

Ich zwängte mich durch das kleine Fenster in die Abstellkammer und blickte durch den Türspalt ins Wohnzimmer. Lieber Onkel hatte sich in voller Größe vor meinem Vater aufgebaut. Um die Schultern trug er seinen Umhang, und in seinem Gürtel darunter steckte ein Revolver mit langem Lauf.

»Ich traue nicht einmal mehr meinen eigenen Brüdern und Schwestern. Darum habe ich beschlossen, nur dich ins

Vertrauen zu ziehen, und ich hoffe, dass du, der du immer wie ein Bruder zu mir warst, mich auch in diesem kritischen Moment nicht im Stich lassen wirst.«

Mit nachdenklicher Miene antwortete mein Vater: »Nun, was immer ich auch tue, ich sehe durchaus, dass du auf der einen Seite Recht hast. Doch auf der anderen... es ist eine verzwickte Sache. Und außerdem, was machen wir mit deiner Frau und den Kindern?«

»Ich werde noch heute Nacht aufbrechen, und du kümmerst dich darum, dass sie in ein paar Tagen nachkommen können, aber so, dass es kein Aufsehen erregt.«

»Aber du solltest daran denken, dass der Fahrer, der dich hinbringt, irgendwann wieder zurückkommt, und wie kannst du dir sicher sein, dass er dein Versteck nicht verrät?«

»In dem Punkt kannst du ganz beruhigt sein. Ich fahre mit Dabir Khaqans Automobil. Sein Fahrer stand damals im Krieg unter meinem Kommando, er würde sein Leben für mich opfern. In dieser Hinsicht ist er genau wie Masch Qasem.«

»Ich bin trotzdem der Ansicht, dass du noch ein oder zwei Tage warten solltest, damit ich die Frage noch einmal gründlich überdenken kann.«

»Aber sie werden nicht warten. Die britische Armee marschiert auf Teheran zu. Es ist nicht unwahrscheinlich, dass sie die Stadt heute oder morgen einnehmen werden. Glaube mir, ich denke nicht an mich. Ich habe immer mit der Gefahr gelebt und bin daran gewöhnt. Aber ich denke an meine kleinen Kinder. Du kannst sicher sein, dass die Engländer, sobald sie Teheran erreicht haben, als Erstes ihre alten Rechnungen mit mir begleichen werden«, eiferte sich Lieber Onkel mit nur mühsam gedämpfter Stimme.

Mein Vater schüttelte erneut den Kopf. »Natürlich weiß ich, dass die Engländer diese alten Rechnungen nicht vergessen haben, doch wie können wir sie täuschen? Kannst du dir vorstellen, in Nischapur sicher zu sein?«

Lieber Onkel schlug den Umhang zurück, legte seine Hand auf den Revolver und sagte: »Erstens, sechs Kugeln hier drin sind für sie, und die letzte ist für mich. Sie werden mich auf keinen Fall lebend erwischen. Zweitens, wenn ich abreise, wird es so aussehen, als führe ich nach Qom. Niemand – hörst du, niemand, nicht einmal mein getreuer Fahrer – weiß, wohin die Reise wirklich geht. Ich werde selbst ihm weismachen, ich führe nach Qom. Erst wenn wir die Stadttore hinter uns gelassen haben, nehme ich Kurs auf Nischapur.«

»Aber was willst du tun, wenn du dort angekommen bist? Glaubst du etwa, sie hätten keine Männer in Nischapur?«

»Dabir Khaqans Dorf ist nicht direkt in Nischapur. Und ich hatte daran gedacht, unter falschem Namen dort anzukommen.«

Ich hörte ihrer Unterhaltung nicht weiter zu. Die grauenhafte Aussicht, von Leili getrennt zu werden, nahm vor meinen Augen Gestalt an. Die Engländer näherten sich Teheran, und Lieber Onkel wollte die Stadt verlassen. O Allah, wie sollte ich ohne Leili in meiner Nähe leben? Wer weiß, wie lange diese Reise dauern würde. Nun spürte ich die Hässlichkeit des Krieges und die fremde Besatzung unseres Landes zum ersten Mal am eigenen Leib. Seit zwanzig Tagen hatten die Alliierten das Land überrannt, doch bisher hatte das auf unser Leben kaum nennenswerte Auswirkungen gehabt, abgesehen davon, dass die Schule laut Bekanntmachung erst ein paar Tage später wieder anfangen würde und wir gehört hatten, dass Lebensmittel knapp und teuer geworden waren. Doch wir aßen genauso gut wie zuvor und lachten so laut wie immer.

Am 26. August 1941 hatte Lieber Onkel mit seinem Umhang über den Schultern und dem Revolver im Gürtel zusammen mit Masch Qasem, der sich Lieber Onkels doppelläufige Flinte umgehängt hatte, das Kommando über den Garten übernommen und uns ein paar Tage lang verboten, unsere Zimmer zu verlassen. Selbst während dieser Tage hatten wir den Krieg nicht sonderlich ernst genommen, doch nun wurde er für mich zur wichtigsten Sache der Welt. Ich wünschte, ich hätte mitten in ihre Diskussion platzen und ihm erklären können, dass die ganze Familie sich über Lieber Onkels Angst vor den Engländern lustig machte; ich wünschte, ich hätte ihm sagen können, dass mein Vater ihm das alles nur eingeredet hatte, um ihn lächerlich zu machen, und die Engländer ihre Zeit bestimmt nicht damit verschwenden würden, sich an einem einfachen Kosaken zu rächen, der während der Herrschaft von Schah Mohammed Ali mal ein paar Kugeln auf eine Hand voll Banditen abgefeuert hatte. Doch ich wusste, dass meine Worte wirkungslos bleiben würden und ich mir obendrein die Schelte meines Vaters und eine saftige Ohrfeige einhandeln würde.

Ich suchte mir ein ruhiges Zimmer, wo ich mich bemühte, eine Lösung für diese gefährliche und komplizierte Angelegenheit zu finden, einen Weg, Lieber Onkel an dieser Reise zu hindern. Ich weiß nicht, wie lange ich ergebnislos darüber gegrübelt habe.

Es war schon fast Mittag, als ich mutlos und niedergeschlagen zurück in den Garten ging, wo ich Masch Qasem vorfand. Nachdem wir uns herzlich begrüßt hatten, fragte ich ihn nach seinen Informationen.

»Nun, mein Junge, der Herr denkt daran, heute Abend für zwei oder drei Tage nach Qom zu fahren, der Glückliche, und so sehr ich ihn auch gebeten habe, mich mitzunehmen, weil ich dann kurz in Ghiasabad hätte vorbeischauen können, er wollte einfach nichts davon wissen. Nun ja, was kann ich tun, die gesegnete Masumeh wollte nicht mich, sondern den Herrn...«

»Masch Qasem, wie will er denn verreisen? Mit dem Zug oder dem Auto?«

»Nun, warum sollte ich lügen? Sieht so aus, als würde er mit dem Auto fahren, weil ich nämlich gehört habe, wie er mit Agha Dabir Khaqan telefoniert hat. Er hat gesagt, dass er ihm sein Auto und seinen Fahrer Mamad herschicken soll.«

Nun konnte wirklich kein Zweifel mehr daran bestehen, dass Lieber Onkel ernsthaft entschlossen war, diese Reise anzutreten.

O Allah, sag mir, was ich tun soll! Wenn ich Lieber Onkel nicht aufhalten konnte, würde Leili ebenfalls verreisen. Wie sollte ich ohne Leili leben? O Allah, gab es denn niemanden, der mir helfen konnte? Moment... wer weiß... vielleicht... ein Gedanke blitzte in meinem Kopf auf: Asadollah Mirsa. Er war der Einzige, dem ich zumindest meine Sorgen darlegen konnte. Seine warmen, freundlichen Blicke waren so beruhigend. So schnell ich konnte, rannte ich zu seinem Haus. Ich wusste zwar noch nicht, was ich ihm eigentlich sagen wollte, doch mir war, als sähe ich endlich einen Hoffnungsschimmer.

Seine Exzellenz wohnte ganz in der Nähe in einem altmodischen Haus mit einer uralten Dienerin. Als ich sie nach ihm fragte, sagte sie, er würde noch schlafen. Doch ich sah, dass er seinen Kopf aus dem Fenster streckte. Offenbar war er gerade aufgewacht. Als er mich im Hof entdeckte, rief er: »Moment, Moment, was tust du denn hier, Kleiner?«

»Guten Morgen, Onkel Asadollah. Es tut mir Leid, wenn ich störe, aber ich muss über etwas sehr Wichtiges mit dir reden.«

»Keine Ursache, komm rauf.«

Er saß in einen geblümten, seidenen Morgenrock gehüllt auf der Bettkante.

»Was ist denn los? Du bist ja ganz durcheinander!«

Es dauerte eine Weile, bis ich mich traute, ihm zu gestehen, dass ich in Leili verliebt war.

Er lachte laut auf. »Deshalb bist du hergekommen? Na dann, herzlichen Glückwunsch, Kleiner! Und, waren wir schon in San Francisco, oder nicht?«

An der Wärme meines Gesichts merkte ich, dass ich bis unter die Haarwurzeln knallrot angelaufen war. Sosehr ich Asadollah mochte, in diesem Moment hasste ich ihn dafür, dass er so respektlos daherreden und unsere himmlische Liebe derart in den Schmutz ziehen konnte. Er deutete mein Schweigen vollkommen falsch. »Und nun suchst du vermutlich einen von diesen Ärzten, die Abtreibungen machen, was? Mach dir keine Sorgen, ich kenne bestimmt ein Dutzend von der Sorte.«

»Nein, Onkel Asadollah, darum geht es nicht«, schrie ich.

»Da war also gar kein San Francisco? Los, antworte, schnell, zack zack, wird's bald; wirklich kein bisschen?«

»Nein, nein, nein.«

»Ihr habt euch also ineinander verliebt, damit ihr zusammen Murmeln spielen könnt? Ein erwachsener Mann sollte nicht schüchtern sein.«

»Später, wenn wir älter sind«, sagte ich mit gesenktem Kopf, »wollen wir heiraten.«

Er lachte erneut und erwiderte: »Ich an deiner Stelle könnte nicht so lange warten. Und wenn du dann so weit bist, hat das Mädchen wahrscheinlich schon drei Kinder. Wenn du willst, dass sie auf dich wartet, musst du anders vorgehen.«

»Wie denn?«

»Einmal nach San Francisco und zurück!«

Mit einiger Mühe schaffte ich es trotz seiner Witze und Neckereien, ihm von Lieber Onkels Fluchtplänen in Dabir Khaqans Auto zu erzählen und ihn zu bitten, Lieber Onkel irgendwie davon abzubringen.

Asadollah Mirsa dachte einen Augenblick nach, bevor er sagte: »Aber selbst wenn Churchill persönlich käme und bei hundertvierundzwanzigtausend Propheten schwören würde, dass er sich nicht für einen Leutnant mit einem zusammengewürfelten Haufen Kosaken interessiert, würde dein Lieber Onkel ihm nicht glauben. Er ist davon überzeugt, dass die Engländer Hitlers Sünden vielleicht vergeben werden, seine jedoch niemals. Mal sehen, du sagtest, er wollte so tun, als reise er nach Qom, um dann nach Nischapur zu fahren?«

»Ja, aber das wissen nur mein Vater und ich.«

Wieder überlegte Asadollah einen Moment, doch dann hellte sich sein Gesicht auf, und er murmelte: »Moment, Moment, wenn die Engländer ebenfalls wüssten, dass er nach Nischapur will, wird er es sich bestimmt anders überlegen! Wir müssen also nur erreichen, dass die Engländer von seinen Plänen erfahren und er wiederum mitbekommt, dass sie es wissen. Damit retten wir gleichzeitig auch noch diese armen englischen Teufel«, fuhr er scherzhaft fort. »Die müssten sonst extra einen Bomber von London herschicken, der Dabir Khaqans Auto irgendwo auf dieser langen, gewundenen Straße mit den tausend Dörfern bombardiert, ganz zu schweigen von der großen Gefahr, in der Flugzeug und Pilot schweben würden. Schließlich könnte der Djenab, der ja bekanntlich ein Meisterschütze ist, seine doppelläufige Flinte abfeuern, und aus wäre es mit der Männlichkeit des Piloten.«

Während er sich eilig anzog, rief er: »Auf zu den Engländern, einen großen Helden zu retten! Haltet die Druckmaschinen an! Kollaboration des Geheimdienstes mit einem heimlichen Gegner – und alles für die Liebe! Im Laufschritt kehrt marsch!«

Ich hatte keine Ahnung, was er vorhatte, doch sein glücklicher Gesichtsausdruck erfüllte mich mit Zuversicht.

Auf der Straße legte er mir vertraulich den Arm um die Schulter und sagte: »Also, nun verrate mir, mag Leili dich denn auch?«

Bescheiden antwortete ich: »Ja, Onkel Asadollah, Leili mag mich auch. Aber du musst mir versprechen, mit niemandem darüber zu reden.«

»Mach dir darüber keine Gedanken, aber sag mir, seit wann bist du denn schon in sie verliebt?«

Ohne Zögern antwortete ich: »Seit dem dreizehnten August letzten Jahres.«

Lachend entgegnete er: »Ich wette, du weißt auch noch die genaue Uhrzeit!«

»Ja, es war um Viertel vor drei...«

Nun lachte er so laut, dass ich einfach mit einstimmen musste. Als er sich wieder ein wenig beruhigt hatte, legte er mir die Hand auf die Schulter und sagte: »Aber ich muss dir noch ein paar Ratschläge mit auf den Weg geben, Kleiner. Erstens, zeig ihr bloß nicht zu deutlich, dass du sie gern hast. Zweitens, wenn du merkst, dass sie sich von dir zurückzieht, denk an San Francisco.«

Ich errötete ein weiteres Mal und schwieg verlegen. Plötzlich blieb Asadollah Mirsa wie angewurzelt stehen und meinte: »Ich werde ja nun dafür sorgen, dass sie das Kind nicht von dir trennen, aber was willst du wegen dieses Schwätzers unternehmen? Sobald Puris Militärdienst zu Ende ist, soll er mit Leili verlobt werden.«

Bei diesem Gedanken fing ich am ganzen Körper an zu zittern. Er hatte Recht, wenn das geschah, konnte ich gar nichts dagegen tun. Als Asadollah Mirsa mein gequältes Gesicht sah, lachte er erneut und sagte: »Moment, mach dir nicht zu viele Sorgen. Allah steht auf der Seite der Liebenden.«

Wir hatten den Garten beinahe erreicht. Asadollah Mirsa sah sich sorgfältig nach allen Seiten um und klopfte, nachdem er festgestellt hatte, dass die Luft rein war, an die Tür des Inders. Ich hatte keine Möglichkeit mehr, ihn zu fragen, was er vorhatte, denn einen Augenblick später öffnete die englische Gattin des Sardar die Tür. Asadollah Mirsas Augen glänzten. »Good Morning, my Lady«, sagte er auf Englisch.

Mit meinen zwei oder drei Jahren Schulenglisch erkannte ich, dass Asadollah Mirsa nicht allzu gut Englisch sprach, doch die Worte sprudelten nur so aus ihm heraus und verwickelten die englische Frau in eine Unterhaltung, bis ihr gar keine andere Wahl blieb, als uns hereinzubitten, obwohl sie das ganz offensichtlich nicht vorgehabt hatte. Sie sagte, dass ihr Mann ausgegangen sei, aber bestimmt bald zurückkehren würde. Seiner Exzellenz warme, einschmeichelnde Worte bewegten sie dazu, uns einzuladen, in Maharat Khans Wohnzimmer auf seine Rückkehr zu warten. Die Engländerin bot uns ein Glas Wein an. Als ich ihr Angebot mit dem Hinweis ablehnte, ich tränke keinen Wein, runzelte Asadollah Mirsa die Stirn und meinte: »Moment, Moment, du hast dich verliebt, aber du trinkst keinen Wein? Wenn du noch ein Kind bist, hast du kein Recht dich zu verlieben, und wenn du erwachsen bist, hast du kein Recht, ein Glas Wein abzulehnen.«

Als ich also notgedrungen den Wein akzeptierte, sagte er leise: »Du solltest immer daran denken, dass man aus der Hand einer schönen Frau nicht einmal tödliches Gift zurückweisen sollte.«

Und dann widmete er sich unverzüglich wieder der Konversation mit der Frau des Sardar oder der »Lady«, wie er sie nannte; meine Anwesenheit hinderte ihn nicht im Mindesten daran, seine in gebrochenem Englisch vorgetragenen Phrasen immer wieder auf Persisch mit Ausrufen tiefster Verehrung zu unterbrechen: »Good wine... mein Gott, was würde ich nicht alles für dich tun... very good wine...«

Die Engländerin lachte über seine Gesten und feurigen Blicke und wollte hin und wieder wissen, was die persischen Einschübe bedeuteten, die nur so von seinen Lippen perlten.

Es dauerte nicht lange, bis der Inder nach Hause kam. Zuerst war er überrascht und möglicherweise auch ein wenig verärgert, Asadollah Mirsa in seinem Wohnzimmer anzutreffen, doch Seine Exzellenz heiterte ihn rasch wieder auf. Der Sardar konnte Persisch, doch er sprach es mit einem eigentümlichen Akzent. Ein paar Minuten lang unterhielten sie sich über dieses und jenes und tauschten Neuigkeiten über den Krieg aus. Dann kam Asadollah Mirsa auf den Grund seines Besuchs zu sprechen und erklärte, dass Lieber Onkel Napoleon daran dachte, nach Qom zu reisen, und dass er – Asadollah Mirsa – den Inder um die kleine Gefälligkeit bitten wollte, Lieber Onkel gemeinsam mit der Familie zu verabschieden und im Lauf der Unterhaltung beiläufig die Stadt Nischapur zu erwähnen.

Einigermaßen überrascht fragte der Sardar nach dem Grund. Asadollah Mirsa erklärte ihm, es ginge um einen kleinen Scherz, und dann lachte er und machte rasch ein paar Witze, bis der Inder keine weiteren Einwände mehr hatte. Er fragte nur noch, woran er erkennen sollte, wann Lieber Onkel aufbrechen würde, damit er seine Abreise nicht verpasste.

»Nun, was denken Sie denn, Sardar! Unsere Allee ist ja nicht gerade die Hauptstraße der Stadt, durch die täglich Tausende von Autos fahren. Wenn Sie ein Auto vor dem Garten stehen sehen, wissen Sie, dass es so weit ist.«

»Ich werde mir etwas einfallen lassen, wie ich Nischapur ganz unauffällig erwähnen kann, Sahib...«

»Ich stehe auf ewig in Ihrer Schuld, Sie sind wirklich zu freundlich.«

»Sahib, wie lange wird der Herr denn in Qom bleiben?«

»Nun, das weiß ich nicht genau, vielleicht sieben, acht, möglicherweise zehn Tage.«

»Sahib, wie kann der Herr nur eine so lange Trennung von seiner Familie ertragen?«

Asadollah lachte schallend und erwiderte: »Nun, dieser Tage ist die natürliche Vitalität des Herrn *bahot* verwelkt.«

Das war ein Ausdruck, den Asadollah offenbar von dem Inder gelernt hatte, und aus den Situationen, in denen er ihn gebrauchte, und den Leuten, auf die er ihn münzte, wurde deutlich, dass er damit den Zustand eines Mannes bezeichnete, der nicht in der Lage war, seinen ehelichen Pflichten nachzukommen.

Immer noch lachend wiederholte Asadollah Mirsa den Ausdruck: »Wenn Frauen davon überzeugt sind, dass die natürliche Vitalität *bahot* verwelkt ist, haben sie nichts dagegen, wenn ihre Männer auf Reisen gehen, o nein, ganz bestimmt nicht.«

Der Inder stimmte in Asadollah Mirsas Lachen ein, und der Besuch endete in fröhlicher Stimmung. Als wir das Haus verließen, konnte Asadollah Mirsa seine Augen kaum lange genug von der schlanken Gestalt Lady Maharat Khans losreißen, um nachzusehen, ob draußen die Luft rein war.

Ich begleitete ihn noch ein paar Schritte bis zu seinem Haus. Mit einem aufmunternden Lächeln sagte er: »Nun kannst du ganz beruhigt sein, so wie die Dinge jetzt liegen, wird Lieber Onkel nirgendwo hinfahren, wenigstens nicht nach Nischapur, und deine kleine Leili wird bei dir bleiben, und du solltest dir endlich ein paar Gedanken über San Francisco machen.«

»Bitte, Onkel Asadollah, sag nicht immer solche Sachen!«

Asadollah Mirsa zog die Brauen hoch. »Dann ist deine Vitalität womöglich auch *bahot* verwelkt, und das in der Blüte deiner Jugend.«

Ich ging hoffnungsfroh und leichten Herzens nach Hause. Da ich meinen Vater nirgends sah, fragte ich unseren Diener, wo er sein könnte und erfuhr, dass er sich mit Lieber Onkel in das Zimmer mit den Glastüren zurückgezogen hatte. Ich musste alles wissen, was Lieber Onkel tat und sagte. Leilis Abreise und eine grausame Trennung hingen davon ab, ich konnte nichts dem Zufall überlassen. Also schlich ich mich erneut in die Abstellkammer hinter dem Wohnzimmer. Lieber Onkel stand mit traurigem Gesicht vor meinem Vater und erteilte ihm leise seine letzten Anweisungen: »Ich werde dir unter dem Namen Mortazavi ein Telegramm schicken. Die Kinder werde ich natürlich nicht erwähnen. Wenn ich schreibe: Schick das Gepäck, weißt du, dass ich meine Frau und die Kinder meine. Jetzt werde ich deine Hilfe sogar noch nötiger brauchen, denn ich habe mich entschieden, Masch Qasem doch mitzunehmen.«

»Warum hast du deine Meinung denn plötzlich geändert?«

»Ich dachte, dass es vielleicht Misstrauen erregen könnte, wenn ich ohne Masch Qasem abreise, wo er doch aus Qom stammt. Nach außen hin müssen wir alles so machen, dass ihre Agenten keinen Verdacht schöpfen. Darum möchte ich auch, dass du den Fahrer, wenn es losgeht, ausdrücklich ermahnst, vorsichtig zu fahren, weil die Straße nach Qom dieser Tage so stark befahren ist.«

»In dieser Hinsicht kannst du ganz unbesorgt sein.«

Wie ein römischer Feldherr auf dem Weg in die Schlacht, raffte Lieber Onkel den Zipfel seines Umhangs und warf ihn sich wie eine Toga über die linke Schulter. Dann drückte er meinem Vater feierlich die Hand und sagte: »Ich übergebe dir das Kommando über die Nachhut; während meiner Abwesenheit bist du mein Statthalter.«

Anschließend richtete er sich auf, straffte die Schultern und ging hinaus.

Eine Stunde später wartete Dabir Khaqans Auto vor dem Gartentor. Die Familie hatte sich vollzählig versammelt, um sich von Lieber Onkel zu verabschieden. Naneh Bilqis hatte ein Tablett mit einem Spiegel und einer Koranausgabe für die Abschiedszeremonie mitgebracht.

Die arme, kleine Leili hatte keine Ahnung von den wahren Plänen ihres Vaters. Ich gab mir alle Mühe, ruhig zu bleiben, doch mein Herz war voller verwirrender Gefühle und Ängste. Denn obwohl Asadollah Mirsa mir versichert hatte, dass Lieber Onkel so, wie er alles arrangiert hatte, niemals nach Nischapur fahren oder zumindest nicht dort bleiben würde, war ich sehr besorgt. Immer wieder blickte ich zu Asadollah Mirsa hinüber, der lachend und scherzend unter den anderen Verwandten stand, und er antwortete mir mit bedeutungsvollen, beruhigenden Blicken und Gesten.

Lieber Onkel kam in seiner Reisekleidung in den Garten, doch bevor er alle zum Abschied küsste, blickte er sich suchend nach Masch Qasem um und wurde zusehends zorniger, weil der nirgends zu sehen war. Wütend sagte er zu Naneh Bilqis: »Stell das Tablett beiseite und sieh nach, wohin dieser Idiot Masch Qasem ausgerechnet in einem solchen Augenblick verschwunden ist.«

Doch Naneh Bilqis hatte das Gartentor noch nicht erreicht, als Masch Qasem hereinstürmte und, bevor Lieber Onkel etwas sagen konnte, rief: »Herr, Sie wissen es natürlich am besten, aber bitte vergessen Sie diese Reise. Gerade haben sie im Basar gesagt, dass die Engländer sechs Meilen vor Qom stehen, mit Gewehren und Kanonen, die neun Meilen weit schießen können.«

Lieber Onkel musterte ihn geringschätzig und entgegnete: »So, nun versuchen sie also, mir mit den Engländern Angst zu machen!« Dann richtete er seine Augen auf die höchsten Äste des Walnussbaums und deklamierte:

*»Wir beugen uns klaglos Allahs Gericht –
selbst ein Löwe trotzt den reißenden Fluten.«*

Doch Masch Qasem gab noch nicht auf. »Sie kennen mich, Herr, ich habe keine Angst, aber warum sollte ein Mann sich ohne Not selbst in Gefahr bringen? Die selige Masumeh selbst, deren Schrein in Qom steht, würde nicht wollen, dass wir den Engländern in die Hände fallen.«

»Wenn du solche Angst hast, bleib hier und verstecke dich im Keller wie ein altes Weib!«

Er schien wirklich wütend auf Masch Qasem zu sein, denn er nahm sein Bündel, klemmte es sich entschlossen unter den Arm und verkündete: »Ich habe weder Angst vor den Engländern noch vor all ihren Vorfahren!« Und damit begab er sich zum Gartentor.

In diesem Moment stürzte der Prediger Seyed Abolqasem atemlos herein. »Ich habe gehört, dass Sie zu einer Pilgerfahrt zum Schrein aufbrechen. Möge die Reise, so Allah will, gut verlaufen und Ihnen Glück bringen.«

Immer wenn mein Vater diesen Prediger zufällig traf, bemühte er sich, ruhig zu bleiben, doch ich sah den Hass und die Rachsucht in seinen Augen aufblitzen. Es war offenkundig, dass er den Schmerz über den Konkurs seiner Apotheke noch längst nicht verwunden hatte.

Als er den Prediger an jenem Tag bemerkte, sagte er mit einem gekünstelten Lachen: »Euer Exzellenz, wie geht es Ihrem Sohn?«

»Er denkt immer an Sie.«

»Hegt er noch immer die gleichen Gefühle für die Gattin von Schir Ali, dem Fleischer, oder hat er sie inzwischen vergessen?«

Der Prediger blickte sich unsicher um und antwortete: »Ich muss Sie bitten, diese Art Scherze zu unterlassen. Wir hoffen, ihn in ein, zwei Tagen mit einem sehr netten Mädchen zu verloben, der Tochter von Haji Alikhan Ma'mar Bashi.«

»Wunderbar, wunderbar! Herzlichen Glückwunsch!«, mischte sich Asadollah Mirsa in die Unterhaltung ein. »Sie ist wirklich ein nettes Mädchen! Und welch eine feine Familie! Abgesehen davon, dass sie bereits verheiratet ist, hätte Schir Alis Frau doch keinesfalls in Ihre Familie gepasst. Aber Ma'mar Bashis Tochter ist ein sehr hübsches und gescheites Mädchen, ich habe sie ein paar Mal bei meiner Schwester getroffen...«

Lieber Onkel war bereit aufzubrechen. »Nun denn, auf Wiedersehen, meine Lieben, ich mache mich jetzt auf den Weg.«

Als er gerade angefangen hatte, alle Anwesenden zum Abschied zu küssen, zog Masch Qasem ihn aufgeregt beiseite und flüsterte ihm etwas ins Ohr. Lieber Onkel wurde sichtlich blasser, doch dann straffte er die Schultern und sagte laut: »Und wenn schon, was soll's?«

Ich vermutete, dass Masch Qasem ihm berichtet hatte, der Inder warte draußen beim Wagen. Während er zum Gartentor ging, versprach Lieber Onkel den Kindern mit lauter Stimme, dass er ihnen Sohan, eine Süßigkeitenspezialität aus Qom, mitbringen würde, und den Erwachsenen versicherte er, dass er am Schrein für sie beten wolle.

Dabir Khaqans Auto stand wartend vor dem Tor. Lieber Onkels Gepäck war auf dem Dach verschnürt. Der Inder spazierte neben dem Wagen auf und ab. Kaum hatte Lieber Onkel ihn erblickt, ging er auf ihn zu. »Welch ein Glück, Sie zu sehen, Sardar, so kann ich auch Ihnen auf Wiedersehen sagen.«

»Ich wünsche Ihnen eine gute Reise, Sahib.«

Lieber Onkel nahm auf dem Rücksitz Platz, während Masch Qasem sich nach vorn neben den Fahrer setzte.

»Ja, es ist schon eine ganze Weile her, seit ich meine letzte

Pilgerfahrt zu Masumehs Schrein unternommen habe...«, plauderte Lieber Onkel weiter mit dem Inder.

»Aber haben Sie denn gar keine Angst, dass die Straßen unsicher sein könnten, bei allem, was so geschieht, Sahib?«, unterbrach der Inder ihn.

»Nein, mein Herr, das ist doch bloß Gerede, Gerüchte, die Kämpfe sind vorbei, und außerdem vertraue ich darauf, dass die selige Masumeh ihre Pilger beschützen wird.«

Die ganze Verwandtschaft hatte sich mittlerweile um das Auto geschart, doch der Inder gab immer noch nicht auf.

Nur Asadollah Mirsa, von dem ich erwartet hätte, dass er dieser Unterhaltung aufmerksamer folgen würde, war vollauf damit beschäftigt, Lady Maharat Khan, die hinter ihren Spitzengardinen hervorlugte, schöne Augen zu machen. Ich hingegen hing förmlich an den Lippen des Inders.

»Aber nehmen Sie Ihre Frau denn gar nicht mit auf die Reise, Sahib?«

Ich konnte mir vorstellen, dass Lieber Onkel innerlich kochte, doch er antwortete mit ruhiger Stimme: »Nein, ich werde ja höchstens ein paar Tage weg sein.«

»Aber Sahib, wie kurz die Trennung auch immer sein mag, sie macht uns das Herz doch schwer, wie der Dichter sagt: ›Meine Liebe weilt in Laharard, doch ich nach Nischapur muss reisen...‹«

Ich starrte wie gebannt in Lieber Onkels Gesicht. Als er den Namen »Nischapur« aus dem Mund des Inders hörte, zuckte er zusammen, als hätte man ihm einen Stromstoß versetzt. Einen Moment lang starrte er den Inder mit offenem Mund an, bevor er mit kaum hörbarer Stimme befahl: »Mamad, fahr los!«

Der Motor sprang an, der Fahrer wendete den Wagen, alle traten einen Schritt zurück, und dann verschwand das Auto in einer Staubwolke am Ende der Straße.

Ich ging zu Asadollah Mirsa hinüber. Er legte mir die

Hand auf die Schulter und sagte leise: »Der Fisch ist gebacken. Du kannst ganz beruhigt schlafen gehen.«

In diesem Moment erhob sich die Stimme von Lieber Onkels Frau über dem Trubel: »Bitte vergesst nicht, dass wir heute Abend zum Gedenken an meinen Mann Asch-Reschteh-Suppe essen wollen, um ihm eine gute Reise zu wünschen.«

Asadollah Mirsa lief rasch zu dem Inder, der im Begriff war zu gehen, und sagte leise: »Sardar, das haben Sie sehr schön gesagt, gut gemacht!« Dann fügte er mit lauter Stimme hinzu: »Die Frau des Djenab hat für heute Abend eine Asch-Reschteh gekocht und lässt nun fragen, ob Sie und Ihre Frau uns die Ehre erweisen, unsere Gäste zu sein.«

Alle blickten Asadollah erstaunt an, eigentlich pflegten wir keinen so vertrauten Umgang mit dem Inder, doch nun konnte Lieber Onkels Frau die Einladung auch nicht mehr zurücknehmen und sagte: »Natürlich, Sie sind mehr als willkommen.«

Doch der Inder wollte sich lieber an die gesellschaftlichen Regeln halten. »Nein, Sahib, wir möchten Ihnen keine Umstände bereiten. Es werden sich bestimmt andere Gelegenheiten finden...«

Doch so schnell gab Asadollah Mirsa nicht auf. »Moment, Sardar, Sie sind wie ein Bruder für uns. Was soll das heißen: ›Umstände‹? Die Frau des Djenab wird sehr ungehalten sein, wenn Sie die Einladung nicht annehmen!«

»Ist es nicht so?«, wandte er sich an Lieber Onkels Frau. »Ich kenne dich doch, du wärst bestimmt gekränkt.«

»Sahib, vielleicht hat meine Frau schon andere Pläne, aber möglicherweise kann ich es einrichten, allein zu kommen.«

»Nun, wenn Ihre Frau schon andere Pläne gemacht hat, dürfen Sie sie natürlich nicht allein lassen, und wir müssen es auf ein anderes Mal verschieben. Aber bitte, fragen Sie sie.«

Er blickte zum Haus des Inders hinüber, und als er die Engländerin hinter den Gardinen stehen sah, rief er: »My Lady! Lady Maharat Khan!«

Als sie das Fenster geöffnet hatte, lud er sie in seinem gebrochenen Englisch zum Abendessen ein. Lady Maharat Khan antwortete schlicht, dass sie keine Einwände habe, wenn ihr Mann einverstanden sei.

»Sehen Sie, Sardar! Dann erwarten wir Sie also. Es ist uns wirklich eine große Ehre.«

Der Inder versprach, pünktlich zu sein, und wir schlenderten zurück in den Garten. Ich ging erneut zu Asadollah Mirsa und sagte: »Onkel Asadollah...«

Doch er ließ mich gar nicht zu Wort kommen: »Dustali«, wandte er sich an seinen alten Intimfeind, »heute Abend solltest du dich besser zurückhalten! Denn dieser Sardar Maharat Khan hat zwei Kobras in einem Käfig bei sich zu Hause, und wenn jemand seiner Frau zu nahe kommt, nimmt er eine von diesen Schlangen und legt sie dem Burschen ins Bett. Das ist kein Scherz! Glaube bloß nicht, dass ich spaße! Soll ich dir die Schlangen zeigen?«

Asadollah Mirsa sprach so ernst, dass Dustali Khan blass wurde. »Gütiger Himmel, sagst du die Wahrheit, Asadollah?«

»Darauf kannst du Gift nehmen! Natürlich erzählt er nicht herum, wozu er die Schlangen hält, er gibt nicht einmal zu, überhaupt welche zu besitzen. Aber Lady Maharat Khan hat es mir eines Tages anvertraut.«

Dustali Khan warf rasch einen Blick über seine Schulter und flüsterte: »Bitte, erwähne den Namen von Lady Maharat Khan nicht vor Aziz al-Saltaneh, sonst glaubt sie morgen, ich wäre in diese Engländerin verliebt. Schließlich waren es deine Witze, die im letzten Jahr den ganzen Ärger verursacht haben.«

12

Am frühen Abend hatten sich alle engeren Familienangehörigen in Lieber Onkels Haus versammelt. Obwohl ich sehr glücklich darüber war, einmal nicht unter Lieber Onkels wachsamen Augen mit Leili zusammen sein zu können, lief es mir bei dem Gedanken an Lieber Onkels Reise eiskalt den Rücken hinunter. Seit seinem Aufbruch waren bereits einige Stunden vergangen, und ich hatte keine Ahnung, wo er sich befand. Asadollah Mirsa hatte mir versichert, dass er keinesfalls nach Nischapur gefahren sein konnte, und ich war überzeugt, dass er auch nicht nach Qom reisen würde, nachdem ihm Masch Qasem berichtet hatte, dass die Engländer nur sechs Meilen vor der Stadt standen. Wo also hielt er sich auf?

Ich hätte Asadollah Mirsa zu gern nach seiner Meinung gefragt, doch er war so sehr in die Unterhaltung mit Lady Maharat Khan vertieft, dass es unmöglich war, zu ihm durchzudringen.

Mitten im schönsten Partygeplauder wurde mein Vater an die Haustür gerufen. In der Hoffnung, Neuigkeiten über Lieber Onkel zu erfahren, folgte ich ihm.

Es war Seyed Abolqasems Sohn. Er sagte, dass sein Vater meinen Vater dringend bitten ließ, für einen Moment zu ihm zu kommen. Zuerst weigerte mein Vater sich aufgebracht, auch nur einen Fuß in das Haus dieses nichtsnutzigen Schwindlers zu setzen, doch als der Bote nicht aufhörte, ihn anzuflehen – er sagte, es sei eine Frage von Leben und Tod –, gab er schließlich nach. Und als er dann zum Aufbruch bereit war, bettelte ich so lange, bis er mich ebenfalls mitnahm.

»Na gut, na gut, du kannst mitkommen. Aber ich begreife wirklich nicht, warum du ein Familienfest verlassen willst, um mit mir zu einem Prediger zu gehen!«

Als wir Seyed Abolqasems Haus erreichten, benahm sich der Sohn des Predigers so, als wollte er dort einbrechen. Zuerst blickte er sich nach allen Seiten um und klopfte dann, nachdem er festgestellt hatte, dass die Straße menschenleer war, in einem eigenartigen Rhythmus an die Tür. Der Seyed persönlich öffnete, zog uns rasch in den Hof und schloss das Tor hinter uns gleich wieder ab.

»Hier entlang, bitte, hier entlang, wenn Sie sich ins Wohnzimmer bemühen wollen...«

Mein Vater ging voran, und ich folgte ihm auf dem Fuße. An der Türe blieben wir beide vor Erstaunen wie angewurzelt stehen. Lieber Onkel Napoleon saß, noch immer in seiner Reisekleidung, von mehreren Kissen gestützt auf einer Matratze. Und Masch Qasem kniete am anderen Ende des Zimmers auf dem Fußboden.

»Du? Was machst du hier? Bist du denn nicht nach Qom gefahren?«

Lieber Onkels Gesicht war noch blasser und vergrämter als gewöhnlich. Mit gepresster Stimme sagte er: »Bitte setz dich, dann erkläre ich dir alles. Aber ich hatte doch extra darum gebeten, dass du allein kommen sollst, und nun hast du den Jungen...«

Mein Vater fiel ihm ins Wort: »Der Bote hat nichts dergleichen erwähnt. Er hat nur gesagt, der Seyed müsste mich dringend sprechen.«

Lieber Onkel wandte sich an mich: »Sei ein guter Junge und geh einen Moment in den Hof. Ich habe etwas Privates mit deinem Vater zu besprechen.«

Ich verließ unverzüglich den Raum. Seyed Abolqasem wollte gerade auf seinem Esel fortreiten. Als er mich sah, rief er: »He, Junge, kannst du mir einen Gefallen tun? Ich habe meinen Sohn auf einen Botengang geschickt, und sonst ist niemand im Haus, würdest du also bitte das Tor hinter mir verriegeln und den Herren sagen, dass ich in einer halben Stunde zurück sein werde?«

Seine Frau war nicht da, sein Sohn auch nicht – für mich hätte es gar nicht besser sein können. Ich stellte mich an die Wohnzimmertür, um das Gespräch zu belauschen. »Wenn ich behaupte, dass die Engländer mich keinen Moment aus den Augen lassen«, sagte Lieber Onkel gerade, »finden meine Brüder und der Rest der Familie, dass ich übertreibe, aber kannst du dir vorstellen, wie sie von meiner geplanten Reise nach Nischapur erfahren haben können? Hast du gehört, was der Inder über Nischapur gesagt hat?«

Mein Vater entgegnete: »Aber meinst du nicht, dass der Inder das Gedicht nur rein zufällig zitiert haben könnte?«

»Mein lieber Mann! Alle denken, ich bin auf dem Weg nach Qom, niemand außer uns beiden weiß, dass ich in Wahrheit nach Nischapur reisen will. Und dann zitiert dieser Inder rein zufällig im letzten Augenblick ausgerechnet dieses Gedicht?«

Nun mischte sich auch Masch Qasem in die Unterhaltung ein. »Warum sollte ich lügen? Mit einem Bein ... ja, ja, nicht einmal ich wusste, dass der Herr nach Nischapur wollte. Was für Schufte diese Engländer sind! O Allah, lasst mich zum Grab des heiligen Hasan pilgern, da werde ich eine Kerze anzünden, damit er diese Engländer zermalmt. Sie wissen ja nicht, was für Wunder der heilige Hasan vollbringt, ich würde für ihn sterben, ich würde ... es gab mal einen Mann in unserer Stadt, der ...«

»Das reicht, Qasem!«, unterbrach Lieber Onkel ihn. »Wirst du uns jetzt wohl unser Gespräch fortsetzen lassen! Also, was schlägst du vor? Was soll ich tun? Als ich heute die Stadt verlassen hatte, wollte mir beim besten Willen nicht einfallen, wie es weitergehen sollte, darum sind wir über Seitenstraßen und wer weiß was für Schleichwege hierher zu Seyed Abolqasems Haus gekommen. Und nun muss ich nach Hause zurückkehren, nur damit dieser Inder es unverzüglich nach London weitermelden kann. Ich gehe jede Wette ein, dass er in diesem Moment mit einem Fernglas in seinem Haus auf der Lauer liegt, um auszuspionieren, was in meinem Hause vor sich geht.«

»In diesem Punkt kann ich dich beruhigen«, unterbrach mein Vater Lieber Onkels Lamento. »Im Augenblick sitzt der indische Sardar in deinem Wohnzimmer und isst zu deinen Ehren Asch-Reschteh mit der versammelten Verwandtschaft.«

Lieber Onkel erstarrte, sein Gesicht wurde kalkweiß, sein Schnurrbart bebte, und er stammelte mit einer Stimme, die sich anhörte, als käme sie aus einem tiefen Brunnen: »Was? Was?... der Sardar... der indische Sardar... in meinem Haus... in meinem? Dann haben sie mir nun also den Dolch in den Rücken gestoßen?«

Meinem Vater schien es Spaß zu machen, Lieber Onkel in dieser Weise zu quälen, denn obwohl er sich nach außen hin besorgt und teilnahmsvoll gab, drehte er die Klinge in der Wunde noch einmal um. »Wie du selber sagst, sie haben dir den Dolch in den Rücken gestoßen, wobei ich glaube, dass es nicht der Inder selbst gewesen ist, sie haben tausend Möglichkeiten, ihre Akten zu schließen...«

Er zögerte kurz, bevor er fortfuhr: »Ich habe nie den leisesten Verdacht gegen Sardar Maharat Khan gehegt, doch heute Abend in deinem Wohnzimmer habe ich angefangen, mir Sorgen über seine Frau zu machen. Diese Engländerin...«

Lieber Onkels Augen quollen vor Wut und ungläubigem Staunen beinah aus ihren Höhlen, als er meinem Vater mit erstickter Stimme ins Wort fiel: »Dann ist seine Frau also auch in meinem Haus? Man hat also beschlossen, mein

Haus zu einem Treffpunkt des britischen Generalstabs zu machen, was? Ich muss wissen, wer diese Leute in mein Haus gebracht hat!«

Doch mein Vater gab noch immer nicht auf, mit übertrieben besorgter Miene sagte er: »Was mich an ihr stutzig gemacht hat, war, dass sie beim Betrachten deines Fotoalbums ziemlich lange auf eine große alte Aufnahme gestarrt hat, die dich in deiner Kosakenuniform zeigt, und als jemand ihr erklärte, dass es ein Bild von dir sei, zeigte sie es ihrem Mann und sagte etwas auf Englisch, was ich nicht verstanden habe. Danach haben die beiden noch eine ganze Weile miteinander geflüstert.«

Lieber Onkel, der meinem Vater mit offenem Mund fassungslos zugehört hatte, griff sich auf einmal ans Herz und sackte stöhnend in sich zusammen.

Mein Vater lief zu ihm und rief: »Der Herr ist ohnmächtig geworden, Masch Qasem, lauf und hol Dr. Naser al-Hokama.«

Doch da hob Lieber Onkel plötzlich den Kopf und brüllte mit aller ihm noch zur Verfügung stehenden Kraft: »Nein! Nein, setz dich, es geht mir gut. Dr. Naser al-Hokama ist auch ein Lakai der Engländer. Sein Cousin arbeitet für die Anglo-Iranische Ölgesellschaft.«

Mein Vater massierte Lieber Onkels Hände und schickte Masch Qasem, eine Schüssel Wasser zu holen.

Während Masch Qasem auf den Hof rannte und mit der Schüssel ins Wohnzimmer zurückkehrte, versteckte ich mich in einer Nische. Ein Schluck Wasser genügte, um Lieber Onkel wieder zu sich zu bringen. In seine Kissen gelehnt, flüsterte er mit geschlossenen Augen:

»Sollte dich dereinst ein böser Löwe jagen,
so füg dich in dein Schicksal ohne Zögern.«

Mit leichtem Tadel in der Stimme sagte mein Vater: »Diese Schicksalsergebenheit sieht dir aber gar nicht ähnlich. Du hast dein ganzes Leben lang gekämpft, du kannst doch jetzt nicht so einfach aufgeben und dir die Zügel aus der Hand nehmen lassen. Die wahre Größe eines Mannes hat sich schon immer in Krisenzeiten bewährt, wenn er inmitten der Katastrophe mit Bravour und Edelmut die Führung übernimmt.«

Lieber Onkel richtete sich auf und meinte nachdenklich: »Du hast Recht. Jetzt ist nicht die Zeit für Rückzüge, tatsächlich ist ein Rückzug völlig ausgeschlossen. Wir müssen den Kampf fortsetzen. Aber dazu muss ich in erster Linie am Leben bleiben, und so wütend, wie die Engländer auf mich sind, ist es völlig unmöglich, dass sie mich in Ruhe lassen werden. Heute habe ich vor den Stadttoren Halt gemacht, um in einem Café ein Glas Tee zu trinken. Du hättest mal hören sollen, was für Gräueltaten die Leute aus dem Süden über sie berichtet haben.«

Masch Qasem, der schon ungewöhnlich lange geschwiegen hatte, nickte eifrig und sagte: »Allah steh uns allen bei, bis jetzt haben sie schon zweieinhalb Millionen Leute abgeschlachtet. Allah helfe den Leuten in Ghiasabad, in der Nähe von Qom, denn die haben den Engländern wirklich was auf die Mütze gegeben. Ghiasabad hat mehr getan als alle anderen Städte zusammen. Also in unserer Stadt lebte mal ein Mann, der…«

»Genug! Qasem!«, schnitt Lieber Onkel ihm ungeduldig das Wort ab. »Lass uns über die Schwierigkeiten nachdenken, in denen wir selber stecken.«

An meinen Vater gewandt, fragte er: »Was soll ich denn jetzt deiner Meinung nach tun?«

Mein Vater rieb sich das Kinn und antwortete: »Meiner Ansicht nach ist dein Überleben für das ganze Land von Bedeutung. Das Volk braucht dich, und in einer Sackgasse wie dieser ist es am besten, wenn man den Feind mit Hilfe seiner Feinde schlägt. Ich glaube, die Deutschen sind jetzt deine einzige Chance. Du musst dich unter ihren Schutz stellen.«

»Die Deutschen! Aber die sind doch mit Mann und Maus von hier verschwunden.«

»Da wäre ich nicht so sicher! In der Öffentlichkeit sind sie zwar nicht mehr zu sehen, aber sie haben eine riesige Untergrundorganisation in unserer Stadt. Meiner Meinung nach solltest du den Deutschen einen Brief schreiben und sie um ihren Schutz bitten.«

Lieber Onkel beugte sich gespannt vor, als mein Vater fortfuhr: »Zufälligerweise weiß ich, wie man einen solchen Brief auf den Weg bringen muss...«

»An wen sollte ich den Brief denn richten?«

»An Hitler persönlich.«

Masch Qasem jubelte entzückt: »Brillant! Genau dasselbe wollte ich auch gerade vorschlagen. Wenn es einen richtigen Mann auf der Welt gibt, dann ist es Hitler.«

»Also, du schreibst einen Brief an Hitler und bittest ihn, dich für ein paar Monate zu beschützen, bis ihre Truppen eintrifft, denn es besteht überhaupt kein Zweifel, dass die Deutschen in ein paar Monaten hier sein werden.«

Gesagt, getan. Masch Qasem stand auf und holte das Schreibzeug des Predigers, das sich in einem Regal im selben Zimmer befand. Lieber Onkel setzte sich und schrieb, was mein Vater ihm diktierte.

»An Seine hochverehrte Exzellenz Adolf Hitler, den großen und glorreichen Führer der Deutschen, in tiefer Verehrung und Respekt vor Eurer erhabenen Majestät. Euer bescheidener Diener ist überzeugt, dass Eure erhabene Person hinreichend über den langen und zähen Kampf Eures ergebenen Dieners und seines verstorbenen Vaters gegen die koloniale Abenteuerlust der Engländer unterrichtet ist. Trotzdem möchte ich mir die Freiheit nehmen, Euch meine Kämpfe noch einmal wie folgt zu schildern... hast du das?«

Lieber Onkel hatte eifrig mitgeschrieben.

Mein Vater fuhr fort: »Dann schreib jetzt einen Bericht über die Schlachten von Mamasani und Kazerun und die anderen Zusammenstöße mit den Engländern, in die du verwickelt warst, und vergiss nicht, den Sardar Maharat Khan und seine englische Frau zu erwähnen sowie die Tatsache, dass sie offenbar Befehl haben, dich zu observieren – wir wissen zwar nicht mit Sicherheit, ob dieser Inder ein englischer Spion ist, aber schreib trotzdem, dass er zweifelsohne einer ihrer Agenten ist und...«

Lieber Onkel unterbrach ihn: »Was soll das heißen, wir wissen es nicht mit Sicherheit? Ich bin mir so sicher, wie ich hier in diesem Zimmer sitze, dass dieser Inder ihr Agent ist und Befehl hat, mich zu observieren.«

»Wie auch immer, berichte dem deutschen Führer davon und schreib am Ende ›Heil Hitler‹.«

»Und was soll das heißen?«

»Das ist ein moderner deutscher Brauch. Es bedeutet ›Lang lebe Hitler‹. Vergiss nicht zu erwähnen, dass du natürlich deinerseits bereit bist, ihnen in jeder Weise zu Diensten zu sein, und bitte ihn, alles Nötige für deinen sofortigen Schutz in die Wege zu leiten.«

»Und wohin werden sie mich dann bringen?«, wollte Lieber Onkel wissen.

»Sie bringen dich nach Berlin, und in ein paar Monaten kommst du mit der deutschen Armee wieder zurück. Aber in jedem Fall wirst du dich damit abfinden müssen, ein paar Monate von deiner Frau und den Kindern getrennt zu sein.«

»Meinst du, ich könnte sie fragen, ob ich wenigstens Masch Qasem mitnehmen darf?«

»Ich wüsste nicht, was dagegen spräche, füg einfach ein

paar Sätze über Masch Qasem hinzu, in denen du erklärst, dass auch er in Lebensgefahr schwebt.«

Masch Qasem nickte und sagte: »Tja nun, warum sollte ich lügen? Mit einem Bein... ja, ja, diesen Engländern habe ich es auch wirklich gezeigt, in der Schlacht von Kazerun habe ich so viele von ihnen erledigt! Ich sehe es vor mir, als wäre es gestern gewesen, mit einem Streich habe ich einem ihrer Offiziere den Kopf abgeschlagen, und er fiel ihm vor die Füße. Ich habe den Schlag so gut geführt, dass er es gar nicht gemerkt hat. Sein Körper fiel auch um, ohne Kopf, und dann hat er mich noch eine gute halbe Stunde lang verflucht und beschimpft, bis ich ihm am Ende ein Taschentuch in den Hals gestopft habe.«

»Das reicht, Masch Qasem!«, herrschte Lieber Onkel ihn an. »Und wie, sagtest du, wirst du diesen Brief nun zu Hitler befördern?«

»Mach dir darüber keine Gedanken, ich kenne einen von ihren Leuten hier, der deinen Brief, so wie du ihn geschrieben hast, nach Berlin kabeln wird. Du kannst ganz sicher sein, dass sie schon in ein paar Tagen Kontakt mit dir aufnehmen werden.«

»Und was soll ich so lange machen?«

»Meiner Ansicht nach wäre es das Beste, wenn du einfach nach Hause gehst. Tu so, als ob alles in bester Ordnung wäre, sei besonders freundlich zu dem Inder und behaupte, du hättest umkehren müssen, weil das Auto unterwegs eine Panne gehabt hätte.«

»Und du glaubst nicht, dass...«

»Die Engländer werden Teheran frühestens in sechs oder sieben Tagen erreichen, und du solltest so tun, als wären sie dir vollkommen gleichgültig; denn im Prinzip ist es besser, wenn dieser Inder – falls er denn einer ihrer Agenten ist – ihnen meldet, dass du zu Hause bist, damit sie nichts unternehmen, bevor ihre Armee eintrifft. Ich werde jetzt gehen, und du kommst in einer Viertelstunde nach und benimmst dich wie jemand, der gerade von einer Reise zurückgekehrt ist. In der Zwischenzeit kannst du den Brief ins Reine schreiben, um ihn mir später unauffällig zuzustecken, und damit wäre dann alles geregelt.«

Ich beeilte mich, mich auf der anderen Seite des Hofs auf die Schwelle zu setzen und so zu tun, als wäre ich eingenickt.

»Steh auf, wir gehen. Schlaf nicht in anderer Leute Häuser.«

Unterwegs beobachtete ich meinen Vater aus dem Augenwinkel. Er führte Selbstgespräche, doch seine Worte waren nicht zu verstehen. Ich schickte unwillkürlich ein Stoßgebet zum Himmel: »O Allah, bitte lass meinen Vater nicht wieder Streit anfangen.«

Ich hatte keine Ahnung, was mein Vater mit Lieber Onkels Brief an Hitler vorhatte, doch ich beschloss, auf keinen Fall tatenlos zuzusehen. Ich würde versuchen, jeden Schritt zu vereiteln, mit dem sich erneut Streitereien, Kummer und Sorgen über mir zusammenbrauen könnten.

Die Feier in Lieber Onkels Wohnzimmer war noch immer in vollem Gang, und das laute Lachen Asadollah Mirsas war bis auf den Hof hinaus zu hören.

Ich sah Leili vergnügt kichern und vergaß für einen Moment alle meine Sorgen. Als ich sie fragte, worüber sie lachte, sagte sie leise: »Du hättest hören sollen, wie Asadollah Dustali Khan auf den Arm genommen hat.«

Dustali Khan versuchte ebenso angestrengt wie erfolglos, gute Miene zum bösen Spiel zu machen und sich ein Lächeln abzuringen, während die Engländerin in Asadollahs Lachen eingestimmt hatte. Sie fand alles, was er sagte, entzückend und bat ihn, ihr jedes Wort genau zu übersetzen.

Asadollah, der wie üblich schon das eine oder andere Glas geleert hatte, ließ sich von seinen mangelhaften Englischkenntnissen nicht bremsen und begann: »Wissen Sie, meine liebe Lady Maharat Khan...«

Doch Dustali Khan war wütend und störte ihre Unterhaltung wie ein trotziges Kind. »Hör auf, unsere Freunde mit deinen Geschichten zu langweilen, schließlich sind sie nur meinetwegen hier.«

»Moment, Moment...«

»Als du den Sardar eingeladen hast, wollte er doch gar nicht kommen«, fuhr Dustali dümmlich fort. »Er hat erst zugesagt, nachdem ich ihn darum gebeten habe. Also sind er und seine Frau meine Gäste!«

Asadollah wollte gerade zu einer Erwiderung anheben, als er die erstaunten Gesichter der anderen Gäste bemerkte, die alle wie gebannt zur Tür starrten. Die hoch gewachsene Gestalt von Lieber Onkel war im Türrahmen aufgetaucht, und es konnte keinen Zweifel daran geben, dass er Dustali Khans letzten Satz gehört hatte, so verblüfft und wütend starrte er ihm ins Gesicht.

Einen Augenblick lang herrschte vollkommene Stille, bevor alle gleichzeitig anfingen, Lieber Onkel mit Fragen zu bestürmen. Asadollah Mirsa zwinkerte mir mit einem Lächeln zu, und ich dankte ihm mit einem leichten Kopfnicken. Lieber Onkel spielte die verabredete Rolle und erzählte, nachdem er alle begrüßt und den Inder mit seiner Frau in seinem Haus willkommen geheißen hatte, die Geschichte von der Autopanne.

Mein Vater sagte: »So ist es bestimmt am besten, es gibt noch viele Gelegenheiten, auf Pilgerfahrt zu gehen. Vielleicht fahren wir, so Allah will, im nächsten Monat gemeinsam.«

Um auch etwas zu sagen, bemerkte der Inder: »Der Herr konnte es doch nicht ertragen, von der Dame seines Herzens getrennt zu sein, darum hat er befohlen umzukehren.«

Dann fiel ihm offenbar der Scherz wieder ein, von dem

Asadollah mittags gesprochen hatte, und er fügte lachend hinzu: »Die Geliebte befahl die Rückkehr von Nischapur nach Lahavard.«

Als er den Namen Nischapur hörte, zuckte Lieber Onkel zusammen, bemühte sich jedoch, sich nichts anmerken zu lassen, und lachte gezwungen. Dann zog er einen Umschlag aus seiner Tasche und reichte ihn meinem Vater. »Ach, übrigens, die Adresse von dem Hotel, die du mir gegeben hast, brauche ich ja nun nicht mehr. Du kannst sie ebenso gut behalten!«

Obwohl ich mich bemühte, ruhig zu bleiben, konnte ich meine Augen nicht von dem Umschlag abwenden. Mein Blick folgte jeder Bewegung von Lieber Onkels Hand zur Hand meines Vaters bis in seine Jackentasche.

Bis zum Ende der Feier gab Lieber Onkel sich alle Mühe, seinen Unmut über die Anwesenheit des Inders und die Furcht vor seinem eigenen ungewissen Schicksal zu verbergen. Aber als die Gäste anfingen, sich zu verabschieden, wollte Lieber Onkel Dustali Khan zurückhalten, um ihn zu fragen, warum er den Inder eingeladen hatte. Doch mein Vater brachte ihn dazu, seine Meinung zu ändern und Dustali Khan mit den anderen gehen zu lassen. Lieber Onkel und mein Vater blieben allein im Wohnzimmer zurück. Ich wollte hören, worüber sie sprechen würden, und postierte mich hinter der Tür.

»Hast du den Brief so geschrieben wie besprochen?«, fragte mein Vater leise.

»Ja, genau so, wie du gesagt hast, aber bitte beeil dich. Meine Lage ist sehr gefährlich.«

»Sei ganz ruhig, gleich morgen früh wird diese Nachricht in die Stadt geschickt werden, über die wir gesprochen haben.«

In diesem Moment stürmte Masch Qasem aufgeregt herein. »Herr, wissen Sie, was dieser Bastard gemacht hat?«

»Wer denn, Qasem?«

»Dieser indische Sardar.«

Alarmiert fragte Lieber Onkel: »Was hat er getan?«

»Vor einer halben Stunde ist er aus dem Zimmer gekommen und hat sich überall umgesehen, und dann ist er in den Garten gegangen. Ich bin ihm leise gefolgt.«

»Ja und weiter? Red nicht so wirr. Was ist passiert?«

»Tja nun, warum sollte ich lügen? Mit einem Bein... ja, ja... er ging direkt zu dem großen Rosenstrauch, und dann hat dieser freche Lump da einfach sein Geschäft verrichtet.«

»Auf die Wurzeln des großen Rosenstrauchs?«

»Ja, Herr, auf die Wurzeln des großen Rosenstrauchs.«

Mit verzerrtem Gesicht packte Lieber Onkel den Arm meines Vaters. »Siehst du? Diese Engländer wollen mich auf der ganzen Linie fertig machen! Das gehört zu ihrem Plan, sie wollen mich zermürben, damit ich mich ihnen bedingungslos ergebe. Das ist der Anfang ihres Nervenkriegs gegen mich!«

Dann schob er plötzlich seine Jacke beiseite, legte die Hand auf den Revolver in seinem Gürtel und rief: »Ich werde diesen Inder mit meinen eigenen Händen umbringen! Auf die Wurzeln *meines* großen Rosenstrauchs! Das ist wirklich die Höhe! Selbst wenn ich unter der Folter der Engländer sterbe, ich muss diesem Inder heimzahlen, was er mir angetan hat!«

Mein Vater legte ihm begütigend eine Hand auf die Schulter und sagte: »Beruhige dich.

›*Für einen Käfer, der gelandet ist in einer glatten Schüssel,
scheint eher Geschick als Stärke seiner Rettung Schlüssel.*‹

Nur Geduld. Wenn deine Freunde erst hier sind, werden sie es diesem Inder schon zeigen.«

»Ich werde ihn eigenhändig am Weinspalier aufhängen«, knurrte Lieber Onkel.

Masch Qasem verdrehte die Augen gen Himmel und meinte: »Allah steh uns allen bei, ich will nichts gesagt haben, aber dieser Hundesohn hat sogar noch was Schlimmeres getan.«

Mit zornig hervorquellenden Augen fragte Lieber Onkel: »Was hat er noch getan? Nun sprich doch endlich!«

»Tja nun, warum sollte ich lügen? Mit einem Bein... Dagegen war das andere noch gar nichts, ich wollte Ihre Gefühle nicht verletzen, möge Ihr Gesicht immer in Rosenwasser baden, aber er hat so ein schamloses Geräusch von sich gegeben, dass ich es noch meterweit hören konnte.«

Lieber Onkel schlug sich die Hände vors Gesicht und sagte: »O Allah, gib mir Gelegenheit, mich für diese Frechheit an den englischen Hunden zu rächen!«

Kurz nachdem ich mit meinem Vater nach Hause gegangen war, tauchte Lieber Onkel bei uns auf und bedeutete meinem Vater, mit ihm in das Zimmer mit den Glastüren zu gehen. Ich beeilte mich, in mein Versteck in der Abstellkammer zu gelangen.

»Immer geht etwas schief, wenn man die Dinge überstürzt. Mir ist gerade eingefallen, dass ich in meinem Brief gar nicht gefragt habe, wie ich ihren Abgesandten erkennen soll. Stell dir vor, er will nun mit mir Kontakt aufnehmen, wie wird er sich vorstellen, und woran soll ich merken, dass er von ihnen kommt?«

Anfangs wollte mein Vater die Frage als unerheblich abtun, doch dann schien er zu begreifen, dass sie durchaus berechtigt war, und versank in tiefes Grübeln. Schließlich sagte er: »Du hast vollkommen Recht. In einer solchen Situation sollte man an alles denken. Du musst eine Art geheimes Erkennungszeichen ausmachen. Wie wäre es mit...?«

»Ich hatte an eine besondere Parole gedacht, mit der er sich zu erkennen geben könnte.«

Mein Vater rieb sich das Kinn und entgegnete: »Das ist

keine schlechte Idee, aber du müsstest die Parole aufschreiben, und das wäre in Zeiten wie diesen nicht besonders klug; man muss immer mit feindlichen Agenten rechnen. Wenn du mich fragst, ich würde...«

Er verfiel in nachdenkliches Schweigen. »Wie wäre es, wenn wir den Namen eines Familienmitglieds nähmen?«

Die Augen meines Vaters blitzten auf. »Nicht schlecht. Wir könnten zum Beispiel den Namen deines verstorbenen Großvaters verwenden, aber die Parole müsste so formuliert sein, dass man sie nicht entschlüsseln kann. Wie wäre es mit: ›Mein verstorbener Großvater isst Ab-Guscht mit Jeanette McDonald?‹«

»Jetzt ist nun wirklich nicht die richtige Zeit für Scherze«, protestierte Lieber Onkel mit gepresster Stimme.

»Ich scherze nicht. Es muss, wie ich schon sagte, ein Satz sein, mit dem die feindlichen Spione absolut nichts anfangen können.«

»Lieber würde ich ein englisches Schafott besteigen, als den Namen meines verstorbenen Großvaters in einem Atemzug mit einem losen Frauenzimmer zu nennen«, entgegnete Lieber Onkel wutschnaubend.

Mein Vater zuckte die Schultern: »Tja, du kannst deine Kuh entweder melken oder schlachten. Wenn du wirklich nicht willst, bitte, dann können wir ebenso gut alles dem Schicksal überlassen. Schließlich ist es nicht sicher, dass die Engländer sich an dir rächen wollen. Vielleicht haben sie dir deine Sünden ja nach all den Jahren doch vergeben.«

»Mir scheint, du legst es darauf an, mich zu quälen. Du weißt besser als jeder andere, was für grauenhafte Pläne die Engländer mit mir haben. Die Wurzeln meines Rosenstrauchs sind nach dem Anschlag dieses widerlichen indischen Teufels noch nicht getrocknet.«

»Warum stellst du dich dann so an? Glaubst du, dass Napoleon auch nur eine Sekunde gezögert hätte, wenn er unter solchen Umständen von St. Helena hätte entkommen können? Du bist doch nicht allein. Eine große Familie, eine Stadt, eine Nation erwartet dieses Opfer von dir.«

Lieber Onkel schloss die Augen und massierte sich die Schläfen. »Also gut, ich akzeptiere um des Volkes willen! Gib mir den Brief, damit ich die Parole dazuschreiben kann.«

Mein Vater reichte ihm den Brief und stellte Tinte und Federhalter vor ihn. »Schreib: Schließlich bitte ich darum, zum Zweck der Kontaktaufnahme folgende geheime Parole zu benutzen. Hast du das? Dann schreib jetzt in Anführungszeichen: ›Mein verstorbener Großvater isst Ab-Guscht mit Jeanette McDonald.‹«

Lieber Onkel wandte sich schweißgebadet von dem Brief ab und murmelte: »Allah vergebe mir, mein verstorbener Großvater würde sich im Grab umdrehen, wenn er wüsste, was ich ihm antun musste, um meine eigene Seele zu retten.«

»Ich bin sicher, dein Großvater würde voll und ganz hinter dir stehen, wenn er noch lebte.«

Ich war vollkommen verwirrt und ratlos. Wie sehr ich mich auch anstrengte, ich kam beim besten Willen nicht dahinter, was mein Vater vorhatte. Nach einer schlaflosen Nacht wollte ich mich gleich am nächsten Morgen erneut an Asadollah Mirsa wenden, doch der hatte das Haus bereits verlassen und wurde erst am späten Abend zurückerwartet. Mir blieb also nichts anderes übrig, als den ganzen endlosen Tag allein mit meinen Gedanken und wilden Spekulationen zu verbringen. Was mich besonders beunruhigte, waren der Gesichtsausdruck und die ganze Haltung meines Vaters. Er wirkte so zufrieden, als hätte er über seinen ärgsten Feind triumphiert.

Lieber Onkel sah ihn den ganzen Tag über nicht. Als Masch Qasem in der Abenddämmerung damit beschäftigt war, die Blumen zu gießen, hatte ich Gelegenheit, kurz mit ihm zu sprechen. Offenbar angesteckt von Lieber Onkels Furcht, wirkte auch er sehr besorgt.

»Das ist kein Scherz, mein Junge, der Herr hat völlig Recht, nachts nicht mehr zu schlafen. Diese gottlosen Engländer kommen immer näher. Und Allah soll mich mit Stummheit schlagen, wer weiß, ob ihre Agenten nicht schon unterwegs sind, um dem Herrn irgendwas Schreckliches anzutun. Ich und der Herr haben nicht mehr lange zu leben. Obwohl ich mit meiner Flinte vor seiner Türe geschlafen habe, ist der Herr in der Nacht zehnmal aufgewacht. Und wenn er doch geschlafen hat, hat er laut geschrien: ›Sie kommen, sie sind da.‹ Man hätte meinen können, er fühlt schon die Klinge eines englischen Schwerts an seiner Kehle. Und mir ergeht es auch nicht viel besser, aber ich vertraue auf Allah. Ich meine, schließlich haben die Engländer ein Recht dazu, wir an ihrer Stelle hätten uns auch nicht lebend davonkommen lassen.«

»Masch Qasem, ich glaube nicht, dass du in so großer...«

Masch Qasem ließ seine Gießkanne sinken. »Wo denkst du hin, mein Junge, wir und diese Engländer sind wie ein Teufel und ein Engel, und mal angenommen, sie hätten die Schlacht von Mamasani vergessen, was ist mit der Schlacht von Kazerun, eh? Und wenn sie auch die Schlacht von Kazerun vergessen hätten, bliebe immer noch die Schlacht von Ghiasabad. Aber, mein Junge, warum sollte ich lügen? Mit einem Bein... ja, ja. Allah ist mein Zeuge, ich bin bereit, mich vor die Kanonen der Engländer zu werfen, wenn sie dafür den Herrn zufrieden lassen.«

Er hielt mir noch einen längeren Vortrag über seinen Mut und die tollkühnen Streiche, die er gegen die britische Armee geführt hatte, in den er hier und da Andeutungen über seine und Lieber Onkels mögliche baldige Rettung einstreute.

Glücklicherweise war der nächste Tag ein nationaler Feiertag. Im Lauf des Vormittags ging ich mehrmals zu Asadollah Mirsas Haus, doch seine alte Dienerin erklärte mir, dass ihr Herr nicht einmal dann vor elf Uhr geweckt werden durfte, wenn die Welt inzwischen unterging. Als sie mich schließlich zu ihm ließ, saß er gerade beim Frühstück. Seine Exzellenz hatte offenbar gut geschlafen, er war bestens gelaunt und zu Scherzen aufgelegt und verspeiste seine gebratenen Eier mit großem Appetit. Aus dem Grammophon ertönte die Stimme der Sängerin Qamar al-Moluk. Er empfing mich mit offenen Armen und bot mir an, das Frühstück mit ihm zu teilen, doch ich hatte keinen Hunger.

»Warum willst du denn nichts? Ist dir die Liebe auf den Magen geschlagen?«

»Nein, Onkel Asadollah, aber alles wird immer verzwickter.«

Nachdem ich ihm von den Geschehnissen im Haus des Predigers und Lieber Onkels Brief an Hitler berichtet hatte, lachte er schallend und meinte: »Ich weiß nicht, was dein Vater mit dem alten Mann plant. Andererseits hat er in gewisser Weise das Recht auf seiner Seite, denn als er seine Apotheke noch besaß, war er ein wohlhabender Mann, und nun verdient er nicht mehr als wir Staatsdiener. Lieber Onkel hat ihm übel mitgespielt, und nun dreht er den Spieß eben um. Wenn du nicht dazwischen geraten wärst, weil du dich verliebt hast, würde ich darüber lachen und sie es einfach ausfechten lassen.«

»Aber Onkel Asadollah, du musst dir etwas einfallen lassen. Ich kann mir wirklich nicht vorstellen, was mein Vater vorhat.«

»Moment, mach dir nicht zu viele Gedanken, dein Vater ist nicht so dumm, den Brief tatsächlich an Hitler zu schicken oder ihn irgendjemandem zu zeigen, denn schließlich würde man als Erstes von ihm wissen wollen, was das alles zu bedeuten hat.«

»Aber was glaubst du, warum er Lieber Onkel diesen Brief diktiert hat?«

»Ich glaube, er will etwas in der Hand haben, womit er Lieber Onkel unter Druck setzen kann, damit er nach seiner Pfeife tanzen muss, oder er wollte etwas haben, womit er den alten Mann lächerlich machen kann. Du sagtest, sie hätten sich eine geheime Parole ausgedacht?«

»Ja, die Parole für die Kontaktaufnahme war: ›Mein verstorbener Großvater isst Ab-Guscht mit Jeanette McDonald.‹«

Asadollah Mirsa lachte so heftig, dass er vom Stuhl fiel, und ich platzte ebenfalls laut heraus, bevor ich hinzufügte: »Als Lieber Onkel den Namen seines Großvaters hörte, hat er beinahe einen Herzschlag gekriegt, aber mein Vater hat ihn davon überzeugt, die Parole zu akzeptieren.«

»Dein Vater ist wirklich nicht dumm – weißt du eigentlich, warum dein Lieber Onkel damals vorzeitig in den Ruhestand gegangen ist?«

»Nein, das weiß ich nicht.«

»Du bist ja auch noch ein kleiner Junge gewesen. Lieber Onkel, der damals den Rang eines Leutnants bekleidete, tat zu Hause derart vornehm und plusterte sich vor deinem Vater so auf, dass es diesem eines Tages zu bunt wurde und er das Haus, in dem nun der Sardar Maharat Khan wohnt, an einen jungen Oberleutnant vermietete. Und nun musste Lieber Onkel, der sich daheim benahm wie der größte Feldherr aller Zeiten, auf der Straße jedes Mal, wenn er diesem Oberleutnant begegnete, der vom Alter her sein Enkel hätte sein können, die Hacken zusammenschlagen und salutieren. Damals wurde militärische Disziplin noch groß geschrieben. Und die Leute lachten derart unverhohlen über Lieber Onkel, dass er um seine vorzeitige Pensionierung bat. Das war das erste Mal, dass er mit deinem Vater aneinander geraten ist. So, nun müssen wir uns aber etwas einfallen lassen.«

Asadollah Mirsa zog sich um, während wir uns weiter unterhielten. »Da wir das Geheimnis kennen, wie Hitlers Agent mit Lieber Onkel Kontakt aufnehmen wird, müssen wir ihm zuvorkommen und die Pläne deines Vaters durchkreuzen. Aber von wo können wir telefonieren. Von eurem und Lieber Onkels Haus ist es natürlich unmöglich, aber wie wäre es, wenn wir diesem Esel Dustali Khan einen Besuch abstatten. Ich glaube, der ist im Moment nicht zu Hause.«

In der Hoffnung, Dustali Khans Telefon ungestört benutzen zu können, gingen wir los. Doch was Asadollah mir unterwegs berichtete, versetzte mich in noch hellere Aufregung. Er hatte Gerüchte gehört, dass alle Wehrpflichtigen entlassen worden waren, und wenn das stimmte, würde es nicht mehr lange dauern, bis Puri, Onkel Obersts Sohn, wieder auftauchte.

Als Asadollah Mirsa mein besorgtes Gesicht sah, legte er mir die Hand auf die Schulter und tröstete mich: »Nun sei mal nicht so betrübt! Vertraue auf Allah! Als ich sagte: ›Denk an San Francisco‹, meinte ich eine Situation wie diese. Mach dir nicht zu viele Sorgen. Am Ende wirst du entweder befreit aufatmen, oder du kommst nach San Francisco, oder dieser Schwätzer hat längst eine andere Frau im Kopf.«

Doch seine Worte waren nur ein schwacher Trost. Vor Dustali Khans Haus blieben wir einen Moment stehen und horchten. Normalerweise hörte man Aziz al-Saltanehs Gekeife schon von weitem, doch an diesem Tag war alles still.

»Sieht aus, als wäre die alte Hexe nicht da«, sagte Asadollah Mirsa. »Wenn nur ihre Dienerin im Haus ist, ist das der beste Ort zum Telefonieren. Wir werden sie schon irgendwie beschäftigen, damit wir alles in Ruhe erledigen können.«

Als die Tür sich öffnete, verzogen sich Asadollah Mirsas

Lippen zu einem Lächeln, und seine Augen fingen an zu blitzen. Vor uns stand eine hübsche junge Frau von ungefähr zwanzig Jahren. Sie begrüßte uns sehr freundlich und bat uns höflich herein. Seine Exzellenz ließ sich nicht lange bitten, sondern stürmte ins Haus und blickte sich sogleich suchend nach Aziz al-Saltaneh und Dustali Khan um. Doch es war offensichtlich, dass die beiden ausgegangen waren und diese junge Frau sich allein im Haus befand.

Mit einem bezaubernden Lächeln sagte sie: »Agha Asadollah, erkennen Sie mich denn gar nicht mehr?«

Asadollah Mirsa verschlang das Mädchen mit den Augen, als hätte er unsere Pläne komplett vergessen. Lächelnd entgegnete er: »Moment, wie könnte ich Sie nicht wieder erkennen? Sie sind Duschizeh Zahra, nicht wahr? Wie geht es Ihnen? Und Ihrem Vater? Wo haben Sie gesteckt, man hat Sie ja gar nicht mehr gesehen?«

Das Mädchen lächelte erneut und sagte: »Ich bin Fati, Khanum Khanomahs Tochter. Meine Mutter ist Qamars Tante. Wissen Sie denn nicht mehr, dass Sie, als ich klein war, immer zu mir gesagt haben, meine Lippen wären wie Äpfel von Khorasan?«

»Aha! Meine liebe Fati, ja, ja, Allah sei gepriesen, zu was für einer hübschen jungen Dame du herangewachsen bist. Aber wo sind diese roten Lippen geblieben? Du hast mich nie von ihnen abbeißen lassen, und nun sind sie ganz blass geworden! Und bekommt dein Onkel keinen Kuss?«

Das Mädchen errötete und senkte den Blick. Asadollah Mirsa fasste sie am Arm, musterte sie von Kopf bis Fuß und sagte: »Ich habe mich immer bei Khanum Khanomah nach dir erkundigt. Hat sie nicht gesagt, du hättest geheiratet?«

»Ja, ich habe geheiratet und bin nach Isfahan gezogen, aber nach vier Jahren bin ich geschieden worden. Er war ein schlechter Mann, er ist sehr hässlich zu mir gewesen.«

»Möge er in der Hölle schmoren, wie kann jemand zu so einem hübschen Mädchen hässlich sein? Und Kinderchen?«

»Nein, Kinder sind nicht gekommen.«

»Gut, gut, schön, schön, wunderbar, und was machst du nun?«

Asadollah Mirsa war so sehr mit diesem Mädchen beschäftigt, dass ich glaubte, er hätte vollkommen vergessen, weshalb wir hergekommen waren. Ohne Fati auch nur für eine Sekunde aus den Augen zu lassen, sagte er: »Na, dann setzen wir uns doch einfach ein Weilchen, bis Dustali...«

Das Mädchen fiel ihm ins Wort: »Oh, bitte, fühlen Sie sich wie zu Hause. Kommen Sie ins Wohnzimmer.«

»Fati, Liebes, gibt es in diesem Haus etwas Kühles zu trinken?«

»Natürlich, es gibt Kirsch- oder Quittenlikör. Welchen möchten Sie?«

»Nein, meine Liebe, ich hätte am liebsten eine Limonade. Es wäre wirklich nett von dir, wenn du eben bis zur Arkade laufen und uns zwei Flaschen holen könntest! Hier hast du Geld!«

»Bitte, was sagen Sie denn da? Ich habe Geld genug.«

Doch Asadollah drückte ihr, keinen Widerspruch duldend, einen Schein in die Hand, von dem sie ohne weiteres zwanzig Flaschen Limonade hätte kaufen können. Kaum hatte sie das Haus verlassen, ging Asadollah Mirsa ans Telefon und wählte Lieber Onkels Nummer. Dann legte er sein Taschentuch über die Muschel und wartete. Als er Lieber Onkels Stimme hörte, sprach er mit verstellter Stimme und dem Akzent eines Weißrussen: »Herr? Ist Sie alleine? Dann passt Sie auf. Mein verstorbener Großvater isst Ab-Guscht mit Jeanette McDonald, verstehen Sie? Sie keine Sorgen machen. Die nötigen Befehle ist gekommen. Übermorgen wir sind bei Sie. Wer Sie auch sagt, was zu tun, nicht tun; Sie warten auf unsere Befehle... auch wenn Mann von Schwester sagt, nicht hören. Alles geheim ... Sie gar nichts machen. Sie warten ... gut. Das ist richtig. Sie nicht sprechen mit niemand, bis wir Befehl geben, verstanden? Versprochen? Gut! ... Heil Hitler.«

Asadollah Mirsa konnte sein Lachen kaum unterdrücken, bis er den Hörer aufgelegt hatte. »Der arme Teufel hat gezittert. Aber so, wie die Sache jetzt steht, hat dein Vater keine Möglichkeit mehr, Lieber Onkel noch weiter zu bedrängen, bis uns eingefallen ist, wie es weitergehen soll.«

Nur einen Augenblick später kam Fati schwer atmend mit der Limonade zurück, sie musste den ganzen Weg gerannt sein.

Asadollah nippte an seiner Limonade, ohne sie auch nur einen Moment aus den Augen zu lassen. »Nun, Fati, meine Liebe, wann wirst du deinen Onkel denn mal besuchen? Du weißt doch, wo ich wohne, oder?«

»Immer noch in dem alten Haus?«

»Ganz genau. Jetzt, wo du hier bist, musst du auch hin und wieder zu deinem Onkel kommen.«

»Dann schaue ich dieser Tage mit meiner Mutter bei Ihnen vorbei, so Allah will.«

»Moment. Moment, es ist doch nicht nötig, extra Khanum Khanomah mit ihrem schlimmen Rücken zu bemühen. Ich kann unter keinen Umständen zulassen, dass du dieser wunderbaren Frau diesen beschwerlichen Weg zumuten willst. Sie muss sich schonen.«

»Ihr Rücken ist inzwischen viel besser, Agha Asadollah.«

»Moment, Moment, sie sollte wirklich nicht so weit laufen. Man denkt, es ginge einem besser, marschiert los, und schon ist man schlimmer dran als zuvor. Nun, es sieht ganz so aus, als würden Dustali Khan und seine Frau doch nicht so bald zurückkommen, also werden wir uns mal wieder auf den Weg machen!«

»Bitte bleiben Sie doch noch, sie müssen jeden Augenblick da sein.«

»Ach, übrigens, du weißt nicht zufällig, wohin sie gegangen sind?«

»Nun, wissen Sie...«

Fati zögerte, und Asadollah spitzte die Ohren, denn er spürte, dass Fati etwas wusste, was sie nicht ausplaudern wollte. Mit gespielter Gleichgültigkeit legte er ihr die Hand auf den Arm.

»Aha, ich verstehe schon. Sie haben es erwähnt, es geht um diese Angelegenheit, von der gestern die Rede war. Nein, wirklich, was dem armen Teufel nun wieder für Sorgen ins Haus stehen!«

»Ach! Dann wissen Sie also auch Bescheid?«, fragte Fati verblüfft.

»Sei doch nicht so ein Kind! Ich war der Erste, mit dem sie darüber gesprochen haben, mehr oder weniger die ganze Familie weiß davon.«

Damit öffneten sich alle Schleusen. »Sie hatten gestern Abend Besuch. Der indische Nachbar war mit seiner Frau zum Essen hier. Kurz nachdem sie weg waren, gab es plötzlich eine Menge Lärm. Ich schlich mich an die Türe und sah, dass Khanum Aziz al-Saltaneh Duschizeh Qamar verhörte. Sie sagte: ›Von wem ist das Kind?‹ Und Duschizeh Qamar war völlig aus dem Häuschen. Sie kicherte bloß die ganze Zeit und nannte die seltsamsten Namen, die Sie sich vorstellen können.«

Asadollah Mirsa gab sich alle Mühe, sein Erstaunen zu verbergen. Er warf mir rasch einen Blick zu und bemühte sich dann, das Mädchen zum Weiterreden zu bewegen.

»Moment, also wirklich, Moment! Was für schlechte Menschen es gibt. Herzugehen und einem derart einfältigen Kind so etwas anzutun!«

Fati senkte den Blick und bemerkte: »Heute sind sie mit

ihr zu einem Doktor gegangen, um das Baby wegmachen zu lassen. Chanum al-Saltaneh hat die ganze Nacht geweint und sich auf den Kopf geschlagen, aber Duschizeh Qamar war bester Dinge, sie lachte und sagte, sie wollte dem Baby ein Jäckchen stricken.«

Die Nachricht hatte Asadollah Mirsa sichtlich getroffen. »Der Mann, der dem Mädchen das angetan hat, muss gefunden und einen Kopf kürzer gemacht werden!«

Fati verzog den Mund und entgegnete: »Aber, Herr, wenn ich Ihnen noch etwas sage, schwören Sie, dass Sie niemandem verraten, von wem Sie es haben?«

»Bei deinem Leben, ich sage kein Wort, bei deinem Leben, denn das ist mir teurer als mein eigenes.« Fati sah zu mir herüber. Asadollah begriff, was sie dachte, und wandte rasch ein: »Dieser Junge ist genau wie ich. Du kannst sicher sein, dass seine Lippen versiegelt sind.«

Wieder zögerte Fati, doch schließlich sagte sie: »Heute Morgen hat Agha Dustali Khan zu seiner Frau gesagt, dass Sie es gewesen wären. Er meinte, es wäre Ihr Kind.«

Asadollah sprang auf und rief: »Was? Dieser unverschämte Mistkerl. Ich soll so etwas mit einer Schwachsinnigen gemacht haben?«

Eine Flut von Flüchen und Verwünschungen ergoss sich aus Asadollah Mirsas Mund. »Ich werde mir diesen Esel Dustali zur Brust nehmen, dass er nicht mehr weiß, wo vorne und hinten ist! Dieser miese Schleimer lädt den Inder und seine Frau ein und verbreitet hinter meinem Rücken solche Lügen!«

Für einen Moment versank er in nachdenkliches Schweigen. Dann hob er den Kopf und sagte: »Lass uns jetzt gehen, um Dustali werden wir uns später kümmern.«

Draußen fragte ich: »Onkel Asadollah, glaubst du, dieses Mädchen...«

Er unterbrach mich. »Mit Fati geht alles klar. Wenn du

eine Frau in den ersten Minuten für dich einnehmen kannst, hast du gewonnen, wenn nicht, lass die Finger davon! Sie gehört zu denen, die von sich aus kommen werden. Ich glaube, ich muss dir ein wenig Nachhilfeunterricht erteilen. Also, dies ist deine erste Lektion: Wenn du dich einer Frau näherst, zeig ihr, dass du interessiert bist, dass du zu haben und bereit bist zu kaufen, anschließend verschwinde, bevor sie noch lange darüber nachdenken kann, dann läuft sie dir von ganz allein nach, und dann ab nach San Francisco!«

Noch ehe ich etwas entgegnen konnte, holte Fati uns völlig atemlos ein. »Agha Asadollah Mirsa, ich hatte ganz vergessen, Ihnen Ihr Wechselgeld zurückzugeben.«

Asadollah Mirsa sagte mit gespielter Empörung: »Um Allahs willen, ein Mädchen sollte ihrem Onkel niemals Geld zurückgeben!«

Und nach kurzem Zögern zog er einen weiteren Geldschein aus der Tasche. »Um die Wahrheit zu sagen, Fati, meine Haushälterin hat überhaupt keinen Geschmack. Bitte nimm dieses Geld, und wenn du mal Zeit hast, kauf mir noch ein paar Flaschen von der Limonade, die du uns heute gebracht hast.«

»Soll ich das jetzt gleich erledigen?«, erbot sich Fati eifrig.

»Nein, mein Kind. Morgen oder übermorgen, wann immer du Zeit hast. Wenn ich nicht zu Hause sein sollte, kannst du sie bei meiner Dienerin abgeben. Auf Wiedersehen, mein Kind.«

Als Fati weg war, fragte ich: »Braucht man Geschmack, um Limonade zu kaufen, Onkel Asadollah?«

»Moment, also wirklich, Moment! Du bist schon so ein großer Junge, und kapierst noch immer nicht, was los ist. Ich glaube, ich muss dir gleich deine zweite Lektion erteilen: Gib ihr immer einen guten Vorwand, unter dem sie zu dir kommen kann.«

»Aber was, wenn sie die Limonade bringen will und du bist nicht da und sie gibt sie bei deiner Dienerin ab?«

»Moment, dann muss ich akzeptieren, dass ich ihr nicht deutlich genug gemacht habe, dass ich zu haben bin. Soll ich dir gleich auch deine dritte Lektion erteilen, oder wird das zu viel für dich? Die dritte Lektion lautet: Mach nie ein allzu ernstes Gesicht. Wenn eine Frau dich erst einmal für einen Trauerkloß hält, sagt sie, selbst wenn du Cicero wärst: ›Ach, der kriegt kein Wort raus, und wenn es um sein Leben ginge!‹ Und wenn du aussehen würdest wie Clark Gable, würde sie immer noch sagen: ›Ach, vielleicht ganz hübsch, aber ein Waschlappen.‹ Du machst nicht den Eindruck, als könntest du mir folgen. Wir heben uns diese Lektion für ein anderes Mal auf.«

»Du hast Recht. Ich habe Angst, dass ich am Ende nur wieder in der Patsche sitze.«

»Und deine Leili verlieren könntest! Lass dir eines von mir gesagt sein, wenn du nicht aufpasst, werden sie dir Leili unter deinen großen unschuldigen Augen wegnehmen, und du kannst den Rest deines Lebens mit Seufzen verbringen.«

»Aber was soll ich denn machen, Onkel Asadollah?«

»Wenn du schon nicht direkt nach San Francisco gehen willst, dann erkunde wenigstens schon mal die Umgebung und zeig ihr, dass du dich da auskennst.«

Asadollahs Gemeinheit brachte mein Blut in Wallung. Wenn ich ihn nicht so dringend gebraucht hätte, hätte ich ihm gesagt, wohin er sich scheren könne, und ihn stehen lassen. Doch da ich es mir nicht leisten konnte, ihn zu verlieren, weil er vielleicht mein einziger Freund und Verbündeter war, wechselte ich rasch das Thema.

»Onkel Asadollah, bist du sicher, dass mein Vater nichts mit Lieber Onkels Brief anstellen wird?«

»Ja, wenn er nicht völlig weich in der Birne ist. Mal angenommen, er würde diesen Brief an Hitler oder Churchill schicken. Sie werden zumindest wissen, dass es nie eine Schlacht von Kazerun gegeben hat, und vielleicht einfach darüber lachen. Trotzdem solltest du versuchen, diesen Brief in die Finger zu kriegen. Aber bevor du ihn zerreißt, bring ihn zu mir, dann können wir an Hitlers oder Churchills Stelle darüber lachen. Weißt du, worin die eigentliche Gefahr besteht?« Asadollah lachte. »Die eigentliche Gefahr ist, dass der arme alte Mann vor lauter Angst vor den Engländern verrückt wird.«

»Wo wir gerade von verrückt sprechen, wer, glaubst du, ist für Qamars Baby verantwortlich?«

»Woher soll ich das wissen? Es muss irgendein Lieferant gewesen sein.«

»Aber was werden sie jetzt machen? Werden sie den Mann zwingen, Qamar zu heiraten?«

»Moment, Moment, du kennst diese Bande offenbar immer noch nicht. Sie würden dem armen Mädchen eher den Kopf abschneiden, als zulassen, dass ein Sprössling dieser erlauchten Sippe die Frau eines gemeinen Mannes wird. Wenn ich heute beim Oberst zu Abend esse, muss ich Augen und Ohren offen halten, damit ich mitkriege, was sie aushecken. Ich fürchte, sie werden dem armen Kind etwas Schreckliches antun.«

13

An jenem Nachmittag trafen wir Leili und ihren Bruder im Garten. Meine Schwester und Leilis Bruder schlugen alle möglichen Spiele vor, doch seit Leili und ich verliebt waren, interessierten wir uns nicht mehr für Kinderspiele. Trotzdem taten wir so, damit niemand unsere Gefühle füreinander bemerkte, doch in Wahrheit ließen wir unsere Geschwister spielen, während wir in der Rosenlaube plauderten.

Wir waren noch nicht lange im Garten, als wir das Rufen eines fahrenden Fotografen von der Straße hörten. Meine Schwester kam zu uns gelaufen und rief: »Los, kommt, das ist Mirsa Habib, der Fotograf, wir wollen eine Aufnahme machen lassen.«

Wir hatten den fahrenden Fotografen schon oft in den Garten geholt, wo er uns Kinder für wenig Geld mit seiner alten Plattenkamera fotografierte.

Doch nun stellten wir erstaunt fest, dass er gar nicht Mirsa Habib war. Wir erkannten seine Kamera, es klebten noch dieselben Fotos auf dem Koffer, doch der Besitzer war ein anderer.

Als der Fotograf unsere überraschten Gesichter bemerkte, kam er unseren Fragen rasch zuvor. »Mirsa Habib hat mir seine Kamera verkauft«, sagte er mit einem armenischen Akzent. »Ich werde euch fotografieren. Wisst ihr, Mirsa Habib war nämlich in Wahrheit mein Lehrling. Ich mache viel schönere Fotos als er.«

Wir sahen uns einen Moment unschlüssig an, doch da sich der Preis nicht geändert hatte, baten wir ihn in den Garten, damit er ein Bild von uns schoss.

Das Foto, das er an jenem Nachmittag gemacht hat, besitze ich noch immer. Ich trage meinen gestreiften Pyjama und stehe neben Leili, meine Schwester und Leilis Bruder sitzen vor uns auf einem Stuhl. Während der Fotograf noch damit beschäftigt war, seine Kamera zurechtzurücken und sich das schwarze Tuch über den Kopf zu hängen, bemerkte ich, dass Lieber Onkel plötzlich im Garten aufgetaucht war. Er sprach flüsternd mit Masch Qasem, der ihn begleitet hatte. Während er redete, ließ er den Fotografen nicht eine Sekunde aus den Augen. Er starrte ihn an, als wäre er ein Polizist, der einen Mordverdächtigen im Visier hatte.

Lieber Onkel begann, mit gedankenverlorenem Gesichtsausdruck auf und ab zu gehen, während Masch Qasem, offenbar mit einer besonderen Mission betraut, zu uns herüberkam.

Er zog mich beiseite und murmelte leise: »Das ist nicht der gleiche Fotograf wie sonst, mein Junge. Wo kommt der her?«

»Mirsa Habib hat ihm seine Kamera verkauft.«

Masch Qasem schlenderte betont beiläufig zu dem Fotografen hinüber.

»Hallo, mein Herr, wie geht's denn so, gesund und munter, so Allah will?«

Nach ein paar weiteren Höflichkeitsfloskeln fragte er ihn unverblümt nach seinem Namen.

»Bughus, zu Ihren Diensten.«

Masch Qasem verrenkte sich beinahe den Hals, um auf das auf dem Kopf stehende Negativ zu blicken und sagte: »Aber warum sollte ich lügen? Mit einem Bein... ja, ja. Sieht ganz so aus, als wüssten Sie, was Sie da tun. Sie haben ein großartiges Foto gemacht! Der andere Fotograf konnte es nicht so gut.«

Der Fotograf entgegnete mit stolzgeschwellter Brust: »Mirsa Habib hat das Fotografieren bei mir gelernt. Ich fotografiere schon seit zwanzig Jahren. Ich hatte sogar mein eigenes Fotostudio. Zuerst hier, später in Ahwaz, aber ich habe viel Pech gehabt und war gezwungen, es zu verkaufen.«

»Dann sind Sie wohl im Süden ganz schön rumgekommen, was?«

»Und ob, darauf können Sie Gift nehmen. Alle wichtigen Leute haben sich von mir ablichten lassen. Auch die von der Ölgesellschaft waren meine Kunden.«

Masch Qasems Augen weiteten sich, doch er bemühte sich, sein Erstaunen und Erschrecken zu verbergen, und fragte mit ruhiger Stimme: »Dann sind wohl auch diese Engländer zu Ihnen gekommen, wenn sie sich fotografieren lassen wollten, was?«

»Tatsächlich waren die meisten meiner Kunden Engländer.«

Der Fotograf nahm das fertige Bild aus der Kamera und zeigte es Masch Qasem: »Sehen Sie sich das an! Das nenne ich ein richtiges Foto.«

Wir gaben Masch Qasem keine Gelegenheit, sich das Bild anzusehen, sondern rissen es ihm aus der Hand. Leili nahm das Foto und lief damit zu ihrem Vater: »Guck mal, Papa, ist das nicht schön geworden?«

Lieber Onkel musterte den Fotografen mit unverhohlenem Misstrauen, während Masch Qasem ihm rasch etwas zuflüsterte. Der Fotograf kam zu uns herüber, begrüßte Lieber Onkel und sagte: »Wenn Sie erlauben, nehme ich auch von Ihnen ein schönes Foto auf.«

»Nein, danke, das wird nicht nötig sein«, erwiderte Lieber Onkel noch einigermaßen unverbindlich.

»Ich mache Ihnen ein Angebot, denn ich würde Sie gern fotografieren, als Andenken. Wenn es Ihnen gefällt, geben Sie mir, was immer Sie für angemessen halten, wenn nicht, geht es auf meine Rechnung.«

Lieber Onkel schwieg einen Moment, doch dann konnte er sich nicht länger zügeln und platzte wütend heraus: »Warum wollen Sie mich fotografieren? Wer hat Sie beauftragt, mich zu fotografieren?« Der Fotograf sah ihn bestürzt an und fragte: »Worüber sind Sie denn so ungehalten? Ich wollte doch nur zu Diensten sein.«

Nun brüllte Lieber Onkel unbeherrscht los: »Die haben doch schon tausend Fotos von mir in ihrem Dossier. Fahren Sie zur Hölle, und sagen Sie Ihren Hintermännern, dass sie mich nicht lebend erwischen werden, und wenn sie noch hundert Fotos von mir knipsen!«

Dann riss er plötzlich seinen Umhang zur Seite, zog den Revolver aus dem Gürtel und fuhr mit bebender Stimme fort: »Sechs dieser Kugeln sind für sie und ihre Lakaien, die letzte ist für mich.«

Dem unglückseligen Fotografen fielen vor Entsetzen beinahe die Augen aus dem Kopf, als er die Waffe sah. Dann riss er seine Kamera an sich und machte sich ohne ein weiteres Wort hastig aus dem Staub.

Wir blickten betreten auf Lieber Onkel. Er steckte den Revolver zurück in seinen Gürtel. Dicke Schweißperlen standen auf seiner Stirn, als er zu der Steinbank wankte und sich darauf niederließ. Anders als ich, hatten weder Leili noch die anderen Kinder begriffen, warum Lieber Onkel sich so seltsam benommen hatte.

Masch Qasem massierte Lieber Onkels Hände und bemerkte: »Gut gemacht, Herr! Bei allen Heiligen, möge Allah Sie schützen, damit das Volk in diesem Land unter Ihrem Schutz leben kann. Sie haben ihm gegeben, was er verdient hat. Ein Mann kann nur einmal sterben. Das soll er seinen hündischen Herren ruhig sagen!«

Ich lief rasch ins Haus und berichtete meinem Vater von Lieber Onkels Ausbruch, woraufhin er unverzüglich in den Garten eilte.

»Was ist passiert? Was geht hier vor?«

Masch Qasem antwortete für Lieber Onkel: »Diese

Hunde haben einen Spion hergeschickt, damit er den Herrn fotografiert. Doch der Herr ist wie ein Löwe über ihn hergefallen, beinahe hätte er ihm eine Kugel in den Kopf gejagt, und ich wünschte, er hätte es getan!«

Mein Vater bemitleidete Lieber Onkel eine Zeit lang mit schlecht gespielter Anteilnahme, bevor er leise zu ihm sagte: »Bestimmt haben sie inzwischen von der Ankunft des Briefs erfahren.«

Das Abendessen bei Onkel Oberst war keine große Sache. Außer meinen Eltern, Lieber Onkel und den Kindern waren nur Asadollah Mirsa und Schamsali Mirsa anwesend.

Dustali Khan kam ein wenig später und verkündete, dass Aziz al-Saltaneh zu Hause bleiben würde, weil Qamar sich nicht wohl fühlte. Anfangs drehte sich die Unterhaltung nur um Schapur, Onkel Obersts Sohn. Schamsali Mirsa sagte: »Jetzt, wo Puri gesund und munter heimkommt, sollte der Oberst so schnell wie möglich die Ärmel hochkrempeln und sich an die Hochzeitsvorbereitungen machen.«

Onkel Oberst erwiderte: »Allah sei Lob und Dank, ihr könnt euch gar nicht vorstellen, was ich dieser Tage durchgemacht habe. Wie schwierig es allein war, bei all den Unruhen und Verwirrungen die geforderten Papiere zusammenzubekommen. Doch wenn der Herr zustimmt, können wir, so Allah will, zu Qorban Verlobung feiern.«

Lieber Onkel war still und abgelenkt. Ich sah rasch zu Leili hinüber, die beklommen zu Boden starrte, bevor ich mich in stummem Flehen an Asadollah Mirsa wandte.

Asadollah tat so, als wüsste er überhaupt nicht, was los war.

»Sehr nett, habt ihr schon jemand für ihn ins Auge gefasst?«

»Willst du etwa sagen, dass du es nicht weißt, Asadollah?«, fragte Onkel Oberst.

»Moment, was soll ich denn wissen? Außerdem hätte ich nicht gedacht, dass ihr ein Mädchen finden würdet, das einwilligt, einen Mann zu heiraten, der gerade erst aus dem Militärdienst entlassen worden ist und noch gar keinen anständigen Beruf vorweisen kann.«

»Was redest du denn da für einen Unsinn! Mit der Bildung, die Puri genossen hat, würde er überall mit Kusshand genommen. Also im Ernst, der Junge ist fünfzehn Jahre lang unterrichtet worden und hat seinen Abschluss gemacht. Alle meine Freunde in den Regierungsbüros betteln um Puris Mitarbeit. Der Junge ist wirklich ein Genie.«

»Das sieht man auf den ersten Blick«, sagte Asadollah lachend. »Aber an wen habt ihr denn für ihn gedacht?«

Onkel Oberst blickte väterlich auf Leili und verkündete: »Ehen zwischen Vettern und Basen werden im Himmel geschlossen.«

»Moment, Moment«, wandte Asadollah Mirsa mit gerunzelter Stirn ein. »Da bin ich aber entschieden dagegen. Die kleine Leili ist doch höchstens vierzehn oder fünfzehn und muss erst die Schule beenden.«

Bevor Onkel Oberst Gelegenheit fand zu antworten, warf Dustali Khan ein: »Dann würde es mich interessieren, ob seine Braut die Schule abgeschlossen hatte, als Seine Exzellenz geheiratet hat. Und außerdem ist das doch völlig unerheblich, wenn es um Mädchen geht.«

Asadollah Mirsa fuhr zornig auf: »Also, Dustali...«

Doch dann schien ihm ein Gedanke gekommen zu sein, denn er verstummte plötzlich. Kurze Zeit später sagte er: »Habt ihr übrigens in der Zeitung gelesen, dass die Deutschen schon wieder Schiffe der Alliierten versenkt haben?«

Dustali Khan hatte nie auch nur den leisesten Schimmer von dem, was in der Welt vor sich ging, doch um Asadollah Mirsa zu ärgern, fing er an, provokante Thesen aufzustellen.

»Und wenn sie tausend Schiffe versenken, am Ende werden die Engländer sie einfach zermalmen. Sind die Deutschen im Ersten Weltkrieg nicht auch beinahe bis Paris gekommen, bevor man schließlich Hackfleisch aus ihnen gemacht hat?«

»Ich verstehe gar nicht, warum du dich immer so für die Engländer stark machst«, erwiderte Asadollah Mirsa absichtlich etwas zu laut. »Sieht ganz so aus, als wäre da irgendeine Bezahlung im Spiel.«

Dustali Khan stieß ein gezwungenes Lachen aus. »Du nimmst Geld von den Deutschen, warum soll ich mich also nicht von den Engländern bezahlen lassen?«

Asadollah blickte mit blitzenden Augen zu mir herüber und leerte sein Weinglas. »Und das ist, wie ich hoffe, sehr vorteilhaft für dich. Du wirst sicher für deine guten Ratschläge bezahlt. Was würde Churchill bloß ohne deinen überragenden, brillanten Verstand machen?«

Dustali Khan hatte keine Möglichkeit mehr, darauf zu antworten, denn in diesem Moment brach in der Halle ein lauter Tumult aus. Kurz darauf stürzte Qamar ins Zimmer und keuchte atemlos: »Papa Dustali, hilf mir, Mama will mich umbringen.«

Alle sprangen auf. »Warum redest du solchen Unsinn, Kind?«, fragte Dustali streng. »Wo ist Mama?«

»Sie kommt, sie ist hinter mir her!«

Im selben Moment raste Aziz al-Saltaneh wie ein Wirbelsturm herein und kreischte: »Allah ist mein Zeuge, Kind, ich hoffe, ich stehe bald an deinem Grab, du lässt mich vor der Zeit alt und grau werden.«

Auch Lieber Onkel hatte sich erhoben. »Hör auf zu schreien, Verehrteste«, herrschte er sie an. »Was soll denn dieses Theater?«

Ohne auf ihn zu hören, schrie Aziz al-Saltaneh weiterhin ihre Tochter an. »Mach, dass du nach Hause kommst, bevor ich etwas auf deinem Kopf zertrümmere.«

Qamar versteckte sich hinter Dustali Khan und rief: »Ich gehe nicht nach Hause, ich habe Angst vor dir.«

»Du willst nicht? Na warte!«

Sie blickte sich im Zimmer um, schnappte sich einen Spazierstock, der an einem Sessel lehnte, und schwang ihn über dem Kopf. »Los, beweg dich!«

Lieber Onkel baute sich sichtlich verärgert in voller Größe vor ihr auf.

»Leg den Stock weg.«

»Moment, Verehrteste«, mischte Asadollah Mirsa sich ein. »Dieses unschuldige Kind...«

»Du bist still«, fuhr Lieber Onkel ihm über den Mund.

»Aber du weißt ja gar nicht, was ich ertragen muss. Lass mich sie mitnehmen«, jammerte Aziz al-Saltaneh.

»Ich sagte, leg den Stock weg!«

Eingeschüchtert von Lieber Onkels strengem Tonfall ließ Aziz al-Saltaneh den Stock sinken. Als er sah, dass Aziz al-Saltaneh sich ein wenig beruhigt hatte, wandte Lieber Onkel sich an Qamar. »So, mein liebes Kind, und nun gehst du brav mit deiner Mutter nach Hause.«

Doch das dicke, einfältige Mädchen weigerte sich auch nach wiederholten Aufforderungen standhaft, ihrer Mutter zu folgen.

Plötzlich brüllte Lieber Onkel mit vor Wut kippender Stimme: »Ich habe gesagt, geh nach Hause!«

Qamar starrte ihn einen Moment wie vom Donner gerührt an, bevor sie in Tränen ausbrach und laut schluchzte: »Ich geh nicht. Mama will mein Baby totmachen.«

Dann legte sie eine Hand auf ihren Bauch und verkündete: »Sie wollen mein Baby totmachen. Ich hab mein Baby lieb, ich will ihm ein Matrosenjäckchen stricken.«

»Was? Ein Baby?... ein Matrosenjäckchen?«

Nach diesem unerwarteten Geständnis waren alle wie versteinert. Nur Qamars schniefendes Schluchzen unterbrach die Stille. Doch plötzlich schlug Aziz al-Saltaneh sich mit der flachen Hand an die Stirn und jammerte: »Der Schlag soll mich treffen, damit ich nicht mit dieser Schande leben muss.«

»Aziz al-Saltaneh«, sagte Lieber Onkel, als er seine Fassung wiedererlangt hatte, »hör mit dem sinnlosen Gejammer auf.«

An Qamar gewandt, bemerkte er freundlich: »Komm her, mein Kind, setz dich zu mir, damit wir uns ein wenig unterhalten können. Und Aziz al-Saltaneh, lass sie bitte in Ruhe.«

Qamar, die sich inzwischen über die Kekse hergemacht hatte, stand ohne Zögern auf und setzte sich neben Lieber Onkel.

»Nun, mein Kind, erzähl deinem Onkel doch mal, wie du gemerkt hast, dass du ein Baby bekommst.«

Qamar lachte und erwiderte: »Weil es in meinem Bauch zappelt.«

»Wann hast du das bemerkt?«

»Vor ein paar Tagen. Ich hab sofort mein Geld aus meinem Sparstrumpf genommen und rote Wolle gekauft und meinem Baby ein Jäckchen gestrickt. Und ich will ihm noch eins stricken.«

»Aber mein Kind, wenn ein Mädchen keinen Ehemann hat, kann sie auch kein Kind bekommen. Wann hast du denn ohne unser Wissen geheiratet?«

»Das war ungefähr, als der Sommer angefangen hat.«

Trotz aller Anstrengung gelang es Lieber Onkel offenbar nur mit Mühe, Ruhe zu bewahren. Er knirschte mit den Zähnen, fuhr jedoch im gleichen freundlichen Tonfall fort: »Wer ist denn dein Mann? Und wo ist er jetzt?«

Qamar dachte einen Augenblick nach und antwortete dann: » Das möchte ich nicht sagen.«

»Flüstere es deinem Onkel ins Ohr.«

»Wir haben uns schon auf den Kopf gestellt, um den Namen aus ihr herauszubringen«, mischte Dustali Khan sich ein. »Verschwende deine Kraft nicht sinnlos. Wir müssen uns etwas anderes einfallen lassen.«

Doch Lieber Onkel sagte unbeirrt: »Aber mir wirst du es sagen, nicht wahr, mein Kind?«

Alle starrten gespannt auf Qamar. Doch sie antwortete genauso treuherzig wie zuvor: »Ich möchte es nicht sagen.« Anschließend stand sie auf, um sich noch einen Keks zu holen. Lieber Onkel erhob sich ebenfalls, packte sie unsanft am Handgelenk und brüllte: »Du musst es sagen! Verstanden? Du musst!«

Mit ihrer freien Hand angelte Qamar sich einen Keks vom Teller, stopfte ihn in den Mund und entgegnete: »Ich will nicht.«

Lieber Onkels Augen quollen aus ihren Höhlen, seine Lippen bebten. Er verdrehte dem Mädchen den Arm, zog sie an sich und schlug sie hart ins Gesicht. »Du musst es sagen!«

Qamar erstarrte und schluchzte wie ein kleines Kind. Kekskrümel und Blut tropften aus ihrem Mundwinkel. Trotzdem weigerte sie sich weiterhin. »Ich will es nicht sagen. Wenn ich es sage, machen sie mein Baby tot. Ich will ihm ein Jäckchen stricken.«

Ich weiß nicht, wie es den anderen erging, doch mir zerriss diese erschütternde Szene beinahe das Herz. Warum schritt niemand ein? Warum ließen sie zu, dass er dieses einfältige Kind derart quälte?

Schließlich ging mein Vater auf Lieber Onkel zu und sagte: »So geht das nicht. Lass sie in Ruhe. Dieses Mädchen ist doch nicht ganz richtig im Kopf.«

Ärgerlich entgegnete Lieber Onkel: »Halte du dich da raus!«

Und Aziz al-Saltaneh, die bisher still vor sich hin geweint hatte, brauste plötzlich auf: »Was sagst du da? Du bist derjenige, der hier nicht richtig im Kopf ist. Willst du etwa behaupten, mein Kind ist verrückt? Allah verfluche dich, Mädchen, dass du mich der Gnade dieser klatschsüchtigen Familie auslieferst!«

Asadollah Mirsa ergriff die Gelegenheit, sich einzumischen. »Moment, gute Frau, nicht schreien, beruhige dich. Vom Schreien wird gar nichts besser.« Dann drehte er sich zu Qamar um, tupfte mit seinem Taschentuch das Blut von ihrem Mundwinkel ab, nahm sie in den Arm und sagte mit sanfter Stimme: »Keine Angst, mein Kind! Niemand kann dein Baby umbringen. Einem Baby, das einen Vater hat, werden sie nichts tun. Wir fragen dich nur, wer der Vater von deinem Baby ist, damit wir ihn finden und ihm sagen können, dass er kommen und mit seiner Frau und seinem Kind zusammenleben soll, ich meine mit dir und deinem Baby.«

Qamar legte ihren Kopf an Asadollah Mirsas Schulter und flüsterte: »Aber er ist nicht hier.«

»Wo ist er denn, mein Kind?«

»Lass sie, es ist unmöglich, aus dem Mädchen etwas herauszubringen«, ging Dustali Khan ärgerlich dazwischen. »Wir haben sie die ganze Nacht bis zum Morgengrauen befragt.«

»Halt die Klappe, Churchills Spezialberater!«

Dustali Khan stürzte sich auf ihn, doch Asadollah Mirsa stieß ihn mit seiner freien Hand von sich, ohne Qamar loszulassen und sagte: »Kann mal jemand diesen Esel Dustali auf seinen Stuhl befördern.«

Schamsali Mirsa und mein Vater drückten Dustali Khan auf seinen Platz, wo er leise murmelte: »Der kann froh sein, dass er seine Zähne noch im Mund hat. Nur aus Respekt vor unserem Gastgeber habe ich ihm keine verpasst.«

Ohne ihn weiter zu beachten, fuhr Asadollah Mirsa fort, mit sanfter Stimme auf Qamar einzureden. »Mein Kind, wenn du uns verrätst, wo er ist, finden wir ihn vielleicht.«

»Wenn ich es sage, versprichst du dann, mein Baby nicht totzumachen? Ich habe ihm ein Jäckchen gestrickt, ich muss nur noch die Ärmel fertig machen.«

»Das verspreche ich dir, mein Kind.«

Lieber Onkel war unterdessen leichenblass geworden. Er saß ganz still da, doch seinem Gesicht sah man an, wie aufgebracht er war.

Qamars Lippen verzogen sich zu einem einfältigen Lächeln, bevor sie sagte: »Sein Name war Allahverdi.«

Alle starrten Qamar fassungslos an, doch sie beugte sich nur ein wenig vor und angelte sich noch einen Keks vom Teller.«

»Sie meint doch wohl nicht Allahverdi, den Diener von diesem indischen Sardar, oder?«, platzte Masch Qasem in das betroffene Schweigen.

»Allahverdi«, wiederholte Qamar mit vollem Mund.

»Das schlägt dem Fass den Boden aus! Meinst du wirklich den indischen Diener, der seinen Herrn beklaut hat, bis sie ihn rausgeworfen haben?«

»Genau, Allahverdi.«

Plötzlich redeten alle durcheinander, und auch Lieber Onkel konnte nicht länger an sich halten. »Der Diener dieses indischen Sardar!«, sagte er mit Grabesstimme. »Es ist offensichtlich, es ist sonnenklar, dass das alles mir gilt. Sie wollen mich und meine Familie vernichten!«

Asadollah Mirsa legte seine Hand auf Lieber Onkels Schulter. »Jetzt ist nicht der richtige Zeitpunkt, über diese Dinge nachzudenken. Zuallererst müssen wir diesen Allahverdi aufstöbern.«

»Asadollah hat ganz Recht«, schaltete Schamsali Mirsa sich ein. »In erster Linie müssen wir darüber nachdenken, wie wir diesen Allahverdi finden.«

»Und wenn ihr dieses Subjekt gefunden habt«, polterte Lieber Onkel los, »was dann? Soll ich die Tochter meines

Cousins etwa mit diesem Lakai der Engländer verheiraten?«

»Wenn du einen anderen Ausweg siehst«, entgegnete mein Vater, »dann lass es uns bitte wissen.«

»Ich hatte dich gebeten, dich nicht einzumischen. Stammbaum und Ehre einer adeligen Familie sind Dinge, die...«

Ich blickte erschrocken zu meinem Vater hinüber, doch Lieber Onkel beendete seinen Satz glücklicherweise nicht.

Asadollah Mirsa ergriff rasch das Wort, um jede weitere Konfrontation zwischen meinem Vater und Lieber Onkel zu verhindern.

»So«, sagte er und nahm Qamars Hand, »du und Allahverdi habt also geheiratet. Das muss an einem Tag gewesen sein, als du allein zu Hause warst. Er hat dich besucht und gesagt: ›Komm, wir heiraten.‹ War es so?«

»Nein!«, kicherte Qamar.

»Dann ist er eines Tages, als sein Herr nicht zu Hause war, zu dir gekommen und hat gesagt: ›Komm mit in mein Zimmer, wir wollen heiraten.‹ War es das?«

»Nein.«

»Dann erzähl uns doch mal, was passiert ist.«

Qamar blickte unsicher zu Boden, knabberte an einem weiteren Keks und schwieg. Also blieb Asadollah nichts anderes übrig, als seine Befragung fortzusetzen. Doch zuerst bat er alle Anwesenden um Ruhe und Geduld.

»Nun, mein Kind, dann ist Allahverdi wohl über das Dach in euer Haus geklettert?«

Qamar lachte laut. »Nein. Er ist überhaupt nicht gekommen.«

Dustali Khan unternahm einen weiteren Versuch, das Verhör abzubrechen. »Ich habe doch gesagt, dass man aus dem Mädchen keine vernünftige Antwort herausbekommt. Lasst sie in Ruhe; wir müssen uns etwas anderes überlegen.«

Asadollah wischte sich den Schweiß von der Stirn.

»Moment, wahrscheinlich hat der Heilige Geist sie nach San Francisco entführt!«

»Vielleicht war es aber auch ihr Onkel, der sich so gern in San Francisco aufhält«, versetzte Dustali Khan sarkastisch, doch die vernichtenden Blicke aller Anwesenden brachten ihn auf der Stelle zum Schweigen.

Asadollah Mirsa wandte sich erneut an Qamar. »Moment, Allahverdi hat dich nicht besucht und nicht auf sein Zimmer gelockt, wo ist es dann passiert? In einem Auto vielleicht?«

»Nein.«

Nun konnte Masch Qasem sich nicht länger zurückhalten. »Dieser Allahverdi war doch nicht mehr als ein Bettler. Wo sollte der denn ein Auto hergehabt haben? Und warum sollte ich lügen? Mit einem Bein... ja, ja... Dieser schamlose Hund hat mir zwanzig Toman geklaut und ist einfach abgehauen.«

Langsam stieß selbst Asadollah Mirsas Geduld an ihre Grenzen. »Also, mein liebes Kind«, sagte er gereizt, »wie ist es denn nun passiert. Man kann schließlich nicht per Post nach San Francisco. Wo hast du Allahverdi getroffen?«

»Ich habe ihn gar nicht getroffen.«

»Moment, also wirklich, Moment, wie kann er dann der Vater deines Kindes sein?«

Qamar stopfte sich noch einen Keks in den Mund, bevor sie antwortete: »Papa Dustali hat gesagt, Allahverdi ist der Papa von meinem Baby.«

Alle starrten sie wie vom Donner gerührt an. Für einen Moment herrschte vollkommene Stille.

Langsam wandte sich Aziz al-Saltaneh, der vor Überraschung beinahe die Augen aus dem Kopf fielen, zu Dustali Khan um, der sich angestrengt bemühte, ihrem Blick auszuweichen. »Dustali...«, flüsterte sie mit erstickter Stimme.

»Ich... ich... Allah ist mein Zeuge!«, fing Dustali Khan an zu stammeln. »Das Mädchen ist verrückt! Die ist beschränkt. Die ist völlig wirr im Kopf. Ich... ich habe niemals...«

Nun konnte Asadollah Mirsa sich nicht mehr beherrschen. Er brach in lautes Gelächter aus. »Moment, Moment, dann ist das also das Werk von Wir-wissen-alle-wer?«

Dustali Khan unternahm einen weiteren Versuch, sich herauszuwinden. »Bei der Seele meines Vaters, bei der Seele unseres verstorbenen Großvaters...«

Doch da stürzte Aziz al-Saltaneh sich plötzlich mit einer Wendigkeit, die selbst bei einer Sechzehnjährigen bemerkenswert gewesen wäre, auf Onkel Obersts Waffenschrank und riss eine doppelläufige Flinte heraus. Ehe jemand reagieren konnte, zielte sie damit auf den Bauch ihres Gatten und kreischte: »Sag die Wahrheit! Oder ich durchlöchere dich wie ein Sieb!«

Onkel Oberst, der sie hatte aufhalten wollen, blieb wie angewurzelt stehen und warnte sie: »Sei vorsichtig, das Gewehr ist geladen.«

»Und du setzt dich auch hin«, fuhr Aziz al-Saltaneh ihn an. »Sonst verpasse ich dir auch eine Ladung.«

Nichts, nicht einmal Lieber Onkels ausdrücklicher Befehl hatte irgendeine Wirkung auf sie. Mit leichenblassem Gesicht und zitternden Lippen brüllte sie: »Seid alle still! Dieser Orang-Utan soll reden.«

Niemand wagte es, sich zu rühren, nur Qamar wollte aufstehen, doch Schamsali Mirsa drückte sie fest auf ihren Stuhl. Dustali Khan fing an zu zittern, brachte jedoch keinen Ton heraus.

»Los«, keifte Aziz al-Saltaneh weiter, »spuck's endlich aus! Rede! Warum hast du Qamar gesagt, sie soll behaupten, es wäre von Allahwerdi?«

»Ich... ich... weil ich gesehen habe, dass sie es nicht

weiß, dass sie den Namen des Mannes vergessen hat, ich meine, ich dachte, das würde ihr wenigstens ein bisschen Schande ersparen, schließlich hat sie selbst gesagt, Allahwerdi hätte...«

In diesem Moment lachte Qamar laut heraus. »Was für ein großer Lügner Papa Dustali ist! Du hast zu mir gesagt, dass du mein Baby totmachst, wenn ich nicht sage, dass Allahverdi der Papa von meinem Baby ist!«

»Halt den Mund«, unterbrach Dustali sie. »Glaubt mir. Ich meine, würde ich denn, mit meiner eigenen Stieftochter? Ich meine, das ist doch nicht möglich!«

Und damit rannte er, ehe jemand einschreiten konnte, wie eine Gazelle zur Tür hinaus. Aziz al-Saltaneh setzte ihm auf der Stelle nach, und alle anderen folgten ihr, laut durcheinander schreiend, in den Garten.

Plötzlich hörten wir einen Schuss und den markerschütternden Schrei Dustali Khans. »Aaagghh! Sie bringt mich um...«

Masch Qasem war sogleich mit einer Laterne zur Stelle, in deren Licht sich uns ein denkwürdiger Anblick bot. Dustali Khan lag auf dem Bauch, und seine Hose wies vor allem in der Gegend seines Hinterns Blutflecken auf. Aziz al-Saltaneh stand benommen mit der Waffe in der Hand neben ihm, als wäre sie gerade aus einem Traum erwacht.

»Dieser dämliche Idiot gönnt sich ein San Francisco«, sagte Asadollah Mirsa grinsend, »und muss jetzt bis ans Ende seiner Tage auf dem Bauch schlafen. Ich will nicht unhöflich sein, aber sein Sitzfleisch ist ja wohl nicht mehr ganz das, was es mal war.«

Schamsali Mirsa runzelte die Stirn. »Asadollah, bitte! Dies ist nun wirklich nicht der rechte Augenblick für deine Witze.«

»Moment, Moment, glaubst du wirklich, das ist etwas Ernstes? Das bisschen Schrot hätte kaum für einen Spatz gereicht. Dieser Esel stellt sich aus lauter Angst vor Aziz al-Saltaneh tot.«

Onkel Oberst nahm Aziz al-Saltaneh die Waffe aus der Hand und sagte: »Vielleicht sollten wir ihn doch besser gleich ins Krankenhaus bringen.«

Mein Vater unterstützte diesen Vorschlag vehement, doch Lieber Onkel Napoleon wollte überhaupt nichts davon wissen. Also luden sie Dustali Khans reglosen Körper auf Masch Qasems Rücken, und der schleppte ihn zu Dr. Naser al-Hokama.

14

Vor Dr. Naser al-Hokamas Haus hatten sich einige Nachbarn versammelt. Schamsali Mirsa trat vor die Tür und schickte sie nach Hause, doch irgendwie gelang es dem indischen Sardar, sich mit den anderen ins Haus des Arztes zu drängen. Ich warf einen Blick zu Lieber Onkel, der den Inder mit aufgerissenen Augen anstarrte.

»Wünsche Gesundheit, wünsche Gesundheit«, rief Dr. Naser al-Hokama, »aber ich bin kein Chirurg, Sie müssen ihn ins Krankenhaus bringen...«

»Doktor«, unterbrach Lieber Onkel ihn leise, »um unserer alten nachbarlichen Freundschaft willen bitte ich Sie, Dustali Khan zu untersuchen. Es kommt überhaupt nicht in Frage, dass wir ihn ins Krankenhaus bringen. Ich werde Ihnen später alles erklären.«

Lieber Onkels Stimme klang so flehend und gleichzeitig so fest und entschlossen, dass der Doktor keine weiteren Einwände machte. »Auf Ihre Verantwortung. Aber wenn es, was Allah verhüten möge, zu einer Infektion kommt, geben Sie nicht mir die Schuld. Ich habe Sie gewarnt.« Der Arzt hatte eine merkwürdige Angst vor Infektionen und jagte damit sogar Patienten, die sich nur das Handgelenk verstaucht hatten, Angst und Schrecken ein. Trotzdem ging er zu dem bäuchlings auf seinem Behandlungstisch liegenden Dustali Khan und verkündete: »Sie müssen alle den Raum verlassen, meine Damen und Herren, sonst kann ich ihn nicht untersuchen.«

Alle strebten zur Tür bis auf Aziz al-Saltaneh, die sich fortwährend an die Stirn schlug und klagte: »Ich wünschte, ich hätte mir vorher die Hand gebrochen! Aber nun muss ich das Leiden, das ich angerichtet habe, auch bis zum bitteren Ende mit ansehen.«

»Wünsche Gesundheit, aber auch Sie werden so gütig sein, den Raum zu verlassen, oder ich untersuche den Patienten nicht.«

»Ich habe eine sehr wirksame indische Salbe für die Behandlung derartiger Wunden, die im Handumdrehen garantiert die besten Heilerfolge zeitigt«, meldete sich der Inder zu Wort. »Ich werde sie sofort holen.«

Als er davongestürmt war, sagte Lieber Onkel mit verzerrtem Gesicht: »Qasem! Öffne diesem vaterlandslosen Gesellen die Tür nicht noch einmal! Nachdem er nun erkennen muss, dass sein Plan gescheitert ist, will er Dustali Khan mit seiner indischen Salbe töten. Dustali Khan wollte mir bestimmt von den geheimen Plänen der Engländer berichten.«

Masch Qasem nickte und entgegnete: »Und wenn der Mistkerl bis morgen früh vor der Tür wartet, ich werde sie nicht öffnen. Ich kenne diese Salbe. Es ist ein schwarzes Öl, das aus der Leber der schwarzen Viper gemacht wird. Wenn man davon einen Klecks auf die Nase eines Elefanten tupft, zerfällt er auf der Stelle zu Asche. In unserer Stadt gab es einmal einen Mann, der...«

Dr. Naser al-Hokama stand ungeduldig neben der Tür und wartete, dass alle Anwesenden endgültig den Raum verließen. Schließlich konnte Lieber Onkel auch Aziz al-Saltaneh zum Gehen bewegen. »Mein Assistent ist nicht hier«, sagte der Doktor plötzlich. »Dieser junge Mann dort kann bleiben und mir helfen.« Dabei zeigte er auf mich.

Als alle im Wartezimmer verschwunden waren, wandte sich der Doktor an mich: »Wünsche Gesundheit, mein Junge, hilf mir, dem Patienten die Kleider auszuziehen. Du hast doch keine Angst vor Blut, oder?«

»Nein, Doktor Khan, ganz bestimmt nicht.«

Es war leichter als erwartet, und es kam mir vor, als

würde der reglose, ohnmächtige Dustali uns unbewusst helfen. Der Doktor säuberte die blutenden Stellen mit Mull und Alkohol. Es waren drei kleine Löcher. »Sieht aus, als wären die Schrotkügelchen aus einiger Entfernung abgefeuert worden und dicht unter der Haut stecken geblieben.«

Mir fiel auf, dass Dustali Khans Stirn schweißbedeckt war, und ich machte den Doktor darauf aufmerksam. Er hielt den Mund ganz dicht an das Ohr des Patienten und fragte: »Dustali Khan, können Sie mich hören?«

Ein ersticktes Stöhnen drang aus Dustali Khans Kehle, bevor er den Kopf hob, sich vorsichtig umsah und leise fragte: »Ist meine Frau nicht hier?«

»Wünsche Gesundheit, außer mir und dem jungen Mann ist niemand da.«

Es war, als hätte Dustali Khan sein Jammern und Wehklagen bis zu diesem Moment zurückgehalten, doch nun stieß er ein lautes Stöhnen aus und sagte: »Was ich durchgemacht habe... Was ist passiert, Doktor? Was ist getroffen?«

»Wünsche Gesundheit, nichts Ernstes. Drei kleine, aus großer Entfernung abgefeuerte Schrotkügelchen haben Ihr Hinterteil getroffen, sind jedoch nicht tief eingedrungen. Wenn Sie es aushalten, hole ich sie raus. Oder wäre es Ihnen lieber, wenn ich Sie ins Krankenhaus einweise?«

»Ich sterbe vor Schmerzen«, stöhnte Dustali Khan. »Seit Stunden leide ich Schmerzen und habe es nicht gewagt, einen Mucks zu machen.«

»Warum denn nicht?«

»Aus Angst vor meiner Frau, dieser Mörderin. Ich erzähle es Ihnen später, aber ich flehe Sie bei der Seele Ihrer Kinder an, mich nicht ins Krankenhaus zu schicken. Außerdem möchte ich, dass Sie meiner Frau sagen, dass mein Leben zwar in Gefahr ist, mir im Krankenhaus aber nicht geholfen werden...«

»Aber ich habe keinerlei Betäubungsmittel hier«, unterbrach der Doktor ihn. »Sie werden die Zähne zusammenbeißen müssen, während ich die Kügelchen mit einer Pinzette heraushole. Das müssen Sie schon aushalten!«

»Ja, Doktor, das werde ich. Aber versprechen Sie mir, dass Sie meiner Frau mitteilen, ich würde in Lebensgefahr schweben, und es bestünde wenig Hoffnung. Wenn sie spitzkriegt, dass es mir gar nicht so schlecht geht, wird sie mich noch vor Morgengrauen erwürgen.«

»Und auch du musst mir bei der Seele deiner Mutter versprechen, kein Wort zu sagen«, fuhr er an mich gewandt fort. »Du kennst ja Aziz. Du weißt, sie wird...«

»Keine Sorge, Dustali Khan, ich verspreche, dass ich deiner Frau kein Wort sagen werde.«

Dustali Khan seufzte erleichtert auf und verlangte nach einem Glas Wasser. Derweil ging der Doktor ins Wartezimmer und bat die anderen erneut zu gehen, doch trotz seines beharrlichen Drängens war niemand bereit, das Haus zu verlassen. Unverrichteter Dinge kehrte er ins Behandlungszimmer zurück, wo er mit einer Pinzette drei winzige Kügelchen aus Dustali Khans Hinterteil zog und die Wunden verband, während Dustali Khan mit Schweißtropfen auf der Stirn ins Kopfkissen biss. Mit vor Schmerzen brüchiger Stimme flehte Dustali Khan den Doktor an, seinen ganzen Körper zu verbinden und zu erklären, dass er nicht nach Hause gebracht werden könne und im Haus von Lieber Onkel übernachten müsse.

Als Dr. Naser al-Hokama aus dem Behandlungszimmer trat, scharten sich alle sofort um ihn. »Doktor, Doktor«, kreischte Aziz al-Saltaneh, »sagen Sie mir die Wahrheit, wie geht es ihm? Ich bin auf das Schlimmste gefasst.«

»Wünsche Gesundheit, meine Dame, wünsche Gesundheit, im Moment können wir gar nichts sagen. Es hängt davon ab, wie widerstandsfähig sein Körper ist. Wenn er die Nacht übersteht, wird er es vielleicht schaffen...«

Während er das sagte, deutete er Lieber Onkel und den anderen augenzwinkernd an, dass seine Diagnose nur eine List war. »Aber lassen Sie ihn heute Nacht im Haus des Herrn schlafen«, fuhr er fort, »damit ich, falls er kollabiert, schneller bei ihm bin. Ich werde ihm jetzt ein wenig Morphium geben, damit er nicht so starke Schmerzen hat, wenn er zu sich kommt.«

Und so geschah es. Der reglose Dustali Khan wurde auf eine Trage gelegt und zu Lieber Onkels Haus gebracht. Azizullah Khan, der Wachtmeister unseres Viertels, der vor dem Haus auf und ab gelaufen war, begleitete uns. »Es geht Dustali schon besser, Agha Azizullah Khan«, erklärte Lieber Onkel ihm. »Sie können sich ruhig auf den Weg machen.«

»Aber es ist meine Pflicht, einen Bericht zu schreiben, Djenab. Jemand wurde angeschossen.«

»Es war ein Unfall, guter Mann, er hat seine Flinte gesäubert, und ein Schuss hat sich gelöst. Sein Zustand ist stabil, und niemand wird Anzeige erstatten.«

»Aber mit Verlaub, Djenab, wie soll ihn ein Schuss getroffen haben, wo er ihn traf, wenn er die Waffe nur gereinigt hat? Wollen Sie mich für dumm verkaufen?«

»Nun, ein Gewehr ist ein Gewehr. Manchmal trifft es jemanden ins Auge, manchmal die Leber und manchmal eben jenes Körperteil. In unserer Stadt gab es einmal einen Mann, der ...«

»Masch Qasem«, schnitt ihm Lieber Onkel wütend das Wort ab, »darf ich dich bitten, uns tunlichst nicht mehr zu stören?« Und mit diesen Worten führte er Azizullah Khan in ein Zimmer, wo er ihn offenbar mit unwiderlegbarer Logik von der Möglichkeit überzeugte, dass ein Querschläger diesen Teil der Anatomie treffen konnte, wenn ein Mann mit seiner Waffe herumhantierte, denn als die beiden wieder herauskamen, sagte Azizullah Khan: »Sie haben mich wirklich beschämt, Djenab, Sie sind zu gut zu mir. Ich muss jetzt weiter. Aber wenn Dustali Khan, was Allah verhüten möge, etwas zustößt, müssen Sie es morgen persönlich auf der Wache melden.«

Als ich in das Zimmer kam, in das man Dustali Khan gebettet hatte, entdeckte ich Leili, die mit Tränen in den Augen am Bett des Patienten saß. Ich konnte es nicht ertragen, sie so aufgewühlt und unglücklich zu sehen. Ich winkte sie zu mir herüber und erzählte ihr, dass Dustali nur aus Angst vor seiner Frau den Todgeweihten mimte.

Aziz al-Saltaneh gab keinen Augenblick Ruhe. Sie ohrfeigte sich in einem fort, schluchzte und stöhnte: »Der Schlag soll mich treffen, ich wollte nicht, dass Dustali ... So tut doch um Himmels willen etwas, ruft einen anderen Arzt. Bringt ihn ins Krankenhaus.«

Lieber Onkel versuchte sie zu beruhigen. »Ein anderer Arzt wird gar nichts nutzen, Verehrteste. Und wen könnten wir um diese Tageszeit schon auftreiben? Außerdem ist es gar nicht ratsam, den Patienten zu bewegen. Die Blutung hat gerade erst aufgehört. Und im Krankenhaus würde man fragen, wie das passiert ist. Willst du ins Gefängnis?«

Einen Moment lang herrschte betretene Stille. Dann ließ der Verletzte ein Stöhnen vernehmen und bewegte seine Lippen. Er schien sprechen zu wollen, doch kein Wort drang aus seinem Mund.

»Moment«, meinte Asadollah Mirsa, der das Ganze schweigend beobachtet hatte, »es sieht so aus, als wollte er etwas sagen.«

Er hockte sich neben das Lager und hielt sein Ohr an den Mund des Patienten. »Sprich, Dustali Khan! Sag etwas, wenn du noch lebst. Und wenn du schon auf der Reise ins Jenseits bist, grüß die, die uns vorausgegangen sind.«

Dustali Khans Lippen zitterten weiter. Schließlich brachte er mit brüchiger Stimme hervor: »Wo ist Aziz?«

Sich an Stirn und Brust schlagend, setzte Aziz al-Saltaneh sich an sein Lager und sagte: »Ich bin hier, Dustali, möge Allah mich statt deiner leiden lassen. Ich bin hier.«

Mit geschlossenen Augen und matter Stimme erwiderte Dustali Khan: »Nein, nein, du bist nicht Aziz. Ich... ich... ich will... Aziz.«

»Der Schlag soll mich treffen, er erkennt mich nicht mehr. Dustali. Dustali, mach die Augen auf. Ich bin's, Aziz.«

Dustali Khan schlug kurz die Augen auf und starrte ins Gesicht seiner Frau. »Ahhh... Allah sei Dank, ich habe dich noch einmal gesehen, Aziz. Vergessen wir, was gewesen ist, ich möchte mit ruhigem Gewissen abtreten. Wasser... Wasser...«

Wir flößten ihm ein paar Tropfen ein, und er öffnete die Augen ganz und fuhr in demselben matten Tonfall fort: »Aziz, vergib mir. Vielleicht habe ich oft gesündigt, aber in der Angelegenheit mit Qamar war ich nicht... es war nicht meine Schuld. Ich bin unschuldig...«

Dustali Khans Blick wanderte durch den Raum. »Wo ist Qamar?«, fragte er.

»Sie ist mit den Kindern im Nebenzimmer. Bei Allah, ich wäre froh zu hören, dass sie gestorben ist, nachdem sie diesen ganzen Ärger...«

»Gib auf sie Acht, das Mädchen ist verrückt. Um die Ehre der Familie zu retten, habe ich zu ihr gesagt, dass... aber... es war nicht meine Schuld. Wo ist Schamsali Mirsa?«

Der Angesprochene trat eilig vor und erwiderte: »Hier bin ich, Dustali Khan.«

»Bitte nimm Stift und Papier und setze mein Testament auf, damit ich es unterschreiben kann, bevor mich meine Kraft endgültig verlässt. Alles, was ich besitze gehört Aziz...«

Aziz schlug sich ins Gesicht. »Was sagst du? Der Schlag soll mich treffen. Ich werde dich nicht lange genug überleben, um irgendetwas zu erben.«

»Schamsali!«, rief Dustali Khan. »Du wirst mir doch nicht meinen letzten Willen verweigern!«

»Sie dürfen ihn nicht aufregen«, schaltete Masch Qasem sich ein. »Allah schenke seiner Seele Frieden, er war ein guter Kerl.« Alle sahen Masch Qasem wütend an, und er ließ betreten den Kopf hängen.

Schamsali Mirsa zückte Stift und Papier, und Dustali Khan begann, sein Testament zu diktieren. Sein Haus, seinen Laden und alle anderen irdischen Güter hinterließ er seiner Frau. Am Ende sagte er stöhnend: »Einen Moment, ich habe das Grundstück in Mahmudabad vergessen. Schreiben Sie, dass ich mein Grundstück in Mahmudabad bei Qazvin samt Bewässerungskanälen gleichermaßen meiner Frau vermache.«

Wieder schlug sich Aziz al-Saltaneh. »Der Schlag soll mich treffen, auf dass ich das Grundstück in Mahmudabad nie wieder sehe. Gehört dir das Gasthaus in Mahmudabad nicht auch?«

»Ja. Schreiben Sie das Gasthaus auch dazu...«

Asadollah Mirsa konnte nicht länger an sich halten. »Vergessen Sie die Schafe nicht«, sagte er mit bewegter Stimme.

»Zur Hölle mit den verdammten Schafen«, kreischte Aziz al-Saltaneh. »Er hat sie im vergangenen Jahr verkauft.«

»Nun«, sagte Dustali Khan und schluckte, »geben Sie mir das Blatt, damit ich unterschreiben kann. Und ihr anderen müsst auch alle unterschreiben.«

Schamsali Mirsa reichte ihm Stift und Papier, doch Dustali Khans Hand bewegte sich nicht. »O Allah, gib mir die Kraft, dies zu unterzeichnen. Richtet mich auf! Führt meine Hand!«

Schamsali Mirsa richtete Dustali Khans Oberkörper ein wenig auf und zog dessen Hand unter der Decke hervor, doch sie sank schlaff wieder auf das Lager.

Mit scheinbar letzter Kraft rief Dustali Khan: »O Allah, meine Hand... meine Hand!«

Aziz al-Saltaneh versuchte ihm zu helfen. »Soll ich dir zur Hand gehen, mein Lieber?«

Wieder konnte Asadollah Mirsa sich nicht zurückhalten. »Moment, selbst wenn sich sein ganzer Körper wieder erholt, wird er seine rechte Hand nie wieder bewegen können, der arme Teufel! Nun, es ist doch offensichtlich, dass eine Lähmung der rechten Hand eintritt, wenn eine Kugel ins Hinterteil dringt. Die Beziehung zwischen rechter Hand und Podex ist wissenschaftlich erwiesen.«

Dustali Khan schien noch etwas sagen zu wollen, überlegte es sich jedoch offenbar anders. Er versuchte, sich aus eigener Kraft aufzurichten, stieß einen Schrei aus und sank reglos und mit geschlossenen Augen zurück in die Kissen.

»Ihr bringt ihn Stück für Stück um«, mischte sich mein Vater, der bisher geschwiegen hatte, aufgeregt ein, »lasst ihn in Ruhe!«

Lieber Onkel warf ihm einen zornigen Blick zu und gab erbost zurück: »Misch du dich nicht ein!«

Ich begriff nicht, warum er so wütend war. Vielleicht lagen seine Nerven blank, doch auch mein Vater war über den unvermittelten Ausbruch sehr bestürzt. »Es gibt jedenfalls keinen Grund für uns, weiter hier zu bleiben«, sagte er knapp und verließ mit äußerst nachdenklicher Miene das Zimmer.

Nach kurzem Schweigen meinte Lieber Onkel: »Wir lassen den Patienten jetzt besser allein. Nur seine Frau sollte bei ihm bleiben, und Qamar kann auch bei uns übernachten.«

Als wir das Zimmer verließen, winkte Asadollah Mirsa mich zu sich herüber.

»Ich mache mir wirklich Sorgen, Onkel Asadollah. Ich fürchte, dass ein neuer Streit ausbrechen wird.«

»Er ist offensichtlich schon ausgebrochen, aber verdeckt. Wenn das Thema von Qamars Schwangerschaft nicht aufgekommen wäre, hätte dein Vater gleich am Anfang des Abends angefangen zu sticheln. Es ist wirklich lächerlich, das ganze Gerede über Adel und Ehre, als ob sie von den Habsburgern abstammen würden. Aber du musst zusehen, dass du Lieber Onkels Brief an Hitler in die Hände bekommst, wenn du kannst.«

»Das ging bis jetzt noch nicht. Ich glaube, mein Vater hat ihn in seiner Schreibtischschublade eingeschlossen.«

Eine Weile wirkte Asadollah Mirsa in Gedanken versunken, doch dann leuchteten seine Augen auf, und er sagte: »Mir ist etwas eingefallen. Ich glaube, ich werde morgen nicht ins Büro gehen können. Komm morgen Vormittag bei mir vorbei.«

Am nächsten Morgen lief ich zu Asadollah Mirsas Haus, und gemeinsam brachen wir auf, um durch ein paar Gassen zu einem Schuhputzer zu gehen, der seinen Stand auf der Straße aufgebaut hatte. Asadollah stellte einen Fuß auf die Kiste des Mannes und bat ihn, seine Schuhe zu putzen.

Derweil knüpfte er ein Gespräch mit dem jungen, stattlichen Schuhputzer an. Er erkundigte sich nach seiner Gesundheit und seinem Auskommen, und ich war überrascht, dass er in solch kritischen Zeiten daran denken konnte, sich die Schuhe putzen zu lassen.

»Aber ich glaube kaum, dass man hier gute Geschäfte machen kann«, meinte Asadollah. »Warum gehen Sie nicht in die Straße mit den Bäumen dort drüben? Wir müssen den weiten Weg bis hierher machen oder bis zur Hauptstraße laufen.«

»Nun, mein Herr, ob ein Mann sein Auskommen hat oder nicht, ist allein Allahs Wille. Wo man seinen Stand aufschlägt, hat damit nichts zu tun.«

»Moment, Sie meinen, der Standort hätte nichts damit zu tun? Wenn es nicht so weit wäre, würde ich mir zweimal am Tag die Schuhe putzen lassen. Alle Leute aus meinem Viertel suchen einen Schuster und Schuhputzer.«

Asadollah Mirsa nannte ihm tausend weitere Gründe, warum sich sein Einkommen verdoppeln würde, wenn er seinen Stand gegenüber von unserem Haus aufschlüge, bis der Schuhputzer den Vorschlag schließlich freudig annahm und versprach, von diesem Nachmittag an in unserer Gasse mit den schattigen Bäumen direkt gegenüber unserem Garten seinem Gewerbe nachzugehen.

Asadollah bezahlte ihn und gab ihm obendrein noch ein großzügiges Bakschisch. Dann machten wir uns auf den Heimweg.

Meine Frage ahnend, sagte er: »Dieser Schuhputzer wird uns noch sehr nützlich sein, wie du später erkennen wirst. Jetzt müssen wir vor allem jemanden finden, von dem aus wir Hitler bei Lieber Onkel anrufen lassen können. Aber da fällt mir etwas ein, komm mit. Ganz in der Nähe wohnt ein Freund von mir, der ein Telefon hat.«

Ein uralter Diener öffnete uns die Tür. Als Asadollah ihm erklärte, er wolle nur kurz telefonieren, führte der Diener uns unverzüglich nach oben, wo der Apparat stand, und verzog sich dann in die Küche, um Tee zu kochen.

Asadollah Mirsa wählte prompt Lieber Onkels Nummer. Als der sich selbst meldete, sagte Seine Exzellenz mit seinem Hitler-Akzent: »Mein verstorbener Großvater isst Ab-Guscht mit Jeanette McDonald. Sie gut zuhören, Herr. Was ich sage, sehr wichtig. Erstens: Unser Kennwort hat gewechselt, weil englischer Spion vielleicht verstanden hat. Wenn unser Agent sagt: ›Mein verstorbener Großvater isst Irish Stew mit Jeanette McDonald‹, Sie fragen: ›Womit?‹ Und er sagt: ›Mit eingelegtem Majoran.‹ Wenn er das nicht sagen, Sie wissen, dass er englischer Spion und Sie ihn rauswerfen. Zweitens, wir haben einen als Hausierer getarnten Agenten vor Ihre Tür geschickt, er auf Sie aufpassen. Wenn Hausierer da, Sie sich keine Sorgen zu machen, weil sicher sein können, dass er Sie bewacht. Aber Sie nicht dürfen mit Mann darüber reden. Wir uns wieder melden, wenn Zeit kommt für Ihren Aufbruch...«

Offenbar bestand Lieber Onkel darauf, den erwähnten Agenten irgendwie identifizieren zu können. »Ich Ihnen geben streng vertrauliche Information«, sagte Asadollah. »Ist Schuhputzer, aber Sie nicht dürfen mit keinem darüber reden, verstanden? Allah Sie schützen... Heil Hitler!«

Als er den Hörer aufgelegt hatte, sagte er mit einem zufriedenen Lächeln: »Der Ärmste, er ist ein wirklich einfältiger Mensch, aber jetzt kann dein Vater ihm keine Streiche mehr spielen. So viel zu Lieber Onkel, jetzt müssen wir uns etwas für das arme Mädchen einfallen lassen. Dustali Khan oder irgendein anderer Idiot hat sie mit nach San Francisco genommen, und jetzt wollen sie den drei oder vier Monate alten Fötus abtreiben, selbst wenn es das arme Mädchen das Leben kosten sollte.«

»Wie wäre es, wenn wir Lieber Onkel sagen, dass Hitler böse wäre? Aber das würde er bestimmt nicht glauben...«

Als wir das Haus seines Freundes verließen, meinte Asadollah Mirsa: »Nun müssen wir nach diesem Esel Dustali Khan sehen.«

»Machst du dir seinetwegen Sorgen?«

»Moment, nicht im Geringsten. Ich weiß, dass nicht einmal eine Splitterbombe dem Fettkloß etwas anhaben könnte, geschweige denn ein paar Schrotkügelchen. Nein, dieses verrückte, beschränkte Mädchen tut mir Leid.«

Masch Qasem öffnete uns die Tür und erklärte auf Asadollah Mirsas Frage nach Dustali Khans Befinden: »Warum sollte ich lügen? Mit einem Bein... ja, ja... Sieht aus, als ginge es ihm ganz gut. Khanum Aziz war bis heute Morgen hier. Jetzt ist sie nach Hause gegangen, will aber gleich wiederkommen.«

Als wir das Zimmer betraten, lag Dustali Khan auf dem Bauch, hatte seinen Oberkörper leicht erhoben und verspeiste mit großem Genuss ein Frühstück von einem Tablett, das vor ihm auf dem Bett stand. Sobald er uns hörte, warf er die Decke über das Tablett und stellte sich tot. »Keine Sorge, Dustali«, beruhigte Asadollah Mirsa ihn lachend, »wir sind's nur, Aziz ist nicht da. Schlag dir deine fette Wampe ruhig voll.«

»Allah ist mein Zeuge, es geht mir nicht gut. Aber der Doktor hat gesagt, ich muss etwas essen, um den Blutverlust auszugleichen. Aber du musst bei der Seele deiner Mutter schwören, Aziz kein Wort zu verraten! Du musst bei deinem Leben schwören, dass ich vor Schmerzen sterbe!«

»Schwör doch bei dem Leben deines Papas, was habe ich damit zu tun? Du hast dir dein Bett bereitet, und jetzt musst du auch darin liegen. Du warst in San Francisco und musst dich den Konsequenzen stellen.«

»Bei deinem Leben, Asadollah, bei meinem Leben, ich habe nichts getan... Das Mädchen tut mir bloß Leid. Wenn wir jemanden finden könnten, dem es egal ist, dass sie schwanger ist, könnten wir Qamar für ein paar Tage verheiraten, und ich würde ihm geben, was immer er verlangt, und mich notariell verpflichten, für das Kind zu sorgen.«

»Moment, welcher Einfaltspinsel wäre wohl bereit, sich auch nur für eine Stunde diesen Klotz ans Bein zu binden, geschweige denn eine ganze Woche lang?«

»Asadollah«, erwiderte Dustali Khan freundlich, »ich hatte gedacht... ich meine... also ich hatte gedacht... wenn du vielleicht...«

»Moment«, entgegnete Asadollah lachend, »Moment! Das würde aber eine teure Angelegenheit werden. Da müsstest du deine Börse wirklich weit aufmachen, Dustali.«

Auf eine derart milde Reaktion Asadollahs war Dustali Khan offenbar nicht gefasst. »Ich gebe dir, was immer du verlangst«, sagte er aufgeregt.

Doch dann fiel ihm offenbar auf, dass seine Aufregung und sein lauter Tonfall so gar nicht zu einem Mann an der Schwelle zum Tod passten, weswegen er leiser fortfuhr: »Asadollah, du und ich, wir sind zusammen aufgewachsen. Abgesehen von ein paar kindischen Meinungsverschiedenheiten, haben wir uns immer gut verstanden. Ich habe nicht mehr lange zu leben. Bitte schlag mir diese letzte Bitte nicht ab.«

Asadollah Mirsa wusste genau, dass Dustali Khan den Sterbenden nur spielte, und erwiderte mit vorgetäuschter Bewegung in der Stimme: »Sag das nicht, Dustali, sag das nicht, du brichst mir das Herz! Du bist noch so jung! Du hattest so große Hoffnungen! Ich verspreche dir, dass ich jeden Freitag einen Strauß Stockrosen auf dein Grab legen werde. Verzeih mir, dass die Umstände es mir nicht erlauben, Kamelien zu besorgen, aber dann wirst du statt der Kameliendame eben der Stockrosenkavalier ... «

»Dies ist nicht die Zeit für Scherze, Asadollah. Sag mir, wie viel du willst!«

»Du gibst mir, was immer ich verlange?«

»Was immer du willst, Asadollah. Um dieses arme Mädchen zu retten ... «

»Das Grundstück in Mahmudabad, mein lieber Dustali.«

»Was? Das Grundstück in Mahmudabad? Hast du den Verstand verloren? Ich soll dir das ganze Grundstück überlassen, nur damit du für ein paar Tage dieses Mädchen heiratest?«

Asadollah Mirsa schien erst jetzt zu begreifen, worauf Dustali Khan hinauswollte. Wutentbrannt sprang er auf. »Moment, Dustali, ich mag dich wirklich gern, du bist ein prächtiger Kerl, aber damit du aufhörst, solchen Unsinn zu reden, muss ich deinen Todesengel wohl ein bisschen näher heranrufen.«

Den Blick gen Himmel gewandt, fuhr er fort: »Allah verzeih mir! Ich habe in meinem ganzen Leben noch keiner Fliege etwas zuleide getan, aber je schneller dieser Mann zu dir kommt, desto besser für die Menschheit. Bitte nimm ihn zurück! Verdorbene Ware zurück an den Absender!«

Dabei hielt er ein Kissen auf Dustalis Mund und deklamierte: »Leb wohl, Dustali! Ich werde dir einen letzten Freundschaftsdienst erweisen. Denn in jeder Minute, die du länger unter uns weilst, begehst du eine neue Sünde. Mache dich bereit, Abschied zu nehmen, Stockrosenkavalier...«

Dustali sah Asadollah voller Entsetzen an. Der spielte die Rolle eines Mannes, der vor Wut außer sich war, so gut, dass Dustali wirklich Angst hatte und stotterte: »Asadollah... Asadollah... es war nur ein Witz... bei deiner Seele...«

Dustali lag noch immer auf dem Bauch, und Asadollah drückte das Kissen jetzt heftig auf seinen Hintern. »Ahhh«, stieg Dustalis Schrei himmelwärts, »ich sterbe! Das war nicht fair...«

Leilis Zimmer lag gleich gegenüber, und sie stürzte besorgt in den Raum. »Was ist passiert? Was ist passiert?«, fragte sie erschrocken.

Ein Lächeln breitete sich auf Asadollah Mirsas Gesicht aus. »Keine Sorge, meine Liebe«, erklärte er sanft, »Dustali ist von uns gegangen. Allah schenke seiner Seele Frieden. Jetzt kann er in der Hölle der Frau des Torwächters nachstellen.«

Dustali stöhnte. »Wenn ich aufstehen könnte, würde ich dir eine Abreibung verpassen, die du dein Leben lang nicht vergisst.«

Leili sah mich fragend an. »Keine Sorge«, versicherte auch ich ihr. »Onkel Asadollah und Dustali Khan haben nur Spaß gemacht.«

Noch immer gütig lächelnd, legte Asadollah Mirsa eine Hand auf meine Schulter und sagte: »Geh einen Moment mit auf Leilis Zimmer, mein Junge. Ich möchte mit diesem alternden Schürzenjäger kurz über das arme Mädchen sprechen.«

Nichts hätte mich mehr gefreut, ich nahm Leilis Hand und führte sie rasch aus dem Zimmer. Für einen Moment ließ ihr warmer, vertrauter Blick mich alle Erinnerungen an den vergangenen Tag und die letzte Nacht vergessen, und wir saßen eine Weile schweigend nebeneinander. Doch Asadollah Mirsas und Dustali Khans Stimmen aus dem Nebenzimmer holen uns in die Wirklichkeit zurück. »Ich mache mir wirklich Sorgen«, erklärte ich Leili. »Hast du gehört, wie sie gestern Abend von Puris Rückkehr gesprochen haben?«

Leilis Miene verfinsterte sich, und sie ließ den Kopf hängen. »Ich habe die ganze Nacht nicht geschlafen«, sagte sie leise. »Als ich gestern Abend nach Hause gekommen bin, hat mein Vater auch darüber geredet.«

»Was hat er gesagt?«

»Dasselbe wie Onkel Oberst. Es ging um die Verlobung. Wenn mein Vater mich zwingt, wage ich es nicht, mich zu widersetzen. Aber es gibt noch einen Ausweg…«

»Aber warum nicht? Ich meine, kann man ein Mädchen zwingen…«

»Es ist unmöglich, dass ich meinem Vater widerspreche«, unterbrach Leili mich. »Aber ich kann mich umbringen…«

Mein Herz setzte einen Moment aus, doch ich versuchte sie – und gleichzeitig mich selbst – zu trösten. »Nein, Leili, wir werden einen Ausweg finden… ganz bestimmt!«

In diesem Moment hörten wir Lieber Onkel im Hof nach Leili rufen. »Warte hier«, sagte sie. »Ich bin gleich zurück.«

Durch das Fenster beobachtete ich, wie sie zu ihrem Vater ging. Offenbar vertraute er ihr irgendeine Botschaft an, weil Leili verstohlen zu ihrem Zimmerfenster blickte und nach kurzem Zögern in dem großen Garten verschwand.

Lieber Onkel begab sich in den Raum, in dem der sieche Dustali lag. In der Tür kam ihm der strahlende Asadollah Mirsa entgegen.

»Wie geht es Dustali?«

»Er flirtet mit dem Todesengel.«

»Ich denke, dies ist nicht der geeignete Zeitpunkt für Scherze, Asadollah.«

»Ich scherze nicht, aber glücklicherweise scheint Aziz al-Saltanehs Kugel sein nobles Glied außer Gefecht gesetzt zu haben...«

Damit ging Asadollah Mirsa, und Lieber Onkel betrat das Zimmer. Ich spitzte die Ohren. Die Tür war angelehnt, so dass ich dem Gespräch einigermaßen folgen konnte, auch wenn ich die beiden nicht sah. Nachdem sich Lieber Onkel nach Dustali Khans Befinden erkundigt hatte, schwieg er eine Weile, bevor er sehr ernst und kühl fortfuhr: »Dustali, ich werde dich nun etwas fragen, und ich erwarte um all der Güte willen, die ich dir gegenüber gezeigt habe, dass du mir ehrlich antwortest! Der Mensch ist sündig...«

»Allah sei mein Zeuge, bei deiner Seele und der von Aziz... bei der Seele meines verstorbenen Vaters...«

»Sprich vernünftig, Dustali. Gestern Abend wolltest du mir etwas mitteilen, aber diejenigen, deren Interessen das durchkreuzt hätte, haben dich daran gehindert. Darum sprich jetzt: Was solltest du mir sagen?«

»Ich... ich... ich meine... also... vielleicht hast du Recht. Ich wollte sagen, dass ich, obwohl mich in der Sache keinerlei Schuld trifft, bereit bin, jeden Preis zu bezahlen, um irgendwie...«

»Hör zu, Dustali. Wie Napoleon schon sagte, ist es nur ein Schritt vom Verräter zum treuen Untertan, wenn man es zum richtigen Zeitpunkt tut. Wenn du auf eine Belohnung aus bist, werde ich dir helfen, aus diesem Schlamassel herauszukommen. Mir ist aufgefallen, dass du in letzter Zeit bestimmte politische Interessen unterstützt...«

In diesem Moment unterbrach der Lärm, den Aziz al-Salaneh im Hof veranstaltete, ihre Unterhaltung. »Wie geht es meinem armen, kleinen Dustali? Nach Ihnen, Herr Doktor.«

Gefolgt von Dr. Naser al-Hokama betrat Aziz al-Saltaneh Dustali Khans Krankenzimmer. Der Arzt untersuchte den Patienten, zeigte sich zufrieden mit dessen Zustand und verabschiedete sich mit einem »Wünsche Gesundheit«. In diesem Moment kam auch Leili zurück, und wir lauschten der Unterhaltung durch die offene Tür.

»Es sieht, Allah sei Dank, so aus, als ob das Gröbste überstanden wäre«, sagte Lieber Onkel.

»Ich hoffe, Allah nimmt dich beim Wort. Ich habe geschworen, zum Davud-Heiligtum zu pilgern, wenn Dustali wieder gesund wird, und ein Schaf zu opfern, dessen Fleisch an die Armen verteilt werden soll.«

»Aber hast du auch überlegt, was mit Qamar geschehen soll? Was hat dieser Doktor denn nun gesagt?«

»Er meinte, es wäre zu spät für eine Abtreibung. Das könnte gefährlich für sie sein.«

»Ärzte reden immer solchen Blödsinn«, erwiderte Lieber Onkel heftig. »Warum suchst du nicht irgendeine kundige Frau?«

»Nun, davor habe ich Angst. Ich habe Angst, dass sie – Allah behüte – dem armen Mädchen eine schreckliche Verletzung zufügen könnte.«

»Du solltest auch an die Familienehre denken. Wenn der Vater des armen Mädchens noch leben würde, wäre er vor Schande gestorben. Zum Glück ist er schon tot und muss diese Entehrung nicht mehr miterleben. Morgen wird sich die Neuigkeit in der ganzen Stadt verbreitet haben.«

»Das fürchte ich auch. Inzwischen müssen schon jede Menge Leute davon gehört haben. Das Klatschweib Farrokh Laqa kann ja ihre Klappe nicht halten, und ich wette, dass sie noch heute hier aufkreuzt.«

In diesem Moment hörte man auf dem Hof die Stimmen von Onkel Oberst und seiner Frau, die offensichtlich erregt nach Lieber Onkel riefen. Alle – auch Leili und ich – rannten nach draußen.

Onkel Oberst und seine Frau wirkten äußerst erregt und versuchten, Lieber Onkel gleichzeitig zu erklären, warum. Schließlich gelang es Onkel Oberst, seine Frau zu beruhigen, und er sagte: »Bitte sprich du als ältester Bruder mit meiner Frau. Sie weint schon seit einer Stunde...«

»Was ist geschehen?«

»Wie du dich vielleicht erinnerst, haben wir uns Sorgen um Puri gemacht. Deshalb haben wir vor Eintreffen seines ersten Briefs an einen Freund von mir in Ahwaz geschrieben und um Nachricht gebeten, wie es Puri geht. Er hat geantwortet, dass Puri krank sei. Und so oft ich meiner Frau auch erkläre, dass Puris Brief später abgeschickt wurde, es ist zwecklos.«

»Aber sind die Briefe denn nicht datiert?«

»Nein, das sind sie nicht, aber ich bin mir ziemlich sicher, dass Puri uns geschrieben hat, nachdem er...«

»Ich flehe dich an«, unterbrach die Frau des Obersts ihn schluchzend, »ich tue alles für dich. Bitte, Djenab, lass dir etwas einfallen. Schick ein Telegramm.«

»Was hat er denn?«, fragte Lieber Onkel. »Ich meine, was hatte er?«

Onkel Obersts Frau ließ ihrem Mann keine Gelegenheit zu antworten. »Unsere Freunde haben geschrieben, dass er einen Kanonendonner gehört und einen Schock erlitten hat. Der Schlag soll mich treffen, dass ich den Jungen in den Krieg habe ziehen lassen, es ist so laut!«

»Warum redest du solchen Unsinn, Frau?«, erwiderte Onkel Oberst ziemlich schroff. »Der Mann schreibt irgendwelchen Blödsinn, und du musst ihn auch noch wiederholen? Wahrscheinlich hat er etwas Verdorbenes gegessen oder auch nicht. Aber Puri ist schließlich mein Sohn, und unter tausend jungen Männern werdet ihr keinen finden, der so tapfer und mutig ist wie mein Puri.«

Leili und ich tauschten Blicke und unterdrückten unser Lachen. Asadollah Mirsa war gerade erst wieder zu der Runde gestoßen und hatte nur den letzten Teil des Gesprächs mitbekommen. »Der Oberst hat Recht«, sagte er, »selbst unter einer Million Männern gibt es keinen, der so mutig ist wie Puri. Der Junge erinnert mich auch vom Aussehen an Julius Cäsar.«

Onkel Oberst wandte wütend den Kopf. Doch Asadollah hatte eine derartige Unschuldsmiene aufgesetzt, dass der zornige Blick meines Onkels in schiere Dankbarkeit umschlug, und er ruhig sagte: »Ich danke dir, Asadollah, bei all deinen Fehlern hast du die Tugend, das wahre Wesen der Menschen zu erkennen.« An Lieber Onkel Napoleon gewandt, fuhr er fort: »Aber wäre es deiner Meinung nach nicht besser, wenn ich persönlich nach Ahvaz reisen und mich vergewissern würde...«

»Wie kannst du in diesen Zeiten daran denken, eine Reise zu machen, mein Bester?«, unterbrach Lieber Onkel ihn. »Schick deinem Freund ein Telegramm. Wir dürfen die Front nicht unverteidigt lassen. Wer weiß, vielleicht ist es nur eine List, dich von mir wegzulocken. Um mich zu isolieren, damit sie ihre Ziele besser erreichen können. Und nun rücken sie auf Teheran vor.«

Wieder konnte Asadollah Mirsa den Mund nicht halten. »Der Herr hat Recht. Möglicherweise verbirgt sich dahinter eine Tücke. Du solltest lieber ein Telegramm schicken.«

Während drinnen noch diskutiert wurde, was am besten

geschehen sollte, hörte man von der Gasse den Lärm einer Streiterei. Lieber Onkel Napoleon spitzte die Ohren und wandte sich an mich: »Geh und sieh nach, was da los ist, mein Junge. Ich will wissen, was das Geschrei zu bedeuten hat.«

Ich rannte auf die Straße, wo Masch Qasem mit einem Besen in der Hand heftig auf den Schuhputzer einredete, der offenbar vorhatte, unserem Garten gegenüber seinen kleinen Stand aufzuschlagen.

»Das ist hier nicht das Haus deiner Tante, wo jeder x-beliebige Kerl daherkommen und seinen Laden aufmachen kann.«

»Mach mal halblang. Was soll denn das Gezeter?«

»Du hast hier gar nichts zu melden. Und wenn du dein Zeug hier ausbreitest, stopfe ich all deine Dosen mit Schuhcreme samt Lappen und Leder in den Gulli.«

Ich beobachtete die beiden eine Weile reglos, bevor ich, anstatt einzugreifen, aus Angst, der Schuhputzer könnte mich wieder erkennen, zu Lieber Onkel lief, um ihm zu berichten, was los war.

Lieber Onkel sah aus, als hätte ihn ein elektrischer Schlag getroffen. »Was?«, brüllte er. »Masch Qasem? Ein Schuhputzer? Was zum Teufel fällt ihm ein?«

Und damit eilte er auf die Straße. Asadollah Mirsa zwinkerte mir zu, blieb jedoch sitzen, während ich Lieber Onkel Napoleon folgte.

Als wir in die Gasse kamen, hatte Masch Qasem den Schuhputzer gepackt und brüllte: »Ich schlag dich windelweich! Du nennst mich einen Esel?«

Lieber Onkel blieb stehen und rief: »Qasem!«

Doch Masch Qasem ließ nicht von dem Schuhputzer ab. »Ich will nicht aus Ghiasabad stammen, wenn ich dir nicht eine Abreibung verpasse, die du dein Leben lang nicht vergessen wirst!«

Lieber Onkel trat vor und verpasste Masch Qasem einen Schlag in den Nacken. »Qasem! Beruhige dich, du Idiot! Was geht hier vor?«

»Dieser Kerl ist gekommen und wollte seinen Schusterkram hier ausbreiten. Ich habe ihm gesagt, er soll verschwinden, und er hat angefangen, mit mir zu streiten...«

Ich versuchte, mich außer Sichtweite des Schuhputzers zu halten, der keuchend erklärte: »Ich bin zum Arbeiten hergekommen, Herr, und er hat mich beschimpft. Hör zu, Mann, kannst du nicht vernünftig mit mir reden?« Seine Utensilien wieder zusammenpackend, fügte er hinzu: »Ich gehe. Diese Straße ist für die Söhne Ghiasabads reserviert.«

Mit hochrotem Gesicht brüllte Masch Qasem: »Was sagst du? Wenn du noch einmal das Wort Ghiasabad in den Mund nimmst, gebe ich dir ein paar aufs Maul, dass du hinterher deine Zähne einsammeln kannst.«

»Halt's Maul, Qasem!«, sagte Lieber Onkel bebend vor Wut. »Sonst bringe ich dich eigenhändig zum Schweigen! Welches Recht hast du, die Leute an ihren Geschäften zu hindern? Er will uns schließlich nicht die Haare vom Kopf fressen!«

Die Miene des Schuhputzers hellte sich auf, während Masch Qasem Lieber Onkel verwundert ansah. »Aber, Herr, haben Sie mir nicht selbst gesagt, dass ich nicht zulassen soll, dass sich eine dieser Gossenvipern hier ausbreitet? Haben Sie nicht gesagt, dass sie das Haus tagsüber ausspähen, um dann nachts einzubrechen?«

»Ich meinte verdächtige Leute und nicht einen armen Mann, der versucht, seinen Lebensunterhalt zu verdienen!«

»Warum sollte ich lügen? Mit einem Bein... ja, ja... Bis zu diesem Tag habe ich noch nie einen verdächtigeren Mann gesehen als den da. Er trieft geradezu vor Verschlagenheit.«

»Du solltest aufpassen, was du redest«, mischte sich der Schuhputzer wütend ein, bevor er die Kiste mit seinem

Werkzeug unter den Arm klemmte und fortfuhr: »Ich verschwinde, aber es ist wirklich eine Schande, dass dieser Herr einen solchen Esel als Diener hat.«

Masch Qasem wollte auf ihn losgehen, doch Lieber Onkel drängte ihn zurück und fragte den Schuhputzer: »Wie heißen Sie, mein Herr?«

»Huschang, zu Ihren Diensten.«

Einen Moment lang starrte Lieber Onkel den Schuhputzer verdutzt an und sagte dann leise: »Seltsam! Sehr seltsam! Huschang...«

Der Schuhputzer legte seine Schürze ab und warf sie sich über die Schulter. »Wenn Sie je meine Dienste brauchen... Schuhputzen, Besohlen, Sandalenreparaturen... ich stehe zwei Straßen weiter vor dem Kohlenhändler.«

Und damit machte er Anstalten zu gehen.

»Was höre ich da, mein Herr?«, sagte Lieber Onkel besorgt. »Wohin wollen Sie? Dies ist ein ausgezeichneter Platz. Von morgens bis abends müssen Tausende von Schuhen geputzt und geflickt werden. Wenn nur meine Familie Ihre Dienste in Anspruch nimmt, brauchen Sie keine andere Arbeit mehr.«

»Nein, Herr, ich gehe. Es lohnt den Ärger nicht; hundert erjagte Pfund Fleisch sind nicht so viel wert wie ein lausiger Jagdhund.«

Und er setzte sich tatsächlich in Bewegung. Lieber Onkel stellte sich ihm in den Weg und ergriff seinen Arm. »Bitte, mein Herr, ich verspreche Ihnen, dass Masch Qasem Sie künftig behandeln wird wie seinen Bruder. Ist das so?«, fuhr er an Masch Qasem gewandt fort. »Du wirst Huschang doch behandeln wie einen Bruder?«

Masch Qasem ließ den Kopf hängen und erwiderte: »Tja nun, warum sollte ich lügen? Mit einem Bein... ja, ja... Was immer Sie sagen, Herr, aber wenn Sie sich noch an den Fotografen erinnern wollen...«

Er hielt inne, als er Lieber Onkels wütenden Blick sah. »Nun, offenbar habe ich diesen Burschen hier mit dem Schuhputzer vom Basar verwechselt.«

Der Schuhputzer stellte sein Bündel wieder ab. Lieber Onkel seufzte erleichtert auf und meinte: »Zu Mittag wird Masch Qasem Ihnen etwas zu essen bringen. Qasem, sag deiner Herrin, dass sie einen Teller für Huschang rausschicken soll, wenn das Essen fertig ist. Und vergiss nicht, auch etwas Salat, Brot und Yoghurt zu servieren.«

Sichtlich entspannt und zufrieden breitete der Schuhputzer sein Sortiment aus und sagte: »Sehr freundlich von Ihnen, mein Herr, möge Allah Ihnen Ihre Großzügigkeit erhalten, aber ich habe selbst Brot und Trauben mitgebracht.«

»Nein, nein... kommt gar nicht in Frage. Heute sind Sie unser Gast. Kommen Sie mit in den Garten, um etwas zu Mittag zu essen.«

Als wir ins Haus zurückkehrten, versuchte der äußerst verärgerte Masch Qasem Lieber Onkel Ratschläge zu erteilen, doch der reagierte mit einer derart zornigen Miene, dass Masch Qasem seine Worte verschluckte und seine Lippen versiegelte.

Als wir das Haus betraten, sah Asadollah Mirsa mich fragend an, und ich gab ihm mit einer Geste zu verstehen, dass alles wie geplant verlaufen war.

Erneut wurde Puris Krankheit erörtert, bis Leili plötzlich aus dem Wohnzimmer kam, um zu berichten, dass ein Beamter der Kriminalpolizei Aziz al-Saltaneh sprechen wollte.

Aziz al-Saltaneh ging zum Telefon, und alle anderen scharten sich um sie.

»Hallo, ja... wer? Guten Tag, mein Herr, vielen Dank, sehr freundlich von Ihnen. Und von wem haben Sie diese Nummer bekommen?... Ja, ja, nein, das ist Fati, die Tochter von Qamars Tante, die bei uns im Haus wohnt. Was?

Was sagen Sie? Der Schlag soll mich treffen! Und das haben Sie geglaubt?«

Lieber Onkel gab ihr stumm zu verstehen, dass sie erklären sollte, was los war. »Einen Moment, bitte«, sagte Aziz al-Saltaneh zu ihrem Gesprächspartner, »auf dem Hof ist es sehr laut. Ich schließe eben die Tür.«

Dann legte sie ihre Hand auf die Sprechmuschel und flüsterte: »Es ist der Leiter der Kriminalpolizei, den ich damals konsultiert habe. Ein Freund meines verstorbenen Mannes. Er sagt, heute hätte ein anonymer Anrufer gemeldet, dass ich Dustali angeschossen und den Verletzten in diesem Haus versteckt hätte.«

Lieber Onkel riss die Augen auf, und seine Lippen begannen zu zittern. Mit kaum hörbarer Stimme krächzte er: »Das ist ihr Werk... antworte ihm. Sag ihm, er kann mit Dustali persönlich sprechen.«

»Hallo? Ja, wo waren wir?... Das muss ein Scherz gewesen sein, einen Moment, bitte, Sie können mit Dustali persönlich sprechen... nein, nein, wirklich, Sie müssen mit ihm sprechen. Bitte.«

Aziz al-Saltaneh trug das Telefon eilig in Dustali Khans Zimmer, erklärte ihm in knappen Worten die Lage und sagte: »Nimm und sprich mit ihm, aber kein Gestöhne, ja?«

Dustali Khan blieb nichts anderes übrig, als zu gehorchen; er begrüßte den Leiter der Kriminalpolizei mit kräftiger, munterer Stimme, erkundigte sich nach dessen Gesundheit und versicherte ihm, dass alles in bester Ordnung sei. Dann gab er den Hörer an Aziz al-Saltaneh zurück, die derweil von Lieber Onkel angewiesen worden war.

»Hallo, haben Sie gehört, mein Herr? Dann wissen Sie ja jetzt, dass sich jemand einen Scherz erlaubt haben muss. Gestern hat Dustali Patronenhülsen mit Schießpulver gefüllt und sich dabei ein wenig das Bein verbrannt... danke, vielen Dank, sehr nett von Ihnen.«

Lieber Onkel machte ihr Zeichen, den Leiter des Kommissariats zu fragen, was er, Lieber Onkel, wissen wollte. Aziz al-Saltaneh signalisierte ihm, dass sie das nicht vergessen hatte. Nach dem Austausch weiterer Höflichkeitsfloskeln und dem Versprechen, sich in nächster Zeit einmal zu treffen, sagte sie: »Ach übrigens, noch eine Frage. Darf ich wissen, wer Sie angerufen hat? Ich meine, hatte er vielleicht einen besonderen Akzent, beispielsweise einen indischen?... Nicht... Sondern?... Einen Akzent aus Schiraz? Sind Sie sicher... Richtig, Sie haben viele Jahre in Schiraz gelebt! Nun, ich bin Ihnen sehr dankbar für Ihre Freundlichkeit... selbstverständlich... wenn es jemand anderes gewesen wäre als Sie, hätten wir etliche Probleme bekommen. Ich kann Ihnen gar nicht genug danken.«

Ich wagte es nicht, Lieber Onkel anzusehen, denn der einzige Mensch aus der gesamten Familie und dem weiteren Bekanntenkreis, der einen Schiraz-Akzent hatte, war mein Vater.

15

Lieber Onkel war wie versteinert. Schließlich ergriff Asadollah Mirsa das Wort. »Da muss sich irgendein Freund oder Verwandter einen Scherz erlaubt haben. Seit sie dieses automatische Telefonsystem haben...«

Lieber Onkel unterbrach ihn mit gepresster Stimme und fragte Aziz al-Saltaneh: »Hast du die Telefonnummer dieses Herrn?«

»Die Telefonnummer vom Chef der Kriminalpolizei?«, entgegnete Aziz al-Saltaneh erstaunt. »Ja, die habe ich, warum?«

»Dann ruf ihn bitte sofort an und sag ihm, dass du ihn in einer wichtigen Angelegenheit noch heute persönlich sprechen musst.«

»In welcher Angelegenheit muss ich ihn denn persönlich sprechen?«

»Bitte ruf ihn jetzt sofort an«, befahl Lieber Onkel herrisch. »Ich werde es dir später erklären.«

Widerstrebend gehorchte Aziz al-Saltaneh, kramte in ihrer Handtasche nach dem Zettel mit der Telefonnummer, rief den Chef der Kriminalpolizei an und verabredete sich für halb fünf am selben Nachmittag mit ihm.

Nachdem sie aufgelegt hatte, erklärte Lieber Onkel: »Wir beide werden sein Büro gemeinsam aufsuchen.«

»Willst du etwa mit ihm über Qamar sprechen? Ich flehe dich an...«

»Nein, über Qamar werden wir später sprechen«, fiel Lieber Onkel ihr ins Wort. »Diese Angelegenheit ist viel wichtiger. Ich muss herausfinden, wer ihn angerufen hat. Dabei geht es für mich um Leben und Tod.«

Er lief eine Weile schweigend im Zimmer auf und ab. »Ich möchte, dass ihr euch alle heute Abend hier einfindet«, sagte er schließlich. »Wir haben einiges zu besprechen, unter anderem Qamars Schwierigkeiten und die Krankheit unseres lieben Puri.«

»Ich bitte euch inständig, tut etwas«, jammerte Onkel Obersts Frau. »Ich fürchte, sonst ist es zu spät. Ich habe Sorge, dass meinem armen, kleinen Jungen etwas Schreckliches zustoßen wird.«

»Nein«, sagte Lieber Onkel streng, »es wird schon nicht zu spät sein. Wir reden heute Abend darüber. Und dann werden wir tun, was getan werden muss.«

Onkel Oberst und seine Frau gingen nach Hause. Ich folgte Asadollah Mirsa hinaus, weil ich mit ihm über diese neue Wendung sprechen wollte. Unsere Probleme schienen nicht enden zu wollen. Tag für Tag, Stunde um Stunde türmten sich neue Hindernisse zwischen mir und Leili auf.

»Onkel Asadollah«, bestürmte ich ihn ängstlich, sobald wir Lieber Onkels Privatgemächer verlassen hatten, »was hat dieser Anruf zu bedeuten? Denkst du, dass...«

»Moment, mit Denken hat das nichts zu tun, es ist vollkommen klar, dass dies das Werk von Du-weißt-schon-wem ist. Seit dem Moment, in dem der Djenab sich gegen deinen Vater gestellt hat, habe ich darauf gewartet, dass der wieder irgendeinen Wirbel veranstaltet.«

»Warum will Lieber Onkel denn bloß persönlich mit dem Polizeichef sprechen? Glaubst du, er könnte die Stimme meines Vaters erkannt haben? Denkst du, er würde es Lieber Onkel erzählen?«

»Ich glaube nicht, dass er deinen Vater kennt, und selbst wenn...«

Einen Moment versank Asadollah in tiefes Nachdenken. »Auf alle Fälle werde ich diesen Polizeichef noch vor halb fünf selbst anrufen müssen«, sagte er schließlich. »Ich werde ihn bitten, die Wogen ein wenig zu glätten, um zu verhindern, dass hier weitere Feindseligkeiten ausbrechen.«

Ich bat Asadollah Mirsa, mir haarklein zu berichten, was sein Gespräch mit dem Polizeichef ergeben würde, und ging nach Hause.

Kurz nachdem Lieber Onkel sich mit Aziz al-Saltaneh auf den Weg gemacht hatte, erschien Asadollah Mirsa mit einem entspannten Lächeln im Gesicht. »Ich habe alles geregelt«, verkündete er fröhlich. »Dieser Polizeichef ist ein feiner Kerl. Als ich ihn sah, habe ich ihn gleich wieder erkannt, ich hatte ihn ein paar Mal bei Aziz al-Saltanehs verstorbenem Mann getroffen. Als er begriffen hatte, was Sache ist, hat er versprochen, sein Möglichstes zu tun, um weitere Streitereien zu verhindern.«

»Aber am Telefon hat er gesagt, der Unbekannte hätte mit Schiraz-Akzent gesprochen, da kann er doch jetzt nicht auf einmal behaupten, es wäre ein Isfahan-Akzent gewesen.«

»Darüber haben wir beide eine ganze Weile nachgedacht, und am Ende ist ihm eingefallen, dass er nur gesagt hat, den Anrufer nicht zu kennen, aber nicht, ob es ein Mann oder eine Frau gewesen ist. Wir sind also übereingekommen, dass er Lieber Onkel gegenüber behaupten soll, es wäre eine Frau mit Schiraz-Akzent gewesen.«

»Aber wer sollte das sein? Das werden sie bestimmt nicht glauben.«

»Moment«, meinte Asadollah lachend, »du hast wohl Farrokh Laqa vergessen und wie wenig sie Aziz al-Saltaneh leiden kann. Nun ja, und die Akzente von Schiraz und Hamadan sind doch am Telefon kaum zu unterscheiden, oder?«

»Bravo, Asadollah, das hast du wirklich gut hingekriegt. Ich bin sicher, ohne dich wäre es hier bald noch hundertmal schlimmer zugegangen als beim letzten Mal. Und sie hätten mich und Leili wieder getrennt. Ich weiß gar nicht, wie ich dir danken soll.«

»Willst du es wissen?«

»Ja, Onkel Asadollah.«

»Geh nach San Francisco, damit wir beide endlich Ruhe finden. Auf Wiedersehen, bis heute Abend.«

Und damit verschwand er, ohne meine Reaktion abzuwarten.

Eine halbe Stunde später brachte eine Kutsche Lieber Onkel Napoleon und Aziz al-Saltaneh an das Gartentor. Ich wagte es nicht, Lieber Onkel anzusehen, doch er kam geradewegs auf mich zu. Ich grüßte ihn mit gesenktem Blick, doch als ich seine Stimme hörte, war ich erleichtert.

»Hallo, mein Junge, warum bist du denn so allein? Wo sind die anderen Kinder? Ist dein Vater zu Hause?«

»Ja, Onkel«, antwortete ich nervös. »Soll ich ihn holen?«

»Ich werde ihn selbst aufsuchen. Ich will mich nur rasch umziehen.«

Die nun folgende Flut von Verwünschungen gegen dieses immer in Schwarz gekleidete Weib, das Schandmaul Farrokh Laqa, ließ keinen Zweifel mehr daran, dass Asadollah Mirsas Intervention erfolgreich gewesen und mein Vater von jedem Verdacht rein gewaschen war.

Ich hatte gerade beschlossen, Lieber Onkels gute Laune auszunutzen und Leili zu besuchen, als Lärm auf der Gasse mich ans Gartentor lockte.

Vor dem Haus stritt der indische Sardar Maharat Khan lautstark mit dem Schuhputzer. Ich hörte gerade noch, wie der Sardar Huschang zornig aufforderte, seinen Kram einzupacken und sich woandershin zu verziehen. Gerade als ich beschlossen hatte, Lieber Onkel davon zu berichten, kam er persönlich in seinem Hausanzug, seinen Umhang über den Schultern, aus seinen Gemächern.

»Was geht hier vor? Was ist los?«

»Onkel, der indische Sardar will den Schuhputzer vertreiben.«

Lieber Onkel blieb mit weit aufgerissenen Augen wie angewurzelt stehen. »Was?«, knurrte er. »Der indische Sardar?«

Er schloss die Augen und fuhr kaum hörbar fort: »Das ist keine Überraschung! Absolut keine Überraschung! Es war vorhersehbar! Er muss Wind von der Sache bekommen haben oder vermuten, dass irgendetwas vorgeht. Allah verfluche diese Engländer!«

Dann kam er wieder zu sich und rief hektisch nach Masch Qasem. »Qasem, Qasem, lauf und finde heraus, was dieser dreckige Spion sagt. Warum will er den armen Mann von hier verjagen? Glaubt er etwa, die Gasse gehört Chamberlains Vater? Nun lauf schon, Qasem! Aber erwähne bloß meinen Namen nicht, ich weiß von nichts!«

Masch Qasem kaute auf seiner Schnurrbartspitze herum und setzte sich gemächlich in Bewegung. »Was ist denn los? Agha Sardar?«

»Dieser Schuhputzer will ausgerechnet hier seinem Gewerbe nachgehen«, erklärte der indische Sardar, »und ich habe ihm gesagt, er soll verschwinden, aber er widersetzt sich meinem Befehl.«

Der Schuhputzer protestierte energisch. »Die ganze Gasse grenzt an den Garten des Herrn. Glaubt dieser sturköpfige Sardar etwa, er hätte die Gasse mit seinen paar Quadratmetern Haus gleich mitgepachtet?«

»Ich gehöre zu den Anwohnern dieser Gasse, und ich sage, dass ich hier keinen Schuhputzer haben will.«

»Das liegt bestimmt daran, dass Sie sowieso nur barfuß gehen oder Bauernschlappen tragen und deshalb gar nicht wissen, wozu ein Schuhputzer gut ist.«

Masch Qasem funkelte ihn an. »Hüte deine Zunge, wenn

du dem Sardar ins Wort fällst! Und Sie, Agha Sardar, bitte, lassen Sie ihn aus Mildtätigkeit bleiben, damit er genug verdienen kann, um Leib und Seele zusammenzuhalten.«

»Der soll sich seine Mildtätigkeit für die Bettler in seinem eigenen Land sparen. Ich arbeite für meinen Lebensunterhalt und brauche keine Almosen, von niemandem.«

Ich stand am Gartentor und konnte sowohl die Szene auf der Gasse als auch Lieber Onkel beobachten, der außer sich vor Wut an der Mauer auf und ab ging. »Ich hoffe, er liegt bald unter der Erde«, schnaubte er vor sich hin. »Der weiß einfach nicht, wie man mit diesem indischen Spion umgehen muss.«

Als er anfing, unter seinem Umhang nach seinem Revolver zu tasten, trat ich vor. »Agha Sardar, wir brauchen von morgens bis abends ständig einen Schuhputzer oder Flickschuster. Wenn er Sie wirklich so sehr stört, könnte er auf diese Seite der Gasse umziehen, direkt neben unser Gartentor.«

Glücklicherweise kam in diesem Moment Asadollah Mirsa um die Ecke. Ich seufzte erleichtert auf, denn kaum hatte er die Situation erfasst, beschleunigte Seine Exzellenz den Schritt. »Moment, Moment, Sardar«, rief er schon von weitem, wobei er rasch zum Haus des Sardar hinüberblickte. »Was ist los? Was hat Sie so verärgert?«, fragte er mit einem ungewöhnlich strahlenden Lächeln auf den Lippen. Ich folgte seinem Blick und sah, dass Lady Maharat Khan auf dem Balkon stand und den Disput verfolgte; ihr langes blondes Haar fiel offen über ihre Schultern. »Mein lieber Sardar«, legte Asadollah Mirsa sich ins Zeug, »warum regen Sie sich so auf? Ausgerechnet Sie, der uns allen ein Vorbild an Humor und Charakterstärke ist. Ich hätte gar nicht gedacht, dass Sie so wütend werden können. Dieser junge Mann ist kein schlechter Mensch, ich kenne ihn, früher hatte er seinen Stand etwas weiter unten in dieser Gasse...«

»Nichts für ungut, mein Herr, aber ich bin nur in diese Gasse gezogen, weil hier Ruhe und Frieden herrscht. Aber wenn sich jetzt dieses ganze Pack hier versammeln darf...«

Das Wort »Pack« war endgültig zu viel für den Schuhputzer. »Selber Pack!«, brüllte er, trotz Asadollahs Bemühungen, ihn zum Schweigen zu bringen. »Samt Ihrem Vater und Großvater und Ihrer Frau!«

Mit vor Wut hochrotem Gesicht ging der Sardar auf den Schuhputzer los. »Sag das noch mal!«

»Gern; jeder, der mich Pack nennt, ist selber Pack, und zwar schon seit Generationen.«

Ohne weiteres Zögern versetzte der Sardar dem Schuhputzer eine schallende Ohrfeige, worauf sich ein allgemeines Handgemenge entwickelte, das Masch Qasem dazu nutzte, dem jungen, athletischen Schuhputzer, sooft es ihm gefahrlos möglich war, eins überzuziehen. Asadollahs Bemühungen, die Gemüter zu beruhigen, blieben ungehört.

Schließlich erschien Lieber Onkel im Torbogen und befahl Masch Qasem, die Streithähne zu trennen, während Lady Maharat Khan verzweifelt versuchte, Asadollah Mirsa dazu zu bewegen, ihrem Mann beizustehen.

Glücklicherweise tauchte in diesem Moment Schir Ali auf, ein Mann mit physischer Autorität, der Lieber Onkels Bitte, die Streithähne zu trennen, ohne langes Gefackel nachkam. Er reichte Masch Qasem die Hammelkeule, die er geschultert hatte, packte die beiden Männer im Genick und zog sie auseinander. »Was ist hier los? Warum prügelt ihr euch?«

Der Inder hatte den Turban verloren, sein langes schwarzes Haar reichte ihm bis zum Gürtel. »Dieser unverschämte Lump, dieser Dieb!«, rief er keuchend und versuchte, sich erneut auf den Schuhputzer zu stürzen. Doch Schir Ali hatte ihn noch immer fest im Griff.

»Was soll das, Sardar? Und stecken Sie sich Ihre Locken hoch, wenn Sie sich weiter streiten wollen.«

Bei seinem Haar hörte für den Inder der Spaß offensichtlich auf, denn er brüllte unvermittelt los. »Halt's Maul! Was gehen dich meine Haare an!« Er war nun derart aufgebracht, dass er auf Hindi weiterbrüllte, wobei er mehrmals ein Wort verwendete, das sich anhörte wie »primitiv«. Darauf weiteten sich Schir Alis Augen. »Sekunde mal«, sagte er mit gefährlich leiser Stimme, »nennst du mich etwa primitiv?«

Damit ließ er den Schuhputzer abrupt los, hob stattdessen den Inder hoch wie eine Garbe Stroh und trug ihn zu seinem Haus, wo er ihn mit einer raschen Bewegung einfach in den Flur warf, bevor er die Tür zuschlug und sich an den Türklopfer hängte, so dass der Inder sie von innen nicht mehr öffnen konnte.

»Nennt dieser Inder mich primitiv! So viel steht fest: Wenn Sie nicht gesagt hätten, dass ich ihn in Ruhe lassen soll, hätte ich ihn an den Beinen gepackt und in zwei Teile gerissen.«

Lieber Onkel stand zufrieden lächelnd zwischen den Pfosten unseres Gartentors.

»Mein lieber Schir Ali«, meinte Asadollah Mirsa, während er sich den Staub von der Jacke klopfte, »ich hatte noch gar keine Gelegenheit, Sie zu fragen, wie es Ihnen geht? Gut, hoffe ich? Und was macht Ihre Frau?«

»Ihr ergebenster Diener bis ins Grab. Und, was hat nun dieser Schuhputzer hier vorzubringen?«

»Er ist ein feiner Kerl«, sagte Asadollah Mirsa rasch. »Ich kenne ihn, er ist hierher gekommen, um sich seinen Lebensunterhalt zu verdienen, und ich habe einiges für ihn zu tun. Übrigens können Sie den Türklopfer jetzt ruhig loslassen, Schir Ali, ich glaube kaum, dass der Sardar die Unterhaltung mit Ihnen fortsetzen möchte.«

Schir Ali hob den Turban auf, der immer noch auf der Gasse lag, warf ihn über die Mauer in den Garten des Inders und trollte sich.

Asadollah Mirsa wandte sich an den Schuhputzer. »Nichts für ungut, guter Mann, wenn man sich verändert, kann es in den ersten Tagen schon mal zu solchen Unstimmigkeiten kommen. Immerhin hat der Djenab Sie freundlich aufgenommen, und das sollte genügen.«

Der Schuhputzer hatte sich inzwischen beruhigt. »Ich vertraue auf Allah und gleich danach auf Sie«, sagte er milde, bevor er sich Masch Qasem zuwandte. »Aber du, du miese Schlange, hast mir mitten in der Prügelei ordentlich eins über den Schädel gezogen.«

Aus Angst vor Lieber Onkel machte Masch Qasem ein unschuldiges Gesicht. »Ich? Also, warum sollte ich lügen? Mit einem Bein... ja, ja. Ich schwöre bei Allah, dem Allmächtigen, wenn er nicht aufgehört hätte, hätte ich ihn in der Luft zerfetzt. Ich erhebe meine Hand nicht gern im Zorn, sonst könnte ich es ohne weiteres mit hundert von diesen Indern aufnehmen. In unserer Stadt gab es mal einen Mann, der...«

»Und wenn schon«, unterbrach Lieber Onkel ihn. »Lauf und hol ein Glas Likör für Huschang!«

Dann wandte er sich an den Schuhputzer: »Machen Sie sich keine Sorgen, ab morgen wird alles in Ordnung sein.«

»Nein, Herr, ich bin keine Weide, die bei jedem Luftzug zittert. Der, der über uns steht, hat mir befohlen, hier zu bleiben, also bleibe ich.«

Lieber Onkel starrte ihn mit offenem Mund an, bevor er murmelte: »Der, der über uns steht, hat Ihnen befohlen...?«

»Ja, Herr, der, der von dort oben ein Auge auf jeden Mann und sein Geschäft hat, und der darüber wacht, dass jeder Mann täglich bekommt, was ihm zusteht.«

Lieber Onkel bedachte ihn mit einem bedeutungsvollen Blick und einer verstohlenen Geste. »Ja, ja, natürlich müssen Sie tun, was man Ihnen befohlen hat.«

Bevor er ins Haus zurückkehrte, fragte Lieber Onkel den

Schuhputzer noch, wo er übernachtete. Als er hörte, dass dieser in einem Kaffeehaus am Ende der Gasse schlief, war er endgültig beruhigt.

Wir wollten gerade wieder in den Garten gehen, als eine Kutsche vorfuhr, der Onkel Oberst eilig entstieg.

»Bruder, ich habe gute Nachrichten! Ich war gerade auf dem Telegrafenamt, um mich bei Khan Babakhan nach Puri zu erkundigen. Er sagt, dass es unserem lieben Puri viel besser geht und Khan Babakhan ihn morgen persönlich mit dem Zug nach Hause begleiten wird. Das muss ich sofort meiner Frau erzählen, das arme Ding ist ganz krank vor Sorge.«

Ich ging neben Asadollah Mirsa in den Garten. »Morgen Abend wird Julius Cäsar ankommen«, sagte er leise. »Pass auf, Marc Anton! Wenn du weiter untätig herumsitzt, nehmen sie dir deine Kleopatra.«

»Aber was kann ich denn tun, Onkel Asadollah?«, fragte ich verzweifelt.

»Das, was ich dir gesagt habe.«

Ich war so aufgewühlt, dass ich nicht einmal versuchte, mich an seine Worte zu erinnern. »Was hast du denn gesagt?«

»Spitze die Ohren: San Fran-cis-co!«

»Onkel Asadollah, ich bin jetzt wirklich nicht zu Scherzen aufgelegt.«

»Moment, dann sag doch gleich, dass du zu gar nichts aufgelegt bist. Deine Vitalität ist wohl doch *bahot* verwelkt, wie der Sardar zu sagen pflegt.«

Als der Familienrat sich am Abend in Lieber Onkels Haus versammelt hatte, stand, nachdem die Nachricht von Puris Genesung eingetroffen war, nur noch Qamars Schwangerschaft auf der Tagesordnung. Neben Asadollah Mirsa, Schamsali Mirsa und Onkel Oberst, waren nur der verletzte

Dustali Khan und seine Gattin anwesend. Mein Vater kam ein wenig später hinzu.

Offenbar wollte niemand mehr so genau herausfinden, wer nun tatsächlich für Qamars Baby verantwortlich war. Das lag vor allem an Aziz al-Saltaneh, die entweder, weil sie mit einem geladenen Gewehr auf ihren Mann losgegangen war und glaubte, ihn beinahe getötet zu haben, oder weil sie sich keiner weiteren öffentlichen Demütigung aussetzen wollte, die Version akzeptiert hatte, nach der der gottlose Allahverdi der Übeltäter gewesen war, den sie im Lauf des Gesprächs immer mal wieder lauthals verfluchte. Und da Aziz al-Saltaneh sich taub und blind stellte, schienen auch Dustali Khans Gewissensqualen erträglich zu sein. Außerdem hielt Lieber Onkel Napoleon sich selbst für den größten Leidtragenden in der ganzen Angelegenheit.

Aziz al-Saltaneh hatte ihm bereits bei ihrer Ankunft erklärt, dass er eine Abtreibung ganz und gar vergessen könnte, da selbst die berüchtigte »Heilerin« Zayvar sich geweigert hatte, eine vorzunehmen.

»Soweit ich sehen kann«, sagte Dustali Khan, der noch immer auf dem Bauch liegen musste, »gibt es nur eine Möglichkeit. Wir müssen jemanden finden, der Qamar heiratet, notfalls wenigstens für ein paar Tage. Ich glaube, Mamad, dieser Elektriker, hat keine Frau und wenn ...«

Lieber Onkel warf ihm einen wütenden Blick zu. »Schämst du dich nicht, Dustali? Wir sollen uns mit Mamad verschwägern? Wie könnten wir je mit dieser Schande leben?«

Aziz al-Saltaneh fing unter Tränen an zu jammern. »O Allah, der Schlag soll mich treffen. Was hatte ich für schöne Hoffnungen für dieses arme, elende Kind!«

»An diesen Mamad müssen Sie gar keinen Gedanken verschwenden«, warf Masch Qasem ein, der die Versammelten fleißig bediente.

»Warum denn nicht, Masch Qasem?«, wollte Asadollah Mirsa wissen.

»Weil er ein Gesundheitsproblem hat.«

»Was für ein Gesundheitsproblem?«

»Nun, ich möchte nicht taktlos sein und bitte um Entschuldigung, Herr, aber er ist kein Mann.«

»Und woher weißt du das?«

»Es ist doch vollkommen unerheblich, ob er ein Mann ist oder nicht«, blaffte Lieber Onkel dazwischen. »Ich will nichts mehr davon hören!«

»Moment«, schaltete Aziz al-Saltaneh sich ein, »ob er nun ein Mann ist oder nicht, ist in der Tat völlig egal, schließlich ist das, was er zu tun hätte, bereits von einem anderen erledigt worden.«

»Aber ich kenne jemanden, der viel besser geeignet wäre, wenn er zustimmen würde«, meldete sich Masch Qasem erneut zu Wort. »Ein richtiger Gentleman und sehr begabt. Ich wollte sagen, er kommt aus unserer Stadt, aus Ghiasabad.«

»Wen meinst du denn, Masch Qasem?«

»Erinnern Sie sich an den jungen Mann aus Ghiasabad, der damals mit dem Kommissar Teymur Khan nach, entschuldigen Sie den Ausdruck, Herrn Dustali Khans Leiche gesucht hat?«

»Polizeikadett Ghiasabadi?«

»Genau der, ich erinnere mich noch daran, dass ihm bei Duschizeh Qamars Anblick das Wasser im Mund zusammengelaufen ist. Na ja, die Leute aus Ghiasabad mögen Frauen, die ein bisschen mollig und anschmiegsam sind.«

»Schweig, Qasem!«, donnerte Lieber Onkel los. »Polizeikadett Ghiasabadi soll in unsere Familie einheiraten? Hast du nun endgültig den Verstand verloren?«

»Und ist dieser Ghiasabadi denn ein richtiger Mann?«, bohrte Asadollah grinsend weiter.

»Tja nun, warum sollte ich lügen? Mit einem Bein... ja, ja. Mit eigenen Augen hab ich nichts gesehen, aber in Ghiasabad gibt es keinen, der nicht seinen Mann stehen könnte. Frauen von Qom und Kaschan und Isfahan und manchmal sogar welche aus Teheran reißen sich darum, einen aus Ghiasabad zu heiraten. In unserer Stadt gab es mal einen Mann, der...«

Nun verlor Lieber Onkel endgültig die Nerven. Er knallte seine Gebetskette so heftig auf den Tisch, dass die Schnur riss und die Perlen in alle Richtungen flogen.

»Ich erwarte wenigstens ein Mindestmaß an Schamgefühl! Das geht wirklich zu weit!«

»Moment«, sagte Asadollah Mirsa plötzlich sehr ernst. »Was ist denn so unverschämt? Ein unschuldiges, einfältiges Mädchen ist in Schwierigkeiten. Und diese Ungeheuerlichkeit hat ihr entweder Allahverdi oder irgendein anderer schamloser, jämmerlicher Lump angetan. Eine Abtreibung würde ihr Leben gefährden. Es gibt nur noch die eine Möglichkeit, so rasch wie möglich einen Mann für sie zu finden. Und auch das hauptsächlich, um dein Gesicht zu wahren, denn ihr ist das vollkommen egal. Sie würde ihr Baby jederzeit auch ohne Ehemann bekommen und großziehen. Erwartest du allen Ernstes, dass hier demnächst der aristokratische Sohn eines Fürsten Leopard oder Prinz Löwenherz hereinspaziert, um das Mädchen zu freien?«

»Du musst bedenken, dass...«

»Ja, ich weiß, was du sagen willst. Ein Spross dieser erlauchten Familie darf sich nicht mit einem einfachen Polizeikadett vermählen. Also, wenn du mit Baron de Rothschild befreundet bist, dann schick ihm ein Telegramm, damit er noch einen schönen Spiegel für sein Brautgemach besorgen kann.«

Alle waren vor Schreck wie erstarrt, doch entgegen unseren Erwartungen wurde Lieber Onkel nicht wütend, sondern erwiderte leise: »Vielleicht hast du Recht. Ich sollte mich wirklich nicht einmischen. Ihre Mutter und ihr Stiefvater sind hier. Sie sollen selbst entscheiden.«

Das gewohnte Lächeln kehrte auf Asadollahs Lippen zurück. »Und was für ein nobler und feinfühliger Bursche ihr Stiefvater ist, so viel ist sicher! Hier liegt er vor aller Augen auf dem Bauch, als ob er mit der ganzen Angelegenheit überhaupt nichts zu tun hätte!«

»Asadollah!«, schrie Dustali Khan auf, der bisher während der ganzen Unterhaltung noch kein Wort gesagt hatte, »ich schwöre bei der Seele meines Vaters, wenn du noch ein einziges Mal...«

»Moment, Moment, Moment«, unterbrach Asadollah Mirsa ihn, »es tut mir wirklich aufrichtig Leid, wenn ich deinen unschuldigen Engelsschlaf gestört haben sollte.«

»Bitte, Asadollah, keine weiteren Witze dieser Art!«, sagte Lieber Onkel scharf. »Meiner Ansicht nach besteht kein Zweifel daran, dass dieser Vorfall Teil ihres Plans ist, mich zu ruinieren. Ein Plan, den dieser verkommene indische Spion ausgeheckt hat, ausgeführt von seinem Diener, aber angeordnet von ganz anderer Stelle.«

»Soll das etwa heißen«, entgegnete Asadollah Mirsa lachend, »dass die Engländer, wann immer sie jemanden als ihren Feind betrachten, einen besonders abgebrühten Kerl losschicken, um einem nahen Verwandten dieser Person ein Enkelkind zu bescheren?«

»Rede keinen Unsinn, du hältst dich wohl für besonders witzig«, fuhr Lieber Onkel ihn zornig an. »Du musst noch sehr viel lernen, bevor du die Tricks dieses alten Wolfs durchschaust.«

»Moment, tut mir Leid. Ich wollte nur sagen, dass das gar keine so schlechte Idee ist. Mit der Methode müssen die Engländer wahrscheinlich demnächst ihre Rüstungsfabriken komplett auf die Produktion von Dr. Ross' berühmten

Potenzpillen umstellen. Ich würde mich jedenfalls mit Vergnügen melden, wenn man eine Spezialeinheit benötigte, um es ihnen mit gleicher Münze heimzuzahlen.«

Mein Vater brach in schallendes Gelächter aus, während alle anderen betreten schwiegen. Glücklicherweise gab Masch Qasem der Unterhaltung eine andere Richtung. »Dann müssen wir jetzt nur noch herausfinden, ob Ghiasabadi einverstanden ist oder nicht...«

»Was soll das heißen, Qasem?«, fragte Lieber Onkel aufgebracht.

»Tja nun, Herr, warum sollte ich lügen? Mit einem Bein... ja, ja. Letztes Jahr hatte dieser Bursche einen Narren an Duschizeh Qamar gefressen, aber wer weiß, ob er jetzt überhaupt heiraten will. Na ja, und dann ist er immerhin aus Ghiasabad, und es wird bestimmt nicht so einfach sein, einem Mann aus unserer Stadt Duschizeh Qamar anzuhängen. Familienehre wird nirgendwo so groß geschrieben wie bei uns. In unserer Stadt gab es mal einen Mann, der...«

»Qasem, erspare uns weitere Geschichten von Männern aus deiner Stadt!«, unterbrach Lieber Onkel ihn barsch.

»Nun, es wäre doch vielleicht gar nicht nötig, Qamars Schwangerschaft ihm gegenüber zu erwähnen«, meldete Schamsali Mirsa sich erstmals zu Wort.

»Glauben Sie etwa, wir aus Ghiasabad sind Esel? Nichts gegen Sie persönlich, aber es gab da mal einen Mann in unserer Stadt, der...«

»Moment«, unterbrach Asadollah Mirsa ihn, »woher soll er es denn wissen, wenn wir ihm nichts sagen?«

»Tja nun, warum sollte ich lügen? Mit einem Bein... ja, ja... aber entschuldigen Sie mal, es gibt doch schließlich einen Unterschied zwischen einem Mädchen und einer Frau.«

»Danke, Masch Qasem, dass du uns diese bahnbrechende neue Erkenntnis mitgeteilt hast. Ich dachte immer, es gäbe da gar keinen Unterschied.«

»Asadollah!«, wies Lieber Onkel Napoleon ihn erneut zurecht. »Nicht vor den Kindern!«

Asadollah Mirsa lachte. »Moment, das ist schließlich eine wissenschaftliche Diskussion!« An Masch Qasem gewandt, fuhr er fort: »Ich würde sagen, wenn dieser fabelhafte Polizeikadett Ghiasabadi in San Francisco gewesen ist, ich meine nach der Hochzeit, wird er möglicherweise merken, dass etwas faul ist, aber bei seinem Sinn für Familienehre wird er es bestimmt nicht an die große Glocke hängen. Schlimmstenfalls lässt er sich scheiden. Und das wäre doch genau das, was wir alle wollen. Außerdem können wir ihm ja, sobald er unterschrieben hat, einen kleinen Wink geben und sein Schweigen angemessen belohnen.«

»Das ist unehrenhaft. So etwas kann ich mit meinem Gewissen nicht vereinbaren«, wandte Dustali Khan ein. »Wir müssen ihm von Anfang an reinen Wein einschenken.«

»Entweder oder«, sagte Masch Qasem und kratzte sich am Kopf. »Gewissen oder Bräutigam – das ist die Frage.«

Asadollah hob die Hand. »Wir sollten darüber abstimmen. Ich bin für den Bräutigam. Agha Dustali Khan, auch bekannt als Herr Gewissen auf Socken, wird sich selbstverständlich für sein Gewissen entscheiden. Aber zu meiner Verteidigung möchte ich doch noch anführen, dass nichts geschehen wird, was irgendjemandes Gewissen belasten muss. Polizeikadett Ghiasabadi kommt hier als unbeschriebenes Blatt an, er isst und trinkt hier eine Zeit lang, wird Aziz al-Saltanehs Schwiegersohn, bekommt obendrein noch eine Freifahrt nach San Francisco, und das alles kostet ihn kein bisschen. Und wenn er dann bereit ist abzutreten, kann er nach Ghiasabad zurückkehren, und alle sind glücklich!«

»Asadollah!«, zeterte Dustali Khan. »Als du gezeugt

wurdest, muss es sich um eine Verbindung aus Wein und Wodka gehandelt haben...«

»Moment, Moment, dann sag du mir, als jemand, bei dessen Empfängnis es sich um die Verbindung von reinem Weih- mit Rosenwasser gehandelt haben muss, doch mal...«

»O Allah, ich hoffe, ihr liegt beide bald unter der Erde!«, brach es in diesem Moment aus Aziz al-Saltaneh heraus. »Steht es wirklich so schlecht um meinen kleinen Liebling, dass wir diesen Ghiasabadi um Gefälligkeiten bitten müssen?«

»Als Erstes müssen wir sowieso herausfinden, ob Ghiasabadi mitspielt oder nicht«, gab Masch Qasem zu bedenken. »Denn selbst wenn das Mädchen unschuldig wie ein Neugeborenes wäre, könnte es doch sein, dass er gar nicht heiraten will!«

»Und selbst wenn er zustimmt, will das Mädchen vielleicht nicht«, ergänzte Asadollah Mirsa. »Meiner Ansicht nach sollten wir diesen Teil zuerst klären. Deshalb schlage ich vor, dass wir uns mal mit Qamar unterhalten. Wenn sie einwilligt, kann Masch Qasem sich um den Bräutigam kümmern.«

Dieser Vorschlag stieß auf allgemeine Zustimmung, so dass Aziz al-Saltaneh losging, um Qamar zu holen, die mit meiner Schwester und Leili im Nebenzimmer spielte.

Sie erschien mit einem einfältigen Lächeln auf den Lippen. Asadollah Mirsa lud sie ein, sich neben ihn zu setzen, und plauderte erst einmal mit ihr über die Puppe, die sie an ihre Brust gedrückt hielt, bevor er schließlich zur Sache kam.

»Nun, mein Kind, wir haben einen netten Mann für dich gefunden. Möchtest du nicht gern einen Ehemann haben?«

Obwohl sie offenbar nicht ganz begriff, worum es ging, errötete das dicke Mädchen und schüttelte den Kopf. »Nein, das möchte ich nicht«, murmelte sie. »Ich mag mein Baby, ich möchte ihm noch zwei rote Jäckchen stricken.«

»Mein liebes Kind, ich werde deinem Baby auch ein hübsches Jäckchen kaufen. Aber ein Baby muss einen Vater haben. Wenn du keinen Mann hast, wird dein Baby traurig sein, denn ein Baby braucht einen Papa.«

Qamar starrte ihn eine Zeit lang schweigend an und sagte schließlich: »Na gut.«

»Dann sollen wir also die Hochzeit vorbereiten? Ein hübsches weißes Kleid mit einem schönen Schleier...«

»Mit Orangenblüten!«, rief Qamar glücklich.

»Natürlich, mein Kind, mit einem Kranz aus Orangenblüten.«

»Wo ist denn mein Ehemann?«, fragte Qamar plötzlich. »Weißt du, Onkel Asadollah, er soll schöne, dicke, schwarze Haare haben, damit mein Baby auch so schöne schwarze Haare bekommt wie er!«

Asadollah wandte sich ab und warf Lieber Onkel einen verzweifelten Blick zu. »Also gut, mein Kind, du kannst jetzt wieder spielen gehen.«

»Armes Ding, was für ein liebes Kind sie ist«, sagte Asadollah Mirsa leise, nachdem Qamar das Zimmer verlassen hatte.

»Das klappt nicht«, meinte Masch Qasem, der während des Gesprächs mit Qamar still in einer Ecke gestanden hatte. »Es ist, als stecke in der ganzen Sache der Wurm drin.«

»Warum, Masch Qasem, was ist denn jetzt schon wieder?«

»Ja, haben Sie denn nicht gehört, dass sie einen Mann mit dicken, schwarzen Haaren haben will?«

»Und hat Polizeikadett Ghiasabadi kein schwarzes Haar?«

»Warum sollte ich lügen? Mit einem Bein... ja, ja. Neulich habe ich ihn zufällig getroffen, und als er seinen Hut abgenommen hat, habe ich gesehen, dass er völlig kahl ist. Ich meine, sein Hinterkopf ist spiegelblank, nur am Rand hat er hier und da noch ein paar Härchen.«

»Und sind diese Härchen schwarz, oder nicht?«

»Warum sollte ich lügen? Sie haben alle möglichen Farben. Ein paar sind weiß, ein paar schwarz und ein paar hat er mit Henna gefärbt.«

»O Allah, der Schlag soll mich treffen!«, jammerte Aziz al-Saltaneh und schlug sich die Hände vors Gesicht. »Wenn mein kleines Mädchen so einen Kopf auf ihrem Kissen liegen sieht, ist sie auf der Stelle tot.«

»Nun ja, Verehrteste, dieser Polizeikadett ist in der Tat kein Rudolpho Valentino, aber wir können ihm ja eine Perücke kaufen.«

Masch Qasem schüttelte den Kopf. »Ich glaube nicht, dass er da mitspielen würde. Männer aus Ghiasabad tragen keine Perücken, das ist unter ihrer Würde, darin sind wir eigen. In unserer Stadt gab es mal einen Mann, der...«

»Schon gut, schon gut, um Locken und Litzen kümmern wir uns später. Wann kannst du mit diesem Agha Ghiasabadi sprechen?«

»Wann immer Sie wollen. Ich kann morgen losgehen...«

Doch nun konnte Lieber Onkel sich nicht länger zurückhalten. »Das ist doch albern«, sagte er streng. »Masch Qasem kann doch nicht einfach ins Polizeirevier spazieren und zu Agha Ghiasabadi sagen: ›Kommen Sie mit, und heiraten Sie die Enkelin meines Herrn!‹ Was war in deinem Wein, Asadollah?«

»Na ja, jedenfalls können wir ihm auch nicht telefonisch anbieten, in unsere Familie einzuheiraten.«

Nach längerem Hin und Her kam man schließlich überein, dass Aziz al-Saltaneh ihn unter dem Vorwand in ihr Haus bitten sollte, in ihrem Haushalt wäre etwas gestohlen worden und sie wünschte statt einer offiziellen Ermittlung eine diskrete private Untersuchung. Wenn er erst einmal dort war, konnte sie behaupten, der verschwundene Gegenstand hätte sich glücklicherweise wiedergefunden, und alles Weitere würde sich schon ergeben.

Am nächsten Morgen plauderte ich im Garten mit Masch Qasem, als Lieber Onkel Napoleon plötzlich aus seinen Gemächern stürmte und zu unserem Haus eilte. Er war erschreckend blass. Ich verabschiedete mich hastig von Masch Qasem und folgte Lieber Onkel ins Haus. Er ging direkt in das Zimmer meines Vaters, und ich beeilte mich, meinen Lauschposten einzunehmen.

»Hast du's gehört? Hast du's schon gehört?«
»Was denn? Setz dich doch erst einmal.«
»Hast du heute schon Radio gehört?«
»Nein, was ist denn los? Ist was passiert?«
»Sie sind da. Ich meine, sie sind hier. Sie haben es eben offiziell im Radio gemeldet. Die Engländer haben Teheran erreicht.«

»Es nutzt niemandem, wenn du dich so aufregst«, sagte mein Vater mit gespieltem Mitgefühl. »Es besteht noch gar kein Grund zur Besorgnis. Du kennst die Engländer doch besser als ich, sie greifen nie frontal und offen an…«

Lieber Onkel unterbrach ihn mit gepresster Stimme. »Gerade weil ich diesen perfiden Wolf so gut kenne, mache ich mir Sorgen. Natürlich nicht um mich, ich habe mein Leben lang gegen sie gekämpft, mein Schicksal ist besiegelt. Ganz gleich, wohin ich gehe, ich kann ihnen nicht entkommen. Es geht nicht um mich, es geht um die Nation:

Ah, das Perserreich wird untergehen und verkommen
Der Leoparden Lager, von wilden Leuten in Besitz
genommen!«

Seine Stimme klang eigenartig rau, und als ich durch den Türspalt linste, sah ich, dass er sich eine Träne aus dem Augenwinkel wischte.

»Nun, im Moment können wir gar nichts tun«, meinte mein Vater. »Wie du selbst zu sagen pflegtest:

*Sollte dich dereinst ein böser Löwe jagen,
So füg dich in dein Schicksal ohne Zagen.*«

»Nein, wir können gar nichts tun, aber da zwischen unseren Häusern keine Mauer steht, wollte ich dich bitten, darauf zu achten, dass deine Haustür von nun an immer gut verschlossen ist. Ich werde auch Masch Qasem anweisen, keine Fremden in den Garten zu lassen. Und die Kinder sollten nicht nach draußen, obwohl ich nicht glaube, dass sie sich an deinen vergreifen werden. Ich bin ihr Ziel, ich und meine unschuldigen Kinder.«

Lieber Onkel blieb noch einen Moment gedankenverloren stehen, bevor er sich aufraffte und das Zimmer verließ. Als er mich sah, legte er mir die Hand auf die Schulter und blickte mir ernst ins Gesicht. »Mein lieber Junge, hier geschehen Dinge, die du vielleicht noch nicht verstehst, aber du bist ja nun schon groß und vernünftig, und darum habe ich eine Bitte an dich. Wenn irgendwelche Fremde dich über mich ausfragen wollen, sage ihnen nichts.«

»Aber Onkel, was ist denn los?«

»Was glaubst du? Der Feind steht vor den Toren«, sagte er mit tief bewegter Stimme. »Jedes Mal, wenn du deinen Onkel von nun an siehst, könnte es das letzte Mal gewesen sein. Aber so sind nun einmal die grausamen Regeln des Krieges!«

Sein Blick wanderte wehmütig in die Ferne, bevor er mich abrupt losließ und sich Richtung Gartentor auf den Weg machte.

Ich folgte ihm leise.

Lieber Onkel schritt zielbewusst auf das Tor zu, doch kaum hatte er es geöffnet, blieb er wie angewurzelt stehen. Dann wandte er sich unvermittelt an Masch Qasem, der gerade dabei war, die Blumen zu gießen.

»Qasem, wo... wo ist er?«

»Wer denn, Herr?«

»Der Schuhputzer!«

»Eben war er noch da. Ich habe ihn gesehen, als ich losgegangen bin, um Brot zu kaufen.« Lieber Onkel ergriff Masch Qasem bei den Schultern und schüttelte ihn. »Aber wo ist er jetzt?«

»Woher soll ich das wissen? Wenn Sie Ihre Schuhe geputzt haben wollen, kann ich damit zum Basar gehen, die wichsen sie Ihnen so blank, dass Sie sich darin spiegeln können. Dieser Kerl hat sowieso nicht viel getaugt.«

»Idiot! Ich will wissen, wo er ist! Worauf wartest du noch? Lauf los! Stell fest, was passiert ist, und berichte es mir! Und mach das Tor hinter dir zu!«

Während Masch Qasems Abwesenheit lief Lieber Onkel erregt wie ein Leopard im Käfig vor dem Tor auf und ab. Als ihm das Warten zu lang wurde, bat er mich nachzusehen, wo Masch Qasem blieb. Ich beeilte mich, meine Pantoffeln gegen Schuhe zu tauschen, doch als ich gerade losgehen wollte, stieß ich am Tor beinahe mit dem Gesuchten zusammen. Lieber Onkel eilte ihm entgegen.

»Wo ist er, Qasem?«

»Tja nun«, erwiderte Masch Qasem gedehnt, »warum sollte ich lügen?...«

»Verdammt noch mal, Qasem. Nun sprich doch endlich! Wo ist er?«

»Na ja, Ibrahim hat gesagt, dass ein Polizist gekommen ist und ihn mit auf die Wache genommen hat...«

»Auf die Wache? Warum? Was hat er getan?«

»Tja nun, warum sollte ich... also Herr, mit eigenen Augen habe ich nichts gesehen. Aber Ibrahim hat gesagt, dass es um Uhrendiebstahl geht. Das hat man ja schon an seinen Augen gesehen, dass der ein verschlagener, hinterhältiger Dieb ist.«

»Eine Uhr? Wessen Uhr hat er denn gestohlen?«

»Dieser indische Sardar ist zur Polizei gegangen und hat gemeldet, dass der Schuhputzer ihm gestern bei der Rangelei die Uhr aus der Tasche gezogen hat! Eine goldene Taschenuhr.«

Diese Nachricht traf Lieber Onkel wie ein Blitzschlag. Kraftlos ließ er die Arme sinken und schloss die Augen. »Diese Teufel«, murmelte er. »Jetzt haben sie angefangen. Jetzt setzen sie ihre finsteren Pläne in die Tat um. O Allah, ich befehle mein Leben in deine Hände!«

16

Die Nachricht, dass der Schuhputzer unter dem Verdacht, eine Taschenuhr gestohlen zu haben, verhaftet worden war, hatte Lieber Onkel Napoleon tief getroffen. Er hielt die Augen geschlossen, seine Lippen bebten.

»Wer hat angefangen, Herr?«, fragte Masch Qasem besorgt.

Ohne die Augen zu öffnen, erwiderte Lieber Onkel mit matter Stimme: »Diese gerissenen Wölfe... die Engländer. Dies ist eine englische Intrige.«

Masch Qasem dachte kurz nach und fragte dann: »Sie meinen, dass die so tun wollen, als hätten wir diesen Huschang angestiftet, dem indischen Sardar seine goldene Uhr zu stehlen?«

»Nein, nein, das verstehst du nicht, Qasem. Die Pfade der Politik sind verschlungener, als du ahnst.«

»Tja nun, warum sollte ich lügen? Mit einem Bein... ja, ja... Es ist nicht, dass ich es nicht verstehe, aber wir müssen, ehrlich gesagt...«

Das Erscheinen von Aziz al-Saltaneh unterbrach ihn. »Ist der Mann immer noch nicht aufgetaucht? Bei Allah, der Schlag soll mich treffen, Djenab, aber warum bist du so blass um die Nase?«

»Es ist nichts, nichts... ein Feldherr muss auch in der Niederlage Haltung bewahren. Wie schon Napoleon sagte, in der Schule des Krieges muss ein Feldherr die Lektion der Niederlage eher lernen als die des Sieges.«

»Was ist geschehen? Wer hat dich so aufgewühlt? Masch Qasem, was hat deinen Herrn so erschüttert?«

»Tja nun, warum sollte ich lügen? Mit einem Bein... ja,

ja... Der Schuhputzer, der sich vor unserer Tür breit gemacht hat, hat die Uhr von dem Inder geklaut. Man hat ihn verhaftet...«

»Warum redest du solchen Unsinn, Quasem?«, brüllte Lieber Onkel. »Warum bist du so einfältig? Du siehst immer nur die Oberfläche der Dinge. Weil du die Engländer nicht kennst.«

Das machte Masch Qasem betroffen. »Ich soll die Engländer nicht kennen?«, protestierte er. »Nun, Allah schütze Sie, Herr, aber wenn ich sie nicht kenne, wer dann? Ich kenne sie besser als ihre eigenen Mütter und Väter. All die Schlachten und Kriege, in denen ich unter Ihrem Kommando gegen die Engländer gekämpft habe, zählen die etwa nicht? Wer hat denn in der Schlacht von Kazerun mit diesem Sergeant geredet, der mit einer weißen Flagge zu uns kam? Die Engländer sind durstig nach meinem Blut, und Sie meinen, ich kenne sie nicht? In unserer Stadt gab es einmal einen Mann, Allah schenke seiner Seele Frieden, der immer gesagt hat: ›Wenn die Engländer dich erwischen, dann gnade dir Allah, Gnade dir Allah...‹«

»Das reicht, Qasem!«, brüllte Lieber Onkel. »Lass mich über einen Ausweg aus dieser Zwangslage nachdenken.«

Aziz al-Saltaneh ergriff Lieber Onkels Arm und beruhigte ihn: »Das ganze Durcheinander und die Aufregung sind nicht gut für dein Herz. Bitte komm und ruh dich einen Moment aus.«

Und mit diesen Worten begann sie ihn zum Haus zu führen. Doch plötzlich nahm Lieber Onkel sich zusammen, richtete sich zu voller Größe auf, riss sich los und erklärte Aziz al-Saltaneh: »Mir geht es bestens. Ich bedarf deiner Hilfe nicht. Ein Feldherr verlässt das Schlachtfeld aufrecht und auf eigenen Beinen.«

Er wandte sich an Masch Qasem und befahl ihm: »Qasem, lauf und sieh nach, ob Asadollah Mirsa zu Hause ist.

Sag ihm, er soll so schnell wie möglich herkommen. Ich glaube, er ist heute nicht ins Büro gegangen.«

Und damit lief er so rasch und entschlossen, wie er konnte, in sein Haus. Aziz al-Saltaneh kam zu Masch Qasem und mir und sagte: »Der Schlag soll mich treffen, aber der Djenab war wirklich schrecklich blass! Und was haben die Uhr eines Inders und ein verhafteter Schuhputzer überhaupt mit ihm zu tun?«

»Tja nun, warum sollte ich lügen?«, erwiderte Masch Qasem prompt. »Mit einem Bein... ja, ja... Sie kennen diese Engländer nicht. In unserer Stadt gab es einmal einen Mann, der...«

»Du verstehst das nicht«, unterbrach ich ihn. »Der Inder war mürrisch, weil Lieber Onkel dem armen Schuhputzer erlaubt hat, in unserer Straße zu arbeiten, also ist er hingegangen und hat ihn beschuldigt. Lieber Onkel ist wütend, weil der Sardar so gemein und heimtückisch war.«

An Masch Qasem gewandt, fragte ich: »Hat Lieber Onkel nicht gesagt, dass du Asadollah Mirsa holen sollst?«

Masch Qasem rief Naneh Bilqis, Lieber Onkels Dienerin, und schickte sie zu Asadollah Mirsa. Offenbar wollte er den Ort des Geschehens keinen Augenblick verlassen. Dann gesellte er sich zu Aziz al-Saltaneh.

»Meine Dame, ich möchte nicht unhöflich sein, aber ich wollte Sie bitten, es mir zu überlassen, diesen Burschen aus meiner Stadt zu überzeugen. Wir Leute aus Ghiasabad verstehen einander.«

»Was? Unverschämtheit! Du sprichst davon, diesen stinkenden Glatzkopf zu überzeugen, mein wunderbares Mädchen zu nehmen... Allah, dieses Mädchen, sie hat mein Leben zerstört, das hat sie. Ich hoffe, sie erlebt nie wieder einen glücklichen Tag.«

»Haben Sie Duschizeh Qamar erklärt, dass sie nicht plötzlich losplappern soll?«

»Ich habe mir die Zunge fransig geredet, aber sie hört einfach nicht auf, von dichtem schwarzem Haar zu faseln.«

»Das mit seinem Haar regle ich schon. Sie kennen die Leute aus Ghiasabad nicht. Wenn er Wind davon bekommt, dass irgendwas im Busch ist, wird er sich nie darauf einlassen. Ich meine, das ist noch gar nichts, in unserer Stadt habe ich einmal einen Mann gesehen, der...«

Ein Geräusch am Tor unterbrach Masch Qasem. Sobald er es geöffnet hatte, trat er verdutzt einen Schritt zurück. »Was? Sie? Aber...«

»Ja, ja, ich bin's höchstpersönlich. Aus dem Weg! Ruhe!«

Eine Hand schob Masch Qasem beiseite. Aziz al-Saltaneh und ich standen vor Erstaunen wie angewurzelt da. Kommissar Teymur Khan von der Kriminalpolizei, der im vergangenen Jahr wegen des Verschwindens von Dustali Khan in unserem Haus ermittelt hatte, betrat den Garten. Polizeikadett Ghiasabadi folgte zwei Schritte hinter seinem Vorgesetzten mit einem tief über die Augen gezogenen, uralten, flachen Filzhut auf dem Kopf.

»Herr Kommissar, Sie?«, stieß Aziz al-Saltaneh unwillkürlich aus.

»Guten Tag, meine Dame. Ja, ich bin's. Überrascht? Offenbar haben Sie mich nicht erwartet. Ruhe!«

»Aber... aber... warum? Wir hatten nicht gedacht, dass... wir wollten Sie nicht behelligen...«

»Ruhe! Zeit ist kostbar. Erklären Sie, was Ihnen gestohlen wurde! Antworten Sie, los, schnell, zack, zack, wird's bald.«

Kommissar Teymur Khans schroffe Attacke brachte Aziz al-Saltaneh vollkommen durcheinander, so dass sie zu stottern begann: »Ich... es war... ich meine...«

»Was? Was ist mit Ihnen? Was wurde gestohlen? Erklären Sie! Schnell, sofort, ohne Zögern! Ja? Was?«

»Es war... ich meine... es war... eine Taschenuhr meines verstorbenen Vaters...«

»Golden?«

»Nun ja... natürlich... ja, ja.«

»Mit einer Kette? Los, schnell, zack, zack, wird's bald!«

»Ja... ich meine, die Kette war... ja, mit einer Kette...«

»Ruhe! Haben Sie einen bestimmten Verdacht? Ja? Nun? Ruhe!«

Kommissar Teymur Khans unerwartetes Auftauchen hatte Masch Qasem so überrascht, dass er ihn noch immer wie vom Donner gerührt mit offenem Mund anstarrte. Der Kommissar machte einen Satz auf ihn zu und brüllte: »Wie heißen Sie?«

»Warum sollte ich lügen? Mit einem Bein... ja, ja... Mein Name ist Masch Qasem, zu Ihren Diensten, Herr!«

»Aha! Aha! Ich erinnere mich... Verdächtige Nummer zwei im Kriminalfall des vergangenen Jahres. Ruhe!«

Ich versuchte mein Gewicht von einem Bein auf das andere zu verlagern. »Halt!«, ertönte Kommissar Teymur Khans Stimme. »Wer hat dir erlaubt zu gehen? Du bleibst genau dort, wo du bist!«

Masch Qasem wollte den Polizeikadett Ghiasabadi begrüßen, doch der Kommissar ging dazwischen. »Sie wollen meinen Stellvertreter bestechen? Zu welchem Zweck? Antworten Sie, los, schnell, zack, zack! Ruhe!« Er trat mit seinem großen Gesicht ganz dicht vor Masch Qasem und fragte: »Haben Sie schon zu Mittag gegessen?«

Masch Qasem lachte. »Was reden Sie denn da, mein Herr, bis Mittag sind es noch zwei Stunden...«

»Woher wissen Sie das?«, schrie der Kommissar. »Haben Sie auf eine Uhr gesehen? Und wenn ja, auf welche? Vielleicht eine goldene Uhr mit Kette, die Ihrem verstorbenen Vater gehörte? Nun? Ja? Antworten Sie, los, schnell, zack, zack! Wo haben Sie sie versteckt? Wird's bald, los, schnell, antworten Sie! Ruhe!«

Zuerst lachte Masch Qasem, bis ihm mit einem Mal aufging, was der Kommissar andeuten wollte, worauf er laut rief: »Sie wollen doch nicht, Allah bewahre, nicht sagen, dass ich...«

Nun platzte Aziz al-Saltaneh erstmals der Kragen. »Warum reden Sie solchen Unsinn, Herr Kommissar? All diese Leute leben seit zwanzig oder dreißig Jahren bei uns. Sie sind so unschuldig wie frisch gefallener Schnee. Und wer hat Ihnen überhaupt gesagt, dass Sie kommen sollen? Eigentlich haben wir Polizeikadett Ghiasabadi erwartet.«

»Was ist geschehen, meine Dame?«, fragte in diesem Moment Lieber Onkel, der den Lärm gehört haben musste und aus seinem Haus getreten war. »Wer ist dieser...«

»Ich weiß nicht, was das ganze verrückte Theater soll«, keifte Aziz al-Saltaneh. »Ich habe den Polizeipräsidenten gebeten, Agha Ghiasabadi zu schicken, und nun erscheint dieser Herr und fängt mit seinem Gezeter an.«

Kommissar Teymur Khan stürzte sich beinahe auf sie. »Was? Ich glaube, ich traue meinen Ohren nicht! Beleidigung eines Beamten in Ausübung seiner Dienstpflicht?«

»Regen Sie sich nicht auf, mein Herr!«, versuchte Lieber Onkel ihn zu beruhigen. »Niemand wollte Sie beleidigen. Diese Dame hat etwas verloren, und sie dachte...«

»Sie sind still! Diese Dame würde die Uhr eines Mannes nicht einfach so in ihre Handtasche stecken und verlieren. Ich bin sicher, die Uhr wurde gestohlen. Diebstahl, Raub und Verrat.«

»Wie können Sie sich dessen so sicher sein? Wer hat es Ihnen gesagt?«

»Mein Instinkt! Der Instinkt von Kommissar Teymur Khan, dem Erfinder der international anerkannten Methode des Überraschungsangriffs!«

Einen Moment lang starrte Lieber Onkel Aziz al-Saltaneh unsicher an. Offenbar hatten sie keinerlei Absprachen darüber getroffen, was angeblich gestohlen worden war, was man ihnen nachsehen musste, weil niemand mit Kommissar Teymur Khan gerechnet hatte und Aziz al-Saltaneh dem Polizeikadett Ghiasabadi unmittelbar nach dessen Ankunft verabredungsgemäß hatte erzählen wollen, dass der gestohlene Gegenstand wieder aufgetaucht war. Doch Kommissar Teymur Khans berühmte Methode des Überraschungsangriffs hatte sie gezwungen, sofort und ohne nachzudenken, den erstbesten Gegenstand zu nennen, der ihr in den Sinn gekommen war. Jedenfalls durften sie die Einmischung des Kommissars keinesfalls auf die leichte Schulter nehmen und mussten nach einer Möglichkeit suchen, ihn schnell wieder loszuwerden.

In diesem Moment kam unser Diener mit einem Korb in der Hand vorbei. Als der Kommissar ihn sah, rief er: Halt! Also, also ... Wer hat Ihnen die Erlaubnis gegeben, das Haus zu verlassen? Wer? Antworten Sie, los, schnell, zack, zack, wird's bald!«

Unser Diener starrte den Kommissar mit offenem Mund an.

»Keine Angst, Kumpel«, schaltete Masch Qasem sich ein, »dieser Kommissar ist halt so. Er kommt von der Kriminalpolizei, um herauszufinden, wer die Uhr gestohlen hat.«

»Ruhe, Masch Qasem!«, brüllte der Kommissar.

Dann wandte er sich wieder unserem Diener zu, kam ihm mit seinem riesigen Gesicht ganz nah und sagte: »Wenn Sie auf der Stelle gestehen, wird man Ihnen Strafnachlass gewähren. Gestehen Sie! Los, schnell, zack, zack, wird's bald! Sagen Sie uns, wo Sie die Uhr versteckt haben!«

Unser Diener begann sichtlich am ganzen Körper zu zittern und stotterte: »Ich schwöre beim heiligen Morteza Ali, ich habe sie gefunden. Ich habe sie nicht gestohlen. Ich habe sie gefunden!«

Wir erstarrten wie vom Blitz getroffen. Keiner begriff, was geschehen war. Dann ertönte das schreckliche, selbstgefällige Lachen des Kommissars: »Ha, ha! Polizeikadett Ghiasabadi, die Handschellen!«

Unser armer Diener war seltsam blass geworden. »Bei Morteza Ali, werfen Sie mich nicht ins Gefängnis«, jammerte er. »Ich schwöre, ich habe sie nicht gestohlen, sondern gefunden.«

»Sie haben sie gefunden? Wo? Wann? Mit wem? Los, schnell, zack, zack. Ruhe!«

Er wandte sich mit triumphierender Miene zu uns und murmelte: »Die international anerkannte Methode des Überraschungsangriffs von Kommissar Teymur Khan ist unfehlbar.«

In diesem Moment ging das Tor auf, und Asadollah Mirsa betrat, begleitet von Schamsali Mirsa den Garten. Sobald Asadollah Mirsas Stimme zu hören war, breitete der Kommissar die Arme aus und brüllte, ohne die beiden anzusehen: »Ruhe! Störung der Ermittlung verboten!«

Asadollah erkundigte sich stumm, aber gestenreich, was eigentlich los sei, doch die Anwesenden waren so verdutzt, dass niemand ihm antworten konnte. Der Kommissar trat erneut ganz dicht vor unseren Diener und insistierte: »Wo ist die Uhr jetzt?«

»In meinem Zimmer...«

»Polizeikadett Ghiasabadi! Begleiten Sie diesen Mann auf sein Zimmer, damit er die Uhr holen kann!«

Der Assistent des Kommissars packte unseren Diener beim Arm, und sie gingen gemeinsam los. Asadollah Mirsa fragte Lieber Onkel auf Französisch, was eigentlich geschehen war, doch der Kommissar brüllte dazwischen: »Aha! Wer hat hier Russisch geredet? Ruhe!«

So warteten wir schweigend, bis unser Diener und der Polizeikadett mit einer goldenen Uhr zurückkamen.

»Ruhe! Wo haben Sie sie gefunden? Los, antworten Sie, schnell, zack, zack!«

»Im Rinnstein. Beim heiligen Morteza Ali...«
»Ruhe! Wann?«
»Gestern.«

Der Polizeikadett übergab dem Kommissar die goldene Taschenuhr samt Kette. »Ach herrje!«, rief Masch Qasem auf einmal laut. »Ich wette, das ist die Uhr des indischen Sardar, die ihm bei dem Gerangel aus der Tasche gefallen ist. Und dann haben sie den Schuhputzer deswegen verhaftet!«

Der Kommissar sprang auf Masch Qasem zu. »Was? Ein Inder? Ein Gerangel? Ein Schuhputzer? Was hat das alles zu bedeuten? Antworten Sie! Los, schnell, zack, zack, wird's bald!«

»Tja nun, warum sollte ich lügen...«
»Zack, zack, habe ich gesagt, wird's bald!«
»Allah schütze Sie, Herr, aber Sie haben es immer so schrecklich eilig. Ich wette, Sie sind zwei Monate zu früh geboren worden, weil Sie es nicht erwarten konnten. Sie lassen mir ja keine Zeit zu sagen, was ich sagen will...«
»Nun, sagen Sie es schon! Los, zack, zack, wird's bald!«
»Ich habe vergessen, was Sie mich gefragt haben.«
»Ich sagte, der Inder, das Gerangel, der Schuhputzer, was hat das alles zu bedeuten?«

»Tja nun, warum sollte ich lügen? Mit einem Bein... ja, ja... Unser Nachbar, der Sardar Maharat Khan, hatte gestern einen Streit mit dem Schuhputzer, der hier in der Gegend arbeitet. Heute hat er Anzeige gegen ihn erstattet, weil der Schuhputzer ihm angeblich seine Taschenuhr gestohlen hat, aber es sieht so aus, als wäre sie ihm nur aus der Tasche in den Rinnstein gefallen, als die beiden aneinander geraten sind. Und dieser Bursche hat sie gefunden.«

Durch Masch Qasems Erklärung lichtete sich der Nebel des allgemeinen Unverständnisses. Es war, als wäre der Schatten einer Wolke von Lieber Onkels Gesicht genommen. »Dann geh und bring diese Uhr zum Revier, Qasem«, sagte er hastig, »damit sie den armen Teufel laufen lassen.«

»Eine Sekunde«, wandte Kommissar Teymur Khan stirnrunzelnd ein. »Er soll, lediglich durch Ihre Erlaubnis befugt, das Gelände verlassen und zur Wache laufen? Wer hat Sie als Gesetzeshüter eingesetzt? Sie selbst? Oder Sie? Antworten Sie, los, schnell, zack, zack! Ruhe!«

»Moment, Moment, Herr Kommissar«, meldete Asadollah Mirsa sich erstmals zu Wort.

Kommissar Teymur Khan hatte ihm bisher keine Beachtung geschenkt, doch nun fuhr er herum, sah ihn an, zog die Augenbrauen hoch und sagte: »Eine Sekunde! Sind Sie nicht der Mörder vom letzten Jahr? Antworten Sie! Los, schnell, zack, zack! Ruhe!«

»Das ist richtig«, erwiderte Asadollah Mirsa geheimnisvoll. »Ich bin der Mörder...«

Er formte mit den Händen einen Kreis und trat auf den Kommissar zu, als wollte er ihn am Hals packen. »Und heute will ich mich an dem Beamten rächen, der mein Verbrechen aufgedeckt hat. Heimtückischer Attentäter ermordet Kriminalkommissar.«

Kommissar Teymur Khan machte zwei Schritte rückwärts und brüllte: »Polizeikadett Ghiasabadi, die Handschellen!«

Schamsali Mirsa packte seinen Bruder am Arm. »Dies ist nicht die Zeit für Scherze, Asadollah. Lass diesen Herrn seine Arbeit tun, damit er wieder gehen kann.«

»Sie sind still! Ich soll gehen? Einfach so? Und was ist mit der Uhr, die dieser Dame gestohlen wurde?«

»Wissen Sie, mein Herr«, sagte Aziz al-Saltaneh, »ich will die Uhr meines verstorbenen Vaters eigentlich gar nicht wiederfinden. Lassen Sie mich diese Uhr übrigens mal kurz sehen.«

Und damit entriss sie dem Kommissar mehr oder weniger

gewaltsam die Uhr und gab sie Lieber Onkel, der sie rasch an Schamsali Mirsa weiterreichte und sagte: »Schamsali, bitte lauf zur Wache und übergib ihnen die Uhr des indischen Sardars, damit sie den armen Schuhputzer freilassen.«

Schamsali Mirsa tat, wie ihm geheißen, nahm die Uhr und war weg. »Halt!«, rief Kommissar Teymur Khan. »Was glauben Sie, was Sie mit dieser Uhr machen? Geben Sie sie mir! Los, zack, zack, Ruhe! Ich gebe hier die Befehle!«

»Ach ja?«, fauchte Aziz al-Saltaneh und ging auf ihn los. »Und was haben Sie mit der Sache zu tun?«

»Ruhe! Sie haben kein Recht zu sprechen, meine Dame!«

Mit vor Wut glühendem Gesicht sah Aziz al-Saltaneh sich um, hob einen trockenen Ast vom Boden auf, machte ein paar Schritte auf den Kommissar zu und drohte: »Sagen Sie das noch einmal!«

»Also, also, das ist doch wirklich der Gipfel! Bedrohung eines Staatsbeamten in Ausübung seiner Dienstpflicht, der Vorsatz, einen Staatsbeamten zu schlagen und zu verletzen...«

Aziz al-Saltaneh schlug den Kommissar mit dem Ast und sagte: »Los, Bewegung! Ich glaube, ich muss mal einiges klarstellen! Gehen wir!«

»Wohin, meine Dame?«

»Ich möchte ein paar Worte mit Ihrem Vorgesetzten wechseln.«

Kommissar Teymur Khan gab klein bei. »Ich habe nie behauptet, meine Dame... wenn Sie keine Einwände haben, werde ich mich verabschieden... Polizeikadett Ghiasabadi, ab marsch!«

»Was soll das heißen, ›ab marsch!‹?,«, schaltete Asadollah Mirsa sich ein. »Die Sache mit der verlorenen Uhr muss doch aufgeklärt werden.«

Er machte Aziz al-Saltaneh ein Zeichen, ihren Entschluss,

den Vorgesetzten des Kommissars anzurufen, in die Tat umzusetzen. Sie gab Masch Qasem den Ast und sagte: »Behalte diesen Herrn im Auge, während ich telefoniere.«

Kurz darauf kam Leili in den Garten. »Khanum Aziz sagt, dass der Kommissar am Telefon verlangt wird.«

Der Kommissar hastete, gefolgt von Lieber Onkel, ins Haus. Sobald sie verschwunden waren, begann Asadollah Mirsa sich freundlich nach dem Befinden von Polizeikadett Ghiasabadi zu erkundigen, während ich, wie jedes Mal, wenn ich Leili sah, all meinen Kummer und meine Sorgen vergaß. Doch dieses Glück hielt nicht lange an, weil ich anfing an Puri zu denken, der am Abend zurückerwartet wurde. Eine Weile sahen wir uns traurig an, doch ich wusste nicht, was ich ihr sagen sollte.

Nach einer Weile trat Kommissar Teymur Khan, begleitet von Aziz al-Saltaneh und Lieber Onkel, wieder aus dem Haus. Der Kommissar wirkte ziemlich mitgenommen und meinte knapp: »Polizeikadett Ghiasabadi, Sie bleiben hier und setzen die Ermittlung in der Sache der verlorenen Uhr fort. Mein Vorgesetzter hat mich zurückbeordert. Ruhe! Der Beschuldigte wird bis auf weiteres auf freien Fuß gesetzt.«

»Jawohl!«

Als er an Asadollah Mirsa vorbeikam, sagte der Kommissar: »Ich gehe, doch wir werden uns wieder sehen, und ich hoffe, dass ich Ihnen eines Tages persönlich die Schlinge um den Hals legen werde.«

»Mein Herr, gehen Sie schnell, zack, zack dorthin zurück, woher Sie gekommen sind. Man braucht Sie auf dem Revier.«

Sobald der Kommissar verschwunden war, nahm Polizeikadett Ghiasabadi die Haltung seines Vorgesetzten ein. »Also gut, lassen Sie uns mit der Ermittlung beginnen. Wo war diese Uhr, meine Dame? Antworten Sie, los, schnell, zack, zack, wird's bald!«

»Moment«, unterbrach Asadollah ihn lächelnd, »Moment, Polizeikadett, nun besteht doch kein Anlass mehr zu solcher Eile. Warum trinken Sie nicht erst einmal eine Tasse Tee, und zu gegebener Zeit werden wir die Uhr suchen und bestimmt auch finden. Ich bin mir ziemlich sicher, dass die Dame sie nur verlegt hat. Wenn sie zufälligerweise wirklich gestohlen worden sein sollte, werden Sie sie mit Ihrer herausragenden Intelligenz und Ihrem Scharfsinn gewiss bald aufspüren.«

»Sehr freundlich von Ihnen, mein Herr.«

»Keineswegs, ich spreche lediglich eine schlichte Tatsache aus. Ich bin ein ausgezeichneter Menschenkenner und davon überzeugt, dass Sie mit Ihrem Verstand die Wahrheit in dieser kriminellen Angelegenheit herausfinden werden. Jedes Kind weiß, dass Sie Ihrem Vorgesetzten an Intelligenz und Scharfsinn haushoch überlegen sind; dass Sie seinem Kommando unterstellt sind, ist im Grunde ein Skandal.«

Polizeikadett Ghiasabadi war so erfreut und verlegen, dass sein Gesicht dunkelrot anlief. »Sehr freundlich von Ihnen, dass Sie es so sehen«, erwiderte er. »Natürlich macht es schon einen Unterschied, ob man Beziehungen und Einfluss hat oder nicht.«

»Wenn Sie Beziehungen brauchen, ist das gar kein Problem. Ich habe hunderte von Freunden und Bekannten, Minister, Anwälte und dergleichen. Ich brauche nur einem von ihnen einen Wink zu geben, und die Sache ist so gut wie erledigt. Sie waren sehr freundlich zu uns, und wir stehen in Ihrer Schuld.«

»Sie sind wirklich zu gütig... Sie machen mich ganz verlegen.«

»Bei Ihrer Intelligenz, Ihrem Scharfsinn und Ihrer Überlegenheit ist es eine Schande, dass Ihnen derart die Hände gebunden sind, aber da Sie ein so feiner und großzügiger Mensch sind, unternehmen Sie keine Anstrengung, sich in den Vordergrund zu drängen. Ich dachte, dass Sie die Abteilung mittlerweile leiten. Ihre Frau und Ihre Kinder haben doch keine Sünden begangen, dass sie es verdient hätten, wegen Ihres edlen, großzügigen Wesens Nachteile zu erleiden, Polizeikadett!«

»Ich bin nicht verheiratet... das heißt, ich war verheiratet und bin geschieden. Ich habe ein Kind, das bei der Mutter lebt, aber ich komme natürlich für den Unterhalt auf.«

»Unfassbar! Nun gut. Masch Qasem, bringst du eine Tasse Tee für den Polizeikadett?«

»Sofort, mein Herr. Warum kommen Sie nicht mit herein, wo wir doch aus derselben Stadt sind und so.«

»Und die Ermittlung wegen der Uhr...«

»Das hat Zeit, lassen Sie uns erst mal Tee trinken.«

Masch Qasem und Polizeikadett Ghiasabadi, der die ganze Zeit seinen Filzhut aufbehalten hatte, gingen in Masch Qasems Kammer.

»Sieht so aus, als würden wir Fortschritte machen«, sagte Asadollah Mirsa zu Lieber Onkel, der stumm dabei gestanden hatte.

Das Gespräch schleppte sich dahin, und Lieber Onkel, der nervös der Rückkehr Schamsali Mirsas und des freigelassenen Schuhputzers harrte, wollte sich nicht weiter als ein paar Schritte vom Gartentor entfernen, wo auch Aziz al-Saltaneh nervös auf und ab lief. Asadollah Mirsa zwinkerte mir zu und zog sich leise in Lieber Onkels Haus zurück, wohin ich ihm wenig später folgte.

»Wo gehst du hin, Onkel Asadollah?«

»Ich will herausfinden, was los ist, wie weit die Sache mit unserem zukünftigen Schwiegersohn gediehen ist und ob er schon ›ich will‹ gesagt hat.«

Masch Qasems Zimmer lag im Keller, Asadollah und ich schlichen leise durch den Flur, wo wir Masch Qasem mit ungläubiger Stimme besorgt fragen hörten: »Du musst mir beim Leben deiner Mutter schwören, dass du Scherze machst! Schwör, dass du sterben willst, wenn es nicht so ist!«

»Ach, stirb doch selber. Ich wurde im Krieg in Lurestan von einer Kugel getroffen und war ein halbes Jahr im Krankenhaus. Deswegen hat meine Frau sich auch von mir scheiden lassen...«

»Du meinst, es ist alles weg? Als wäre da nie was gewesen? Kein bisschen übrig?«

Asadollah warf mir einen bestürzten Blick zu und flüsterte: »So ein Pech, unser Luftschloss droht, in sich zusammenzufallen.«

»Nun, komm schon«, drängte Masch Qasem. »Hast du nicht irgendeine Medizin genommen, um es zu heilen?«

»Was für eine Medizin denn? Wo nichts ist, kann man auch mit Medizin nichts heilen.«

»Aah, so ein Pech, ein fürwahr unglücklicher Ort für eine Schusswunde! Und ich habe Geschichten erzählt, wie männlich die Männer von Ghiasabad sind!«

Masch Qasem hatte offenbar beschlossen, Polizeikadett Ghiasabadi eine Weile allein zu lassen und die Ergebnisse des Gesprächs an uns weiterzumelden, weil ich ihn sagen hörte: »Mein Freund, bleib eine Minute hier, ich muss kurz in die Küche. Bis du deinen Tee ausgetrunken hast, bin ich zurück. Mach's dir gemütlich, fühl dich wie zu Hause... und greif zu!«

Asadollah Mirsa und ich kehrten aus unserem Versteck in den Hof zurück. Asadollah schien tief in Gedanken versunken. Als er Lieber Onkels und Aziz al-Saltanehs Stimmen aus Dustali Khans Zimmer hörte, betrat er den Raum, und ich ging mit ihm hinein.

Aziz al-Saltaneh saß an Dustali Khans Bett, während Lieber Onkel im Zimmer hin und her lief.

»Was ist geschehen, Asadollah? Weißt du, ob ihr Gespräch schon beendet ist?«

»Tja nun, wie Masch Qasem sagen würde, warum sollte ich lügen? Mit einem Bein... ja, ja... Offenbar hat sich in der Angelegenheit ein San-Francisco-Problem ergeben.«

Dustali Khan hob den Kopf und schimpfte: »Du wirst noch Unsinn reden, wenn man dich ins Grab senkt.«

Doch ihr Streit konnte sich nicht weiterentwickeln, weil in diesem Moment Masch Qasem mit langem Gesicht und schuldbewusstem Blick auftauchte.

»Was ist geschehen, Masch Qasem?«, fragte Lieber Onkel. »Hast du mit ihm gesprochen?«

»Ja, Herr, ich habe viel geredet.«

»Und mit welchem Ergebnis?«

»Nun, Herr, warum sollte ich lügen? Mit einem Bein... ja, ja... Ich habe es bisher noch nicht gewagt, meinem Landsmann von Duschizeh Qamars Schwangerschaft zu erzählen. Mit allem anderen ist er einverstanden, aber es gibt... nun ja, der arme Teufel hat ein Problem, einen Defekt sozusagen.«

»Was für ein Problem? Was für einen Defekt?«

»Nun, Herr, mit Verlaub... also mit Verlaub, Herr, ich will nicht unhöflich sein, aber ich glaube, dieser Mann aus unserer Stadt ist gar kein Mann aus unserer Stadt.«

»Was soll das heißen?«

»Er heißt zwar Ghiasabadi, aber kann nicht aus Ghiasabad sein. Weil er nämlich im Krieg in Lurestan von einer Kugel getroffen wurde...«

»Meinst du, Männer aus Ghiasabad würden nicht von Kugeln getroffen?«

»Sie werden schon getroffen, aber nicht da, wo es diesen armen Teufel erwischt hat. Langer Rede, kurzer Sinn, und ich will wirklich nicht unhöflich sein, aber der arme Kerl hat keine Eier.«

»Wie meinst du das, Masch Qasem?«, fragte Aziz al-Saltaneh verwirrt. »Was hat das damit zu tun?«

»Verehrte Aziz al-Saltaneh«, erklärte Asadollah Mirsa, »Masch Qasem ist ein wenig schüchtern, er meint den berühmten Turm von San Francisco.«

Aziz al-Saltaneh ohrfeigte sich. »Der Schlag soll mich treffen! Was du immer für Sachen sagst, Asadollah!«

»Wenn Menschen keine Scham oder Bescheidenheit kennen«, ließ sich Dustali Khan vernehmen, »ist es besser...«

»Bitte, keinen Streit, meine Herren«, unterband Lieber Onkel ihren Disput. »Im Übrigen ist es vollkommen belanglos, ob das Betreffende nun existiert oder nicht. Ihr geht doch nicht davon aus, dass die beiden in liebevoller Zweisamkeit zusammen alt werden, oder?«

»Der Schlag soll mich treffen!«, rief Aziz al-Saltaneh erneut und schlug sich auf die Wange. »Allah behüte!«

»Das Dumme daran ist nur, dass wir ihm das Baby nicht anhängen können«, sagte Masch Qasem. »Wir müssen ihm die Wahrheit sagen!«

»Höchstens zehn oder fünfzehn Tage, dann muss es eine Scheidung geben«, warf Dustali Khan ein. »Das hat uns gerade noch gefehlt, dieser nutzlose Ghiasabadi als Schwiegersohn. Wir müssen ihm erklären, dass er das Geld kassieren, das Mädchen heiraten, sich ein paar Tage später wieder von ihr scheiden lassen und seiner Wege ziehen soll.«

»Rede mit ihm«, forderte Asadollah Mirsa Masch Qasem auf. »Wir haben keine andere Wahl, als ihm die Wahrheit zu sagen. Wenn Polizeikadett Ghiasabadi begreift, warum wir sie mit ihm verheiraten wollen, wird er einsehen, dass es keinen Unterschied macht, ob ihr Mann keine Beine hat oder vollkommen verkrüppelt ist, weil er nirgendwohin laufen soll.«

»Nun, um die Wahrheit zu sagen, Herr«, erwiderte Masch Qasem kopfschüttelnd, »habe ich Angst, einem Mann aus unserer Stadt das mitzuteilen. Wenn Sie wüssten, wie wichtig den Leuten von Ghiasabad ihre Ehre ist, würden Sie unmöglich wegen...«

»Bring es ihm behutsam und Stück für Stück bei, Masch Qasem!«

»Ich denke, es ist besser, ihm alles in einem Aufwasch zu erzählen und ihn dabei an Armen und Beinen festzuhalten, damit er kein Blutbad anrichtet.«

Nach längerer Debatte wurde man sich auf Masch Qasems Drängen hin schließlich einig, dass Asadollah Mirsa und ich ihm beistehen sollten. Wir würden links und rechts neben dem Polizeikadett Platz nehmen und den zukünftigen Schwiegersohn auf ein Zeichen Masch Qasems an den Armen packen, damit er sich weder an Masch Qasem noch an sich selbst vergreifen konnte, wenn das ehrenrührige Thema angesprochen wurde.

Auf dem Hof gab Masch Qasem uns letzte Anweisungen bezüglich der zu ergreifenden Vorsichtsmaßnahmen. »Sie müssen vorsichtig sein. Wenn ich zweimal huste, wissen Sie, dass ich zum Kern der Sache komme. Dann packen Sie seine Arme, während ich mein Sprüchlein aufsage. Lassen Sie ihn nicht los, bis ich Ihnen ein Zeichen gebe.«

Lieber Onkel Napoleon und Aziz al-Saltaneh schlichen auf Zehenspitzen ans Kellerfenster, um das entscheidende Gespräch mit anzuhören.

Als wir die Kammer betraten, erhob sich der Polizeikadett, der seinen Filzhut immer noch tief ins Gesicht gezogen hatte, zu voller Größe.

»Bitte, Polizeikadett, nicht so förmlich, das ist hier doch vollkommen unnötig.«

Auf Asadollah Mirsas Drängen nahm Polizeikadett Ghiasabadi auf einem Teppich an der gegenüberliegenden Wand Platz, und Asadollah Mirsa und ich bezogen neben ihm Position.

Masch Qasem sah sich im Zimmer um, nahm dann die

Zuckerzange und ein kleines Hämmerchen zum Zertrümmern von Zuckerwürfeln und versteckte sie hinter der Gardine.

»Ja, Polizeikadett«, begann Asadollah Mirsa. »Unser Mädchen hat wirklich Gefallen an Ihnen gefunden. Ihre Mutter und ihr Vater sind auch einverstanden, und Sie sind noch jung. Sie können nicht so unstet weiterleben. Sie müssen eine Familie gründen.«

Der Polizeikadett ließ den Kopf hängen und sagte: »Wie Sie meinen, Herr. Aber ich habe Masch Qasem schon erklärt, dass ich... ich meine, ich habe Masch Qasem mein Geheimnis erzählt.«

»Moment, diese Sache ist ohne jede Bedeutung, Polizeikadett. Es gibt so viele Menschen, die vergleichbare Probleme hatten und geheilt worden sind. Die moderne Medizin...«

»Aber ich bin ein unheilbarer Fall, Herr«, unterbrach der Polizeikadett ihn. »Es ist mein Pech, dass nichts mehr übrig ist. Wenn Sie so mit mir einverstanden sind, habe ich nichts dagegen. Aber die Dame soll morgen nicht sagen, sie hätte von nichts gewusst. Ich tue es einzig und allein, um Ihnen zu Diensten zu sein.«

»Ihr Vater und ihre Mutter sind glücklich darüber, Polizeikadett.«

»Ja, sehr glücklich«, bestätigte Masch Qasem. »Wenn das Mädchen glücklich ist, sind seine Eltern es auch. Was redest du so lange um den heißen Brei herum?«

»Ich möchte wissen, warum sie wollen, dass ich ihre Tochter heirate. Konnten sie in der Stadt niemand Geeigneteren finden als mich?«

Masch Qasem sah Asadollah Mirsa und mich an und hustete ein paar Mal. Wir legten jeder eine Hand auf einen Arm des Polizeikadetts. »Weil das Mädchen in freudiger Erwartung ist«, sagte Masch Qasem.

Er schloss die Augen und wartete auf die Reaktion des Polizeikadetts. Wir packten seine Arme fester, doch im Gegensatz zu dem, was wir erwartet hatten, breitete sich ein Lächeln auf seinem Gesicht aus. »Das dachte ich mir schon«, meinte er lachend. »Der Apfel hat also einen Wurm, ansonsten wäre sie keine Partie für mich.«

Unsere Mienen entspannten sich. Wir ließen seine Arme los, und Asadollah Mirsa sagte sanft: »Ja, so sieht es aus, Polizeikadett. Offenbar ist das arme Mädchen einmal in die öffentliche Männerbadeanstalt gegangen und hatte das Pech, schwanger zu werden...«

»Ja, die öffentlichen Männerbadeanstalten sind wirklich schrecklich«, unterbrach ihn der Ghiasabadi lachend.

»Allah verfluche dich«, murmelte Masch Qasem. »Der Mann hat überhaupt kein Ehrgefühl.«

»Was hast du gesagt, Masch Qasem?«

»Nichts, mein Junge. Lange Rede, kurzer Sinn, so ist es.«

»Und jetzt muss das Mädchen verheiratet werden, und nach einer Weile soll es unbemerkt eine Scheidung geben. Ist es das, was Sie wollen?«

»Ja, nach zehn oder fünfzehn Tagen, Polizeikadett«, antwortete Asadollah Mirsa.

»Das ist keine Sache von zehn oder fünfzehn Tagen. Jeder wird es durchschauen, ich muss auch an meinen Ruf denken. Wir müssen mindestens drei Monate warten und dann einen Vorwand finden...«

»Das wird kein Problem sein«, entgegnete Asadollah Mirsa. »Du liebe Güte, ich habe ganz vergessen, einen Anruf zu machen. Ich bin sofort zurück.« Asadollah Mirsa verließ den Raum, und ich vermutete, dass er Aziz al-Saltanehs Einverständnis zur Dauer der Ehe einholen wollte, denn er kam wenig später zurück und sagte: »Also gut, worüber sprachen wir? Ach richtig, die Dauer, also das ist kein Problem, drei Monate, dann lassen Sie sich von ihr scheiden.«

»Aber ich habe kein Geld, um für all die Unkosten aufzukommen, Herr.«

»Was denken Sie, mein lieber Polizeikadett? Sie tun ein mildtätiges Werk, warum sollten Ihnen daraus Kosten entstehen? Die Mutter des Mädchens wird für alles aufkommen. Plaudern Sie mit Masch Qasem, wir kümmern uns um die Kosten.«

Asadollah Mirsa machte mir ein Zeichen, und gemeinsam verließen wir den Raum. Aziz al-Saltaneh und Lieber Onkel klebten mit den Ohren am Kellerfenster. Asadollah Mirsa wollte etwas sagen, doch Aziz al-Saltaneh gebot ihm mit einer Geste zu schweigen. Sie lauschte angespannt dem Gespräch zwischen Masch Qasem und dem Polizeikadett und murmelte vor sich hin: »Der habgierige, unverschämte Kerl will zweitausend Toman in bar.«

»Das ist es wert, Verehrteste«, flüsterte Asadollah Mirsa. »Für weniger finden Sie niemanden.«

Aziz al-Saltaneh klebte noch immer am Fenster. Plötzlich lief sie puterrot an und zischte wütend: »Der Bastard beleidigt mich. Wenn die Sache mit dem Mädchen geregelt ist, werde ich ihm zeigen, wer eine eiternde Wunde und eine zeternde Schreckschraube ist. Möge Allah seine Glatze verfaulen lassen.«

Wenig später wurde die Zusammenkunft in Dustali Khans Zimmer fortgesetzt. Polizeikadett Ghiasabadi kniete mit gesenktem Kopf auf dem Teppich.

»Ich hoffe, es ist Ihnen bewusst, dass Sie Mitglied einer altehrwürdigen und adeligen Familie werden, Polizeikadett«, sagte Lieber Onkel Napoleon, »und dass Sie sich in dieser Zeit in einer Weise verhalten müssen, die unserer Würde und unserem Ansehen nicht schadet.«

»Zu Ihren Diensten. Ich werde tun, was immer Sie verlangen.«

»Wie denkst du über den gemeinsamen Haushalt?«, wollte Asadollah Mirsa wissen, und die Frage war erkennbar an Lieber Onkel gerichtet, der erwiderte: »Natürlich müssen wir über einen gemeinsamen Haushalt nachdenken, damit...«

»Was?«, protestierte Aziz al-Saltaneh. »Glaubt ihr, ich lasse mich von meinem Kind trennen? Der Polizeikadett wird bei uns einziehen müssen. Im oberen Stockwerk gibt es genug leer stehende Zimmer, die ich für ihn herrichten lassen werde.«

»Nun, Herr«, sagte der Polizeikadett, ohne den Kopf zu heben, »ich habe eine Mutter, der es nicht gut geht und die ich nicht allein lassen kann.«

»Gut, dann bringen Sie Ihr altes Mütterlein eben auch mit«, entgegnete Asadollah Mirsa.

Dustali richtete sich von seinem Lager auf. »Was redest du für einen Unsinn, Asadollah? Wie soll in unserem Haus...?«

»Du hast keine Wahl, Dustali!«, erwiderte Asadollah boshaft. »Polizeikadett Ghiasabadi kann doch seine alte kranke Mutter nicht allein lassen.«

Der Polizeikadett nahm den Faden auf. »So ist es, mein Herr, meine alte, kranke Mutter und ich sind ganz allein auf der Welt... zusammen mit meiner verwitweten Schwester.«

Asadollah Mirsas Augen leuchteten auf. »Sie haben auch eine Schwester? Wie alt ist sie denn? Was macht sie?«

»Nun, wir haben sie vor zwei Jahren verheiratet, und im vergangenen Jahr wurde ihr Mann von einem Auto überfahren. Jetzt singt sie in einem Nachtklub.«

»Was? In einem Nachtklub?«, sagten Lieber Onkel, Dustali Khan und Aziz al-Saltaneh mehr oder weniger gleichzeitig.

Doch Asadollah Mirsa ließ sie nicht weiter zu Wort kommen. »Großartig, wunderbar. Allah schütze sie! Nun, man kann eine junge Frau ohne Ehemann in einer Stadt wie dieser unmöglich sich selbst überlassen. Der Polizeikadett hat absolut Recht.«

»Kannst du nicht einmal dein Schandmaul halten, Asadollah!«, rief Dustali Khan.

»Moment, Moment, willst du etwa sagen, der Polizeikadett soll seine Mutter und seine Schwester verlassen, um als Schwiegersohn in deinem Haus zu leben? Wenn er dazu bereit ist, umso besser. Die Sache hat im Grunde rein gar nichts mit mir zu tun.«

»Nein«, sagte Polizeikadett Ghiasabadi und stand auf, »dieser Herr dort ist offenbar nicht besonders begeistert von mir. Außerdem kann ich eine alte kranke und eine ledige junge Frau nicht ohne Pflege und Schutz zurücklassen. Ich verabschiede mich dann besser.«

Masch Qasem und Asadollah Mirsa stürzten auf ihn zu. »Wohin so eilig? Setzen Sie sich! Was dieser Herr sagt, ist ohne Belang, es kommt darauf an, was seine Frau will.«

Aziz al-Saltaneh war ziemlich theatralisch in Tränen ausgebrochen. »Für das arme Kind tue ich alles«, schluchzte sie.

»Weißt du, was du da redest, Frau!«, brüllte Dustali Khan. »Der Polizeikadett, seine Mutter und seine Schwester, die Nachtklubsängerin, unter unserem Dach!«

»Hüte deine Zunge, Dustali«, rief Asadollah Mirsa, »sonst müssen wir die Suche nach dem Kindsvater wieder aufnehmen. Wir schleifen ihn hierher und zwingen ihn, das Mädchen zu heiraten.«

Dustali Khan biss wütend die Zähne zusammen und murmelte: »Was immer ihr meint.«

Die Hochzeitszeremonie wurde für den Donnerstagabend festgelegt. Schließlich bestand der Polizeikadett aus Respekt vor seiner Mutter darauf, sie herzubringen, damit sie förmlich um die Hand des Mädchens anhalten konnte.

»Ja, das ist unbedingt notwendig«, bekräftigte Asadollah Mirsa. »Sie kann uns vielleicht schon heute mit ihrer Anwesenheit beehren. Und bringen Sie auch Ihre Schwester mit. Wir sind ja von jetzt an alle eine große Familie.«

Der Polizeikadett machte Anstalten zu gehen, drehte sich nach einigen Schritten jedoch noch einmal um. »Aber ich muss Sie bitten, dass die erwähnte Angelegenheit über den Krieg in Lurestan unter uns bleibt, mein Herr. Niemand auf der Welt weiß von diesem Problem. Wenn es herauskommt, ist die Ehre Ihrer Tochter ebenso dahin wie meine. Und erwähnen Sie die Schwangerschaft des Mädchens nicht vor meiner Mutter, denn wenn sie das erfährt, wird sie niemals ihre Einwilligung geben.«

Nachdem diesbezüglich feierliche Versprechungen abgegeben worden waren, zog der Polizeikadett seiner Wege.

Asadollah Mirsa und Masch Qasem begleiteten ihn zum Tor. Kurz darauf kam Asadollah Mirsa zurück und verkündete fröhlich: »Das Problem mit der Perücke ist auch gelöst. Wir haben verabredet, dass er heute Nachmittag zu mir kommt und wir ihm eine hübsche Haartracht kaufen, damit der armen Qamar nicht übel wird. An seine Kleidung sollte man besser auch gleich denken. Aber zuerst gib mir das Geld für die Perücke, Dustali!«

»Ich soll auch noch das Geld für die Perücke rausrücken?«

»Lass es bleiben, wenn du nicht willst. Dann wird Qamar sich eben weigern, den Polizeikadett zu heiraten. Und wir müssen wieder ganz von vorn anfangen, den wahren Vater des Kindes suchen, ihn herschaffen und ihn zwingen, die Mutter zu heiraten.«

»Ich schwöre bei der Seele meines Vaters«, brüllte Dustali Khan zitternd vor Wut, »dass ich dich umbringe, wenn du noch einmal mit diesem Unsinn kommst!«

»Moment, Moment, ich weiß gar nicht, warum du dich so aufregst. Ich sagte lediglich, dass wir den schamlosen, gewissenlosen, alles-losen Vater des Kindes finden müssen. Warum bringt dich das so in Rage? Allah behüte, dass...«

Asadollahs Bemerkung löste einen allgemeinen Tumult aus. Dustali Khan griff nach einer Medizinflasche neben seinem Bett und schleuderte sie in Asadollahs Richtung. Doch sie schlug laut krachend gegen die Wand, und Asadollah Mirsa ergriff lachend die Flucht.

Als ich nach Hause kam, lief mein Vater, der seit dem Morgen unterwegs gewesen war, im Hof auf und ab. Er rief mich zu sich und führte mich in das Zimmer neben der Haustür.

»Was hatte das ganze Theater heute zu bedeuten? Ich habe gehört, Kommissar Teymur Khan war hier, während ich weg war.«

Ich erzählte meinem Vater die ganze Geschichte. Als er hörte, dass Polizeikadett Ghiasabadi eingewilligt hatte, Qamar zu heiraten, brach er in schallendes Gelächter aus und sagte: »Das ist wirklich wunderbar! Ein Spross der Aristokratie des Landes in den Armen von Polizeikadett Ghiasabadi! Allah sei Dank, dass sie jemanden noch weniger adeligen als mich gefunden haben – und viel Glück!«

Doch das Lachen meines Vaters war durchtränkt vom Gift der Bitterkeit. Nachdem er selbst jahrelang mit Herablassung behandelt worden war, genoss er die süße Rache, die die Natur an Lieber Onkel Napoleon und seiner Familie nahm. Er starrte ins Leere und murmelte: »Diese Hochzeit darf nicht stattfinden, ohne dass jemand davon erfährt. All die Säulen der Gesellschaft, der ganze Adel muss eingeladen werden.«

Als er meinen erstaunten Blick bemerkte, begann er aufgeregt wie ein Kind im Zimmer hin und her zu rennen. »Die neuesten Nachrichten! Lesen Sie heute, wie der Adel seinen Rocksaum durch den Dreck schleift...«

Er überlegte kurz und schien dann zu einer spontanen Entscheidung gekommen zu sein, denn er stürmte, ohne mich weiter zu beachten, aus dem Zimmer in den Garten.

»Wohin gehst du, Papa?«

»Ich bin gleich zurück.«

Besorgt folgte ich ihm ein paar Schritte und sah ihm bis zur Ecke unserer Gasse nach. Wenige Minuten später kamen Schamsali Mirsa und der Schuhputzer vom Polizeirevier zurück, und dieser machte sich wieder an die Arbeit.

Lieber Onkel trat mit einem breiten Lächeln auf die Straße. »Wir sind überaus froh, dass das Missverständnis aufgeklärt werden konnte.«

»Allah schütze Sie, mein Herr, aber dieses Schwein von einem Inder hat mich des Diebstahls bezichtigt. Diese Leute haben keinen Glauben und keine Religion.«

»Keine Angst, Allah sorgt dafür, dass Gerechtigkeit geübt wird!«

»Und ich werde auch dafür sorgen, dass er kriegt, was er verdient«, fuhr der Schuhputzer fort, während er das Tuch ausbreitete, das ihm als Arbeitsunterlage diente. »Warten Sie nur ab. Wenn die Zeit reif ist, habe ich etwas für ihn in petto.«

Lieber Onkels Augen funkelten. Leise wiederholte er die Worte des Schuhputzers: »Wenn die Zeit reif ist... wenn die Zeit reif ist...«

Nach kurzem Schweigen sagte er in bedeutungsschwangerem Ton: »Achten Sie gar nicht auf diese Leute. Sie haben andere Pflichten. Kümmern Sie sich einfach um Ihre Angelegenheiten.«

Ohne die Andeutung zu verstehen, erwiderte der Schuhputzer: »Jawohl, mein Herr, das werde ich tun. Ich kümmere mich um meine Angelegenheiten.«

Lieber Onkel nickte zufrieden und wiederholte: »Kümmern Sie sich um Ihre Angelegenheiten. Es ist nur natürlich, dass derartige Probleme auftauchen.«

»Jawohl, mein Herr«, erwiderte der Schuhputzer, ohne aufzublicken, »wenn ich nicht mit diesem Inder fertig werde, geht es mir wirklich schlecht. Dann werden die anderen Schweine mich bei lebendigem Leibe auffressen.«

»Ja, die anderen Schweine«, wiederholte Lieber Onkel mit zufriedenem Lächeln. »Sie sind wichtig... Ah, Masch Qasem, bring unserem Freund Huschang ein Glas Pfefferminzlikör, um seine Kehle zu erfrischen!«

Masch Qasem stand direkt neben mir. »Ich hoffe, es ist das Letzte, das er je trinken wird«, hörte ich ihn murmeln.

17

Als die Sonne unterging, brachen Onkel Oberst und einige Verwandte mit einer Pferdekutsche zum Bahnhof auf, um Puri abzuholen, der gegen neun Uhr ankommen sollte. Onkel Oberst war wütend, dass sich nicht die ganze Familie zum Empfang versammelt hatte, doch Lieber Onkel Napoleon und Asadollah Mirsa, vor allem jedoch Aziz al-Saltaneh waren unabkömmlich, weil sie den Polizeikadett, seine Mutter und seine Schwester bewirten mussten, die vorhatten, um Qamars Hand anzuhalten.

Asadollah Mirsa traf kurz nach Onkel Obersts Aufbruch ein. Er wirkte äußerst munter. »Ich habe dem Polizeikadett eine wunderschöne Perücke gekauft«, berichtete er. »Er sieht jetzt aus wie Rudolpho Valentino. Ihr werdet sie ja sehen, wenn er kommt.«

Derweil gab Aziz al-Saltaneh Qamar letzte Anweisungen. »Allah weiß, was ich nicht alles für dich tun würde. Du bist so ein hübsches Mädchen. Setz dich schicklich hin wie eine Dame und sage kein Wort. Was immer sie dich auch fragen, ich antworte für dich.«

Asadollah Mirsa kniff Qamar in die Wange und meinte: »Genau, meine Liebe, kein Wort. Es gefällt den Leuten besser, wenn ein Mädchen nichts sagt. Sie mögen schüchterne Mädchen lieber. Wenn du redest, wird dein Mann weglaufen, und dann hat dein Baby keinen Papa. Hast du das verstanden?«

Qamar, die ein hübsches, grünes Kleid trug, erwiderte mit unschuldigem Lächeln: »Ja, das habe ich verstanden. Ich mag mein Baby wirklich gern. Ich möchte ihm ein Jäckchen stricken.«

»Aber wenn du vor den Leuten, die zu Besuch kommen, über das Baby sprichst, gehen sie wieder. Dann musst du ganz allein bleiben. Also kein Wort über das Baby. Sie dürfen gar nicht erfahren, dass du ein Baby bekommst. Hast du das wirklich verstanden?«

»Ja, das habe ich verstanden, Onkel Asadollah. Ich werde vor ihnen kein Wort über das Baby sagen.«

Qamar, Aziz al-Saltaneh und Lieber Onkel begaben sich ins Wohnzimmer, und auch Dustali Khan humpelte herbei und legte sich auf ein Sofa. Asadollah Mirsa und ich warteten im Hof, als plötzlich Masch Qasem angerannt kam und rief: »Sie kommen, meine Lieben. Aber mein Landsmann trägt seine Perücke nicht.«

»Was? Er trägt seine Perücke nicht? Was hat er denn dann auf dem Kopf?«

»Seinen alten Filzhut.«

»Was für ein Esel! Masch Qasem, lauf und beschäftige die Frauen für ein paar Minuten, während du den Polizeikadett vorausschickst, damit ich herausfinde, was er sich dabei denkt.«

»Seine Mutter ist wirklich ein Schreckgespenst. Ich fürchte, sie könnte Qamar Angst einjagen.«

»Was soll das heißen? Ist sie hässlich?«

»Sie trägt einen Schleier, aber sie ist trotzdem Furcht einflößend...«

»Inwiefern?«

»Tja nun, warum sollte ich lügen? Mit einem Bein... ja, ja... Ich habe mit eigenen Augen gesehen, dass sie einen Bart hat so lang wie der von Seyed Abolqasem.«

Asadollah schlug sich an die Stirn. »Aber ohne diese Schönheitskönigin wäre es wohl nicht gegangen. Lauf, Masch Qasem, und schick den Esel hierher, damit ich herausfinden kann, warum er seinen Glatzkopf nicht bedeckt hat.«

Masch Qasem lief nach draußen, und wenig später betrat der Polizeikadett den Hof. Er hatte seinen Hut bis über beide Ohren gezogen. Asadollah warf einen Blick zum Wohnzimmerfenster, fasste den Polizeikadett beim Arm, führte ihn in den Flur und fragte: »Was für eine Aufmachung ist denn das, Polizeikadett? Wo ist die Perücke?«

Der Polizeikadett ließ den Kopf hängen und antwortete: »Sie müssen wirklich entschuldigen mein Herr, aber meine Mama hat gesagt, wenn ich diese Perücke trage, würde sie mich enterben.«

»Dafür wird Sie jetzt Ihre Zukünftige enterben. Wo ist die Perücke?«

»Gleich hier«, sagte der Polizeikadett und wies auf die Innentasche seiner Jacke.

Asadollah Mirsa sah sich kurz um und sagte: »Wenn Sie Ihre Mutter und Ihre Schwester noch einen Moment im Garten unterhalten könnten, ich bin sofort zurück. Bring den Damen gesüßten Tee«, fuhr er an Masch Qasem gewandt fort. »Sie sollen sich in die Laube setzen, bis ich zurückkomme.«

Sobald der Polizeikadett und Masch Qasem das Haus verlassen hatten, machte Asadollah Mirsa Aziz al-Saltaneh ein Zeichen, in den Hof zu kommen, und sagte besorgt: »Ich fürchte, es hat sich ein neues Problem ergeben, Verehrteste. Die Mutter des Bräutigams hat gedroht, ihren Sohn zu enterben, wenn er die Perücke trägt. Meinst du, wenn er ohne Perücke käme, wäre Qamar sehr...«

»Bei Allah«, unterbrach sie ihn. »Ich würde mein Leben für dich geben, Asadollah, aber lass dir was einfallen! Das arme Ding hat schon zehnmal über das wunderbar dichte Haar ihres Mannes gesprochen. Versuch ihn irgendwie davon zu überzeugen, dass er sein hässliches Haupt zumindest heute mit dieser Perücke bedecken muss.«

»Ich werde mein Möglichstes tun. Mit Allahs Hilfe kann ich ihn vielleicht umstimmen.«

»Nun, du bist ein guter Mann, und was ich alles für dich tun würde, geht keinen etwas an, aber tu was. Du weißt, wie man mit einer Frau redet. Es gibt auf dieser Welt keine Frau, die dir nicht zuhören würde. Du weißt, wie man sie um den kleinen Finger wickelt. Du könntest auch eine Heilige verführen, wenn du wolltest.«

»Moment, Moment, bis jetzt habe ich noch nie eine bärtige Dame um meinen kleinen Finger gewickelt, aber wir wollen sehen, was sich machen lässt. Denk dran, dass Qamar nicht zu lange im Zimmer bleibt. Lass sie nach zwei Minuten von jemandem rausrufen und nicht wieder reinkommen. Meine größte Sorge ist, dass sie sich verplappert.«

Asadollah Mirsa begab sich in den Garten, und ich folgte ihm. Als er mich bemerkte, sagte er: »Mein lieber Junge, du kannst mir auch helfen. Wenn meine Klinge sie nicht rasiert, musste du es mit deiner versuchen. Normalerweise mögen bärtige Frauen kleine Jungen.«

»Was kann ich tun, Onkel Asadollah?«

»Tu ihr ein bisschen schön. Sage nette Sachen über ihre zarte Haut.«

»Ich soll nette Sachen über die zarte Haut einer bärtigen Frau sagen, Onkel Asadollah? Sie wird denken, dass ich mich über sie lustig mache.«

»Moment, also wirklich, Moment, so schnell gibt man sich nicht geschlagen. Mach wenigstens die Augen auf, damit du etwas lernst.«

Als wir die Mutter des Polizeikadetts von fern sahen, blieben wir wie angewurzelt stehen, und Asadollah Mirsa murmelte unwillkürlich: »O heiliger Morteza Ali, woher kommt denn dieses Walross? So ein Wesen habe ich ja noch in keinem Zoo gesehen.«

Obwohl ihr Gesicht unter dem schwarzen Schleier halb verborgen lag, waren wir beide entsetzt. Selbst die Bezeichnung Walross war noch schmeichelhaft. Ihren schwarzen

Bart und Schnurrbart konnte man schon von weitem erkennen, und auch ihr schwerer Atem, der an eine alte Dampfpresse erinnerte, war bereits deutlich zu hören. Dessen ungeachtet schrieb Asadollah Mirsa alle Vorsicht in den Wind und trat auf sie zu. »Guten Tag, meine Dame, seien Sie aufs Herzlichste willkommen.«

Der Polizeikadett machte sie miteinander bekannt. »Das ist meine Mutter Naneh Radjab, und das ist Akhtar, meine Schwester.«

Asadollah Mirsas Augen glänzten. Die Schwester des Polizeikadetts wirkte ein wenig stämmig, hatte einen auffallend großen Busen, dunkle Haut und ein hübsches Gesicht. Ihr Lippenstift war knallrot.

Sobald wir in der Laube Platz genommen und ein Glas geeiste Limonade geleert hatten, begann Naneh Radjab, die Mutter des Bräutigams, mit tiefer Stimme: »Ich muss Ihnen sagen, dass ich mit diesem Getue nicht einverstanden bin. Ich habe meinen Sohn großgezogen und gehätschelt wie eine Blume, und er ist ohne Fehl und Tadel. Er hat einen Beruf, er hat seine Ehre, er ist sechs Jahre zur Schule gegangen, und nun fallen ihm die Haare aus, aber das ist kein Makel. Hunderte von Mädchen sind hinter ihm her, also vergessen Sie diese alberne Perücke und dergleichen Sperenzchen.«

Ihr Ton war so heftig und entschieden, dass ich für einen Moment glaubte, der ganze Handel wäre geplatzt. Doch Asadollah Mirsa entgegnete sanft: »Moment, meine Dame. Wenn Sie sagen, ›ich habe meinen Sohn großgezogen‹, muss ich lachen. Ich schwöre bei Ihrer Seele, bei meiner Seele, ich kann noch immer nicht glauben, dass Sie die Mutter des Polizeikadetts sind. Wenn Sie zu scherzen belieben, ist das natürlich etwas anderes.«

Möglicherweise hatte die bärtige Frau ob ihrer maskulinen Erscheinung eine Art Komplex, denn sie verdrehte die

Augen und entgegnete heftig: »Was soll das heißen? Halten Sie mich für eine Missgeburt mit sechs Fingern, oder warum sollte ich keinen Sohn haben?«

»Meine gute Frau, natürlich sollen Sie einen Sohn haben, aber einen so alten Sohn... Wie ist es möglich, dass Sie in Ihrem Alter einen erwachsenen Sohn haben?«

Zwischen den schwarzen Barthaaren blitzten die gelben Zähne der alten Frau auf. Sie klimperte mit den Wimpern und wandte den Kopf. »Also wirklich, ihr Männer versteht euch aufs Schmeicheln... Ich war natürlich noch sehr jung, als ich geheiratet habe. Ich war dreizehn oder vierzehn, als ich Radjabali bekommen habe. Und der arme Junge ist selbst noch nicht so alt. Es sind nur die vielen Sorgen, die ihn haben altern lassen, wie Sie sehen...«

»Trotzdem, selbst wenn der Polizeikadett erst zwanzig wäre, ist es immer noch schwer zu glauben. Und dabei verwenden Sie nicht einmal Puder oder Lippenstift.«

Die alte Frau blühte auf wie eine Blume im Frühling; sie gab Asadollah Mirsa einen koketten Stups und sagte: »Was für ein Schmeichler Sie sind. Wie sind Sie übrigens mit der Braut verwandt?«

Ohne den Blick von den Brüsten der Schwester des Polizeikadetts zu wenden, sagte Asadollah Mirsa: »Sie ist meine Cousine.«

Wenig später war die Stimmung komplett umgeschlagen. Wir betraten das Haus, Naneh Radjab vorneweg, gefolgt von ihrem Sohn und ihrer Tochter, während Asadollah Mirsa und ich die Nachhut bildeten. Der Polizeikadett trug seine Perücke und hielt den alten Filzhut in der Hand.

Als die Familie des Bräutigams das Wohnzimmer betrat, verharrten Lieber Onkel und vor allem Dustali Khan einen Moment lang regungslos. Dustali Khan schloss sogar die Augen. Die Hässlichkeit der alten Frau war mehr, als er ertragen konnte. Doch Qamar starrte den Polizeikadett an, ohne seiner Mutter und Schwester große Beachtung zu schenken.

Die Gäste hatten kaum Platz genommen, als mein Vater und meine Mutter hereinkamen; offensichtlich hatte Lieber Onkel nach ihnen geschickt.

Auf die erste Frage der Mutter des Polizeikadetts pries Aziz al-Saltaneh in einer langen Rede die Vorzüge ihrer Tochter Qamar, während Lieber Onkel und Dustali Khan schwiegen. Dustali Khan starrte auf den Körper der Schwester des Polizeikadetts und schien im Geiste das Entsetzen, mit der Mutter zu leben, gegen die Annehmlichkeiten der Gesellschaft ihrer Tochter abzuwägen, während die Mutter ihrerseits ihren gierigen Blick keine Sekunde von seiner auf dem Sofa ausgebreiteten Gestalt wenden konnte.

Dann begann Lieber Onkel über den besonderen und herausgehobenen gesellschaftlichen Status seiner Familie zu sprechen, doch er war noch nicht weit gekommen, als Masch Qasem keuchend ins Zimmer eilte und verkündete: »Diese Khanum Farrokh Laqa ist gekommen, Herr!«

Die Versammelten – vor allem Lieber Onkel und Aziz al-Saltaneh – erblassten sichtlich, der Schock über die unerwartete Ankunft der stets in Schwarz gekleideten Tratschtante lähmte alle. In einem um der fremden Gäste willen bemüht ruhigen Tonfall erwiderte Lieber Onkel: »Wir haben Besuch, Qasem. Sag ihr, es wäre niemand zu Hause.«

»Die Frau kann den Mund nicht halten«, meinte mein Vater. »Ausgerechnet jetzt aufzutauchen, wo wir private Familienangelegenheiten besprechen… Ich frage mich, wie sie Wind davon bekommen hat.«

Mit diesem Ausrutscher hatte er sich in meinen Augen verraten. Ich war mir sicher, dass er Khanum Farrokh Laqa selbst benachrichtigt hatte. So konnte er gewiss sein, dass binnen vierundzwanzig Stunden die ganze Stadt über die

Einzelheiten der Hochzeit und die Hintergründe der Familie des Bräutigams Bescheid wusste.

»Sie ist eine Verwandte«, erklärte Lieber Onkel dem Polizeikadett, »aber sie bringt Unglück, wohin sie auch geht.«

»Warum sollte ich lügen, meine Dame«, hörte man in diesem Moment Masch Qasem an der Haustür sagen. »Mit einem Bein... ja, ja... Sie sind alle Agha Puri abholen gefahren. Vielleicht wäre es keine schlechte Idee, wenn Sie auch zum Bahnhof...«

»Aus dem Weg! Lass mich selbst sehen«, erwiderte Khanum Farrokh Laqa. »Ich habe doch Stimmen gehört...«

Ich sah aus dem Fenster zur Haustür, wie Khanum Farrokh Laqa Masch Qasem beiseite schubste und in ihrer üblichen schwarzen Kleidung mit glühendem Gesicht unter einem schwarzen Kopftuch ins Haus marschierte.

Als sie das Wohnzimmer betrat, herrschte tödliches Schweigen. Khanum Farrokh Laqa stopfte sich ein wenig von dem Hochzeitsgebäck in den Mund und sagte: »So Allah es will, mögen die beiden sehr glücklich werden. Ich habe gehört, dass in naher Zukunft ein freudiges Ereignis... Diese Dame muss die Mutter des Bräutigams sein, oder?«

Lieber Onkel blieb keine andere Wahl, als zu antworten: »Ja, ja, die Dame ist seine Mutter. Wie schön, dass du auch kommen konntest; die Damen und der Bräutigam haben uns einen unerwarteten Besuch abgestattet. Und da haben wir zu Masch Qasem gesagt, dass... Ich meine, wir dachten, es wäre jemand Fremdes. Wir haben Masch Qasem gesagt...«

»Das spielt ja jetzt keine Rolle mehr«, unterbrach Khanum Farrokh Laqa ihn und wandte sich an die Mutter des Polizeikadetts. »Ich wünsche Glück, meine Liebe. Ein so gutes Mädchen wie dieses werden Sie in der ganzen Stadt nicht finden. Hübsch, ordentlich, eine gute Hausfrau, ernst... was macht Ihr Sohn übrigens so?«

»Der Herr ist Abteilungsleiter bei der Kriminalpolizei«, antwortete Lieber Onkel für die alte Dame.

»Das ist auch sehr nett, ich wünsche Ihnen viel Glück. Sein Gesicht kommt mir irgendwie bekannt vor. Und was verdient er so?«

»Meine Dame, dieses Gerede ziemt sich nicht für unsereiner«, ging Lieber Onkel harsch dazwischen.

»Ich habe übrigens gehört, dass der arme Wie-heißt-er-noch... gestorben ist«, schaltete sich Asadollah Mirsa ein, um das Thema zu wechseln.

Damit hatte er einen Treffer gelandet, denn Todesfälle, Beerdigungen und die damit verbundenen Zeremonien waren das Lieblingsthema der Dame in Schwarz. Sie setzte eine trauervolle Miene auf und erwiderte: »Du meinst gewiss Seine Exzellenz, oder? Ja, ja, er hatte einen Herzinfarkt. Du weißt, dass er ein entfernter Verwandter war. Die Trauerfeier ist morgen. Es würde bestimmt nicht schaden, wenn du und auch der Djenab kommen würden.«

Alle seufzten erleichtert auf, doch Khanum Farrokh Laqa kam sofort auf die anstehende Hochzeit zurück und fragte die Mutter des Polizeikadetts: »Und der Vater des Bräutigams lebt nicht mehr?«

»Nein, verehrte Dame, die Kinder waren noch klein, als er verstorben ist.«

»Und was war er von Beruf?«

»Er war Grundstücksbesitzer in Qom. Er verfügte außerdem über Land in Ghiasabad...«

Doch die Mutter des Polizeikadetts unterbrach Lieber Onkel brüsk: »Nein, mein Herr, ich will lieber die Wahrheit sagen, damit es morgen deswegen keinen Streit gibt. Sein Vater – Allah schenke seiner Seele Frieden – hat Schafsköpfe gekocht und von einem Karren verkauft...«

Lieber Onkel schloss die Augen und vergrub das Gesicht in den Händen. Aziz al-Saltaneh klappte den Mund zu, und ein undefinierbarer Laut entrang sich ihrer Kehle.

Ich warf einen verstohlenen Blick zu meinem Vater. In seinen Augen glänzte ein seltsames Licht. Ich spürte, dass er maßloses Glück empfand, doch er ließ sich nichts anmerken.

Keiner wusste, wie es weitergehen sollte. Jeder suchte verzweifelt nach einer Bemerkung, die Khanum Farrokh Laqa den Mund stopfen würde.

Doch diese war keinesfalls bereit, der versammelten Verwandtschaft eine Pause zu gönnen, nachdem sie so geschwind den ersten Schlag gelandet hatte. »Er war also ein Händler«, sagte sie, »keine schlechte Zunft. Warum scheuen Sie sich vor der Wahrheit? Er war schließlich kein Dieb!«

Aziz al-Saltaneh warf Asadollah Mirsa einen beschwörenden Blick zu, Farrokh Laqa unter allen Umständen loszuwerden, doch die Dame wich keinen Zentimeter zurück. Polizeikadett Ghiasabadi saß still in einer Ecke. Sie musterte ihn von Kopf bis Fuß und sagte: »Ich bin sicher, dass ich Sie schon mal irgendwo gesehen habe.«

Der Polizeikadett wollte zu einer Antwort ansetzen, sah dann jedoch Lieber Onkel und Dustali Khan heftig gestikulieren und schwieg. »Einen Moment«, rief Khanum Farrokh Laqa trotzdem unvermittelt, »waren Sie nicht derjenige ...«

Im selben Moment stürzte Asadollah Mirsa sich auf Khanum Farrokh Laqa, schlug ihr heftig mit der flachen Hand auf den Rücken und brüllte: »Eine Maus ... eine Maus ... der kleine Teufel ...«

Khanum Farrokh Laqa kreischte laut, sprang auf und rannte schreiend in den Flur. Alle hatten sich erhoben, und Aziz al-Saltaneh und die Schwester des Polizeikadetts stürzten ebenfalls nach draußen.

Und so wurde diese Versammlung beendet.

Während alle herumstanden und Masch Qasem mit einem Besen die Maus jagte, ging Asadollah Mirsa in den Flur, fasste Khanum Farrokh Laqa am Arm und flüsterte: »Verehrteste, hier entlang bitte, ich muss dir etwas Wichtiges sagen.«

Und damit zerrte er sie förmlich in eines der Zimmer im Erdgeschoss unweit der Tür zum Hof. Ich folgte den beiden. Überrascht hörte ich, wie Asadollah Mirsa heftig seine Hingabe an diverse Körperteile Khanum Farrokh Laqas bekundete. Offenbar hatte er ihr eine Hand auf den Mund gelegt, denn ihre Protestschreie drangen kaum über ihre Lippen. »Du schamloser, schmutziger ... Ich bin alt genug, deine Mutter zu sein! Hilfe! Du Lüstling! Hilfe! Aufhören! Ich hoffe, ich werde noch erleben, wie die Totengräber dein Grab ausheben!«

Die Tür wurde aufgerissen, und eine vor Wut zitternde und kalkweiße Khanum Farrokh Laqa stürzte aus dem Zimmer und rannte schreiend zur Haustür: »Der schamlose Lüstling mit seinen gierigen Augen...«

Dicht hinter ihr folgte Asadollah Mirsa, noch immer seine unsterbliche Liebe bekundend. Nachdem Khanum Farrokh Laqa das Haus fluchtartig verlassen hatte, schloss er die Tür und kam zurück. Er rückte seine Krawatte zurecht und erklärte lächelnd: »Ich hatte keine andere Wahl. Ich musste sie irgendwie loswerden.«

Wir gingen zurück ins Wohnzimmer, wo noch immer alle auf der Suche nach der Maus waren. Asadollah Mirsa warf sich unvermittelt auf den Boden im Flur, breitete sein Taschentuch über die imaginäre Maus und rief: »Ich habe sie!« Und damit rannte er zur Gartentür und tat so, als würde er die Maus aussetzen.

Die Versammlung beruhigte sich wieder. Lieber Onkel machte sich daran, die Wogen zu glätten. »Sie müssen verzeihen, meine Dame, aber wie Sie selbst gesehen haben, ist diese Frau nicht ganz richtig im Kopf. Sie ist wirklich eine Plage.«

»Ein altes sitzen gebliebenes Mädchen«, nahm Asadollah Mirsa den Faden auf. »Ein Opfer ihrer Verbitterung...«

»Das spielt keine Rolle, mein Herr«, erwiderte die Mutter des Polizeikadetts sanft. »In jeder Familie gibt es Verrückte.« Mit einem lüsternen Blick auf Dustali Khan fuhr sie fort: »Und wenn es unter hundert Blumen einen Stachel gibt, ist das doch egal.«

Die alte Dame kam jetzt richtig in Fahrt. »Glauben Sie mir, mein Herr, ich wollte Radjabali noch verheiratet sehen, bevor ich sterbe. Beim ersten Mal hat er ohne mein Wissen geheiratet... Sein Herz ist so rein und unschuldig. Und wenn er nun unter der Obhut und Aufsicht von Agha Dustali Khan steht, wird er auch noch seine einzige schlechte Angewohnheit überwinden...«

Polizeikadett Ghiasabadi bemühte sich angestrengt, seine Mutter zum Schweigen zu bringen, doch die alte Frau beachtete ihn gar nicht. »Ich weiß, Radjabali möchte nicht, dass ich das sage, aber ich bin ein ehrlicher Mensch. Sie geben ihm Ihre Tochter, und ich will, dass Sie alles wissen.«

»Wollen wir hoffen, dass alles gut wird«, meinte Asadollah lächelnd. »Und was für eine Angewohnheit hat er? Spielt er heimlich an sich herum?«

Die alte Frau stieß ein grässliches Lachen aus und keuchte: »Sie werden noch mal mein Tod sein. Die Sachen, die Sie sagen...« Nach längerem Gelächter fuhr sie fort: »Nein, nichts dergleichen. Aber vor zwei oder drei Jahren ist er in schlechte Gesellschaft geraten, und seine damaligen Freunde haben ihn abhängig gemacht...«

»Abhängig?«, sagten Lieber Onkel und Dustali Khan gleichzeitig.

»Ja, aber er raucht nicht so viel, ein halbes Mesgal Opium

pro Tag, höchstens ein Mesgal. Ich war schon mit ihm beim Arzt, damit der ihn dazu bringt aufzuhören, aber es hat nichts genutzt.«

»Das ist doch kein Makel, meine Dame«, erwiderte Asadollah Mirsa lachend. »Agha Dustali Khan raucht gelegentlich selbst gern ein wenig. Und jetzt hat er nette Gesellschaft gefunden, einen Kumpan, mit dem er an der Opiumpfeife hängen kann.«

Der auf dem Sofa liegende Dustali Khan richtete sich so heftig auf, dass er vor Schmerz aufschrie. »Was redest du da für einen Unsinn, Asadollah? Wann habe ich je im Leben Opium geraucht?«

Zu Beginn dieses Gespräches hatte Aziz al-Saltaneh Qamar aus dem Zimmer geführt und kehrte jetzt allein zurück. Wieder sah ich die Augen meines Vaters leuchten. Nach und nach erfuhr er die kleinen Fehler des Bräutigams, und er schien vor Freude schier zu platzen.

Die Mutter des Polizeikadetts blickte sich um und fragte: »Wo ist meine Schwiegertochter? Duschizeh Qamar, komm her, meine Liebe!«

Mit unschuldiger Miene kam Qamar ins Zimmer zurück. Die alte Frau ließ sie neben sich Platz nehmen und küsste sie auf die Wange. »Was für eine wunderschöne Braut du bist...«

Qamar sprang auf, lief zu ihrer Mutter und flüsterte für alle unüberhörbar: »Ihr Bart hat mein Gesicht gekratzt, Mami.«

»So Allah will«, dröhnte Asadollah Mirsa los, um ihre Stimme zu übertönen, »werden wir bald auch Hochzeitsgebäck auf Duschizeh Akhtars Hochzeit essen.«

Ein Lächeln breitete sich über das Gesicht der Mutter des Polizeikadetts aus. »Akhtar ist Ihre ergebene Dienerin, mein Herr. Mit Allahs und Ihrer Hilfe wird auch sie einen Mann finden.«

»Ja, in dieser Familie gibt es jedenfalls jede Menge geeigneter junger Männer. Sie können sich darauf verlassen, dass wir Duschizeh Akhtar nicht allein lassen werden.«

Nachdem noch eine Weile die Einzelheiten der Hochzeitsfeier erörtert worden waren, wurde man sich einig, dass die Mutter des Polizeikadetts am kommenden Tag Aziz al-Saltaneh aufsuchen würde, um ihren Umzug zu besprechen.

Nachdem der Bräutigam und seine Familie gegangen waren, herrschte eine Weile Schweigen im Raum. Vor allem Dustali Khan wand sich lautlos wie ein verwundetes Tier.

»Und, meine Liebe«, wandte sich Seine Exzellenz an Qamar, die unschuldig in einer Ecke hockte, »hast du ihn dir gut angesehen? Gefällt dir dein Mann?«

»Ja, Onkel Asadollah.«

»Und magst du ihn auch?«

»Ja, Onkel, ich mag ihn sehr. Können wir jetzt wieder über mein Baby reden?«

»Ja, meine Liebe, du kannst sagen, was du willst. Gut gemacht, du hast das Baby vor ihnen mit keinem Wort erwähnt!«

»Ich mag mein Baby noch lieber als meinen Mann. Ich will ihm ein rotes Jäckchen stricken.«

»Mochtest du seine Mutter und seine Schwester auch?«

»Ja, Onkel Asadollah, aber seine Mutter hatte einen Bart, der mich im Gesicht gekratzt hat.«

»Das macht nichts, meine Liebe. Ich sage ihr, dass sie sich beim nächsten Mal rasieren soll. Papa Dustali hat gesagt, er würde ihr einen Rasierer kaufen.«

In diesem Moment klopfte jemand ans Gartentor. »Ich wette, das ist der Herr Puri«, rief Masch Qasem. »Ein Bakschisch, Herr, für die Überbringung der guten Nachricht.«

Und damit rannte er zum Tor.

Leili und ich sahen uns ratlos an, doch zum Glück war es nicht Puri. Masch Qasem kehrte mit der Abendzeitung zurück. Mein Vater, der am nächsten bei der Tür saß, nahm ihm die Zeitung aus der Hand und begann mit lauter Stimme die Schlagzeilen auf der Titelseite vorzulesen. Die Alliierten waren in Teheran einmarschiert und hatten das Eisenbahnnetz übernommen.

Lieber Onkel schreckte hoch und sagte mit erstickter Stimme: »Das Eisenbahnnetz? Warum als Erstes das Eisenbahnnetz? Allah helfe meinem Bruder, dem Oberst.«

»Nun, irgendwo mussten sie schließlich anfangen«, meinte Asadollah Mirsa, um Lieber Onkels Ängste zu zerstreuen.

Lieber Onkel schüttelte den Kopf und erwiderte: »Du magst ja ein Diplomat sein, Asadollah, aber du musst noch viel lernen, bevor du die politischen Winkelzüge der Engländer verstehst.«

»Moment, Moment, willst du etwa andeuten, dass die Engländer als Erstes das Eisenbahnnetz übernommen haben, weil dein Bruder zum Bahnhof gefahren ist?«

»Nicht nur deswegen«, murmelte Lieber Onkel, »aber ein Zufall ist es ebenfalls nicht... Ich mache mir Sorgen um diese arme, unschuldige Familie«, fuhr er wie in ein Selbstgespräch vertieft fort. »Mein armer Bruder, der Oberst, hat in seinem ganzen Leben keinen falschen Schritt getan und muss nun ob meiner Taten leiden.«

»Mal angenommen, sie wollen ihn wirklich für deine Taten leiden lassen«, sagte Asadollah Mirsa, bemüht, ernst zu bleiben, »woher sollten sie denn wissen, dass der Oberst heute Abend zum Bahnhof fahren würde?«

»Reden wir lieber nicht darüber!«, erwiderte Lieber Onkel mit einem verächtlichen Blick. »Glaubst du, sie wissen nicht, wo Puri ist? Glaubst du, sie wissen nicht, dass er mein Neffe ist? Du bist wirklich noch nicht ganz trocken hinter den Ohren! Ich garantiere dir, dass das Dossier über Polizeikadett Ghiasabadi und Qamars Heirat in diesem Moment auf dem Schreibtisch des englischen Geheimdienstchefs liegt! Meinst du, der Inder und Tausende andere Agenten hätten nur dagesessen und Däumchen gedreht?«

Masch Qasem witterte eine Gelegenheit, das Wort zu ergreifen. »Agha Asadollah Mirsa kennt die Engländer nicht«, sagte er nickend. »Sogar ich und der Herr, die wir die Engländer jetzt seit dreißig Jahren bekämpfen, kennen sie nicht besonders gut. In unserer Stadt gab es einmal einen Mann, der...«

»Willst du wohl den Mund halten, Qasem?«, brüllte Lieber Onkel, bevor er in sich zusammensank und murmelte: »Siehst du nun, wie das Schicksal spielt, Qasem? So lange haben sie auf ihre zweite Chance gewartet.«

Von plötzlicher Erregung übermannt, packte Lieber Onkel beide Lehnen seines Stuhls und stieß hervor: »Ihr unmenschlichen Teufel! Kommt und nehmt eure Rache an mir! Was wollt ihr von meinem armen unschuldigen Bruder?«

»Nun, du musst nicht alles so schwarz sehen«, sagte Asadollah Mirsa mit todernster Miene. »Selbst wenn sie die Eisenbahn tatsächlich deines Bruders wegen übernommen haben, heißt das noch lange nicht, dass sie ihn in dem ganzen Durcheinander auch finden. Und der Oberst ist kein kleines Kind, das sich leichtsinnig in Gefahr begibt...«

Um das Thema zu wechseln, fuhr er munter fort: »Habt ihr für Donnerstagabend schon jemanden eingeladen? Schließlich muss zumindest die enge Verwandtschaft dabei sein.«

»Um das Hochzeitszeremoniell sollte so wenig Aufhebens wie möglich gemacht werden«, meldete Dustali Khan sich zu Wort.

»Das wird nur noch mehr Aufsehen erregen. Jeder wird

sagen, dass es irgendein Problem geben muss, weil die Hochzeit in aller Stille gefeiert wird.«

Aziz al-Saltaneh schickte Qamar hinaus. »Wir könnten einen Todesfall als Vorwand angeben«, sagte sie, nachdem ihre Tochter gegangen war. »Wir sind in Trauer, deshalb so wenig Tamtam wie möglich.«

»Aber wer soll gestorben sein? Allah sei Dank, erfreuen sich die Mitglieder dieser Familie dieser Tage bester Gesundheit.«

»Klopf auf Holz, Asadollah. Möge es mit Allahs Willen so bleiben.«

»Moment, was ist denn mit dieser verstorbenen Exzellenz, die Farrokh Laqa erwähnt hat, in welcher Beziehung stand er zu uns?«

»Schlagt euch das aus dem Kopf«, meinte Lieber Onkel. »Er war ein entfernter Verwandter von Farrokh Laqas verstorbenem Stiefvater und hatte außerdem allerlei Verbindungen zu den Engländern...«

»Nun, irgendjemanden müssen wir finden«, entgegnete Asadollah Mirsa. »Wie geht es übrigens deinem Onkel Mansur al-Saltaneh, Dustali?«

»Allah soll dich mit Stummheit schlagen!«, schrie Dustali Khan aus Leibeskräften. »Was hat dir mein armer Onkel getan, dass du seinen Tod herbeiwünschst?«

»Moment, wann habe ich gesagt, dass ich seinen Tod wünsche? Ich habe lediglich...«

»Seid versichert«, unterbrach mein Vater ihn, »dass Farrokh Laqa es uns in den wenigen Minuten, in denen sie hier war, nicht vorenthalten hätte, wenn eine Beisetzung anstehen würde.«

Asadollah Mirsa lachte und sagte: »Wie wäre es, wenn wir Ghiasabadis Mutter bitten würden, Onkel Mansur al-Saltaneh einen nächtlichen Besuch abzustatten? Vielleicht würde er sich dermaßen erschrecken, dass er...«

Dustali Khan brüllte wieder los, doch Aziz al-Saltaneh schnitt ihm das Wort ab: »Warum seid ihr alle so dumm? Wir können doch einfach sagen, dass es einen Todesfall in der Familie des Bräutigams gegeben hat.«

Diese Idee fand sofort allgemeine Zustimmung.

An jenem Abend blieben alle lange auf und warteten darauf, dass Onkel Oberst mit Puri zurückkehren würde. Gegen Mitternacht erschien er schließlich nur in Begleitung seiner Frau. Er wirkte äußerst besorgt, und seine Frau sah aus, als hätte sie geweint. Der Zug war gekommen, doch ohne Puri.

Lieber Onkel Napoleon versuchte seinen Bruder zu trösten und meinte, dass die außergewöhnlichen Umstände ihn gewiss am Aufbruch gehindert hatten, obwohl er selbst andere Vermutungen hegte.

Als ich am nächsten Morgen Masch Qasem sah, sagte er: »Der Herr ist den ganzen Morgen auf und ab gelaufen. Und er hat ganz Recht. Die Engländer müssen dem armen jungen Mann etwas angetan haben. Wenn die Engländer jemanden zu ihrem Feind gemacht haben, lassen sie dem armen Teufel noch sieben Generationen in die Zukunft keine Ruhe. Allah schlage ihre listigen Augen mit Blindheit!«

»Was wollen die denn mit einem wie Puri?«

»Nun, mein Junge, es wird noch lange dauern, bis du die Engländer verstehst. Bis jetzt haben wir noch nichts gehört, aber wenn ich an all die schrecklichen Dinge denke, die sie den Leuten in Ghiasabad angetan haben. In unserer Stadt gab es einen Mann, der schlecht über die Engländer geredet hat. Sie haben sich den Lehrling geschnappt, der in der Werkstatt seines Bruders in Kazemin gearbeitet hat. Sie haben ihn an den Schwanz von einem Pferd gebunden und das Tier in die Wüste getrieben. Was weißt du schon, was die Engländer getan haben? Allah hilf mir und dem Herrn, und Gnade auch dir, der du zu seiner Familie gehörst!«

Onkel Oberst war früh am Morgen zum Telegrafenamt aufgebrochen und kehrte guter Dinge mit der Nachricht zurück, dass Puri und Khan Babakhan zwar Fahrkarten gekauft, aber aufgrund des allgemeinen Durcheinanders keine Sitzplätze mehr bekommen hatten, so dass sie mit dem nächstmöglichen Zug eintreffen würden.

18

Leider habe ich keine klare Erinnerung an den Abend von Qamars Hochzeit, weil ich vollauf mit meinen eigenen Sorgen beschäftigt war. Ich weiß nur noch, dass etwa zwanzig Verwandte der Braut anwesend waren, auf Seiten des Bräutigams neben seiner Schwester und seiner Mutter indes nur der berüchtigte Kommissar Teymur Khan. Am deutlichsten erinnere ich mich an Polizeikadett Ghiasabadis Erscheinung: In einem recht locker sitzenden Anzug von der Stange, den Aziz al-Saltaneh ihm besorgt hatte, und mit einer Fliege, von Asadollah Mirsa gebunden, wirkte er gleichzeitig adrett, ordentlich und ziemlich lächerlich. Außer den Verwandten kamen nur Schir Ali, der Fleischer, und seine Frau, um dem Hochzeitspaar ihre Aufwartung zu machen.

In Lieber Onkel Napoleons Haus, in dem die Hochzeit gefeiert werden sollte, traf ich unvermittelt auf Puri, der am Abend zuvor mit Khan Babakhan angekommen war. Er saß mit seinem langen Pferdegesicht auf der Treppe und winkte mich zu sich herüber. »Ich möchte kurz etwas mit dir besprechen.«

Er zog ein Stück Papier aus der Innentasche seiner Jacke und entfaltete es, sorgsam darauf bedacht, es außerhalb meiner Reichweite zu halten. Mein Herz setzte fast aus. Es war ein Brief, den ich einige Tage zuvor an Leili geschrieben und ihr zwischen den Seiten eines Buches übergeben hatte.

»Und wie lange bist du schon verliebt?«, platzte er heraus.

»Ich... ich... ich...«

»Ja, du.«

Ohne zu überlegen, was ich sagte, erwiderte ich: »Ich habe nie irgendwelche Briefe geschrieben, ich habe wirklich...«

»Erstaunlich! Der Herr hat nie einen Brief geschrieben!«

Und dann begann er, den Brief weiterhin außer meiner Reichweite haltend, leise vorzulesen: »Liebe Leili, du weißt, wie sehr ich dich liebe. Du weißt, dass mein Leben ohne dich sinnlos ist...«

»Puri«, flüsterte ich, »ich schwöre beim Koran...«

»Einen Moment noch, hör dir den Rest an: ›Seit ich gehört habe, dass der sabbernde Araberhengst zurückkommt...‹« Er hob den Kopf und sagte: »Wenn heute nicht die Hochzeit wäre, würde ich dir die Zähne einschlagen. Ich geb dir deinen sabbernden Araberhengst, dass du es dein Leben lang nicht vergisst.«

»Puri, ich schwöre bei der Seele meines Vaters...«

»Halt's Maul! Dein Vater ist genau wie du – ein nichtsnutziger Bettler!«

Das war zu viel. Ich schlug ihm mit aller Kraft in den Nacken und versuchte ihm den Brief zu entreißen; doch er war stärker als ich und gab mir eine schallende Ohrfeige. Ich sah rot und sprang wie ein verwundeter Leopard auf ihn zu, was mir jedoch nur eine weitere Ohrfeige einbrachte. Verzweifelt trat ich ihm heftig in den Unterleib und rannte dann wie der Wind zu unserem Haus. An der Art, wie er schrie, und dem nachfolgenden Tumult erkannte ich, dass er ernsthaft verletzt war.

Ich versteckte mich in einem Hohlraum unter dem Dach, in dem ich mich schon als Kind oft verkrochen hatte, und verharrte reglos. Diverse Menschen suchten nach mir und fanden mich nicht. Meine Mutter und mein Vater drohten und flehten abwechselnd, doch ich blieb still in meinem Versteck sitzen. »Er hat sich irgendwo versteckt«, hörte ich sie sagen, »aber am Ende werden wir ihn finden.« Als der Trubel sich gelegt hatte, hörte ich plötzlich Asadollah Mirsas Stimme. Er lief von Zimmer zu Zimmer und rief nach mir. Als er in meine Nähe kam, flüsterte ich: »Onkel Asadollah, ich bin hier.«

»Wie bist du bloß da raufgekommen... na ja... keine Angst, komm runter, ich bin allein.«

»Hier herrscht ein ziemliches Durcheinander«, sagte er lachend, als ich vor ihm stand. »Du hast dem Burschen eine üble Verletzung zugefügt, aber das ist nicht so schlecht. Wenn du schon selbst nicht nach San Francisco willst, hast du den Milchbart zumindest daran gehindert, es seinerseits zu versuchen!«

»Wie geht es Puri?«

»Ihm fehlt praktisch nichts. Er ist im Garten ohnmächtig geworden. Sie haben Dr. Naser al-Hokama geholt. Jetzt fühlt er sich schon besser. Worüber habt ihr überhaupt gestritten?«

»Er hat einen Brief gestohlen, den ich Leili geschrieben habe, und er hat meinen Vater beleidigt. Hat er Lieber Onkel irgendwas erzählt?«

»Nein, aber er hat eine Weile mit deinem Vater geredet.«

»Und was soll ich jetzt machen?«

»Fürs Erste würde ich unsichtbar bleiben, bis sich die Aufregung ein wenig gelegt hat. Der Oberst hat detaillierte Pläne, was er alles mit dir anstellen will! Jetzt siehst du wohl hoffentlich ein, dass der Weg, den ich vorgeschlagen habe, der einfachste von allen war.«

»Welcher Weg, Onkel Asadollah?«

»Die Straße nach San Francisco.«

So kam es, dass ich nicht an Qamars Hochzeitsfeier teilnehmen konnte. Als meine Eltern später am Abend nach Hause kamen, war ich in meinem Zimmer, hatte mich jedoch vorsichtshalber eingeschlossen. Mein Vater klopfte an die Tür und befahl mir mit barscher Stimme zu öffnen. Vor

Angst zitternd machte ich die Tür auf. Mein Vater kam herein und setzte sich auf den eisernen Bettrahmen. Ich ließ den Kopf hängen. Nach kurzem Schweigen begann er: »Ich habe gehört, dass du etwas mit Leili hattest?«

»Er lügt. Glaub mir...«

»Rede keinen Unsinn. Puri hat mir deine Briefe an Leili gezeigt.«

Ich schwieg. Auch mein Vater blieb eine Weile still. »Sieh mal, mein Junge«, fuhr er dann unerwartet sanft fort, »ist dir nie der Gedanke gekommen, dass dein Onkel die Familie zerstören würde, wenn er davon Wind bekäme?«

Ich nahm all meinen Mut zusammen und sagte leise: »Ich liebe Leili.«

»Seit wann?«

»Seit dem dreizehnten August des vergangenen Jahres.«

»Na prima! Das nenne ich ein exaktes Datum. Ich wette, du erinnerst dich auch noch an die Uhrzeit!«

»Ja, es war um Viertel vor drei.«

Mein Vater legte seine Hände auf meine Schultern und fragte: »Nun denn, ihr habt aber doch hoffentlich keinen Unfug gemacht, oder?«

Ich begriff nicht sofort, worauf er hinauswollte, und sagte: »Ich habe ihr einige Briefe geschrieben...«

»Und sie mag dich auch?«

»Ja, Leili liebt mich auch.«

»Ich verstehe. Nun sag mir die Wahrheit, was habt ihr beide angestellt?«

»Du meinst, was wir uns gegenseitig versprochen haben?«

»Nein, du Blödhammel«, unterbrach mein Vater mich ungeduldig. »Ich möchte wissen, ob ihr, wie Asadollah Mirsa sagen würde, nach San Francisco gekommen seid.«

Mir klappte das Kinn herunter. Eine solche Bemerkung aus dem Mund meines Vaters, der nie Witze über so etwas machte und mir gegenüber stets ernst und distanziert war, verschlug mir beinahe den Atem. Nach einer Weile fassungslosen Schweigens wurde ich verlegen, ließ den Kopf hängen und antwortete: »Was für eine Frage ist denn das?«

»Rede nicht um den heißen Brei herum. Ich habe dich gefragt, ob irgendetwas passiert ist oder nicht.« Und dabei klang er nicht wie jemand, der zu Scherzen aufgelegt war.

»Ich liebe Leili, Vater«, erklärte ich nachdrücklich. »Solche schmutzigen Gedanken sind mir nie in den Sinn gekommen!«

Langsam begriff ich. Mein Vater hatte eine weitere Möglichkeit gewittert, es Lieber Onkel heimzuzahlen. Ich hatte das Gefühl, wenn ich seine Frage bejaht hätte, wäre er nicht allzu erschüttert gewesen. Er schwieg eine Weile. Ich hatte ihn enttäuscht, und er versuchte, den Schein zu wahren. »Ich habe bloß einen Witz gemacht. Aber das Mädchen ist dem Sohn ihres Onkels versprochen worden, mein Junge. Sie werden nie zulassen, dass sie dich heiratet. Du musst dich erst mal darauf konzentrieren, die Schule zu beenden. Wenn es passiert wäre, hätte die Sache natürlich anders ausgesehen. Doch schlag dir diese kindischen Gedanken lieber aus dem Kopf. Nachdem nun, Allah sei Dank, nichts passiert ist, kannst du dich auf die Schule und deine Studien konzentrieren! Und jetzt schlaf!«

Mein Vater ging, und ich war allein. Obwohl ich sehr wohl um seinen Zorn und seine Rachegelüste wusste, kam mir plötzlich ein neuer Gedanke.

Es war schon spät, als ich Asadollahs Stimme vernahm. Er war gekommen, um nach mir zu sehen. Ich hörte, wie er im Flur mit meiner Mutter sprach. »Der Junge ist heute Abend nicht zur Hochzeit gekommen. Allah behüte, er hat sich nicht wohl gefühlt.«

Wenig später trat er in mein Zimmer und sagte: »Keine

Angst, mein Junge, ich habe den Oberst umgestimmt. Und Leili, das arme Ding, war auch ganz mitgenommen. Sie kann den Burschen offensichtlich nicht ausstehen.«

»Puri hat doch Lieber Onkel nichts erzählt, oder Onkel Asadollah?«

»Offenbar hatte er keine Mühe, den Vorfall plausibel zu erklären. Ich glaube nicht, dass er dem Djenab etwas gesagt hat.«

Eine Weile lang schwieg ich. Asadollah Mirsa lachte und meinte: »Außerdem glaube ich nicht, dass sie ihn in nächster Zeit verloben werden. Du hast seine edlen Teile wirklich gründlich beschädigt. Er muss die Region um San Francisco zwei, drei Wochen verpackt halten.«

»Onkel Asadollah«, erwiderte ich, ohne den Kopf zu heben, »ich möchte dich etwas fragen.«

»Schieß los, mein Junge.«

»Ich meine... ich... wenn ich... das, was du gesagt hast... wenn Leili und ich...«

»Wenn ihr was? Wenn du Leili heiratest?«

»Nein, ich meine, was muss ich tun, damit ich Leili heiraten kann? Was soll ich machen, damit sie sie nicht Puri geben?«

»Das habe ich dir doch schon hundertmal gesagt: San Francisco.«

»Wenn ich... wenn San Francisco...«

Asadollah stieß ein fröhliches Gewieher aus. »Bravo! Bravo! Endlich wirst du ein echter Mann!«

»Nein, Onkel Asadollah, ich wollte sagen...«

»Moment, kriegst du schon wieder kalte Füße?«

»Nein, aber... wie?«

»Aha! Wie du es machen musst, bringe ich dir bei. Setz dich, ich mach dir eine Zeichnung. Gib mir einen violetten und einen rosafarbenen Stift, und ich mal es dir auf!«

Ich konnte keine Einwände mehr erheben, weil im selben

Moment im Garten ein Mordsgetöse ausbrach. »Lauf, hol den Spaten und einen Eimer... nein, hier entlang...«

Ich folgte Asadollah in den Garten, wo wir mit Masch Qasem zusammenstießen, der wie aufgezogen hin und her rannte. »Was ist passiert?«, fragte Asadollah. »Was ist los, Masch Qasem?«

Während alle mit dem Kommen und Gehen der Gäste beschäftigt gewesen waren, erklärte Masch Qasem, hatte ein Unbekannter offenbar den Pfropfen herausgezogen, mit dem der Zufluss zu Lieber Onkels Wasservorrat gesichert war, und das Wasser war übergelaufen und hatte drei Kellerräume überflutet.

»Ihr habt nicht mitbekommen, wer es gewesen ist?«, fragte Asadollah Mirsa.

»Der Herr sagt, es waren die Engländer. Doch ich glaube nicht, dass die Engländer es auf unseren Wasserkanal abgesehen haben, noch bevor der Schweiß von ihrem Marsch ganz getrocknet ist. Und wenn sie unseren Wasserkanal öffnen wollten...«

In diesem Moment bemerkte Masch Qasem mich und senkte die Stimme. »Also, mein Junge, du hast wirklich das Herz eines Löwen, dich hier blicken zu lassen. Wenn der Herr oder der Oberst dich in die Finger kriegen, reißen sie dich in achtzig Stücke.«

»Sind sie wirklich so wütend, Masch Qasem?«

»Warum sollte ich lügen? Mit einem Bein... ja, ja... Wenn der Bursche nach dem Tritt, den du ihm verpasst hast, heil und in einem Stück durchkommt, hat er Schwein gehabt. Wenn ich mich nicht irre, ist die eine Hälfte seiner edlen Teile komplett hinüber. Ich hab es gesehen, als er es dem Doktor gezeigt hat. Mit Verlaub – es war geschwollen wie ein Kürbis.«

Asadollah Mirsa drängte mich in eine Ecke und sagte: »Das ist richtig, mein Junge. Versteck dich, bis sich die

Dinge wieder einigermaßen beruhigt haben. Bei seinen edlen Teilen versteht der Herr Puri keinen Spaß.«

»Dr. Naser al-Hokama hat bis auf weiteres einen Umschlag gemacht«, fuhr Masch Qasem fort. »Er hat gemeint, morgen müssen sie ihn ins Krankenhaus bringen.«

Mir blieb nichts anderes übrig, als mich hinter den Buchsbäumen zu verstecken, während Asadollah Mirsa zu Lieber Onkel ging, der in diesem Moment mit einem Gewehr über der Schulter aus dem Haus trat.

»Was stehst du da rum, Qasem?«, brüllte er. »Lauf und hilf Wasser schöpfen.«

»Nun, Herr, ich habe gerade den Eimer hier geholt.«

»Gut, dass die Gäste schon gegangen waren«, sagte Lieber Onkel.

»Der Bräutigam ist auch schon weg?«, fragte Asadollah Mirsa.

»Ja, der verdammte Kerl ist auch weg, damit er morgen samt Mutter und Schwester in Dustali Khans Haus einziehen kann. Wenn Kommissar Teymur Khan hier gewesen wäre, hätte er dieses Verbrechen vielleicht aufgeklärt.«

Onkel Oberst und mein Vater kamen hinzu.

»Das ist wirklich eigenartig!«, sagte mein Vater. »Welcher scham- und ehrlose Schurke hat das getan?«

»Deine Frage ist kindisch«, schnitt Lieber Onkel ihm das Wort ab. »Ich kenne die Strategie der Engländer. Dies ist nicht das erste Mal, dass sie diese Kriegslist einsetzen. Im Süden haben sie auch einmal die Fluten eines Flusses umgeleitet, unsere Zelte unter Wasser gesetzt und ein paar Stunden später angegriffen.«

»Aber bedenke die Umstände, Djenab«, sagte Asadollah Mirsa, um ihn zu beruhigen. »Die Engländer sind mit Panzern und Artillerie in die Stadt einmarschiert. Warum sollten sie hergehen und deinen Wassertank öffnen, wenn sie dir etwas tun wollen?«

»Asadollah, Asadollah, bitte belehre mich nicht über die Geheimnisse der britischen Taktik.«

»Moment, Moment...«

»Zum Teufel mit deinem Moment«, brüllte Lieber Onkel. »Also gut, die Engländer sind absolut wunderbare Menschen, die ganz entzückt sind von mir und meiner Familie. Shakespeare hat Romeo und Julia nur ersonnen, um zu beschreiben, wie es zwischen mir und den Engländern steht...«

»Mögen Sie den Tag nie erleben«, sagte Masch Qasem, der nicht richtig mitbekommen hatte, worum es ging. »Allah behüte, wenn die Engländer sich verlieben. In unserer Stadt gab es einmal einen Mann, der gesagt hat, dass die Engländer, mit Verlaub, gar keine richtigen Männer sind...«

»Qasem, anstatt hier Blödsinn zu reden, warum läufst du nicht zum Kaffeehaus und sagst dem Schuhputzer, er soll herkommen. Ich muss ihn sehen. Vielleicht hat er beobachtet, wer den Wasserzufluss geöffnet hat.«

»Abends steht der Schuhputzer nicht vor unserer Tür.«

»Red keinen Unsinn! Tu einfach, was ich dir sage!«

Masch Qasem hastete davon. Unsere, Onkel Obersts und alle anderen Bediensteten waren eifrig damit beschäftigt, das Wasser aus den Kellern zu schöpfen.

»Ich hoffe, Puri geht es besser«, hörte ich meinen Vater zu Onkel Oberst sagen.

»Wir müssen ihn morgen ins Krankenhaus bringen«, erwiderte Onkel Oberst kühl. »Der Doktor hat ihm eine Morphiumspritze gegen die Schmerzen gegeben.«

»Was geschehen ist, tut mir wirklich Leid. Ich werde den Jungen bestrafen, dass er sich sein Leben lang daran erinnert.«

»Es ist nicht notwendig, den Jungen allzu hart zu bestrafen«, mischte sich Lieber Onkel Napoleon mit unerwarteter Milde ein. »Er ist noch ein Kind, er versteht diese Dinge nicht.«

An seinem Tonfall erkannte ich, dass er lediglich von allen anderen Themen außer dem Angriff der Engländer ablenken wollte. Außerdem kam Masch Qasem im selben Moment zurück und stürzte direkt auf Lieber Onkel zu.

»Der Kaffeehausbesitzer sagt, der Schuhputzer sei den ganzen Abend nicht dort gewesen, Herr!«

Eine Weile starrte Lieber Onkel ihn wie vom Donner gerührt mit offenem Mund an, bevor er die Hand an die Stirn legte und erklärte: »Ihr Plan ist vollendet! Sie haben den armen Kerl ebenfalls aus dem Verkehr gezogen!«

»Wer hat wen aus dem Verkehr gezogen?«, fragte Asadollah Mirsa.

»Nichts, nichts... Wir müssen auf jeden Fall die Nacht über wachsam bleiben.«

»Unbedingt«, unterstützte mein Vater ihn, »da steckt mehr dahinter.«

»Nun denn«, sagte Lieber Onkel unvermittelt streng, »dann eine gute Nacht und bis morgen früh.«

Am Morgen des nächsten Tages, eines Freitags, wagte ich es nicht, mein Zimmer zu verlassen. Mein Vater kam nicht, um nach mir zu sehen, doch meine Mutter brachte mir das Frühstück. Von ihr erfuhr ich, dass die ganze Familie mit Puri ins Krankenhaus gefahren war. Eine Stunde später tauchte Asadollah Mirsa auf. Ich hatte mir die ganze Nacht Sorgen gemacht, doch als ich seine Stimme hörte, wurde ich etwas ruhiger. Er kam zu mir ins Zimmer und sagte: »Die Dinge stehen nicht gut. Ich habe mit deinem Vater gesprochen, und wir sind uns einig, dich zu Rahim Khans Familie in Dezaschib zu schicken, bis sich die Lage wieder beruhigt hat.«

»Was ist passiert, Onkel Asadollah?«, fragte ich besorgt.

»Der Oberst hat geschworen, dir eine Ladung Schrot in

deinen Schädel zu pusten, weil Puri operiert werden muss. Einer seiner Wie-heißen-sie-noch muss entfernt werden.«

»Seiner was?«

»Stell dich doch nicht so blöd an! Wie soll ich es sagen... ein Teil des Fundaments seines Turms von San Francisco...«

Wir wurden unterbrochen, weil mein Vater ins Zimmer kam. »Du bist wirklich ein Dummkopf, mein Junge!«

»Streiten hilft nicht weiter«, wandte Asadollah Mirsa kühl ein. »Wenn jemand deinen Vater beleidigt hätte, wärst du auch wütend geworden. Und nun ist es meiner Meinung nach, wie schon gesagt, das Beste, ihn für ein paar Tage zu Rahim Khan zu schicken.«

»Ich habe ihn gerade angerufen. Rahim Khan sagt, er würde sich über deinen Besuch freuen.«

»Nein, lasst mich bleiben«, bettelte ich. »Ich möchte nicht von Leili weg.«

Mein Vater machte einen Satz auf mich zu und sagte zornig: »Halt einfach die Klappe, ja? Allah verfluche dich und dein liebeskrankes Getue!«

Zum Glück stand Asadollah Mirsa zwischen uns, sonst hätte ich mir bestimmt einen Schlag oder Tritt eingehandelt.

»Zufälligerweise bin ich zum Essen in Schemiran eingeladen«, warf Asadollah ein. »Ich ziehe mich rasch um und nehme den Jungen mit.«

An mich gewandt fügte er hinzu: »Hör auf das, was man dir sagt! Wir wissen besser, wie man deine Angelegenheiten regelt als du selbst.«

Sie waren so herzlos, dass sie mich nicht einmal auf Leilis Rückkehr aus dem Krankenhaus warten ließen. Eine Stunde später saß ich mit Asadollah Mirsa in einem Bus nach Schemiran. Nachdem wir eine Weile geschwiegen hatten, fragte ich ihn: »Was glaubst du, wie die ganze Geschichte ausgehen wird, Onkel Asadollah?«

»Wie welche Geschichte ausgehen wird?«
»Die mit Puri.«
»Sein Gleichgewicht wird beeinträchtigt sein.«
»Warum?«
»Weil eine Körperhälfte leichter sein wird als die andere, wenn man nur eins entfernt.«
»Mach bitte keine Witze darüber. Ich mache mir große Sorgen.«
»Moment, also wirklich Moment, warum machst du dir Sorgen? Der pferdegesichtige Gimpel sollte sich Sorgen machen, dass er auf Lebenszeit aus al-San Francisco verbannt ist.«
»Dann stimmt es also, dass er nie wieder...?«
»Was?«
»Ich... ich meine... San Francisco...«
»Bravo, bravo, das ist das erste Mal, dass ich den Namen San Francisco aus deinem Mund gehört habe. In Erdkunde bekommst du die volle Punktzahl. Was die Frage angeht, ob er je wieder nach San Francisco reisen kann, sind diverse Ärzte und Heilkundige unterschiedlicher Meinung. Einige vertreten die Ansicht...«
»Onkel Asadollah! Reiß bitte keine Witze darüber. Ich habe mir solche Sorgen gemacht, dass ich die Nacht über nicht schlafen konnte.«
»Du meinst, du hast dir Sorgen gemacht, dass Puri vielleicht nicht mehr nach San Francisco kommt?«
»Nein, aber ich mache mir Sorgen, dass ich ihm einen bleibenden Schaden zugefügt habe, für den ich mich vor meinem Gewissen schuldig fühlen würde.«
»Du wärst nicht nur vor deinem Gewissen, sondern auch vor dem Gesetz schuldig, aber mach dir deswegen keine Gedanken. Anzeige zu erstatten ist nicht ihre Art. Eine aristokratische Familie betritt nie einen Gerichtssaal.«
»Was wird mit Leili geschehen, Onkel Asadollah?«

»Im Augenblick ist Leili sicher, aber wenn das alte Sabbermaul aus dem Krankenhaus entlassen wird, werden sie das Thema binnen drei, vier Monaten wieder aufgreifen.«

»In wie vielen Monaten?«

»In wie vielen Monaten werden sie dir Leili deiner Ansicht nach geben?«, unterbrach Asadollah Mirsa mich. »Während Puri erst jetzt aus al-San Francisco verbannt worden ist, bist du schon von dort verbannt geboren!«

»Am Ende wird schon alles irgendwie gut werden. Ich möchte dich bitten, Leili auszurichten, dass ich sie verlassen musste. Sag ihr, sie soll mich, wenn sie kann, um zwei Uhr nachmittags anrufen, wenn Lieber Onkel schläft. Und du musst mir alles berichten, was passiert, versprochen?«

»Großes Ehrenwort.«

Asadollah Mirsa gab mir seine Telefonnummer im Büro, ermahnte mich jedoch, am Telefon nicht zu viel zu reden. Eine Stunde später verabschiedeten wir uns. Ich war zum ersten Mal in meinem Leben von Leili getrennt. Fast zwei Wochen blieb ich bei Rahim Khan, mit dessen Sohn ich befreundet war. In dieser Zeit rief ich regelmäßig Asadollah Mirsa an, um die neuesten Nachrichten zu erfahren. Puri war operiert worden. Sie hatten eines der beiden relevanten Organe entfernt und machten sich nun Sorgen, auch das zweite amputieren zu müssen, doch als ich am zehnten Tag anrief, berichtete Asadollah Mirsa: »Offenbar ist der zweite Teil des Fundaments seines Turms von San Francisco mittlerweile außer Gefahr. Unter der Voraussetzung, dass die Stadt auch in der Lage ist, auf diesem einen Grundstein zu überleben, können wir anfangen, deine Begnadigung zu erwirken.«

»Kann er jetzt heiraten?«

»Nicht sofort, aber in ein paar Monaten, und selbst dann werden seine natürlichen Kräfte, wie der indische Sardar sagen würde, *bahot* verwelkt sein. Du bleibst fürs Erste, wo du bist. Leili geht es gut. Mach dir ihretwegen keine Sorgen.«

An dem Freitagabend fünfzehn Tage nach Puris Verletzung wurde mir anlässlich einer von meinem Vater ausgerichteten Feier für Qamar und Polizeikadett Ghiasabadi offiziell vergeben. Asadollah Mirsa kam mich persönlich abholen.

Im Bus berichtete er mir die letzten Neuigkeiten. »Ich glaube, das wird heute Abend eine ziemlich laute Feier. Offenbar ist Dustali Khan und Aziz al-Saltaneh gestern Abend oder heute Morgen aufgegangen, dass Polizeikadett Ghiasabadi dreist gelogen hat, als er behauptete, er habe im Krieg sein nobles Glied verloren. Soweit ich das dem Klatsch der Frauen entnehmen konnte, ist er im Gegenteil sogar sehr gut ausgestattet. Erstaunlich gut.«

»Und warum hat er dann gesagt...?«

»Er hat offenbar gehofft, mit dieser Behauptung den Preis für sein Entgegenkommen in die Höhe zu treiben.«

»Was für ein gerissener Halunke.«

»So gerissen ist er nun auch wieder nicht, ich halte ihn eher für ein bisschen dämlich. Aber ich vermute, dass die Hand von Wir-wissen-alle-wer hinter dem Ganzen steckt.«

»Du meinst...«

»Ja, ich meine deinen Vater.«

»Und was sagt Qamar zu all dem?«

»Sie wirkt ungemein fröhlich. Sie wollte ein Baby, und jetzt kriegt sie eins. Sie hatte nicht mit Wohlstand oder gar Reichtum gerechnet, und nun ist ihr von Allah ein wohlhabender Gefährte geschenkt worden, ein überaus wohlhabender. Kurzum, wir sollten uns heute Abend amüsieren, das heißt, natürlich nur wenn der Abend nicht mit Streit und Beschimpfungen endet.«

»Und was macht Lieber Onkel?«

»Offenbar hat Puri ihm nichts davon erzählt, dass du

Leili Briefe geschrieben hast, falls doch, ist er so beschäftigt mit den Engländern, dass er keinen Gedanken daran verschwendet hat.«

»Noch immer die Engländer?«

»Ja, der Schuhputzer ist wie vom Erdboden verschluckt. Lieber Onkel sagt, die Engländer hätten ihn getötet, und trägt jetzt wieder einen Revolver im Gürtel. Masch Qasem schläft nachts mit einem Gewehr vor der Tür. Und dein Vater gießt weiter Öl ins Feuer.«

»Was sagt mein Vater denn?«

»Jeden Tag erfindet er für den armen alten Mann eine neue Geschichte über das Verschwinden von jemandem, der angeblich ein Feind der Engländer war. Zum Glück hat wenigstens der indische Sardar vor ein paar Tagen eine Reise angetreten.«

»Du musst versuchen, Lieber Onkel davon zu überzeugen, dass die Engländer sich gar nicht für ihn interessieren, Onkel Asadollah.«

»Moment, als ob das einen Sinn hätte. Jeden, der ihm sagt, dass die Engländer Besseres zu tun haben, als ihn zu verfolgen, erklärt er für sieben Generationen rückwirkend zu einem Feind seiner Familie. Vor ein paar Tagen hat mein armer Bruder Schamsali Mirsa versucht, mit ihm zu reden, und dein Onkel ist mir nichts dir nichts auf ihn losgegangen. Und Masch Qasem erfindet ständig neue Geschichten über englische Morde und Grausamkeiten.«

»Dann stehen die Dinge wirklich nicht gut.«

»Ach, tatsächlich... aber das Wichtigste ist die Sache mit Polizeikadett Ghiasabadi, dem Lügner, der im Krieg nicht nur rein gar nichts verloren, sondern im Gegenteil sogar einiges gewonnen hat, indem er sich als Besitzer von Gütern zweier oder dreier getöteter Kameraden ausgab und nun eifrig bemüht ist, die Herkunft seines Reichtums zu vertuschen.«

»Und was macht Dustali Khan?«

»Steht kurz vor einem Herzschlag. Weil Polizeikadett Ghiasabadi trotz seiner Glatze Qamars Herz erobert hat, so dass Dustali jetzt panische Angst bekommt, dass ihm Qamars Besitz entgleitet. Andererseits hat er sich schwer in die Schwester des Polizeikadetts verguckt, aber die hat einen Freund, der sich für eine ganz große Nummer hält und unter dem Namen Asghar der Diesel bekannt ist. Er sieht haargenau aus wie Schir Ali, der Fleischer.«

»Hat sie ihren Freund mit in Dustali Khans Haus gebracht?«

»Nein, aber er betrinkt sich abends ziemlich regelmäßig, taucht vor dem Haus auf und brüllt, er würde die Tür eintreten, wenn man ihm nicht aufmachte.«

»Dir scheint das alles richtig Spaß zu machen, Onkel Asadollah.«

»Ich bin in meinem ganzen Leben noch nie so glücklich gewesen. Tut ihnen ganz gut, wenn sie einmal von ihrem hohen Ross heruntermüssen. Diese aristokratischen Enkel Seiner Exzellenz des königlichen Leoparden und Seiner Hoheit des Staatstigers pflegten doch zu ihren eigenen Schatten zu sagen: ›Komm mir nicht zu nahe, du stinkst!‹ Jetzt müssen sie sich mit Leuten wie Asghar dem Diesel und Polizeikadett Ghiasabadi gemein machen.«

»Werden heute viele Leute in unser Haus kommen?«

»Ja, dein Vater gibt ein veritables Fest. Alles in allem ist er, glaube ich, der Regisseur der großen Inszenierung. Gestern Abend habe ich gehört, wie er zu Polizeikadett Ghiasabadi gesagt hat, wenn seine Schwester noch Freunde mitbringen wolle, seien die natürlich ebenfalls herzlich eingeladen, sie solle sich wie zu Hause fühlen. Und wenn die Schwester jemanden einlädt, dann wahrscheinlich Leute wie Asghar den Diesel und seinesgleichen. Kurzum, dein Vater wird Puris Beleidigung so schnell nicht vergessen.«

»Du konntest es nicht so drehen, dass Asghar der Diesel nicht kommt?«

»Moment, Moment, ich habe zufälligerweise ebenfalls vor, die Schwester von Polizeikadett Ghiasabadi zu ermutigen, dass sie Agha Asghar mitbringt. Dustali schuldet mir noch eine Menge, und wenn ich ihn bis zum Jüngsten Tag quäle, ist das nicht mehr als gerecht.«

Mittlerweile hatten wir unser Haus erreicht. »Dann bis heute Abend, so Allah will«, verabschiedete Asadollah Mirsa sich lachend. »Ich muss jetzt den Polizeikadett und seine Schwester finden. Ohne Asghar den Diesel wäre unsere Zusammenkunft doch recht trist.«

Meine Mutter brachte mich zu Onkel Oberst. Ich küsste seine Hände und bat ihn um Vergebung. Anschließend wurde ich angewiesen, unbedingt Lieber Onkel Napoleon meine Referenz zu erweisen.

Mit klopfendem Herzen ging ich zu seinem Haus. Mir war, als wollte meine Brust zerspringen. Im Hof traf ich Leili. Endlich, nach all den Tagen der Trennung, die mir wie eine Ewigkeit vorgekommen waren, sah ich sie wieder. Ich war innerlich so aufgewühlt, dass ich lediglich ein »Hallo« herausbrachte. Einen Moment lang stand Leili nur da und starrte mich an, bis ihr Tränen in die Augen traten und sie in ihr Zimmer rannte. Ich wagte es nicht, ihr zu folgen.

Lieber Onkel ließ mich neben sich Platz nehmen und hielt mir eine längere Moralpredigt, die vor allem davon handelte, dass die ältere Generation ihr Leben gelebt hatte und es nun an uns Jungen sei, die heilige Einheit und Harmonie der Familie zu bewahren. Dann meinte er noch, dass Puri, Allah sei Dank, außer Gefahr war und in einigen Tagen entlassen werden würde. Zuletzt trug er mir auf, Puri am nächsten Tag im Krankenhaus zu besuchen und ihn um Verzeihung zu bitten.

19

In unserem Haus herrschte ungewöhnliche Geschäftigkeit. Im ganzen Garten waren Tische und Stühle aufgestellt worden, und obwohl es noch nicht dunkel war, erleuchteten Glühbirnen unseren Hof und große Teile des Gartens. Der Lehrer Ahmad Khan war samt Tar und seinem Begleiter, dem blinden Trommler, schon vor den Gästen eingetroffen, und die beiden Musiker konsumierten eifrig Wodka und kleine Knabbereien.

Ich entdeckte Asadollah Mirsa, der in einem gut geschnittenen, mehrfarbigen Anzug und roter Fliege hereinkam. Seine Augen glänzten, und ich lief auf ihn zu. »Moment, Moment«, sagte er, er ich mich sah, »Momentissimo! Freue dich, denn heute Abend ist unser Glück vollkommen. Die Schwester des Polizeikadetts bringt nicht nur Asghar den Diesel mit, sondern hat auch noch dessen Bruder, Seine Exzellenz Akbar das Hirn, eingeladen. Ich wünschte, ich hätte eine Kamera, um ein Foto von Dustali zu machen.«

Wenig später tauchte der Erwähnte höchstpersönlich auf. Seine Stirn war gerunzelt, und er wirkte sehr beschäftigt. Als er meinen Vater erblickte, steuerte er direkt auf ihn zu. Asadollah Mirsa schob sich ein paar rote Trauben in den Mund und murmelte: »Ich glaube, er hat begriffen, um was es geht. Schau mal, ob du mithören kannst, was er sagt.«

Dustali Khan hatte meinen Vater im Flur beiseite genommen und sagte gerade mit zitternder Stimme: »Was für eine Feier ist das, mein Lieber? Ich habe eben gehört, dass das nichtsnutzige Flittchen auch noch dieses Ungeheuer von einem Freund eingeladen hat.«

»Und was soll ich deiner Meinung nach tun, Dustali Khan?«, erwiderte mein Vater kühl.

»Du darfst nicht zulassen, dass derartiges Gesindel auf deiner Feier erscheint.«

»Aber ich kann doch den Freund deiner Verwandten nicht ausladen. Wenn die Schwester deines Schwiegersohns kommt, kann ich ihrem Begleiter doch nicht einfach die Tür vor der Nase zuschlagen? Überleg doch mal.«

»Dann kann ich ja auch losgehen und Krethi und Plethi zu deiner Feier einladen«, entgegnete Dustali Khan wütend. »Würde dir das gefallen?«

»Sie wären mir sehr willkommen«, antwortete mein Vater nach wie vor ungerührt. »Kein Mensch ist weniger wert als ein anderer. Wie der Prophet gesagt hat: ›Wer die heiligen Dinge ehrt, ist der Angesehenste von euch vor Allah.‹«

»Also gut, also gut! Dann werde ich ein paar dieser ehrenwerten, frommen Menschen mitbringen. Warum sollte ich nicht irgendwen zu einer Feier einladen, zu der auch Asghar der Diesel kommt?«

Ich berichtete Asadollah Mirsa von dem Streit. »Was glaubst du, was Dustali Khan gemeint hat, als er gesagt hat, ›ich kann irgendwen einladen‹? Wen will er einladen?«

Asadollah Mirsa schüttelte den Kopf und stopfte weiterhin eifrig rote Trauben in sich hinein. »Ich habe keine Ahnung«, entgegnete er. »Jede Vermutung, die man über einen schamlosen Zeitgenossen wie ihn anstellt, wird von der Wirklichkeit noch übertroffen. Wir müssen einfach abwarten, wie er versucht, es deinem Vater heimzuzahlen.«

»Was meinst du mit ›heimzahlen‹?«

»Moment! Du hast den Grund für die heutige Feier offenbar nicht begriffen!«

»Du meinst, es gibt einen bestimmten Grund, Onkel Asadollah?«

»Du bist also so naiv zu glauben, dein Vater würde diese

aufwändige Feier aus reiner Liebe zu Polizeikadett Ghiasabadis schöner Frisur ausrichten? Überleg doch mal, keiner der engsten Verwandten, nicht einmal dein Lieber Onkel als Oberhaupt der Familie, hat eine Feier für sie ausgerichtet, warum also sollte ausgerechnet dein Vater es tun?«

»Nun, in letzter Zeit sind so viele seltsame Dinge passiert, und mein Kopf ist so voll, dass ich gar nicht mehr richtig denken kann. Sag du mir, was er vorhat.«

»Warum verstehen sich dein Vater und Lieber Onkel nicht?«

»Weil Lieber Onkel ihn immer runtermacht und sagt, er stamme nicht aus einer adligen Familie.«

»Bravo! Und nun möchte dein Vater, ihm und all den anderen vermeintlich so Hochgestellten und Mächtigen den Polizeikadett Ghiasabadi unter die Nase reiben, den Sohn eines Mannes, der Schafsköpfe verkauft hat, Bruder von Akhtar, der Nachtklubsängerin. Er will sie demütigen. Das wollte er schon bei Qamars Hochzeit, doch es ist ihm nicht gelungen. Und jetzt...«

»Aber die ganze Familie weiß doch, dass Qamar Polizeikadett Ghiasabadi geheiratet hat.«

»Aber heute hat er nicht nur die Verwandtschaft, sondern auch einige der prominentesten Bürger der Stadt eingeladen, wie zum Beispiel Agha Salar.«

»Agha Salar?«

»Ja, der Herr ist ein wirklich hohes Tier in der Stadt, ein Mann von großer Macht und großem Einfluss. Durch die Einladung Salars hat dein Vater zwei Fliegen mit einer Klappe geschlagen. Zum einen werden Lieber Onkel, Dustali Khan und die gesamte Familie in Agha Salars Achtung sinken, und gleichzeitig wird er Lieber Onkel zu Tode erschrecken, weil Salar ein prominenter Parteigänger der Engländer ist.«

»Das heißt, es besteht die Gefahr, dass ein Streit zwischen Lieber Onkel und meinem Vater entbrennt?«

»Ja, das ist meine einzige Sorge. Du tust mir Leid, sonst hätte ich mich gleich auf die Seite deines Vaters geschlagen und die Familie gehörig erschreckt. Und so sich nun die Gelegenheit ergibt, sag mir, was willst du nun endgültig tun?«

»Inwiefern? Ich weiß nicht, worauf du hinauswillst, Onkel Asadollah.«

»Worauf ich hinauswill ist Folgendes: Erstens wird dir dein lieber Onkel Leili nicht geben, weil er im Zwist mit deinem Vater liegt. Zweitens müsstest du, selbst wenn er es erlauben würde, noch mindestens sechs oder sieben Jahre älter sein, bevor du heiraten könntest. Und drittens, was wird der Junge machen, der jetzt noch im Krankenhaus liegt? Kurzum, die Sache bringt tausend Probleme mit sich. Und San Francisco kommt für dich auch nicht in Frage... Wenn ich es recht bedenke, hat dieser Polizeikadett Ghiasabadi...«

»Onkel Asadollah...«

»Ach, du und dein verdammtes Onkel Asadollah! Guck dir einfach an, wie Polizeikadett Ghiasabadi sie hinters Licht geführt hat. Er sollte sein Honorar kassieren, Qamar heiraten und sich wieder scheiden lassen. Nun sitzt er wie die Made im Speck, und eher würde er Dustali Khan aus dem Haus werfen, als selbst zu gehen. Er hat Qamars Herz erobert, und das Mädchen ist bereit, ihre Mutter um seinetwillen zu verlassen.«

»Sieh mal, Onkel Asadollah! Polizeikadett Ghiasabadi und Qamar sind gekommen.«

Polizeikadett Ghiasabadi betrat, mit einer Hand Qamars Arm haltend, vor Aziz al-Saltaneh unseren Hof. Er war sehr schick gekleidet und erinnerte in nichts an die traurige Gestalt, die er früher abgegeben hatte. Qamar hing hingebungsvoll an seinem Arm.

»Was ist mit der Perücke passiert, Onkel Asadollah?«

»Das Perückenproblem ist gelöst. Er hat es Qamar gebeichtet, und sie wollte offensichtlich schon immer einen Mann mit Glatze. Jeden Abend zündet sie ihm ein kleines Wasserpfeifchen an. Die San-Francisco-Kur scheint sie zur Vernunft gebracht zu haben. Es lässt sich nicht bestreiten, dass San Francisco bei psychischen Krankheiten die beste Medizin ist!«

Asadollah Mirsa ging auf den Polizeikadett zu, um ihn zu begrüßen: »Hallo, Offizier, wie geht es Ihnen?«

Der Polizeikadett erwiderte Asadollah Mirsas Gruß mit großer Würde. »Stets zu Diensten, mein Herr. Vielen Dank für Ihre gütige Nachfrage. Gerade heute noch habe ich zu Qamar gesagt: ›Wir haben Seine Exzellenz eine Weile nicht gesehen, wir müssen ihn bitten, uns die Ehre zu erweisen, uns einen Abend zu besuchen‹.«

»Warum hat Ihre werte Frau Mutter uns bisher noch nicht mit ihrer Anwesenheit beehrt, Herr Anwärter?«

»Sie kommt noch, sie wartet auf Akhtar, damit sie gemeinsam gehen können.«

Asadollah Mirsa küsste Qamar auf die Wange und säuselte: »Also wirklich, was für eine hübsche Dame du geworden bist. Was für ein hübsches Mädchen!«

Qamar blickte ihn freundlich an. »Sieh nur mein wunderschönes Kleid, Onkel Asadollah. Mutter hat es für mich genäht.«

»Erstaunlich. Die verehrte Aziz al-Saltaneh ist kunstfertig bis in die Fingerspitzen.«

»Nein, Onkel Asadollah, nicht die liebe Aziz, sondern meine Schwiegermutter, Radjabs Mutter.«

Aziz al-Saltaneh runzelte die Stirn, doch Asadollah Mirsa überhäufte sie ob ihres Aussehens und ihres feinen Charakters derart mit Komplimenten, dass sich die Falten in ihrem Gesicht wieder glätteten.

Langsam kam die Feier in Schwung. Zahlreiche Gäste waren eingetroffen, und der Lehrer Ahmad ließ sein Tar erklingen. Alle Anwesenden behandelten Agha Salar mit größter Zuvorkommenheit, und sein Platz war zum Ehrenplatz und Mittelpunkt der Gesellschaft geworden. Sogar Lieber Onkel Napoleon hatte sich trotz seines Hasses auf und seiner Furcht vor den Engländern überaus höflich neben ihn gesetzt.

Mein Vater schielte die ganze Zeit zur Haustür, so dass ich Asadollah Mirsa zuflüsterte: »Siehst du, wie nervös er ist? Ich glaube, er wartet noch auf andere wichtige Gäste.«

Asadollah Mirsa nippte an seinem Wein und erwiderte glucksend: »Er wartet auf Seine Exzellenzen Asghar den Diesel und Ihre Durchlaucht, die Dame Akhtar.«

Aus Angst vor meinen Onkeln, vor allem vor Onkel Oberst, der mir noch immer wütende Blicke zuwarf, getraute ich mich nicht in Leilis Nähe, obwohl mein wehmütiger Blick die ganze Zeit an ihr hing. Und auch sie wagte es nach meinem Kampf mit Puri nicht, sich mir zu nähern, als ob wir uns beide schuldig fühlten.

Einige Zeit später hatte das Warten meines Vaters ein Ende. Akhtar, die Schwester des Polizeikadetts Ghiasabadi, betrat, begleitet von ihrer Mutter Naneh Radjab und Asghar dem Diesel, den Raum; Akhtar war übertrieben geschminkt und trug ein tief ausgeschnittenes, ochsenblutrotes Kleid, das ihren bemerkenswerten Busen eher entblößte als verhüllte. Noch größeres Aufsehen erregte jedoch die Erscheinung von Asghar dem Diesel. Er hatte einen gedrungenen Körper, und auf seinem kahl rasierten Schädel glänzten etliche Narben. Er trug eine grüne Krawatte, vermutlich aus Dustali Khans Beständen, die ihm jedoch allem Anschein nach unbequem war. Und nachdem er einige Gäste begrüßt hatte, war allen klar, dass seine Kinderstube nicht die vornehmste gewesen war.

Ihre Ankunft ließ meinen Vater aufblühen wie eine Blume im Frühling, während die Mienen von Lieber Onkel Napoleon und Onkel Oberst sich im gleichen Maß verfinsterten.

Sobald das Stück, das der Tar-Musikant gerade spielte, zu Ende war, überschlug mein Vater sich förmlich vor Gastfreundlichkeit. »Was darf ich Ihnen bringen lassen, Agha Asghar? Tee, Likör, Wein? Fühlen Sie sich wie zu Hause, und bitte nicht so förmlich.«

Asghar schien sich in dieser Gesellschaft unwohl zu fühlen und murmelte verlegen: »Sehr freundlich von Ihnen, vielen Dank, ich habe gegessen.«

»Zögern Sie nicht zu sagen, was Sie wünschen«, ermutigte Asadollah Mirsa ihn. »Es gibt auch Bier.«

»Wirklich sehr nett von Ihnen. Wenn es...«

Akhtar, die Schwester des Polizeikadetts, sagte mit einem lauten Lachen: »Mein Asghar ist ein wenig schüchtern, Euer Exzellenz. Er trinkt gern, was immer Sie ihm freundlicherweise bringen.«

»Moment, Moment, unter uns sind derlei Förmlichkeiten wirklich überflüssig. Also bitte, bei der Seele von Duschizeh Akhtar, zögern Sie nicht.« Er stand auf und fuhr fort: »Und natürlich gibt es auch... He, Masch Qasem, bring uns die Wodkaflasche.«

Mit mürrischem Gesicht stellte Masch Qasem die Flasche und einige Gläser auf den Tisch neben die Obstschalen.

»Prost.«

»Prost. Auf ex!«

Asghar kippte den Wodka in einem Schluck hinunter. Asadollah bot auch der Mutter des Polizeikadetts ein Gläschen an. »Wollen Sie sich nicht auch ein wenig die Kehle befeuchten, meine Dame?«

Die bärtige Frau mit den gelben Zähnen, von denen überdies noch die Hälfte fehlte, lachte herzhaft und sagte: »Allah schütze Seine Exzellenz... ich und Alkohol?«

»Was sollte Sie an einem Abend wie diesem davon abhalten? So ein Prachtbursche von einem Sohn, und nun haben Sie ihn verheiratet.« Und damit drängte er der alten Dame ein Gläschen auf.

»Allah schütze uns alle«, flüsterte Masch Qasem in mein Ohr. »Die Leute, die sagen, der Teufel sei eine bärtige Frau, hatten Recht.«

Während Asadollah Mirsa und mein Vater sich an Gastfreundlichkeit überboten, brodelte Lieber Onkel Napoleon wie ein Vulkan kurz vor dem Ausbruch. Die Menschen, die Agha Salar umringten, lauschten dem Gespräch mit verblüfftem Schweigen. Nur Agha Salar starrte fasziniert und mit leuchtenden Augen auf Akhtars Brüste. Asadollah Mirsa bot auch ihr ein Glas an.

Mein Vater hielt den Augenblick für passend, in gemessenem Ton zu erklären: »Agha Salar, heute Abend sind wir über alle Maßen glücklich. Unser lieber Schwiegersohn Agha Ghiasabadi ist ein hochrangiger Beamter bei den Sicherheitsbehörden.«

Lieber Onkel ahnte sehr wohl, worauf mein Vater hinauswollte, und wand sich schweigend auf seinem Stuhl.

Agha Salar hatte bereits mehrere Gläser Cognac getrunken und war bester Laune. »Also, ich bin ebenfalls sehr glücklich«, erklärte er. »Ich wünsche dem Paar alles Gute.«

An den Polizeikadett gewandt, fragte er: »Und in welcher Abteilung der Sicherheitsbehörden sind Sie tätig, Agha Ghiasabadi?«

»Bei der Kriminalpolizei, mein Herr.«

»Mit wem arbeiten Sie zusammen? Ihr Vorgesetzter ist…?«

»Nun, mein Vorgesetzter ist Agha Teymur Khan, der heute Abend eigentlich auch kommen sollte. Ich weiß nicht, warum er so spät dran ist.«

»Welcher Teymur Khan? Derjenige, der früher für die Sicherheit in Khorasan verantwortlich war?«

»Nein, er war nie verantwortlich für...«

In diesem Moment entdeckte Lieber Onkel Napoleon Dr. Naser al-Hokama, der gerade eingetreten war, und nutzte die Gelegenheit, das Gespräch zu unterbrechen. »Also, also, hallo, Doktor, setzen Sie sich, setzen Sie sich. Warum kommen Sie erst so spät? Agha Salar, ich weiß nicht, ob Sie Dr. Naser al-Hokama kennen?«

Offenbar waren der Arzt und Agha Salar bereits miteinander bekannt und erkundigten sich ausgiebig nach der Gesundheit des jeweils anderen. »Ich frage mich, wo Dustali, der Esel, bleibt«, murmelte Asadollah Mirsa. »Ah, da ist er ja... wenn man vom Teufel spricht. Hereinspaziert. Wo bist du bis jetzt gewesen, Dustali Khan?«

Dustali Khans Stirn war tief gefurcht, woraus ich schloss, dass sein Plan nicht funktioniert hatte. Doch er gab sich rundum glücklich und erklärte: »Ich wollte ein paar Komödianten auftreiben.« Jedes einzelne Wort betonend, fuhr er fort: »In der Gruppe von Abbas Khan gibt es einen Mann namens Abdollah, der mit schwarz geschminktem Gesicht den Clown mimt. In seiner Rolle als Kakasiah, einem einfachen Mann aus dem Volk, ist er einfach zum Schreien komisch.«

Ich begriff, was er geplant hatte. Der erwähnte Abdollah spielte in billigen Possen den Trottel und war ein Enkel der Halbschwester meines Vaters. Von Jugend an war er ein arbeitsscheuer, nichtsnutziger Mensch gewesen und als junger Mann dem Opium verfallen und aus unserem Leben verschwunden. Ein Jahr zuvor hatten wir Abdollah mit schwarz geschminktem Gesicht in der Rolle des Kakasiah mit einer Truppe von Komödianten gesehen, die für eine Hochzeitsfeier engagiert worden waren.

Dustali Khan hatte die ganze Stadt auf den Kopf gestellt, um den Schauspieler Abdollah zu finden, damit er ihn zu der Feier bringen und es meinem Vater so heimzahlen konnte, doch er hatte ihn zum Glück nicht auftreiben können. Trotzdem wollte er meinem Vater den Triumph verderben.

Er kippte ein Glas Wodka hinunter und fuhr fort: »Ja, er zieht urkomische Grimassen. Er ist natürlich drogensüchtig und ein durch und durch schlechter Charakter, aber sehr witzig. Eine Schande, dass ich ihn nicht aufstöbern konnte...«

»Ich wünschte ebenfalls, Sie hätten ihn gefunden«, schaltete Agha Salar sich ein. »Ich liebe diese Kakasiah-Nummer. Wenn Sie wüssten, wo man nach ihm suchen soll, könnte ich meinen Chauffeur mit dem Wagen schicken.«

Asghar der Diesel hatte gerade ein weiteres Glas Wodka geleert und wurde zusehends munterer. »Bei der Seele von Agha Salar, diese Kakasiah-Nummer ist wirklich zum Totlachen. Wenn ich wüsste, wo der Mann zu finden ist, würde ich ihn selbst herholen.«

Dustali Khan kratzte sich hinterm Ohr und wandte sich an meinen Vater: »Du weißt nicht zufällig, wo man nach ihm suchen könnte? Denn der Mann ist doch irgendwie mit dir verwandt. Ist er nicht ein Großneffe von dir?«

Mein Vater klappte so heftig den Mund zu, dass man es hören konnte. Dann setzte er an, um etwas zu sagen, brachte jedoch keinen Ton heraus.

Asadollah Mirsa stürzte sich mitten in den kalten Krieg. »Warum legen wir keine Schallplatte auf, wo wir schon ein Grammophon haben? Und Ahmad Khan ist auch hier. Ahmad Khan, warum sitzen Sie untätig herum? Spielen Sie etwas, Mann!«

Um den Streit zu beenden, sprang Asadollah Mirsa auf, schwenkte die Hüften und begann zu singen: »Was für ein Abend, da diese beiden sich gefunden haben. Heute Nacht stecken Braut und Bräutigam unter einer Decke. So Allah will, möge das Glück mit ihnen sein, das Glück mit ihnen sein...«

Der Lehrer Ahmad Khan fing an, ihn mit seinem Tar zu begleiten und stimmte aus voller Kehle in das Lied ein. Bald erfüllten fröhlicher Gesang und Fingerschnippen den Raum, und die Stimmung schlug wieder um.

Schließlich sank Asadollah Mirsa mit schweißglänzender Stirn erschöpft auf seinen Stuhl, und der Lärm erstarb wieder. Mein Vater hatte mittlerweile seine Streitmacht versammelt und einen neuen Angriff vorbereitet. Er wandte sich nun an die Mutter des Polizeikadetts, während er Asghar dem Diesel Wodka nachschenkte. »Der verstorbene Vater des Polizeikadetts«, sagte er, »Allah schenke seiner Seele Frieden, sieht in diesem Moment bestimmt vom Himmel auf uns herab. Jeder Vater möchte gern an der Hochzeit seines Sohnes teilnehmen.«

Die Mutter des Polizeikadetts hatte auf Asadollahs Drängen zwei oder drei Gläser Wodka getrunken. Sie lachte laut und glühte vor Glück und Fröhlichkeit. »Eines Tages kurz vor seinem Tod stand er in seinem Laden beim Ofen, als ihn die Hitze übermannte. Er kam nach Hause und brach zusammen, so dass wir den Arzt rufen mussten. Da sagte er zu mir: ›Naneh Radjab, du weißt, dass ich nur noch einen Wunsch in diesem Leben habe, und der ist, unseren Radjab verheiratet zu sehen, bevor ich sterbe.‹ Aber der Junge war so sturköpfig, dass mein armer Mann, Allah schenke seiner Seele Frieden, diesen Wunsch mit ins Grab nehmen musste.«

Bevor irgendjemand den Gesprächsfaden abreißen lassen konnte, hakte mein Vater nach. »Beim Ofen? Aber was war Ihr Mann denn von Beruf?«

»Allah schenke seiner Seele Frieden. Vor seinem Tod hat er Schafsköpfe gekocht. Aber als er jung war, hat er Brunnen ausgehoben und dann...«

Mit einem Mal schien Naneh Radjab aufzugehen, dass sie vielleicht schon zu viel gesagt hatte. Sie strich über ihren Bart und fügte zerknirscht hinzu: »Sie müssen mich entschuldigen... Ich meine, es ist die Schuld Seiner Exzellenz, weil er mir den ganzen Wodka eingeflößt hat. Dabei ist seit Jahren kein Tropfen mehr durch meine Kehle geronnen.«

Doch mein Vater wollte die Gelegenheit nicht ungenutzt verstreichen lassen und wandte ein: »Was höre ich da, meine Dame? Wollen Sie etwa sagen, Sie schämen sich, dass Ihr Mann Schafsköpfe gekocht hat? Derlei Gerede hat in unserer Zeit keinen Platz mehr. Hat der Prophet nicht gesagt, dass Allah die Frömmsten liebt? Der Beruf entscheidet nicht darüber, was ein Mensch wert ist, nicht wahr, Dustali Khan?«

Dustali Khan bebte vor Wut, die Adern an seinem Hals waren deutlich hervorgetreten. Asadollah Mirsa wollte rasch das Thema wechseln, doch Dustali Khan setzte zum Gegenangriff an: »Wie kommt es, dass du den Enkel deiner eigenen Schwester nie ins Haus lässt, wenn du brüderliche und egalitäre Gefühle hegst? Weißt du nicht mehr, wie du ihn von der Polizei hast verscheuchen lassen, als er an deine Tür geklopft und um Hilfe gebeten hat?«

»Das hatte nichts mit seinem Beruf zu tun«, erwiderte mein Vater bemüht ruhig und gefasst. »Das lag daran, dass er alle menschlichen Werte und Tugenden mit Füßen getreten hatte. Er war drogensüchtig und konnte nicht mehr vom Opium lassen. So hat er den guten Ruf unserer Familie beschädigt.«

Dustali Khan war so wütend, dass er jede Kontrolle über sich verlor und brüllte: »Wie kommt es, dass dein guter Ruf so wichtig ist, der einer vornehmen Adelsfamilie hingegen nicht?«

Lieber Onkel versuchte ihn zu beruhigen, doch er war so zornig, dass er keinen Ton herausbrachte. Außerdem lag meinem Vater nichts daran, die Sache auf sich beruhen zu lassen. »Willst du etwa den ehrenwerten und angesehenen Agha Ghiasabadi mit diesem drogensüchtigen Schwachkopf vergleichen?«

Ohne zu begreifen, was er sagte, brüllte Dustali Khan: »Ist der Mann etwa nicht opiumsüchtig?«

Die Gäste verfolgten den Streit mit Staunen, ohne dass sie hätten eingreifen können. Plötzlich warf Naneh Radjab, die Mutter des Polizeikadetts, eine Schale Obst um und stieß einen Furcht erregenden Schrei aus. »Wissen Sie, was Sie da reden? Sie und Ihre Familie sind es nicht einmal wert, die Diener meines Radjab zu sein! Wenn Sie noch ein Wort sagen, schlage ich Ihnen die Zähne ein. Allah verfluche euch und eure Schandmäuler! Steh auf, Radjab! Hier haben wir nichts verloren!«

»Halt's Maul, du alte Hexe«, brüllte Dustali Khan außer sich vor Wut, »und mögen die Totengräber dich und deinen hässlichen Bart möglichst bald in der Erde verscharren!«

Naneh Radjab sprang wie ein Knallfrosch vom Stuhl und verpasste Dustali Khan, bevor irgendjemand sie stoppen konnte, eine saftige Ohrfeige. Dustali Khan wollte die alte Frau in den Leib treten, verfehlte sein Ziel jedoch und traf stattdessen ihr Schienbein, was sie vor Schmerz laut aufheulen ließ.

»Du schamloser Hurensohn hast meine Mutter getötet!«, kreischte die Schwester des Polizeikadetts und stürzte sich auf Dustali. Und damit brach eine Riesenrauferei aus. Asghar der Diesel, der seinen Zorn bis zu diesem Augenblick gezügelt hatte, trat hinter Dustali Khan, hob ihn hoch, rannte zu dem Becken in der Mitte des Gartens und warf ihn mit solcher Wucht ins Wasser, dass alle anderen Gäste von Kopf bis Fuß nass gespritzt wurden. Der nachfolgende Tumult war unbeschreiblich.

Eine halbe Stunde später war das Haus vollkommen leer.

Tische und Stühle waren umgestürzt, Obstschalen und Gebäck auf dem Boden verstreut. Meine Mutter saß in einer Ecke und weinte stumm vor sich hin, während mein Vater zornig und entschlossenen Schrittes im Hof auf und ab lief, die Hände hinter dem Rücken verschränkt. Hin und wieder blieb er an der Grenze zu Lieber Onkels Garten stehen und murmelte etwas Unverständliches.

Einer der traurigsten und unangenehmsten Abende meines Lebens war zu Ende gegangen, und am nächsten Morgen bat ich meine Mutter, für ein paar Tage einen Verwandten am anderen Ende der Stadt besuchen zu dürfen. Ich musste meiner Umgebung eine Weile entfliehen.

Als ich zwei Tage später zurückkam, stellte ich fassungslos fest, dass der gesamte Garten zwischen unserem und Lieber Onkels Haus mit einem Zaun aus vier Rollen Stacheldraht und anderthalb Meter hoch abgesperrt war, so dicht, dass nicht einmal eine Katze hätte durchschlüpfen können.

Dritter Teil

Inhalt

Kapitel 20 In dem beschlossen wird, Puri einem Test
zu unterziehen, und Masch Qasem der Schule des
Erzählers einen Besuch abstattet 455

Kapitel 21 In dem Akhtar Puri testet, der Erzähler
einen ernsten Beschluss fasst und Lieber Onkel
Napoleons Gesundheitszustand sich verschlechtert 467

Kapitel 22 In dem Lieber Onkel Napoleon Masch
Qasem des Verrats bezichtigt und Asadollah Mirsa
sich mit dem Vater des Erzählers auf einen Plan
verständigt 490

Kapitel 23 In dem Lieber Onkel Napoleon einen
Besucher empfängt 510

Kapitel 24 In dem Dustali Khan und sein Schwiegersohn ihre Differenzen vor Lieber Onkel Napoleon
darlegen, Enthüllungen gemacht werden und die
Aussichten des Erzählers finster erscheinen 526

Kapitel 25 In dem Lieber Onkel Napoleon noch mehr
Besucher empfängt und ins Krankenhaus gebracht
wird und Asadollah Mirsa eine lange Unterredung
mit dem Erzähler hat 542

20

Seit der Feier, die mein Vater zu Ehren von Polizeikadett Ghiasabadi gegeben hatte, waren ein paar Monate vergangen, in denen ich schrecklich einsam gewesen war, denn Lieber Onkel hatte nach diesem denkwürdigen Abend nicht nur sein Haus mit Stacheldraht von unserem getrennt und Leili jeden Kontakt mit mir untersagt, sondern auch allen anderen Verwandten strengstens verboten, auch nur ein Wort mit einem Mitglied der Familie meines Vaters zu wechseln.

Außerdem hatte er Onkel Oberst um einen Leibwächter gebeten, da er ganz und gar von dem Gedanken besessen war, dass die Engländer auch seine Angehörigen nicht von ihrer grausamen Rache ausnehmen würden. Dieser Leibwächter, ein imposanter, finster dreinblickender Klotz von einem Türken, der nur ein paar Brocken Persisch verstand, brachte Leili jeden Morgen zur Schule und holte sie mittags wieder ab, was meinen Plan, zumindest auf dem Schulweg hin und wieder mit ihr zu plaudern, ebenfalls vereitelt hatte. Ich war ihr einige Male in der Hoffnung gefolgt, wenigstens ein paar Worte mit ihr wechseln zu können, doch der Leibwächter war mit seinem breiten Gürtel derart auf mich losgegangen, dass mich nur meine Schnelligkeit vor dem sicheren Tod gerettet hatte.

Selbst das Telefon wurde strengstens bewacht, weshalb ich schließlich einsehen musste, dass meine einzige Hoffnung auf Erlösung darin bestand, mich Masch Qasem rückhaltlos zu offenbaren und ihn um Hilfe zu bitten. Masch Qasem hörte mir aufmerksam zu. »Möge Allah sich deiner erbarmen, mein Junge«, sagte er leise. »In dieser Stadt findest du keinen, der so streng über die Familienehre wacht, wie mein Herr. Wenn der spitzkriegen würde, dass einer seinen Nachbarstöchtern schöne Augen macht, würde er ihm den Bauch aufschlitzen. Was meinst du, was erst passiert, wenn es um seine eigene Tochter geht!«

»Masch Qasem, Lieber Onkel muss es doch wissen. Puri oder Onkel Oberst haben es bestimmt geschafft, ihm das irgendwie zu stecken.«

»Bist du verrückt, mein Junge? Glaubst du, einer von den beiden ist lebensmüde?«

Anschließend malte Masch Qasem mir in schillernden Farben aus, welche Qualen Lieber Onkel für diejenigen bereithielt, die sich ungebeten in ein Mädchen seiner weitläufigen Verwandtschaft verliebten, doch meine Sehnsucht nach Leili war so groß, dass selbst die Aussicht auf die grausamsten Strafen mich nicht abschrecken konnte. Ich bat und bettelte so lange, bis Masch Qasem sich schließlich bereit erklärte, Leili gelegentlich Briefe von mir zu überbringen, sofern nichts »Unschickliches« darin stand.

Glücklicherweise endete dieser Kriegszustand zwischen meinem Vater und Lieber Onkel bereits nach drei oder vier Monaten, und heute weiß ich, was die beiden bewogen hat, das Kriegsbeil wieder zu begraben.

Lieber Onkels Angst vor der Rache der Engländer war von Tag zu Tag größer geworden, so dass er sich nach und nach zum Gefangenen in seinem eigenen Haus gemacht hatte. Selbst im Bett trennte er sich nicht mehr von seinem Revolver, und Masch Qasem musste jede Nacht mit einem geladenen Gewehr vor seiner Schlafzimmertür verbringen.

Alle Familienmitglieder versuchten beharrlich, ihm zu erklären, dass die Engländer aus tausend verschiedenen Gründen nicht mehr an seiner Person interessiert waren. Doch diesen Gedanken konnte Lieber Onkel nicht zulassen. Er brauchte wenigstens einen Menschen in seiner Nähe, der die Gefahr, in der er zu schweben glaubte, ebenfalls ernst nahm – und dieser Mensch war niemand anderes als mein Vater. So raffte Lieber Onkel sich schließlich auf und machte den ersten Schritt. Der Stacheldraht wurde abgebaut, und ich durfte Leili endlich wieder sehen. Doch nun wachte Puri wie ein Schießhund über uns.

Er hatte gedroht, Lieber Onkel meine Liebesbriefe zu zeigen, wenn er mich auch nur einmal in Leilis Nähe erwischen würde. Um seinen Verdacht zu zerstreuen, taten Leili und ich nach außen so, als wäre zwischen uns alles aus, während wir heimlich weiterhin auf Masch Qasems Botendienste vertrauten. Glücklicherweise hatte Puri immer noch keine Anstalten gemacht, die Sache mit der Hochzeit voranzutreiben. Nicht dass er Rücksicht auf meine Gefühle genommen hätte, vielmehr hatten die seelischen Erschütterungen durch den Kanonenschuss und die Ängste, die er wegen des Hodenverlustes ausstehen musste, ihm jedes Interesse an einer Heirat genommen, weshalb er diskret von Dr. Naser al-Hokama behandelt wurde.

An einem Freitagmorgen im Frühling des Jahres 1942 ging ich, bevor alle anderen aufgestanden waren, in den Garten, um Masch Qasem zu bitten, dass er Leili einen weiteren Brief überbrachte.

»Hast wohl wieder die ganze Nacht über die Liebe nachgedacht, was? Weißt du eigentlich, dass es eine Sünde ist, ein junges Mädchen, das demnächst verheiratet werden soll, so aufzuregen? Außerdem ist es sowieso sinnlos... es gibt da etwas, was ich dir sagen wollte, aber ich weiß nicht recht wie...«

Masch Qasem starrte eine Weile gedankenverloren vor sich hin. Sein Gesichtsausdruck versetzte mich in helle Aufregung. »Bitte, Masch Qasem! Bitte, sag mir, was los ist!«

»O Allah im Himmel! Eher beiße ich mir die Zunge ab. Ich meine, warum sollte ich lügen? Mit einem Bein... ja, ja. Es ist gar nichts.«

Ich bettelte und flehte, bis er schließlich Mitleid mit mir hatte, vielleicht auch nur die Kontrolle über sein Klatschmaul verlor, und kopfschüttelnd sagte: »Wenn du es unbedingt wissen willst, die Hochzeit zwischen Duschizeh Leili und Agha Puri rückt näher.«

»Was? Die Hochzeit? Wieso, Masch Qasem? Bitte sag mir alles, was du weißt. Ich flehe dich an!«

Masch Qasem kratzte sich am Kopf. »Sieht so aus, als ob Dr. Naser al-Hokamas Medizin gewirkt hat.«

»Bitte, Masch Qasem, sag mir die Wahrheit! Was wird jetzt geschehen?«

»Schwörst du, niemandem zu verraten, dass du es von mir gehört hast?«

»Ich schwöre bei allem, was mir lieb und heilig ist, ich werde kein Wort sagen, und wenn sie mir jedes Glied einzeln ausreißen! Bitte sag es mir!«

Masch Qasem sah sich vorsichtig um und senkte die Stimme. »Also gut, mein Junge, warum sollte ich lügen? Mit einem Bein... ja, ja. Ich hab es mit meinen eigenen Ohren gehört. Gestern war der Oberst bei meinem Herrn, sie gingen in ein Zimmer und machten die Tür fest zu. Zufälligerweise war mein Ohr irgendwie an das Schlüsselloch gekommen, so dass ich hörte, was sie sagten. Sie redeten über Puri...«

»Was haben sie denn gesagt, Masch Qasem?«

»Warum sollte ich lügen? Mit einem Bein... ja, ja. Du weißt ja, dass es Puri nicht so gut ging, seit sie ihm einen Teil seiner Privatausstattung genommen haben. Es ist, als ob er dadurch seinen ganzen Antrieb verloren hätte. Deshalb hat Dr. Naser al-Hokama ihn mit diesem neumodischen elektrischen Ding behandelt...«

»Das weiß ich doch, Masch Qasem.«

»Hä? Woher weißt du das denn?«

»Der Sohn vom Doktor hat es mir im Vertrauen erzählt.

Puri geht jeden zweiten Tag zur Behandlung. Sie streifen ein elektrisches Massagegerät über sein Glied.«

»Und ich dachte, außer dem Oberst, dem Herrn und mir wüsste es niemand. Na ja, jedenfalls kann der Doktor sagen, was er will, Puri glaubt ihm nicht, dass er wieder gesund ist. Darum hat der Doktor jetzt vorgeschlagen, ihn für kurze Zeit zu verheiraten, um seine Privatausstattung zu testen. Doch Puri weigert sich, eine andere als Leili zu heiraten. Und jetzt«, fuhr er aufgebracht fort, »hat der Oberst einen anderen Weg gefunden. Sie haben mit dieser Duschizeh Akhtar gesprochen, Ghiasabadis Schwester, und ihr eine schöne Stange Geld versprochen, wenn sie es übernimmt, Puri zu testen.«

»Was? Mit Ghiasabadis Schwester? Aber ist das möglich? Ich meine, kann so etwas…?«

»O ja, mein Junge. Und diese Schlampe hat nicht mal nein gesagt.«

»Aber was hält Lieber Onkel davon, Masch Qasem?«

»Erst hat er nein gesagt, unmöglich, aber am Ende hat er doch zugestimmt.«

»Und wann wollen sie das machen?«

»Tja nun, warum sollte ich lügen? Mit einem Bein… ja, ja. Darüber haben sie sehr leise gesprochen, und ich konnte nicht alles verstehen. Es sieht so aus, als ob der Oberst und seine Frau heute oder morgen ausgehen und Puri allein zu Hause lassen wollen. Und dann soll diese Akhtar unter irgendeinem Vorwand zu ihm gehen und ihn testen.«

»Masch Qasem, glaubst du, ich meine, denkst du, dass dieser Test… also, meinst du, das klappt?«

»Nun ja, mein Junge, diese Schlampe, Allah verzeih mir, könnte selbst euren verstorbenen Großvater aus dem Grab auferstehen lassen, sie könnte, Allah behüte, selbst mich zur Sünde verleiten, wenn ich ihr auch nur den kleinen Finger reichen würde.«

Ohne zu wissen, was ich sagte, schlug ich vor: »Masch Qasem, wie wäre es, wenn wir aufpassen und verhindern, dass sie mit Puri allein bleibt?«

»Aber sobald wir einmal nicht hinsehen, ist es doch passiert. Wir müssen uns etwas anderes einfallen lassen, etwas, das nicht verrät, dass du was von der Sache weißt. Denn wenn das irgendwie rauskommt, jagt der Herr mir eine Kugel in den Kopf. Er hat gesagt, wenn die Engländer Wind von so einer Sache kriegen, machen sie ihn in der ganzen Stadt unmöglich. Und das ist ja auch wahr. Du weißt ja, wie diese Engländer sind!«

»Masch Qasem, ich weiß nicht, was ich tun soll, ich muss mir irgendwas einfallen lassen. Aber du musst um Allahs willen rauskriegen, wann es passieren soll, und mir Bescheid sagen.«

»Keine Sorge, das werde ich. Aber du darfst nichts unternehmen, wodurch ich hinterher in der Patsche sitze. Ich würde das Ganze bestimmt ebenso gern verhindern wie du. Die Tugend von einem Mädchen aus Ghiasabad ist wie meine eigene. Auf der ganzen Welt findest du keinen Ort, wo man die Tugend wichtiger nimmt als in Ghiasabad.«

Nachdem ich ein weiteres Mal geschworen hatte, das Geheimnis für mich zu behalten, machte ich mich niedergeschlagen auf den Weg zu Asadollah Mirsa, obwohl ich wusste, dass er weggefahren war. Als ich sein Haus erreichte, war es, als hätte Allah mir die Pforten des Himmels geöffnet, denn ich hörte sein Grammophon spielen.

»Allah sei Dank, du bist hier, Onkel Asadollah. Wann bist du zurückgekommen?«

»Letzte Nacht, mein Junge, was ist denn passiert, du bist ja ganz blass! Liegen sich dein Vater und Lieber Onkel wieder in den Haaren, oder hat General Wavell Lieber Onkels Haus angegriffen?«

»Schlimmer, Onkel Asadollah, viel schlimmer!«

Asadollah Mirsa stellte das Grammophon ab und sagte: »Moment, Moment, lass mich raten. Du bist mit Leili in San Francisco gewesen und hast ein Geschenk in ihrem Koffer zurückgelassen?«

»Nein, Onkel Asadollah. Mach keine Witze darüber. Es ist etwas viel Wichtigeres!«

»Also war es wieder nichts mit San Francisco? Los Angeles liegt in der gleichen Gegend, auf der Rückseite, und so schlecht ist das auch nicht.«

»Nein, Onkel Asadollah. Aber du musst mir schwören, dass das, was ich dir jetzt sagen werde, unter uns bleibt...«

»Moment, es hat also überhaupt nichts mit San Francisco zu tun?«

»Zufälligerweise hat es doch etwas damit zu tun«, antwortete ich ungeduldig. »Aber es geht um Puri.«

»Soll das heißen, dass du so lange gezögert hast, bis Puri mit Leili nach San Francisco gefahren ist?«

»Nein, nein, nein! Du hörst mir ja gar nicht richtig zu! Puri geht mit einer anderen nach San Francisco...«

»Weshalb machst du dann so ein langes Gesicht? Willst du etwa die Tore von San Francisco für alle verschließen? Soll San Francisco zur verbotenen Stadt erklärt werden?«

Asadollah Mirsa war derart guter Laune, dass ich überhaupt nicht ernsthaft mit ihm reden konnte. »Hör mir doch bitte mal eine Minute richtig zu!«, brüllte ich verzweifelt.

»Schon gut, schon gut. Ich bin ganz Ohr, schieß los.«

Nachdem Asadollah mir noch einmal bei allen Heiligen geschworen hatte, die Angelegenheit diskret zu behandeln, informierte ich ihn über den Stand der Dinge. Er musste so heftig lachen, dass er vom Bett fiel, und es dauerte eine ganze Weile, bis er sich endlich beruhigte. »Der Doktor hat also eine Reise nach San Francisco verschrieben«, sagte er immer noch kichernd, »um herauszufinden, ob seine Therapie erfolgreich war. Was für ein hervorragender Arzt! Ich hab ja schon immer gesagt, dass dieser Naser al-Hokama ein Genie ist. Ich wünschte, ich wäre sein Patient.«

Trotz meiner Ungeduld musste ich lachen. »Wahrscheinlich hast du seine Medizin schon längst ausprobiert«, vermutete ich.

»Allah ist mein Zeuge, ich habe Akhtar nie auch nur im Geringsten angerührt.« Die zahlreichen Eide, die er schwor, überzeugten mich endgültig davon, dass er log. Wir schwiegen eine Weile gedankenverloren. »Was sollen wir jetzt bloß machen?«, fragte ich schließlich. »Wenn er den Test besteht, wird er sicher nächste Woche um Leilis Hand anhalten, und dann werden sie in der Woche darauf heiraten. Ich muss um jeden Preis verhindern, dass er besteht.«

»Moment, wer sagt denn, dass dieser dämliche Grünschnabel tatsächlich besteht?«

»Onkel Asadollah, ich hab gehört, dass diese Akhtar sehr...«

»Ja, da hast du ganz richtig gehört«, unterbrach er mich. »Sie ist eine ausgezeichnete Lehrerin. Bei ihr fällt keiner durch. Schade, dass ich nicht daran gedacht habe, dich zuerst zu ihr zu schicken, deine Geographiekenntnisse lassen doch sehr zu wünschen übrig, du kennst ja noch nicht einmal den Unterschied zwischen San Francisco und Los Angeles!«

»Onkel Asadollah, kannst du nicht einmal für eine Sekunde ernst bleiben? Ich brauche deine Hilfe.«

»Kein Problem. Du hast ihm doch schon die Hälfte seiner – wie nennt Masch Qasem es noch so treffend – seiner Privatausstattung zerquetscht. Tritt ihn einfach noch mal, dann nennt man ihn künftig Puri, den Eunuchen, und du brauchst dir nie wieder Sorgen zu machen.«

»Onkel Asadollah!«

»Andererseits wird sicher schon bald der nächste Bewerber auftauchen und dann der übernächste, und ehe du dich versiehst, bist du von morgens bis abends damit beschäftigt, irgendwelchen Leuten in die Privatausstattung zu treten.«

»Onkel Asadollah, ich dachte, wir könnten vielleicht Akhtars Freund, Asghar den Diesel...«

»Geniale Idee! Wir schicken ihnen diesen drogensüchtigen Idioten auf den Hals, auf dass er ein nettes kleines Blutbad anrichtet! Du kannst etwas viel Simpleres tun. Nimm Leili einfach bei der Hand und führe sie im entscheidenden Moment in das Zimmer, in dem die Prüfung stattfindet.«

»Das kann ich nicht machen. Schließlich habe ich demjenigen, der mir das erzählt hat, versprochen, ihn aus allem rauszuhalten. Und außerdem, wie könnte ich Leili...«

Asadollah Mirsa zündete sich eine Zigarette an und blies den Rauch nachdenklich durch die Nase.

»Meiner Ansicht nach solltest du abwarten, bis der Test tatsächlich stattfindet«, meinte er schließlich. »Und wenn es richtig losgeht, veranstaltest du einen solchen Lärm, dass dem Schüler fürs Erste alle diesbezüglichen Gedanken vergehen. Dann heißt es, zurück zu Dr. Naser al-Hokamas Massagegerät, und du hast für die nächsten sechs oder sieben Monate Ruhe.«

»Ich hab's, Onkel Asadollah!«, rief ich triumphierend. »Wenn wir rauskriegen, wann der Test stattfindet, können wir im kritischen Augenblick ein Gewehr oder einen Knallfrosch abfeuern, um Puri zu erschrecken. Denn Dr. Naser al-Hokama hat gesagt, dass Puris Probleme nicht nur von meinem Tritt kommen. Er steht immer noch unter Schock, weil er diesen Kanonenschuss gehört hat.«

»Aber pass bloß auf, dass du ihm mit deinem Knallfrosch nicht auch noch das Augenlicht zerstörst. Das Land braucht dieses Genie in Zukunft noch. Besonders jetzt, wo er eine Stellung im Finanzamt angenommen hat.«

»Keine Sorge, ich weiß schon, was ich tu.«

»Also gut, aber sei bloß vorsichtig und sag mir Bescheid,

wenn du herausgefunden hast, wann das Ganze stattfinden soll.«

»Darf ich reinkommen?... Dann komme ich also rein... guten Morgen zusammen.«

Die Tür des Klassenzimmers öffnete sich, und Masch Qasem marschierte hinein. Die überraschten Blicke meiner Mitschüler huschten zwischen Masch Qasem und unserem Lehrer hin und her.

Unser Mathematiklehrer war ein derart strenger und jähzorniger Mann, dass selbst der Direktor es nicht wagte, unsere Klasse während seines Unterrichts zu betreten. Er starrte den Eindringling durch seine dicke, schwarz gerahmte Brille mit verkniffenen Gesichtszügen wortlos an.

Masch Qasem ließ seinen Blick kühl über meine Mitschüler gleiten und wandte sich dann an unseren Lehrer. »Ich habe Guten Morgen gesagt, und ich habe gelernt, dass man antworten *muss*, wenn einem jemand einen guten Morgen wünscht. In diesem Raum sitzen außer Ihnen noch fünfzig Leute, und kein Einziger erwidert meinen Gruß.«

»Und wer sind Sie?«, fragte mein Lehrer mit vor Wut bebender Stimme.

»Ich bin Ihr ergebenster Diener Masch Qasem. Ich habe ›Guten Morgen‹ gesagt.«

»Wer hat Ihnen erlaubt, während des Unterrichts in die Klasse zu kommen?«

»Tja nun, warum sollte ich lügen? Mit einem Bein... ja, ja. Ich habe gesagt ›Darf ich reinkommen?‹ Sie haben nicht ›Nein‹ gesagt. Also bin ich reingekommen. Und ich habe ›Guten Morgen‹ gesagt, aber Sie haben sich nicht die Mühe gemacht, mir auch nur das kleinste ›Guten Morgen‹ zurückzuwünschen.«

»Einen schönen guten Morgen... und wer sind Sie? Was wollen Sie hier?«

Masch Qasem deutete auf mich, der ich starr vor Angst in der zweiten Reihe hockte, und erwiderte: »Ich bin der Diener vom Onkel dieses Jungen. Seinen Vater hat es übel erwischt, und sie haben mich geschickt, um den Jungen zu holen.« Dabei zwinkerte er mir zu, was der Lehrer im Gegensatz zu meinen Mitschülern jedoch zum Glück nicht sehen konnte.

Seine Gesichtszüge entspannten sich ein wenig. Er bedeutete mir aufzustehen. »Deinem Vater ging es also nicht gut?«

»Mein Vater... ich meine... nein, Herr Lehrer... ich meine...«

Er wandte sich wieder an Masch Qasem. »Wie kommt es, dass er so plötzlich krank geworden ist?«

»Tja nun, Herr, das verstehe ich auch nicht. Der arme Mann saß einfach da und paffte an seiner Wasserpfeife, und dann griff er sich plötzlich an die Kehle und schrie und fiel auf den Boden.« Masch Qasem zwinkerte mir erneut unauffällig zu.

»Nun gut, nun gut, ab nach Hause mit dir, mein Junge. Und Sie, guter Mann, platzen bitte künftig nicht mehr einfach so in meinen Unterricht.«

Ich raffte so schnell ich konnte meine Bücher zusammen und zog Masch Qasem am Ärmel aus dem Klassenzimmer, bevor mein Lehrer es sich anders überlegen konnte. Kurz darauf radelte ich mit Masch Qasem auf dem Gepäckträger nach Hause.

»Nun sag schon, Masch Qasem, was ist passiert?«

»Na ja, mein Junge, nach dem Mittagessen habe ich gesehen, wie der Oberst vor dem Haus mit dieser Akhtar getuschelt hat, und als ich eine Stunde später mitgekriegt habe, dass der Oberst und seine Frau alle aus dem Haus geschickt haben, wusste ich, dass etwas im Busch ist. Und dann habe ich vor einer halben Stunde diese kleine Schlampe gesehen, aufgedonnert bis zum Gehtnichtmehr. Da bin ich sofort losgerannt, um dich zu holen. Das hatte ich schließlich versprochen. Aber du musst mir bei der Seele deines Vaters und der Seele von Duschizeh Leili schwören, dass du nichts tust, was mich in Schwierigkeiten bringt.«

»Ich verspreche dir, dich mit keinem Wort zu erwähnen, egal, was passiert.«

»Aber Junge, du wirst ihn doch nicht noch einmal treten, nicht wahr, denn sonst werden sie keine Ruhe geben, bis Blut fließt.«

»Da kannst du ganz beruhigt sein. Ich werde Puri kein Haar krümmen. Aber Masch Qasem, warum machen sie das ausgerechnet jetzt?«

»Weil im Haus momentan alles still ist. Die Kinder sind in der Schule, die Sesselpupser im Büro...«

»Aber Puri muss doch auch ins Büro.«

»Keine Ahnung, wie der Oberst ihn heute davon abgehalten hat, zur Arbeit zu gehen. Aber das macht mich umso sicherer, dass was im Busch ist.«

Ich ließ Masch Qasem an der Ecke unserer Gasse halten. »Zuerst müssen wir herausfinden, ob sich Akhtar in Onkel Obersts Haus befindet oder nicht.«

»Bitte, mein Junge, sag mir, was du vorhast... Ich mache mir wirklich Sorgen.«

»Masch Qasem, ich werde Puri wirklich nichts tun. Ich warte einfach ab und mache im entscheidenden Moment einen solchen Lärm, dass er es nicht schafft, sein schmutziges Werk zu vollenden.«

»Gut, mein Junge. Es gefällt mir, dass du so reine Gedanken hast. Es gibt nichts Wichtigeres auf der Welt. In unserer Stadt gab es mal einen Mann, der...«

»Das kannst du mir später erzählen, Masch Qasem. Ich muss jetzt aufs Dach klettern und herausfinden, was in Onkel Obersts Haus vor sich geht.«

21

Als ich nach Hause kam, wollten meine Eltern gerade gehen. »Warum bist du schon so früh zurück?«, fragten sie.

»Unser Lehrer war heute krank, der Unterricht ist ausgefallen. Wohin geht ihr?«

»Khanum Farrokh Laqa ist krank, und wir wollen sie besuchen«, erwiderte meine Mutter. »Wenn du willst, kannst du mitkommen.«

»Nein, ich habe eine Menge Hausaufgaben zu machen.«

Da meine Eltern nun glücklicherweise aus dem Haus waren, konnte ich durch das Fenster meines Zimmers auf das Dach des Badezimmers und von dort über einen schmalen Mauervorsprung zu einem Platz klettern, von dem aus ich den Garten von Onkel Obersts Haus einsehen konnte.

Doch entgegen meiner Erwartung war Akhtar nirgends zu entdecken. Puri stand mit einem Handtuch um die Hüfte im Becken und benetzte sich mit Wasser. Ich kehrte in mein Zimmer zurück.

Am Tag zuvor hatte ich mir von einem Klassenkameraden einige walnussgroße Knallfrösche besorgt. Ich wusste nicht, woraus sie bestanden, nur, dass man sie hart auf den Boden schleudern musste, damit sie explodierten. Um noch mehr Lärm zu veranstalten, verband ich alle vier Knallfrösche mit einem Faden und knotete sie in ein Tuch, bevor ich mich auf den Weg in den Garten machte, weil ich Masch Qasem nach mir rufen hörte. Als ich näher kam, sagte er leise: »Ah, mein Junge, ich wollte dir sagen, dass ich gerade draußen vor der Tür war und den Eingang zum Nachbargarten im Auge behalten habe. Eben ist Akhtar dort reingegangen, mit einem Schleier, aber dick geschminkt.«

»Danke, Masch Qasem, danke...«

Ich wollte zurück in mein Zimmer laufen, doch Masch Qasem hielt mich an einem Arm fest. »Sei schön vorsichtig, mein Junge. Wenn der Oberst dahinter kommt, wird er dir nach dem Leben trachten.«

»Ich passe schon auf, Masch Qasem. Eine Bitte habe ich allerdings noch, lauf zu Asadollah Mirsa und bitte ihn herzukommen, damit er auf mich aufpassen kann, wenn es Ärger gibt.«

»Ich glaube nicht, dass er schon aus dem Büro zurück ist.«

»Dann eben, wenn er zurückkommt.«

Damit eilte ich in mein Zimmer, stopfte die Knallfrösche in die Tasche und kletterte wieder in mein Versteck.

Akhtar trug ein tief ausgeschnittenes, grünes Kleid. Ihr weißer, mit einem Rosenmuster bestickter Schleier war vom Kopf gerutscht. Sie saß auf einem Stuhl im Garten. Puri trug gestreifte Hosen, die sein Gesicht und seinen Körper noch schlaksiger aussehen ließ. Sie plauderten noch äußerst förmlich miteinander.

»Ich wäre Ihnen sehr dankbar, Agha Puri, wenn Sie das für mich tun könnten.«

»Und was ist mit letztem Jahr?«, fragte Puri stotternd. »Hat man ihm im vergangenen Jahr denselben Betrag abgenommen?«

»O nein, im vergangenen Jahr hat ein Freund die Sache für ihn geregelt. Er hat sehr viel weniger Steuern gezahlt.«

»Nun, wenn Sie morgen oder übermorgen in mein Büro kommen, werde ich sehen, was sich machen lässt. Ich muss einen Blick in die Akte werfen.«

Akhtars Schleier war ihr mittlerweile bis auf die Schultern gerutscht; sie fasste den Saum mit beiden Händen und fächerte sich Luft zu, wobei sie bemerkte: »Es ist wirklich unglaublich heiß heute.«

Sie wollte Puris Aufmerksamkeit offensichtlich auf ihre nackten Arme und ihre üppigen Brüste lenken.

Doch Puri beachtete sie gar nicht, sondern fragte höflich: »Soll ich Ihnen ein Glas gekühlten Kirschlikör bringen?«

»Ein kaltes Glas Bier oder Wein wäre mir lieber. Ein Schlückchen von dem Wein Ihres Vaters, den wir neulich getrunken haben.«

»Leider hat mein Papa seine Weinvorräte weggeschlossen.«

»Ich wette, er hat Angst, dass Sie sonst alles austrinken!«

»O nein, ich trinke nie Alkohol.«

»Nun, dann muss ich es wohl glauben«, erwiderte Akhtar lachend. »Und wenn Sie sich mit einem Mädchen in einem Café treffen, bestellen Sie vermutlich kalten Melonensaft.«

Puri wurde rot, lachte verlegen und ließ den Kopf hängen. »So etwas mache ich nicht.«

»Aber, aber, schwindeln Sie nicht. Ein stattlicher junger Mann wie Sie? Selbst wenn Sie es selbst nicht wollten, würden die Mädchen Sie doch nicht in Ruhe lassen.«

»Sie sind sehr freundlich.«

»Und nun sehen Sie nach, ob Ihr Vater nicht doch etwas von dem Wein draußen hat.«

Puri stand auf und sagte schon auf dem Weg: »Ich weiß, dass ich nichts finden werde.«

Sobald er im Haus verschwunden war, löste Akhtar einen Knopf ihres Mieders. Masch Qasem hatte nicht gelogen. Sie war eine überaus verführerische Frau. Selbst in meinem Versteck oben auf einem schmalen Mauervorsprung verschlug es mir den Atem. Ich erinnerte mich an Asadollah Mirsas Worte und dankte Allah, dass nicht ich einer solchen Prüfung unterzogen wurde. Ich zwang mich, alle diesbezüglichen Gedanken zu verwerfen und tastete nach den Knallfröschen in meiner Tasche. Ich hatte keine Ahnung, wann ich meine Ladung zünden wollte. »Das ist wirklich seltsam«, hörte ich Puri aus dem Haus rufen, »aber zufällig steht eine Flasche Wein auf dem Tisch.«

»Ich wusste es«, gab Akhtar lachend zurück. »Warum kommen Sie nicht wieder nach draußen?«

»Ich suche einen Korkenzieher... ah, da ist er ja.«

Puri kam mit der Flasche Wein und einem Glas auf einem Tablett zurück in den Garten.

»Was? Warum denn nur ein Glas?«

»Ich habe Ihnen doch gesagt, dass ich keinen Alkohol trinke.«

Akhtar goss ein wenig Wein in das Glas, probierte ihn und sagte: »Hmm, was für ein köstliches Getränk. Wie halten Sie es nur aus, nichts davon zu trinken? Kosten Sie wenigstens einen Schluck, damit Sie wissen, wie er schmeckt!«

»Ich kann nicht... ich meine, ich habe schon einmal Wein probiert. Er bekommt mir nicht, ich kriege davon Kopfschmerzen.«

»Ein Schlückchen, nur für mich! Für Ihre Akhtar!«

Sie hielt ihm das Glas an den Mund. Puri nippte und verzog sein Eselsgesicht. »Widerlich!«

»Sie werden schon noch auf den Geschmack kommen. Nehmen Sie noch einen Schluck... nur für Akhtar!«

Sie flößte ihm den Wein förmlich ein, bis sie plötzlich kreischte: »Oh, der Schlag soll mich treffen! Ich habe Wein auf mein Kleid geschüttet...« Und sie hob ihren Rock so weit, dass ihre drallen, weißen Schenkel zum Vorschein kamen.

»Habe ich nicht gesagt, Sie sollen mich nicht bedrängen«, meinte Puri lachend. »Die kleinen Sünden bestraft Allah sofort.«

Er war ein so schwächliches Muttersöhnchen, ein solcher Trottel, dass ich ihm die Knallfrösche am liebsten gleich an Ort und Stelle auf den Kopf geworfen hätte. Er zog ein Taschentuch aus seinen Hosen, befeuchtete es im Wasserbecken und hielt es Akhtar hin. »Nehmen Sie das!«

»Das Kleid ist aus Georgette. Ich will es nicht ruinieren. Ich halte es stramm, während Sie den Wein abtupfen.«

Akhtar hob den Rock, und Puris Pferdegesicht versank beinahe in ihren Brüsten. Ich konnte mir vorstellen, dass ihn das mächtig in Aufruhr versetzte.

Akhtar bemühte sich, weiter Öl ins Feuer zu gießen. »Wenn ich jetzt behaupten würde, dass Agha Puri mir einen Fleck auf den Rock gemacht hat, würde ich nicht einmal lügen«, meinte sie kokett.

Puri stieß ein widerwärtiges Gewieher aus. »Gut, dass mein Vater nicht hier ist«, sagte er. »Das würde wirklich keinen guten Eindruck machen.«

»Und wenn Ihr Vater nicht weg wäre, könnte ich jetzt nicht mit seinem gut aussehenden Sohn allein sein. Autsch! Was für Stechmücken es hier gibt. Meine Kniekehle ist schon dick angeschwollen. Fühlen Sie mal!«

Akhtar nahm Puris Hand, legte sie in ihre nackte Kniekehle und sagte: »Haben Sie kein Rasierwasser im Haus?«

»Doch. Warten Sie, ich hole es.«

Puri rannte ins Haus, und Akhtar folgte ihm, so dass ich sie nicht mehr sehen konnte. Zum Glück stand ein Fenster offen, und so waren zumindest ihre Stimmen zu hören.

»Autsch, das brennt«, sagte Akhtar. »Reiben Sie es noch ein wenig weiter ein, aber keine anzüglichen Blicke, ja? Einen Moment, was ist denn das? Haben Sie nicht gesagt, dass Sie sich nicht mit Mädchen treffen?«

»He, lassen Sie das... meine Eltern könnten jeden Augenblick kommen.«

»Nein, nein. Keine Sorge, ich habe den Oberst an der Tür getroffen, und er hat gesagt, er würde nicht vor dem Abend zurück sein.«

»Aber wenn unser Diener plötzlich...«

»Rede nicht so viel, Liebling... niemand wird kommen.«

Puri wollte etwas sagen, was jedoch unverständlich blieb, weil sein Mund verschlossen wurde. Seinem andauernden Schweigen nach zu urteilen, hatte Akhtar eine wirksame Methode angewandt. Sollte ich jetzt die Knallfrösche zum Einsatz bringen? Ich wünschte, Asadollah Mirsa wäre hier gewesen, um mir das Kommando zu geben. Aus dem Geräusch quietschender Bettfedern schloss ich, dass sie sich gemeinsam aufs Bett geworfen hatten. Kurz entschlossen schleuderte ich die Knallfrösche mit aller Kraft auf den Boden unweit der Tür.

Der Knalleffekt überstieg meine kühnsten Erwartungen, und es war nicht nur das Geräusch der Feuerwerkskörper. Es klang, als hätte jemand einen großen Felsbrocken in ein Glaslager geschmissen. Die aufspritzenden Scherben erschreckten mich derart, dass ich das Gleichgewicht verlor und abrutschte. Ich stürzte jedoch nicht bis zum Boden, weil ich mich instinktiv an einen Mauervorsprung klammerte. Ich baumelte eine Weile in der Luft, bis mein Fuß knapp zwei Meter über dem Boden ein wenig Halt fand.

Akhtars Schrei vermischte sich mit seltsamen Lauten, die offenbar aus Puris Kehle drangen. »Puri Khan... Puri Khan... was ist mit dir? Was war das? So sag doch was, um Allahs willen!«

»Nein... mir... mir... mir geht es gut. Dieser Lärm... die Artillerie... ein Gewehr...«, stotterte Puri mit zitternder Stimme.

»Ich hau ab!«, kreischte Akhtar, zog sich den Schleier über den Kopf und stürzte zum Seiteneingang. Gleichzeitig hämmerte jemand gegen das Gartentor, und diverse Menschen schrien durcheinander. Doch Puri schien nicht in der Lage zu sein, aufzustehen, denn er rief nach wie vor hilflos stammelnd: »Ich... ich... ich komme...«

Meine Lage war prekär. Meine Füße hatten keinen festen

Halt, und meine Arme konnten das Gewicht meines Körpers nicht länger tragen. Als ich versuchte, mich nach oben zu hangeln, löste sich ein Stein, und ich fiel auf den Boden. Ein stechender Schmerz durchzuckte meinen Körper, doch es gelang mir aus eigener Kraft aufzustehen.

Noch bevor ich an Flucht denken konnte, tauchte Puri auf; er war leichenblass, doch als er mich sah, war seine Wut größer als seine Angst. Er schien die Sprache zumindest teilweise wiedergefunden zu haben, denn er brüllte mich an: »Du warst das also mit dem Lärm? Du hast diesen Krach gemacht?«

»Nein, nein, Puri, ich schwöre bei der Seele meines Vaters. Der Schlag soll Lieber Onkel treffen, wenn ich es war.«

Doch wegen meiner Verwirrung und Nervosität nahm er mir meine Unschuldsbeteuerungen nicht ab. Ich nutzte sein kurzes Zögern, um einen Blick in die Ecke des Hofs zu werfen, in die ich die Knallfrösche geschleudert hatte. Sie waren auf einer großen Korbflasche gelandet, die zufällig dort stand, und hatten sie zerschmettert. Die Hälfte des runden Bodens war intakt geblieben, aber Glassplitter übersäten den ganzen Hof. Einen Moment erwog ich, ihm aus schierem Selbsterhaltungstrieb einen Tritt zu verpassen, doch mein Asadollah Mirsa und Masch Qasem gegebenes Versprechen, Puri nichts zu tun, ließen mich innehalten. Das Hämmern und der Druck gegen das Gartentor waren mittlerweile so heftig geworden, dass der Riegel nachgab. Onkel Oberst stürzte, gefolgt von einigen Verwandten, in den Hof.

»Was ist passiert, Puri?«, übertönte sein Schrei alle anderen. »Was war das für ein Lärm?«

»Das Schwein hat eine Handgranate in unser Haus geworfen.«

Ich bemühte mich nach Kräften, seine Anschuldigung zurückzuweisen. »Ich schwöre bei meinem Vater, ich schwöre bei deiner Seele, Onkel, dass ich es nicht war.«

Onkel Oberst befreite mich aus Puris Griff und nahm mich selbst in die Mangel. »Gib es zu, du miese kleine Ratte!«

»Ich schwöre bei deinem Tod, bei der Seele meines Vaters, auch ich habe den Lärm gehört und bin aufs Dach geklettert, um zu sehen, was los war. Und dabei bin ich ausgerutscht.«

Ich blickte flehend zum Gartentor in der Hoffnung, dass Asadollah Mirsa oder Masch Qasem kommen und mich retten würden. Onkel Oberst drückte noch fester zu und brüllte: »Ich binde deine Füße an einen Pfahl und schlage so lange darauf ein, bis die Nägel abfallen. Und dann werfe ich dich ins Gefängnis. Puri, gib mir eine Rute!«

Puri brach rasch einen Ast von einem Baum und gab ihn seinem Vater. Ich wand mich unter Onkel Oberst Griff. Doch bevor der den ersten Schlag ausführen konnte, befahl eine Stimme am Tor: »Halt!«

Alle erstarrten, und ich war wie versteinert vor Angst. Auf der Schwelle stand Lieber Onkel Napoleon. In den Falten seines Umhangs sah ich seinen Revolver aufblitzen. Zum Glück tauchte Masch Qasem neben ihm auf, die doppelläufige Flinte über der Schulter.

Onkel Oberst und Puri wollten etwas sagen, doch Onkel Napoleon schnitt ihnen das Wort ab: »Seid ihr jetzt vollkommen verrückt? In einem derart gefährlichen Moment schlägst du diesen Jungen, anstatt dich um unsere Verteidigung zu kümmern!«

»Onkel, dieser Nichtsnutz hat einen Anschlag auf unser Haus verübt und eine Granate geworfen. Er wollte uns umbringen!«

»Ruhe! Selbst Dummheit hat ihre Grenzen! Du hast schon so viel Zeit vergeudet, dass der wahre Attentäter inzwischen längst friedlich zu Hause sitzt!«

Derweil marschierte Masch Qasem mit der Flinte über

der Schulter auf und ab und behielt die Mauer vor Onkel Obersts Haus scharf im Auge. »Möge Allah sie mit Blindheit schlagen, entweder sie sind durch die Gasse gekommen... oder in einem Ballon...«

Alle Köpfe drehten sich in seine Richtung. »Mir ist, als hätte ich das Geräusch von einem Ballon gehört«, fuhr Masch Qasem, wie in ein Selbstgespräch vertieft, fort. »Allah vernichte diese Engländer...«

Alle Anwesenden, vor allem jedoch Onkel Oberst und Puri, widersprachen ihm aufs Heftigste. »Schon wieder die Engländer! Masch Qasem redet wie immer Unsinn...«

Onkel Napoleon schwieg eine Weile, obwohl ihm die Vorstellung, dass eine Untat der Engländer einem anderen in die Schuhe geschoben wurde, schier unerträglich war. »Ja, die Engländer«, explodierte er schließlich, »die Engländer. Glaubst du, die Feindseligkeiten der Engländer gegen mich sind ein Witz? Ich bin also verrückt, das ganze Gerede nur Phantasterei. Ich rede Unsinn. Oh, ich habe euch alle so satt! Morgens, mittags und abends wache ich, um euch vor dem Angriff der Engländer zu beschützen. Ich riskiere mein Leben, meine Ehre und meinen Ruf. Gibt es einen besseren Beweis? Reicht es nicht, dass sie aus der Gasse, von einem Flugzeug oder von was weiß ich eine Bombe auf unser Haus werfen? Wie soll ich euch Schwachköpfen es denn noch erklären? Bei Allah, der Schlag soll mich treffen, um mich von solchen Verwandten zu erlösen!«

Lieber Onkel sah mittlerweile ziemlich Furcht erregend aus. Er zitterte am ganzen Leib, fasste sich mit der Hand an die Stirn, lehnte sich an die Mauer und sank langsam zu Boden. Seine Augenlider senkten sich, und der Revolver glitt aus seiner Hand.

Masch Qasem stürzte zu ihm. Möglicherweise wollte er die Aufmerksamkeit nur von mir ablenken, jedenfalls rief er laut: »Oh, Allah im Himmel, ihr habt den Herrn getötet!

Warum sollten sich die Engländer bei solchen Verwandten noch die Mühe machen, es selbst zu tun!«

»Ich bin absolut überzeugt, dass dieses Schwein es gewesen ist«, beharrte Puri. »Ich werde es beweisen.«

Derweil massierte Masch Qasem Lieber Onkels Schultern, bis er sich unvermittelt zu voller Größe aufrichtete, mit der doppelläufigen Flinte auf Puri zielte und schrie: »Ihr habt den Herrn getötet. Allah mag euch vergeben, doch ich habe keine andere Wahl. Ich muss euch alle töten. Sprecht eure Gebete!«

Puri, Onkel Oberst und alle anderen Anwesenden erblassten. Ohne den Blick von der Waffe zu wenden, wichen sie langsam zurück und stotterten: »Masch... Masch... Masch Qasem, mein Lieber. Nicht... tu nichts Unüberlegtes!«

Obwohl mir klar war, dass Masch Qasem nicht einmal wusste, dass man den Abzug betätigen musste, um die Waffe abzufeuern, und aller Wahrscheinlichkeit nach das Gewehr auch nicht geladen war, bekam ich ein wenig Angst. Doch just in diesem Moment ertönte eine Stimme: »Moment, Moment, Momentissimo!«

Asadollah Mirsa betrat mit erstaunt hochgezogenen Brauen den Garten. »Du bist unsere einzige Hoffnung, Onkel Asadollah«, begann Puri zu wimmern. »Masch Qasem will uns alle töten.«

»Gut für Masch Qasem!«, erwiderte Asadollah Mirsa lachend. »Ich wusste gar nicht, dass er auch menschliches Wild jagt.«

»Sie haben meinen Herrn getötet!«, unterbrach Masch Qasem ihn mit lauter Stimme. »Und ich muss ihn rächen! Für jeden von ihnen eine Kugel und die letzte für mich!«

Asadollah zählte rasch die Anwesenden. »Mit mir sind das acht. Wie viel Kugeln hast du denn in deiner doppelläufigen Flinte, Masch Qasem, dass du solche Massen erschießen willst? Und dann solltest du ja noch eine für dich selbst übrig lassen. Aber genug der Scherze, was genau ist passiert? Wer wollte den Djenab töten?«

Schließlich fiel sein Blick auf Lieber Onkel Napoleons leblosen Körper. Er lief zu ihm und rief: »Und du denkst an Rache, anstatt einen Arzt zu rufen. Was ist passiert? Djenab! Djenab! Wie geht es dir, Djenab?«

Asadollah Mirsa hockte sich auf den Boden und begann Lieber Onkels Rücken zu massieren; Masch Qasem hängte das Gewehr über die Schulter und eilte ihm zur Hilfe.

»Was ist passiert?«, fragte Asadollah erneut. »Masch Qasem bring den Teppich hierher, damit wir den Djenab darauf betten können. Und du, lauf nach nebenan, um eine Flasche Salmiakgeist zu holen. Nun lauf schon!«

Asadollahs Erregung hatte zur Folge, dass ein allgemeines Herumgerenne und Hantieren begann. Während er Lieber Onkels Hände und Füße massierte, rief er: »Will mir nicht mal jemand erzählen, was passiert ist? Warum ist der Djenab in Ohnmacht gefallen?«

Puri zeigte mit seinem langen Finger auf mich und stotterte: »Daran ist nur diese kleine Ratte dort schuld. Er hat eine Bombe auf unser Haus geworfen. Er wollte uns umbringen...«

»Moment, die Bombe hat den Djenab getroffen?«

»Nein, sie hat nur einen unglaublichen Lärm gemacht. Die Fensterscheibe ist geborsten, aber ich bin nicht getroffen worden.«

»Dann ist der Djenab wegen des Lärms ohnmächtig geworden?«

Puri schüttelte den Kopf und sagte: »Nein, Onkel, er kam erst später. Ich habe gesagt, dass dieser Tunichtgut die Bombe geworfen hat, aber er glaubt, die Engländer seien es gewesen.«

»Aber die Frage, ob er oder die Engländer es waren, ist

doch nichts, worüber man in Ohnmacht fällt. Es muss doch noch was...«

»Er ist sehr wütend geworden«, unterbrach Puri ihn.

Während er Lieber Onkel sanfte Ohrfeigen verpasste, sagte Asadollah Mirsa: »Es ist keineswegs unwahrscheinlich, dass die Engländer es waren. Ich meine, woher soll ein unschuldiges Kind denn eine Bombe bekommen?«

»Du darfst dich nicht von seiner Ich-kann-kein-Wässerchen-trüben-Miene täuschen lassen, Onkel Asadollah. Er ist ein größeres Schwein, als du glaubst. Hat er mich nicht letztes Jahr...« Offenbar war Puri aufgegangen, dass er schon zu viel gesagt hatte und es nicht unbedingt in seinem Sinne war, den Tritt vom vergangenen Jahr zu erwähnen.

Er verstummte, und ich ergriff die Gelegenheit, mich zu rechtfertigen. »Glaub mir, Onkel Asadollah, ich habe keine Ahnung, was passiert ist. Du kannst ja Duschizeh Akhtar fragen, sie war auch hier.«

Asadollah Mirsa hob erneut die Brauen. »Moment, was hatte denn Duschizeh Akhtar hier zu suchen?«

Masch Qasem sah seine Chance einzugreifen und sagte: »Warum sollte ich lügen? Ich habe auch nicht begriffen, was das Mädchen hier wollte. Als die Bombe hochgegangen ist, habe ich sie aus der Tür und zu ihrem Haus laufen sehen...«

»Die Schwester des Polizeikadetts hat sich im Auftrag eines Verwandten in einer Steuersache an meinen Sohn gewandt«, sprang Onkel Oberst Puri bei.

»Ich an Ihrer Stelle würde den jungen Herrn Puri nicht mit einer solchen Frau allein lassen«, meinte Masch Qasem kopfschüttelnd. »Die nutzen so etwas als Vorwand, um junge Männer vom rechten Pfad abzubringen.«

»Und wenn Asghar der Diesel erfährt, dass Duschizeh Akhtar Puri besucht hat«, warf ich ein, »wird er ihm den Bauch aufschlitzen und ihn in tausend kleine Stückchen hacken...«

Meine Bemerkung hatte Onkel Oberst und Puri sichtlich beunruhigt. Der Oberst legte eine Hand auf meine Schulter und sagte: »Hör mal, mein Junge, das musst du doch nicht alles laut wiederholen. Wenn der Rüpel davon erfährt, wird er denken...«

Die Flasche Salmiakgeist wurde gebracht, und Asadollah Mirsa schraubte sie auf und hielt sie Lieber Onkel Napoleon unter die Nase. Im selben Moment kam auch Leili nach draußen gerannt. Als sie ihren Vater am Boden liegen sah, brach sie in Tränen aus: »Papa, Papa... mein lieber Papa!«

Sie derart herzzerreißend schluchzen zu sehen rührte auch mich beinahe zu Tränen. Zum Glück schlug Lieber Onkel die Augen auf. »Hab ich es euch nicht gesagt?«, ertönte Asadollah Mirsas Stimme. »Gelobt sei Allah, es ist nichts Ernstes. Die Hitze hat ihm ein wenig zugesetzt. Djenab... Djenab... wie geht es dir?«

Lieber Onkel hob die Hand an die Stirn und antwortete matt: »Warum bin ich... was ist... ich habe offenbar das Bewusstsein verloren...«

Lieber Onkel starrte eine Weile vor sich hin, bis er sich erinnerte, was geschehen war. Er wandte den Kopf zu der zerborstenen Glasflasche, riss dann die Augen auf und brüllte: »Idiot, nichts anfassen! Wer hat dir gesagt, dass du das auffegen sollst? So nehme doch jemand diesem Trottel den Besen ab.«

Der Diener, der die Scherben hatte aufkehren wollen, erstarrte. Ich rannte zu ihm und riss ihm den Besen aus der Hand. Gleichzeitig bückte ich mich rasch, hob den verkohlten Rest eines Knallfroschs auf und verbarg ihn in meiner Faust.

Lieber Onkel hatte sich mittlerweile mühsam in eine halb sitzende Position gebracht und befahl: »Jemand soll laufen und den Polizeikadett Ghiasabadi holen!«

Wieder stand Onkel Oberst und seinem Sohn die Besorgnis ins Gesicht geschrieben. »Mein lieber Bruder, was willst du denn von dem Polizeikadett?«, fragte Onkel Oberst hektisch. »Du willst dir doch nicht seinen Unsinn anhören. Außerdem ist es ja mittlerweile hinreichend erwiesen, dass der Junge völlig unschuldig ist...«

»Ich möchte den Polizeikadett um seine Meinung fragen«, unterbrach Lieber Onkel Napoleon ihn. »Er ist schließlich Experte.«

»Aber warum den Polizeikadett? Ich persönlich kenne mich sehr viel besser aus als er...«

»Red keinen Unsinn!«, unterbrach Lieber Onkel ihn erneut. »Du hast dein Leben lang hinter einem Schreibtisch gehockt und keine Ahnung von diesen Dingen.«

Masch Qasem nutzte Lieber Onkels Schwäche, um eine seiner Geschichten anzubringen. »Außerdem kennt sich der Herr besser aus als jeder andere. Ich und der Herr sind praktisch zwischen Artillerielärm und Schießpulver aufgewachsen. Das waren Zeiten, bei Allah. Ich sehe es vor mir, als wenn es gestern gewesen wäre. In der Schlacht von Mamasani gab es einen Kanonier, der alle Geschosse verbraucht hatte, so dass nur noch eins übrig war. Der Herr, Allah schütze ihn, sprang wie ein Löwe hinter die Kanone und feuerte selbst. Bumm, standen alle Zelte und Fahnen der Engländer in Flammen. Später haben wir gesehen, dass das Geschoss ein Loch in ihre Tischdecke gerissen hatte und den Eintopf aus Hühnchen und Reis...«

Mit vor Zorn bebender Stimme rief Onkel Oberst ihn zur Ordnung: »Masch Qasem, es gibt eine Grenze für die Menge an Unsinn, die ein Mensch reden kann...«

Doch wenn es darum ging, seinen Herrn zu verteidigen, konnte Masch Qasem richtig störrisch werden. »Wollen Sie etwa sagen, der Herr wüsste nicht, wie man mit Artillerie umgeht? Meinen Sie, er wüsste gar nichts? Meinen Sie, der Krieg des Herrn gegen die Engländer ist nur heiße Luft?«

»Wann habe ich so etwas gesagt?«, erwiderte Onkel Oberst, jede Silbe betonend. »Ich meinte nur, dass dies nicht der Zeitpunkt ist...«

Glücklicherweise betrat in diesem Moment Polizeikadett Ghiasabadi mit dem Baby auf dem Arm, gefolgt von Qamar, den Garten.

Der Polizeikadett erinnerte in nichts mehr an den blassen Beamten von einst. Obwohl er weiterhin Opium rauchte, hatten sich seine Hautfarbe, seine gesamte Erscheinung und seine Gemütslage enorm verbessert. Er trug einen violett gestreiften Anzug, und sein gestärkter Hemdkragen glänzte. Lange Haarsträhnen, von den Schläfen über den Kopf gekämmt, verdeckten ein wenig seine Glatze. Auch Qamar sah besser aus als zuvor. Sie hatte abgenommen, und ihre Augen glänzten glücklich und zufrieden.

Asadollah Mirsa schüttelte Lieber Onkel. »Djenab, der Polizeikadett ist gekommen. Mach die Augen auf.«

Lieber Onkel öffnete die Augen ein wenig und sagte kraftlos: »Polizeikadett, heute hat es in diesem Haus eine Explosion gegeben. Vielleicht haben Sie den Knall ja auch gehört. Und da Sie ein Fachmann in diesen Dingen sind, möchte ich, dass Sie den Tatort untersuchen und mir sagen, was für ein Sprengkörper benutzt wurde.«

»Sehr merkwürdig. Ich habe keinen Knall gehört. Unser Haus ist allerdings ein Stückchen entfernt, und ich habe ein Nickerchen gemacht.«

»Allah schütze uns vor den Engländern«, sagte Masch Qasem unvermittelt, als wollte er dem Polizeikadett einen Hinweis auf dessen Ermittlung geben.

Doch der Polizeikadett erklärte streng: »Ruhe! Unter der Bedingung, dass ich nicht bei der Arbeit gestört werde. Qamar, meine Liebe, nimm mir bitte Ali ab, damit ich mich ans Werk machen kann.«

Der Polizeikadett legte Qamar das Baby in den Arm,

zückte eine Lupe und begann die Glassplitter zu untersuchen. Qamars Sohn war ein wirklich schönes Kind, und obwohl die gesamte Familie aus dem einen oder anderen Grund darauf bestand, dass es der Schwester des Polizeikadetts aufs Haar ähnelte, erinnerte sein rundes Gesicht vielmehr frappierend an Dustali Khan.

Dessen Abwesenheit war bemerkenswert. Zwei oder drei Monate nach Qamars Hochzeit hatte der arme Tor mit allen erdenklichen Mitteln versucht, den Polizeikadett zur Einhaltung seines Versprechens zu drängen, sich wieder von Qamar scheiden zu lassen. Doch Qamar hatte den Polizeikadett so sehr in ihr Herz geschlossen, dass nichts auf der Welt sie hätte von ihm trennen können; schon gar nicht, nachdem der Polizeikadett Wind von Qamars Erbschaft bekommen hatte, die er sich auf keinen Fall entgehen lassen wollte.

Dank Qamars Zuneigung hatte der Polizeikadett sie ebenfalls nach und nach lieb gewonnen. Mutter und Schwester waren letztendlich der Grund gewesen, warum Dustali Khan und Aziz al-Saltaneh ausgezogen waren und sich in einem anderen Haus, das sie in der Gegend besaßen, niedergelassen hatten. Aziz al-Saltaneh fühlte sich nach wie vor verpflichtet, die Beziehung zu ihrer Tochter und ihrem Schwiegersohn aufrechtzuerhalten, doch Dustali Khan hatte dem Polizeikadett und seiner Familie Rache geschworen. Vor allem die Tatsache, dass der Polizeikadett nicht wie vorgegeben impotent war, sondern durchaus seinen Mann stehen konnte, schien Dustali Khan zu ärgern. Nicht nur Qamar, sondern auch diverse Nachbarinnen, die Dustali Khan zuvor zu seinem Harem gezählt hatte, schienen zufrieden, und man munkelte sogar, dass Ghiasabadi eine ganz spezielle Beziehung zu Tahereh, der Frau von Schir Ali, unterhielt.

»Nun, lassen Sie mich sehen«, begann der Polizeikadett, »wer hat die Explosion als Erster gehört?«

Onkel Oberst, der wie ein verwundeter Bär schweigend auf der Treppe saß, fragte: »Was hat das denn damit zu tun?«

»Ich habe gefragt, wer der Explosion am nächsten war und den Knall daher vor allen anderen gehört hat?«

»Tja nun, warum sollte ich lügen?«, antwortete Masch Qasem für ihn. »Mit einem Bein... ja, ja...« Und dann zeigte er auf Puri und sagte: »Mit eigenen Augen habe ich gar nichts gesehen, doch ich habe den Krach gehört. Aber ich glaube, die beiden jungen Männer hier dürften ihn noch vor mir gehört...«

»Was für ein Geräusch haben Sie gehört?«, wandte sich der Polizeikadett an Puri. »Klang es wie ein Feuerwerkskörper oder wie etwas anderes...«

»Wie ein ganz gewöhnlicher Knallfrosch, aber...«

»Nein, ganz und gar nicht wie ein Knallfrosch«, beeilte ich mich, ihm in die Parade zu fahren. »Es klang vielmehr wie eine Bombe.«

Der Polizeikadett fuhr zu mir herum. »Wann hast du je das Geräusch einer Bombe gehört? Antworte, los, schnell, zack, zack, wird's bald!«

»In den Kriegsfilmen, die im Kino laufen. In der Wochenschau, wissen Sie.«

»Er redet Unsinn«, ging Puri wütend dazwischen. »Es klang überhaupt nicht...«

Ich ließ ihn nicht ausreden. »Nein, er weiß nicht, was er redet. Sie können ja Wie-heißt-sie-noch fragen...«

»Wen kann ich fragen? Antworte! Los, schnell, wird's bald!«

Puri begriff, wen ich meinte, und sagte, um mich zum Schweigen zu bringen eilig: »Na ja, ein bisschen wie eine Bombe klang es schon. So ein lautes Bumm-Bumm!«

Doch der Polizeikadett bohrte weiter. »Rede! Was hast du gesagt, wen wir fragen können? Wen? Los, schnell, wird's bald!«

Mir blieb nichts anderes übrig, als ausweichend auf Masch Qasem zu weisen. »Fragen Sie ihn, er war ganz in der Nähe...«

»Wie lange soll dieses lächerliche Theater noch dauern, Polizeikadett?«, brüllte Onkel Oberst. »Lassen Sie uns in Ruhe.«

Seinen ehemaligen Vorgesetzten Teymur Khan imitierend, brüllte der Polizeikadett: »Ruhe! Sprechen für die Dauer der Ermittlung verboten! Ich meine, bis ich meine Frage gestellt habe. Rede, Masch Qasem, welches Geräusch hast du gehört?«

Masch Qasem hob die Brauen und antwortete: »Tja nun, warum sollte ich lügen? Mit einem Bein... ja, ja... Ich habe mit meinen eigenen Ohren ein Geräusch gehört... man hätte denken können, es wären die Artillerie und Gewehrschüsse und eine Bombe gleichzeitig... oder mehr eine Mischung aus einem Gewehr, einer Bombe und einem brüllenden Leoparden, und das Geräusch von einem Ballon war auch mit dabei...«

»Moment«, unterbrach Asadollah Mirsa ihn lachend, »waren nicht vielleicht auch noch ein paar Takte eines Volksliedes mit einer persischen Fidel dazwischen?«

Der Polizeikadett warf ihm einen wütenden Blick zu, doch das Wohlwollen, das er für Asadollah Mirsa ob dessen Freundlichkeit ihm gegenüber empfand, hielt ihn davon ab, erneut loszubrüllen. »Euer Exzellenz«, sagte er milde, »wären Sie bitte so freundlich, Ihren bescheidenen Diener mit seiner Ermittlung fortfahren zu lassen?«

Nachdem er sich mit seiner Lupe noch ein wenig über den Boden gebeugt hatte, erklärte er gemessen: »Es ist ganz offensichtlich: Diese Bombe war von der Sorte, die man auch ›Granate‹ nennt...«

Lieber Onkel Napoleon riss die Augen auf und fragte: »Hergestellt also?«

Der Polizeikadett kratzte sich am Kopf und entgegnete: »Tja nun, das ist ein wenig... Ich denke, sie wurde entweder in Belgien oder England hergestellt. Ich meine, es gab eine Zeit, in der die Engländer eine Menge von diesen Dingern besaßen.«

Lieber Onkel Napoleon sank auf das Kissen zurück, das man ihm unter den Kopf geschoben hatte. »Seht ihr? Begreift ihr jetzt? Reicht das als Beweis für euch, die ihr so sicher seid, dass ich nichts verstehe? Seid ihr noch immer im Zweifel? Ist die englische Feindseligkeit gegen mich noch immer eine Phantasterei? Wie Napoleon einmal gesagt hat: ›Grenzenlos ist allein die Dummheit.‹«

Fenster und Türen erzitterten unter Lieber Onkels lauter Stimme, als er rief: »Aber die Engländer werden mich nicht kriegen. Ich werde sie vernichten und in den Flammen schmoren sehen. Sollen sie Bomben und Granaten werfen... ach.« Lieber Onkels Augen fielen zu, sein Körper zuckte ein paar Mal, und er verlor erneut das Bewusstsein.

Sofort herrschte allgemeine Verwirrung. Stimmen erhoben sich, doch am lautesten hörte man Asadollah Mirsa, der rief: »Was glaubt ihr, was ihr hier macht? Wollt ihr den alten Mann umbringen? Masch Qasem, lauf und hol Dr. Naser al-Hokama.«

Einige Minuten vergingen, in denen, begleitet von Leilis Schluchzen, alle durcheinander redeten, bis Dr. Naser al-Hokama mit seiner Tasche den Garten betrat. »Wünsche Gesundheit, Wünsche Gesundheit, was ist passiert?«

Seine Untersuchung dauerte mehrere Minuten, während der niemand etwas sagte. Alle hingen an seinen Lippen. Schließlich hob er den Kopf und erklärte: »Wünsche Gesundheit, sein Herzschlag ist unregelmäßig. Wir müssen den Djenab sofort ins Krankenhaus bringen...«

»Ist es nicht zu gefährlich, ihn in seinem Zustand zu transportieren?«

»Jedenfalls nicht so gefährlich, als wenn wir ihn hier liegen lassen und Däumchen drehen. Ich werde ihm eine Spritze geben. Besorgen Sie ein Auto.«

Zwei Leute rannten los, um sich um den Wagen zu kümmern, während der Doktor die Spritze aufzog. Leili weinte die ganze Zeit leise vor sich hin. Lieber Onkels Frau, die mittlerweile nach Hause gekommen war, schlug sich an die Stirn und gegen die Brust.

Ich stand abseits und ließ stumm und schuldbewusst den Kopf hängen. Asadollah Mirsa trat zu mir und murmelte: »Verflucht seist du, Junge. Weil du die eine kleine Reise nach San Francisco nicht schaffst, richtest du so ein Durcheinander an!«

»Onkel Asadollah, woher sollte ich denn wissen...?«

Ein Lächeln spielte um Asadollah Mirsas Lippen, als er sagte: »Geh und besorg dir eine ganze Kiste voll Handgranaten. Denn in drei Monaten ist unser arabischer Hengst wieder auf dem Damm, und du musst eine weitere zünden. Und drei Monate später wieder eine, und dabei ist die Sprengkraft nach und nach zu erhöhen, bis am Ende drei auf einmal zu werfen sind.«

Ich ließ den Kopf hängen und flüsterte: »Onkel Asadollah, ich habe mir fest vorgenommen...«

»Einen kleinen Ausflug nach San Francisco zu machen? Bravo, gut gemacht, meinen Glückwunsch. Hättest du diesen Entschluss nicht zwei Tage früher fassen können, damit wir dem alten Mann diesen bedauernswerten Zustand hätten ersparen können?«

»Nein, Onkel Asadollah, es geht nicht um San Francisco. Ich habe etwas anderes beschlossen...«

»Los Angeles?«

Ich wollte laut losschreien, konnte mich aber in letzter Minuten beherrschen und sagte mit gebrochener Stimme: »Ich habe beschlossen, mich umzubringen.«

Asadollah Mirsa sah mich an und lächelte. »Bravo, gut gemacht, eine ausgezeichnete Idee. Und wann soll dieses Glück verheißende Ereignis stattfinden?«

»Das ist mein Ernst, Onkel Asadollah.«

»Moment, Moment, du hast also beschlossen, den einfacheren Weg zu gehen. Die Leute wählen immer den Weg des geringsten Widerstands. Es gibt viele, denen es leichter fällt, eine Pilgerfahrt zum Friedhof anzutreten, als nach San Francisco zu gehen, aber so sind die Leute nun mal...«

»Onkel Asadollah, du siehst vor dir jemanden, der fest entschlossen ist, also mach bitte keine Witze darüber.«

»Also gut, mal sehen, hast du schon entschieden, wie du es anstellen willst?«

»Noch nicht, aber ich finde schon eine Möglichkeit.«

»Komm heute Abend zu mir. Ich habe bestimmt etwas im Haus, womit sich die Sache ohne große Mühe bewerkstelligen lässt. Allah schenke deiner Seele Frieden«, fügte er ernst hinzu. »Du warst immer ein netter Junge! Auf deinen Grabstein solltest du schreiben: ›An die Nachgeborenen: Hier liegt ein junger Mann, der es nie bis nach San Francisco geschafft hat...‹ Vielleicht halten sie im Jenseits schon nach dir Ausschau, und schicken dich dort nach San Francisco.«

Wenig später stand ein Mietauto abfahrbereit vor der Tür. Auf Befehl des Arztes war eine Trage geholt worden, auf die man Lieber Onkel behutsam gebettet hatte.

Masch Qasem und zwei weitere Diener trugen Lieber Onkel bis an das Gartentor, wo sie die Trage abstellten, um den Patienten hochzuheben und in den Wagen zu hieven. Doch dieser schlug unvermittelt die Augen auf, schaute verwirrt um sich und fragte mit schwacher Stimme: »Wo bin ich? Was ist geschehen? Wohin bringt ihr mich?«

Onkel Oberst beugte sich zu ihm hinab und erwiderte: »Du hattest einen Kollaps, mein lieber Bruder. Der Doktor hat angeordnet, dich ins Krankenhaus zu bringen.«

»Ins Krankenhaus? Ihr sollt mich ins Krankenhaus bringen?«

»Wünsche Gesundheit, wünsche Gesundheit, es ist nichts Ernstes, aber es kann durchaus sein, dass wir medizinische Geräte benötigen, die uns hier nicht zur Verfügung stehen. Vielleicht brauchen Sie Sauerstoff...«

Lieber Onkel schwieg eine Weile, bevor er losbrüllte: »Nun, Sie können meinetwegen gerne glauben, dass Sie mich ins Krankenhaus bringen! Wer hat Ihnen aufgetragen, mich dorthin zu schaffen? Wollen Sie das Schaf an die Wölfe ausliefern? Wollen Sie das? Wollen Sie mich den Engländern überantworten?«

Wieder erhob sich allgemeines Stimmengewirr. Praktisch alle waren der Ansicht, dass man Lieber Onkel ungeachtet seiner Einwände ins Krankenhaus bringen sollte, notfalls mit Gewalt. Mitten im schönsten Durcheinander betraten dann plötzlich meine Eltern den Garten. »Der Schlag soll mich treffen«, rief meine Mutter, »was geht hier vor, Bruder?«

Wieder redeten alle durcheinander; doch sobald Lieber Onkel Napoleon meinen Vater erblickte, rief er: »Hilf mir, Bruder, diese Idioten sind drauf und dran, mich umzubringen. Sie wollen mich in dieser Stadt, in der die Engländer wie die Wölfe darauf lauern, mich in ihre Fänge zu bekommen, ins Krankenhaus bringen.«

»Das sollten sie sich noch einmal gut überlegen«, sagte mein Vater mit fester Stimme. »Solange sich die Engländer in der Stadt aufhalten, ist es ganz und gar nicht ratsam, den Djenab ins Krankenhaus zu schaffen. Der Doktor soll ins Haus kommen.«

»Wünsche Gesundheit«, wandte Dr. Naser al-Hokama ein, »aber möglicherweise haben wir hier nicht alle benötigten medizinischen Geräte.«

»Dann lassen Sie alle nötigen Apparate herschaffen«, erklärte mein Vater ebenso entschieden. »Ich werde dafür aufkommen.«

Unendliche Dankbarkeit sprach aus Lieber Onkels Blick, bevor er beruhigt die Augen schloss.

22

Hallo.«

»Hallo, Leili, wie geht's?«

»Komm hier rüber, ich muss dir etwas sagen.«

Leili sprach sehr schnell. Sie war blass, und ungewohnte Ängstlichkeit flackerte in ihren Augen. Ich folgte ihr eilig zu der Rosenlaube.

»Was ist passiert, Leili? Wie geht es Lieber Onkel?«

»Masch Qasem schickt dir eine Nachricht.«

»Masch Qasem?«

»Ja, Allah behüte, aber Papa verliert offenbar den Verstand. Heute Morgen hat er Masch Qasem mit der Schrotflinte verfolgt und wollte den Armen erschießen...«

»Ihn erschießen?«, unterbrach ich sie mit vor Staunen weit aufgerissenen Augen. »Warum? Was hat Masch Qasem denn angestellt?«

»Papa sagt, er ist ein englischer Spion.«

Ich wäre beinahe laut herausgeplatzt, doch als ich Leilis besorgte Miene sah, blieb mir das Lachen im Hals stecken.

»Was? Masch Qasem ein englischer Spion? Das ist nicht dein Ernst!«

»Doch, es ist sogar sehr ernst. Er hat ihn mit der Schrotflinte gejagt. Wenn der Arme nicht die Beine in die Hand genommen hätte, wäre er vielleicht von Papa getötet worden.«

»Und was geschieht jetzt?«

»Masch Qasem hat sich in der Küche eingeschlossen. Er fürchtet sich so sehr vor Papa, dass er es nicht wagt herauszukommen. Er hat mir heimlich aufgetragen, dich zu bitten, dass du sofort deinen Vater und Asadollah Mirsa benachrichtigst, damit sie kommen und ihm helfen.«

»Hast du gar nichts gesagt?«

»Ich wollte ja, aber Papa hat mich so laut angeschrien, dass ich Angst hatte. Jetzt läuft er mit der Flinte im Hof herum und sagt Dinge, die ich überhaupt nicht verstehe.«

»Gut, pass auf, bis ich die anderen alarmiert habe.«

Es war ein Freitagmorgen. Mein Vater hatte das Haus schon früh verlassen, also lief ich zu Asadollah Mirsa.

Etwa zwei Wochen waren seit der Explosion der Knallfrösche in Onkel Obersts Hof verstrichen. Seit jenem Tag war Lieber Onkel Napoleon ans Bett gefesselt und wurde zu Hause von einem Herzspezialisten und einem Nervenarzt betreut. Der Herzspezialist war der festen Überzeugung, dass die Ursache von Lieber Onkels Krankheit ein Herzleiden war, während der Nervenarzt dem Herzspezialisten Unvermögen vorwarf, da die Ursache der Krankheit offenkundig ein nervliches Problem sei. Nachdem man Lieber Onkel eine Woche Beruhigungsmittel und andere Medikamente verabreicht hatte, erholte er sich langsam wieder, weigerte sich jedoch, außer meinem Vater und gelegentlich Asadollah Mirsa, irgendeinen Verwandten zu empfangen, und tat, als würde er fest schlafen, wenn jemand ihn trotzdem besuchte.

Wenn er Beruhigungsmittel eingenommen hatte, machte er einen ruhigen Eindruck, doch sobald ihre Wirkung nachließ, begann er ohne Grund zu schreien und zu zetern und überall Lakaien der Engländer zu wittern.

Asadollah Mirsa schlief noch, und seine alte Dienerin wollte mich nicht ins Haus lassen. Doch ich flehte und bettelte so lange, bis sie schließlich nachgab. Als Asadollah Mirsa meine Stimme hörte, rief er aus dem Schlafzimmer: »Setz dich ins Wohnzimmer, ich bin sofort bei dir.«

»Mach die Tür auf, Onkel Asadollah. Es ist etwas sehr Wichtiges.«

»Moment, ich bin nicht in einem präsentablen Zustand, warte unten!«

Mir blieb nichts anderes übrig, als ihm zu gehorchen, zumal ich ihn flüstern hörte und begriff, dass er nicht allein war. Wenige Minuten später trat Asadollah Mirsa in einem seidenen Morgenmantel ins Wohnzimmer und ließ mir keine Gelegenheit, etwas zu sagen.

»Heute soll das Glück verheißende Ereignis also stattfinden? Du hast vollkommen Recht! Wenn ein Mann nicht nach San Francisco geht, hat er in dieser Welt nichts zu suchen. Je eher er sie verlässt, desto besser.«

Ich hatte meine Selbstmordpläne in dem ganzen Trubel schon wieder vergessen und rief deshalb aufgeregt: »Nein, Lieber Onkel will Masch Qasem umbringen, weil er ein englischer Spion ist!«

Asadollah Mirsa brach in schallendes Gelächter aus. »Dann hat er in Masch Qasems Tasche bestimmt das Telegramm gefunden, das Churchill nach Ghiasabad geschickt hat.«

»Ich weiß nicht, wie es passiert ist, aber heute ist Lieber Onkel plötzlich mit einer Schrotflinte auf Masch Qasem losgegangen.«

»Also gut, lauf schon, ich komme in einer Stunde nach.«

»Darf ich so lange warten, Onkel Asadollah, damit wir zusammen gehen können? Mein Vater ist auch nicht da, vielleicht ist es schon zu spät.«

Asadollah Mirsa kratzte sich am Kopf und meinte: »Nun ich kann eigentlich nicht... also sie sollten... ich meine die Handwerker sollten kommen. Die Decke in der Küche droht einzustürzen.«

In diesem Moment hörte ich aus dem Schlafzimmer eine Frauenstimme rufen: »Asi... Asi... wo bist du denn?«

Asadollah Mirsa schob mich hastig aus der Tür und sagte: »Warte im Hof!«

Ein paar Minuten später war er ausgehfertig, und wir liefen gemeinsam los. Leili stand verängstigt am Gartentor und erwartete uns schon. »Ich gehe zuerst rein, und du kommst ein wenig später nach, damit es nicht so auffällig ist«, wies Asadollah Mirsa mich an.

Er ging zum Vordereingang des Hauses, während Leili und ich am Gartentor warteten. Lieber Onkel trug seinen langen Umhang, und in den Händen hielt er seine doppelläufige Schrotflinte.

Vom Haus kommend, stapfte Asadollah Mirsa in den Garten und rief: »Sieh an, auf der Jagd? Viel Glück! Wohin des Weges?«

Lieber Onkel Napoleon drehte sich um und starrte den Neuankömmling mit leerem Blick an. Asadollah Mirsas Lachen erstarb. »Obwohl ich mich nicht erinnern kann, dass wir Jagdsaison haben.«

Lieber Onkel kniff die Augen zusammen und meinte mit einer eigenartig fremden Stimme: »Zufälligerweise ist doch Jagdsaison... Saison für die Jagd auf Spione und Lakaien der Engländer.«

»Meinst du etwa mich?«, fragte Asadollah Mirsa mit gespielter Überraschung.

»Nein, ich sage nicht, dass du... obwohl vielleicht... eines Tages könnte sich herausstellen, dass auch du einer ihrer Lakaien bist!«

Er musterte sein Gegenüber eine Weile, bevor er unvermittelt losbrüllte: »Aber wer hätte je gedacht, dass die Engländer Masch Qasem gekauft haben? Wer hätte es für möglich gehalten, dass er einen Dolch in meinen Rücken stoßen würde?«

»Moment, Moment... Masch Qasem hat dich verraten?«

»Und welch ein Verrat! Hundertmal schlimmer als Marschall Grouchys Verrat an Napoleon. Grouchy hat seinem Wohltäter in Waterloo nur die Hilfe verweigert. Aber er hat ihm nicht den Dolch in den Rücken gestoßen.«

»Aber, Djenab, bedenke...«, setzte Asadollah Mirsa an,

besann sich jedoch eines Besseren und versuchte einen neuen Ansatz. »Das ist wirklich sehr seltsam. Von jedem anderen hätte ich es erwartet außer von Masch Qasem, zu dem du so gütig gewesen bist.«

Asadollah Mirsas mitfühlende Worte beruhigten Lieber Onkel ein wenig, und er jammerte: »O Asadollah, sag du's mir. Ich habe ihn genährt, und er beißt die Hand, die ihn füttert, warum? Im Krieg habe ich so oft mein Leben riskiert, um sein kleines erbärmliches Leben zu retten ... Warum musste er sich an die Engländer verkaufen?«

»Wie hast du seinen Verrat entdeckt?«

»Ich hatte ihn schon eine Weile in Verdacht. Heute Morgen habe ich ihn auf frischer Tat ertappt, und er hat gestanden, ein Lakai der Engländer zu sein.«

»Der Herr hat mit der Schrotflinte auf mein Herz gezielt und gesagt: ›Gestehe, oder ich bring dich um!‹«, ließ sich in diesem Moment Masch Qasems Stimme hinter der massiven Küchentür vernehmen. »Also habe ich gestanden.«

Nach diesen Worten begann Lieber Onkel zu zittern. Er wollte schreien, doch kein Laut drang aus seiner Kehle. Asadollah Mirsa half ihm, sich auf die Treppe zu setzen.

»Nicht aufregen, Papa«, rief Leili unter Tränen, »das ist nicht gut für dein Herz!«

»Lauf und hol deinem Papa ein Glas Wasser, meine Liebe«, wies Asadollah Mirsa sie an.

Die Küche in Lieber Onkels Haus, in der Masch Qasem sich verbarrikadiert hatte, lag am Ende eines kleinen Gangs im Souterrain, in dem sich auch die Toilette und der Wassertank befanden. Dadurch dass die Tür zu diesem Gang verriegelt war, hatte Masch Qasem also den Zugang zu allen drei Orten versperrt, und ich war zuversichtlich, dass sich ob der dringlich erforderlichen Benutzung eines dieser Orte früher oder später ein Weg finden würde, Masch Qasem zu retten.

Lieber Onkel trank das Wasser, und sein Zustand besserte sich. Derweil ging Asadollah Mirsa zur Küchentür und rief: »Masch Qasem, Masch Qasem, komm raus, küss deinem Herrn die Hand und sage, dass es dir Leid tut!«

»Nichts dagegen. Sagen Sie dem Herrn nur, er soll versprechen, mir nichts zu tun! Ich bin sein treuer Diener!«

»Räuberischer Spion!«, brüllte Lieber Onkel. »Sprich deine Gebete! Entweder du wirst da drinnen verhungern, oder ich fülle deinen leeren Kopf mit Blei!«

»Herr, ich schwöre bei der heiligen Qamar-e bani Haschem, dass ich in meinem ganzen Leben noch nie mit einem Engländer gesprochen habe!«, ließ sich Masch Qasem erneut vernehmen. »Ich meine, wer hat denn seit hundert Jahren gegen die Engländer gekämpft? Sie haben es doch mit eigenen Augen gesehen. Wie sollte ich...«

»Leugnen hilft nichts, Masch Qasem«, entgegnete Asadollah Mirsa. »Der Djenab hat alles durchschaut. Du solltest lieber um Vergebung für deine Sünden bitten.«

»Aber warum sollte ich lügen? Ich habe nichts getan.«

Leise, so dass Lieber Onkel ihn nicht hören konnte, sagte Asadollah Mirsa: »Nun sei doch nicht so stur, Masch Qasem, sag einfach, dass es falsch war und es dir Leid tut.«

»Ich habe mein Leben lang gegen die Engländer gekämpft, und jetzt soll ich eingestehen, einer ihrer Spione zu sein? Was wird Allah dazu sagen? Und wie soll ich den Leuten von Ghiasabad noch in die Augen sehen?«

Sämtliche Bemühungen Asadollahs, den Streit zu schlichten, blieben erfolglos. Später kamen noch mein Vater, Onkel Oberst und viele andere hinzu, doch die langwierigen Verhandlungen blieben ergebnislos. Der vermeintliche Spion verließ seine Festung nicht, und Lieber Onkel lief weiter mit der Schrotflinte vor der Küchentür hin und her und verfluchte ihn.

Im Garten hörte ich meinen Vater und Asadollah Mirsa

reden. »Ich fürchte, der arme Masch Qasem wird vor Angst noch ohnmächtig, aber wenn er noch ein, zwei Stunden durchhält, gibt es vielleicht einen Ausweg.«

»Welchen Ausweg denn? Der Djenab hat komplett den Verstand verloren. Wenn du darauf wartest, dass sie irgendwann die Küche brauchen, vergiss es! Der Djenab hat schon für alle Tschelo Kebab bestellt.«

»Moment, Moment«, unterbrach Asadollah Mirsa ihn. »Seit heute Morgen habe ich ihm unter dem Vorwand, dass er sich nicht wohl fühlt, schon vier oder fünf Gläser Wasser zu trinken gegeben.«

Weitere Zeit verstrich, in der alle darauf warteten, dass das Wasser seine Wirkung tun würde, doch Lieber Onkel Napoleon hielt eisern die Stellung. Als er gegen Mittag schließlich doch unruhig auf und ab zu laufen begann, hörte ich, wie er Naneh Bilqis aufforderte, ihm eine Blumenvase zu bringen.

Verzweifelt meldete ich die Neuigkeit meinem Vater und Asadollah Mirsa, die in unserem Haus zusammensaßen.

»Nun, da müssen wir uns wohl etwas anderes einfallen lassen«, meinte Asadollah Mirsa kopfschüttelnd. »Und ich habe auch schon eine Idee. Es ist zumindest einen Versuch wert. Komm mit, wir gehen gemeinsam ...«

Asadollah Mirsa und mein Vater begaben sich erneut zu Lieber Onkel, und ich folgte ihnen.

Asadollah Mirsa eröffnete das Gespräch. »Dir ist natürlich bewusst, dass Verrat in dieser Welt nichts Neues ist. Hat nicht auch Marschall Ney Napoleon verraten?«

Lieber Onkel spähte über den Rand seiner Sonnenbrille und warf Asadollah Mirsa einen wütenden Blick zu. »Wenn Marschall Ney ein Verräter war, dann hat er sich später von allen Sünden rein gewaschen. Als Napoleon von Elba zurückkehrte, wurde Ney ausgesandt, ihn zu bekämpfen, doch als er seinen Wohltäter erblickte, stieg er vom Pferd, küsste Napoleon die Hand und stellte sich mit seinem Schwert in den Dienst des Kaisers.«

»Und hat er Napoleon gut gedient?«

»Ja, sehr gut. Er hat seine Treue durch seinen Heldentod bewiesen.«

»Ein Mann, der seinen Verrat bereut«, warf mein Vater ein, »wird seinem Herrn sehr viel bereitwilliger und aufrichtiger dienen als viele andere.«

»Natürlich war es Napoleons Großzügigkeit, die Marschall Ney bewegt hat, sich in dieser Weise zu opfern«, fügte Asadollah Mirsa hinzu.

Ganz allmählich breitete sich Ruhe auf Lieber Onkels Gesicht aus, und er erklärte mit in die Ferne gewandtem Blick und sanfter Stimme: »Ja, ja, ich habe das im Krieg selbst oft bewiesen... wenn ich einem feindlichen Kommandanten Pardon gewährt habe, sind aus erbitterten Feinden häufig Freunde geworden...«

Asadollah Mirsa zwinkerte meinem Vater zu und sagte: »Nun, meiner Ansicht nach war auch dieser Mann, nun ja, sterblich, schwach... man hat ihn hereingelegt. Es bedarf großer innerer Kraft, ihnen zu widerstehen. Glaubst du nicht, dass man auch dich hereingelegt hätte, wenn du eine weniger starke Persönlichkeit wärst?«

»Wie oft haben sie es versucht, was für Versprechungen haben sie mir gemacht! Sie haben mir Geld angeboten, Frauen geschickt...«

»Moment, glaubst du, dass irgendein anderer außer dir nicht nachgegeben hätte und hereingelegt worden wäre?«

»Nun, natürlich wäre er hereingelegt worden. Sie hätten ihn zweifelsohne korrumpiert.«

»Was kann man da von einem einfachen Menschen erwarten, der Diener geworden ist? Sie haben den armen Teufel getäuscht, sie haben ihn reingelegt.«

»Aber dieser Nichtsnutz ist nicht bereit, Reue zu zeigen,

offen und ehrlich zu gestehen und um Vergebung zu bitten«, erwiderte Lieber Onkel ärgerlich.

»Der arme Teufel ist in der Küche gefangen, und du stehst mit einer Schrotflinte vor der Tür. Was erwartest du? Erlaube ihm herauszukommen, dann werde ich kurz mit ihm reden, und du wirst sehen, dass es ihm wirklich Leid tut.«

Nach kurzem Schweigen hob Lieber Onkel den Kopf und murmelte: »Also gut, versuchen wir es.«

Alle atmeten erleichtert auf. Die Flinte wurde ins Haus gebracht, und nachdem man Masch Qasem versichert hatte, dass die Luft rein war, entriegelte er die Küchentür und folgte Asadollah Mirsa in den Hof.

Lieber Onkel erhob sich und starrte ins Leere.

»Willst du ihm erlauben, deine Hand zu küssen und um Verzeihung zu bitten, Djenab?«, fragte Asadollah Mirsa.

Lieber Onkel schwieg eine Weile, bevor er, ohne ihn anzusehen, antwortete: »Erst muss er meine Fragen beantworten.«

»Er wird alle deine Fragen beantworten.«

»Als Erstes muss er mir berichten, wo die Engländer Kontakt mit ihm aufgenommen haben«, wandte sich Lieber Onkel weiter ausschließlich an Asadollah Mirsa.

»Hast du gehört, Masch Qasem? Wo haben die Engländer mit dir Kontakt aufgenommen?«

»Nun, Herr, warum sollte ich lügen?«, entgegnete Masch Qasem, ohne den Kopf zu heben. »Mit einem Bein... ja, ja... Also es war, ehrlich gesagt, beim Bäcker.«

»Wann?«

»Na ja... also... letzten Dienstag... nein, nein, es war Mittwoch.«

»Wie haben sie dich angesprochen?«, wiederholte Asadollah Mirsa Lieber Onkels Frage für Masch Qasem. Der sah einen Moment lang hilflos auf Lieber Onkels reglose

Gestalt und antwortete: »Tja nun, warum sollte ich lügen? Mit einem Bein... ja, ja... Ich habe Brot gekauft. Plötzlich sehe ich in der Gasse einen Engländer. Er hat mich die ganze Zeit beobachtet und mir immer zugezwinkert, so dass ich anfangs dachte, er wolle was von mir. In unserer Stadt gab es nämlich mal einen Mann, der...«

»Schweif nicht ab!«, sagte Lieber Onkel streng, ohne ihn anzusehen.

Asadollah Mirsa schlug Masch Qasem auf den Rücken und forderte ihn auf: »Schweif nicht ab! Wie haben sie Kontakt aufgenommen?«

»Na ja, einfach so. Ehe ich mich versah, war es schon passiert.«

»Wie viel Geld haben sie dir dafür versprochen, mich zu töten?«

»Allah im Himmel! Ich den Herrn töten? Allah soll meinen Arm verkrüppeln, wenn ich je an so was gedacht habe!«

»Nein, nein, Djenab, zunächst war von Mord nicht die Rede«, unterbrach Asadollah Mirsa ihn hastig. »Er sollte nur Informationen über Sie weitergeben...«

»Und was hat er nun entschieden?«

»Tja nun, Herr...«

Asadollah Mirsa machte ihm ein Zeichen und sagte: »Der Djenab meint, ob es dir Leid tut, oder ob du weiter für die Engländer arbeiten willst.«

»Tja nun, Herr, warum sollte ich lügen? Ich will verdammt sein, wenn ich für diese Engländer arbeite. Ich schicke sie mit einem Fluch dahin zurück, wo sie hergekommen sind. Ich werde ihnen sagen, dass ich das Brot des Herrn gegessen habe und sein bescheidener Diener bin...«

»Wann wirst du ihnen deine Entscheidung mitteilen?«

»Ich schwöre bei der heiligen Qamar-e bani Haschem, dass ich...«, platzte Masch Qasem plötzlich heraus.

»Antworte«, unterbrach ihn Asadollah Mirsa schroff.

»Wann wirst du ihnen deine Entscheidung mitteilen? Heute oder später?«

»Nun, Herr... ich wollte sagen... also heute... gleich jetzt.«

»Jetzt geh, und küss deinem Herrn die Hand.«

Lieber Onkel starrte weiter ins Leere, und seine hagere Gestalt stand immer noch reglos da. Wahrscheinlich sah er sich als Napoleon beim Wiedersehen mit Marschall Ney.

Masch Qasem ging zögernd auf ihn zu, verbeugte sich und küsste seine Hand. Lieber Onkel breitete die Arme aus und drückte ihn an seine Brust. »Wegen deiner treuen Dienste in der Vergangenheit vergebe ich dir. Natürlich nur unter der Bedingung, dass es dir ehrlich Leid tut und du deine verbleibende Kraft dem Dienst an deinem Wohltäter widmen wirst!« Dabei glitzerte eine Träne in seinen Augen.

Eine Stunde später saßen mein Vater und Asadollah Mirsa in unserem Haus ins Gespräch vertieft.

»Ich mache mir wirklich große Sorgen um den Djenab. Er benimmt sich zunehmend verrückter. Wir müssen uns etwas einfallen lassen.«

»Nun, ich bin nur überrascht, dass jemand, der seine Sinne beieinander hat, in einen derartigen Zustand verfallen sollte!«

»Moment, Moment, ich finde es äußerst seltsam, dass ausgerechnet du nicht weißt, wie es dazu kommen konnte. Aber es ist nun einmal geschehen, und wir müssen etwas unternehmen. Offenbar sind die eingebildeten Feindseligkeiten der Engländer für ihn zu einer Notwendigkeit geworden.«

»Genauso wie die Existenz von Spionen und Verrätern.«

»Ich glaube, eine Heilung ist nur noch möglich, wenn die Engländer ihn verhaften und eine Weile einsperren würden.«

»Aber wie sollen wir das bewerkstelligen? Wir können die Engländer schließlich schlecht zwingen, einen pensionierten Offizier aus Liakhoffs Kosakenregiment zu verhaften. Die haben bestimmt was Besseres zu tun.«

Asadollah Mirsa rutschte auf dem Sofa hin und her und meinte: »Ich habe da möglicherweise eine Idee. Steh auf, mein Junge, und mach die Wohnzimmertür zu.«

»Von außen«, fügte mein Vater hinzu.

»Nein, lass ihn bleiben. Dein Sohn ist schließlich kein Fremder. Vielleicht kann er uns sogar helfen. Aber er darf natürlich niemandem etwas verraten.«

Zum ersten Mal also sollte eine ernste Unterhaltung der Erwachsenen in meinem Beisein geführt werden. »Meiner Ansicht nach muss möglichst bald was geschehen«, fuhr Asadollah Mirsa fort. »Der alte Mann wird verrückt. Heute hätten seine Phantastereien Masch Qasem fast das Leben gekostet.«

»Ich habe dem Oberst schon mehrfach vorgeschlagen, einen psychiatrischen Experten zu konsultieren«, erwiderte mein Vater, »und wenn nicht...«

»Moment«, unterbrach Asadollah Mirsa ihn, »daran darfst du nicht einmal denken. Selbst wenn der Djenab mitten auf dem Tupkhaneh-Platz splitternackt Trompete spielen würde, wären der Oberst und der Rest der Familie nicht dazu bereit, einen Psychiater hinzuzuziehen. Es darf nicht sein, dass der Djenab, Sohn des verstorbenen und betrauerten alten Djenab und Enkel des Großvaters der Familie, verrückt wird! Allah behüte, einen solchen Gedanken darfst du nicht einmal aussprechen!«

»Dann müssen wir warten, bis er jemanden umbringt, weil er ihn für einen englischen Spion hält, und man ihn ins Gefängnis wirft. Wenn Masch Qasem heute ein bisschen langsamer gewesen wäre, läge seine Leiche jetzt in der Gerichtsmedizin, und der Djenab säße im Gefängnis. Die Regierung nimmt nämlich keine Rücksicht auf verstorbene Großväter und dergleichen.«

Asadollah Mirsa schüttelte den Kopf und sagte: »Wie auch immer, vergiss den Psychiater. Wenn wir ihm helfen wollen, müssen wir uns etwas anderes ausdenken.«

»Aber was? Wenn du glaubst, Churchill würde kommen und den Djenab um Verzeihung bitten, besteht meines Erachtens zurzeit wenig Hoffnung.«

»Nicht Churchill, aber ein Vertreter der Engländer ...«

»Der Oberbefehlshaber der britischen Truppen im Iran zum Beispiel«, unterbrach mein Vater ihn, »oder der Marineminister?«

»Nein, lass mich doch ausreden. Wenn wir es so arrangieren könnten, dass jemand im Namen der Engländer Verhandlungen mit ihm aufnimmt ...«

»Soll das ein Witz sein?«, unterbrach mein Vater ihn erneut. »Es stimmt, der Djenab verliert langsam den Verstand, aber er ist kein kleines Kind, das auf so etwas hereinfallen würde.«

»Und du meinst, ein Mann, der bereit ist, einen Brief an Hitler zu schreiben, ist kein Kindskopf?« Das Kinn meines Vaters klappte herunter. »Wenn der verstorbene Großvater Ab-Guscht mit Jeanette McDonald essen kann«, fuhr Asadollah Mirsa fort, »kann dann nicht auch ein Vertreter Churchills den Djenab aufsuchen?«

»Du meinst ... du ... ich meine ...«, stotterte mein Vater.

»Ja, ich weiß Bescheid«, erwiderte Asadollah Mirsa lachend.

»Wer hat es dir erzählt?«

»Der Djenab selbst hat es einmal erwähnt. Aber das tut nichts zur Sache.«

»Wir haben uns einen kleinen Spaß erlaubt«, entschuldigte sich mein Vater mit einem künstlichen Lachen. »Der Djenab hat es selbst nicht geglaubt ...«

»O doch, er hat es geglaubt, mehr als gut für ihn war, aber lassen wir das. Wichtig ist, dass du wirklich bereit bist, uns dabei zu helfen, die Leiden des alten Mannes für die kurze Zeit seines Erdendaseins zu lindern.«

»Bei der Seele meiner Kinder«, erklärte mein Vater mit tief empfundener Aufrichtigkeit, »ich hege keinen Groll mehr gegen ihn und hoffe von Herzen, dass sein Zustand sich wieder normalisiert.«

»Gut, in diesem Fall können wir, glaube ich, etwas machen. Ich habe dem Oberst eine Nachricht hinterlassen, dass er zu uns stoßen soll, wenn er nach Hause kommt, um die Angelegenheit gemeinsam zu erörtern. Ich habe mir gedacht, wenn wir es so arrangieren könnten, dass ein Engländer auftaucht, um mit dem Djenab zu verhandeln und ihm zu versichern, dass die Engländer ihm seine Sünden vergeben haben, würde sich die Lage grundlegend ändern.«

Mein Vater schüttelte den Kopf. »Ich glaube nicht einmal, wenn Churchill ihm persönlich eine eidesstattliche Versicherung überbringen würde, würde es in den Kopf des Djenab gehen, dass die Engländer ihre Feindschaft gegen ihn vergessen haben. Jemand, der in zahllosen blutigen Kriegen tausende von Engländern vernichtet und all ihre kolonialen Träume zerstört hat, soll glauben, dass die Engländer ihm plötzlich seine Sünden vergeben?«

»Moment, Moment, wenn die Engländer einen anderen wichtigen Feind haben, wäre es doch möglich, dass sie sich für eine Weile, bis zum Ende des Krieges beispielsweise und natürlich auch nicht aus tiefem Herzen, sondern nur widerwillig, auf einen Waffenstillstand einlassen. Es kann zumindest nicht schaden, es zu versuchen.«

»Und wo willst du einen Vertreter der Engländer herbekommen?«

»Über den Sardar Maharat Khan, den Inder. Ich habe gehört, dass er in den nächsten Tagen aus dem Süden zurückkommt, und ich kann ihn bestimmt irgendwie dazu bringen, uns einen Repräsentanten der Engländer zu beschaffen.«

Mir ging plötzlich ein Licht auf. Die weibliche Stimme, die ich am Morgen in Asadollah Mirsas Haus gehört hatte, hallte in meinem Ohr wider.

»Der Sardar hat geschäftlich mit den Engländern zu tun«, fuhr Asadollah Mirsa fort, »deswegen reist er regelmäßig in den Süden ...«

In diesem Moment betrat Onkel Oberst den Raum. Er ließ sich berichten, was vorgefallen war, und Asadollah Mirsa unterbreitete ihm seinen Plan, doch Onkel Oberst war strikt dagegen. Seiner Ansicht nach durfte eine derart wichtige Persönlichkeit einer prominenten Familie nicht auf diese Art hinters Licht geführt werden.

»Moment, Oberst«, entgegnete Asadollah Mirsa, »du warst heute nicht hier und hast gesehen, wie knapp der Djenab an einem Fiasko vorbeigeschlittert ist. Entweder wir müssen ihn in einer psychiatrischen Anstalt unterbringen oder ...«

»Rede keinen Unsinn, Asadollah«, unterbrach ihn der Oberst wütend. »Eher würde ich mir eine Kugel in den Kopf jagen, als meinen Bruder in eine psychiatrische Anstalt stecken. Mit dem Ruf einer hundert Jahre alten Adelsfamilie treibt man keine Scherze. Ich bin bereit, mein Leben für die Gesundheit meines Bruders zu geben, aber denkt euch etwas Vernünftiges aus!«

Doch nach längerer Debatte wurde Onkel Oberst schließlich weich. »Aber ich kann mir nicht vorstellen, dass mein älterer Bruder glauben wird, die Engländer hätten ihm plötzlich seine Taten verziehen!«, wandte er sorgenvoll ein.

»Moment, Moment, wir werden jeden Aspekt des Plans erörtern, wenn wir jemanden finden, der ihn für uns ausführt. Erst wird er strenge Bedingungen stellen, dann dank unserer Intervention nachgeben und schließlich unter der

Auflage, dass der Djenab sich den Engländern nicht widersetzt oder ihre Bemühungen sabotiert, einwilligen, die Akte des Djenab mit einer positiven Empfehlung an höhere Stellen weiterzuleiten.«

»Und unter welchem Vorwand sollen wir die ganze Sache anleiern?«, fragte Onkel Oberst nach kurzer Überlegung. »Wollt ihr behaupten, die Engländer hätten sich einfach so plötzlich entschlossen, sich mit ihm in Verbindung zu setzen?«

»Wir werden sagen, die Engländer hätten beschlossen, sich mit ihren Feinden in verschiedenen Ländern zu einigen, weil der Krieg schlecht für sie läuft. Das bringe ich dem Djenab schon irgendwie bei.«

In diesem Moment erschien Puri, um seinem Vater mitzuteilen, dass ein Gast auf ihn warte. Nachdem Onkel Oberst gegangen war, meinte mein Vater: »Ich werde keine Mühe scheuen, aber ich muss trotzdem bekennen, dass ich nicht an deinen Plan glaube. Der Djenab, den ich vor mir sehe, hat sein Schicksal selbst besiegelt. Die Engländer müssen ihn verfolgen und zerstören, wie sie es mit Napoleon getan haben. Ich versichere dir, dass er in diesem Moment deutlich die Hügel und Ebenen von St. Helena vor sich sieht.«

Drei oder vier Abende später suchte Asadollah Mirsa zusammen mit Onkel Oberst meinen Vater auf. Er fasste meinen Arm und zog mich mit ins Wohnzimmer.

»Sieht so aus, als würde die Vorstellung demnächst steigen. Ich hatte ein langes Gespräch mit dem Sardar. Der arme Kerl ist guten Willens, sagt aber, dass er keinen Engländer auftreiben kann. Alles, was er zu bieten hat, ist ein indischer Freund, ein Corporal der britischen Armee, den er überreden könnte, bei unserem Plan mitzumachen. Gegen ein gewisses Entgelt, versteht sich.«

Onkel Oberst schwieg.

Mein Vater schüttelte den Kopf. »Es scheint mir sehr unwahrscheinlich, dass der Djenab bereit wäre, mit einem Corporal zu verhandeln, einem Inder noch dazu. Wie sieht er aus? Könnte man ihn möglicherweise als Engländer ausgeben?«

»Man könnte ihn nicht mal als Stammesangehörigen der Baluchi ausgeben, von einem Engländer ganz zu schweigen. Soweit ich gehört habe, ist er ein in der Wolle gefärbter, milchkaffeebrauner Sikh.«

»Selbst wenn wir den Djenab dazu überreden könnten, sich mit einem Inder zu treffen, was ist mit seinem Rang? Er wird niemand Geringeren als einen General akzeptieren.«

»Das spielt keine Rolle. Der Djenab kennt sich mit den Rängen in der britischen Armee nicht aus, wir sagen einfach, er ist ein Oberst.«

»Hast du überhaupt schon mit dem Djenab gesprochen?«, erkundigte sich mein Vater.

»Ich habe den Boden bereitet, ihn ein paar Mal besucht und ihm berichtet, dass die Engländer weltweit – in befreundeten, neutralen und besetzten Ländern – Anstrengungen unternehmen, ihre Feinde auf ihre Seite zu ziehen.«

»Wie hat er reagiert?«

»Er hat natürlich ein großes Gewese darum gemacht, dass er, sollten sie mit ihm Kontakt aufnehmen, nie mitspielen würde. Aber ich denke, wenn es zum Schwur kommt, wird er schon mitmachen.«

»Dann bist du nicht direkt auf ihn persönlich zu sprechen gekommen?«

»Ich habe ein paar Andeutungen gemacht«, erwiderte Asadollah Mirsa. »Er meinte, er würde den Engländern und ihren Versprechungen nie trauen. Wenn sie einen Vertreter schickten, würde er zunächst Anweisungen geben, den Mann zu entwaffnen, und dann Masch Qasem mit der

Schrotflinte hinter einem Vorhang postieren, damit er dem englischen Repräsentanten, falls der irgendwelche Tricks versuchen sollte, eine Ladung verpassen könnte.«

»Nun, überleg doch mal«, wandte mein Vater ein. »Ich fürchte, das könnte für uns alle unangenehm werden. Was machen wir – falls es tatsächlich so abläuft –, wenn der Inder ein Taschentuch zücken will, um sich die Nase zu putzen, und der Djenab befiehlt Masch Qasem zu schießen? Dann ist hier die Hölle los.«

Asadollah Mirsa überlegte eine Weile und meinte dann: »Ich denke, wir müssen Masch Qasem ebenfalls einweihen.«

Nach einer kurzen, aber heftigen Debatte bat Asadollah Mirsa mich, Masch Qasem zu holen.

»Guten Abend allerseits«, sagte er, als er das Wohnzimmer betrat.

»Guten Abend, Masch Qasem. Wie geht's? So Allah will, hoffentlich alles gesund und munter?«, begrüßte Asadollah Mirsa ihn und bat ihn, Platz zu nehmen. Nachdem er sich heftig dagegen gewehrt hatte, kniete Masch Qasem sich schließlich in eine Ecke des Wohnzimmers.

»Hör mal, Masch Qasem«, begann Asadollah Mirsa. »Ich weiß, dass du deinen Herrn sehr gern hast, und ich weiß auch, dass du dir wegen seiner Krankheit große Sorgen machst.«

»Tja nun, Herr, ich glaube nicht an die Medizin der Ärzte. Es ist, als ob der Herr irgendwie von innen überhitzt wäre. In unserer Stadt gab es einmal einen Mann, der ...«

»Pass auf, Masch Qasem, der Djenab lebt seit einiger Zeit in einer Phantasiewelt. Erinnerst du dich noch an den Tag, als er dich wegen seines albernen Ticks fast getötet hätte? Denk doch mal, jemand bei Verstand würde nie hingehen und dich beschuldigen, dass du mit den Engländern verabredet hast, deinen Herrn zu bespitzeln. Meinst du nicht auch?«

»Tja nun, warum sollte ich lügen? Mit einem Bein... ja, ja... Ich will Ihnen nicht widersprechen, aber bei den Engländern kann man gar nicht vorsichtig genug sein.«

Asadollah Mirsa sah ihn erstaunt an. »Aber zumindest du weißt doch, dass dieses ganze Gerede Unsinn ist.«

»Woher soll ich das wissen, Herr?«

Asadollah Mirsa wandte sich ab und verdrehte mit einem Seufzer die Augen. »Ja, natürlich, gewiss. Aber wie dem auch sei«, begann er von neuem, »wir haben erfahren, dass die Engländer offiziell in Kontakt mit dem Djenab treten wollen, um alle Meinungsverschiedenheiten beizulegen. Damit würde die ganze Affäre, so Allah will, in friedlicher Eintracht enden.«

»Aber Sie müssen sich in Acht nehmen vor den Tricks dieser Engländer, Herr!«

»Absolut richtig. Aber wir wollen dich um deine Hilfe bitten. Wenn der Vertreter der Engländer den Djenab aufsucht, wird der Herr dich bestimmt dazu auffordern aufzupassen, dass er keine Tricks versucht...«

»Die Engländer... Tricks... bei mir?«, erwiderte Masch Qasem höhnisch. »Ich weiß noch, einmal, das waren Zeiten, sind in Ghiasabad zehn Engländer auf mich losgegangen...«

»Nun, worum wir dich bitten wollten, ist Folgendes«, unterbrach Asadollah Mirsa ihn. »Wenn dieser Vertreter der Engländer den Djenab besuchen kommt, musst du, falls das Gespräch zu keiner Einigung führt, darauf achten, dass dem Vertreter nichts geschieht, weil die britische Armee in der Stadt ist. Wenn einem ihrer Männer etwas zustößt, werden alle unsere Leute ins Jenseits befördert. Der Vertreter der Engländer kommt zu einem Gespräch, und wenn es zu einem Ergebnis führt, wunderbar, aber wenn nicht... Also, selbst wenn der Djenab dir, weil er wütend ist, einen anderen Befehl erteilt, musst du dafür sorgen, dass der Vertreter der Engländer das Haus unversehrt verlässt. Hast du verstanden?«

Masch Qasem brachte zunächst zwar alle möglichen Einwände vor, ließ sich jedoch schließlich umstimmen und versprach, darauf zu achten, dass dem Vertreter der Engländer kein Haar gekrümmt werden würde, was immer auch geschehen mochte.

»Ich fühle mich wie berauscht«, sagte Asadollah Mirsa, nachdem Masch Qasem wieder gegangen war. »Der Gute sieht sich zweifelsohne als Talleyrand.«

Am nächsten Tag gelang es meinem Vater, Onkel Oberst und vor allem Asadollah Mirsa mit vereinten Kräften tatsächlich, Lieber Onkel Napoleon dazu zu überreden, einen Vertreter der britischen Armee zu empfangen. Lieber Onkel wähnte sich fortan offenbar als Napoleon in Fontainebleau in Erwartung der Vertreter der britischen Streitkräfte. Er setzte keinen Fuß mehr vor die Tür seines Zimmers und harrte der schicksalhaften Begegnung.

23

Der verabredete Mittwoch, an dem der englische Vertreter seine Verhandlungen mit Lieber Onkel aufnehmen sollte, kam. Unter dem Vorwand, er hätte einige Freunde ins Haus geladen, schickte mein Vater die ganze Familie einschließlich unseres Dieners zu einer Tante, die ein Haus in Tadjrisch besaß; doch ich hatte ihn durch Betteln und Drängen überreden können, bleiben zu dürfen. Das Treffen war für vier Uhr nachmittags anberaumt. Ab zwei pendelten mein Vater und Asadollah Mirsa mit abwechselnd strahlend offenen oder finster verschlossenen Mienen zwischen unserem Haus und dem des indischen Sardar hin und her. Offenbar gab es noch eine Reihe von Punkten zu klären, und ihrem Geflüster entnahm ich, dass zuletzt nur noch die Tatsache, dass der englische Vertreter ein Inder war, Probleme bereitete. Asadollah Mirsa war optimistischer als die anderen und sagte immer wieder: »So Allah will, wird auch das in Ordnung gehen«, und um kurz nach drei wurde Onkel Oberst losgeschickt, Lieber Onkel abzuholen.

Seit zwei Tagen schon mied ich Leilis Nähe, weil ich nicht wusste, was ich ihr sagen sollte, wenn sie zufällig von dem Treffen erfahren hatte und mich danach fragte. Da ich sicher war, dass Lieber Onkel meine Anwesenheit bei dem Treffen nicht dulden würde, hatte ich mir in einer Nebenkammer des Wohnzimmers ein nettes kleines Versteck eingerichtet, das ich durch eine Tür zum Flur auch jederzeit wieder verlassen konnte. Asadollah Mirsa hatte mich angewiesen, mich für den Fall bereitzuhalten, dass das Verfahren meine Hilfe erfordern sollte.

Ich stand am Fenster im ersten Stock, als Lieber Onkel

Napoleon unseren Hof betrat. Er trug einen schwarzen Anzug mit einem Ordensband am Revers, das ihm laut eigenen Angaben von Schah Mohammed Ali verliehen worden war, dazu ein weißes Hemd und eine schwarz-weiß gestreifte Krawatte. Sein Gesicht erinnerte mich an Wochenschauaufnahmen des französischen Vorkriegspräsidenten Daladier auf dem Weg zur Konferenz von München. Hinter Lieber Onkel folgte Masch Qasem, der offenbar einen von Lieber Onkels Anzügen trug, dessen Beine und Ärmel ihm viel zu lang waren.

Mein Vater und Asadollah Mirsa begrüßten Lieber Onkel vor dem Haus, doch er erwiderte ihre warmherzigen, freundlichen Grüße äußerst knapp und kurz angebunden.

Ich rannte in mein Versteck. Sobald Lieber Onkel das Wohnzimmer betreten hatte, begann er seinen Plan darzulegen, wer wo stehen musste. »Mein Bruder, der Oberst, wird hier stehen und dort drüben Asadollah...«

»Moment, ich soll rechts von dem englischen Vertreter stehen...«

»Wer hat das entschieden, Asadollah?«, schnitt ihm Lieber Onkel das Wort ab. »Kommt gar nicht in Frage! Du stehst hier, wie ich es gesagt habe!«

»Aber ich muss auch als Übersetzer fungieren, und das kann ich nicht von da drüben. Ich muss in einem gewissen Abstand zwischen dir und dem englischen Vertreter stehen.«

»Kommt dieser Sardar Maharat Khan denn nicht?«

»Das hast du doch selbst abgelehnt.«

»Ja, es wäre nicht richtig, einen Fremden an derart wichtigen Verhandlungen teilnehmen zu lassen, noch dazu einen Inder.«

Asadollah Mirsa, mein Vater und Onkel Oberst tauschten besorgte Blicke. »In diesem Fall stehst du dort, wo du gesagt hast«, fuhr Lieber Onkel fort. »Und Masch Qasem steht zwei Schritte links hinter mir.«

»Ich bin sehr froh, dass du dir das mit Masch Qasem noch einmal überlegt hast. Es ist wirklich nicht notwendig, dass er hinter einem Vorhang auf der Lauer liegt.«

»Allah schütze Sie, Herr«, meldete sich Masch Qasem zu Wort, der in seinem schlecht sitzenden Anzug sichtlich Mühe hatte, sich zu bewegen. »Ich habe in den Kriegen so viele Engländer getötet, das reicht für sieben Generationen. Allah würde nicht wollen, dass ich mir die Hände mit weiterem Engländerblut schmutzig mache. Ich weiß noch, in unserer Stadt gab es einmal einen Mann, der...«

»Für diese Aufgabe brauchen wir jemanden absolut Zuverlässigen«, unterbrach Lieber Onkel ihn.

Asadollah Mirsa und mein Vater wechselten ratlose Blicke, doch bevor sie etwas erwidern konnten, ging die Wohnzimmertür auf, und Puri, Onkel Obersts Sohn, betrat den Raum, in der Hand die doppelläufige Schrotflinte.

»Du beziehst entsprechend meinen Anweisungen hinter der Tür zum Flur Position und hältst die Stellung, Puri«, schnarrte Lieber Onkel. »Du hältst den Finger am Abzug und drückst ab, sobald ich das Kommando gebe!«

Asadollah Mirsa starrte Puri entgeistert an und wandte sich dann an Lieber Onkel. »Aber, Djenab, wir haben uns in den Vorverhandlungen darauf geeinigt, dass der Vertreter unbewaffnet kommt. Dies ist ein Verstoß gegen Sitte, Anstand und alle moralischen Prinzipien, sogar gegen die Konventionen des Krieges.«

»Ich kenne die Kriegskonvention besser als du«, erklärte Lieber Onkel ruhig und musterte Asadollah. »Doch man darf den bösartigen Charakter des Feindes nicht außer Acht lassen. Puri, führe den Befehl deines Kommandeurs aus!«

»Aber, Bruder!«, schaltete sich Onkel Oberst ein, der das Gespräch bisher mit sprachlosem Entsetzen verfolgt hatte, »der Junge hat keine Ahnung, wie man ein Gewehr bedient. Wenn er, was Allah verhüten möge, plötzlich...«

»Er hat keine Ahnung? Was hat er dann während seines Militärdiensts getan?«

»Nun, er hat in der Schreibstube gearbeitet. Ich meine, er hat natürlich auch schießen gelernt, aber nicht mit einer Schrotflinte!«

Puri lauschte dem Gespräch mit einem idiotischen Ausdruck auf seinem blassen Eselsgesicht. »Puri«, wandte sich Lieber Onkel an ihn, »wenn du glaubst den Befehl nicht ausführen zu können, sag es ehrlich, bevor du ihn annimmst. Wie Napoleon schon sagte: ›Das Bekenntnis der eigenen Unfähigkeit ist auch eine Fähigkeit.‹«

»Also... ich...«, stotterte Puri. »Was immer du befiehlst, Onkel... ich bin bereit, mein Leben für dich zu geben.«

»Dann auf deinen Posten. Dein Kommandeur gibt dir den Befehl!«

»Moment, Moment«, schaltete Asadollah Mirsa sich ein, »die Bedienung eines Sturmgewehrs und die einer doppelläufigen Schrotflinte sind zwei grundverschiedene Dinge. Wenn du erlaubst, werde ich Puri die Details erläutern...« Und bevor Lieber Onkel etwas einwenden konnte, zog er Puri hinaus und machte die Tür hinter sich zu.

Ich spähte in den Flur und beobachtete, wie Asadollah Mirsa Puri die Waffe aus der Hand nahm und sagte: »Lass mal sehen, mein Junge. Was? Das Ding ist wirklich geladen...«

»Das macht mir Angst«, stotterte Puri, »aber Lieber Onkel hat mir befohlen...«

»Moment, Moment, du bist doch kein Dummkopf. Unter größten Mühen haben wir schließlich einen Vertreter der Engländer herbemühen können, um die Differenzen zwischen ihnen und deinem Onkel endlich beizulegen, was, so Allah will, auch seiner Gesundheit förderlich wäre. Nun stell dir bloß mal vor, die Verhandlungen bleiben ergebnislos, oder es gibt irgendeinen Streit. Willst du dem englischen

Delegierten dann eine Ladung Schrot in den Leib jagen? Weißt du nicht, dass man dich wegen Mordes verhaften und aufhängen würde?«

»Ich werde nicht wirklich schießen, Onkel Asadollah.«

»Aber es steckt eine Patrone im Lauf, und wenn dein Finger, was Allah verhüten möge, den Abzug berührt, könnte sich ein Schuss lösen.«

»Aber gibt es denn keine Sicherung?«, stammelte Puri.

»Woher soll so eine klapprige, alte Waffe denn eine Sicherung haben? Und erinnerst du dich nicht mehr an den Schock, den du bei der Explosion dieser Bombe erlitten hast?«

»Ich habe wirklich Angst, Onkel Asadollah...«

»Und mit Recht. Nun, ich werde das rasch regeln. So!«

»Aber du hast die Munition herausgenommen!«

»Pssst! Kein Wort zu niemandem; lauf einfach hier draußen mit dem Gewehr auf und ab, und ich verspreche dir, dass es gar nicht notwendig werden wird zu schießen. Mit diesen alten Flinten ist wirklich nicht zu spaßen.«

Puri zitterte vor Angst, und sein Mund stand offen, doch er brachte keinen Ton mehr heraus.

Als Asadollah Mirsa ins Wohnzimmer zurückkehrte, saß Lieber Onkel auf dem Sofa, während alle anderen standen. Asadollah Mirsa machte Onkel Oberst mehrmals ein Zeichen, worauf jener sich zunächst eine Weile den Mund verrenkte, bevor er schließlich zu sprechen begann: »Weißt du, Bruder, es gibt da noch eine Sache, die ich dir sagen muss.«

Onkel Napoleon riss den Kopf herum. »Die Engländer«, fuhr Onkel Oberst mit ängstlicher und unsicherer Stimme fort, »benutzen für Verhandlungen mit ihren Gegnern in jedem Land die Leute, die in der Gegend sind... und, ähm, wie soll ich es ausdrücken... Also, sie sind der Ansicht, wenn eine Person aus dem betreffenden Land vertrauter mit der... der besonderen Mentalität der Gegend...«

»Ich weiß nicht, worauf du hinauswillst.«

»Das heißt... ich will sagen... also, dieser Oberst, der dich aufsuchen wird, ist eine extrem wichtige Persönlichkeit in der britischen Armee...«

»Hatten wir das nicht verabredet?«, erwiderte Lieber Onkel trocken. »Sie sollten ihrem Gott danken, dass ich mich darauf eingelassen habe, mit einem Oberst statt mit einem General zu sprechen.«

Onkel Oberst warf Asadollah Mirsa und meinem Vater einen beunruhigten Blick zu und fuhr fort: »Das heißt, dass dieser Oberst, der Churchill im Übrigen sehr nahe steht... ja, man könnte sagen, er ist so etwas wie Churchills rechte Hand... der Oberbefehlshaber der britischen Armee und ein Inder ist.«

Asadollah Mirsa schloss die Augen.

Lieber Onkel Napoleons Lippen begannen zu beben. Er wurde blass und wiederholte mit Grabesstimme: »Ein Inder, ein Inder...«

»Was Sie nicht sagen«, ließ sich Masch Qasem plötzlich vernehmen und schlug eine Hand auf die andere. »Allah schütze uns vor diesen Indern.«

Onkel Oberst, der offenbar Angst hatte, nie wieder ein Wort sagen zu können, wenn er einmal zu reden aufhörte, fuhr scheinbar unbeirrt fort: »Dieser Oberst Eschtiagh Khan ist so bedeutend, dass der Vizekönig von Indien nicht einmal einen Schluck Wasser trinkt, ohne ihn vorher zu konsultieren.«

Glücklicherweise konnte Asadollah Mirsas Intervention die Katastrophe, die Lieber Onkels Miene verhieß, gerade noch abwenden. »Moment, Oberst, vergiss nicht, dass der Oberst Eschtiagh Khan den Titel ›Sir‹ trägt. ›Sir Eschtiagh Khan‹ muss es heißen.«

Die Erwähnung dieses Titels hatte eine wundersame Wirkung auf Lieber Onkel Napoleon. Nach kurzem Schweigen sagte er leise: »Wenn der Vertreter die umfassende Vollmacht der Engländer hat, welchen Unterschied macht es dann?«

Asadollah Mirsa, Onkel Oberst und mein Vater seufzten erleichtert auf. Plötzlich fiel der Blick meines Vaters auf den Hof, und er trat eilig ans Fenster. »Agha Schir Ali… Agha Schir Ali, wollten Sie etwas?«

»Einen guten Tag…«, drang die barsche und raue Stimme des Fleischers vom Hof nach oben.

Doch bevor er die Frage meines Vaters beantworten konnte, ging Lieber Onkel Napoleon dazwischen: »Lass ihn in Ruhe. Ich habe ihm gesagt, er soll herkommen, damit wir ihn, wenn wir etwas brauchen, losschicken können, es zu holen.«

»Fühlen Sie sich wie zu Hause, Agha Schir Ali!«, rief mein Vater nach unten. »Die Leute sind noch nicht da. Nehmen Sie sich aus dem Samowar im Erdgeschoss ein Glas Tee.«

Die Anwesenden sahen sich wortlos an. Lieber Onkel Napoleon hatte zweifelsohne jede Vorsichtsmaßnahme getroffen. Er saß weiter wartend auf dem Sofa, während alle anderen um ihn herumstanden. Sogar Asadollah Mirsa, dem es für gewöhnlich unmöglich war, auch nur einen Augenblick den Mund zu halten, schwieg. Es war schließlich Masch Qasems Stimme, die das Schweigen durchbrach: »Und warum kommt dieser Engländer nicht? Ich mache mir, ehrlich gesagt, große Sorgen. In unserer Stadt gab es einmal einen Mann, Allah schenke seiner Seele Frieden, der…«

»Masch Qasem!«, knurrte Onkel Oberst.

Glücklicherweise rief in diesem Moment Schir Ali vom Hof aus: »Ihre Gäste sind gekommen, Djenab!«

Lieber Onkel stand eilig auf, legte, nachdem er den anderen bedeutet hatte, auf ihren Plätzen zu bleiben, eine Hand an das Ordensband an seinem Revers und nahm Haltung an. Schir Ali öffnete die Tür, und der Offizier Eschtiagh Khan trat ein.

Corporal Eschtiagh Khan oder Oberst Sir Eschtiagh Khan, wie sie ihn nannten, war ein kleiner fetter Inder. Er trug eine Sommeruniform, bestehend aus einem kurzärmligen Hemd und Shorts. Das Holster an seinem Gürtel war offen und zeigte, dass er unbewaffnet gekommen war. Sobald er den Raum betreten hatte, schlug er die Hacken zusammen, hob die Hand zum Salut an den Turban und sagte: »Good afternoon, Sir. How do you do?«

Lieber Onkel Napoleon, der mit kalkweißem Gesicht in Positur stand, riss seinerseits die Hand an die Schläfe. Nicht nur er, sondern auch alle anderen Anwesenden waren offenbar beeindruckt von der Förmlichkeit des Anlasses, denn es war schließlich Masch Qasem, der erwiderte: »Guten Tag.«

Masch Qasems Einmischung schien zumindest Asadollah Mirsa aus seiner Erstarrung geweckt zu haben, denn er sprudelte los: »Good afternoon, Sir Eschtiagh Khan.«

Der Inder erwiderte etwas auf Englisch, was, glaube ich, ein Einwand gegen den Titel »Sir« war, der offenbar nicht Teil der Abmachung gewesen war, doch Asadollah Mirsa brachte ihn mit einer Geste zum Schweigen.

Nachdem Lieber Onkel dem indischen Corporal die Hand geschüttelt hatte, ein Akt, der von synchronem Hackenschlagen begleitet wurde, setzten sich alle bis auf Masch Qasem, der stehen blieb, auf die ihnen zugewiesenen Plätze.

Obwohl ich in der Schule ziemlich gut in Englisch war, verstand ich kein Wort von dem, was der Inder sagte. Asadollah Mirsa konnte ich hingegen ohne Schwierigkeiten folgen und bemerkte sogar seine grammatischen Fehler.

Nach dem Austausch höflicher Floskeln schlug Lieber Onkel Napoleon wieder seinen trockenen, förmlichen Ton an. »Asadollah, ich möchte dich bitten, das, was ich zu sagen habe, wortwörtlich zu übersetzen. Sag ihm, dass ich mein Leben, meinen Wohlstand und meine Ehre für mein Vaterland beanspruche. Wenn ich gegenüber den Engländern irgendwelche Konzessionen machen soll, würde ich tausendmal lieber sterben und den hungrigen Wölfen und Hyänen zum Fraß vorgeworfen werden. Übersetze!«

Eine Folge von englischen Worten sprudelte aus Asadollahs Mund, wobei er das Wort »wolf« besonders betonte.

»Sag ihm«, fuhr Lieber Onkel fort, »dass ich mir des immensen Schadens, den ich der britischen Armee zugefügt habe, bewusst bin. In den Schlachten von Kazerun und Mamasani und bei Dutzenden weiterer Scharmützel muss ich gut eintausend ihrer Soldaten vernichtet haben. Ich habe ihren kolonialen Plänen größten Schaden zugefügt, doch all das habe ich nur meinem Vaterland zuliebe getan.«

Asadollah Mirsa blickte sich ein wenig hilflos um, bevor sich ein weiterer Strom von englischen Worten über den Inder ergoss, der augenscheinlich nichts begriff, aber nichtsdestotrotz ernsthaft nickte und seinerseits ein paar Worte sagte.

Asadollah Mirsa wandte sich wieder Lieber Onkel zu und erklärte: »Ja, wir verfügen über umfangreiches Informationsmaterial über die Details dieser Schlachten und empfinden den größten Respekt vor Ihnen als Patriot, doch...«

Ein Stirnrunzeln trübte Lieber Onkels Miene, und er sagte finster: »Asadollah, der Herr hat kaum mehr als ein paar Worte gesagt, du schmückst seine Bemerkungen doch nicht etwa aus, oder?«

»Ich bitte dich, Djenab«, beeilte Asadollah Mirsa sich zu versichern. »Jedermann weiß, dass Englisch die Sprache der Kürze und Knappheit ist.«

»Nun gut«, entgegnete Lieber Onkel Napoleon offenbar

beruhigt, »dann frage ihn, was für eine Botschaft er mir zu überbringen hat. Und erkläre ihm gleich, dass es in meiner Natur liegt, die Ausländer zu bekämpfen. Mein verstorbener Großvater hat im Kampf gegen die Fremden sogar sein Leben gelassen.«

»Moment, Moment«, erwiderte Asadollah Mirsa leise, »dein Großvater ist im Jahr der Seuche an der Cholera gestorben, wenn du dich erinnerst.«

»Rede keinen Unsinn, Asadollah! Übersetze Wort für Wort, was ich gesagt habe.«

Wieder reihte Asadollah Mirsa eine Reihe sinnloser Wörter aneinander, wobei er diesmal die Worte »Last great gentleman« mehrfach wiederholte. Abgesehen davon, verstand ich nichts von dem, was er sagte, und dem Inder erging es offensichtlich nicht anders, denn er antwortete seinerseits mit ein paar knappen Worten, die ebenfalls weder Rhythmus noch Sinn hatten.

»Oberst Sir Eschtiagh Khan sagt, dass die Regierung, die er vertritt, von den tapferen Taten deiner Familie weiß«, erklärte Asadollah Mirsa wieder an Lieber Onkel gewandt, »und dass deine Akte unter der Bedingung, dich hier und heute formell zu verpflichten, ihre Bemühungen nicht zu sabotieren, nach dem Krieg mit einer positiven Empfehlung an höhere Stelle…«

In diesem Moment wurde seine Rede von einem unbeschreiblichen Lärm im Hof unterbrochen, wo offenbar eine Reihe von Personen in eine Rauferei verwickelt waren. Alle im Raum Versammelten erstarrten. Schließlich erhob sich Schir Alis barsche Stimme über das allgemeine Getöse: »Ich habe gesagt, der Djenab hat einen ausländischen Besucher.«

»Er hat also einen Besucher«, brüllte eine Stimme, die ich im nächsten Moment als die Dustali Khans erkannte. »Und ich muss ihn dringend sprechen.«

Der Lärm kam jetzt von der Treppe. Plötzlich flog die Wohnzimmertür auf, und Dustali Khan schleifte den in gestreiften Hosen gewandeten Polizeikadett Ghiasabadi am Kragen hinter sich her in den Raum.

»Dafür mache ich dir die Hölle heiß, du Nichtsnutz. Heute werde ich dir zeigen, wo du hingehörst.«

Lieber Onkel Napoleon sprang auf und rief: »Was ist los, Dustali Khan? Was für ein impertinentes Verhalten ist das? Siehst du nicht...?«

Ohne die anderen Anwesenden zu beachten, zerrte Dustali Khan den Polizeikadett vor Lieber Onkel und brüllte: »Dieser schamlose Bastard sollte das arme Mädchen heiraten und sich zwei Monate später wieder von ihr scheiden lassen. Jetzt will er sich nicht nur nicht scheiden lassen, er hat sie auch noch geschwängert und will Akbar Abad verkaufen, um das Geld zu kassieren.«

Derweil hatte Masch Qasem den Polizeikadett freundlich begrüßt, was die Wogen ein wenig geglättet hatte.

Polizeikadett Ghiasabadi befreite sich aus Dustali Khans Griff, erwiderte Masch Qasems Gruß und bemerkte offenbar jetzt erst die anderen Anwesenden. »Guten Tag, verzeihen Sie vielmals. Dieser Kerl hat sich da etwas in den Kopf gesetzt. Also ich verstehe nicht, warum ein Mann nicht das Recht hat, mit seiner Frau...«

Doch er konnte den Satz nicht beenden, weil Dustali Khan im selben Moment dröhnte: »Welch eine Überraschung, einen guten Tag, Agha Eschtiagh Khan. Was machen Sie denn hier? So ein Zufall, noch vor ein paar Tagen habe ich Sardar Maharat Khan nach Ihnen gefragt...«

Lieber Onkel Napoleon erstarrte wie vom Blitz getroffen. »Du kennst Oberst Eschtiagh Khan, Dustali Khan?«

Einen Moment lang wanderte der überraschte Blick Dustali Khans zwischen Lieber Onkel und dem Inder hin und her, und ohne Asadollah Mirsas und Onkel Obersts heftige

Gesten zu bemerken, platzte er laut lachend heraus: »Seit wann ist der Corporal Eschtiagh Khan denn Oberst? Meinen Glückwunsch. Als wir neulich mit dem Sardar nach Pas Ghaleh gefahren sind, waren Sie noch Corporal...«

Alle waren wie vom Donner gerührt. Ein derart unwahrscheinliches Zusammentreffen hatte Eschtiagh Khan nicht vorhersehen können, und er starrte verdattert zu Asadollah Mirsa, Onkel Oberst und meinem Vater, die jedoch ihrerseits zu überrascht waren, um ihm zu Hilfe zu kommen, so dass Dustali Khan ihn weiter bedrängte: »Eschtiagh Khan, warum sind Sie so schweigsam? Was ist passiert?«

Mit verängstigter und sorgenvoller Miene erwiderte der Inder auf Persisch: »Wie soll ich es sagen... ich statte diesem Herrn hier einen Besuch ab...«

Lieber Onkel legte beide Hände auf die Lehne des Sofas und begann am ganzen Körper zu zittern. Er war weiß wie die Wand geworden und sank schließlich auf das Sofa, wobei er immer wieder stammelte: »Verrat... Verrat... Die Geschichte wiederholt sich...«

Es entstand eine allgemeine Verwirrung. Onkel Oberst stürzte besorgt an seine Seite. »Bruder... Bruder...«

Lieber Onkel hatte die Augen halb geschlossen. »Verrat«, murmelte er mit erstickter, bebender Stimme. »Mein Bruder... Lucien Bonaparte!«

»Djenab«, rief mein Vater, »Djenab, was ist mit dir?«

»Verrat, Verrat... der Mann meiner Schwester... Marschall Murat!«

»Moment, Moment, wer hat hier wen verraten? Warum hörst du nicht, was ich sage?«

»Halt den Mund, General Marmont!«

Masch Qasem wollte etwas sagen, doch Asadollah Mirsa rief: »Halt lieber die Klappe. Du bist General Grouchy, und dessen Sündenregister ist von allen das schlimmste!«

»Verrat!«, hallte Lieber Onkels unvermittelter Schrei im Raum wider. »Puri! Schir Ali! Attacke!«

Dieser Befehl zum Angriff war das Signal für ein allgemeines Tohuwabohu. Selbst der Inder, der den Sinn von Lieber Onkels Kommando nicht verstanden hatte, war durch dessen ganz und gar unerwartete Reaktion zutiefst erschreckt und flehte Asadollah Mirsa und meinen Vater heftig gestikulierend um weitere Regieanweisungen an. Ich dachte mir, dass es keinen guten Grund gab, weiter in meinem Versteck zu bleiben, und schlich mich ins Wohnzimmer, wo ich mich auf der Schwelle herumdrückte und gerade noch mitbekam, wie Asadollah Mirsa dem indischen Corporal zuflüsterte: »Sehen Sie zu, dass Sie wegkommen, Soldat! Das Pflaster hier wird langsam zu heiß!«

Mit diesen Worten zerrte er ihn in den Flur, wo er sich Schir Ali gegenübersah, der die Treppe heraufgerannt kam und sich ereiferte: »Einen Moment, Agha, um den kümmere ich mich!«

Asadollah Mirsa nahm ihn am Arm und flüsterte: »Moment, Schir Ali, sind Sie verrückt geworden? Ein Gast steht unter dem Schutz Allahs. Wo denken Sie hin! Der Herr ist ein Freund des Djenab.«

Schir Ali trat zur Seite, doch in diesem Moment tauchte Puris Gesicht auf. »Ich übernehme den Inder, Onkel Asadollah!«, platzte er los.

»Halt's Maul, ja?«, fuhr Asadollah Mirsa ihn an. »Jetzt willst du auf einmal den Feldmarschall Rommel spielen?«

Als er sah, dass Puri den Inder weiter mit der ungeladenen Waffe bedrohte, wandte er sich an Schir Ali und sagte: »Halten Sie den Jungen fest, bis ich wiederkomme.«

Während Schir Ali Puris hageren Körper umklammerte, schob Asadollah Mirsa den Inder im Eiltempo und laut zeternd die Treppe hinunter: »Sie mieser Bastard, haben Sie geglaubt, Sie könnten uns reinlegen!« Dazu klatschte er in die Hände und stieß weitere Verwünschungen aus. »Ihnen werde ich's zeigen! Ich erteile Ihnen eine Lektion, die Sie so schnell nicht vergessen!«

Als er den Inder schließlich hinauskomplimentiert hatte, stürmte er wieder nach oben, befahl Schir Ali, Puri loszulassen und mit ihm nach unten zu gehen, bevor er selbst zurück ins Wohnzimmer lief. Mein Vater und Onkel Oberst stützten mit Masch Qasems Hilfe Lieber Onkel und versuchten, ihm schlückchenweise Brandy einzuflößen.

Als er Asadollahs Stimme hörte, schlug Lieber Onkel die Augen auf. »Was ist geschehen, Asadollah? Was hast du getan?«

»Ihr würdet nicht glauben, wie schnell er gerannt ist. Ein wirklich primitiver Halunke. Ich habe es ihm gezeigt, und zwar gründlich.«

Plötzlich schien sich Lieber Onkel an den Verrat seiner Anverwandten zu erinnern. Er riss die Augen auf, seine Lippen bebten, und er brüllte mit unerwarteter Heftigkeit: »Ich möchte die Gesichter von euch Verrätern nicht mehr sehen!«

Onkel Oberst wollte etwas sagen, doch Asadollah Mirsa ließ ihm keine Gelegenheit. »Bei deiner Seele, Djenab... bei der Seele unseres verstorbenen Großvaters, auch wir wurden getäuscht!«

»Du willst sagen, ihr wart so blöd? Du meinst, ihr...«

»Moment, Moment«, unterbrach Asadollah Mirsa ihn hastig. »Muss ich dir von den Listen und Finten der Engländer erzählen? Die könnten noch den Himmel selbst betrügen. Glaubst du nicht, dass sie, wenn sie sogar Hitler hereingelegt haben, auch uns täuschen können?«

Das war Lieber Onkel perfekt nach dem Mund geredet und zeitigte eine günstige Wirkung. »Ihr Ärmsten!«, lamentierte er. »Und wenn ich euch sage, nehmt euch in Acht vor der List dieses alten Fuchses, lacht ihr mich aus!«

Alle seufzten erleichtert auf. Während Masch Qasems Kehle angesichts der merkwürdigen und unerwarteten Ereignisse ausgetrocknet gewesen zu sein schien, löste sich seine Zunge nun wieder, und er sprudelte los: »Wie lange wird es dauern, bis diese Herrn endlich begreifen, was Sie Ihnen sagen, Djenab. Ich schwöre bei Allah, dass ich, wenn ich Hitler wäre, den Herrn als meine rechte Hand eingesetzt hätte, damit er die Engländer auf frischer Tat ertappt und sie zwingt, alles offen zu legen, was sie in der Hinterhand haben.«

Zum Glück war das genau die Art von Bemerkung, die Lieber Onkel gefiel, so dass Masch Qasem ausnahmsweise einmal ausreden durfte. Eine beinahe heitere Gelassenheit breitete sich auf Lieber Onkels Gesicht aus, doch Masch Qasem war noch nicht fertig. »Tja nun, warum sollte ich lügen? Mit einem Bein... ja, ja... In meinem ganzen Leben habe ich noch nie etwas so Widerwärtiges gesehen, einen indischen Corporal als britischen Oberbefehlshaber auszugeben...«

Lieber Onkel hatte für einen Moment die Augen geschlossen, öffnete sie jedoch gleich wieder und sagte: »Das haben sie mit Absicht getan... mit Absicht...« Immer lauter werdend, fuhr er fort: »Sie wollten mich hereinlegen, damit ich mit einem Corporal rede und die Ehre und Würde meiner Familie in den Dreck gezogen wird. Sie wollten mich demütigen. Das war die Rache, die sie für mich geplant hatten.«

»Bruder«, wandte Onkel Oberst besorgt ein, »beruhige dich, Bruder! Du darfst dich nicht aufregen, sonst erleidest du wieder einen Kollaps.«

»Wie sollte ich mich nicht aufregen?«, brüllte Lieber Onkel. »Wie kann ich angesichts einer derartigen Verschwörung ruhig bleiben? Sie schicken einen indischen Corporal zu mir, damit sie morgen in ihren Geschichtsbüchern schreiben können, ein großer Kämpfer hätte ihm schändlicherweise sein Schwert übergeben.«

»Nun, Allah sei Dank, ist ihr Plan aufgedeckt und vereitelt worden«, bemerkte mein Vater.

»Das war die Hand des Schicksals«, sagte Lieber Onkel leise. »Der Kriegsgott Mars wollte nicht, dass einer seiner alten Kämpen in den Schmutz gezogen wird. Wenn Dustali Khan nicht gekommen wäre...«

Er sah Dustali Khan an und forderte ihn auf: »Komm näher, mein Sohn, komm und setz dich. Wenn Allah die Augen dieser Narren mit Blindheit geschlagen hat, so hat er zumindest dir ins Herz gepflanzt, mir zu Hilfe zu eilen und mich aus diesem schrecklichen Strudel zu retten. Dustali, ich bin dein dankbarer Diener!«

Lieber Onkel ließ sich von Asadollah Mirsa noch ein Glas Brandy einschenken und erholte sich zusehends. Nach dem Sturm war wieder Ruhe eingekehrt.

»Siehst du«, erklärte Asadollah Mirsa leise meinem Vater, »jetzt sind wir die Bösen, und der Esel Dustali ist der gnadenreiche Bote des Kriegsgotts.«

»Von mir aus«, gab mein Vater ebenso leise zurück, »kann Dustali Khan der Kriegsgott persönlich sein, wenn der Djenab sich nur wieder beruhigt.«

24

Lieber Onkel schlug die Augen auf. Seine Gesichtszüge hatten sich entspannt, und als er anfing zu sprechen, klang seine Stimme gefasst. »Ich habe dergleichen schon oft erlebt. Selbst Napoleon, der sein Leben lang das Gift der Engländer schlucken musste, wurde nach der Niederlage von Waterloo, als er sein Schicksal in ihre Hände legte, erneut von ihnen betrogen. Sie machten ihm alle möglichen Versprechungen, doch am Ende verbannten sie ihn nach St. Helena. Mein Blut ist nicht dicker als seins.«

Und damit wandte er sich an Dustali Khan, als wäre das Thema für ihn endgültig erledigt. »Also, Dustali Khan, worum geht es bei deinem Disput mit Polizeikadett Ghiasabadi?«

»Du bist das Oberhaupt der Familie«, entgegnete Dustali Khan mit zorniger Stimme, während er mit einem Finger nervös über die Tischkante strich, »entweder du klärst jetzt auf der Stelle, woran ich mit diesem dämlichen Esel bin, oder du musst mir erlauben, ihn mit Hilfe des Gesetzes davon abzuhalten, unser Leben, unseren Besitz und unsere Ehre zu zerstören.«

Polizeikadett Ghiasabadi schien ziemlich viel Opium geraucht zu haben, denn er wirkte vollkommen heiter und gelöst. »Erstens, die Person, die das gesagt hat, ist selbst der dämliche Esel«, sagte er gelassen. »Zweitens, wann habe ich je Leben, Besitz oder Ehre des Djenab angetastet?«

»Also, der Schlag soll mich treffen, wenn ich lüge«, mischte Masch Qasem sich in die Unterhaltung ein. »Bis heute hat man noch nie davon gehört, dass ein Mann aus Ghiasabad die Ehre von irgendwem angetastet hat. Wirklich, warum sollte ich lügen? Wenn es um Ehre geht, kann kein Ort im ganzen Land Ghiasabad das Wasser reichen.«

Dustali Khan, der sich bisher mühsam beherrscht hatte, explodierte förmlich. »Halte du dich da raus!«, entlud sich seine Wut über Masch Qasem. »Allah verfluche jeden Einzelnen aus Ghiasabad samt seiner Ehre!«

»Hüten Sie Ihre Zunge«, entgegnete Masch Qasem ungewohnt aggressiv. »Sagen Sie zu mir, was Sie wollen, aber lassen Sie die Ehre der Leute aus Ghiasabad aus dem Spiel!«

Ich warf rasch einen Blick auf Asadollah Mirsa, dessen schelmisches Grinsen zurückgekehrt und der offenbar wieder bester Dinge war. »Moment, Moment, Agha Dustali Khan, Masch Qasem hat ganz Recht. Lass die Ehre von Ghiasabad aus dem Spiel. Du, ein solcher Ausbund von ehrenhaftem Benehmen, gerade du solltest...«

»Ruhe!«, befahl Lieber Onkel streng. »Zwei Männer sind unterschiedlicher Meinung. Sie haben ihren Streit vor die älteren Familienmitglieder gebracht, wir müssen ihr Problem mit dem gebotenen Ernst behandeln. Bitte erlaubt den Kontrahenten, ihre Standpunkte darzulegen. Fahre fort, Dustali Khan, und komm zur Sache.«

Lieber Onkels Strenge ließ alle Anwesenden aufatmen, weil er die Engländer offensichtlich zumindest vorübergehend vergessen hatte. »Um den guten Namen der Familie zu retten«, erwiderte Dustali Khan bemüht ruhig, »habe ich seinerzeit eingewilligt, dass dieses Individuum das Mädchen heiraten und sich zwei Monate später wieder scheiden lassen soll. Dafür sollte er zweitausend Toman erhalten. So geschah es auch. Aber jetzt, abgesehen von der Tatsache...«

»Sie haben mir zweitausend Toman gegeben«, ließ sich Polizeikadett Ghiasabadi, der die ganze Zeit scheinbar unbeteiligt Nougat geknabbert hatte, plötzlich vernehmen, »aber dann habe ich ausgerechnet, dass da noch immer...«

»Was soll dieses Gerede, Sie schamloser kleiner... Was haben Sie ausgerechnet?«

»Sie haben fünf Jahre lang im Haus meiner Frau gewohnt«, führte der Polizeikadett ruhig aus. »Bei einer monatlichen Miete von hundert Toman, gut, sagen wir fünfzig Toman, wären das im Lauf von fünf Jahren dreitausend Toman. Sie schulden mir also noch weitere tausend.«

Dustali Khan war so wütend, dass es ihm offenbar die Sprache verschlagen hatte. »O nein, Agha«, murmelte Asadollah Mirsa. »Die Miete müsste mindestens einhundert Toman betragen. Sie haben sehr großzügig gerechnet! Eigentlich sind es wenigstens sechstausend Toman.«

»Sei bloß still, Asadollah!«, fuhr Dustali Khan ihn an.

»Moment, ich hab doch gar nichts gesagt. Ich habe mir nur erlaubt, den Polizeikadett auf einen Rechenfehler hinzuweisen.«

»Asadollah, sei ruhig!«, sagte Lieber Onkel streng.

Doch nun mischte Masch Qasem sich ein. »Heutzutage, ich bitte Sie, wären es sogar mehr als zweihundert. Ich erinnere mich genau, in unserer Stadt gab es mal einen Mann, der...«

»Masch Qasem«, unterbrach Asadollah Mirsa ihn. »Lass Agha Dustali Khan ausreden. Er sprach gerade über die Verletzung der Ehre.«

Der Polizeikadett brach sich bedächtig ein weiteres Stück Nougat ab, bevor er aufreizend gelassen fragte: »Ja, bitte, sagen Sie mir, wessen Ehre ich verletzt habe.«

Vor Wut bebend schnaubte Dustali Khan: »Djenab, da siehst du, wie unverschämt er ist! Das kranke, unschuldige Mädchen...«

»Sie sind selber krank! Wenn Sie meine Frau meinen sollten...«, fiel ihm der Polizeikadett erneut ins Wort.

»Polizeikadett!«, donnerte Lieber Onkel Napoleon ungeduldig los, »Sie arbeiten im Sicherheitsministerium und sollten mit den Regeln und Gepflogenheiten bei Gericht vertraut sein. Dies ist ein Familiengericht. Sie haben kein Recht, den Mund aufzumachen, bevor ich es Ihnen erlaube. Sie werden zu gegebener Zeit ausreichend Gelegenheit erhalten, Ihre Einwände vorzubringen. Fahre fort, Dustali.«

»Bedenke, wie dieser nichtsnutzige Unbekannte das kranke unschuldige Mädchen verführt hat...«

Wieder fiel der Polizeikadett Dustali Khan unerlaubt ins Wort. »Nehmen Sie zur Kenntnis, wie wirr er redet.«

Dann blickte er rasch wie unbeteiligt zur Decke und fuhr fort: »Erstens, nichtsnutzig ist der, der es gesagt hat; zweitens, war es absolut kein Unbekannter.«

Dustali Khan richtete sich drohend auf. »Es war kein Unbekannter? Sie kennen ihn? Sie wissen, wer das unschuldige Kind geschwängert hat?«

»Natürlich weiß ich das«, gab der Polizeikadett gleichmütig zurück, während er sich ein weiteres Stück Nougat in den Mund stopfte. »Das war ich.«

»Sie? Sie schamloser Lügner!«

»Ich sage die reine Wahrheit.«

Asadollah Mirsa brach in fröhliches Gelächter aus. »Moment, Dustali, Logik und gesunder Menschenverstand können nicht einfach ignoriert werden! Der Polizeikadett sagt, dass es sein Kind ist, und du behauptest, es wäre das Kind eines Unbekannten. Entweder kennst du den Vater des Kindes, oder du musst die Aussage des Polizeikadetts akzeptieren!«

Dustali Khan lief rot an. Er war so aufgebracht, dass er kaum sprechen konnte. »Aber wann? Wo?... Dieser Mann hat Qamar doch gar nicht gekannt. Wo sollte das passiert sein, ohne dass wir es bemerkt hätten?«

»Leben Sie hinter dem Mond, Mann?«, antwortete der Polizeikadett nach wie vor aufreizend ruhig. »Seit ich letztes Jahr mit Teymur Khan hergekommen bin, um nach Ihrer Leiche zu suchen, gehört mein Herz Qamar. Wir sind einander zugetan... Oh, was waren das für Nächte!«

Außer sich vor Wut brüllte Dustali Khan: »Aber haben Sie nicht behauptet, Sie wären vollkommen impotent? Asadollah, du hast es doch auch gehört, hat er nicht gesagt, dass eine Kugel sein verdammtes Ding getroffen hätte?«

Asadollah Mirsa, der sich offenbar köstlich amüsierte, wandte sich mit gespieltem Erstaunen an den Polizeikadett. »Moment, haben Sie so etwas wirklich geäußert? Ich kann mich gar nicht daran erinnern.«

»Diesmal sagt er ausnahmsweise die Wahrheit«, antwortete der Polizeikadett grinsend. »Das habe ich tatsächlich gesagt.«

»Siehst du? Siehst du?«, rief Dustali Khan an Lieber Onkel gewandt. »Jetzt gibt er es selber zu.«

Doch bevor Lieber Onkel ihn dazu befragen konnte, fuhr der Polizeikadett fort: »Nun, die Wahrheit ist, als Sie mich unter dem Vorwand, eine Uhr wäre gestohlen worden, in Ihr Haus gerufen haben, dachte ich, Sie hätten herausgefunden, dass Qamar von mir schwanger ist, und wollten mich nun vor Gericht und ins Gefängnis bringen. Ich meine, das ist schließlich mein täglich Brot, ich habe schon Tausende von Kriminellen dingfest gemacht. Also habe ich das mit der Kugel erfunden, damit Sie mich nicht weiter verdächtigen und die Polizei aus dem Spiel lassen...«

Dustali Khans Gesicht war aschfahl geworden, und der Polizeikadett nutzte dessen vorübergehende Sprachlosigkeit für einen furiosen Gegenangriff. »Ich liebe meine Frau sehr, und meine Frau liebt mich nicht weniger. Wir haben ein wundervolles Kind, und ein zweites ist unterwegs. In Agha Dustali Khans Augen ist das unehrenhaft, doch als er am Mittwoch in das Haus einer verheirateten Frau ging, deren Mann fort war, hatte das wohl absolut seine Ordnung!«

Dustali Khan erwachte augenblicklich aus seiner Lethargie. »Ich? Im Haus einer verheirateten Frau?«, rief er entrüstet.

»Soll ich Fati rufen?«, fragte der Polizeikadett sanft. »Fati, die Tochter von Qamars Tante, damit wir sie fragen können, wer sich am Mittwoch aus dem Haus von Schir Ali, dem Fleischer, geschlichen hat?«

Erneut erstarrte Dustali Khan. Auf Asadollahs Gesicht breitete sich ein süffisantes Grinsen aus. Er zückte seine Brille, setzte sie umständlich auf und musterte Dustali Khan. »Dustali? Ist das wahr? Hast du es tatsächlich endlich geschafft, mit Tahereh nach San Francisco zu reisen? Mitten in der Stadt?«

»Halt's Maul, Asadollah!«

»Moment, Dustali! Die Wahrheit wird dich befreien! Gestehe, sonst muss der Polizeikadett nach Fati schicken!«

Außer sich vor Wut schnappte Dustali Khan sich die Schale mit dem Nougat und zielte damit auf Asadollah. »Ich bring dich um, wenn du nicht aufpasst!«

Asadollah Mirsa hörte auf zu lachen. »Was soll das, Dustali?«

Dann sprang er abrupt auf, rannte ans Fenster, beugte sich hinaus und schrie: »Agha Schir Ali... Schir Ali...«

Alle riefen entsetzt mit Lieber Onkel im Chor: »Asadollah, hör auf!«

Doch Asadollah fuhr ungerührt fort. »Schir Ali, wenn es nicht zu viel Mühe macht, bringen Sie uns bitte Tee.«

Für einen Moment herrschte angespanntes Schweigen, dann erschien auch schon die massige Gestalt Schir Alis mit einem Tablett in der Tür. »Guten Tag allerseits.«

Während alle schweigend ihre Teegläser in Empfang nahmen und den Zucker umrührten, begann Asadollah Mirsa ernst, aber mit einem Lächeln in den Augenwinkeln, als würde er eine unterbrochene Unterhaltung fortsetzen: »Ja, wie ich schon sagte, so etwas kann sehr schlimm enden; denn Menschen, denen ihre Familienehre und ihr Ruf heilig sind, regen sich verständlicherweise auf. Das hat gar nichts mit ihrem Stand zu tun. Nehmt zum Beispiel Agha Schir Ali hier...«

Nach einer kleinen Kunstpause wandte er sich an Schir Ali. »Ich möchte Sie etwas fragen, Agha Schir Ali. Stellen Sie sich vor, Sie hätten einen Freund, jemand der Ihnen wirklich nahe steht, und Sie sähen einen fremden Mann in sein Haus gehen, während er nicht dort ist. Was ginge in Ihnen vor?«

»Bitte sagt so was nicht, Exzellenz..., nur weil Sie so was sagen müssen, und schon wird mir ganz komisch zumute, und ich würde am liebsten mit meinen Fäusten diese Wand zertrümmern und Türen und Fenster aus den Angeln heben...«

Ohne daran zu denken, dass er noch immer ein Tablett mit Teegläsern in den Händen hielt, ballte Schir Ali die Fäuste; der Inhalt der Gläser ergoss sich über Onkel Oberst Kopf, der augenblicklich vor Schmerzen anfing zu brüllen: »Er hat mich verbrüht!«

Lieber Onkels Lippen bebten. Er wurde blass und stieß einen Furcht erregenden Schrei aus, während er versuchte, sich zu erheben. »Ich sagte: Genug! Hört auf! Das ist auch eine von ihren Intrigen. Ein weiterer Schlag... Sie wollen meine Familie auseinander bringen... An mich trauen sie sich nicht heran, und darum zerstören sie meine Familie... Allah, hat ihre Grausamkeit denn nie ein Ende?«

Und damit sank er ein weiteres Mal reglos auf das Sofa.

Das Geschrei seines Vaters hatte Puri auf den Plan gerufen; der stand nun mitten im Zimmer und wiederholte immer wieder: »Wer hat das getan? Wer hat meinen Papa verbrüht?«

»Du dämlicher Esel!«, fuhr Asadollah Mirsa ihn schließlich an. »Wer immer es war, hat es nicht mit Absicht getan. Hol einen Arzt, anstatt hier rumzukrähen!«

»Ich soll den Doktor holen?«

»Ja. Obwohl es sicher für alle eine Erleichterung wäre, wenn du einfach aufhören würdest, hier rumzuschreien.«

Puri trollte sich, und Asadollah Mirsa kümmerte sich zusammen mit Masch Qasem um Lieber Onkel; niemand nahm Notiz von Onkel Oberst und seinem verbrühten Gesicht, bis er laut zu jammern anfing: »Und was passiert mit mir?«

»Mein lieber Oberst, gleich bist du dran, doch dem Djenab geht es nicht gut, wir müssen zuerst nach ihm sehen.«

»Glaubst du etwa, mir ging es gut«, jammerte Onkel Oberst weiter. »Mein Gesicht fühlt sich an, als hätte man es in den Ofen des Bäckers gesteckt.«

»Nimm mal die Hände runter, damit ich es mir ansehen kann.«

In diesem Moment kam Puri zurück und verkündete völlig außer Atem, dass der Doktor nicht zu Hause war. Während mein Vater und Masch Qasem Lieber Onkel Napoleon Likör einflößten, inspizierte Asadollah Mirsa Onkel Obersts Gesicht. Stirn und Wange waren leicht gerötet.

»O Allah!«, sagte Asadollah mit gespieltem Entsetzen. »Seht nur, die Haut löst sich in Fetzen von seinem Fleisch!«

Masch Qasem nahm seine Worte für bare Münze und rief, bevor er auch nur hingesehen hatte: »Gütiger Himmel! Entschuldigung, aber das sieht ja aus wie...«

»Masch Qasem, warum machst du einen solchen Aufstand!«, fiel Asadollah Mirsa ihm rasch ins Wort. »Ich hab doch nur Spaß gemacht. Sieh doch, es ist nur ein bisschen gerötet. Geh und hol ein wenig Mandel- oder Rizinusöl.«

Nachdem Asadollah Mirsa ihn damit verarztet hatte, beruhigte Onkel Oberst sich ein wenig. »Kümmert euch nicht um mich«, befahl er nun, »seht nach meinem Bruder!«

»Keine Sorge, seine Atmung hat sich normalisiert, er kommt sicher gleich wieder zu sich«, beruhigte mein Vater ihn.

Kurze Zeit später schlug Lieber Onkel die Augen auf und blickte verwirrt umher. Langsam schien er sich daran zu erinnern, was vorgefallen war. »Ein Corporal«, sagte er mit schwacher Stimme. »Ein indischer Corporal anstatt eines Obersts!«

»Moment, Djenab«, warf Asadollah Mirsa rasch ein. »Diese Angelegenheit ist vorbei und erledigt. Ich habe es ihm ordentlich gegeben und ihn dann hinausgeworfen, also vergiss ihn einfach.«

Lieber Onkel ließ den Blick eine Weile über die Runde schweifen. »Du hast ihn hinausgeworfen… hinausgeworfen«, flüsterte er dann. »Das hast du gut gemacht… sehr gut… Ich… ich habe das alles hinter mir gelassen, aber du wirst es nicht dulden, dass sie uns beleidigen. Wir haben Schulter an Schulter, Rücken an Rücken gekämpft… und nun werden wir gemeinsam gefangen genommen.«

»Bruder, mein Bruder!«, rief Onkel Oberst verstört.

Doch Lieber Onkel schien ihn gar nicht zu hören, sondern fuhr in demselben eigenartigen Tonfall fort: »Wir werden gefangen genommen, aber ernsthaft… respektiert und würdevoll! In den Geschichtsbüchern werden sie schreiben ›Der große Kommandant hat bis zum letzten Atemzug standgehalten…‹«

»Bruder… Bruder…!«

Lieber Onkel musterte ihn einen Augenblick und fragte dann sanft: »Warum hast du dir Öl ins Gesicht geschmiert?«

»Weil mein Gesicht verbrüht worden ist, Bruder.«

»Verbrüht?… Verbrüht? Wie gut für dich! Verbrüht mit Ehre, nicht mit Schimpf und Schande.«

Sein wirrer Blick wanderte von einem zum anderen. »Hast du gesehen, Dustali? Hast du gesehen, wie ein großer

Kommandeur lebt?... Du gehst auch mit mir in Gefangenschaft, aber ehrenhaft!«

Eine Weile schwieg Lieber Onkel, während alle anderen beklommene Blicke wechselten. »Djenab, ich bin bereits jetzt ein Gefangener!«, unterbrach Dustali Khan schließlich die Stille. »Ein Gefangener dieses Teufels in Menschengestalt. Ich bin hier, um zu erfahren, woran ich mit diesem Mann bin! Diesem feinen Polizeikadett Ghiasabadi!«

»Polizeikadett Ghiasabadi?... Der Polizeikadett ist auch mit uns gefangen? Mein lieber Polizeikadett!«

»Jetzt ist er aber total übergeschnappt«, murmelte der Angesprochene, der Lieber Onkel schon die ganze Zeit fassungslos beobachtet hatte.

Daraufhin gab Dustali Khan ihm eine saftige Ohrfeige. »Sie sind übergeschnappt, Sie verdorbener kleiner Taugenichts.«

Polizeikadett Ghiasabadi revanchierte sich mit einem Faustschlag, worauf sie beinahe aufeinander losgegangen wären, hätten mein Vater und Asadollah Mirsa dem nicht geistesgegenwärtig Einhalt geboten. Doch Lieber Onkel Napoleon erhob sich schwerfällig, als hätte er von alldem nichts mitbekommen, und wankte Richtung Tür.

»Lasst uns die Abreise vorbereiten!«

Alle stürzten an seine Seite. »Moment, Moment, der Djenab will gehen. Erlaube uns, dir behilflich zu sein!«

Ohne den Kopf zu wenden, sagte Lieber Onkel Napoleon immer noch in diesem eigenartig milden Tonfall: »Asadollah, bist du das? Komm, wir gehen und richten unser Gepäck, aber mit Würde, Asadollah! Gefangenschaft ist unser Schicksal, aber mit Würde!«

Nachdem er Lieber Onkel mit Masch Qasems Hilfe nach Hause gebracht hatte, kam Asadollah Mirsa zu meinem Vater zurück. Er wirkte bedrückt und war ungewöhnlich still.

»Das haben wir alles diesem dämlichen Idioten Dustali

Khan zu verdanken. Der hat unseren ganzen Plan über den Haufen geworfen.«

»Moment, Moment, ich glaube, der Djenab will vielleicht, ohne es selbst zu wissen, gefangen genommen werden. Er hat beschlossen, dass es ihm bestimmt ist, dasselbe Schicksal zu erleiden wie Napoleon. Ich bin sicher, wenn Dustali nicht dazwischengekommen wäre, hätte er im letzten Moment noch einen Vorwand gefunden, Schir Ali auf den Inder zu hetzen und die Verhandlungen platzen zu lassen.«

»Was sollen wir deiner Ansicht nach jetzt tun?«

»Das weiß Allah allein. Ich bin mit meinem Latein am Ende. Wir können nur noch abwarten und sehen, was geschieht.«

Drei Tage nach Lieber Onkels Treffen mit dem indischen Corporal winkte Masch Qasem mich frühmorgens in den Garten, um mir mitzuteilen, dass Leili mich sprechen wollte.

Ich sah sie bereits in ihrer grauen Schuluniform in der Rosenlaube sitzen. Ihre roten, verquollenen Augen ließen meinen Atem stocken. Sie musste die ganze Nacht geweint haben, und als ich den Grund ihres Kummers erfuhr, bekam ich erst recht keine Luft mehr. Am Abend zuvor hatte ihr Vater sie und Puri zu sich gerufen, um ihnen zu sagen, dass er damit rechnete, innerhalb der nächsten Tage von den Engländern verhaftet zu werden. Sie würden ihn an einen Ort bringen, wo es keine Hoffnung auf Entkommen gab, und sein letzter Wunsch an sie beide war, sich für ihre Hochzeit bereitzuhalten, damit die Zeremonie noch in Anwesenheit ihres dem Untergang geweihten Kommandeurs stattfinden konnte.

»Was hast du gesagt, Leili?«, brachte ich nur mit Mühe heraus.

Das arme Kind brach erneut in Tränen aus und schluchzte: »Was konnte ich entgegnen? Papa ist krank; wenn ich nein gesagt hätte, hätte ich ihn sicher in Lebensgefahr gebracht, bei seinem schwachen Herz.«

»Aber Leili, wenn sie mit der Hochzeit warten, bis die Engländer ihn holen, mache ich mir keine Sorgen. Du weißt doch selbst, dass das alles bloß Phantastereien sind. Die Engländer interessieren sich doch überhaupt nicht für Lieber Onkel.«

»Ja, schon, wenn er wirklich auf die Engländer warten würde, wäre alles in Ordnung. Aber er hat gesagt, dass nächsten Monat der Geburtstag eines Imam ist und die Hochzeit dann stattfinden soll. Er hat uns nur gebeten, uns bereitzuhalten, damit er nach dem Seyed schicken kann, falls die Engländer vorher kommen. Sag mir doch, was ich tun soll.«

»Leili, wenn du heiratest, werde ich das nicht überleben. Sag deinem Vater, dass du warten und mich heiraten willst!«

»Wenn er nicht krank wäre... würde ich es ihm sagen«, stammelte sie mit tränenerstickter Stimme. »Aber ich habe wirklich Angst, dass es ihn umbringen könnte, wenn ich mich ihm widersetze. Du musst dir etwas ausdenken!«

Tieftraurig und verwirrt, versprach ich ihr, eine Lösung zu finden, doch ich hatte das Gefühl, als würde mir das Herz in der Brust zerspringen.

Wieder einmal wusste ich mir nicht anders zu helfen, als mich an den einzigen Menschen zu wenden, auf dessen Scharfblick und menschliche Anteilnahme ich vertrauen konnte. Anstatt in die Schule zu gehen, machte ich mich auf den Weg zu Asadollah Mirsa.

Wie ich vermutet hatte, war er gerade dabei, sich fürs Büro fertig zu machen. »Oh, du schon wieder«, begrüßte er mich, während er sich vor dem Spiegel das Gesicht einseifte.

»Ich habe dir doch schon tausendmal gesagt, geh nach San Francisco...« Plötzlich hielt er inne und sah mich an. »Moment, Moment, was sehe ich denn da? Sind das wirklich Tränen? Du großer, dummer Esel! Anstatt deine Sachen zu packen, um heute Nacht noch nach San Francisco aufzubrechen, heulst du wie ein kleines Mädchen.«

Asadollah Mirsa bemühte sich, es zu verbergen, doch er war offensichtlich sehr bewegt. Er wischte sich den Schaum vom Gesicht und setzte sich neben mich. »Mein lieber Junge«, sagte er ernst und besorgt, »sei nicht so traurig. Ich lass mir schon was einfallen...«

Dann ging er an den Schrank, füllte zwei kleine Gläser und reichte mir eines davon. »Trink das zuerst, bevor wir reden!... Ich sagte, trink das!... Um Allahs willen, wirst du das jetzt trinken?«

Ohne weiter nachzudenken, nahm ich das Glas und stürzte den Inhalt mit einem Zug hinunter. Es brannte angenehm warm in meinem Magen.

»Und nun nimm auch noch diese Zigarette!... Nun nimm schon, ich warne dich! Na also, bravo!«

Asadollah zündete sich ebenfalls eine Zigarette an und lehnte sich in seinem Sessel zurück. Eine Weile rauchten wir schweigend. »Bitte«, begann er schließlich, »hör mir jetzt mal aufmerksam zu. Was ich dir nun sagen werde, ist mein voller Ernst. Also, mein Lieber, da du mir wieder und wieder erklärt hast, nicht nach San Francisco gehen zu wollen, der einzige Weg aus deiner Misere aber über San Francisco führt, denke ich, ihr solltet wenigstens so tun, als ob ihr dort gewesen wärt!«

»Onkel Asadollah...«

»Moment, unterbrich mich nicht! Wenn ihr nämlich Erfolg haben wollt, ohne nach San Francisco zu gehen, müsste Leili meiner Ansicht nach das Gesicht einer erschöpften Reisenden aufsetzen, die gerade von San Francisco zurückgekehrt ist, denn dann wäre Lieber Onkel gezwungen, euch entweder sofort zu verheiraten oder euch einander zumindest zu versprechen.«

»Onkel Asadollah, das ist wirklich zu viel verlangt. Selbst wenn ich dazu bereit wäre, kann ich mir nicht vorstellen, dass Leili mitmachen würde.«

»Dann soll sie diesen stotternden Araberhengst heiraten.«

»Gibt es wirklich keine andere Möglichkeit?«

»Na ja, vielleicht solltest du mich heiraten... Wie auch immer, auf jeden Fall musst du dich beeilen, denn es ist noch etwas anderes geschehen. Und wenn Lieber Onkel erst mal davon Wind bekommt, wird er Seyed Abolqasem noch heute Abend rufen lassen und Leili mit Puri verheiraten.«

»Aber was ist denn passiert?«

»Diese Meldung ist natürlich nicht offiziell bestätigt, aber sie ist trotzdem wahr. Die Alliierten haben einige Leute verhaftet, die sie für Komplizen der Deutschen halten, und sie nach Arak verschleppt. Wenn Lieber Onkel das erfährt, packt er sofort seine Taschen, verheiratet Leili und schickt sie zu ihrem Ehemann.«

»Onkel Asadollah, könntest du nicht mit Lieber Onkel reden und ihm unsere Situation erklären?«

»Moment, Moment, *momentissimo!* Du kannst sicher sein, dass Seyed Abolqasem binnen fünf Minuten hier ist, wenn Lieber Onkel etwas Derartiges zu Ohren kommt.«

Doch ich bettelte so lange und inständig, bis Asadollah Mirsa schließlich versprach, sich irgendwie darum zu kümmern.

Ich wartete den ganzen Tag sehnsüchtig darauf zu erfahren, ob Asadollah Mirsa etwas für uns hatte ausrichten können. Gegen Abend erschien er endlich, um mit mir zu sprechen.

»Ist dir noch etwas eingefallen, Onkel Asadollah? Gibt es vielleicht doch noch eine Lösung?«

»Leider ist es vollkommen ausgeschlossen, mit Lieber Onkel über dich und Leili zu reden. Wie gesagt, wenn er Wind davon bekommt, ist alles aus. Ich habe ihn heute extra besucht und bin unauffällig auf dich zu sprechen gekommen. Aber es sieht gar nicht gut für dich aus.«

»Was hat er denn gesagt, Onkel Asadollah? Bitte, erzähl es mir!«

Asadollah Mirsa zögerte einen Moment, bevor er entgegnete: »Vielleicht ist es gar nicht schlecht, wenn du hörst, was er gesagt hat, damit du dir die ganze Sache endlich aus dem Kopf schlägst. Als du erwähnt wurdest, meinte er nur:

›*Zum Wolfe wird des Wolfes Brut*
lebt sie auch unter Menschenhut.‹

»Und was hast du erwidert?«

»Moment, nachdem er so deutlich geworden ist, erwartest du doch wohl nicht von mir, dass ich ihn für den Wolf um die Hand seiner Tochter bitte. Außerdem habe ich noch ganz andere Sorgen. Denn als er diesen Wolfsvers zitiert hat, platzte ausgerechnet Dustali Khan herein und bekam alles mit. Ich fürchte, er wird die ganze Sache deinem Vater brühwarm erzählen und damit die Angelegenheit nur noch schlimmer machen.«

Ich war am Boden zerstört, denn wenn mein Vater von Lieber Onkels Spruch erfuhr, würde er nicht eher ruhen, bis er eine Möglichkeit gefunden hatte, Lieber Onkel die Nachricht von den Verhaftungen unterzujubeln. Und damit wäre Leilis Hochzeit mit Puri besiegelt.

Meine Befürchtungen waren nur allzu begründet. Bereits am nächsten Abend tauchte Farrokh Laqa, wie gewöhnlich von Kopf bis Fuß in Schwarz gehüllt, unerwartet im Haus von Onkel Oberst auf, als die Familie sich dort zum Abendessen versammelt hatte. »Wie schön, euch alle hier zu sehen! Ja, ja, welch ein Fest! Ich war bei der Beerdigung von Monirs Mann, und auf dem Rückweg hab ich mir gesagt, ich könnte doch mal eben vorbeischauen.«

Offenbar nur, um das darauf folgende peinliche Schweigen zu unterbrechen, fragte Shamsali Mirsa: »Welche Monir?«

»Die Tochter von Etemad al-Mamalek. Das arme Ding hat in letzter Zeit so viel Pech gehabt. Ihr Mann war noch gar nicht alt, er kam aus dem Büro nach Hause, ging, um sich die Hände zu waschen, und bekam im Badezimmer einen Herzanfall. Bis der Doktor eintraf, war schon alles vorbei. Allah sei seiner Seele gnädig. Bei der Beerdigung haben sie gesagt, dass er den Anfall nur bekam, weil er sich solche Sorgen um seinen Schwager gemacht hat.«

»Was ist seinem Schwager denn passiert?«

»Aber habt ihr denn nicht davon gehört? Die Engländer haben ihn und einige andere vor ein paar Tagen verhaftet. Man sagt, sie hätten sie alle nach Arak verschleppt...«

Asadollah Mirsa versuchte rasch, mit ein paar Scherzen vom Thema abzulenken, doch Lieber Onkel rief: »Warte, Asadollah, ich muss das wissen! Sagtest du, die Engländer hätten Leute verhaftet?«

»Ja, und Etemads Schwager war einer von ihnen. Der Arme, er wusste gar nicht, wie ihm geschah.«

Alle schwiegen betroffen. »Die Engländer«, murmelte Lieber Onkel schließlich mit versteinertem Gesicht. »Jetzt gehen sie ans Werk.«

Dann sprang er plötzlich auf und rief: »Qasem, Qasem, wir gehen nach Hause!«

Und damit verließ er, die Proteste der anderen Gäste missachtend, das Zimmer.

25

Nachdem Lieber Onkel Napoleon den Raum verlassen hatte, sahen sich alle verwirrt an. Nur Onkel Oberst lief ihm nach. Asadollah Mirsa warf meinem Vater einen scharfen Blick zu, dem er jedoch auswich.

»Ich verstehe nicht, warum der Djenab so erregt war«, sagte Farrokh Laqa schließlich. »Er ist doch gar nicht mit Monirs Mann oder seinem Schwager verwandt.«

Asadollah Mirsa warf ihr einen wütenden Blick zu, sagte jedoch bemüht ruhig: »Nein, der Djenab ist aufgewühlt wegen dem armen Mansur al-Saltaneh, dem Onkel von Dustali, weißt du.«

»Was ist denn mit Dustalis Onkel?«

»Willst du etwa sagen, du hättest es noch nicht gehört, meine Liebe. Allah schenke seiner Seele Frieden, er hat so viel gelitten...«

Farrokh Laqa witterte eine weitere Trauerfeier, und ihre Augen glänzten. »Der Schlag soll mich treffen! Warum weiß ich nichts davon? Wann ist es passiert? Wo findet die Beerdigung denn statt?«

»Oh, das ist noch nicht entschieden«, improvisierte Asadollah Mirsa weiter. »Es ist ja erst heute passiert. Moment! Wahrscheinlich wäre es keine schlechte Idee, wenn du mal bei Dustali reinschaust.«

»Schade, dass es schon so spät ist, sonst...«

»Nein, es ist keineswegs zu spät«, unterbrach Asadollah Mirsa sie. »Auf dem Weg hierher habe ich zufälligerweise gesehen, dass Dustali gerade erst nach Hause gekommen ist.«

Farrokh Laqa schien noch unschlüssig, doch Asadollah

Mirsa ermunterte sie: »Bei dem engen Verhältnis, das deine Mutter zu der Familie hatte, könnte ich mir vorstellen, dass man dich höchstpersönlich bitten wird, dem Verstorbenen das Kinn hochzubinden.«

»Du hast Recht«, entgegnete Farrokh Laqa und stand auf. »Es ist wirklich schrecklich. Ich werde Dustali Khan und Aziz al-Saltaneh sofort einen Kondolenzbesuch abstatten.«

Nachdem die alte Klatschbase gegangen war, seufzten alle Anwesenden erleichtert auf und sahen Asadollah Mirsa dankbar an. Der wandte sich an den inzwischen zurückgekehrten Onkel Oberst. »Wir mussten die alte Wachtel schließlich irgendwie loswerden. Und nun sag, wie geht es dem Djenab?«

»Mein Bruder hat mich hinausgeworfen«, erwiderte Onkel Oberst mit düsterer Miene. »Er hat gesagt, er wollte allein sein.«

Eine Stunde später saßen nur noch Asadollah Mirsa, Onkel Oberst und mein Vater ins Gespräch vertieft zusammen. Ich hockte in einer Ecke und lauschte.

»Ich mache mir offen gestanden Sorgen, dass der Djenab – Allah behüte – sich etwas antun könnte. Erinnert ihr euch noch daran, wie er darüber sprach, dass Napoleon nach der Niederlage gegen die Koalition Gift genommen hat?«

Asadollah Mirsa trank einen Schluck Wein und meinte: »Deswegen mache ich mir keine Sorgen. Napoleon hat Gift genommen, als er zum ersten Mal kapitulieren musste, aber nach Waterloo hat er gewartet, bis die Engländer ihn geholt und nach St. Helena gebracht haben.«

»Aber wir dürfen nicht davon ausgehen, dass er Napoleons Spur bis zum Ende folgt...«

»Nein, eigentlich mache ich mir auch keine Sorgen um meinen älteren Bruder«, sagte Onkel Oberst. »Er ist schließlich kein Weidenbaum, der sich im Wind biegt und zittert. Ein Mann, der sein ganzes Leben gekämpft hat, weiß das Auf und Ab des Lebens zu nehmen.«

Asadollah Mirsa warf meinem Vater einen resignierten Blick zu und meinte: »Dann werde ich jetzt wohl auch schlafen gehen. Die Wohlfahrt beginnt daheim, wie man so sagt.«

Als ich mit meinem Vater und Asadollah Mirsa auf dem Weg nach Hause war, hörte ich, wie Asadollah Mirsa meinen Vater leise spöttisch fragte: »Hast du eine Ahnung, wer Farrokh Laqa erzählt haben könnte, dass die Engländer Leute verhaften und nach Arak schicken?«

Mein Vater blieb wie angewurzelt stehen und fasste Asadollah am Arm. »Also wirklich, Seine Exzellenz will doch nicht etwa andeuten, dass...«

»Moment, Moment, ich deute gar nichts an, ich frage nur.«

»Nun, ich hatte das Gefühl, du wolltest auf irgendwas anspielen. Wenn du glaubst, ich würde dahinter stecken, irrst du dich. Ich schwöre bei der Seele meines Vaters, dass ich nichts mit der Sache zu tun habe.«

Nicht nur, weil mein Vater allzu leicht heilige Eide schwor, zweifelte ich, und auch Asadollah Mirsa hatte offenbar erfahren, was er wissen wollte, denn als ich einen Moment mit ihm allein war, flüsterte er: »Jetzt ist klar, dass Dustali Khan deinem Vater alles weitergetratscht hat.«

»Was denkst du, was wir jetzt machen sollen, Onkel Asadollah?«

»Nun, mir fällt nichts mehr ein. Ich bin ein einfacher praktischer Arzt. Wenn jemand erkältet ist oder wetterfühlig ist, kann ich Kräutertee oder Aspirin verordnen. Doch wenn eine ernste Krankheit ausbricht, muss man einen Spezialisten hinzuziehen. Am ersten Tag habe ich dir eine Dosis San Francisco verschrieben, weil ich für diese Region

Spezialist bin, aber der Patient wollte sich ja nicht an mein Rezept halten. Und nun haben sich die Dinge weit über San Francisco, Los Angeles und so hinaus entwickelt, weshalb man am besten die ganze Familie zu einem Spezialisten schicken sollte, der ihnen eine andere Stadt verschreibt!«

»Du meinst, du hast uns satt?«

»Nein, mein Junge, aber im Augenblick kann ich nichts für dich tun. Wir müssen erst mal abwarten, wie sich die Sache mit Lieber Onkels Verbannung nach St. Helena entwickelt. Dann können wir weitersehen...«

»Onkel Asadollah, ich habe dir schon so viele Probleme gemacht, dass ich mich kaum noch zu fragen traue...«

»Du musst dich nicht schämen«, ermutigte mich Asadollah Mirsa lachend, »sprich dich aus. Nein, warte, ich werde deine Gedanken lesen: Du willst sagen, dass Leilis und deine Lage jetzt, wo Lieber Onkel im Grunde nur noch darauf wartet, dass die Engländer kommen, gefährdet ist, und das ist keineswegs unwahrscheinlich. Aber löcher mich jetzt nicht mit weiteren Fragen, lass mir bis morgen früh Zeit, und ich werde sehen, was ich tun kann.«

Wieder verbrachte ich eine der schlimmsten Nächte meines Lebens. Wenn ich überhaupt schlafen konnte, hatte ich Albträume. Ich träumte, dass Leili in einem Hochzeitskleid Arm in Arm mit ihrem Bräutigam zwischen zwei Reihen englischer Soldaten, die ihre Schwerter über die Köpfe des Paars hielten, auf das Tor eines Schlosses zuschritt. Leilis Mann war niemand anderes als Schir Ali. Den Kommandeur der englischen Truppen gab Masch Qasem, der in einer schottischen Uniform Kilt statt Hosen trug. Ich schrie laut auf. Puri ging neben dem Brautpaar her, sah mich mit seinem Eselsgesicht an und lachte schrecklich.

Der Braut und dem Bräutigam folgte Onkel Oberst. Polizeikadett Ghiasabadi, der eine Portiersuniform und eine blonde Perücke trug, hielt einen dicken Stab in der Hand und verkündete: »Die Braut und der Bräutigam!« Dr. Naser al-Hokama spielte Saxofon, und mein Vater und Asadollah Mirsa hielten sich an den Händen, tanzten um ihn herum und sangen ein Lied aus dem amerikanischen Westen, in dem immer wieder das Wort San Francisco vorkam. Wieder wollte ich schreien und weglaufen, doch Masch Qasem kam in seiner schottischen Uniform auf mich zu und sagte auf Persisch, aber mit englischem Akzent: »Verschwinde, mein Junge, es ist alles aus für dich.« Ich rief: »Masch Qasem, tu etwas! Warst du nicht mein Freund?« Doch er erwiderte mit demselben englischen Akzent: »Nun, mein Junge, warum sollte ich lügen? Mit einem Bein... ja, ja... Es ist nicht meine Schuld. Da musst du diesen Herrn dort fragen.« Und dabei wies er auf Lieber Onkel Napoleon, der in napoleonischer Uniform auf einem weißen Pferd saß. Er hatte eine Hammelkeule in der Hand und brüllte: »Vorwärts! Attacke!« Ich wurde von den Hufen seiner Kavallerie überrannt. Am Ende hockte die ganz in Schwarz gekleidete Farrokh Laqa über mir und sprach die Sterbegebete.

Als ich am Morgen aufstehen wollte, war ich nicht in der Lage, mich zu bewegen. Mein ganzer Körper tat weh. Ich fühlte mich so schwach, dass ich nicht zur Schule gehen konnte. Als meine Mutter mich sah, schlug sie sich an die Stirn und auf die Brust. Ich hatte hohes Fieber, und als ich mich aufrichten wollte, wurde mir schwindlig, und ich sank wie leblos zurück auf mein Lager.

An der Sorge meiner Eltern und ihrem ständigen Kommen und Gehen merkte ich, dass ich kränker war, als ich mich fühlte. Sie riefen Dr. Naser al-Hokama, und ich schnappte das geflüsterte Wort »Typhus« auf. Obwohl mein Verstand nicht richtig funktionierte, war ich davon überzeugt, dass er sich irrte und ich nur ein wenig Fieber hatte. Ich verbrachte den ganzen Tag in diesem erbärmlichen Zustand und verfiel mehrmals in eine Art Delirium. Gegen Abend begann ich mich ein wenig besser zu fühlen. Ich erkannte Asadollah Mirsas lächelndes Gesicht, konnte jedoch nicht sprechen.

Am nächsten Morgen lieferte mir Dr. Naser al-Hokama einen weiteren Beweis seiner Inkompetenz und seines mangelnden Verständnisses von den Zusammenhängen der Welt. Mein Fieber war fast vollständig abgeklungen, doch ich fühlte mich sehr schwach. Als ich aufstehen wollte, protestierte meine Mutter lauthals, doch ich versicherte ihr, dass es mir gut ging, und schleppte mich in den Garten.

Masch Qasem goss die Blumen, trug jedoch, ganz ungewöhnlich für ihn, seine Ausgehkleidung. Er hatte die Hosenbeine bis über die Knie hochgekrempelt und hantierte behutsam mit der Gießkanne, um sich nicht nass zu machen.

»Allah sei Dank, dass es nichts Ernstes war, mein Junge«, sagte er, ohne den Kopf zu heben. »Ich hab mir wirklich Sorgen gemacht. Als ich gestern Nachmittag nach dir gefragt habe, lagst du im Fieberwahn. Ich wünschte, der Doktor könnte dich heute sehen. Gestern hat der Barbar gesagt, du hättest bestimmt Typhus. Diese Leute können einen Büffel nicht von einer Fidel unterscheiden, und das ist, bei Allah, die Wahrheit!«

»Mir geht es, Allah sei Dank, wieder besser, aber warum trägst du deine Ausgehkleider, Masch Qasem?«

Masch Qasem sah mich traurig an und sagte: »Nun, mein Junge, warum sollte ich lügen? Mit einem Bein... ja, ja... Wir brechen heute oder morgen auf. Vielleicht ist dies das letzte Mal, dass ich die Blumen gieße; wahrscheinlich sind die Engländer schon hierher unterwegs. Was immer ich dir Gutes oder Schlechtes getan habe, verzeih mir!«

»Was macht Lieber Onkel, Masch Qasem?«

»Oh, frag nicht, mein Junge. Möge Allah keinem Moslem zumuten, was er durchmachen musste. Man könnte glauben, der Herr wäre seit vorgestern Abend um zwanzig Jahre gealtert. Die vorletzte Nacht hat er kein Auge zugetan. Als ob er sein Testament machen würde, der Arme!«

»Wie geht es ihm heute?«

»Heute geht es ihm, Allah sei Dank, besser. Er ist ganz ruhig geworden. All seine Wildheit ist gestern verraucht.«

»Masch Qasem, ist Leili in der Schule oder noch zu Hause? Ich möchte sie kurz sprechen.«

»Wo bist du gewesen, mein Junge? Als die Dämmerung hereinbrach, hat der Herr alle Kinder mit dem Oberst nach Abali geschickt, wo dieser eine Obstplantage besitzt. Und er hatte Recht. Er will nicht, dass die Kinder mit ansehen müssen, wie er gefesselt abgeführt wird, wenn die Engländer auftauchen.«

»Wie lange werden sie dort bleiben, Masch Qasem?«

»Nun, mein Junge, bis uns die Engländer holen kommen.«

»Und was ist, wenn sie nicht kommen?«

»Du bist noch so ein Kind, mein Junge«, erwiderte Masch Qasem. »Du kennst die Engländer nicht. Seit vorgestern Nacht haben der Herr und ich unsere Kleidung nicht mehr abgelegt. Schon zweimal haben wir den Henkelmann gefüllt, damit wir auf dem Weg nach Arak nicht verhungern, denn die Engländer geben ihren Gefangenen nur einen Eintopf aus Ziegelstaub und Schlangenöl. In unserer Stadt lebte einmal ein Mann, der den Engländern in die Hände gefallen ist...«

Es war unmöglich, etwas aus Masch Qasem herauszukriegen, also beschloss ich, Asadollah Mirsa zu suchen, doch der tauchte auf, noch bevor ich das Haus verlassen hatte, weil er sich nach meinem Befinden erkundigen wollte. Als er sah, dass ich wieder auf den Beinen war, freute er sich. »Und dieser dumme Naser al-Hokama hat Typhus diagnostiziert. Wir können uns immerhin glücklich schätzen, dass er dem Jungen keine Syphilis angedichtet hat...«

Ich versuchte ihn einen Moment unter vier Augen zu sprechen, doch er wirkte sehr beschäftigt, oder er hatte bei all den familiären Problemen keine Geduld, mein liebeskrankes Gejammer anzuhören. Er konferierte vielmehr eifrig mit meinem Vater.

»Und was gibt's Neues? Ist General Wellington schon eingetroffen, um den Djenab abzuholen?«

»Nicht dass ich wüsste, aber ich habe heute Morgen Masch Qasem gefragt, und der hat gesagt, dass er sich beruhigt zu haben schien, nachdem die Familie in Sicherheit war. Er hat allerdings gestern Nacht wieder in seiner Kleidung geschlafen.«

»Sollen wir rübergehen und ihn fragen, wie es ihm geht?«

Mein Vater und Asadollah Mirsa machten sich auf den Weg zu Lieber Onkels Haus, und ich folgte ihnen, ohne lange zu überlegen. Lieber Onkel hatte entweder nicht gewusst oder nicht begriffen, dass ich krank gewesen war. Er würdigte mich jedenfalls keines Blickes. Er trug einen dunklen Anzug mit Schah Mohammed Alis Auszeichnung am Revers. Seine Leichenblässe und die eingesunkenen Augen erschreckten mich. Er wollte aufstehen, um meinen Vater und Asadollah Mirsa zu begrüßen, war jedoch nicht in der Lage dazu. Asadollah Mirsa setzte wie gewohnt an zu scherzen, doch der Anblick von Lieber Onkels eingefallenem Gesicht ließ ihn verstummen.

Auch wenn Lieber Onkel ruhig und gefasst wirkte, körperlich verfiel er zusehends.

»Du bist ein wenig blass«, meinte mein Vater. »Offenbar hast du nicht gut geschlafen. Du solltest dich ein wenig hinlegen.«

»Ich habe mich ausgeruht«, erwiderte Lieber Onkel gleichmütig. »Nun ist es Zeit zu wachen.«

Ich blickte auf den Hof und die angrenzenden Räume im Erdgeschoss. Das ganze Haus wirkte einsam und verlassen. Außer Masch Qasem und Lieber Onkel war niemand da. An den Türen der meisten Räume hingen schwere Vorhängeschlösser.

Asadollah war sichtlich besorgt über Lieber Onkels Zustand und sagte: »Ich denke, es wäre trotzdem gut, wenn du dich ein wenig ausruhst, und wenn es dann so weit ist...«

»Asadollah«, unterbrach Lieber Onkel ihn unvermittelt ärgerlich, »die Erschöpfung mag mich geschwächt haben, aber ich möchte, dass sie wissen: ein Krieger kann auch im Moment seiner Gefangennahme ein Krieger bleiben. Ich darf keine Schwäche zeigen.«

»Moment, Moment, soll das heißen, dass ein Krieger sich nicht hinlegen darf? Wir kennen tausend Beispiele aus der Historie; als er die Delegierten der Armee-Koalition erwartete, hat sogar Napoleon wie gewohnt geruht und geschlafen.«

»Sie wollen mich zermürben und zerbrechen, Asadollah, und dann verhaften, damit sie morgen meinen Namen in den Geschichtsbüchern in den Dreck ziehen können...«

»Aber, Djenab...«

Doch Asadollah fand keine Gelegenheit, seinen Satz zu beenden, weil in diesem Moment Lärm aus der Gasse drang. Lieber Onkel Napoleon starrte wie gebannt auf die Tür. »Was ist los?«, fragte er bewegt. »Offenbar sind sie da.«

»Aber, Djenab...«, begann Asadollah Mirsa erneut.

»Ich habe alles geregelt, Asadollah«, unterbrach Lieber Onkel ihn sanft. »Ich gehe im Frieden mit mir und der Welt. Aber um eines möchte ich dich bitten...«

Lieber Onkel konnte den Satz nicht zu Ende bringen, weil der Lärm inzwischen die Haustür erreicht hatte. Lieber Onkel richtete sich kerzengerade auf und spitzte die Ohren. In dem allgemeinen Stimmengewirr konnte man Masch Qasem rufen hören, dass der Herr nicht gestört werden dürfe. »Anscheinend sind sie tatsächlich gekommen«, sagte Lieber Onkel mit erstickter Stimme. »Asadollah, geh und sieh nach, was dieser Qasem wieder anstellt. Offenbar leistet er Widerstand, obwohl ich ihm ausdrücklich befohlen habe, es nicht zu tun.«

Doch Asadollah Mirsa fand keine Gelegenheit mehr, den Raum zu verlassen, denn im selben Moment flog die Tür auf, und Dustali Khan stürmte mit hochrotem Gesicht und verbundenem Kopf herein. Dabei brüllte er so laut, dass man überhaupt kein Wort verstehen konnte.

Schließlich fuhr ihm Lieber Onkel entschieden in die Parade: »Beruhige dich, Dustali! Was ist denn geschehen?«

Doch Dustali Khan brüllte weiter, bis Asadollah Mirsa ihn anfuhr: »Halt's Maul, Dustali! Siehst du nicht, dass es dem Herrn nicht gut geht?«

Bis zu diesem Moment schien Dustali Khan Asadollah Mirsas Anwesenheit gar nicht registriert zu haben; er starrte ihn eine Weile irritiert an und schrie dann: »Was dich angeht, du schamloser, nichtsnutziger kleiner... halt selber dein Maul! Du bist eine Schande für diese Familie!«

»Moment, Moment, Dustali, was ist denn überhaupt passiert? Offenbar hat dir jemand so gründlich auf den Kopf geschlagen, dass du noch dein bisschen Verstand eingebüßt hast, oder warum gehst du so auf mich los...«

»Welcher Bastard hat denn vorgestern Abend Farrokh Laqa vorbeigeschickt, um die letzten Gebete für meinen Onkel Mansur al-Saltaneh zu sprechen? Was hat mein armer Onkel dir denn getan, dass du so auf seinen Tod erpicht bist?«

»Hör auf zu streiten, Dustali«, mischte sich Lieber Onkel ein. »Dies ist nicht die Zeit für Streitereien! Was ist passiert?«

Dustali Khan nahm sich zusammen und zückte zwei oder drei Zettel, knallte sie auf den Tisch und zeterte: »Entweder die Familie unterschreibt dieses Dokument, oder ich werde nicht länger ihren Namen tragen.«

»Was für Dokumente sind das, Dustali? Und warum ist dein Kopf verbunden?«

»Frag doch diesen Lümmel, diesen Abschaum, dem du meine Tochter gegeben hast. Dieser unverschämte Drogensüchtige hat mir mit einem Stein auf den Kopf geschlagen. Frag diesen Ghiasabadi aus Qom!«

Asadollah Mirsa brach in Gelächter aus. »Bravo, Agha Ghiasabadi! Gut gemacht!«

»Und was ist jetzt mit diesem Dokument?«, fragte Lieber Onkel milde.

»Wenn du so freundlich wärst, einen Blick darauf zu werfen. Es ist von Dr. Naser al-Hokama und sagt aus, dass Qamar psychisch krank ist. Dies ist ein Dokument, womit diverse Leute aus der Gegend das bestätigen. Das Mädchen ist verrückt, Djenab. Der miese kleine Scharlatan Ghiasabadi verschleudert ihren Besitz. Er verkauft Akbar Abad. Wenn ihr erlaubt, werde ich euch das Dokument kurz vorlesen: ›Im Namen all dieser erlauchten Herren, die wissen …‹«

In diesem Moment drang ein Schrei aus dem Garten. »Ruhe, Dustali!«, fuhr Lieber Onkel ihn an und fügte leise murmelnd hinzu: »Diesmal sind sie wohl wirklich gekommen.«

Er versuchte aufzustehen, dicke Schweißtropfen bildeten sich auf seiner Stirn, doch er schaffte es nicht.

Jedes Mal wenn ich später die Geschichte von Tristan und Isolde las oder Leute darüber reden hörte, dachte ich daran, wie Lieber Onkel damals gewartet hat, denn so gespannt und aufgeregt muss Tristan auf die Ankunft seiner goldhaarigen Isolde gewartet haben.

Kurz darauf ging die Tür auf, und der Polizeikadett Ghiasabadi betrat, gefolgt von seiner Mutter und Aziz al-Saltaneh, den Raum. Verzweiflung flackerte in Lieber Onkels Blick auf, und er wandte sich fluchend ab. Die Neuankömmlinge schrien und schimpften wild durcheinander, bis zuletzt Aziz al-Saltanehs Stimme alle anderen übertönte. »Dir werd ich's zeigen! Los, ab mit dir, nach Hause, du solltest dich schämen, deinem Schwiegersohn unter die Augen zu treten!«

»Ich hoffe, die Totengräber werden meinen Schwiegersohn möglichst bald in der Erde verscharren! Lieber hätte ich siebzig Jahre Pech als einen solchen Betrüger zum Schwiegersohn. Der Lump nutzt die Verrücktheit des Mädchens aus...« Weiter kam Dustali nicht.

In diesem Augenblick stieß die Mutter des Polizeikadetts einen Schrei aus, der die Fensterscheiben klirren ließ. »Was fällt Ihnen ein? Ihr Vater und Ihr Großvater, von Ihnen selbst ganz zu schweigen, sollten stolz sein, einen solchen Schwiegersohn in der Familie zu haben. Wenn Sie nicht aufpassen, schlag ich Ihnen den Schädel ein! Und das Mädchen hat mehr Verstand als hundert von Ihrer Sorte!«

Während der Polizeikadett Ghiasabadi und seine Mutter Dustali Khan noch verfluchten, verpasste Aziz al-Saltaneh ihrem Mann mit ihrer Handtasche einen weiteren derart heftigen Schlag auf den bereits lädierten Kopf, dass sein Stöhnen bis zum Himmel aufstieg, während Lieber Onkels matte Rufe nur mühsam zu vernehmen waren: »Aufhören! Lass ihn in Ruhe! In einem Augenblick wie diesem findest du noch Zeit... o Allah, bitte schick die Engländer, um mich von dieser Meute zu erlösen!«

Plötzlich stieß jemand gegen die Tür, und Masch Qasem betrat den Raum. Seine Augen funkelten zornig, und seine Lippen bebten. Er stieß einen Furcht erregenden Schrei aus und rief: »Schir Ali, werfen Sie alle raus, diese Teufel bringen den Herrn noch um!«

Schir Ali, der hinter Masch Qasem ins Zimmer getreten war, warf Asadollah Mirsa einen fragenden Blick zu. Als der kurz nickte, packte der Fleischer ohne zu zögern Dustali Khan und wirbelte ihn herum, dass seine Beine den Polizeikadett, dessen Mutter und Aziz al-Saltaneh trafen.

»Verschwindet, alle miteinander, los, bevor ich euch zu Brei haue!«

Der Polizeikadett, seine Mutter und Aziz al-Saltaneh flohen keifend und kreischend vor den Tritten des in Schir Alis Umarmung zappelnden Dustali Khan. Als das Zimmer von den Störenfrieden geräumt war, stöhnte der jetzt leichenblasse Liebe Onkel: »Die Engländer... die Engländer... worauf warten sie noch?«

Asadollah Mirsa starrte Lieber Onkel erschrocken an und rief: »Masch Qasem, lauf und hol Dr. Naser al-Hokama! Lauf, Mann!«

Er selbst stürzte in den Flur, riss den Telefonhörer von der Gabel, wählte eine Nummer und sagte: »Doktor, schicken Sie die Medizin ins Haus. Ich konnte sie nicht selbst abholen. Schicken Sie sie schnell! Dem Patienten geht es gar nicht gut.«

Dann trug er Lieber Onkel mit Hilfe meines Vaters zu seinem Bett und fasste sein Handgelenk. »Sein Puls ist sehr schwach. Ich hoffe bei Allah, dass dieser Idiot von einem Arzt gleich da ist!«

Lieber Onkel war kalkweiß geworden. Große Schweißtropfen standen auf Stirn und Nase. Asadollah Mirsa nahm ihm die Sonnenbrille ab und legte sie beiseite. Mein Vater rannte hektisch hin und her. Ohne die Augen zu öffnen, begann Lieber Onkel zu reden: »Ihr kommt... ihr müsst mit mir kommen... ich habe viel zu sagen... sie kommen bestimmt... sie werden gleich hier sein. Allah gib mir die Kraft, ihnen erhobenen Hauptes gegenüberzutreten...«

Als man auf dem Hof Masch Qasems Schritte hörte, öffnete Lieber Onkel die Augen ein wenig und sagte mit zittriger Stimme: »Sind sie gekommen? Sind sie gekommen?«

Doch als er sah, dass es nur Masch Qasem war, ließ er den Kopf zur Seite sinken. Dr. Naser al-Hokama war außer Haus. Mein Vater schickte nach dem Herzspezialisten, der Lieber Onkel eine Weile behandelt hatte, während Asadollah Mirsa Lieber Onkel besorgt und ängstlich ansah und seine Hände und Füße massierte.

Einige Minuten später hörte man auf dem Hof gleichmäßige Schritte. Lieber Onkel schien seine letzten Kräfte zu sammeln. Er hob den Kopf und fragte. »Sind sie gekommen? Sind sie gekommen? Helft mir hoch! Sie sind es, bestimmt!«

Asadollah Mirsa schob seine Arme unter Lieber Onkels Schulter und half ihm, sich aufzusetzen. Die Tür ging auf, und ich stand vor Verblüffung wie angewurzelt da.

Ein englischer Soldat mit einem Union Jack in der linken Hand betrat den Raum. Er schlug die Hacken zusammen, hob die Hand zum militärischen Gruß an den Schirm seiner Mütze und verkündete Lieber Onkel in gebrochenem Persisch... »Verzeihung. Sie müssen verzeihen, aber ich sein Vertreter... ich Sie verhaften müssen. Ich bitte, nicht Widerstand!«

Lieber Onkels wässrige, leblose Augen begannen zu glänzen. Mit großer Mühe hob er die Hand zum Salut an die Schläfe und sagt mit kaum hörbarer Stimme: »Ich habe Befehl gegeben... ich... ich habe Befehl gegeben... keinen Widerstand zu leisten... großer Befehlshaber... ein großer Befehlshaber steht zu Ihren Diensten.«

Und dann schloss er friedlich die Augen.

Asadollah Mirsa bettete ihn wieder auf sein Lager und sagte: »Du solltest dich jetzt besser ausruhen.«

Mein Vater fühlte Lieber Onkels Puls und meinte ängstlich: »Sein Puls ist schwach und unregelmäßig. Wo bleibt bloß der Arzt? Es wäre vielleicht keine schlechte Idee, wenn ich Dr. Seyed Taqi Khan anrufe...« und damit ging er zum Telefon.

Ich starrte immer noch verdattert auf den englischen Soldaten, als ich bemerkte, dass Asadollah Mirsa ihm mit Blicken bedeutete, das Zimmer zu verlassen, und ihm wenig später nach draußen folgte.

Ich spähte in den Flur und belauschte das Gespräch zwischen Asadollah Mirsa und dem englischen Soldaten. Asadollah Mirsa versuchte ihm einen Geldschein aufzudrängen, doch der Engländer protestierte mit einem breiten armenischen Akzent.

»Euer Exzellenz, das kann ich nicht annehmen. Sie waren so gut zu mir. Sie haben mir schon Geld für die Hose, das Hemd und die Mütze gegeben...«

»Barun Ardavas, gleich werde ich wirklich wütend!«

»Also gut, wenn Sie darauf bestehen. Aber ich bin wirklich beschämt...«

»Bravo! Aber die Sache bleibt unter uns, ja? Ziehen Sie Ihre Sachen wieder an, und gehen Sie Ihrer Wege, bis wir uns, so Allah will, wieder sehen!«

»Sehr freundlich, Euer Exzellenz, auf Wiedersehen!«

In diesem Moment tauchte auch mein Vater auf und lauschte den beiden. Der Armenier tauschte rasch sein Khakihemd und die Hose gegen seine zivile Kleidung, rollte die Uniform und die Flagge zusammen und verabschiedete sich.

»Gut gemacht, Euer Exzellenz«, sagte mein Vater kopfschüttelnd. »Und wo um alles in der Welt hast du den aufgetrieben? Er sah so englisch aus, dass ich dachte, du hättest einen echten Engländer engagiert.«

»Dieser Ardavas arbeitet in einem Café an der Avenue Lalehzar. Die Leute nennen ihn schon seit Jahren Ardavas, den Engländer. Sein Haus befindet sich ganz in der Nähe.

Vorgestern kam mir der Gedanke, dem Djenab dieses letzte Geschenk zu machen. Wie geht es ihm jetzt?«

»Sieht aus, als würde er schlafen, aber seine Gesichtsfarbe gefällt mir gar nicht.«

»Wie auch immer, am besten, er ruht sich ein wenig aus. Irgendwelche Neuigkeiten vom Arzt?«

»Ja, ich habe Dr. Seyed Taqi Khan erreicht, und er hat mir versprochen, sofort zu kommen.«

Wenig später traf der Herzspezialist mit Masch Qasem ein, dicht gefolgt von Dr. Seyed Taqi Khan. Lieber Onkel lag bewusstlos auf dem Bett und zeigte auch während der Untersuchung durch die beiden Ärzte keinerlei Reaktion. Beide Spezialisten waren der Ansicht, dass er sofort ins Krankenhaus gebracht werden müsse.

Masch Qasem war noch besorgter als wir. »Bei allen Heiligen, möge Allah sie vernichten, alles, was der Herr erleiden musste, ist ihre Schuld.«

»Moment, Masch Qasem«, wies Asadollah Mirsa ihn ärgerlich zurecht, »fang nicht wieder mit dem Theater an.«

»Nein, Herr, warum sollte ich lügen? Mit einem Bein... ja, ja... Wenn Sie mich fragen, haben sie ihm irgendwas eingeflößt, das er nicht vertragen hat.«

Dr. Seyed Taqi Khan, der damit beschäftigt war, seine Arzttasche zu verschließen, spitzte die Ohren und sagte mit einem breiten Täbris-Akzent: »Was haben Sie gerade gesagt, hat man ihm was eingeflößt, das er nicht verträgt?«

»Nun, warum sollte ich lügen? Mit einem Bein...«

»Also wirklich, Masch Qasem«, unterbrachen mein Vater und Asadollah Mirsa ihn, »das ist doch Unsinn.«

»Lassen Sie ihn sagen, was er sagen möchte!«, rief Dr. Seyed Taqi Khan laut. »Ich kann bei dem Patienten zufälligerweise Vergiftungssymptome feststellen.«

Der Herzspezialist lachte und erklärte: »Mein lieber Kollege, dieser Patient ist schon seit geraumer Zeit bei mir in

Behandlung. Er hat in der Vergangenheit stets die gleichen Symptome bei seinen Herzproblemen gezeigt...«

»Moment, Moment, meine Herren«, unterbrach Asadollah Mirsa sie. »Anstand und Berufsehre verlangen, dass Sie an den Patienten denken und sich hier nicht über derlei Belanglosigkeiten streiten. Masch Qasem! Lauf und ruf ein Taxi, damit wir den Herrn ins Krankenhaus bringen können!«

Als sie Lieber Onkel eine halbe Stunde später zum Wagen trugen, war er trotz der Spritze, die man ihm gegeben hatte, noch immer ohne Bewusstsein. Masch Qasem wurde in einem anderen Taxi losgeschickt, um Onkel Oberst zu benachrichtigen. »Aber bring es ihm so bei, Masch Qasem, dass er sich nicht zu sehr aufregt; sag dem Oberst, der Herr selbst hätte um seine Rückkehr in die Stadt gebeten. Wenn seine Frau mitkommen will, kann sie das tun, aber es ist nicht notwendig, die Kinder mitzubringen.«

Es war gegen Mittag. Ich saß auf einer Bank im Flur des Krankenhauses und beobachtete das ständige Kommen und Gehen der Verwandten.

Man hatte Lieber Onkel unter ein Sauerstoffzelt gelegt, und niemand durfte sein Zimmer betreten. Die Frage einer möglichen Vergiftung, die Dr. Seyed Taqi Khan so interessiert hatte, war bereits bei der ersten Untersuchung verworfen worden.

Alle Verwandten waren versammelt und sprachen leise miteinander. Meine Mutter und die Tanten standen kurz vor einem hysterischen Anfall, und die Männer versuchten sie zu beruhigen.

Die letzte Neuigkeit war, dass der Patient vielleicht gerettet werden könnte, wenn er es bis zum Abend schaffte. Einer der Ärzte berichtete verwirrt, dass Lieber Onkel in einer kurzen Wachphase mehrmals die Namen »St. Helena«

und »Les Invalides« sowie einige andere unverständliche Worte gemurmelt hätte.

Schließlich entdeckte ich in einer Ecke den ein wenig abseits stehenden Asadollah Mirsa und ging zu ihm. »Wie glaubst du, wird es ausgehen, Onkel Asadollah? Ich meine, die Ärzte haben gesagt, wenn er bis zum Abend...«

»Ja, so ist es«, erwiderte Asadollah Mirsa düster, »so ist es. Du hast absolut Recht... auf den Punkt...«

»Auf den Punkt?«

In diesem Moment bemerkte ich an seinem Lächeln und seinem Blick, der an mir vorbeischweifte, dass er mir gar nicht zuhörte. Ich drehte mich um und sah eine junge Krankenschwester, die mit übertriebener Sorgfalt Medikamente auf einem Tablett arrangierte und dabei eifrig mit ihm Blicke wechselte; sie hatte die Aufmerksamkeit Seiner Exzellenz voll und ganz in Beschlag genommen.

Ich wartete, bis sie in einem der Zimmer verschwunden war, bevor ich ihn fragte: »Glaubst du, Lieber Onkel ist ernsthaft in Gefahr, Onkel Asadollah?«

»Das liegt nun allein bei Allah. Wir können nur beten.«

»Onkel Asadollah, glaubst du... ich meine, ich möchte dich etwas fragen...«

»Nur zu, mein Junge. Schieß los.«

»Ich wollte dich fragen... als du Masch Qasem gesagt hast, er solle Onkel Oberst abholen, aber die Kinder nicht mitbringen, hast du da an mich gedacht?«

»Moment, ich kann dir nicht folgen. Warum sollte ich dabei an dich gedacht haben?«

»Ich dachte, du wolltest nicht, dass Leili und Puri herkommen, für den Fall, dass Lieber Onkel plötzlich wieder aufwacht, wie geplant nach einem Notar schickt und die beiden verheiratet.«

Asadollah Mirsa sah mich einen Moment lang an, und eine seltsame Traurigkeit erfüllte seinen Blick. Er drückte meinen Kopf an seine Schulter und sagte nach kurzem Schweigen: »Alle sind hier. Unsere Anwesenheit wird auch nicht viel ausrichten. Lass uns zu mir gehen und zu Mittag essen.«

»Ich kann nicht... Ich muss hier bleiben.«

»Warum solltest du hier bleiben? Bist du ein Arzt oder Experte für Sauerstoff?« Er starrte unvermittelt zum Ende des Krankenhausflurs, ergriff meine Hand und zog mich hoch. »Lass uns hier verschwinden. Ein übler Gestank breitet sich aus. Khanum Farrokh Laqa kommt.« Er zerrte mich hinter sich her und sagte im Vorbeigehen zu meinem Vater: »Ich nehme den Jungen mit nach Hause. Welchen Sinn hat es, wenn er hier weiter herumsitzt? Wir kommen heute Nachmittag wieder.«

Meine Eltern begrüßten den Vorschlag.

Auf dem ganzen Weg plauderte Asadollah Mirsa über dies und das. Offensichtlich wollte er mich von Lieber Onkel und den Ereignissen des Tages ablenken.

Als wir sein Haus erreichten, ging er direkt zum Schrank und nahm eine Flasche Wein und zwei Gläser heraus.

»Trink ein Glas. Wir haben einen verdammt anstrengenden Tag hinter uns und uns ein Gläschen verdient.«

Anschließend nötigte er mir ein weiteres Glas auf.

»Aber das war ein wirklich schönes Krankenhaus. Wenn ich mal krank bin, muss ich unbedingt dorthin gehen. Hast du die hübschen Krankenschwestern gesehen?«

»Mir ist, ehrlich gesagt, nicht nach derlei Dingen zumute, Onkel Asadollah.«

»Dann trink noch ein Glas, bis dir danach zumute ist. Trink, hab ich gesagt! Bravo!«

Er ließ sich auf das Sofa fallen und fuhr fort: »Ich war auch einmal wie du, ungeheuer sensibel, sehr melancholisch, aber mit der Zeit habe ich mich verändert. Der Körper eines Menschen wird im Leib seiner Mutter geformt, doch seine Seele formt sich in der Werkstatt der Welt. Kennst du die Geschichte von meiner ehemaligen Frau?«

»Nein, Onkel Asadollah. Ich meine, ich weiß, dass du einmal verheiratet warst und wieder geschieden wurdest.«

»So einfach war das, glaubst du? Ich habe eine Frau geheiratet und mich dann wieder von ihr scheiden lassen? Na, setz dich, dann erzähl ich es dir.«

»Jetzt nicht, Onkel Asadollah.«

»Moment, dann musst du noch ein Glas trinken.«

»Nein, lieber nicht, ich fühle mich ein wenig schwindlig. Dann erzähl es mir halt.«

»Ich war siebzehn oder achtzehn, als ich mich verliebt habe, und zwar in eine entfernte Verwandte. Sie war die Enkelin des Onkels von Farrokh Laqa. Das Mädchen wollte mich auch. Du weißt ja, wie das ist, als Kind, wenn man noch jung ist, hat man keine Kontrolle darüber, wem man sein Herz schenkt. Mütter und Väter steuern, in wen sich ihre Kinder verlieben. Vom ersten Tag an trichtern sie einem mit Scherzen und Bemerkungen ein: ›Du bist mein kleiner Schwiegersohn, du bist meine kleine Schwiegertochter‹, bis man eines Tages das Alter erreicht, in dem man selber glaubt, dass man sich in die ›kleine Schwiegertochter‹ verliebt hat. Ich habe mich auch in die kleine Schwiegertochter meines Vaters verliebt. Doch als unsere Väter davon erfuhren, haben sie uns das Leben schwer gemacht. Ihr Vater hatte schon einen reicheren Ehemann als mich ausgeguckt, und mein Vater eine reichere Braut, obwohl sie nicht wirklich reich war. Wir haben allen Widerständen getrotzt, und schließlich durften wir heiraten. An jenem Tag kam ich mir vor, als hätte ich einen Fuß in den Himmel gesetzt. Zwei Jahre lang dachte ich nicht einmal an andere Frauen, als ob es auf der ganzen Welt keine andere gab. Dieses Leben und das nächste, Schlafen und Wachen, Vergangenheit und Zukunft, für mich verkörperte diese eine Frau einfach alles.

Und anscheinend empfand meine Frau das Gleiche für mich, zumindest etwa ein Jahr lang. Doch dann begann ich mich in ihren Augen zu verändern. Ich habe keine Lust, dir den Prozess der Verwandlung im Einzelnen zu beschreiben, doch als ich im zweiten Jahr von der Arbeit nach Hause eilte, tat ich das ihrer Meinung nach nur, weil ich nichts Besseres zu tun hatte. Und wenn ich keine anderen Frauen ansah, dann nur, weil mir der Mut fehlte...«

Asadollah Mirsa goss sich ein weiteres Glas Wein ein und fuhr fort: »Erinnerst du dich, dass du mich schon des Öfteren gefragt hast, wessen Bild das ist?« Er zeigte auf die Fotografie eines Arabers mit traditioneller Kopfbedeckung, das schon seit Jahren auf dem Kaminsims im Wohnzimmer stand.

»Ja, ich erinnere mich. Du meinst deinen Freund, Onkel Asadollah?«

»Moment, Moment. Ich habe dir immer erzählt, es wäre ein alter Freund, aber er ist eigentlich gar kein Freund, sondern mein Retter.«

»Dein Retter?«

»Ja, denn eines schönen Tages ist meine Frau mit diesem Schurken von einem Araber durchgebrannt. Dann habe ich mich von ihr scheiden lassen, und sie wurde die Ehefrau von Agha Abdolqader Baghdadi.«

»Dieser Araber hat dir die Frau weggenommen, und du stellst sein gerahmtes Bild auf den Kaminsims?«

»Du bist noch ein Kind, du verstehst das nicht. Aber wenn du im Meer ertrinken und unaussprechliche Qualen leiden müsstest und deine Seele würde aus deinem Körper gerissen, und dann käme ein Wal und würde dich retten, dann wäre dieser Wal in deinen Augen so schön wie Jeanette McDonald. Und dieser hässliche Abdolqader ist der Wal, der in meinen Augen Jeanette McDonald geworden ist.«

»Aber, Onkel Asadollah, sein Foto auf den Kaminsims zu stellen, ist meiner Meinung nach ein bisschen...«

»Moment«, unterbrach Asadollah Mirsa mich, »warte noch ein paar Jahre, und sag mir dann, was du denkst. Ich will dir das Wesen dieses Abdolqader erklären. Der Unterschied zwischen uns beiden war folgender: Während ich kultiviert mit meiner Frau sprach, war er grob und schroff zu ihr. Ich habe einmal am Tag geduscht und er einmal im Monat. Ich habe nicht einmal mehr Frühlingszwiebeln gegessen, während er pfundweise Zwiebeln und Knoblauch in sich hineinstopfte. Ich habe ihr Gedichte von Sadi vorgelesen, er hat ihr was vorgerülpst. Aber offenbar war er ein guter Reisender, das heißt, er war ganz bestimmt ein guter Reisender. Er stand immer mit einem Fuß hier und mit einem in San Francisco oder Los Angeles.«

Ich starrte das gerahmte Foto des Arabers an, während Asadollah Mirsa weiterredete. Ich hörte ihm nicht mehr zu und wusste nicht, worauf er hinauswollte. Schließlich unterbrach ich ihn und fragte: »Warum erzählst du mir das alles, Onkel Asadollah?«

»Damit du ein wenig klarer siehst. Damit du die Dinge, die du irgendwann ohnehin begreifen musst, ob du nun willst oder nicht, ein wenig früher verstehst.«

»Du meinst, du willst sagen, dass Leili…«

»Nein, ganz und gar nicht, aber ich will sagen, dass du, wenn sie Leili eines Tages Puri geben, nicht so viel verloren hast. Wenn sie dich eines Tages für irgendeinen Abdolkhaleq Mosuli oder sonst wen verlassen würde, dann ist es doch besser, wenn Puri sie gleich bekommt.«

»Onkel Asadollah, Onkel Asadollah, du weißt nicht, wie sehr ich Leili liebe! Du warst auch verliebt, aber meine Liebe…«

»Deine Liebe ist größer als alle anderen, natürlich, kein Zweifel…«

»Aber wenn Lieber Onkels Plan umgesetzt wird, oder es ihm wieder besser geht und…«

»... er einen Notar kommen lässt, wirst du dich umbringen, ich weiß. Der Plan wäre beinahe umgesetzt worden, als der Notar da war.«

»Was, Onkel Asadollah? Lieber Onkel hat einen Notar kommen lassen?«

»Ja, aber es ging um etwas anderes. Gestern Abend, als du krank warst, ist ein Notar da gewesen... und Seyed Abolqasem. Lieber Onkel hat fünftausend Toman verwaltet, die Masch Qasem gespart hatte, und dafür haben sie Masch Qasem vierzig- oder fünfzigtausend Quadratmeter Land irgendwo in der Wüste gekauft. Das Land ist nicht mehr wert als ein Zehntel Qeran pro Quadratmeter, aber sie haben es ihm für einen Qeran pro Meter verkauft. Ich habe erst gestern davon erfahren. Masch Qasem ist vorbeigekommen und war wütend wie ein angestochenes Schwein. Aber der arme Teufel hatte solche Angst, dass Lieber Onkel sich ärgert und es mit seiner Gesundheit weiter bergab geht, dass er sich darauf eingelassen hat...«

»Aber, Onkel Asadollah, wenn Lieber Onkel den Notar hat kommen lassen, warum hat er die Sache mit Leili und Puri dann nicht auch gleich geregelt?«

Asadollah Mirsa schwieg eine Weile. Mir war unbehaglich zumute. »Diese Angelegenheit hat er auch geregelt«, murmelte er schließlich und legte seine Hand auf meine.

Ich weiß nicht, wie lange ich so dagesessen habe, verwirrt und unfähig, mich zu bewegen. Mein Verstand funktionierte nicht richtig. Als ob eine Schallplatte hängen geblieben wäre, hallten seine Worte wieder und wieder in meinem Kopf nach, ohne dass ich begriff, was sie wirklich bedeuteten.

Asadollah schilderte mir, wie Lieber Onkel am Abend zuvor Leili, Puri und Onkel Oberst heimlich zu sich gerufen und sie nach einer tragischen Rede schließlich überredet hatte, einem Sterbenden seinen letzten Wunsch nicht zu verwehren. Und so waren sie noch am selben Abend vor Allah und dem Gesetz Mann und Frau geworden.

Sooft ich auch an jenen Nachmittag zurückgedacht habe, weiß ich bis heute nicht genau, wie ich auf diese Neuigkeit reagiert habe. Am Abend jenes Tages bekam ich erneut hohes Fieber, das mehrere Tage andauerte und so heftig war, dass ich keine Erinnerung an diese Zeit habe. Sogar die Trauer um Lieber Onkels Tod, der am Abend desselben Tages starb, hat keinen Eindruck bei mir hinterlassen. Das Einzige, an was ich mich noch entsinne, ist Asadollah Mirsas alte Uhr, die neben dem Bild von Abdolqader Baghdadi auf dem Kaminsims stand. Als mein Blick kurz darauf fiel, zeigten ihre Zeiger auf Viertel vor drei, und ich musste wieder an den Beginn meiner Liebe denken, die an einem Freitag, dem 13. August, um Viertel vor drei ihren Anfang genommen hatte.

Glossar

Agha: Herr
Ab-Guscht: Eintopf aus Fleisch, Hülsenfrüchten und Kartoffeln
Asch-Reschteh: Suppe aus Nudeln und Kräutern. Wenn jemand verreist, wird sie zu seinen Ehren von der zurückbleibenden Verwandtschaft gemeinsam verspeist, um an den Abwesenden zu denken und um eine glückliche Reise zu bitten.
Khanum: Frau
Djenab: Herr
Duschizeh: Fräulein
Khan: Wort, das häufig männlichen Namen nachgestellt ist; eine Ehrenbezeichnung, um Respekt (vor allem von einem jüngeren gegenüber einem älteren Mann) oder Zuneigung zu bezeugen.
Qorban: Opferfest; hoher islamischer Feiertag
Sardar: Ehrentitel, der so viel wie »Kommandant« bedeutet, ohne tatsächlich einen militärischen Rang zu bezeichnen
Seyed: Titel für einen Prophetenabkömmling
Tar: Langhalslaute
Tschelo Kebab: Fleischspieß vom Grill mit Reis
Zarb: Kleine Trommel

Nachwort

Ein westliches Publikum, daran gewöhnt, den Iran mit Furcht, Schrecken und Lustfeindlichkeit zu assoziieren, mag überrascht sein, dass die persische Literatur ein so originelles, komisches Werk mit einer Reihe ungewöhnlich einprägsamer Figuren hervorgebracht hat, ganz zu schweigen von Szenen possenhafter Selbstironie.

Der Roman *Mein Onkel Napoleon* nimmt in der iranischen Literatur eine Sonderstellung ein, zum einen wegen seiner ungeheuren Popularität, zum anderen wegen des Selbstbildes der Gesellschaft, die er porträtiert. Anfang der siebziger Jahre, wenige Jahre nach seiner Veröffentlichung, diente er als Vorlage für die erfolgreichste iranische Fernsehserie aller Zeiten, und besonders die Figur des Asadollah Mirsa, des Lebemanns mit einem Herz aus Gold, sowie die Gestalt von Lieber Onkel Napoleons getreuem Diener Masch Qasem sind zu Ikonen der iranischen Populärkultur geworden.

Neben dem Lesevergnügen wird den westlichen Leser sicherlich vor allem die Frage beschäftigen, wie exakt das hier gezeigte Porträt der iranischen Gesellschaft ist.

Jeder Iraner und jeder Ausländer, der sich mehr als nur flüchtig mit der iranischen Kultur beschäftigt hat, wird in den Charakteren und einigen der geschilderten Situationen »reale« und sehr kulturspezifische Elemente wieder entdecken, doch der Iran des Romans *Mein Onkel Napoleon* ist natürlich trotzdem eine Fiktion, in der der Autor auf Besonderheiten aus seinem eigenen sozialen Umfeld zurückgreift, um sie durch Verzerrungen und Übertreibungen zur Farce zu verdichten.

Dabei lässt sich *Mein Onkel Napoleon* ebenso gut als Liebesgeschichte wie als Satire auf lokale Gebräuche und Vorurteile lesen. Die Liebesgeschichte steht erkennbar in der Tradition persischer Archetypen (Farhad und Schirin, Amir Arsalan und Farrokh Laqa), knüpft jedoch auch an Vorbilder der abendländischen Literaturgeschichte an (Romeo und Julia, Paul und Virginie). Der einzige Aspekt, der einem jungen westlichen Leser möglicherweise befremdlich erscheint, ist das Beharren des Erzählers, seine Liebe zu Leili strikt von jeglicher Sexualität zu trennen (immer wieder bekundet er sein Entsetzen über den Vorschlag seines Onkels Asadollah, mit ihr zu schlafen) –, doch das dürfte auch für einen westlichen Helden, der vor 1960 erdacht wurde, nicht ungewöhnlich gewesen sein.

Als burleske Farce bedient der Roman sich zweifelsohne kultureller Eigenheiten und Phänomene (einige Szenen sind deutliche Reminiszenzen an das iranische Volkstheater), weist jedoch ebenso eindeutige Parallelen zur westlichen Komödientradition auf.

Eine Satire ist naturgemäß immer eng mit zeitbedingten kulturellen Gegebenheiten verknüpft und deshalb auch das kurzlebigste und am schwersten zu exportierende literarische Genre überhaupt. Wenn Satire die Zeit, in der und für die sie geschrieben wurde, überleben und darüber hinaus Leser anderer Kulturkreise ansprechen soll, muss sie substanzielle Elemente enthalten, die über die satirische Betrachtung lokaler Institutionen und Individuen hinausgehen. Natürlich wird *Mein Onkel Napoleon* auch die Leser gut unterhalten, die mit den Besonderheiten der iranischen Kulturgeschichte nicht vertraut sind, doch ebenso gewiss hilft die Kenntnis einiger Eckdaten dieser Geschichte, die Romanhandlung noch besser zu verstehen und damit auch das Lesevergnügen zu steigern.

Der unmittelbare historische Hintergrund des Werks erschließt sich größtenteils aus dem Roman selbst, und die wenigen, zum Verständnis der Handlung notwendigen Details, die dort nicht angesprochen werden, sind rasch erzählt. 1941 marschierten die Armee-Koalition (insbesondere Briten und Russen) in den Iran ein, weil man befürchtete, die dortige Regierung könnte sich den Achsenmächten anschließen, und weil man verhindern wollte, dass die Ölreserven in die Hände Hitlers und seiner Verbündeten fielen. Das Land wurde ohne nennenswerte Gegenwehr besetzt, die Truppen blieben bis zum Kriegsende im Iran und zwangen den Schah zugunsten seines Sohnes abzudanken (der den Iran bis zur islamischen Revolution 1979 regierte).

Schon seit dem frühen neunzehnten Jahrhundert war der Iran ein Zankapfel zwischen Briten und Russen. Das lag einerseits an der britischen Präsenz in Indien und dem Bestreben, dieses Kronjuwel des Empire zu schützen, andererseits an der russischen Expansion gen Süden in das Gebiet der heutigen islamischen Republiken Zentralasiens. Zu Beginn des vorigen Jahrhunderts lagen über dreitausend Kilometer zwischen den Grenzen des britischen und des russischen Einflussgebiets in Asien, am Ende trennten sie nur noch etwa dreißig Kilometer. Die Russen waren der Ansicht, dass die Briten in Asien überhaupt nichts verloren hätten, während die Briten in den Russen eine Bedrohung ihrer Vormachtstellung in Indien sahen. Britische und russische Agenten und Gesandte bemühten sich gleichermaßen intensiv darum, die Schahs und Stammesfürsten des Irans und Afghanistans zu kontrollieren und auf ihre Seite zu ziehen. Hinzu kam, dass die Regierung des Iran im neunzehnten Jahrhundert notorisch knapp bei Kasse war, Steuer- und Sozialreformen waren dringend überfällig. Die unter den Stammesfürsten weit verbreitete Unzufriedenheit öffnete ausländischer Einflussnahme Tür und Tor, und die ständige Ebbe in der Staatskasse veranlasste mehrere aufeinander folgende Schahs, ausländischen – insbesondere, aber nicht ausschließlich britischen – Geschäftsleuten gegen (oft nicht einmal besonders viel) Bargeld auf den Tisch des Hauses exorbitante Handels- und Erschließungsrechte zu garantieren. Im selben Zeitraum führte der Iran wegen Herat in Westafghanistan auch einen kurzen Krieg gegen die Briten und wagte zweimal den Waffengang gegen die Russen, was einen verheerenden Territoriumsverlust zur Folge hatte. 1907 unterzeichneten Briten und Russen in St. Petersburg eine Vereinbarung, durch die der Iran in drei »Einflusssphären« aufgeteilt werden sollte: eine britische im Südosten, eine russische im Norden und eine neutrale, die den Rest des Landes ausmachte und zum größten Teil aus Wüste bestand. Vertreter des Irans waren zu der Konferenz, die zu dieser Übereinkunft führte, nicht eingeladen worden, so dass man ihre Ergebnisse naturgemäß als massiven Affront empfand. Kurz darauf drängte der ehemalige Vizekönig Indiens Curzon (1919 bis 1924 britischer Außenminister) darauf, den Iran noch stärker unter britische Kontrolle zu bringen, während Bestrebungen für demokratische Reformen im Iran von den Briten mit durchaus gemischten Gefühlen aufgenommen wurden, da die Zurückdrängung ausländischer ökonomischer und politischer Interessensgruppen im Iran zu den Hauptforderungen der Reformer gehörten. Viele Iraner sahen im Sturz der Kadjaren-Dynastie in den Zwanzigerjahren und dem darauf folgenden Aufstieg Schah Rezas (der Herrscher, der im Zweiten Weltkrieg von den Alliierten zur Abdankung gezwungen wurde) das Werk der Briten, und die Gelehrten streiten sich bis heute darüber, ob sie tatsächlich aktiv an dem Staatsstreich beteiligt waren, der Schah Reza an die Macht brachte. Mit Sicherheit waren sie bei seiner Absetzung hilfreich, und ebenso sicher haben sie in den Fünfzigerjahren nachhaltigen Einfluss auf die Entscheidung der Amerikaner genommen, den vom Volk gewählten Premierminister Mosaddeq abzusetzen. Nicht zuletzt deshalb ist das Misstrauen der Iraner gegenüber den Motiven und Methoden der Briten sowie ihre verdeckte Einflussnahme auf die Geschehnisse im Iran – gelinde gesagt – nicht ganz unbegründet.

Vor diesem Hintergrund wird Lieber Onkel Napoleons Obsession mit den Briten verständlicher. Zwar ist seine Behauptung, in der Verfassungsbewegung für demokratische Reformen aktiv gewesen zu sein und im Süden gegen Aufständische gekämpft zu haben, unwahr, doch er hätte im Rahmen seines militärischen Dienstes räumlich und zeitlich durchaus in Konflikt mit vermeintlich britischen Interessensphären kommen können. Die Briten unterhielten im Ringen um die Verfassung Verbindungen zu beiden Seiten und kooperierten zumindest mit Splittergruppen, die sich gegen die Zentralregierung wandten. Lieber Onkels Paranoia ist daher nur die extreme und komische Übertreibung eines verbreiteten Phänomens in der iranischen Kultur, der allgemeinen Überzeugung nämlich, dass die letzten beiden Jahrhunderte der iranischen Geschichte möglicherweise bis in kleinste Einzelheiten von außen beeinflusst worden sind, vor allem von den Briten und/oder (seit dem Zweiten Weltkrieg) den Vereinigten Staaten. Diese Überzeugung kann in den Augen westlicher Beobachter die seltsamsten Blüten treiben, bis hin zu dem unter gewissen Iranern weit verbreiteten Glauben, die Briten hätten die islamische Revolution von 1979 organisiert, und der nicht minder verbreiteten Ansicht, die Vereinigten Staaten hätten den Golfkrieg absichtlich provoziert, um einen Vorwand zu haben, Kriegsschiffe in den Persischen Golf zu entsenden, um den Iran besser im Auge behalten zu können.

Seit Iradj Pezeshkzads brillantem Porträt eines verzweifelt paranoiden Patrioten hat die Neigung zu Verschwörungstheorien und die Bereitschaft hinter allem, was im

Iran geschieht, die versteckte Hand des Westens zu wittern, einen neuen Namen, der im Persischen durchaus gebräuchlich geworden ist. Sie heißt: »Lieber-Onkel-Napoleon-itis«.

Dick Davis, 1996

BLANVALET

JILL LAURIMORE

Es ist der Traum eines englischen Landhauses, aber die notwendigen Reparaturen ruinieren Fliss und ihre Familie.
Nur der Verkauf wertvoller Trinkgefäße an einen Amerikaner kann sie noch vor dem Ruin bewahren – und damit fängt der Trubel erst an...

Ideenreich, humorvoll und warmherzig – der Romanerstling einer hinreißenden, neuen britischen Autorin.

Jill Laurimore. Trautes Heim   35139

BLANVALET

MARGARET JARDAS

Der faszinierende Debütroman einer deutschen Autorin über das Leben und Reisen – und die Liebe in Israel.

Packend, klug und hinreißend leidenschaftlich!

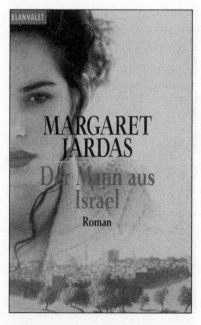

Margaret Jardas. Der Mann aus Israel 35179

BLANVALET

TIM PEARS

Der Bestseller jetzt endlich im Taschenbuch!

»Pears erzählt mit dieser seltenen Mischung aus Wärme und Distanz, Eleganz und Schlichtheit, die nur großen Erzählern gelingt – ein Buch zum zwei- oder gar dreimal Lesen.«
Die Woche

Tim Pears. Land der Fülle 35206